Sarah Morgan

Das Winterhotel

Roman

Aus dem Englischen von
Sarah Heidelberger

HarperCollins

Die Originalausgabe erschien 2023 unter dem Titel
The Christmas Book Club bei Canary Street Press,
an imprint of HarperCollins *Publishers*, US.

3. Auflage 2024
© 2023 by Sarah Morgan
Deutsche Erstausgabe
© 2024 für die deutschsprachige Ausgabe
by HarperCollins in der
Verlagsgruppe HarperCollins Deutschland GmbH
Valentinskamp 24 · 20354 Hamburg
info@harpercollins.de
Published by arrangement with
HarperCollins*Publishers* L.L.C., New York
Gesetzt aus der Stempel Garamond
von GGP Media GmbH, Pößneck
Druck und Bindung von CPI books GmbH, Leck
Printed in Germany
ISBN 978-3-365-00758-7
www.harpercollins.de

Für meine wunderbaren Freunde
Margaret und Alan.

1. KAPITEL

HATTIE

»Maple Sugar Inn, wie kann ich Ihnen helfen?« Hattie ging mit einem Lächeln ans Telefon, weil sie herausgefunden hatte, dass es unmöglich war, niedergeschlagen, launisch oder den Tränen nahe zu klingen, solange man lächelte – alles Gefühlslagen, die aktuell auf sie zutrafen.

»Ich möchte schon seit Jahren Winterurlaub in Vermont machen und habe Bilder von Ihrem Hotel in den sozialen Medien entdeckt«, sprudelte am anderen Ende jemand los, der Stimme nach eine Frau. »Herrlich, wie gemütlich und einladend das bei Ihnen aussieht! Genau die Art Ort, an der man gar nicht anders kann, als zu entspannen.«

Reine Illusion, dachte Hattie. Hier war gar nichts entspannt, zumindest nicht für sie selbst. Ihr Kopf wummerte, und ihre Augen brannten, weil sie wieder mal die ganze Nacht wach gelegen und gegrübelt hatte. Die Hausdame drohte damit zu kündigen, und der Küchenchef war nun schon zwei Abende hintereinander zu spät zur Arbeit erschienen, was sich heute wohl wiederholen würde. Und das kam einer Katastrophe gleich, weil alle Tische reserviert waren. Tucker hatte ihrem Hotelrestaurant zwar den begehrten Stern eingebracht – sein Enten-Confit entlockte den Gästen regelmäßig ekstatische Laute –, aber es gab durchaus Tage, an denen sie den Stern mit Freuden gegen einen Küchenchef mit einem etwas ausgeglicheneren Temperament eingetauscht hätte. Tucker war so heißblütig, dass sie sich manchmal fragte, wieso er sich überhaupt noch die Mühe machte, den Ofen einzuschalten. Er brauchte die Enten doch nur anzuschreien, um sie mit seinem flammenden Zorn zu versengen. Außerdem verhielt er sich ihr gegenüber respektlos. Und er nutzte sie aus. All das war Hattie sehr wohl bewusst, ebenso wie die Tatsache, dass sie ihn vermutlich besser rauswerfen sollte. Aber Brent hatte ihn eingestellt, und wenn sie ihn nun vor die Tür setzte, schnitt sie damit einen weiteren Faden ab, der sie mit der Vergangenheit verband. Zudem kostete jeder Konflikt Energie, und die war bei ihr derzeit Mangelware. Also war es wohl für den Moment einfacher, Tucker seinen Willen zu lassen.

»Wie schön, dass Ihnen unser Hotel zusagt«, antwortete sie der Frau am Telefon. »Kann ich Ihnen ein Zimmer reservieren?«

»Das hoffe ich, allerdings habe ich recht konkrete Vorstellungen von dem Zimmer. Wenn ich einmal kurz erklären dürfte, was ich mir erwarte?«

»Aber gern doch.« Hattie wappnete sich für eine lange Litanei unerfüllbarer Wünsche und kämpfte gegen den Drang an, mit dem Kopf gegen die Tischplatte zu hämmern. Sie griff nach Zettel und Stift, die stets an der Rezeption bereitlagen. »Ich höre.«

Wie schlimm konnte es schon werden? Vorige Woche hatte sich eine Frau erkundigt, ob sie ihre Hausratte mitbringen konnte – Antwort: Nein! –, und noch eine Woche zuvor hatte ein Gast verlangt, dass sie das Rauschen des Flusses, der vor seinem Zimmerfenster vorbeifloss, herunterregelte, weil er »bei dem Lärm« nicht schlafen konnte.

Sie gab ihr Bestes, allen Launen ihrer Gäste gerecht zu werden, aber es gab Grenzen.

»Ich hätte gern ein Zimmer mit Bergblick«, begann die Frau. »Und ein Kamin mit echtem Feuer wäre schön.«

»All unsere Zimmer haben Kamin«, erklärte Hattie. »Und die Zimmer, die nach hinten hinausgehen, haben einen herrlichen Bergblick. Die vorderen Zimmer gehen auf den Fluss hinaus.«

Sie entspannte sich ein wenig. So weit, so unproblematisch.

»Ich bin ganz klar der Bergtyp. Außerdem bin ich etwas speziell, was die Schlafsituation betrifft. Immerhin verbringen wir ein Drittel unseres Lebens mit Schlafen, da sollte man keine Kompromisse eingehen, finden Sie nicht auch?«

Ein Anflug von Neid überkam Hattie. Sie hätte einiges dafür gegeben, ebenfalls ein Drittel ihrer Zeit mit Schlafen verbringen zu können. Aber mit einem kleinen Kind, einem eigenen Hotel und der anhaltenden Trauer um ihren Ehemann war sie froh, wenn sie überhaupt mal ein Auge zubekam. Stattdessen träumte sie vom Schlafen, war dabei bedauerlicherweise aber meistens wach.

»Oh ja, das richtige Bett ist ausgesprochen wichtig.« Sie sagte, was von ihr erwartet wurde. Genau wie vor zwei Jahren, als die Polizei vor ihrer Tür stand, um ihr mitzuteilen, dass ihr Mann durch einen fast schon absurden Unfall ums Leben gekommen war. Auf dem Weg zur Bank war ihm ein Dachziegel, der sich von einem Gebäude gelöst hatte, auf den Kopf gefallen. Brent war auf der Stelle tot gewesen.

Jedes Mal, wenn sie an ihre erste Reaktion auf die Nachricht dachte, hätte sie im Erdboden versinken können: Sie hatte gelacht. So überzeugt war sie gewesen, dass es sich um einen schlechten Scherz handelte. Kein normaler Mensch kam ums Leben, weil ihm am helllichten Tag wie aus dem Nichts irgendwelche Sachen auf den Kopf knallten, oder? Aber dann war ihr aufgefallen, dass sie die Einzige war, die lachte, und zwar nicht, weil es den Polizisten an Humor mangelte.

Sie hatte nachgefragt, ob sie auch wirklich sicher seien, dass er tot war, und sich noch im selben Atemzug dafür entschuldigt. Denn wie oft begann die Polizei schon ein Gespräch mit *Bedauerlicherweise müssen wir Ihnen mitteilen …* und beendete es mit *Ups, da haben wir wohl einen Fehler gemacht?*

Die Beamten hatte noch einmal wiederholt, was geschehen war, worauf sie sich höflich bei ihnen bedankte. Und ihnen dann einen Tee kochte, weil sie a) halbe Britin war und b) unter Schock stand.

Nachdem die beiden ihren Tee getrunken und ihre selbst gebackenen Zimtkekse gegessen hatten, hatte sie sie zur Tür geleitet und verabschiedet, als wären sie geschätzte Gäste und nicht zwei Menschen, die gerade innerhalb eines einzigen kurzen Gesprächs ihr ganzes Leben zertrümmert hatten.

Danach hatte sie bestimmt fünf Minuten lang die geschlossene Tür angestarrt, um zu begreifen, was sie gerade erfahren hatte. Von einem Moment auf den anderen war nichts mehr wie zuvor. War sie ihrer gemeinsamen Zukunft mit Brent beraubt worden. Waren all ihre Hoffnungen zunichte.

Zwei Jahre war das jetzt her, und doch gab es immer noch Tage, an denen es sich anfühlte, als hätte sie nur schlecht geträumt. Tage, an denen sie damit rechnete, dass Brent voller Energie durch die Tür kam, um ihr aufgeregt von seiner neusten genialen Idee zu erzählen.

Ich finde, wir sollten heiraten ...

Ich finde, wir sollten ein Kind bekommen ...

Ich finde, wir sollten das historische Hotel kaufen, das wir auf unserer Reise nach Vermont gesehen haben ...

Sie hatten sich während ihres letzten Collegejahrs in England kennengelernt, und Brents Enthusiasmus riss sie von Sekunde eins an mit. Nach ihrem Abschluss nahmen sie beide Jobs in London an. Und dann geschahen zwei Dinge: Erstens starb Brents Großmutter und hinterließ ihm eine großzügige Summe, zweitens reisten sie nach Vermont, wo sie sich in das Hotel verliebten.

Tja, und hier saß sie nun, Witwe mit achtundzwanzig, Mutter einer fünfjährigen Tochter und alleinige Geschäftsführerin eines geschichtsträchtigen Hotels. Seit Brents Tod versuchte sie, hier alles in seinem Sinne weiterzuführen, aber das war weiß Gott nicht einfach. Ihre Sorge wuchs immer mehr, es allein nicht zu schaffen und über kurz oder lang das Hotel zu verlieren. Noch größer allerdings war ihre Angst, ihrer Tochter nicht gerecht zu werden. Seit Brents Tod musste sie für sie Vater und Mutter sein – dabei fühlte sie sich nicht mal mehr wie ein *einziger* vollständiger Mensch.

Die Frau am Telefon musste während ihres kurzen Anfalls von Selbstmitleid immer weitergeredet haben, was Hattie erst jetzt bemerkte. »Verzeihung, könnten Sie das bitte noch einmal wiederholen?«

»Ich hätte gern Leinenbettwäsche, weil es mir schnell zu heiß wird.«

»Das dürfte kein Problem darstellen, wir verfügen über Leinenbettwäsche.«

»In Rosa.«

»Wie bitte?«

»Die Bettwäsche muss rosa sein. Ich habe herausgefunden, dass ich in Rosa besser schlafe. Weiß ist so grell, und triste Farben deprimieren mich.«

Rosa also.

»Ich vermerke das in Ihrer Reservierung.« Sie nahm einen Notizblock, kritzelte aber HILFE darauf, gefolgt von vier Ausrufezeichen. Früher hätte sie etwas deutlich Unhöflicheres geschrieben, aber ihre Tochter konnte mittlerweile bemerkenswert gut lesen und ließ sich keine Gelegenheit entgehen, diese Fähigkeit auch unter Beweis zu stellen. Entsprechend überlegte sich Hattie inzwischen genau, was sie offen herumliegen ließ. »Haben Sie einen bestimmten Zeitraum im Kopf?«

»Weihnachten. Das ist doch die schönste Zeit im Jahr, nicht wahr?«

Nicht für mich, dachte Hattie, während sie den Belegungsplan durchsah. Ihr erstes Weihnachtsfest nach Brents Tod war einfach nur fürchterlich gewesen, und letztes Jahr war es kaum besser gelaufen. Am liebsten hätte sie sich im Bett versteckt, die Decke über den Kopf gezogen, bis alles vorbei war, aber stattdessen hatte sie im Leben anderer fröhliche Weihnachtsstimmung verbreiten müssen. Und nun war schon wieder Ende November, und in wenigen Wochen stand Weihnachten vor der Tür.

Aber solange sie kein Personal verlor, würde sie sich irgendwie durchmogeln können. Sie hatte zwei Weihnachtsfeste überlebt, da würde sie auch ein drittes schaffen.

»Sie haben Glück, einige wenige Zimmer sind noch frei. Unter anderem ein Doppelzimmer mit Bergblick. Darf ich es für Sie reservieren?«

»Handelt es sich um ein Eckzimmer? Ich hätte gern mehr als ein Fenster.«

»Nein, es ist kein Eckzimmer, und es hat nur ein Fenster. Aber der Ausblick ist herrlich, und es verfügt über einen überdachten Balkon.«

»Und es ist nicht möglich, ein Zimmer mit zwei Fenstern zu bekommen?«

»Bedauerlicherweise nicht.« Was stellte sich die Dame denn vor? Dass sie ein Loch in die Außenmauer schlug? »Aber wenn Sie möchten, kann ich Ihnen ein Video von dem Zimmer schicken, falls Ihnen das bei der Entscheidung hilft.«

Bis sie die E-Mail-Adresse der Frau aufgenommen, das Zimmer für vierundzwanzig Stunden geblockt und eine ganze Liste weiterer Fragen beantwortet hatte, war eine halbe Stunde verstrichen.

Als die Frau endlich auflegte, gab Hattie einen tiefen Seufzer von sich. Weihnachten würde der reinste Albtraum werden. *Rosa Leinenbettwäsche*, schrieb sie dann doch unter die vorläufige Reservierung.

Wie wäre Brent damit umgegangen? Diese Frage stellte sie sich ungefähr eine Million Mal am Tag. Sie gestattete sich einen kurzen Blick auf eins der zwei Fotos neben dem Rezeptionscomputer. Es zeigte Brent, wie er ihre Tochter durch die Luft schwang. Die beiden lachten. Manchmal halfen ihr die Erinnerungen an die schönsten Augenblicke in ihrem Leben dabei, die schlimmsten durchzustehen.

Gerade wollte sie sich daranmachen, im Internet nach rosafarbener Leinenbettwäsche zu suchen, da gab jemand ein übertriebenes Räuspern von sich.

Sie sah auf und begegnete dem finsteren Blick ihrer Hausdame Stephanie.

So wie praktisch das gesamte Personal war auch Stephanie von Brent ins Maple Sugar Inn geholt worden. Zuvor war sie in einem renommierten Hotel in Boston angestellt gewesen. *Ihre Zeugnisse sind hervorragend*, hatte Brent nach dem Vorstellungsgespräch gesagt. *Und sie ist ungeheuer gut organisiert und qualifiziert.*

Was den Teil mit dem Ungeheuer betraf, war Hattie ganz seiner Meinung gewesen, und sie hatte eingewandt, dass in Anbetracht von Stephanies unhöflichem Verhalten Führungsprobleme vorprogrammiert seien. Aber er hatte ihre Bedenken abgetan. Ich manage das Personal, hatte er gesagt und ihr versichert, dass Stephanies Manieren nicht ihr Problem sein würden. Nur dass Stephanies Manieren jetzt eben doch ihr Problem waren. So wie *alles* ihr Problem war.

»Haben Sie Halsschmerzen, Stephanie?« Sie wusste, dass sie sich das besser hätte verkneifen sollen, aber Stephanies miesepetrige Grundhaltung trieb sie in den Wahnsinn. Langsam fehlte ihr die Energie für diese Frau. Vor Brent hatte Stephanie Respekt gehabt – manchmal hatte Hattie sich sogar gefragt, ob nicht noch mehr als bloßer Respekt im Spiel war – und sich immer wieder von seinem ungetrübten Enthusiasmus für alles und jeden anstecken lassen. Aber Hattie mit ihrem eher sanften Wesen schien sie einfach nur nervtötend zu finden.

»Ich habe größere Probleme als Halsschmerzen. Dieses dämliche Mädchen hat es irgendwie geschafft, bei der Reinigung des River Rooms ein rotes Wäschestück mit zur weißen Bettwäsche zu geben.«

Hattie tat so, als hätte sie keine Ahnung, von wem Stephanie sprach. »Wen meinen Sie?«

»Chloe.« Stephanie verzog die Lippen zu einem schmalen Strich. »Sie ist eine einzige Katastrophe. Ich kann gar nicht mehr zählen, wie oft ich sie daran erinnert habe, dass sie die Bettwäsche ausschütteln muss, um sicherzugehen, dass nichts dazwischenrutscht. Ich habe Sie gewarnt, sie nicht einzustellen, und ich verstehe beim besten Willen nicht, weshalb Sie es trotzdem getan haben. Jetzt haben wir die Bescherung.«

Hattie hatte Chloe eingestellt, weil sie freundlich und begeisterungsfähig war – ihrer Meinung nach wichtige Eigenschaften. Hotels wie das Maple Sugar Inn lebten von ihrem Ruf, und dieser Ruf hing stark vom Personal ab. Chloe gab den Gästen das Gefühl, ernst genommen und umsorgt zu werden. Stephanie dagegen erinnerte eher an einen Dobermann, der das Anwesen bewachte.

»Chloe ist warmherzig und hilfsbereit, und die Gäste lieben sie. Ich bin sicher, dass so etwas nicht wieder vorkommen wird.«

»Brent hätte sie niemals eingestellt.«

Es fühlte sich an, als hätte Stephanie ihr einen Schlag in die Magengrube verpasst. »Brent ist aber nicht mehr hier.«

Immerhin besaß Stephanie den Anstand, rot zu werden. »Mir ist bewusst, dass die letzten Jahre schwer für Sie waren, Harriet, und ich weiß auch, dass Sie nicht die geborene Managerin sind. Aber Sie müssen Ihr Personal besser im Griff haben. Sie betreiben dieses Hotel, Sie tragen die Verantwortung. Ihr Problem ist, dass Sie zu nett sind. Eine gute Managerin sollte dazu in der Lage sein, Angestellte zu feuern.«

Hattie hegte keinerlei Absicht, Chloe zu feuern. Sie war eines der wenigen Teammitglieder, in deren Gegenwart sie keine Anspannung empfand.

»Das hier ist ihr erster Job«, entgegnete sie. »Sie lernt noch. Da können Fehler vorkommen.«

»Aber Sie führen hier ein Hotel der Oberklasse. Oberklassehotels dulden keine Fehler.«

Das gesamte Maple Sugar Inn war ein einziger Fehler, dachte Hattie müde. Was hast du dir nur dabei gedacht, Brent? »Ich rede mit ihr. Wo ist sie?«

»In der Wäschekammer. Sie weint. Ich hoffe nur, dass sie sich nicht mit den Bettlaken die Nase putzt.«

Vielleicht können wir ja gemeinsam weinen, dachte Hattie, während sie durch die gemütliche Lobby ging und die offene Tür der Bibliothek passierte. Sie warf den gut gefüllten Bücherregalen einen sehnsuchtsvollen Blick zu. Wie gern hätte sie sich vor dem flackernden Kaminfeuer in einen Lehnstuhl gekuschelt und sich für eine Weile in eine Geschichte geflüchtet. Die Bibliothek war ihr Lieblingszimmer, und sie freute sich jedes Mal, wenn sich jemand dort mit einem Buch auf dem Sofa einrollte.

Manchmal beneidete sie ihre Gäste, denen alles hinterhergetragen und jeder Wunsch von den Augen abgelesen wurde. Offenbar fühlten sie sich im Hotel wohl, denn die meisten kamen wieder. So miserabel schien sie sich als Leitung also nicht zu machen, auch wenn sie furchtbar schlecht darin war, das Personal im Griff zu behalten.

Aber stimmte das überhaupt? War es nicht vielleicht eher so, dass sie schlecht darin war, furchtbares Personal im Griff zu behalten?

Sie stieg hinunter in den Keller, wo sie Chloe genau dort fand, wo Stephanie gesagt hatte – in der Wäschekammer.

Ihre Augen waren rot vom Heulen, und als sie Hattie bemerkte, rubbelte sie sich hastig übers Gesicht. »Es tut mir so leid«, murmelte sie. »Sie hat gesagt, dass ich nur vier Minuten habe, um das Bett frisch zu beziehen, deswegen habe ich mich besonders beeilt. Ich weiß, dass ich Mist gebaut habe, aber Mrs. Bowman beobachtet mich immer so kritisch, dass ich ganz nervös und unsicher werde, und dann mache ich Fehler.«

Ob sie Chloe anvertrauen sollte, dass Stephanie Bowman in ihr selbst ganz ähnliche Gefühle auslöste?

»Mach dir keine Gedanken.« Sie tätschelte dem Mädchen die Schulter. »Halb so schlimm.«

»Ist es nicht! Die Bettwäsche ist hinüber.« Chloes Gesicht lief puterrot an. »Sie sollte schneeweiß sein, und jetzt ist sie rosa. Und zwar nicht mal hellrosa, sondern richtig knallrosa. Ich versuche noch mal, sie zu waschen, aber ich fürchte, die Farbe geht nicht mehr raus. Und dann muss sie in den Müll.«

»Aber das ist doch nicht so …« Hattie ließ die Hand sinken. »Moment mal. Sagtest du gerade rosa?«

»Ja. Es war eine Mütze. Ich glaube, sie gehörte zu Mr. Grahams Weihnachtsmannkostüm. Er hatte es nur geliehen, und offenbar war es nicht farbecht.« Sie runzelte die Stirn. »Irgendwie ist das komisch, weil ich schwören könnte, dass ich den gesamten Anzug für ihn eingepackt habe, inklusive Mütze. Ich war wirklich sorgfältig! Aber irgendwie ist die Mütze doch in der Wäsche gelandet, also war ich offensichtlich nicht umsichtig genug.«

Hattie blinzelte irritiert. »Ein Weihnachtsmannkostüm?«

»Ja, von Mr. und Mrs. Graham aus Ohio. Sie haben zwei Nächte in der Cider Suite gewohnt. Er hat mir erzählt, dass Mrs. Graham immer schon davon geträumt habe, eine Nacht mit dem Weihnachtsmann zu verbringen. Da hat er den Anzug ausgeliehen, um sie zu überraschen.«

»Aber es ist November.«

»Ich glaube, das spielte für die beiden keine Rolle. Er hat wohl auch ein Sexspielzeug mit Weihnachtsoptik gekauft, da habe ich aber nicht näher nachgefragt. Nicht dass ich das nicht mehr aus dem Kopf kriege und mir damit auf ewig Weihnachten ruiniere.«

»Nachvollziehbar.« Hattie war so fasziniert, dass sie für einen Augenblick vergaß, wie müde sie war. »Woher weißt du das alles?«

»Ach, die Leute erzählen mir vieles«, antwortete Chloe. »Manchmal offen gestanden mehr, als mir lieb ist. Aber es führt mitunter auch zu interessanten Erkenntnissen.«

»Und zu rosa Bettwäsche.« Hattie holte eine Schachtel Taschentücher von einem Regal in der Wäschekammer und reichte Chloe eines. »Und nun beruhige dich. Du hast mir nämlich damit einen Gefallen getan.«

Chloe nahm das Taschentuch und putzte sich die Nase. »Ach, wirklich?«

»Ja. Es gibt Gäste, die unbedingt in rosafarbener Bettwäsche schlafen wollen. Die soll beruhigende Wirkung haben.«

»Oh«, murmelte Chloe benommen. »Das wusste ich ja gar nicht.«

»Nun, jetzt weißt du's. Leg die rosa Bettwäsche gut weg, sie darf nicht im Müll landen.« Und damit eilte sie wieder an die Rezeption zurück, wo Stephanie sie mit wippendem Fuß bereits erwartete.

Hattie atmete tief durch und setzte ein Lächeln auf in der Hoffnung, die Laune ihrer Hausdame damit besänftigen zu können. »Alles geklärt.«

Stephanie hörte zwar auf, mit dem Fuß zu wippen, wirkte aber nicht im Geringsten besänftigt. »Dann haben Sie sie also gefeuert?«

»Nein, habe ich nicht. Schließlich war es nur ein Versehen.« Oder war es mehr als das? Chloes Worte nagten noch immer an ihr. »Und noch dazu ein ausgesprochen merkwürdiges. Denn sie schien überzeugt, dass sie die rote Mütze zusammen mit dem gesamten Weihnachtsmannkostüm für Mr. Graham weggepackt hatte. Es war ihr ein Rätsel, wie die Mütze in der Wäsche landen konnte.«

Stephanie verzog keine Miene. »Muss wohl an ihrer Nachlässigkeit liegen. Sie sind viel zu nachsichtig mit ihr. Brent hätte sie auf der Stelle rausgeworfen.«

Nein, hätte Brent nicht. Stattdessen hätte er eine Möglichkeit gefunden, Stephanie in ihre Schranken zu verweisen.

Irgendwie wurde sie das Gefühl nicht los, dass Stephanie *wollte*, dass sie versagte.

»Wir sind ein Team«, sagte sie. »Es ist unsere Aufgabe, einander zu unterstützen.« Zu ihrem Glück betraten in diesem Augenblick die Schwestern Gwen und Ellen Bishop, beide über achtzig und seit der Hoteleröffnung regelmäßige Gästinnen im Maple Sugar Inn, die Lobby. Noch nie war Hattie so dankbar gewesen, sie zu sehen. »Wenn Sie mich jetzt bitte entschuldigen würden, Stephanie? Ich muss mich um unsere Gäste kümmern.« Sie eilte zu den Bishop-Schwestern und begrüßte sie so erleichtert, als wären sie ein Rettungsboot auf stürmischer See. »Wie war das Frühstück?«

»So köstlich wie eh und je.« Gwen strahlte. »Ihr Ahornsirup ist einfach unvergleichlich gut. Überhaupt ist alles hier wieder einmal perfekt. Und das liegt einzig und allein an Ihnen, meine liebe Hattie.«

Wäre doch nur alle Welt so freundlich und leicht zufriedenzustellen.

»Dann geben wir Ihnen eine Flasche mit nach Hause, Ms. Bishop, ich werde mich gleich darum kümmern.«

»Ach, wie oft soll ich Ihnen denn noch sagen, dass Sie mich Gwen nennen sollen, Liebes?« Sie tätschelte Hattie liebevoll den Arm. »Sie sehen müde aus. Bekommen Sie denn auch genügend Schlaf?«

»Aber sicher, alles bestens«, log Hattie, und Gwen warf ihr einen mitfühlenden Blick zu.

»Einfach weitermachen, lautet die Devise«, riet ihr die alte Dame sanft. »Tag für Tag, Schritt für Schritt. So habe ich es jedenfalls gehalten, als ich meinen Bill verlor.«

17

»Ja, das habe ich dir auch immer geraten«, bemerkte Ellen, und Gwen nickte.

»Oh ja, das hast du. Jeden Tag. Manchmal hätte ich dir dafür am liebsten mein Frühstück über den Kopf gekippt.«

»Tja, wofür hat man Schwestern?«

Ein Anflug von Neid überkam Hattie. Sie hätte auch gern eine Schwester gehabt. Aber ihre Mutter war eine Woche nach ihrer Geburt gestorben, und ihr Dad hatte nie wieder geheiratet. Hattie und ihr Vater waren sich sehr nah gewesen, und sie vermisste ihn bis heute – umso mehr, seit Brent ums Leben gekommen war. *Ich brauche dich, Dad.*

Zu Weihnachten fehlte er ihr immer am meisten. Er hatte die Feiertage stets zu etwas Besonderem gemacht.

»Das Problem«, fuhr Gwen fort, »besteht darin, dass die Leute anfangs noch Mitgefühl haben und dann irgendwann beschließen, es sei an der Zeit, dass man darüber hinwegkommt. Sie begreifen nicht, dass man die Trauer ein Leben lang mit sich herumträgt.«

Hattie nickte. Normalerweise weinte sie nur, wenn sie allein war, unter der Dusche stand oder mit dem Hund Gassi ging. Aber Gwens Liebenswürdigkeit torpedierte ihre Selbstbeherrschung, und einen Moment lang befürchtete sie, an Ort und Stelle in Tränen auszubrechen. In ihrem Hals bildete sich ein dicker Kloß.

»Das stimmt. Ich vermisse meinen Dad bis heute«, krächzte sie. »Und sein Tod ist jetzt schon sieben Jahre her.«

Gwen drückte ihren Arm. »In gewisser Weise sind die Menschen, die wir lieben, immer bei uns.«

Das sagten die Leute zwar, aber es stimmte nicht. Brent war ganz eindeutig nicht mehr bei ihr. Und das brachte eine ganze Menge Probleme mit sich.

»Der Wettergott soll uns für die Heimfahrt ja gnädig sein«, wechselte Ellen forsch das Thema. »Aber ehe wir abreisen, haben wir noch eine Kleinigkeit für Ihren Schatz.«

»Delphine«, fügte ihre Schwester erklärend hinzu, als besäße Hattie einen ganzen Schrank voller Schätze, die gemeint sein konnten.

Ach, wär das schön, dachte Hattie. Am liebsten in eine Welt, in der Brent noch lebte. Und ihr Dad auch. Und mit Glück in eine, in der es weder Stephanie noch Tucker gab. Oder überhaupt irgendwelche Menschen, deren zentrale Kommunikationsform Gebrüll war.

Nachdem sie den Bishop-Schwestern mit ihrem Gepäck geholfen hatte, kehrte sie an die Rezeption zurück, wo schon wieder das Telefon läutete.

Sie wollte gerade abheben, als Stephanie vor ihr auftauchte. »Das Thema ist noch nicht erledigt. Entweder geht Chloe, oder ich kündige.«

Im letzten Moment unterdrückte sie den Drang: *Dann gehen Sie, und zwar besser jetzt als gleich!* zu sagen. Sie konnte es sich schlichtweg nicht leisten, noch mehr Angestellte zu verlieren. Abgesehen davon, dass sie es als illoyal gegenüber Brent empfunden hätte, Stephanie zu feuern. Schließlich wollte sie erhalten, was er aufgebaut hatte, nicht zerstören.

Das Telefon klingelte immer noch, und ihr brannte der Magen vor Stress. Wenn sie jetzt ranging, würde Stephanie denken, dass sie sie nicht ernst nahm.

»Ich hoffe, Sie wissen, wie sehr ich Sie schätze, Stephanie. Sie sind ein wichtiger Bestandteil der Maple-Sugar-Inn-Familie.« Innerlich schauderte sie. Die Vorstellung, dass Stephanie zu ihrer Familie gehören könnte, war eindeutig ziemlich gruselig.

»Dann muss sich etwas ändern, oder ich bekomme einen Nervenzusammenbruch.« Mit dieser Warnung stolzierte Stephanie davon.

Hattie starrte ihr fassungslos hinterher. *Wenn hier gleich jemand einen Nervenzusammenbruch bekommt, dann ja wohl ich.*

Sie wollte gerade endlich ans Telefon gehen, da kam ihr Delphi zuvor. »Maple Sugar Inn, Delphine Maisy Coleman am Apparat«, sagte sie in den Hörer und achtete dabei darauf, jedes Wort ganz sorgfältig auszusprechen. »Wie kann ich Ihnen helfen?« Delphi warf ihrer Mutter einen schuldbewussten Blick zu. Sie wusste, dass sie eigentlich nicht ans Telefon gehen sollte, was sie natürlich nicht davon abhielt, es trotzdem zu tun. »Lynda!«

Ein strahlendes Lächeln breitete sich auf ihrem Gesicht aus. »Ich hab ein neues Buch!«

Hattie hörte zu, wie ihre Tochter ihrer Nachbarin von ihrem Geschenk erzählte und sich dabei vor lauter Aufregung immer wieder verhaspelte. »Mommy kann gerade nicht reden, weil sie einen Nervenbruch hat.«

Hattie verzog das Gesicht. Hatte sie das etwa versehentlich laut gesagt? Sie musste unbedingt vorsichtiger sein, insbesondere wenn Delphi in der Nähe war, die wie ein Schwamm alles aufsog, was um sie herum geschah. Alles, was sie hörte, wurde abgespeichert, um im denkbar ungeeignetsten Augenblick wiederholt zu werden.

Sie streckte die Hand nach dem Hörer aus, und Delphi reichte ihn weiter, sprang vom Stuhl und kehrte ins Büro zurück, wo Rufus mit dem Kopf auf den Pfoten geduldig wartete. »Hallo, Lynda, wie geht's?«

»Wunderbar, danke, Liebes. Aber wie geht's dir? Wir haben dich schon so lange nicht mehr gesehen. Delphi meinte, du hättest einen Nervenzusammenbruch?«

»Ach, das war nur ein Scherz. Mir geht es bestens.«

»Toll übrigens, wie sie das am Telefon macht. Ich weiß ja, ich wiederhole mich, aber Delphi ist zu und zu niedlich. Du bist so eine tolle Mutter, und du schlägst dich einfach fantastisch. Brent wäre so stolz auf dich.«

Ja? Sie war da nicht so sicher.

Und schlug sie sich wirklich gut? Wahrscheinlich überlebte sie eher. Oder war das am Ende vielleicht dasselbe?

Jedenfalls konnte sie sich glücklich schätzen, Nachbarn wie die Petersons zu haben. Sie betrieben die Farm direkt neben dem Hotel und belieferten sie mit Lebensmitteln und den Tannenbäumen, mit denen sie zu Weihnachten das Haus schmückte. Was als Geschäftskontakt begonnen hatte, war mit den Jahren zu einer engen Freundschaft geworden.

Einmal hatte Lynda erwähnt, wie sehr sie sich eine Tochter gewünscht hätte, und Hattie war kurz davor gewesen, zu antworten: Adoptier doch mich, ich bin noch zu haben.

»Hattie?«, fragte Lynda sanft. »Kommst du wirklich zurecht, Liebes?«

»Ja, absolut. Alles bestens.«

»Aber falls du mal Hilfe brauchen solltest, sind wir allzeit bereit. Noah steht sofort auf der Matte, wenn Reparaturen nötig sind.«

Noah.

Unwillkürlich nahm sie eine verkrampfte Haltung ein, und ihr Herz schlug ein wenig fester. »Danke, er braucht nicht vorbeizukommen. Hier funktioniert alles ganz wunderbar.«

Noah war der Sohn der Petersons und betrieb gemeinsam mit seinem Vater die Farm. Und bis vor einigen Wochen war er ein guter Freund von Hattie gewesen. Bis sie alles kaputt gemacht hatte. Es war auf der Halloween-Party passiert, die die Petersons jedes Jahr auf ihrem Hof für die Dorfbewohner veranstalteten. Die Kinder kamen in Verkleidung, es gab eine Geisterjagd und Gruselspiele und haufenweise Süßigkeiten.

Und Noah. Noah hatte es auch gegeben.

Sie schloss die Augen. Sie hatte sich geschworen, nie wieder daran zu denken. Es war nur ein Kuss gewesen, nichts weiter. Sie hatte einen von ihren ganz schlechten Tagen gehabt. Hatte sich einsam und allein gefühlt und sich vor der Zukunft gefürchtet. Und da war er gewesen, mit seinen breiten Schultern und seiner freundlichen Art, solide und – ja, sie gab es zu – sexy. Sie war Witwe, sosehr sie das Wort auch hasste, und Noah Single. Theoretisch hatte also nichts dagegengesprochen, nur dass ihr das Ganze jetzt unendlich peinlich war und sie so wahnsinnig verlegen machte, dass sie keine Ahnung hatte, was sie sagen sollte, wenn sie ihm das nächste Mal über den Weg lief.

Vor allem aber fühlte sie sich schuldig. Sie hatte Brent geliebt. Sie liebte ihn immer noch, und sie würde ihn immer lieben. Trotzdem hatte sie Noah geküsst, und dieser eine, umwerfende, absolut spektakuläre Kuss war das Beste gewesen, was ihr in den vergangenen zwei Jahren passiert war. Und das Verwirrendste.

»Du brauchst Noah nicht vorbeizuschicken, Lynda. Hier muss nichts repariert werden.« *Außer mir.* Sie selbst benötigte dringend eine Reparatur. Warum nur hatte sie Noah geküsst?

Ein wenig hatten sicher auch die Dunkelheit und die gruseligen Geräusche dazu beigetragen, die die Kinder im Wald machten. Ganz zu schweigen von dem Glas »Hexengebräu«, das sich als deutlich stärker als erwartet erwiesen hatte und garantiert selbst die mächtigste Hexe vom Besen gefegt hätte. Vor allem aber hatte es an ihr selbst gelegen. »Rufst du eigentlich aus einem bestimmten Grund an?«

»Ja. Noah wollte wissen, ob du schon entschieden hast, wie viele Weihnachtsbäume du dieses Jahr brauchst. Er wird wieder die schönsten für dich raussuchen.«

Die Tatsache, dass er nicht selbst anrief, war ihr Beweis genug, dass er den Kuss ebenso bereute wie sie selbst.

»Ich überleg's mir und schreib ihm dann eine E-Mail, ja?«

»Eine E-Mail?«, wiederholte Lynda leicht verständnislos. »Aber du kannst es ihm doch auch einfach persönlich sagen, Liebes.«

Ja, das konnte sie. Aber das hätte bedeutet, dass sie ihm Aug in Auge gegenüberstehen würde, und so weit war sie noch lange nicht. Und er vermutlich auch nicht. Sie wusste wenig über sein Liebesleben. Nach seinem Abschluss hatte er in Boston gewohnt und für eine Agentur für digitales Marketing gearbeitet. Wenn man einmal gesehen hatte, wie wohl er sich damit fühlte, im Freien zu arbeiten, konnte man ihn sich kaum den ganzen Tag vor einem Bildschirm sitzend vorstellen. Genau das hatte er aber offenbar getan, bis sein Vater vom Traktor gestürzt und nur knapp mit dem Leben davongekommen war. Noah war daraufhin wieder auf den elterlichen Hof zurückgekehrt, arbeitete seitdem auf der Farm und verbrachte seine gesamte Freizeit damit, eine der Scheunen zu seinem zukünftigen Wohnhaus umzubauen.

»Er hat zu tun, ich habe zu tun. Natürlich könnte ich auch anrufen, aber manchmal sind E-Mails praktischer.« *Und weniger peinlich für alle Beteiligten.*

»Aber natürlich, wie es euch jungen Leuten am besten passt«, antwortete Lynda nach einem kurzen Schweigen. »Sag einfach Bescheid, wenn du dich entschieden hast. Kommst du am ersten Dezemberwochenende eigentlich wieder mit Delphi vorbei, so wie letztes Jahr? Wir könnten Schlitten fahren und einen Ausflug mit den Schneeschuhen machen. Ihr beide könntet mir helfen, Kränze und Girlanden zu binden und danach mit Noah in den Wald gehen, um den Baum für euer Wohnzimmer auszusuchen. Ich würde dich so gern sehen, und für Delphi wäre es sicherlich schön. Weißt du noch, wie sie Noah immer den *Weihnachtsbaummann* genannt hat?«

»Sicher. Das macht sie immer noch manchmal.« Vielleicht konnte sie es ja irgendwie deichseln, dass Delphi mit Noah allein den Baum aussuchte, während sie selbst Lynda in der Küche half.

»Ach, Liebes, ich weiß doch, wie viel Arbeit es dich kostet, das Maple Sugar Inn Jahr für Jahr in einen Weihnachtstraum zu verwandeln. Versprich mir bitte, dass du dich meldest, ganz gleich, was du brauchst.«

»Versprochen.« Lyndas Freundlichkeit rührte sie. »Danke.«

»Du hast eine schwere Zeit hinter dir. Aber wenn einem der Boden unter den Füßen weggezogen wurde, ist es immerhin tröstlich zu wissen, dass man seinem Traum folgt.«

Nein, dachte Hattie. *Das hier ist nicht mein Traum. Sondern Brents.* Und das war nicht dasselbe. Aber das konnte sie ja wohl schlecht so direkt äußern. Brent hatte das Hotel über alles geliebt, und sie hatten ihre gesamten Ersparnisse hineingesteckt, um es zu dem zu machen, was es heute war. Anfangs hatte sie noch einige eigene Ideen vorgebracht, von denen Brent aber glaubte, dass sie nicht funktionieren würden, und so setzten sie am Ende ausschließlich seine Pläne um. Jetzt war sie die Hüterin seiner Träume, und der Druck nahm ihr die Luft zum Atmen.

Was, wenn das Hotel ihretwegen den Bach hinunterging? Sie mochte die Gäste und hatte Freude daran, ihnen einen unvergesslichen Aufenthalt zu bescheren. Aber das Personal zu managen brachte sie an den Rand ihrer Kräfte.

Vielleicht hatte sie Noah deshalb geküsst. Vielleicht hatte sie einfach nur für einen Moment den Druck des Alltags abschütteln und sich wieder jung fühlen wollen, leicht und unbeschwert den Augenblick genießen, anstatt sich um die Zukunft zu sorgen und von der Verantwortung zerquetscht zu werden.

Auf dem Papier mochte sie achtundzwanzig sein, aber meistens fühlte sie sich eher wie hundert.

Nachdem sie Lynda ein letztes Mal versichert hatte, dass sie im Augenblick keine Hilfe benötigte, legte sie auf. Im selben Moment schlang Delphi die Arme um ihre Beine.

»Bist du traurig, Mommy?«

Hattie nahm sich zusammen. »Nein, nicht traurig, sondern nachdenklich.«

»Weil du an Weihnachten denken musst? Ich muss nämlich immerzu an Weihnachten denken.«

»Genau, weil ich an Weihnachten gedacht habe.« Und nicht an Noah oder die verführerische Wärme seiner Lippen oder den flüchtigen Moment, in dem sie das Gefühl gehabt hatte, dass sie nur noch ein kleines Weilchen durchzuhalten brauchte, weil ihr Leben eines Tages wieder schön werden würde. »Ich bin einfach so aufgeregt!«

»Können wir morgen schon den Baum besorgen?« Delphi sah hoffnungsvoll zu ihr hoch, und sie streichelte ihrer Tochter über die weichen Locken, die sie an der Handfläche kitzelten.

»Noch nicht, Spatz. Wir müssen bis zur ersten Dezemberwoche warten, sonst …« … *stirbt der Baum,* hatte sie sagen wollen, aber an den Tod wollte sie gerade nicht denken. »Sonst wird der Baum zu müde«, fuhr sie stattdessen fort.

Und der Baum würde nicht der einzig Müde hier sein.

Aber wie die Bishop-Schwestern jetzt gesagt hätten: So ist das Leben.

Sie brauchte ein Wunder. Nur waren Wunder rar gesät, deswegen würde sie sich mit freundlichen Gästen, einem Küchenchef ohne Hang zu cholerischen Anfällen und einer Hausdame mit einem Minimum an Sinn für Humor zufriedengeben.

2. KAPITEL

ERICA

Sollte sie es wirklich machen? All ihre Regeln über Bord werfen? Alles tun, was sie normalerweise vermied?

Vielleicht war an ihrem vierzigsten Geburtstag in ihrem Kopf ja irgendeine Sicherung durchgebrannt.

Erica lag bäuchlings auf dem Bett. Sie fühlte sich, als würde sie am Rand einer Klippe stehen, kurz davor, den Absprung zu wagen. Auf ihrem Laptop war das Bild eines märchenhaft schönen Hotels zu sehen, verschneit und weihnachtlich herausgeputzt. Aus den Fenstern schien warmes Licht. Die meisten Rezensionen beschrieben das Hotel als Romantik pur, als verzauberten Ort. Erica glaubte nicht an Zauberei, und romantisch veranlagt war sie auch nicht. Und doch klopfte ihr Herz bei dem Anblick höher. Zweifel machten sich in ihr breit, nagten an ihrer Entschlossenheit. Wenn sie es tat, gab es kein Zurück mehr. Keine Möglichkeit, es sich doch noch einmal anders zu überlegen und einen Rückzieher zu machen.

Sie fluchte in sich hinein, stand auf und tigerte zum Fenster ihres Hotelzimmers. Draußen herrschte das stete Treiben der Stadt. Menschen eilten durch die Straßen, die Köpfe gesenkt und mit dicken Jacken gegen die Kälte geschützt. Auf dem Platz vor dem Hotel schien eine Art Markt aufgebaut zu werden.

Sie lehnte die Stirn gegen die Scheibe.

Was war denn nur los mit ihr? So unsicher war sie doch sonst nicht. Wieso traf sie diese Entscheidung hier nicht auf ihre übliche Weise – nämlich indem sie das Für und Wider gegeneinander aufwog? Es gab keinen logischen Grund, sich gestresst zu fühlen. Und doch tat sie es.

Aus einem Impuls heraus griff sie nach ihrem Handy.

Wenn sie die Sache wirklich durchzog, würde sie dort die Unterstützung ihrer Freundinnen brauchen.

Zittrig und ein wenig wackelig auf den Beinen versuchte sie es zunächst bei Claudia, wurde aber direkt auf die Mailbox weitergeleitet, was ihr leise Sorgen bereitete. Vor sechs Monaten war Claudias Beziehung nach zehn Jahren in die Brüche gegangen. Seitdem ging es ihr nicht sonderlich gut. Erica rief sie regelmäßig an, und normalerweise nahm Claudia immer sofort ab.

Nicht so heute.

Sie versuchte es noch einmal. Als wieder die Mailbox ansprang, überlegte sie kurz, eine Nachricht zu hinterlassen, entschied sich dann aber dagegen. Was sollte sie denn schon sagen? *Hey, hier ist Erica. Kannst du mich bitte davon abhalten, etwas zu tun, das ich mein Leben lang bereuen werde?* Claudia hatte doch selbst schon genug Probleme.

Nein, stattdessen würde sie Anna anrufen.

Ihre Freundin nahm schon nach dem ersten Klingeln ab. »Erica! Ich habe gar nicht damit gerechnet, heute von dir zu hören! Ich dachte, du bist auf Reisen.« Im Hintergrund war ein Scheppern zu hören. »Wie fühlt es sich an, vierzig zu sein? Bist du über Nacht ein anderer Mensch geworden? Muss ich mich vor dem Tag fürchten? Soll ich mir vorsichtshalber schon mal eine Therapeutin suchen?«

Erica wartete ab, bis Anna Luft holte. »Eigentlich fühle ich mich genauso wie mit neununddreißig.« Was zwar nicht ganz der Wahrheit entsprach, aber das behielt sie lieber für sich. »Danke für deine Glückwünsche. Du singst übrigens noch genauso schief wie früher. Als ich die Nachricht abgehört habe, kam ich mir wieder vor wie damals auf dem College, als ich immer Kopfhörer aufsetzen musste, wenn du geduscht hast.«

»Pete kann das sicherlich nachvollziehen, aber ich singe nun mal gern und bin nicht bereit, euch zuliebe damit aufzuhören. So, und jetzt raus mit der Sprache: Was ist passiert?«

»Wieso sollte etwas passiert sein?«

»Weil du mich normalerweise nicht zur Frühstückszeit anrufst«, entgegnete Anna. »Da sitzt du sonst immer schon in irgendeinem Meeting.«

»Ich bin in Berlin, hier ist Mittag.«

»Berlin? Da bin ich aber neidisch. Gehst du auf die Weihnachtsmärkte?«

Erica warf einen erneuten Blick durchs Fenster. Das erklärte natürlich die Arbeiten unten auf dem Platz. »Natürlich nicht, schon vergessen, mit wem du gerade redest? Ich bin beruflich hier, ich besuche eine Konferenz. Außerdem ist erst November.«

»Viele Weihnachtsmärkte eröffnen schon im November. Du hast doch bestimmt mal die Möglichkeit, dich rauszuschleichen.«

Manchmal fragte sie sich, wie zwei derart unterschiedliche Menschen so eng befreundet sein konnten.

»Klar könnte ich, aber wieso sollte ich?«

»Weil es Spaß macht? Um in Weihnachtsstimmung zu kommen? Schon mal gehört? Ach, vermutlich nicht. Auch egal. Claudia und ich haben es schon lange aufgegeben, dir das Konzept Weihnachten zu vermitteln. Aber wenn du nicht angerufen hast, um mich mit Geschichten über Lebkuchen und Kunsthandwerk neidisch zu machen, warum dann?«

»Ich rufe an, weil ich den idealen Ort gefunden habe.« Sie setzte sich wieder aufs Bett und musterte das Bild auf ihrem Laptop. Ja, das Hotel war wirklich ideal.

»Den idealen Ort für was?« Auf einmal war Annas Stimme nur noch gedämpft zu hören. »Moment mal eben …«

Sie zuckte zusammen, weil ein lautes Krachen aus ihren Ohrstöpseln drang. »Was war das? Habt ihr Eindringlinge im Haus?«

»Falls meine Kinder als Eindringlinge durchgehen, ja«, sagte Anna geistesabwesend und hörte sich an, als wäre das Telefonat eins von zehn Dingen, die sie gleichzeitig machte. »Warte mal kurz, Erica, um die Zeit geht es hier immer drunter und drüber.«

Gab es in Annas Haushalt eigentlich überhaupt jemals eine Zeit, zu der es nicht drunter und drüber ging? Erica hatte den Eindruck, dass ihre Freundin bei nahezu jedem Telefonat gerade bis zum Hals in irgendwas steckte – bei den Hausaufgaben helfen oder beim Üben auf irgendwelchen Musikinstrumenten, Sportklamotten waschen, Abendessen kochen, Pausenbrote schmieren. Manchmal wirkte es fast so, als würde Anna ganz allein ein Hotel bewirtschaften.

Am anderen Ende der Leitung war Lachen zu hören, dann aus etwas Abstand Annas Stimme.

Das ist ja schön geworden, Meg. Und witzig. Aber dass du künstlerisches Talent hast, bedeutet noch lange nicht, dass du deinen leeren Teller einfach herumstehen lassen darfst. Ich weiß ja, dein Vater macht das auch. Aber du schaust dir das bitte nicht von ihm ab. Und jetzt raus mit dir – ich telefoniere gerade mit Erica.

Unterhaltungen mit Anna verliefen immer gleich – laut und unzusammenhängend, immer wieder unterbrochen durch Familienlärm und Fragen aus dem Hintergrund. Ein Teil von Erica fand das nervtötend – wie *ertrug* Anna das nur?! –, während ein anderer dankbar für solche Momente war, weil sie ihr bestätigten, dass sie die richtigen Lebensentscheidungen getroffen hatte. Nicht, dass sie diese häufig anzweifelte. Aber manchmal kam es schon vor. Annas Haus war so voller Wärme und die Beziehungen zwischen den Familienmitgliedern eng und liebevoll. Wenn Erica dort war, überkam sie häufig eine seltsame Unruhe, die sie Dinge infrage stellen ließ, die sie lieber unhinterfragt lassen wollte. Und dann dachte sie manchmal eben doch, dass sie vielleicht den falschen Weg eingeschlagen hatte.

Nein, hatte sie nicht. Alle Welt hielt es für das Nonplusultra, eine Familie zu haben. Aber stimmte das denn überhaupt? Wollte sie überhaupt, was Anna hatte?

Nein, wollte sie nicht. Es mochte Augenblicke geben, in denen sie ihre Freundin um ihr warmes, stabiles Familienleben beneidete. Aber in anderen Momenten – Momenten wie diesem – war sie dankbar für ihr unabhängiges und vor allem ungestörtes Single-Dasein, in dem sie einzig und allein für sich selbst Verantwortung trug.

Der Gedanke an den Nachmittag und Abend, die vor ihr lagen, löste ein angenehmes Kribbeln in ihrem Bauch aus. Nach diesem Telefonat würde sie ihre Arbeit erledigen und sich danach für eine ausgiebige Massage ins Hotel-Spa begeben, um anschließend im Restaurant zu essen, wo sie den Tisch mit der besten Aussicht ganz für sich haben würde.

Sie brauchte sich nichts zu kochen, weil das jemand anderes für sie erledigen würde. Sie brauchte keine Wäsche zu waschen – das übernahm das Hotel, Bügeln inklusive. Sie brauchte sich nicht mit dreckigem Geschirr herumzuschlagen. Und was das Alleinsein betraf – damit hatte sie kein Problem. Schließlich war sie praktisch ihr ganzes Leben lang allein gewesen. Ihr war bewusst, dass es Menschen gab, die sie deswegen bemitleideten. Aber darüber konnte sie nur lächeln, weil diese Menschen offenbar keine Ahnung hatten, wie schön es sein konnte, allein zu sein.

In ihrem Fall war das Alleinsein kein Fluch, sondern eine bewusste Entscheidung. Und jetzt gerade, wo sie am Telefon mitverfolgte, wie ihre Freundin versuchte, sich für einen Augenblick aus ihren häuslichen Pflichten herauszunehmen, kam es ihr vor wie die beste Entscheidung überhaupt.

In ihrem Leben hatte sie selbst die oberste Priorität – und sie fand nicht, dass sie sich dafür entschuldigen musste.

»Bist du noch dran?«, fragte Anna außer Atem. »Tut mir leid.«

»Passt es grad nicht? Ich könnte später noch mal anrufen.«

»Nein! Wir haben doch schon seit Ewigkeiten nicht mehr geredet. Ich will unbedingt wissen, was es bei dir Neues gibt. Meg hat nur gerade ein richtig geniales Comic gezeichnet – warte, ich schick dir ein Foto. Oh, Moment – *Meg? Vergiss nicht dein Kunstprojekt!*«

Erica seufzte. Vermutlich würde die Wartezeit reichen, um noch mal ihre Präsentation durchzugehen. Vielleicht sogar, um einen ganzen Roman zu schreiben. Und warum erinnerte Anna ihre Tochter überhaupt daran, dass sie ihr Kunstprojekt mitnehmen sollte?

Sie mochte zwar keine Ahnung von Kindererziehung haben, aber sie wusste, dass niemandem damit geholfen war, zur Abhängigkeit ermutigt zu werden. Ihre eigene Mutter hatte sie nie an irgendetwas erinnert. Hatte Erica etwas vergessen, musste sie mit den Konsequenzen leben, und wenn diese Konsequenzen hart waren, dann dienten sie umso mehr als Mahnung, es beim nächsten Mal besser zu machen.

Ericas Vater hatte ihre Mutter direkt nach der Geburt verlassen – offenbar, nachdem er Erica zum ersten Mal gesehen hatte. Sie war bemüht, es nicht persönlich zu nehmen. Ericas Mutter war mit einem Baby, einem gebrochenen Herzen und einem ganzen Berg an Belastungen und Ängsten allein zurückgeblieben. Erica selbst konnte sich zwar nicht an ihn erinnern, hatte aber über Jahre hinweg die Folgen seines Verhaltens zu spüren bekommen. Hatte miterlebt, wie ihre Mutter kämpfte, und Verständnis und Bewunderung für deren festen Entschluss entwickelt, sich niemals wieder auf jemanden zu verlassen.

Natürlich war ihr bewusst, dass die Erfahrungen ihrer Mutter direkten Einfluss auf ihre Erziehungsmethoden gehabt hatten. Von Anfang an hatte sie darauf beharrt, dass Erica alles selbst erledigte, von den Hausaufgaben bis zum Zubinden ihrer Schnürsenkel. Wenn sie fiel, musste sie allein wieder aufstehen, denn ihre Mutter würde nicht kommen, um ihr zu helfen. Wenn sie durch eine Prüfung rasselte, bekam sie statt Trost von ihrer Mutter zu hören, sie müsse sich eben mehr anstrengen. Ganz gleich, was für ein Problem sie hatte – es war an ihr, eine Lösung zu finden. Ihre Mutter hatte niemals irgendwelche Probleme für sie aus der Welt geschafft.

Ihre Mutter hatte ihre Sache gut gemacht, fand Erica. Schließlich war doch etwas aus ihr geworden, oder etwa nicht? Dank ihres ausgeprägten Arbeitsethos war sie finanziell unabhängig. Sie musste hinter niemandem herräumen oder sich die Fernbedienung für ihr Highend-Mediacenter mit irgendwem teilen. Es gab keine Streitereien über die Wäsche oder Hausaufgaben. Sie musste nicht ständig zurückstecken, wie es bei so vielen Frauen mit Kindern der Fall war. Sie erwartete nicht, dass irgendjemand irgendetwas für sie tat. Und sie brauchte auch keinen Mann, um sich vollständig zu fühlen. Sie hatte doch selbst mit angesehen, wie sich ihre Mutter bis zum Burn-out aufgerieben hatte, um das Fehlen ihres Vaters auszugleichen, und sie hatte beide Rollen allein ausgefüllt. Damit war für Erica bewiesen, dass Männer wie Süßigkeiten waren: hin und wieder ein angenehmer Genuss, aber nicht überlebensnotwendig.

Je länger sie darüber nachdachte, wie richtig sich ihr Leben gerade anfühlte, desto mehr fragte sie sich, wieso sie vorhatte, etwas zu tun, das sich so außerordentlich falsch anfühlte.

»Anna?«

»Ja, ich bin noch dran! Bitte leg nicht auf.« Annas Stimme war über das Rauschen des laufenden Wasserhahns und das Lärmen verschiedener Gespräche im Hintergrund hinweg kaum zu verstehen. »*Wenn du dem Hund das zu fressen gibst, landet er spätestens heute Mittag beim Tierarzt!* Moment, ich schließe mich kurz in Petes Arbeitszimmer ein.«

Erica überlegte, wie es sich wohl anfühlen musste, sich erst im Büro des Ehemanns einschließen zu müssen, um sich ungestört unterhalten zu können.

Anna war kein bisschen wie Ericas Mutter. Sie war eher wie eine von diesen Müttern, über die man in Büchern las. Wenn ihre Kinder hinfielen, half sie ihnen nicht nur auf, sondern tröstete sie auch noch mit Keksen, Umarmungen und lieben Worten. Wenn sie Hilfe brauchten, sagte Anna niemals Nein. Sie betrachtete es als ihre Aufgabe, sämtliche Familienmitglieder aufzufangen. Erica hegte keinerlei Zweifel, dass ihre Freundin sich, ohne auch nur eine Sekunde zu zögern, vor ein Auto geworfen hätte, um ihre Kinder zu schützen. Aber so liebevoll und behütet das auch alles sein mochte – es war eine vollkommen andere Welt als Ericas.

»Wo ist Pete?«

»Glücklicherweise nicht in seinem Arbeitszimmer. Er geht wieder drei Tage die Woche ins Büro. Um ehrlich zu sein, habe ich mich schon danach gesehnt, dass er häufiger aus dem Haus ist.« Das Klappern und Klirren wurde leiser, dann fiel eine Tür ins Schloss, und Anna seufzte. »Endlich Frieden. Du willst nicht zufällig mit mir das Leben tauschen?«

Sie bemühte sich, nicht zu schaudern. »Wir wissen doch beide, wie sehr du dein Leben liebst. Und jetzt erzähl mal, wie läuft es bei euch?«

»Puh, ich weiß gar nicht, wo ich anfangen soll.« Anna klang außer Atem. »Hier war eine Menge los. Pete ist befördert worden, was natürlich toll ist, aber auch bedeutet, dass er Überstunden schieben muss. Meg hat einen Kunstpreis gewonnen, und stell dir mal vor, sie strickt neuerdings! Weil es sie entspannt, sagt sie. Jetzt fürchte ich, dass ich zu Weihnachten einen Pulli bekomme. Ich hab ihr schon gesagt, dass ich auf keinen Fall mit einem grinsenden Weihnachtsmann auf der Brust durch die Gegend laufen werde. Aber mit Rentieren könnte ich leben. Daniel geht es gut, allerdings ist er in letzter Zeit auffallend still. Irgendwas scheint da los zu sein, aber bisher konnte ich ihn noch nicht dazu bringen, darüber zu reden. Wenn bei Meg etwas nicht stimmt, lässt sie einfach alles raus, aber Jungs sind anders. Ich ermutige ihn immer wieder, über seine Gefühle zu reden, weil ich auf keinen Fall will, dass er einer von diesen Typen wird, die sich nicht mitteilen können, aber …« Anna plapperte noch bestimmt fünf Minuten lang weiter, bis Erica sie schließlich unterbrach.

»Und was ist mit dir? Was passiert in *deinem* Leben?«

»Aber ich erzähle dir doch gerade von meinem Leben.«

»Nein, bisher hast du nur von den Kindern und Pete erzählt, aber kein Wort über dich selbst verloren.«

»Die Kinder und Pete *sind* mein Leben. Und das Haus natürlich. Und der Hund. Nicht zu vergessen der Hund. Ich weiß ja, wie langweilig das klingt. Aber ehrlich, ich bin sehr glücklich damit.«

Dann mussten sie beide lachen, und Erica fragte sich, ob ihr Leben wohl einen ähnlichen Verlauf genommen hätte, wenn sie an ihrem ersten Tag auf dem College einem Mann wie Pete begegnet wäre. »Du bist nicht langweilig. Und ihr zwei seid auch nach all den Jahren noch unfassbar süß miteinander.«

Anna als Person war tatsächlich nicht langweilig. Allerdings musste Erica zugeben, dass ihr Annas *Leben* manchmal schon recht öde vorkam. Sie versuchte, sich einen Tag ohne ihren Arbeitsstress vorzustellen, ohne die Flüge rund um den Globus oder den Adrenalinschub, wenn sie einen fetten Deal abgeschlossen hatte oder in Krisensituationen, die sonst niemand zu bewältigen wusste, hinzugezogen wurde.

»Danke dir. Aber genug von mir – wie ist es bei dir? Wie war dein Geburtstag? Und was treibst du überhaupt in Berlin?«

»Ich halte heute Nachmittag einen Vortrag bei einer Konferenz zum Thema Krisenmanagement.« Erica linste zu dem Papierstapel auf dem Tisch am Fenster.

Anna gab ein neidisches Stöhnen von sich. »Wieso hab ich nur gefragt? Du wohnst garantiert in einem Fünf-Sterne-Hotel mit Zimmerservice und einem fantastischen Spa.«

Erica dachte an die Massage, die sie später erwartete. »Ja, das Spa ist ziemlich gut.«

»Ich will gleich mehr darüber wissen. Aber vorher erzähl mir von deinem Geburtstag. Bitte sag, dass du ihn mit einem umwerfenden Mann verbracht hast.«

Sie musste lächeln. »Ja, ich war abends mit Jack aus.«

»Sexy Jack, der Anwalt?« Anna quietschte, dann lachte sie auf. »Los, ich will alles ganz genau wissen.«

»Da gibt es nicht viel zu erzählen. Jack und ich treffen uns meistens, wenn wir zufällig beide gleichzeitig in der Stadt sind und den Abend freihaben. Aber das weißt du doch alles schon. Es ist nichts Ernstes, und keiner von uns hat vor, etwas daran zu ändern.«

»Erica. Du bist vierzig! Solche Geschichten sind doch was für Zwanzigjährige. Und das zwischen euch läuft jetzt schon seit mindestens zwei Jahren. Es ist Zeit, dass sexy Jack seine eigene Zahnbürste in deinem Bad bekommt.«

Das war so typisch Anna, dass Erica mit den Augen rollte. »Keine Ahnung, wer von uns die Vorstellung schrecklicher fände – er oder ich. Und könntest du bitte aufhören, ihn sexy Jack zu nennen?«

»Warum? Ich weiß, wie er aussieht. Claudia und ich haben ihn gegoogelt. Von dem würde ich mich sofort vor Gericht vertreten lassen.« Sie kicherte. »Aber willst du damit sagen, dass er nicht die Nacht bei dir verbracht hat?«

»Nein, gegen drei hat er ein Taxi genommen.« Dabei verschwieg sie tunlichst, dass er angeboten hatte zu bleiben und sie kurz davor gewesen war, Ja zu sagen. Am Ende hatte sie sich aus

Gewohnheit und Gründen der Selbstdisziplin zwar dagegen entschieden, aber schon der bloße Impuls hatte sie ziemlich durcheinandergebracht.

Ja, doch. Seit ihrem Vierzigsten war sie eindeutig nicht mehr dieselbe. Jack und sie hatten eine Übereinkunft, und Übernachtungen und gemeinsames Frühstücken bedeuteten eine Form von Intimität, die sie beide nicht wollten. Sie hatten sich kennengelernt, als sie eine Rechtsauskunft für einen ihrer Kunden benötigte, und sich auf Anhieb so gut verstanden, dass sie sich seitdem öfter trafen. Ein Abendessen hier, eine Veranstaltung da. Aber nichts Regelmäßiges. Und auf keinen Fall etwas Ernstes.

»Frag ihn doch einfach mal, ob er nicht bleiben will. Vielleicht könntet ihr ja übers Wochenende wegfahren oder …«

»Hör schon auf, Anna.«

»Aber wieso? Ich mag Jack. Jack ist genau der Richtige für dich.«

»Du kennst ihn doch gar nicht.«

»Fühlt sich aber so an. Und ich finde es toll, dass ihr zusammen seid.«

»Wir sind nicht zusammen. Für eine richtige Beziehung haben wir beide viel zu viel zu tun. Deswegen ruft er ja auch mich an, wenn er ein Plus eins für seine Arbeits-Events sucht. Und wenn ich ins Theater gehen will oder gern Gesellschaft hätte, rufe ich ihn an. Außerdem ist er nicht auf den Kopf gefallen, deswegen frage ich ihn manchmal in Arbeitsdingen nach seiner Meinung. Aber das ist auch schon alles.«

»Mal abgesehen von dem Teil mit dem Sex.«

»Ja, Sex haben wir auch. Tollen Sex sogar. Zufrieden?«

»Sehr. Und du auch, wie es klingt.« Anna hatte immer noch dieselbe dreckige Lache wie mit achtzehn, und Erica konnte sich ein Grinsen nicht verkneifen. Tief drinnen war Anna immer noch das Mädchen von damals. Aber galt das nicht irgendwo für sie alle? Jedenfalls schien es Dinge zu geben, denen das Alter nichts anhaben konnte.

»Immer mit der Ruhe. Das zwischen mir und Jack ist total unverbindlich.«

»Sag das nicht. Du brichst mir das Herz! Du bist vierzig, Erica.«

»Könntest du bitte aufhören, das Thema alle zwei Minuten zu erwähnen?«

»Tut mir leid. Ich wünsche mir doch nur ein Happy End für dich.«

»Aber das hier *ist* mein Happy End. Ich führe genau das Leben, das ich mir wünsche.«

Anna seufzte. »Wie lange bist du noch in Berlin?«

»Zwei Nächte.« Erica warf einen kurzen Blick auf ihren Laptop und bekam sofort ein schlechtes Gewissen. Sie hätte wohl besser arbeiten sollen. Andererseits konnte sie ihren Vortrag inzwischen im Schlaf herunterrasseln. Sie hatte sich ein solides Team aufgebaut und traute sich inzwischen, mehr zu delegieren, was ihr die Möglichkeit verschaffte, sich auszusuchen, womit sie ihre Zeit verbringen wollte.

»Ich könnte auch einen Vortrag über Krisenmanagement halten«, sagte Anna. »Immerhin ist mein Leben eine einzige große Krise. Aber leider keine von den aufregenden. Gestern ist die Kühltruhe kaputtgegangen, und vorgestern hatte unser Auto einen Kolbenfresser. Na ja, reden wir über was Interessanteres. Du meintest, du hättest den idealen Ort gefunden. Aber wofür?«

Erica bemühte sich um einen beiläufigen Tonfall. »Für unser Leseclub-Treffen im Dezember.«

»Oh.« Auf einmal klang Anna wie ausgewechselt.

»Was? Wir hatten doch darüber geredet und uns sogar schon auf ein Datum geeinigt.«

»Ja, provisorisch. Aber das war doch im Sommer, weil Claudia so durcheinander war, dass wir es nicht zur üblichen Zeit geschafft haben. Nachdem nie wieder jemand ein Wort darüber verloren hat, dachte ich, wir wären uns einig, dass wir die Reise dieses Jahr ausfallen lassen.«

»Aber warum sollten wir? Die Grundzutaten sind doch dieselben wie immer. Am Ende brauchen wir nichts weiter als ein Hotel, ein Buch und uns drei, mehr nicht.«

»Nicht der Club ist das Problem, sondern die Jahreszeit. Es fühlt sich einfach merkwürdig an, so kurz vor Weihnachten wegzufahren. Weihnachten ist Familienzeit. Baum kaufen, Geschenke einpacken, das Haus schmücken … Traditionen eben. Ach, tut mir leid, ich weiß ja, dass du das alles nicht machst. Oh weh, war das taktlos?«

»Was sollte daran taktlos sein? Du weißt doch, dass mir Weihnachten egal ist.«

»Ja, aber an dem Datum, das du ausgesucht hast, fahren wir immer in den Wald, um unseren Baum zu fällen. Das machen wir jedes Jahr so, seit die Kinder auf der Welt sind. Es ist ihre Lieblingstradition, und ich möchte sie nur ungern enttäuschen.«

Erica versuchte erfolglos, das irgendwie nachzuvollziehen. Für sie war Weihnachten ein Tag wie jeder andere. Sie war von ihrer Mutter dazu ermutigt worden, so früh wie möglich flügge zu werden und sich ein eigenes Leben aufzubauen. Niemals wären sie darauf gekommen, gemeinsam einen Weihnachtsbaum auszusuchen.

»Aber habt ihr nicht gerade miteinander Thanksgiving gefeiert?«

»Weihnachten ist etwas anderes.«

»Dann holt ihr euren Baum eben schon Anfang Dezember. So habt ihr noch länger etwas davon, auf den abgefallenen Nadeln herumzustiefeln. Du kannst doch nicht deine Kinder zu deinem einzigen Lebensinhalt machen, Anna. Überleg mal, wie sehr du sie damit unter Druck setzt. Und dich selbst auch. Außerdem sind sie inzwischen schon fast erwachsen.«

»Ha! Das sagst du so einfach«, erwiderte Anna. »Hast du auch nur den Hauch einer Ahnung, wie kompliziert Teenager sein können?«

Nein, hatte sie nicht. Wie auch? Sie hatte noch nie auch nur in Erwägung gezogen, selbst Kinder zu bekommen, und ihre Entscheidung niemals bereut. Ihre Karriere war aufregend, und es war immer etwas los. Und das sollte sie opfern, um zu Hause zu sitzen und über Hundeernährung und Abwaschverhalten zu streiten? Nein danke.

»Wir reden über eine einzige Woche, Anna, mehr nicht. Du
wärst doch vor Weihnachten wieder zurück. Zeit genug, um euer
Haus pünktlich zum Fest in Lichterketten zu wickeln oder was
auch immer du genau vorhast. Zeit für deine Freundinnen und
Zeit für deine Familie. Das Beste aus beiden Welten.«

»Ich muss darüber nachdenken«, antwortete Anna. »Es ist
meine Lieblingszeit im Jahr, und ich mag es, wenn echte Weihnachtsstimmung aufkommt. Und ich weiß ja, wie wenig du davon hältst.«

»Ich schwöre hoch und heilig, mich keinerlei Unweihnacht-
lichkeiten schuldig zu machen.« Sie hatte keine Ahnung, wie
es sich anfühlte, in Weihnachtsstimmung zu sein. Aber sie war
bereit, sich zu informieren und alles dafür zu tun, ihre Freundin glücklich zu machen. Bestimmt konnte man in Hotels Weih-
nachtsextras buchen, oder? »Und wenn du in Weihnachtsstimmung geraten willst, solltest du dir mal das Hotel ansehen, das
ich gefunden habe. Ganz altmodisch und idyllisch.« Ihr Herz
begann vor Aufregung zu klopfen. »Sogar der Weihnachtsmann
persönlich würde dort Urlaub machen wollen.«

»Ich glaube dir kein Wort. Du suchst doch sonst auch im-
mer elegante Boutique-Hotels aus, die sofort den dringenden
Wunsch in mir wecken, mein gesamtes Haus neu einzurichten.
Seit wann stehst du auf altmodisch?«

»Seit ich herausgefunden habe, dass ich dafür nicht auf Luxus
verzichten muss. Das Hotel ist die perfekte Kompromisslösung
für uns alle.«

»Hmmm.« So ganz überzeugt schien Anna noch nicht zu sein.
»Und was ist mit dem Buch? Haben wir schon entschieden, was
wir diesmal lesen? Neuerdings schlafe ich schon im Stehen fast
ein, deswegen schaffe ich höchstens ein paar Seiten am Tag. Hast
du Claudia überhaupt schon gefragt, wie sie dazu steht, unsere
Reise auf Dezember zu verlegen?«

»Ich hab's versucht, aber sie geht nicht dran. Später rufe ich
noch mal bei ihr an. Als ich vor ein paar Tagen mit ihr telefoniert habe, klang sie ziemlich niedergeschlagen, deswegen wollte
ich sowieso mal nachfragen, wie es ihr geht. Nach allem, was sie

dieses Jahr durchgemacht hat, wird es ihr guttun, mal eine Woche rauszukommen.«

»Da hast du recht. Es ist an der Zeit, dass wir ihr helfen, sich wieder aufzurappeln«, stimmte Anna ihr zu. »Aber so lieb ich Claudia auch habe – ich bin nicht bereit, mich wieder durch die Biografie von irgendeiner Köchin oder Politikerin zu quälen.«

Es war jedes Mal wieder schwierig, ein Buch zu finden, das ihnen allen zusagte. Anna liebte Liebesromane, Erica Thriller und True Crime und Claudia Sachbücher.

»Ich wollte den neuen Roman von Catherine Swift vorschlagen. Er heißt *Ihr letzter Liebhaber*.«

»Was?« Anna verschluckte sich fast vor Lachen. »Jetzt mache ich mir aber wirklich Sorgen. Erst heißt es, du hast ein weihnachtliches Hotel für uns gefunden, und dann liest du auch noch Liebesgeschichten? Mensch, du hast dich aber wirklich verändert, seit du vierzig bist.«

»Es ist keine Liebesgeschichte.«

»Aber Catherine Swift schreibt doch immer Liebesromane. Ich habe all ihre Bücher gelesen, und die meisten nicht nur einmal. Außerdem meintest du, es heißt *Ihr letzter Liebhaber*. Wenn das nicht romantisch ist – der letzte Mann, den sie je lieben wird.«

»Mit Romantik hat das nichts zu tun. Er ist ihr letzter Liebhaber, weil sie ihn umbringt.«

»Oh!« Anna klang richtiggehend schockiert. »Aber bist du sicher, dass du dich mit dem Namen der Autorin nicht vertan hast? Ist es wirklich von Catherine Swift?«

»Ich glaube, sie hat ein Pseudonym verwendet. L. C. Swift oder so. Jedenfalls handelt es sich um einen Thriller. Die Rezensionen sind hervorragend, und verfilmt wird er auch gerade.«

»Ich wusste ja gar nicht, dass sie das Genre gewechselt hat«, bemerkte Anna. »Damit hast du mir gerade offiziell das Herz gebrochen. Ihr letztes Buch war so toll. Zum Schluss habe ich sogar geweint. Ach, dieses Ende … Und dieses neue Buch geht finster aus? Ich weiß ja nicht, ob das was für mich ist …«

»Ich hab es noch nicht gelesen, aber falls du es mit der Angst bekommst, können wir ja das Licht anlassen. Jedenfalls habe ich euch beiden schon jeweils ein Exemplar bestellt. Morgen müssten sie ankommen.«

»Ist Blut auf dem Cover? Ich hasse Bücher mit Blut auf dem Cover.«

»Kein Blut. Nur ein Ehering und ein Messer, das ziemlich scharf aussieht.« Sie konnte vor sich sehen, wie Anna bei ihren Worten schauderte. »Wenn es dir hilft, kann ich es in weihnachtliches Geschenkpapier einwickeln. Aber bist du denn gar nicht begeistert, dass das Buch von deiner Lieblingsautorin ist?«

»Keine Ahnung. Gerade bin ich vor allem erleichtert, dass dir nicht über Nacht eine neue Persönlichkeit eingepflanzt wurde. Ich hatte mir schon Sorgen gemacht. Und jetzt erzähl mir mehr über dieses Hotel.«

Erica entspannte sich ein wenig. Die erste Hürde war geschafft. »Schau mal in deine E-Mails. Ich hab dir einen Link geschickt.«

Es folgte eine kurze, von Tastenklackern gefüllte Pause. »Okay, jetzt bin ich endgültig sicher, dass du dir mindestens eine Gehirnerschütterung zugezogen haben musst«, sagte Anna schließlich. »Das ist … wow. Das sieht ja aus wie im Märchen!«

Wobei nicht wenige Märchen ein grausames Ende nehmen, dachte Erica, an der schon wieder Zweifel nagten.

»Dann gefällt es dir also?«

»Ja, aber …« Anna stockte und fuhr dann fort: »Das Hotel sieht so … so gar nicht nach dir aus.«

»Wieso nicht?«

»Weil du ein Stadtmensch bist. In solchen Hotels dreht sich alles um Schneeschuhe und heißen Kakao und gemütliche Abende vor dem Kamin. Mir macht es Spaß, lange Wanderungen an der frischen Luft zu machen. Du dagegen stehst doch eher auf helle Lichter, Cocktails und Designer-Boutiquen.«

»Stimmt. Aber das alles kann ich doch ständig haben. Das hier soll eine Auszeit sein.«

Eine *Auszeit*? Wem wollte sie hier eigentlich was vormachen?

»Aber du hasst Auszeiten, und du findest nichts schlimmer, als mitten im Nirgendwo festzusitzen. Weißt du noch, wie wir dieses Hotel in den Catskills gebucht haben? Du hast dich so fernab von der Welt gefühlt, dass du einen Tag früher abgereist bist.«

Wie gut Anna sie kannte.

»Weil ich einen Kriseneinsatz hatte.«

»Mhm. Wenn ich mich recht erinnere, bestand die Krise darin, dass du schlechten Handyempfang hattest, weswegen wir seitdem nur noch Städtereisen machen. Das Hotel, das du ausgesucht hast, sieht wirklich hinreißend aus. Aber es passt nicht zu dir. Also, was ist los?«

Einen Moment lang überlegte sie, ihrer Freundin die Wahrheit zu sagen. Und zwar die ganze, inklusive des tatsächlichen Grundes, warum sie ausgerechnet dieses Hotel ausgewählt hatte. Aber dann würde Anna eine Menge neugieriger Fragen stellen, die zu beantworten sie noch nicht bereit war.

Sie wollte es langsam, vorsichtig angehen lassen. Aber Anna würde über die Angelegenheit herfallen wie ein wild gewordener Hundewelpe über einen Pantoffel und dadurch nur Chaos stiften. Und Erica wollte nicht riskieren, die Kontrolle über die Situation zu verlieren. Sie wollte bewusst entscheiden können, was geschah – oder eben auch nicht geschah.

»Gar nichts ist los. Mir war nur klar, dass ich dich zu Weihnachten höchstens aus deinem Nest locken kann, wenn ich dir einen perfekten Weihnachtstrip mit allem festlichen Drum und Dran serviere. Na, was meinst du: Leseclub in der Weihnachtsedition, ja oder nein?«

»Wir kennen uns jetzt seit zwanzig Jahren, Erica. Ich merke es, wenn du mir was verheimlichst.«

»Zwanzig Jahre? Könntest du endlich mal aufhören, mich immer wieder an mein Alter zu erinnern? Bald sind wir der Leseclub der Rentnerinnen.« Ihr Handy bimmelte, weil ein weiterer Anrufer in der Leitung war. Sie warf einen Blick aufs Display.

Jack.

Ihr Herz machte einen kleinen Satz. Damit hatte sie nicht gerechnet. Wieso rief er sie an? Er wusste doch, dass sie diese Woche auf Reisen war.

Sie dachte an ihren Geburtstagsabend. An das lange, entspannte Abendessen in einem Restaurant mit einer atemberaubenden Aussicht auf Manhattan. Das Essen war umwerfend gewesen, der Wein hervorragend – aber nicht ansatzweise so gut wie ihre Gesellschaft. Jack hatte sie zum Lachen gebracht und dafür gesorgt, dass sie sich fabelhaft fühlte. Als würde das Leben mit vierzig erst richtig losgehen. Nach dem Essen waren sie zu ihr nach Hause gefahren und …

Sie runzelte die Stirn. Der Sex war anders gewesen als sonst. Langsamer, intensiver … intimer?

Ihr Blick wanderte zurück zum Handy. Wenn Jack sie als Begleitung für eine Veranstaltung brauchte, hätte er ihr das bei ihrer letzten Begegnung gesagt. Oder hatte sich vielleicht spontan etwas ergeben? Aber dann hätte er doch einfach eine Nachricht hinterlassen!

Sie leitete seinen Anruf auf die Mailbox weiter und richtete ihre Aufmerksamkeit wieder auf Anna, die immer noch grübelte, was es mit Ericas Hotelwahl auf sich haben mochte. »Wie hast du es überhaupt gefunden?«

Sie konnte sich in lebendigen Farben ausmalen, wie Anna reagieren würde, wenn sie ihr die Wahrheit sagte.

Durch einen Privatdetektiv.

»In einem Artikel über Winterurlaube.« Inzwischen wünschte sie sich, sie hätte einfach den Mund gehalten. Sie hätte doch auch allein übers Wochenende hinfahren können, um Antworten auf die Fragen zu finden, die ihr seit einer Weile keine Ruhe ließen. Warum hatte sie unbedingt ihre Freundinnen in die Sache mit hineinziehen wollen? »Ich kann auch etwas anderes raussuchen, falls es dir nicht gefällt.«

»Wag es bloß nicht! Es sieht traumhaft aus«, rief Anna. »Ausgefallen. Und wir wissen beide, dass Claudia sofort einverstanden sein wird, weil es ein Sterne-Restaurant hat, und das ist das Einzige, was sie interessiert.«

»Stimmt.«

Hatte sie insgeheim gehofft, dass Anna vorschlagen würde, doch lieber ein Hotel in irgendeiner Stadt zu buchen? Oder sich komplett gegen die Reise entscheiden würde? Oder sie auf anderen Wegen davor bewahren würde, einen möglicherweise kapitalen Fehler zu begehen?

Aber Anna war weit davon entfernt, ihr die Reise auszureden. Tatsächlich schien das Hotel für sie sogar das ausschlaggebende Argument dafür zu sein.

»Ich habe gerade nachgesehen, offenbar gibt es noch genau drei freie Zimmer. Glaubst du, die blocken sie uns für den kurzen Zeitraum, bis ich mit meiner Familie geredet habe? Ich würde das gern mit ihnen besprechen, ob sie es in Ordnung finden, wenn ich wegfahre. Aber es wäre zu ärgerlich, wenn uns in der Zwischenzeit jemand die Zimmer vor der Nase wegschnappt.«

Erica versuchte, sich vorzustellen, wie es sein musste, bei drei Personen Erlaubnis einholen zu müssen, ehe man eine Entscheidung traf. Ein absoluter Albtraum. In dieser Hinsicht schien sie auch nach ihrem Vierzigsten noch unverändert geblieben zu sein.

»Ich rufe gerne mal an, aber es sind nur noch ein paar Wochen. Mal sehen, ob sie die Zimmer trotzdem blocken.«

»Ach, deine Überredungskünste sind doch legendär. Vierundzwanzig Stunden, mehr brauche ich nicht«, versprach Anna. »Außerdem können wir sowieso nichts buchen, ohne mit Claudia gesprochen zu haben.«

»In Ordnung, ich rufe im Hotel an.«

Sie fühlte sich wie Pandora, kurz bevor sie die Büchse öffnete.

Wenn sie die Zimmer nicht bekamen, hatte sich die Sache erledigt. Zack, Entscheidung getroffen.

Aber falls die Zimmer noch frei waren, würde sie es wirklich tun und in ein paar Wochen im Maple Sugar Inn einchecken.

Was sich womöglich als die schlechteste Idee ihres Lebens entpuppen würde.

3. KAPITEL

CLAUDIA

Mehrere Tausend Meilen weit entfernt in Kalifornien bearbeitete Claudia einen Boxsack mit den Fäusten.

Ihre Gedanken hatten den Takt ihrer Schläge angenommen.

Ich – hasse – dich – John.

Sie legte eine Drehung ein und stürzte sich erneut auf den Sack.

Und – ich – hasse – mich – dafür – dass – ich – dir – vertraut – habe.

»Locker in den Schultern.« Ihre Trainerin Michelle runzelte die Stirn. »Achte auf deine Technik.«

Sie ließ die Fäuste sinken. Das Haar klebte ihr an Stirn und Nacken, und ihr Herz hämmerte gegen ihre Rippen.

»Trink mal 'nen Schluck und schnapp ein bisschen Luft«, riet ihr Michelle.

Nachdem sie die Handschuhe abgestreift hatte, holte sie ihr Wasser aus ihrer Tasche und bemerkte dabei, dass auf ihrem Handy zwei verpasste Anrufe verzeichnet waren.

Erica.

Sie trank gierig, dann ließ sie die Flasche wieder in die Tasche fallen. Was hätte sie in den vergangenen Monaten ohne Erica nur gemacht? Die meisten Menschen kannte Erica als erfolgreiche Geschäftsfrau, die kein Blatt vor den Mund nahm und ohne Rücksicht auf Verluste ihre Ziele verfolgte. Erica, die Freundin, dagegen, kannte kaum jemand. Kaum jemand wusste von ihrem guten Herzen und ihrer Treue. Ständig meldete sie sich bei Claudia. An jenem Wochenende, an dem sie in Schockstarre in ihrer Wohnung gesessen hatte, nachdem John einfach seine Sachen gepackt hatte und ausgezogen war, hatte Erica alle Termine abgesagt und war nach Kalifornien geflogen, um ihr zur Seite zu stehen. Claudia war damals vollkommen durcheinander gewesen, und Erica hatte darauf bestanden, bei ihr zu bleiben, bis sich ihr Zustand halbwegs stabilisiert hatte. In Krisensituationen konnte man sich keine bessere Stütze wünschen als sie. Sie überredete Claudia, zu duschen und sich anzuziehen, kochte ihr eine Suppe – eine Liebesgeste, die Claudia erwiderte, indem sie selbige Suppe aufaß, ohne sich anschließend zu übergeben, denn wenn es eines gab, das Erica nicht konnte, dann war es kochen. Dann half sie, Johns restliche Sachen zu packen und sie ihm zustellen zu lassen, damit er auch ja keinen Grund mehr hatte, noch einmal wiederzukommen. Claudia erinnerte sich genau an ihre Worte: *Ratten sollte man gar nicht erst in die Wohnung lassen, die Viecher sind schlecht für die Gesundheit.* Zur Sicherheit hatte sie gleich auch das Schloss austauschen lassen. Vor allem aber hatte sie ihr Handy ausgeschaltet und Claudia zugehört. Stundenlang ließ sie ihr Geheule und Geschluchze und Gefluche über sich ergehen und hörte sich ihre Versuche an zu ergründen, wie eine zehnjährige Beziehung ohne jeden erkennbaren Anlass einfach so zu Ende gehen konnte. Kein einziges Mal blickte sie dabei auf die Uhr oder sagte Claudia, sie solle sich zusammenreißen. Sie war einfach nur da gewesen.

Und selbst als sie wieder zurück nach Hause geflogen war und ihren stressigen Alltag wiederaufgenommen hatte, hatte sie ihr aus der Ferne das Gefühl gegeben, nicht allein zu sein. *Wenn du mich dringend brauchst, ruf meinen Assistenten an. Ich sage ihm Bescheid, dass er mich für dich aus jedem Meeting holen darf.*

Den Assistenten hatte sie zwar nie anrufen müssen – diese Peinlichkeit wollte sie sich gar nicht erst vorstellen –, aber in ihren dunkleren Augenblicken hatte sie Trost in der Tatsache gefunden, dass Erica ihr zur Seite stehen würde, wenn es nicht mehr anders ging. Und dieses Wissen hatte ihr gereicht. Natürlich war auch Anna für sie da, aber Anna hatte ihre Familie zu versorgen, und Claudia wollte ihr nicht auf die Nerven gehen. Erica dagegen hatte gar keine Familie, keinerlei Verwandte mehr. Sie betrachtete ihre Freundinnen als ihre Familie.

Alles in allem fand Claudia, dass sie sich ganz gut geschlagen hatte. Bis sie vergangene Woche auch noch ihren Job verlor. Womit bewiesen war, dass es im Leben immer noch ein bisschen weiter abwärts gehen konnte, auch wenn man dachte, längst am Boden angekommen zu sein.

Fröhliche Weihnachten auch, Claudia.

Michelle hob eine Braue. »Willst du mit mir drüber reden oder mit dem Boxsack?«

»Boxsack.« Sie streifte die Handschuhe über. »Zumal das hier vermutlich die letzte Stunde ist, die ich mir leisten kann. Zuschlagen ist die beste Therapie.«

Michelle warf ihr einen mitfühlenden Blick zu. »Da du meine Lieblingskundin bist, können wir gerne zu einem niedrigeren Honorar weitermachen.«

»Das kann ich nicht annehmen. Du musst doch auch über die Runden kommen.«

»Und wenn wir es als mein Weihnachtsgeschenk für dich betrachten?«

Claudia rang sich ein Lächeln ab. »Da gibt es nichts zu betrachten, weil ich nicht zulassen werde, dass du dich unter Wert verkaufst.«

Aber was wünschte sie sich stattdessen zu Weihnachten?

Dass das Leben aufhörte, ihr Knüppel zwischen die Beine zu werfen. Dass sie morgens aufwachte und sich auf den Tag freute, der vor ihr lag. War das denn wirklich zu viel verlangt?

Ihren Job zu verlieren war das grauenhafte Ende eines grauenhaften Jahrs gewesen. Eines Jahrs der Ablehnung. Eines Jahrs des Verlusts alles Vertrauten. Eines Jahrs, in dem sie sich immer wieder hatte anhören müssen, dass sie nicht gut genug war.

Natürlich war ihr klar, dass sie mit diesem Schicksal nicht allein war. Beziehungen endeten, Menschen verloren ihre Arbeit, insbesondere im Augenblick, wo so viele Betriebe mit steigenden Kosten zu kämpfen hatten und ihre Tore schließen mussten. Aber deswegen fühlte sie sich noch lange nicht besser.

Alle Welt sagte ihr, dass sie schon wieder auf die Beine kommen würde. Und vor zehn Jahren hätte das vermutlich – ganz sicher war sie da nicht – auch noch geklappt. Aber jetzt? In ein paar Monaten wurde sie vierzig, und sie fühlte sich viel zu kaputt, um sich auf besagten Beinen auch nur halten zu können, geschweige denn, wieder auf selbige zu kommen.

Vierzig.

Mit vierzig sollte man seinen Platz im Leben gefunden haben. Erica hatte ihren Beruf, Anna eine perfekte Familie. Die beiden hatten sich für einen Lebensweg entschieden und waren glücklich damit.

Und was hatte sie vorzuweisen? Nichts. In den vergangenen zwanzig Jahren hatte sie rein gar nichts erreicht, außer dass sie bemerkenswert schnell mit dem Messer war und ihr von ihrer Arbeit in einem gut besuchten Restaurant von morgens bis abends der Schädel gebrummt hatte. Ach so, und sie hatte kurze Haare, weil John mal gesagt hatte, er würde auf Frauen mit kurzen Haaren stehen. Zu dem Zeitpunkt hatte sie die Haare lang getragen.

Nachdem sie sich zum letzten Mal bei Michelle bedankt hatte, nahm sie ihre Tasche und trottete niedergeschlagen in Richtung Dusche. Noch ein Abschied mehr. Noch eine Veränderung, die nicht ihre Entscheidung gewesen war.

Schluss jetzt! Sie musste sich zusammenreißen. Sie hatte ihren Job ja noch nicht mal besonders gemocht. Der Chefkoch war der letzte Tyrann gewesen und die Luft am Herd meistens zum Schneiden dick. Das Personal war fast durchgängig in Panik erstarrt, und Claudia hatte da keine Ausnahme gebildet. Wäre es nicht strafbar gewesen, ihren Chef zu filetieren, hätte sie es vermutlich ernsthaft in Erwägung gezogen. Sie hatte sich zwar nicht herumschubsen lassen, aber trotzdem war die Arbeitsatmosphäre alles andere als angenehm gewesen. Wahrlich kein Traumjob, dennoch wäre sie lieber aus freien Stücken gegangen.

Es war ein Jahr der Abschiede gewesen, und alle waren ihr aufgezwungen worden.

Die Umkleide war leer, und sie zog sich aus, duschte und streifte saubere Kleidung über. Dann trat sie durch die Drehtür des Fitnessstudios hinaus in die kalifornische Sonne.

Vor ihr lag ein langer Tag, der sich leer und unstrukturiert bis in die Ewigkeit zu strecken schien.

Sie unterdrückte den Impuls, Erica anzurufen und ihr das Herz auszuschütten. Viel zu oft schon hatte sie die Hilfe ihrer Freundin in Anspruch genommen. Langsam war es an der Zeit, dass sie lernte, die Dinge selbst in die Hand zu nehmen. Bloß wie?

Es brachte sie durcheinander, dass ihre festen Abläufe plötzlich weggebrochen waren. Normalerweise hatte sie viel zu viel um die Ohren gehabt, um groß über ihr Leben nachzudenken. Aber jetzt hatte sie alle Zeit der Welt zum Grübeln – was sie in den vergangenen Tagen auch so exzessiv betrieben hatte, dass sie schon ganz erschöpft war.

Sie hatte keine Ahnung, was sie mit ihrem Leben anstellen sollte. Aber das war in ihrem Alter doch nicht normal!

Früher hatte sie alles geliebt, was mit Kochen zusammenhing. Das aufregende Gefühl, mit den besten Zutaten zu arbeiten, die kreativen Schübe, wenn sie ein neues Gericht erfand … Kochen entspannte sie. Das Brutzeln von Knoblauch in heißem Öl, der Duft frischer Kräuter, das befriedigende Gefühl, wenn ein Gast sagte, dass er noch nie so gut gegessen habe.

Aber der Arbeitsstress hatte ihre Liebe zum Kochen abgetötet, ein Verlust, der sie in ähnlichem Ausmaß erschütterte wie das Ende ihrer Beziehung. Kochen war ihr Lebensinhalt. Gewesen, traf es wohl besser. Denn inzwischen regte sich bei der Vorstellung, mit Aromen und Zutaten zu experimentieren, rein gar nichts mehr in ihr. Wenn sie sich zu Hause an den Herd stellte, war Rührei auf Toast das Höchste der Gefühle. Sie war so unendlich müde, fühlte sich wie betäubt.

Doch was nun? Wie sollte es weitergehen?

Sie lief die fünf Straßenblöcke bis zu der kleinen Wohnung, die sie mit John gemietet hatte. Als sie die Wohnungstür öffnete, musste sie sich zusammenreißen, nicht vor lauter Frust aufzuschreien.

Sie hatten sich gemeinsam für die Wohnung entschieden, und wann immer sie hier war, musste sie an ihn denken, ob sie wollte oder nicht.

In einer Mischung aus Wut und abgrundtiefer Traurigkeit kochte sie sich einen starken Kaffee und schaltete ihren Laptop ein. Mit dem Becher in der Hand begab sie sich auf Jobsuche. Am Ende spielte es keine Rolle, ob sie das Kochen gerade genoss oder nicht – sie musste ihre Rechnungen bezahlen, und außer Kochen konnte sie nun mal nichts.

Ein Luxushotel suchte einen Souschef. Sie klickte auf den Link und ging die Anforderungen durch.

Mindestens zwei Jahre Erfahrung in einem Fünf-Sterne-Hotel.

So weit, so gut.

Leidenschaft für exzellentes Essen.

Hatte sie zumindest mal gehabt. Reichte das?

Sie sind flexibel und können auch am Wochenende, nachts, an Feiertagen und frühmorgens arbeiten und bringen frischen Wind in unser Team.

Kam nicht in die Tüte!

Claudia klappte den Laptop zu.

Allein die Vorstellung, bald in der nächsten hektischen, unpersönlichen, stressigen Küche zu stehen, machte sie schon fertig. Und frischen Wind in ein Team bringen? Keine Chance, sie schaffte es ja nicht mal, frischen Wind in ihr eigenes Leben zu bringen.

Abgesehen davon, dass sie nicht bereit war, jemals wieder zu unmenschlichen Zeiten zu arbeiten und ständig Überstunden zu schieben.

Sie wollte sich ein neues Leben aufbauen, und das war unmöglich, wenn sie rund um die Uhr arbeitete. Wie sollte sie da soziale Kontakte pflegen?

Es war jetzt zwei Jahre her, dass sie ihr altes Leben aufgegeben hatte, um John zuliebe nach Kalifornien zu ziehen. Er war befördert worden, und seit dem Tag, an dem er sie verlassen hatte, war sie entsetzlich einsam. Sie kannte hier niemanden und hatte auch keine Möglichkeit gehabt, etwas daran zu ändern. Ihr gesamtes Leben hatte sich nur um die Arbeit und ihre Beziehung gedreht.

Würde sie noch an der Ostküste wohnen, wäre die Situation eine ganz andere, weil sie ihre Freundinnen in der Nähe hätte. Gott, was vermisste sie die beiden! Als sie noch in Boston war, hatte sie sich jedes Mal mit Erica getroffen, wenn die geschäftlich in der Stadt war, oder übers Wochenende Anna besucht. Hier in L. A. hatte sie noch keine einzige Freundin gefunden, weil sie ständig nur mit Arbeiten beschäftigt gewesen war.

Entsprechend groß war das Loch, das seit ihrer Kündigung in ihrem Leben klaffte.

Zögernd griff sie nach ihrem Handy. Sie musste Erica anrufen. Ihr erzählen, dass sie nach John nun auch noch ihren Job verloren hatte. Doch sie brachte es einfach nicht über sich. Erica hatte schon so viel für sie getan. Sie konnte unmöglich schon wieder ihren Kummer bei ihr abladen.

Zusammengesunken saß sie auf ihrem Stuhl. Sie beneidete Erica, auch wenn sie sich dafür schämte. Erica hatte so viel aus ihrem Leben gemacht. Genauso wie Anna.

Sie selbst dagegen hatte in den beiden wichtigsten Aspekten ihres Lebens versagt: Beziehung und Beruf. Manchmal kam ihr Leben ihr vor wie einer von diesen Katastrophenfilmen, allerdings einer ohne Happy End.

Sie ging ihre E-Mails durch. Eine Nachricht von Erica. In der Betreffzeile stand *Weihnachts-Leseclub*.

Stimmt, sie hatten darüber gesprochen, ihre jährliche Leseclub-Reise diesmal in die Weihnachtszeit zu verlegen, und sie hatte das vollkommen vergessen, was einiges über ihren aktuellen Geisteszustand aussagte, da sie selbst der Grund dafür gewesen war, dass sie ihren üblichen Termin im Sommer hatten ausfallen lassen.

Sie klickte auf den Link, den Erica ihr geschickt hatte. Bestimmt führte er auf die Webseite irgendeines schicken Hotels in Manhattan, das sie sich ohnehin nicht würde leisten können. Aber stattdessen landete sie bei einem kuschligen kleinen Hotel in Vermont, das aussah wie aus dem Bilderbuch. Das Satteldach und der umliegende Wald waren schneebedeckt, und zu beiden Seiten der Eingangstür verbreiteten Laternen warmes Licht.

Der Anblick machte sie ganz wehmütig.

Wann hatte sie zuletzt Schnee gesehen? Anfangs hatte sie den ständigen Sonnenschein hier in Kalifornien genossen, aber seit einer Weile fehlten ihr die bunten Herbstfarben und kalten Winter aus ihrer Kindheit in New Hampshire.

Sie scrollte weiter und las den Beschreibungstext.

Versteckt in einem malerischen Winkel von Vermont, umgeben von hohen Bergen und rauschenden Flüssen, befindet sich das geschichtsträchtige Maple Sugar Inn. Es wurde im 19. Jahrhundert als Pension erbaut und vor einigen Jahren von Hattie und Brent Coleman vor dem Verfall gerettet und zu einem liebevoll restaurierten Boutique-Hotel umgebaut. Nach Brents unerwartetem Tod ein Jahr nach der Hoteleröffnung führt Hattie das Maple Sugar Inn nun allein.

»Oh, wie schrecklich!« Claudia unterbrach ihre Lektüre für einen Augenblick und dachte an Hattie Colemans Schicksal. Noch eine Frau, der das Leben einen Strich durch die Rechnung gemacht hatte. Zusammen mit ihrer großen Liebe hatte sie ihren Traum verwirklicht, und dann – *rums!* Vorbei.

Laut Artikel war Hattie mit ihrem Mann, der Amerikaner war, aus London nach Vermont gezogen. Da Claudia selbst für einen Mann quer durchs Land gezogen war, konnte sie sich gut vorstellen, wie sich Hattie gerade fühlen musste. Ob sie ihre Heimat vermisste und sich wünschte, niemals weggegangen zu sein? Ob sie davon träumte, nach England zurückzukehren?

Sie klickte auf ein Foto von Hattie und Brent, um es zu vergrößern. Die beiden lächelten und wirkten dabei so glücklich. Und sie hatten ein Kind, ein kleines Mädchen mit dicken Locken und breitem Grinsen. Ein Mädchen, das jetzt keinen Vater mehr hatte. Das Leben konnte so grausam sein.

Auf einmal hatte sie einen Kloß im Hals. Hastig schloss sie das Foto und kehrte auf die Webseite zurück.

*»Es war ein Liebesprojekt«, erzählt uns Hattie, als sie uns
eine köstliche Apfel-Pastinaken-Suppe mit Sahnehaube
und gerösteten Pastinaken-Chips serviert. Mit seinen Zimmern, die alle mit Kamin, Himmelbett und einer spektaku-
lären Aussicht ausgestattet sind, gilt das Maple Sugar Inn
als der Geheimtipp schlechthin für romantische Auszeiten
im Winter.*

Beim Gedanken an geröstete Pastinaken-Chips lief ihr das Wasser
im Mund zusammen. Und dazu vielleicht noch ein Hauch von
Parmesanflocken? Doch noch im selben Moment runzelte sie die
Stirn. Romantisch? Auszeit? Das klang so gar nicht nach Erica.

Sie nahm ihr Handy, rief aber nicht Erica an, sondern Anna.

»Hallo, ich bin's. Ich habe eine ziemlich merkwürdige Mail
von Erica bekommen. Geht es ihr gut? Hat sie sich vielleicht den
Kopf gestoßen?«

»Genau dasselbe habe ich auch gesagt, als sie Catherine Swift
vorgeschlagen hat.«

»Als Club-Lektüre? So weit bin ich beim Lesen der Mail noch
gar nicht gekommen. Ich meinte das Maple Sugar Inn.«

»Ach so, das. Niedlicher Name, oder?«

Claudia hörte im Hintergrund Geschirr klappern und stellte
sich vor, wie Anna in ihrer warmen, geräumigen Küche werkelte,
um etwas für ihre Familie zu kochen.

Wieder überkam sie ein Anflug von Neid. Es war einfach traurig, als gelernte Köchin keine Freude mehr an dieser Tätigkeit zu
haben. »Seit wann steht Erica auf Niedlichkeiten?«

»Diese Frage habe ich ihr auch gestellt.«

Claudia stand auf und schenkte sich noch einen Kaffee ein.
»Und?«

»Nichts und. Sie meinte nur, dass das Hotel ihrer Meinung
nach interessant aussehen würde. Aber irgendwie kam mir unser Gespräch merkwürdig vor. Glaubst du, sie verheimlicht uns
vielleicht etwas?«

»Keine Ahnung.« Claudia setzte sich an den Tisch und ließ
sich all die Momente durch den Kopf gehen, die sie in letzter Zeit

gemeinsam mit Erica verbracht hatte. Auf einmal überkamen sie Schuldgefühle. Wann hatte sie ihre Freundin eigentlich zuletzt gefragt, wie es ihr ging? »Meinst du, wir müssen uns Sorgen machen?«

»Weiß nicht. Auf jeden Fall wirkt das alles sehr untypisch für sie. So oder so sieht das Hotel aber großartig aus! Falls wir hinfahren, könnte dich Erica am Flughafen abholen, und ihr beide übernachtet hier bei uns. Pete und die Kinder würden sich riesig freuen, euch zu sehen. Und am nächsten Morgen fahren wir alle zusammen nach Vermont.«

»*Falls?* Bedeutet das, du kannst vielleicht nicht?«

»Ich muss noch mit meiner Familie reden. Vielleicht wollen sie ja nicht, dass ich so kurz vor Weihnachten wegfahre. Das ist für uns als Familie immer eine besondere Zeit.«

Natürlich. Weihnachten bei Anna lief meistens filmreif ab, alles war perfekt durchchoreografiert. Überhaupt erinnerte ihr ganzes Leben an eine bunt gestreifte Zuckerstange, während Claudias eher etwas von grauem Schneematsch hatte.

Auch wenn sie es nicht für möglich gehalten hätte, fühlte sie sich bei dem Gedanken gleich noch ein bisschen schlechter. Letztes Weihnachten hatte sie zusammen mit John die Wohnung geschmückt. Sie hatten Strümpfe aufgehängt und mit Geschenken gefüllt und alte Filme geschaut. Und sie hatte ein umwerfendes Bratrebhuhn an einer Sauce von frischen Brombeeren gemacht.

Dieses Jahr würde sie an Weihnachten ganz allein sein, in der Wohnung, in der sie früher einmal zusammengelebt hatten.

Sie versuchte, sich wieder auf ihre Freundin zu konzentrieren. »Was sagt denn Pete dazu?«

»Ich rede heute Abend mit ihm und den Kindern. Wenn sie allzu enttäuscht sein sollten, überlege ich mir das mit der Reise vielleicht noch mal. Ich möchte ihnen die Weihnachtszeit nicht verderben. Aber wie sieht es überhaupt mit dir aus? Hast du denn Zeit und Lust mitzukommen?«

Claudia rechnete kurz. Ein Zimmer im Maple Sugar Inn im Dezember war nicht billig, dazu kam noch der Flug. Damit wären ihre letzten Ersparnisse dahin.

Andererseits sah das Hotel wirklich zauberhaft aus. Und nach den schrecklichen letzten Monaten hatte sie es ja wohl verdient, es sich ein paar Tage lang gut gehen zu lassen.

Die Vorstellung, eine Woche mit ihren Freundinnen zu verbringen, war einfach zu verlockend, um Nein zu sagen.

Über ihre Finanzen konnte sie sich immer noch Sorgen machen, wenn sie wieder zurück war.

Und vielleicht würde ihr der Abstand von ihrem Leben hier in Kalifornien ja dabei helfen, einen klaren Kopf zu bekommen und zu entscheiden, wie es für sie weitergehen sollte.

»Wenn du mit an Bord bist, bin ich es auch. Aber ich lese nichts von Catherine Swift. Ich hasse Liebesromane ja sowieso schon, und im Augenblick ganz besonders.«

»Es ist kein Liebesroman. Erica meinte, es sei ein Thriller. Sie hat uns jeweils ein Exemplar bestellt, die Bücher müssten morgen ankommen. Es heißt *Ihr letzter Liebhaber*.«

Claudia gab den Titel in ihren Laptop ein. »Ah ja, hier. Oh, stimmt, ihr neustes Buch ist ein Thriller.« Sie überflog den Klappentext. »Ooooh, er ist ihr letzter Liebhaber, weil sie ihn *umbringt!* Damit könnte ich mich anfreunden. Es geht um eine Frau, die sich an einem Mann rächt.«

»Klingt furchtbar«, sagte Anna. »Ich sollte irgendwas von Jane Austen mitnehmen, als Gegenmittel.«

»Ich finde, es klingt toll. Mir fallen gerade gleich mehrere Männer ein, die ich am liebsten umbringen würde. Allen voran John.«

»Hat er sich gemeldet?«, fragte Anna sanft.

»Nein, aber da ich ihm vor sechs Monaten mitgeteilt habe, dass ich nie wieder etwas von ihm hören will, ist das auch nicht weiter überraschend. Und ich bereue meine Entscheidung nicht. Ich will nichts mehr von ihm wissen. Wie schaffen es manche Leute nur, mit ihren Expartnern befreundet zu bleiben? Ich für meinen Teil wäre dazu nie in der Lage. Danke übrigens für das tolle Make-up, das du mir geschickt hast. Das hat mich für eine Weile auf andere Gedanken gebracht.«

»Gern geschehen. Wie geht es dir denn überhaupt?«

»Mal so, mal so.« Anna und sie waren immer schon ehrlich miteinander gewesen. »Am Anfang war ich unfassbar traurig, aber das weißt du ja. Inzwischen bin ich vornehmlich wütend. Wütend ist mir lieber. Solange ich wütend bin, bekomme ich wenigstens etwas gebacken. Ich bin wütend auf ihn, weil er mich betrogen hat. Und weil er nicht den Mumm hatte, mir zu sagen, dass er nicht mehr glücklich mit mir war. Das war respektlos und feige von ihm. Und ich bin wütend auf mich selbst, weil ich mir eingebildet habe, das zwischen uns sei für immer. Ich wünschte, ich wäre besser gewappnet gewesen.«

»Aber wie soll man sich gegen so etwas wappnen?«

»Keine Ahnung. Aber so hat er mir die Veränderung aufgezwungen, und ich hätte gern ein Wörtchen dabei mitgeredet. Dann hätte ich auch besser auf mein Geld geachtet. Weißt du eigentlich, wie teuer das Leben ist, wenn man allein ist?« Sie atmete tief durch. Es gab keinen Grund, Anna die Wahrheit zu verschweigen. »Ich bin gefeuert worden. Sie hatten weniger Gäste und mussten Kosten einsparen. Tja. Und ich war ein Kostenfaktor.«

»Oh Gott, Claudia, das ist ja schrecklich! Weiß Erica schon Bescheid?«

»Nein, noch nicht. Sie hat sich in letzter Zeit ständig mein Gejammer anhören müssen. Ich dachte, ich gönne ihr mal eine kleine Pause.«

»Das wird sie anders sehen. Jedenfalls kannst du immer gern mit mir reden. Aber das weißt du hoffentlich. Brauchst du Geld?«, fragte Anna ganz selbstverständlich. »Pete und ich würden dir jederzeit etwas leihen.«

Sie bekam einen Kloß im Hals. Wieder einmal wurde ihr bewusst, dass Freundinnen das Wichtigste überhaupt waren. »Im Augenblick komme ich noch zurecht, aber ich weiß das Angebot sehr zu schätzen. Aktuell besteht mein größtes Problem darin, dass ich mich für eine Vollversagerin halte.« Es tat weh, das zuzugeben. »Erica und du habt so viel aus eurem Leben gemacht. Und ich? Ach, tut mir leid, hör nicht weiter auf mich. Ich bin im Augenblick kaum auszuhalten.«

»Unsinn. Du wurdest verletzt und hast Sorgen und viel zu verdauen.«

Annas Freundlichkeit war so tröstlich wie eine warme Decke. »Dass Ericas beruflicher Erfolg manchmal etwas einschüchternd wirkt, kann ich ja nachvollziehen, vor allem, wenn man gerade niedergeschlagen und unsicher ist, wie es bei einem selbst weitergehen soll. Aber was habe *ich* denn bitte aus meinem Leben gemacht?«

Claudia konnte nicht fassen, dass Anna ihr ernsthaft diese Frage stellte. »Hallo? Eine wunderbare Ehe und zwei tolle Kinder?« Ihr selbst war nicht mal das mit der Ehe geglückt. Auf einmal schnürte sich ihr die Brust zusammen. Sie hatte gedacht, dass sie bis ans Ende ihrer Tage mit John zusammenbleiben würde, und hatte noch immer nicht ganz begriffen, dass ihre Zukunft nun vollkommen anders aussehen würde als geplant. »Irgendwann erzähle ich Erica natürlich von meinem Job, aber ich will gerade vermeiden, dass sie das Gefühl hat, mich schon wieder aufpäppeln zu müssen. Ich will das allein durchstehen. Und du brauchst dich gerade auch gar nicht zu bemühen, irgendwas Kluges zu sagen. Es reicht mir schon, wenn du mir zustimmst, dass mein Leben beschissen ist und ich allen Grund habe, mich erbärmlich zu fühlen.«

»Dein Leben ist beschissen«, sagte Anna. »Und du hast allen Grund, dich erbärmlich zu fühlen.«

»Danke.« Claudia schniefte und musste gleichzeitig lächeln. »Bei dir ist immer Verlass darauf, dass du das Richtige sagst. Du bist echt eine tolle Freundin. Bitte sag Ja zu unserer Reise, Anna. Ich finde deine Anwesenheit immer so tröstlich und entspannend. Außerdem fehlst du mir, auch wenn dein Leben perfekt ist und ich dich dafür manchmal am liebsten ein kleines bisschen hassen würde.«

»Mein Leben ist nicht perfekt. Hör auf, dir einzureden, dass alle außer dir ein perfektes Leben führen.«

»Und du hör auf zu versuchen, mich aufzumuntern. Dein Leben *ist* perfekt, und das freut mich für dich. Sprich mit Pete und den Kindern, und dann sag uns Bescheid, ja?«

4. KAPITEL

ANNA

»Abendessen!«, rief Anna aus der Küche, während sie eine Ladung Knoblauchbrot aus dem Ofen holte. Ganz gleich, wie viel sie alle um die Ohren hatten – sie sorgte dafür, dass sie so oft wie möglich gemeinsam als Familie am Esstisch saßen. Es kam selten genug vor, dass sie sich alle am selben Ort befanden. Aber wenn, dann handelte es sich bei besagtem Ort zumeist um die Küche.

Sie war ihr Lieblingsraum im Haus. Sie mochte die Küchenschränke, handgefertigt in einer kleinen Tischlerei, und die bodentiefen Glastüren, die auf den Garten und die dahinterliegenden Felder hinausgingen. Sie liebte es, wie die Küche ihr im Sommer Licht und im Winter Wärme spendete. Als würde der Raum stets wissen, was sie gerade brauchte. Vor allem aber liebte sie den großen Tisch, den Pete und sie direkt vor den Scheiben aufgestellt hatten, damit sie mit Blick in den Garten essen konnten. Die Platte bestand aus wiederverwertetem Holz, und sie liebte jeden Kratzer darin. Der Tisch war während der verschiedenen Etappen ihres Familienlebens für sie alle da gewesen. Er hatte die rauschartige Zeit miterlebt, als Anna und Pete ein junges Paar gewesen waren (Sex auf dem Tisch). Dann die Geburt der Zwillinge (Babybrei auf dem Tisch). Dann die Kleinkindzeit (Wachsmalkreidestreifen auf dem Tisch). Dann die Teenagerzeit (Gefühlsausbrüche bei Tisch). Und jetzt, wo die Familie aus zwei Erwachsenen und zwei Fast-Erwachsenen bestand, war der Tisch Tatort und Zeuge angeregter Unterhaltungen.

Hinter den Fenstern war es dunkel und winterlich, und aus den tief hängenden Wolken schwebten ein paar vereinzelte Schneeflocken herab. Sie hatte alle Lichter eingeschaltet, sodass die Küche mit einem honiggoldenen, einladenden Schimmer erfüllt war. Sie empfand stets Dankbarkeit für ihr Zuhause und ihre Familie, aber heute – nach ihrem Gespräch mit Claudia – war das Gefühl noch ausgeprägter als sonst. Arme Claudia … Ihr Leben war komplett auf den Kopf gestellt worden, und sie hatte im Augenblick keinerlei Sicherheiten. Annas Leben dagegen war von einer Vorhersehbarkeit geprägt, die ihr eine tiefe Ruhe verlieh.

Claudia hatte gesagt, ihr Leben sei perfekt, und Anna hatte es ihr zwar nicht auf die Nase binden wollen, insbesondere jetzt nicht, wo ihre Freundin so am Boden war – aber in Wahrheit sah sie es ganz genauso. Ja, ihr Leben war ziemlich perfekt. Sicherlich nicht für jeden das Richtige, aber für sie selbst ganz sicher. Und da sie es war, die dieses Leben führte, konnte sie von sich behaupten, rundum zufrieden zu sein.

Sie ließ den Blick über den Tisch gleiten. Alles war bereit. Nun fehlte nur noch ihre Familie.

Wie immer kam als Erstes der ewig hungrige Daniel angelaufen. Es folgte ihr Mann Pete, der das gemeinsame Abendessen ebenso schön fand wie sie, und zum Schluss Meg, die immer etwas länger brauchte, weil sie zu jeder Tages- und Nachtzeit per Handy mit ihren Freundinnen kommunizierte und praktisch von dem Gerät weggezerrt werden musste.

Ein warmes Gefühl der Zufriedenheit stieg in ihr auf, während sie beobachtete, wie sich die Zwillinge, ihre *Babys,* an den Tisch setzten.

Der Duft von Knoblauch und Kräutern waberte durch die Luft, und sie gab Pasta in die handbemalten Schüsseln, die sie auf einer Familienreise nach Italien gekauft hatten.

Alle saßen auf ihrem üblichen Platz, Meg mit Blick in den Garten, Daniel ihr gegenüber, sie und Pete an den beiden Kopfenden. Sie hatte Daniel eine extragroße Portion Nudeln aufgetan, weil sie hoffte, so verhindern zu können, dass er nachher wieder den Kühlschrank plünderte.

»Kaum zu glauben, dass wir schon fast Dezember haben. Diese Woche soll es noch richtig schneien.«

Niemand reagierte auf ihre Worte.

Meg war unter dem Tisch mit ihrem Handy beschäftigt, auch wenn zu den Familienmahlzeiten eigentlich Telefonverbot herrschte. Daniel summte vor sich hin und schlug dabei im Takt mit der Gabel gegen den Schüsselrand.

Es war nicht zu übersehen, dass er es gar nicht abwarten konnte, wieder in seinem Zimmer zu verschwinden, wo er den halben Tag lang Musik für seine Band komponierte. Schon als Baby hatte man ihn mit Musik sofort beruhigen können, und inzwischen war sie seine größte Leidenschaft. In der Schwangerschaft hatte Anna Mozart gehört – vielleicht war sein ausgeprägtes Interesse an Musik ja darauf zurückzuführen. Er wollte Songwriter werden, aber auch selbst auf der Bühne stehen, und sie konnte sich nur unter Mühen davon abhalten, ihn dazu zu drängen, einen solideren Lebensweg einzuschlagen. Vermutlich hätte sie während der Schwangerschaft besser Krankenhausserien schauen sollen. Dann würde er jetzt vielleicht Arzt werden wollen.

»Schreib doch mal ein Weihnachtslied für mich«, schlug sie vor, auch wenn ihm die Vorstellung, einen Song für seine Mutter zu schreiben, vermutlich ähnlich peinlich war wie die Abschiedsumarmung, wenn sie ihn morgens vor der Schule absetzte.

Als er nicht antwortete, stellte sie fest, dass er sie gar nicht hören konnte, weil er die winzigen Ohrstöpsel trug, die sie ihm zum Geburtstag geschenkt hatten.

»Daniel!«

Er fuhr zusammen und sah auf. »Was?« Mit schuldbewusster Miene nahm er die Ohrstöpsel heraus. »Tut mir leid, ich hab nachher noch eine Probe mit Ted und Alex und muss vorher noch üben. Wir spielen am Dienstag auf dem Schulkonzert.«

»Das weiß ich doch.« Manchmal konnte sie noch immer nicht fassen, dass die beiden winzigen Babys, die Pete und sie aus dem Krankenhaus mit nach Hause gebracht hatten, zu voll funktionsfähigen Menschenwesen herangewachsen waren. Sie als Erwachsene zu betrachten wollte ihr allerdings noch nicht so recht gelingen. Erwachsene hoben ihre Schmutzwäsche vom Boden auf und wälzten sich nicht erst um zwölf Uhr mittags aus ihren Betten. »Ich habe Karten und freue mich schon darauf.«

Daniel warf ihr einen panischen Blick zu. »Du kommst?«

»Natürlich! Dad auch. Wir sind doch eure Eltern. Wir gehen zu all euren Konzerten, Aufführungen und Spielen. Egal, worum es geht.« Schließlich gehörte das zu ihren Aufgaben, oder? Am Rand zu stehen und ihren Kindern zuzujubeln? So hatten es ihre Eltern damals gemacht, und sie hatte vor, eine ebenso glückliche Familienatmosphäre zu erzeugen, wie sie selbst sie in ihrer Kindheit erlebt hatte. Deswegen hatte sie auch einige ihrer Lieblingstraditionen von früher wieder aufleben lassen, als sie selbst Kinder bekommen hatte.

»Ich weiß, und das freut mich ja auch, aber …« Daniels Lächeln wirkte eher unglücklich. »Ach, egal. Schön, dass ihr kommt.«

War ihr etwas entgangen? Sie hatte längst begriffen, dass im Umgang mit Teenagern häufig vor allem die Dinge wichtig waren, die ungesagt blieben. »Ich dachte, im Anschluss könnten wir alle zusammen Pizza essen gehen.«

Wenn es ein Wort gab, bei dem das Gesicht ihres Sohns unter Garantie aufleuchtete, dann war es »Pizza«. Nur heute offenbar nicht.

»Nun sprich doch die Wahrheit, Brüderlein.« Meg legte ihr Handy beiseite. Offenbar hatte ihr Konfliktsensor angeschlagen, der so empfindlich auf Spannungen reagierte wie ein Hai auf einen Blutstropfen im Wasser.

»Halt die Klappe.« Daniel funkelte seine Zwillingsschwester wütend an. Auf seinen Wangen flammten zwei feuerrote Flecke auf.

»Daniel-Spaniel.«

»Hör auf, mich so zu nennen!«

»Warum denn? Schließlich benimmst du dich wie einer. Du wedelst mit dem Schwanz und willst von allen lieb gehabt werden, genauso wie Lola. Aber wenn du nicht lernst, deine Meinung zu sagen, wirst du nie bekommen, was du willst.«

Als ihre achtjährige Springer-Spaniel-Hündin Lola ihren Namen hörte, schoss sie in der Hoffnung auf ein wenig Aufmerksamkeit um den Tisch herum zu Meg.

Meg kraulte ihr die weichen Ohren. »Er sollte Mom die Wahrheit sagen, findest du nicht, meine Feine?«, gurrte sie. »Er hat nämlich eine Freundin. Aber keine Angst, dich liebt er immer noch am meisten.«

Die roten Flecke hatten sich inzwischen auf Daniels gesamtem Gesicht ausgebreitet. »Manchmal könnte ich dich echt erwürgen.«

Anna seufzte. Wenn sie genauer darüber nachdachte, war ihr Leben vielleicht doch nicht so perfekt. Sicher, Geschwisterstreitigkeiten waren etwas ganz Normales, aber manchmal auch entsetzlich anstrengend.

Aber als Mutter musste man nun einmal sämtliche Rollen spielen, von der Taxifahrerin bis zur Schlichterin.

»Daniel muss mir gar nichts erzählen, wenn er nicht will«, bemerkte sie vorsichtig und um eine neutrale Formulierung bemüht. »Es ist wichtig, die Privatsphäre anderer Menschen zu respektieren, Meg.«

Meg verzog die Augen zu schmalen Schlitzen. »Ich setze mich hier fürs Allgemeinwohl ein. Daniel wäre es lieber, wenn ihr nicht kommen würdet, aber er will deine Gefühle nicht verletzen. Wenn man jemanden beeindrucken will, möchte man dabei nicht seine Eltern in der ersten Reihe sitzen haben. Ich sag ja nur.«

Manchmal wünschte sie, ihre kluge, kratzbürstige Tochter würde etwas seltener ihre Meinung sagen. Andererseits fragte sie sich aber auch, was wohl mit Daniel los sein mochte, der ihr – anders als seine Schwester – noch nie auch nur den leisesten Kummer bereitet hatte. Gleichzeitig machte sie sich um ihn aber viel mehr Sorgen als um seine Schwester, die eine geborene Überlebenskünstlerin war. Wer auch immer seine Freundin sein mochte, Anna hoffte inständig, dass sie ein gutes Herz hatte.

Sie hielt kurz inne, suchte nach den richtigen Worten. »Wir gehen gerne hin, um dich zu unterstützen, aber wenn du uns lieber nicht dabeihaben möchtest, ist das vollkommen in Ordnung.«

Ein erleichterter Ausdruck glitt über Daniels Züge. »Ehrlich? Das wäre echt in Ordnung?«

Seine Reaktion versetzte Anna einen Stich. Das war nicht die Antwort, die sie sich erhofft hatte. »Aber natürlich«, log sie. Inzwischen konnte sie kaum mehr zählen, wie häufig sie ihre Kinder im Namen pädagogisch wertvoller Erziehungsmethoden bereits angelogen hatte. »Wir würden dich natürlich gern spielen hören, aber wenn du uns nicht dabeihaben willst, verstehen wir das absolut.« Die nächste Lüge. Sie verstand das nämlich ganz und gar nicht. »Das wird sicherlich nicht die letzte Gelegenheit gewesen sein.«

Oder vielleicht doch? Nächstes Jahr würden die Zwillinge aufs College gehen. Flügge werden.

Aber daran wollte sie noch gar nicht denken. »Ich hoffe, es läuft gut, Spatz.« Und sie hoffte, dass ihm das Mädchen, das er beeindrucken wollte, nicht das Herz brechen würde.

Wenn man eine Familie gründete, warnte einen alle Welt vor dem Schlafmangel und der körperlichen Erschöpfung, die mit dem Elterndasein einhergingen. Nur über die seelische Erschöpfung redete niemand. Keiner hatte sie darauf vorbereitet, wie heftig sie mit ihren Kindern mitfühlen würde. Dass der Schmerz und die Probleme der Zwillinge immer auch *ihr* Schmerz, *ihre* Probleme waren. Dass sie lange, nachdem sie nachts nicht mehr aufstehen musste, um die Zwillinge zu füttern, trotzdem regelmäßig die halbe Nacht lang wach lag, weil sie sich solche Gedanken um die beiden machte.

Anders als Meg, die von einer Reihe wechselnder, komplizierter Mädchenfreundschaften gebeutelt worden war, hatte Daniel schon seit der Vorschule denselben kleinen Freundeskreis, und bis vor Kurzem war er so auf seine Musik konzentriert gewesen, dass er anscheinend nie auch nur einen Gedanken an Mädchen verschwendet hatte. Aber das schien sich geändert zu haben.

Pete griff nach dem Salzstreuer. »Dann gehen deine Mutter und ich einfach allein essen«, schlug er vor. »Ein richtiges Date! Das wäre zur Abwechslung doch auch mal wieder schön! Und danach erzählst du uns alles. Falls wir dich einsammeln und mit nach Hause nehmen sollen, rufst du einfach an.«

Daniel warf ihm ein dankbares Lächeln zu, Meg widmete sich wieder ihrem Handy, und Anna saß da und hatte das Gefühl, etwas Wichtiges würde ihr zwischen den Fingern hindurchgleiten.

Sie wollte nicht mit Pete essen gehen. Sie wollte kein Date! Was sie wollte, war, bei Daniels Auftritt im Publikum zu sitzen!

Hatte Pete denn gar kein Problem mit der ganzen Situation? Offenbar nicht. Insgesamt schien es ihm nicht so viel auszumachen, dass sich die Zeiten änderten. Was vermutlich damit zusammenhing, dass sich sein Leben dadurch nicht ansatzweise so drastisch verändern würde wie ihres. Ihre Familie und ihre Kinder waren ihr Lebensinhalt, während sie für Pete nur einen von mehreren Bestandteilen seines Alltags darstellten. Er pendelte immer noch drei Tage die Woche in sein Büro in Manhattan, und an den anderen beiden Tagen verschwand er morgens in seinem Homeoffice.

Sie stocherte in ihrem Essen herum.

Ihr war bewusst, wie albern sie sich benahm. Natürlich würden ihre Kinder irgendwann das Haus verlassen. So lief das nun mal. Sie hatte immer gewusst, dass der Tag kommen würde, aber bislang war das eine ferne Sorge gewesen. Doch jetzt schien dieser Tag auf einmal mit Siebenmeilenstiefeln näher zu rücken. Einen Moment lang wünschte sie sich fast, sie hätte keine Zwillinge bekommen. Hätte es einen Altersabstand zwischen ihren Kindern gegeben, hätte sie wenigstens die Möglichkeit gehabt, sie eins nach dem anderen loszulassen und sich schrittweise an ein Leben ohne Kinder im Haus zu gewöhnen, anstatt mit einem Schlag alle beide zu verlieren.

Ihr graute vor dem Tag, an dem sie die Zwillinge vor dem College absetzen würde, ganz gleich, wo sich dieses College befinden würde. Sie hatte sich geschworen, dann nicht in Tränen auszubrechen. Aber leicht würde es nicht werden. Vor allem, wenn sie anschließend in ihr leeres Haus zurückkehrte.

Ein leeres Haus und ein leeres Leben. Sie würde die beiden schrecklich vermissen. Den Lärm, das Chaos, die Gespräche. Sogar ihr Gezänk.

Auf einmal beneidete sie Erica, in deren Leben keine größeren Veränderungen anstanden. Ja, sie war vierzig geworden. Aber ansonsten blieb alles, wie es war. Derselbe Job, dasselbe aufregende, glamouröse Leben. Bei Anna dagegen würde schon bald nichts mehr so sein wie zuvor, und sie hatte keinerlei Einfluss auf diese Entwicklung.

Dabei liebte sie ihr Leben! Wenn es nach ihr gegangen wäre, hätte sie einfach die Zeit angehalten, damit alles so blieb, wie es war.

Claudia hatte recht. Ihr Leben *war* perfekt. Nur dass Claudia vermutlich nicht bewusst war, dass sie dieses perfekte Leben bald verlieren würde.

Auf einmal stieg Panik in ihr auf.

»Mom?« Daniel klang besorgt, schuldbewusst sogar. »Alles okay?«

Nein. Nichts war okay! Aber Regel Nummer eins im Leben einer Mutter lautete, ruhig und beständig zu sein und immer so zu wirken, als hätte man alles unter Kontrolle. Sie setzte ihr strahlendstes Lächeln auf. »Bestens sogar. Ich überlege schon, wo Dad und ich essen gehen könnten. Das wird herrlich!« Wenn sie nicht schleunigst aufhörte, an den Tag zu denken, an dem die beiden das Haus verlassen würden, machte sie sich noch die wenigen Tage kaputt, die sie noch unter einem Dach verbringen würden. Sie wollte nicht den klassischen Fehler begehen, sich die Gegenwart mit den Sorgen von morgen zu vermiesen. Stattdessen würde sie das Beste aus dem machen, was ihr noch blieb.

Erica hätte ihr jetzt geraten, sich auf die positiven Seiten zu konzentrieren. Die Tatsache, dass ihre Kinder als unabhängige Erwachsene aufs College gehen würden, bedeutete letztlich, dass sie ihre Sache als Mutter gut gemacht hatte. So gesehen war es an der Zeit, sich auf die Schulter zu klopfen.

Es war unvermeidlich, dass sich die Beziehung zu ihren Kindern im Lauf der Jahre veränderte. Kürzlich hatte sie einen Erziehungsratgeber zum Thema Kinder in der Pubertät gelesen. Darin hatte gestanden, ihre Aufgabe sei es, den Kindern zu geben, was sie brauchten, nicht das, was *sie* brauchte. Und wie es aussah, brauchte Daniel im Augenblick Eltern, die nicht zu seinem Konzert kamen.

Es spielte keine Rolle, ob sie sich dabei fühlte, als hätte ihr jemand einen Dolch in die Brust gerammt. Es blieb ihr nichts anderes übrig, als seine Entscheidung zu akzeptieren.

Sie straffte die Schultern.

Auf das Konzert würde sie vielleicht nicht gehen, aber es gab ja noch andere Dinge, die man als Familie gemeinsam unternehmen konnte. Und was eignete sich dafür besser als die Vorweihnachtszeit?

»Und, freut ihr euch auch schon so auf Weihnachten wie ich? Ich weiß ja, normalerweise gehen wir immer am zweiten Dezemberwochenende in den Wald, um unseren Baum zu schlagen, aber wie fändet ihr es, wenn wir das dieses Jahr etwas früher erledigen?«, fragte sie, ohne weiter auf Petes überraschten Gesichtsausdruck zu achten. »Zum Beispiel nächsten Samstag um zehn? Ich könnte unsere Lieblingszimtplätzchen backen, damit wir etwas zu knabbern haben, während wir den Baum schmücken. Und danach spielen wir ein paar Brettspiele, und abends koche ich uns ein besonderes Familienessen. Das wird toll!«

Meg unterdrückte ein Gähnen. »Ich übernachte von Freitag auf Samstag bei Dana. Sie hat Geburtstag. Hab ich dir doch schon lange gesagt.«

»Ich weiß, Pizza und Filmabend, steht in meinem Kalender.« Dem Fotokalender, den sie sich letztes Jahr selbst zu Weihnachten geschenkt hatte. Jeden Monat zierte ein anderes Familienfoto aus ihrem Archiv. Meg, wie sie mit zehn auf ihrem Schlitten im Schnee saß. Daniel mit seiner Gitarre. Ein Foto vom Familienurlaub am Strand, für das sie sich alle mit einem breiten Grinsen im Gesicht vor der Kamera zusammengequetscht hatten. Alles wunderschöne Erinnerungen, eine über der anderen, so wie man aus Ziegelsteinen ein Haus baute. Das Baumaterial eines glücklichen Familienlebens. »Aber du kommst doch am Samstagvormittag wieder. Ich könnte einen riesigen Haufen Pancakes machen, und dann ziehen wir los und besorgen den Baum. So wie immer eben! Eine Familientradition.«

»Danas Mom fährt uns am Samstagvormittag in die Eislaufhalle.« Als Meg ihren Gesichtsausdruck bemerkte, seufzte sie. »Aber ich könnte natürlich auch absagen.«

»Ich hab an dem Tag vormittags Bandprobe in der Schule«, verkündete Daniel. »Verschieben wir die Baumsuche doch einfach auf ein anderes Wochenende.«

»Geht leider nicht«, sagte Meg. »Ich habe bis Weihnachten an jedem Wochenende Pläne. Der totale Stress.«

An jedem Wochenende?

Auf einmal schien ein tonnenschweres Gewicht auf ihrer Brust zu lasten. »Auch an unserem üblichen Wochenende?«

»Ja, aber das weißt du doch.« Meg ging in die Defensive, ein klares Anzeichen, dass sie vergessen hatte, es zu erzählen. »Am Freitag ist Mayas Party, und da muss ich unbedingt hin, weil ich auch zu Dana gehe, was bedeutet, dass ich Maya nicht absagen kann. Sonst wirkt es vielleicht so, als wäre mir Dana wichtiger als Maya.«

Waren ihre Teeniefreundschaften damals eigentlich auch schon so kompliziert gewesen wie Megs?

»Und wann wolltest du dann unseren Baum besorgen?«

Meg rutschte verlegen auf ihrem Stuhl herum. »Na ja, ich dachte, vielleicht kümmerst du dich dieses Jahr einfach mit Dad darum. Ich meine, ist doch keine große Sache, oder? Am Ende geht es ja darum, einen Baum zu *haben,* nicht darum, ihn auszusuchen.«

Keine große Sache?

Beim Gedanken daran, wie Meg früher immer die Tage heruntergezählt hatte, bis sie endlich den Baum schlagen würden, war Anna nun doch zum Weinen zumute. Megs Aufregung war ansteckend gewesen. *Wann gehen wir in den Wald? Warum können wir nicht schon jetzt gehen?* Sie hatte das Gefühl gehabt, dass ihr noch eine Ewigkeit blieb, bis die Kinder auszogen, aber so, wie das Gespräch heute Abend verlief, waren die beiden in Wahrheit schon mit einem Fuß zur Tür hinaus.

Erneut wünschte sie sich, die Zeit anhalten zu können, die ihr so gnadenlos durch die Finger rann.

Waren die herrlichen Weihnachtsfeste mit der Familie, die ihr so viel bedeuteten, von nun an Vergangenheit? War diese Zeit in ihrem Leben unwiederbringlich vorüber?

»Du willst also nicht dabei sein, wenn wir den Baum aussuchen?«

»Klar würde ich gern, wenn ich nicht so viel um die Ohren hätte«, erwiderte Meg fröhlich. »Aber seien wir doch mal ehrlich, meistens triffst doch sowieso du die Entscheidung. Dad sagt: *Er ist zu groß, such dir einen kleineren*, und du sagst: *Nein, ich will unbedingt einen großen.* Daniel und ich suchen immer welche aus, die dir zu schief sind oder nicht buschig genug. Du weißt, was du willst, und du bekommst es auch. Es ist jedes Jahr dasselbe. Du brauchst uns doch gar nicht! Ob wir dabei sind oder nicht, ändert nichts am Ergebnis.«

Aber … aber ging es nicht gerade darum? Ums Dabeisein? Und war das Gezanke um den richtigen Baum nicht ein wichtiger Bestandteil der Tradition? Offenbar nicht, denn niemand außer ihr schien diese Ansicht zu teilen.

Sie stellte sich vor, wie sie auf den Wochenmarkt ging, um dort einfach so den Baum auszusuchen. Niemand, der seine Meinung abgab, keine aufgeregten, strahlenden Gesichter, weil der Tannenduft und das Piken der Nadeln erste Festtagsstimmung aufkommen ließen. Ohne all das war der Baum nichts weiter als ein Punkt mehr auf ihrer Einkaufsliste. *Karotten, Kartoffeln, ein Sack Äpfel, Tannenbaum.*

»Aber wir haben den Baum immer schon gemeinsam ausgesucht. Es wäre doch schade, wenn ihr das verpasst.«

»Ach, mach dir unseretwegen keine Gedanken.« Meg winkte ab. »Daniel und ich werden den Baum garantiert toll finden, auch wenn wir ihn nicht mit aussuchen.«

Anna musterte ihre Tochter auf der Suche nach dem leisesten Hauch von Bedauern. Doch da war nichts.

Offenbar hielt Anna an etwas fest, das alle anderen längst losgelassen hatten.

Und auf einmal fiel ihr die Entscheidung, mit der sie sich herumgeplagt hatte, ganz leicht.

»In Ordnung, dann besorgen Dad und ich den Baum. Das müssen wir dann aber schon dieses Wochenende erledigen, weil ich Mitte Dezember verreise. Mit Claudia und Erica.« Die Worte fühlten sich seltsam falsch in ihrem Mund an. Stumm wartete sie ab, hoffte halb darauf, dass die anderen sie entsetzt musterten und laut protestierten, dass sie doch nicht einfach wegfahren konnte.

Die Reise würde in der Woche stattfinden, in der sie traditionell die Weihnachtseinkäufe erledigten, Geschenke einpackten und das Haus schmückten.

Als niemand reagierte, versuchte sie es erneut. »Ich werde die ganze Woche über fort sein. Sieben Tage. Aber keine Panik.«

Allerdings schien sowieso niemand panisch zu werden, auch wenn Pete ihr einen fragenden Blick zuwarf. Als der übliche Sommertermin für ihre Leseclub-Reise geplatzt war, hatte sie zwar erwähnt, dass sie den Urlaub verschieben würden, aber offenbar hatte Pete vergessen, dass die Vorweihnachtszeit als mögliches Ausweichdatum im Gespräch gewesen war. Oder er war davon ausgegangen, dass sie niemals freiwillig im Dezember wegfahren würde.

Die Kinder reagierten überhaupt nicht, und einen schrecklichen Moment lang fragte sie sich, was wohl passieren würde, wenn sie einfach auch über Weihnachten fortblieb. Wenn sie sich nicht um das Essen kümmerte, um die Lichterketten und Weihnachtskränze und Girlanden im Haus, oder um die Strümpfe, die sie für den Weihnachtsmann am Kamin aufhängten. Würde sich überhaupt jemand darum kümmern, oder würde Weihnachten vergehen wie jeder andere Tag auch?

Sie knirschte mit den Zähnen. »Habt ihr mir überhaupt zugehört? Ich verreise für eine Woche.«

Meg nahm sich ein Stück Knoblauchbrot. »Das klingt doch toll, Mom! Ich finde es super, dass Leute in deinem Alter noch Freunde haben.«

Leute in ihrem Alter?

»Freundschaften sind nicht nur wichtig, wenn man jung ist, Meg.« Wenn überhaupt, wurden sie mit den Jahren wichtiger. Zumindest war das in ihrem Fall so.

»Ich weiß, das sage ich Dana und Maya auch immer: ›Regt euch doch nicht über Kleinigkeiten auf. Wir müssen es noch ziemlich lange miteinander aushalten, wenn wir noch füreinander da sein wollen, wenn wir verrunzelt und zahnlos sind.‹ Wobei ich nicht vorhabe, jemals verrunzelt zu werden, weswegen auf meinem Wunschzettel dieses Jahr Sonnencreme mit Lichtschutzfaktor 50 steht. Macht es euch schön, Mom. Und grüß Erica von mir. Du hast echt Glück, dass du eine ganze Woche mit ihr verbringen kannst. Sie ist megacool.«

Erica war also offenbar cool, während Anna eine langweilige alte Mom war, deren Anwesenheit bei Schulkonzerten zum Schämen war.

Der Gedanke versetzte ihr einen schmerzhaften Stich.

»Und was genau hat Erica gemacht, um als megacool zu gelten?«

Meg zuckte mit den Achseln. »Sie ist einfach total chefig. Fliegt die ganze Zeit in der ersten Klasse um die Welt und bekommt ein Vermögen dafür, andere Leute zu beraten. Und sie hält Vorträge vor Tausenden von Leuten! Dieser eine Talk von ihr hat ungefähr sechzig Millionen Views auf YouTube! Sie konzentriert sich komplett auf ihre Karriere und hat das nie als Problem betrachtet.«

Anna fand, dass Ericas Lebenswandel ans Ungesunde grenzte. Allerdings wusste sie natürlich auch viel mehr über Erica als ihre Kinder.

Zum Beispiel, dass Erica sich unter anderem deshalb so auf ihre Karriere konzentrierte, weil ihre Mutter ihr eingebläut hatte, dass sie sich auf niemanden außer auf sich selbst verlassen konnte. Kein Wunder, so desillusioniert und abgekämpft, wie sie gewesen war, nachdem Ericas Vater direkt nach der Geburt von der Bildfläche verschwunden war. Anna wusste auch, dass Erica durch ihre traumatische Kindheit so derart viel Wert auf Unabhängigkeit legte, dass sie nicht in der Lage war, Liebesbeziehungen einzugehen – auch wenn Erica selbst das niemals zugeben würde. Erica bat nicht um Hilfe, Erica verließ sich auf niemanden. Dabei war sie selbst die Hilfsbereitschaft und Zuverlässigkeit in Person. Sobald eine ihrer Freundinnen in Schwierigkeiten steckte, stand sie auf der Matte und tat, was sie konnte, um zu helfen.

Anna warf einen Blick zu Pete, und ein Gefühl tiefer Liebe durchströmte sie. Wenn sie ins Stolpern geriet, würde er sie auffangen, darauf konnte sie sich verlassen. Und ihm ging es andersherum genauso, das wusste sie. Sie hatte nie auch nur eine Sekunde lang daran gezweifelt, dass er für sie da sein würde. Es mochte Menschen geben, die sie für naiv hielten, aber sie wusste, dass sie recht hatte. Sie konnte ihm voll und ganz vertrauen.

So war es vom ersten Augenblick an gewesen, von dem Moment an, als sie sich kennengelernt hatten. Sie hatte in der Collegebibliothek gearbeitet und auf einmal diesen umwerfenden Typen mit den lächerlich langen Wimpern bemerkt, der so in sein Buch vertieft war, dass ihm vollkommen entging, wie die Mädchen um ihn herumscharwenzelten und ihm sehnsüchtige Blicke zuwarfen. Sie selbst hatte das Buch gerade erst zu Ende gelesen, also legte sie ihm das nächste aus der Reihe hin, worauf er sie zu sich auf sein Zimmer einlud, um bei einer Flasche Wein darüber zu diskutieren.

Zweiundzwanzig Jahre und zwei Kinder später tranken sie immer noch miteinander Wein, lachten und unterhielten sich über Bücher. Die gesamte Collegezeit über waren ihre Namen stets in einem Atemzug genannt worden, und »Anna und Pete« waren sie bis heute geblieben.

Erica, die schon damals von einem Partner zum nächsten geflattert war, war es bis heute ein Rätsel, wie sie so zufrieden sein konnten. Aber vermutlich hing das schlichtweg damit zusammen, dass Erica nie jemandem voll und ganz hatte vertrauen können und gar nicht wusste, wie sich eine wirklich tiefgehende Beziehung überhaupt anfühlte.

Erica hatte sich niemals in eine Situation gebracht, in der ein Mann sie einfach im Stich lassen und damit ihr Leben zerstören konnte, so wie ihr Vater es mit ihrer Mutter getan hatte.

Manchmal fragte sich Anna, was sich Ericas Vater wohl dabei gedacht hatte. Was für ein Mensch man sein musste, um seine Frau und sein neugeborenes Baby zu verlassen. Dann versuchte sie, sich vorzustellen, dass Pete etwas Ähnliches tat, was ihr aber nie gelang. Sie war sich viel zu sicher, dass er weder ihr noch den Kinder so etwas je antun würde.

71

Mit den Jahren hatte sie immer wieder gehofft, dass Erica doch noch jemanden kennenlernen und sich verlieben würde – was laut Claudia übrigens auf ihr Faible für Liebesromane zurückzuführen war –, aber bislang war es nie dazu gekommen. Und jetzt war Erica vierzig.

Vierzig.

Inzwischen waren sie seit über zwei Jahrzehnten Freundinnen. Seit damals, als sie sich auf dem College ein Zimmer geteilt hatten.

Anna dachte an ihr Telefonat mit Claudia vorhin. Im Anschluss an ihr Gespräch hatte sie sich das Maple Sugar Inn noch einmal genauer angesehen und dabei nicht einen einzigen Grund entdecken können, der aus Ericas Sicht ausgerechnet für dieses Hotel sprach. Womöglich hatte Claudia doch recht. Irgendetwas war mit Erica. Aber Erica würde ihnen von selbst davon erzählen, sobald sie so weit war – und keine Sekunde früher, das wusste sie aus Erfahrung.

Meg aß ihre Pasta auf und legte die Gabel weg. »Außerdem trägt Erica tolle Klamotten und sieht total fit aus. Man würde im Leben nicht glauben, dass sie vierzig ist! Sie wirkt überhaupt nicht alt!«

Pete verzog das Gesicht. »Oh, diese Grausamkeit! Vierzig ist doch nicht alt! Vierzig ist das neue zwanzig.«

Meg starrte ihn an, als sei er nicht ganz bei Trost. »Ähm ... okay, Dad. Wenn du es sagst ...«

Ich bin genauso alt wie Erica, dachte Anna. Ob Leute *sie* für vierzig hielten? Ja, vermutlich schon. Sie war weder sonderlich schlank noch durchtrainiert und hatte auch kein so selbstbewusstes Auftreten wie Erica. Auf einmal wurde ihr unangenehm bewusst, dass ihre Jeans oben am Bund einschnitten. Vielleicht würde ihr der Auszug der Kinder endlich den nötigen Antrieb geben, sich um ihre Gesundheit zu kümmern und ihren Körper in Form zu bringen.

»Erica wohnt ja auch häufig in Hotels, dort kann sie das Fitnessstudio und den Pool benutzen.« Eine leise Stimme in ihrem Kopf merkte zwar an, dass Sport zu treiben eine Entscheidung war, für die man kein Fünf-Sterne-Hotel und auch keine Fitness-studiomitgliedschaft brauchte. Aber sie ignorierte sie geflissentlich, auch wenn Claudia der lebende Beweis dafür war, dass die Stimme recht hatte. Sie ging fast jeden Morgen laufen und trainierte mehrmals die Woche. Es bestand kein Zweifel daran, dass Anna das Faultier in ihrer kleinen Clique war.

»Genau«, sagte Meg. »Erica achtet in erster Linie auf sich selbst und entschuldigt sich nicht dafür. Wie lautete noch mal die Überschrift dieses Beitrags über sie von letzter Woche?« Meg trommelte mit den Fingern auf dem Tisch herum, dann breitete sich ein Lächeln auf ihrem Gesicht aus. »Ach ja, genau. *Gläserne Decke? Was ist das?* Es ging darum, dass sie ohne Rücksicht auf Verluste ihre Ziele verfolgt. Ich hab den Artikel allen in der Schule unter die Nase gehalten und erzählt, dass sie meine Patentante ist. Die anderen fanden es voll krass. Und dann meinte unsere Lehrerin, dass ich sie ja zu einem Vortrag in die Schule einladen könnte. Ich hab nur gesagt, dass ich das gern versuche, aber dass sie gerade vermutlich in Tokio oder London oder an irgendeinem anderen glamourösen Ort ist. Sie ist echt ein mega Vorbild für Frauen.«

Nun legte auch Anna ihre Gabel beiseite.

Achtzehn Jahre lang hatte sie versucht, ihren Kindern die bestmögliche Mutter zu sein, nur um jetzt herauszufinden, dass sie sich vermutlich mehr Respekt eingehandelt hätte, wenn sie wieder arbeiten gegangen wäre und Karriere gemacht hätte.

Abgesehen davon, dass es in ihrer Zukunft dann zumindest ein Element gegeben hätte, das sich nicht demnächst grundlegend ändern würde.

»Wusstet ihr eigentlich, dass ich früher im selben Unternehmen gearbeitet habe wie Erica? Ich bin sogar vor ihr befördert worden.« Kaum hatten die Worte ihren Mund verlassen, hätte sie auch schon vor Scham im Erdboden versinken können. Was machte sie hier eigentlich? Sich anbiedern, nur um ebenfalls als cool durchzugehen? War sie wirklich so unsicher? Und seit wann wurde der Wert einer Person anhand ihrer Berufsbezeichnung und ihres Einkommens bemessen?

»Du bist vor ihr befördert worden?«, fragte Daniel mit einem derart staunenden Gesichtsausdruck, als könnte er sich nicht einmal vorstellen, dass sie Erica die Aktentasche hinterhertrug. »Aber wieso bist du dann ausgestiegen?«

»Das weißt du doch.« Meg bedachte ihn mit einem Augenrollen. »Weil sie uns bekommen hat.«

Daniel wirkte jetzt ernsthaft beunruhigt. »Aber du hättest doch weiterarbeiten können.«

Manchmal konnte sie kaum glauben, wie einfach die Welt für ihre Kinder noch war. Sie kannten nur Schwarz und Weiß, Graustufen waren ihnen fremd. Vielleicht war genau das einer der Vorteile, wenn man auf die vierzig zuging: Man sah das Leben etwas differenzierter.

»Natürlich hätte ich wieder arbeiten gehen können.« Sie lächelte. »Aber es gefiel mir, Mutter zu sein. Unsere Familie war von Anfang an das Wichtigste für mich, und diese Entscheidung habe ich keine Sekunde lang bereut.« Nein, das nicht. Aber in letzter Zeit fragte sie sich durchaus manchmal, wie ihr Leben jetzt wohl aussehen würde, wenn sie damals einen etwas anderen Weg eingeschlagen hätte. »Eines Tages werdet auch ihr solche Entscheidungen treffen müssen.«

»Keine Ahnung, ob ich überhaupt Kinder will, so schnell, wie unser Planet vor die Hunde geht«, sagte Meg. »Übrigens war es eure Generation, die ihn kaputt gemacht hat. Danke auch, Mom.«

Anna blinzelte. Jetzt war sie auch noch persönlich verantwortlich für die Erderwärmung?

»Und wenn du wieder ins Berufsleben einsteigst? Es ist doch nie zu spät! Und wie Dad gerade gesagt hat, ist man mit vierzig ja auch noch gar nicht sooo alt.« Meg nahm sich noch ein Stück Knoblauchbrot. »Priyas Mom arbeitet neuerdings wieder in einer Arztpraxis.«

Anna versuchte, sich auszumalen, wie sie selbst als Arzthelferin arbeitete. Nein, undenkbar. Sie war zu lange nicht mehr berufstätig gewesen und brachte keinerlei praktische Fähigkeiten mit. Sie hätte umschulen müssen. Aber zu was? Ihr fiel rein gar nichts ein, was ihr Spaß machen würde. Vor ihr schien sich ein langes, leeres Leben ohne jeden Sinn zu erstrecken. Sie stellte sich vor, wie sie von Zimmer zu Zimmer ging, um saubere Regale abzuwischen und ordentliche Ecken aufzuräumen.

Dabei hatte sie doch immer schon gewusst, dass es irgendwann so kommen würde! Warum also hatte sie sich nicht besser dafür gewappnet?

Nachdem die Kinder den Tisch abgeräumt und das Geschirr in die Spülmaschine gepackt hatten – denn sie mochte zwar Mutter und Hausfrau sein, aber sie war hier nicht das Dienstmädchen –, wandte sie sich an Pete.

»Wie es aussieht, kaufen wir den Baum am Samstag also zu zweit.«

»Mhm. Wenn du möchtest, kann ich am Freitag auf dem Heimweg von der Arbeit auch einfach einen mitbringen. Ich komme an einem Laden vorbei, der Bäume verkauft.«

Seine Antwort ließ anfallartig das gesamte angestaute Elend aus ihr herausbrechen. »Na klar! Wieso schreiben wir den Baum nicht gleich auf unseren Einkaufszettel? Vielleicht besorgen wir dann auch direkt einen von den fertig dekorierten! So können wir noch einen Punkt mehr auf der To-do-Liste abhaken.« Als er sie mit einer gehobenen Braue ansah, seufzte sie tief. »Tut mir leid, hör einfach nicht auf mich.«

»Ich wollte nur helfen«, erwiderte er sanft. »Aber mit meinem Vorschlag habe ich offenbar das genaue Gegenteil bewirkt. Also, was ist los mit dir? Was habe ich verpasst?«

»Offensichtlich gar nichts!« Gott, war es frustrierend, dass er sie nicht einfach ohne Worte verstand! »Bin ich eigentlich die Einzige in dieser Familie, die Wert auf Traditionen legt? Ist es dir wirklich so egal, dass die Kinder uns nicht bei dem Konzert dabeihaben wollen und sich nicht dafür interessieren, gemeinsam mit uns den Baum auszusuchen? Weihnachtsbäume sind doch keine lästige Pflicht, die man von seiner To-do-Liste abhakt!«

Er hielt kurz inne, dann sagte er: »Anna …«

»Nix Anna.«

Er rieb sich den Nasenrücken, so wie stets, wenn er nach den richtigen Worten suchte. »Aber es ist ja nicht so, dass sie uns nicht begleiten *wollen*. Sie haben nur einfach etwas anderes vor.«

»Und das scheint ihnen gar nichts auszumachen! Ist dir aufgefallen, dass sie nicht einmal richtig darauf reagiert haben, dass ich wegfahre? Aber darum geht es nicht. Sondern darum, dass der Baum allen hier immer besonders wichtig war. Weißt du noch, wie sie uns früher schon Anfang November angebettelt haben, einen Baum zu besorgen? Damals hätten sie sich das nie und nimmer entgehen lassen.«

»Ja. Und ich weiß auch noch, wie wir uns einmal haben breitschlagen lassen und den Baum schon Ende November gekauft haben.« Die Erinnerung an diesen glücklichen Moment brachte sie beide zum Lächeln.

»An Weihnachten hatte er fast alle Nadeln verloren.«

Pete nickte. »Du kannst nicht von ihnen erwarten, dass sie sich noch genauso verhalten wie als Kinder. Und sieh es mal so – es ist doch toll, dass sie Freunde haben, mit denen sie gern Zeit verbringen.«

»Tu ich ja. Aber es geht um Weihnachten! Viele Familien haben Weihnachtstraditionen, die sie Jahr um Jahr wiederholen. Deswegen bezeichnet man sie ja auch als Traditionen. Und ich wüsste nicht, weshalb man etwas an ihnen ändern sollte! Macht dich der Gedanke, dass wir den Baum dieses Jahr nicht gemeinsam aussuchen, denn überhaupt nicht traurig?«

»Darüber habe ich noch gar nicht nachgedacht. Du aber offensichtlich schon«, bemerkte er mitfühlend. »Ich weiß doch, wie wichtig dir Weihnachten ist. Wie wär's, wenn wir beide zusammen den Baum besorgen, und dann essen wir in diesem neuen Laden in der Stadt zu Mittag? Wir machen uns einen richtig schönen Tag. Einen Anna-und-Pete-Tag, wie früher.«

Ein Anflug von Nostalgie überkam sie.

Als die Zwillinge noch klein gewesen waren, hatten sie gelegentlich Petes Mutter als Babysitter in Anspruch genommen und sich einen gemeinsamen kinderfreien Tag gegönnt – einen Anna-und-Pete-Tag eben. Momente, in denen sie miteinander allein waren und sich voll und ganz aufeinander konzentrieren konnten, anstatt sich ständig mit den Zwillingen zu befassen. Diese Tage waren ihnen unendlich wertvoll gewesen. Nachmittags waren sie ins Kino gegangen und hatten sich eine Tüte Popcorn geteilt, anschließend hatten sie sich ein Hotelzimmer genommen und miteinander geschlafen. Na ja, einmal hatten sie sich auch ein Hotelzimmer genommen und einfach nur ... geschlafen. Aber vor allem hatten sie die Zeit genutzt, um miteinander zu reden und sich aufeinander zu konzentrieren.

All das schien ihr unendlich lange her zu sein.

»Aber das ist einfach nicht dasselbe! Und außer mir interessiert das hier offenbar niemanden. Dir würde es vermutlich nicht mal etwas ausmachen, wenn wir unseren nächsten Weihnachtsbaum am Straßenrand aufsammeln würden. Du machst das alles nur, um mich aufzuheitern.«

»Es ist mir wichtig, einen Baum zu *haben*. Wie wir ihn bekommen nicht so sehr – aber dir nun einmal schon. Und mir ist wichtig, dass es *dir* wichtig ist.« Er sprach mit fester Stimme weiter und musterte sie dabei genau. »Aber es geht gar nicht um den Baum, oder?«

Auf einmal hatte sie einen dicken Kloß im Hals. Er kannte sie einfach zu gut.

»Das stimmt. Es wird sich so vieles ändern, wenn die Kinder ausziehen. Ich fürchte diesen Augenblick schon so lange, aber bislang konnte ich meine Ängste immer unterdrücken und habe mir gesagt, dass es ja noch lange hin ist. Doch heute Abend habe ich begriffen, dass es längst begonnen hat.« Tränen brannten in ihren Augen. »Auch wenn die Kinder noch hier wohnen, habe ich manchmal das Gefühl, dass sie innerlich gar nicht mehr richtig hier sind.«

»Na ja, sie werden eben erwachsen. Stehen auf eigenen Füßen und gehen ihren Weg.«

»Ich weiß ja. Aber bisher sind wir auf diesem Weg immer neben ihnen hergegangen, und sie jetzt auf einmal ziehen lassen zu müssen, fühlt sich einfach ...« Sie schluckte. »Es fällt mir so schwer. Ich weiß, für dich ist das alles kein Thema. Du gehst morgens zur Arbeit, dann hast du den ganzen Tag zu tun und verschwendest vermutlich kaum einen Gedanken an uns. Du hast andere Dinge, auf die du dich konzentrieren kannst. Aber für mich sind die Zwillinge und unser Familienleben alles, was ich habe.«

»Ich weiß. Und ich weiß auch, dass ich es dir verdanke, dass wir ein so wunderbares Zuhause und zwei so glückliche, ausgeglichene Kinder haben, die genügend Selbstbewusstsein besitzen, um in die Welt hinauszugehen und sich ein eigenes Leben aufzubauen. Unsere Rolle besteht jetzt darin, sie dabei zu unterstützen.«

»Am liebsten würde ich sie immer bei mir haben.«

»Das verstehe ich. Aber vielleicht ist mit diesem neuen Lebensabschnitt ja der Zeitpunkt gekommen, auch für dich ein paar Dinge zu ändern. Einen Neuanfang zu wagen. Ist das nicht auch ein bisschen aufregend?«

Nein, aufregend konnte sie daran im Augenblick rein gar nichts finden. Eigentlich fand sie es einfach nur beängstigend.

»Ich will aber keinen Neuanfang. Und selbst wenn, wie sollte der aussehen? Ich bringe doch keinerlei Qualifikationen mit. Ich bin nicht wie die coole Erica, die Unsummen dafür bekommt, dass sie ihre Meinung sagt.« Unsicherheit flammte in ihr auf. »Als wir noch für dasselbe Unternehmen gearbeitet haben, hatte ich eine steile Karriere vor mir.« Und sie konnte sich genau erinnern, wie toll sich das angefühlt hatte.

»Bis ich dir die Babys gemacht habe«, fügte Pete sanft hinzu, und sie spürte, wie sie vor schlechtem Gewissen rot anlief.

»Na ja, dazu gehören immer noch zwei. Die Babys haben wir schon beide gemacht.« Sie hatten sich vom Rausch des Augenblicks mitreißen lassen. Waren ein wenig zu überstürzt gewesen. Zu jung und zu impulsiv, um an so erwachsene, vernünftige Dinge wie Verhütung zu denken.

»Bereust du es?«

»Dass wir die Kinder bekommen haben?« Sie war überrascht, dass er so was überhaupt fragte. »Die beiden sind das Beste, was mir je passiert ist, und das weißt du.«

»Ja, sicher. Aber wenn wir sie etwas später bekommen hätten, wärst du mit deiner Karriere vielleicht schon weiter gewesen. Vielleicht hättest du dann zumindest in Teilzeit weitergearbeitet und insgesamt einen leichteren Wiedereinstieg gehabt.«

»Aber ich wollte nicht Teilzeit arbeiten. Ich wollte bei den Zwillingen sein.« Sie kannte nicht wenige Frauen, die wieder arbeiten gehen mussten, weil sie es sich schlichtweg nicht leisten konnten, zu Hause zu bleiben. Andere wiederum waren ins Berufsleben zurückgekehrt, weil sie es wollten. Und sie selbst war Hausfrau geworden, weil es das gewesen war, was *sie* wollte. Ihre freie Entscheidung. Aus ihrer Sicht war es kein Opfer gewesen, zu Hause zu bleiben. Im Gegenteil, sie hatte dadurch nur gewonnen.

Sie hatte es nie langweilig oder anstrengend gefunden, sich um die Kinder zu kümmern, sondern faszinierend. Ja, es hatte Augenblicke gegeben, in denen ihr arbeiten zu gehen viel einfacher erschienen war als all die durchwachten Nächte mit den Zwillingen. Aber Megs erste Schritte, der Tag, an dem Daniel zum ersten Mal eine ganze Seite in einem Buch gelesen hatte – all das waren Augenblicke, die sie auf ewig in ihrem Herzen tragen würde. Und sie wusste, dass sie sich glücklich schätzen konnte, diese Möglichkeit überhaupt gehabt zu haben. Pete hatte sie ihr geschenkt, und ihr war mehr als bewusst, was für Auswirkungen das auf ihn gehabt hatte. Die finanzielle Sicherheit der Familie lastete dadurch ganz allein auf seinen Schultern, und das war keine Kleinigkeit. Fünf Jahre nach ihrer Hochzeit hatte er seinen Job verloren, und sie hatte mitansehen müssen, wie er sich unter Druck setzte und Tag um Tag, Nacht um Nacht damit verbrachte, eine neue Stelle zu finden.

»Komm her.« Pete hielt ihr die Hand hin, sie ergriff sie und setzte sich auf seinen Schoß wie damals, als sie noch ein junges Mädchen gewesen war.

»Ich bin zu schwer.« Sie musste an Megs Kommentar über Ericas Figur denken und stand auf, aber Pete zog sie wieder nach unten.

»Du bist nicht zu schwer.« Er schlang die Arme um sie. »Und ich weiß, dass du es nicht bereust, die Kinder bekommen zu haben. Sie sind ein echter Glücksgriff – nicht dass ich ihnen das je ins Gesicht sagen würde, sonst halten sie sich am Ende noch für Gottesgeschenke. Aber bei meinem Genpool ist das natürlich auch kein Wund... Autsch!« Er zuckte zusammen, als sie ihm mit dem Ellenbogen in die Rippen stieß.

»Sie haben all deine schlechten Eigenschaften geerbt.«

»Welche schlechten Eigenschaften?« Er drückte sie an sich. »Was kann ich tun, um dich aufzubauen?«

»Ich weiß doch auch nicht.« Sie überlegte, wie sie es ihm erklären sollte. »Weißt du noch damals, als du arbeitslos warst? Eine Zeit lang hast du dich nutzlos gefühlt und wusstest nicht mehr, wo dein Platz ist. Genauso fühle ich mich jetzt. Die Kinder brauchen mich nicht mehr so wie früher. Letztlich ist das nichts anderes, als würde ich meinen Job verlieren.«

Er strich ihr sanft das Haar aus dem Gesicht. »Du verlierst deinen Job nicht, Anna. Sie werden dich immer brauchen.«

»Aber nicht mehr im selben Ausmaß. Mutter zu sein war für mich ein Vollzeitjob und mein Lebensinhalt, und jetzt ist er vorbei, und ich weiß nicht, wie ich damit umgehen soll. Ich kann doch sonst nichts! Und ich kenne auch gar nichts anderes. Es ist das Einzige, worin ich gut bin und was ich gern mache. Doch bald werde ich nicht mehr gebraucht. Und was dann? Als du deinen Job verloren hast, konntest du dich einfach auf andere bewerben, weil du qualifiziert warst. Aber meine Qualifikationen würden mir höchstens etwas bringen, wenn ich Nanny werden wollte.«

»Das stimmt nicht.« Er nahm sie fest in die Arme. »Die Kinder sind nicht das einzig Gute in deinem Leben, Anna. Da ist noch viel mehr.«

Ja, sie hatten ein wunderschönes Zuhause, tolle Freunde und eine nette Familie. Und sie war überaus dankbar für das alles. Aber nichts daran konnte etwas an dem alles beherrschenden Verlustgefühl ändern. »Die Kinder sind am wichtigsten.«

Nach einer kurzen Pause ließ er sie los und stupste sie an, damit sie aufstand. »Tja, jetzt hast du zwei Möglichkeiten. Entweder du betrachtest es als Ende oder als Anfang.«

Sie nahm ihr Weinglas vom Tisch. »Klingt wie einer dieser nervigen Sprüche, über die man alle naslang auf Instagram stolpert. Vielleicht solltest du jetzt besser aufhören zu reden, Pete.«

»Ich will dir doch nur helfen.« Er stand ebenfalls auf und ging zur Kaffeemaschine, während sie ihm frustriert hinterhersah.

»Um mir zu helfen, müsstest du schon die Zeit zurückdrehen können.« Bis heute war es ihr ein Rätsel, wie er so spät am Abend noch Kaffee trinken und trotzdem wenig später selig einschlafen konnte.

Er drückte einen Knopf, und die Maschine spuckte einen starken Espresso aus. »Und was willst du mir damit sagen? Dass du noch ein Baby willst?«

Anna verschluckte sich und stellte ihr Glas weg. »Hast du das gerade ernsthaft gesagt?«

»Ja. Wieso reagierst du so schockiert? Du liebst Babys und sagst, dass Kinder das einzig Wichtige in deinem Leben sind. Was in meinen Augen bedeutet, dass wir wohl am besten noch eins bekommen sollten.« Er nippte an seinem Kaffee und beobachtete sie quer durch den Raum.

Irgendwie lief dieses Gespräch nicht rund. Sie hatte doch nie gesagt, dass die Kinder das einzig Wichtige in ihrem Leben waren – oder etwa doch? Nein, bestimmt nicht. Empfanden Väter eigentlich genauso für ihre Kinder wie Mütter? Oder war die Verbindung doch eine andere? Darüber hatte sie auf ihrer letzten Leseclub-Reise auch mit ihren Freundinnen gesprochen, als das Thema am Rande in ihrer Lektüre aufgetaucht war. Aber da weder Claudia noch Erica Kinder hatten, war schnell alles gesagt gewesen. Und weil Ericas Vater nach ihrer Geburt noch schätzungsweise acht Minuten lang durchgehalten hatte, ehe er das Weite suchte, war ihre Meinung zudem alles andere als neutral.

»Noch ein Baby? Ich bitte dich, Pete, sei nicht albern.« Sie trank ihren Wein aus.

»Was soll daran albern sein?«

»Wir waren uns doch einig, dass wir zwei Kinder wollen. Nur dass die eben zufällig gleichzeitig gekommen sind.«

»Na und? Wir haben jedes Recht der Welt, unsere Meinung zu ändern.«

Auf den Gedanken war sie noch nie gekommen. Sie versuchte, sich vorzustellen, wie es wäre, noch einmal schwanger zu sein. Ein Baby zu umsorgen. Die schlaflosen Nächte, das Chaos, all der Spaß und all die Liebe. »Ich werde in ein paar Monaten vierzig. Und du auch.«

»Viele Paare bekommen mit vierzig noch Kinder. Und unser Alter machen wir durch Erfahrung wieder wett. Als wir die Zwillinge bekommen haben, waren wir noch so jung. Seitdem haben wir viel dazugelernt.« Er zuckte mit den Achseln. »Wer weiß? Vielleicht würden wir uns bei einem zweiten Versuch als Eltern ja sogar besser schlagen, und die Zwillinge waren nur so etwas wie ein Testlauf.«

Sie wusste, dass sie jetzt eigentlich hätte lachen sollen, aber sie konnte gerade überhaupt nichts Lustiges an der Thematik finden.

Selbst wenn es möglich gewesen wäre – wollte sie es überhaupt? »Die Kinder würden durchdrehen. Schließlich wäre das Baby der lebende Beweis dafür, dass wir noch miteinander schlafen.«

Sein Mundwinkel zuckte. »Betrachte es als erzieherische Maßnahme.«

Sie konnte sich Megs Reaktion lebhaft vorstellen. *Bäh, Mom, wie eklig! Wag es bloß nicht, mich in den kommenden neun Monaten von der Schule abzuholen.*

»Ach, es geht doch nicht nur um die Kinder. Die Lösung des Problems kann doch nicht sein, dass ich ein Baby nach dem nächsten bekomme! Irgendwann wird es immer ein letztes Baby geben.«

»Ich weiß, aber dann wärst du schon so alt, dass es dir vielleicht egal ist.« Pete trank seinen Espresso aus und stellte bedächtig die Tasse beiseite. »Willst du wissen, was ich denke?«

»Hm, ich weiß nicht so recht. Der letzte Gedanke, den du mir mitgeteilt hast, kam mir einigermaßen verrückt vor.« Auf überraschend wackligen Knien ging sie zu Lolas Wassernapf, um ihn aufzufüllen. Sie hatte den Eindruck, dass Pete nicht wirklich nachvollziehen konnte, wie es ihr ging, und das – zumindest teilweise – daran lag, dass er sich auch nicht sonderlich darum bemühte. Sie fühlte sich einsam, und dieses Gefühl löste leise Panik in ihr aus, hatte sie sich doch in ihrer Ehe bisher noch kein einziges Mal einsam gefühlt. Sie hatten immer über alles geredet, und Pete hatte sie immer verstanden.

»Ich denke, wir besorgen dieses Wochenende den Baum«, sagte er, »und dann solltest du mit deinen Freundinnen wegfahren und dir eine schöne Zeit machen. Du genießt eure gemeinsame Woche doch immer so und kommst jedes Mal ganz energiegeladen wieder. Im Sommer warst du so enttäuscht, als ihr nicht fahren konntet.«

»Ich weiß ja. Aber Sommer ist Sommer, und Weihnachten ist Weihnachten.«

»Kannst du dir etwas Gemütlicheres vorstellen, als dich in einem verschneiten Hotel einzukuscheln, um über Bücher zu sprechen?«

»Würde es dir denn etwas ausmachen, wenn ich fahre?«

»Was? Aber natürlich nicht! Bücher waren immer schon dein Hobby, und seitdem ihr den Leseclub auf dem College gegründet habt, spielt er eine wichtige Rolle in deinem Leben. Na los, fahr hin, lass es dir gut gehen. Warmen Kakao trinken, über Figuren und Handlung und unerklärliche Entscheidungen diskutieren … die Kinder eine Zeit lang vergessen … Weihnachten läuft dir doch nicht davon.«

Wo er recht hatte, hatte er recht. Bücher waren ihr Hobby, und Lesen half ihr beim Entspannen. Andere Leute machten Sport oder meditierten, aber Anna brauchte nur ein Buch in die Hand zu nehmen, und schon befand sie sich in einer anderen Welt. Außerdem würde es ihr guttun, Zeit mit ihren Freundinnen zu verbringen. Und sie machte sich Sorgen um Claudia und wollte für sie da sein.

Es war dieser Gedanke, der ihr vorrangig durch den Kopf ging, als sie ihr Telefon zur Hand nahm, um Erica anzurufen, ehe sie es sich anders überlegen konnte.

Ihre Freundin nahm sofort ab.

»Ich komme«, sagte sie. »Du kannst buchen.«

»Und? Haben die Kinder versucht, dich davon abzuhalten?«

Ericas Worte versetzten ihr einen kleinen Stich. »Nein, haben sie nicht.«

»Sehr schön! Du hast es dir verdient, dich einfach mal um dich zu kümmern. Pack deine Winterkleidung und die Schneestiefel ein. Das wird der Urlaub deines Lebens, und ich verspreche dir, dass ich dir mehr Weihnachtsstimmung verpasse, als du ertragen kannst.«

»So viel Weihnachtsstimmung kann es gar nicht geben. Hast du die Zimmer schon gebucht?«

»Nein, noch nicht. Ich ersticke gerade in Arbeit. Warum sparen Unternehmen dauernd irgendwas ein, ohne sich Gedanken über die Folgen zu machen? Aber jetzt, wo du zugesagt hast, werde ich gleich morgen früh dort anrufen. Du weißt ja, wie pingelig ich bei Details sein kann. Claudia hat mir gemailt, dass sie an Bord ist – das bedeutet drei Zimmer im Maple Sugar Inn. Warmer Kakao und Plätzchen. Das wird wie damals auf dem College, wenn wir uns abends zu dritt auf dem Sofa eingerollt und Claudias neuste Ofenkreationen probiert haben. Hast du eigentlich die Links durchgesehen, die ich dir zu dem Hotel geschickt habe?«

»Ja, sieht wirklich idyllisch aus.« Wie es wohl sein mochte, Tag für Tag mit diesem Ausblick aufzuwachen? Sie empfand einen Anflug von Neid. »So schlimm es auch ist, dass Hattie Coleman ihren Mann verloren hat – zumindest kann sie ihren gemeinsamen Traum weiterleben. Das muss sehr tröstlich für sie sein.«

5. KAPITEL

HATTIE

»Das Kissen ist zu hart. Ich mag keine harten Kissen.« Die Frau
stierte Hattie finster an. »Kein Auge habe ich zubekommen
heute Nacht!«

»Es tut mir leid, das zu hören, Mrs. Green.« Ihre Entschuldigung war aufrichtig gemeint, ihr Mitgefühl echt. Niemand
konnte besser nachvollziehen als sie, was es bedeutete, schlecht
zu schlafen. Wobei sie im Augenblick wohl nicht mal in einem
Bett aus Flauschewölkchen auch nur eine Mütze Schlaf bekommen hätte. »Ich bitte unsere Hausdame, Ihnen frische Kissen zu
bringen.«

»Aber nicht solche, wie ich sie in der ersten Nacht hatte. Die
waren zu weich.«

Zu hart, zu weich – ein wenig kam es Hattie so vor, als würde
sie die Prinzessin auf der Erbse beherbergen. Doch selbst in
solchen Momenten liebte Hattie an ihrer Arbeit nichts mehr,
als dafür zu sorgen, dass ihre Gäste während ihres Aufenthalts
wunschlos glücklich waren. Sie wollte ihnen ein Erlebnis ermög-
lichen, an das sie sich noch sehr lange erinnern würden. Denn
solche glücklichen Erinnerungen waren wichtig. Sie gaben einem
Halt in schlechten Zeiten.

»Ich bitte Chloe, Ihnen eine Auswahl an Kissen auf Ihr Zimmer zu bringen, damit Sie sich selbst eins aussuchen können«,
entgegnete sie. »Ihre Bequemlichkeit ist uns überaus wichtig,
und ich verspreche Ihnen, wir werden alles in unserer Macht Stehende tun, um eine Lösung zu finden. Wenn Sie bis dahin im
Speisesaal Platz nehmen möchten, sorge ich dafür, dass Sie Ihren
Lieblingstisch mit Blick auf Fluss und Berge bekommen. Heute

stehen Eier Benedict auf der Karte, die Spezialität unserer Küche. Ich kann sie nur wärmstens empfehlen.«

Das Telefon klingelte, und Hattie wartete ab, bis Mrs. Green im Speisesaal verschwunden war, ehe sie abnahm.

»Maple Sugar Inn, wie kann ich Ihnen helfen?«

»Guten Tag, ich würde gern drei Zimmer für Mitte Dezember reservieren. Meine Freundinnen aus dem Leseclub und ich treffen uns jedes Jahr in einem anderen Hotel, und falls es möglich ist, würden wir uns freuen, wenn wir drei Zimmer bekommen könnten, die nahe beieinanderliegen.« Die Stimme der Frau klang selbstsicher und professionell, und Hattie empfand einen Anflug von Neid. Was hätte sie dafür gegeben, eine Woche mit ihren Freundinnen zu verbringen und sich über Bücher zu unterhalten? Ehe sie Brent kennenlernte, hatte sie ein Weilchen in einer Buchhandlung gearbeitet. Sie liebte Lesen, aber inzwischen beschränkte sich ihre Lektüre auf die Kinderbücher, die sie Delphi vorlas. Diese Woche hatte sie sich bereits intensiv mit Dinosauriern, Haien und einem Walross, das seine Stoßzähne loswerden wollte, befassen müssen.

Um die Romane zu lesen, die sich auf ihrem Nachttischchen stapelten, hatte sie einfach zu viel um die Ohren. Und dann war da noch ihre Konzentrationsfähigkeit beziehungsweise der vollkommene Mangel an selbiger seit Brents Tod.

Die Frau gab die genauen Daten durch, und sie sah im Computer nach. »Sie haben Glück, wir haben während des gewünschten Zeitraums noch drei Zimmer frei. Soll ich sie Ihnen reservieren? Ich bin übrigens Hattie, falls ich es noch nicht erwähnt habe.« Keine Reaktion. Hattie runzelte die Stirn. »Hallo? Sind Sie noch dran?«

Die Frau räusperte sich. »Ja.«

»Ach, gut. Ich dachte schon, ich hätte es irgendwie geschafft, Sie abzuwürgen.«

»Sie sind Hattie?«

»Genau.« Was für ein merkwürdiges Gespräch. »Und ich kann Ihnen drei Zimmer reservieren, wenn Sie möchten.«

Kurzes Schweigen. Dann: »Wie lauten denn Ihre Stornierungsbedingungen?«

»Wenn unsere Gäste kurzfristig nicht anreisen können, versuchen wir, einen alternativen Zeitraum zu finden. Wenn wir die Zimmer umbuchen können, berechnen wir nur eine kleine Verwaltungsgebühr.« Aber das stand doch alles auch auf der Webseite! Verlief dieses Telefonat einigermaßen seltsam, oder war sie einfach zu müde? »Möchten Sie gern buchen?«

Es folgte eine weitere lange Pause. »Ja, bitte.«

Hattie blockte die Daten in ihrem System. Vielleicht hatte die Frau ja auch einfach Weihnachtsstress. Zu dieser Zeit im Jahr machten die Menschen manchmal die eigentümlichsten Dinge. »Ein Leseclub, sagen Sie? In diesem Fall brauchen Sie eine ruhige Ecke, in der Sie zusammensitzen und sich unterhalten können. Unsere Zimmer sind sehr hübsch, aber der Sitzbereich ist etwas zu klein für drei Personen. Soll ich Ihnen und Ihren Freundinnen vielleicht die Bibliothek reservieren? Sie wäre ideal geeignet.«

»Sie haben eine Bibliothek?«

»Ja. Sie ist klein, aber es gibt bequeme Sofas und einen Kamin. Sehr gemütlich. Ich lese selbst gern, also hat mein verstorbener Ehemann eins unserer Zimmer zu einer Bibliothek umgebaut, damit ich einen Ort für meine ganzen Bücher habe.« Und anfangs hatte sie noch große Pläne für dieses Zimmer gehabt. *Lass uns Lesewochenenden anbieten,* hatte sie zu Brent gesagt. *Wie eine Wellness-Auszeit, nur mit Büchern statt Spa.* Sie hatte sich vorgestellt, wie kleine Frauengruppen – denn aus irgendeinem Grund waren die Mitglieder von Leseclubs fast ausnahmslos Frauen – aus dem ganzen Land in ihr Hotel kamen, um ein Wochenende lang Bed, Breakfast und Bücher zu genießen. Sie war begeistert gewesen von der Idee, aber Brent war skeptisch geblieben. Er hatte das Konzept wirtschaftlich nicht einträglich genug gefunden. Was ja durchaus stimmen mochte, was wusste sie denn schon? Nur weil es ihrer eigenen Vorstellung von einem Traumurlaub entsprach, musste das ja nicht jeder so sehen. »Die meisten Gäste verbringen ihre Zeit während des Winters am liebsten in unseren beiden Wohnzimmern oder draußen im Schnee, deswegen« dürfte es kein Problem sein, die Bibliothek für Sie zu reservieren. Sie müssten mir nur die jeweiligen Abende durchgeben. Sprechen Sie sich doch einfach mit Ihren Freundinnen ab und sagen Sie mir anschließend Bescheid.«

»Danke … Hattie.«

Ja, doch. Eindeutig merkwürdig.

»Gerne.« Hattie nahm die Personalien auf. Erica Chapman, Anna Walker und Claudia Price.

Damit war das Hotel den kompletten Dezember über ausgebucht. Was gut so war, solange niemand kündigte. Falls jemand von ihren Angestellten ging, steckte sie bis zum Hals in der Tinte.

Nachdem sie aufgelegt hatte, hörte sie Delphis ansteckendes Kichern aus dem Büro dringen, gefolgt von einer tiefen Männerstimme.

Noah Peterson. Er war hier. Nun hatte sie keine Chance mehr, ihm aus dem Weg zu gehen.

Ihr Magen schlug einen Salto.

Natürlich war ihr klar gewesen, dass dieser Augenblick irgendwann kommen würde. Aber sie hatte nicht damit gerechnet, dass es heute schon so weit sein würde. Ein Glück, dass sie sich heute Morgen noch die Haare gewaschen hatte. Nicht dass ihr Aussehen eine Rolle spielte. Aber trotzdem – es war immer leichter, unangenehme Situationen zu meistern, wenn man dabei zumindest so gut wie möglich aussah.

Und was ihr bevorstand, war ohne jeden Zweifel eine unangenehme Situation.

Am liebsten hätte sie sich ein großes Glas von dem Hexengebräu hinter die Binde gekippt, das sie an Halloween getrunken hatte.

Hastig sah sie sich im leeren Empfangsbereich um, dann stahl sie sich ins Hinterzimmer davon.

Sie würde einfach so tun, als wäre nichts passiert, und darauf hoffen, dass Noah es ebenso hielt.

Er hockte neben ihrer Tochter auf dem Boden und beäugte mit ihr den Inhalt eines Korbs. Rufus kam angetapst, um der Sache auf den Grund zu gehen, aber Delphi schob ihn sanft beiseite.

»Sitz, Rufus! Sonst machst du ihr Angst.« Sie langte in den Korb. »Beißt die?«

»Nein, versprochen.«

Einen Moment lang sah Hattie den beiden unbemerkt zu, Mann und Kind, die Köpfe – hell und dunkel – dicht zusammengesteckt. Der Anblick versetzte ihr einen Stich. Brent war ein toller Vater gewesen, aber Delphi würde sich später nicht mehr daran erinnern können. Sie hatte längst vergessen, wie ihr Vater sie auf dem Schlitten hinter sich herzog. Wie sie ihren ersten Schneemann mit ihm gebaut hatte. Und sie würde niemals das ganz besondere, enge Verhältnis erleben, das Hattie zu ihrem eigenen Vater gehabt hatte. Sie achtete darauf, vor Delphi ständig über Brent zu sprechen, und hatte überall Fotos von ihm aufgehängt. Aber natürlich war das nicht dasselbe. Manchmal musste sie an all die verpassten Augenblicke denken. An all die schönen Erlebnisse, die ihre Tochter niemals haben würde. All die Erinnerungen, die gar nicht erst entstehen würden. Aber da ihr die Vorstellung das Herz brach, zwang sie sich jedes Mal sofort, an etwas anderes zu denken. Es brachte ja doch nichts. Was zählte, war die Gegenwart. Sie musste nach vorn blicken, nicht zurückschauen. Ganz wie ihr Vater es ihr vorgelebt hatte und wie sie selbst es ihrer Tochter vorleben wollte. Aufstehen, weitermachen. Die Dinge so nehmen, wie sie waren, nicht so, wie sie hätten sein können.

Und das galt auch für *schwierige* Dinge.

Wie diesen Moment.

»Hi, Noah!« Sie bemühte sich um einen beiläufigen Ton. »Ich wusste ja gar nicht, dass du hier bist.«

»Ich hab das Obst und Gemüse in der Küche abgegeben.« Er stand auf. In seinen Jeans und dem dicken Rippenstrick-Pullover sah er aus wie das personifizierte gesunde Leben an der frischen Luft. »Du warst gerade mit deinen Gästen beschäftigt. Überhaupt hast du in letzter Zeit ja ganz schön zu tun. Meine Mutter beschwert sich ständig, dass sie dich gar nicht mehr zu Gesicht bekommt.« Sein entspanntes Lächeln brachte sie ganz durcheinander. Dieses Lächeln, das ihr Untergang gewesen war. Ob er wohl merkte, dass sie ihm aus dem Weg ging? Ach, natürlich merkte er das. Aber er hatte sie ja ebenso gemieden.

Jetzt allerdings war er hier, womit er ihr vermutlich signalisieren wollte, dass es für sie beide an der Zeit war, einen kleinen kollektiven Gedächtnisschwund zu erleiden und so weiterzumachen, als wäre nichts gewesen.

»Wie ich sehe, hat Delphi sich schon bestens um dich gekümmert. Was ist in dem Korb da?«

»Panther hat Junge bekommen«, sagte Delphi, deren Kopf halb im Korb verschwunden war. »Dieses hier nimmt Mrs. Michaels vom Buchladen. Sie sieht wie Panther aus, nur dass sie einen Fleck am Ohr hat. Noah hat noch mehr Kätzchen zu Hause. Können wir auch eins nehmen?«

Wie gern sie Ja gesagt hätte! Es war nicht immer leicht, mit ihrem ständigen und sehnlichen Wunsch umzugehen, alles dafür zu tun, ihr Kind glücklich zu machen und das Fehlen von Delphis Vater zu kompensieren. Ein Hotel, ein Hund und ein Kind waren manchmal schon mehr, als sie stemmen konnte, und jetzt stand auch noch die anstrengendste Zeit im Jahr vor der Tür. Sie konnte sich nicht noch eine zusätzliche Verantwortung aufbürden. Und da sie ihre Tochter nicht mit Ausreden abspeisen wollte, sagte sie ihr einfach die Wahrheit.

»Wir können kein Kätzchen bei uns aufnehmen, Spatz.«

Delphi verzog das Gesicht. »Aber wieso nicht? Ich wünsche mir so dolle eins!«

»Das weiß ich doch. Aber so ist das im Leben. Manchmal wollen wir Dinge, die wir nicht haben können. Tut mir leid, ich weiß, wie schwer es ist, das zu lernen.« Sie dachte an all die Dinge, die *sie* sich dolle wünschte. »Im Moment haben wir einfach zu viel zu tun. Ein Haustier ist eine große Verantwortung. Sie brauchen nicht nur Liebe, sondern auch viel Zeit und Aufmerksamkeit.«

»Aber bei Rufus schaffen wir das doch auch.«

»Genau, wir haben Rufus. Und ich finde, du bist inzwischen groß genug, um mehr Verantwortung für ihn zu übernehmen. Eigentlich ist das hier genau die richtige Gelegenheit, um darüber zu sprechen.«

Delphi richtete sich auf. »Ich könnte ihn füttern. Und seine Schüssel putzen.«

»Das würdest du machen? Das wäre eine richtig große Hilfe!« Rufus klopfte mit dem Schwanz auf den Boden, und Delphi schaute unter ihrem goldenen Haarschopf heraus mit ernstem Blick hoch zu Noah.

»Wir können gerade kein Kätzchen nehmen, weil ich zu viel zu tun habe, um mich gut genug um es zu kümmern.«

In diesem Moment empfand Hattie eine schier überbordende Liebe für ihre Tochter.

Noah nickte mit ähnlich feierlicher Miene. »Das ist sehr verantwortungsbewusst von dir. Wenn du möchtest, kannst du die Kätzchen ja bei uns auf der Farm besuchen und Panther dabei helfen, auf sie aufzupassen.«

Hattie wusste seine Geste zu schätzen. »Was für ein nettes Angebot.«

»Darf ich heute schon kommen?« Delphi war klug genug, um zu wissen, dass Erwachsene ihre Versprechen häufig nicht einhielten.

Noah lächelte. »Wenn deine Mutter einverstanden ist, gern. Und wenn du schon mal da bist, kannst du gleich auch eure Weihnachtsbäume aussuchen. So hast du als Erstes die freie Wahl.«

»Heute?« Delphi platzte beinah vor Aufregung. »Und können wir auch schon einen fällen?«

»Fällen sollten wir heute noch keinen. Das erledige ich immer erst kurz bevor ich die Bäume zu euch rüberbringe. So bleiben sie länger frisch.«

Delphi sah sie an. »Darf ich mitgehen, Mommy? Bitte, bitte?«

Wenn sie dazu auch noch Nein sagte, war Delphis Tag im Eimer, und Delphi hatte es nicht verdient, dass ihre Mutter ihr den Tag verdarb, nur weil sie kürzlich einsam und sexuell frustriert gewesen war und Noah als Gegenmittel verwendet hatte.

Noah musterte sie mit unergründlicher Miene. »Wenn es dir nicht recht ist, kein Problem«, bemerkte er mit fester Stimme.

Wollte er damit sagen, dass es ihm lieber war, wenn sie nicht mitkam? Oder war es ihm wirklich gleich? Dachte er noch manchmal an die kurzen, rauschhaften Momente in der Scheune, oder spielte das alles für ihn längst keine Rolle mehr? War ihr Kuss für ihn womöglich sogar der gruseligste Teil von Halloween gewesen?

Sie musste sich einen hysterischen Lacher verkneifen. Vielleicht war das ja der Grund dafür, dass er sich schon seit einer Weile nicht mehr im Hotel hatte blicken lassen: Was, wenn sie ihm Angst machte? Wenn sie den Eindruck erweckt hatte, so entsetzlich bedürftig zu sein, dass er sich vor ihr fürchtete?

Andererseits wirkte Noah nicht wie jemand, der sich leicht ängstigte.

Aber was war denn nun die Wahrheit? Sie aus seiner Körpersprache abzulesen war unmöglich.

Ganz gleich, was er dachte, jetzt kam es darauf an, ihm das Gefühl zu vermitteln, dass alles noch so war wie früher. Er war ihr Nachbar und bis zu jenem kurzen Anflug von Wahnsinn auch ein guter Freund gewesen. Und den wollte sie nicht verlieren.

Nach Brents Unfall war sie dankbar gewesen für Noahs Zuverlässigkeit. Regelmäßig hatte er vorbeigeschaut und ihr dadurch in Erinnerung gerufen, dass sie nicht allein war, sondern Freunde und Nachbarn hatten, die für sie da waren und sich um sie kümmerten. Auch als sie schon kaum mehr jemand fragte, wie es ihr ging, hatte er weiter auf sie achtgegeben und immer wieder kleine Aufmerksamkeiten aus der Küche seiner Mutter vorbeigebracht.

Meine Mutter hat zu viel Auflauf gemacht, könnt ihr uns vielleicht mit den Resten helfen?

Meine Mutter hat dieses neue Kuchenrezept ausprobiert und wüsste gern, was du davon hältst.

Irgendwann hatte sie angefangen, sich auf seine Besuche zu freuen. Anders als andere Leute fasste er sie nicht mit Samthandschuhen an und schien es auch nicht weiter merkwürdig zu finden, dass sie manchmal ohne jeden erkennbaren Grund in Tränen ausbrach, obwohl sie gerade noch gelacht hatte.

Er hatte ihr in den letzten Wochen gefehlt. War das verkehrt? Sie hatte keinen blassen Schimmer mehr, was richtig war und was falsch. Das Schicksal hatte die natürliche Ordnung der Dinge auf den Kopf gestellt, und nun verstand sie die Regeln nicht mehr. Eigentlich war sie nicht mal sicher, ob es überhaupt solche Regeln gab. Was die anderen von ihr dachten, interessierte sie nicht, das war nicht ihr Problem. Ihr Problem bestand darin, dass sie nicht mehr wusste, was sie *selbst* dachte.

Indem sie Zeit mit ihm verbrachte, konnte sie ihm zumindest zeigen, dass sie nicht vorhatte, sich bei jeder Gelegenheit auf ihn zu stürzen, und dass er keine Angst vor ihr zu haben brauchte. Außerdem würde Delphi nach einem Nachmittag auf der Farm auf Wolke sieben schweben, und diese Gelegenheit würde Hattie sich nicht entgehen lassen.

»Danke, das wäre toll. Ich wollte dir wegen der Bäume sowieso noch mailen, aber ich bin einfach nicht dazu gekommen. Hier war einiges los.«

Er sah ihr unverwandt in die Augen. »Ich verstehe.«

Wenn das stimmte, war es mehr als peinlich.

Jetzt stieg ihr auch noch die Hitze in die Wangen! »Wir kommen nach dem Mittagessen zu euch rüber. Ich bitte Chloe, an der Rezeption auszuhelfen. Falls es Probleme gibt, kann sie mich ja einfach anrufen.«

»Meine Mutter hatte gehofft, dass ihr zum Abendessen bleibt. Sie hat dich seit Halloween nicht mehr gesehen.«

Halloween. Mehr als dieses eine Wort brauchte es nicht, um eine ganze Flut an Erinnerungen in ihr auszulösen.

Sie spürte wieder die stechend kalte Luft auf ihrer Haut, sah die dunkle Scheune vor sich, die Noah und sie in ihren schützenden Schatten gehüllt hatte. Sie hatten sich über Weihnachtsbäume unterhalten. Oder war es die Kürbisernte gewesen? Jedenfalls konnte sie sich noch genau erinnern, wie sie ihn vorn an seinem Hemd gepackt und an sich gezogen hatte, so heftig, dass er sich hatte festhalten müssen, damit sie nicht beide das Gleichgewicht verloren. Einen kurzen, atemlosen Augenblick lang hatte sie sich gefragt, was sie hier eigentlich machte, und dann – hatte sie ihn geküsst. Nein, *verschlungen* traf es wohl eher. Sie war ausgehungert gewesen, wie von Sinnen von der Hitze des Augenblicks. Es war ihr peinlich, auch nur daran zu denken. Allerdings ließ sich nicht leugnen, dass auch er seinen Teil dazu beigetragen hatte, ihren Kuss gierig erwidert und sie fest an sich gedrückt hatte. Es war ein einziger verschwommener Nebel aus Lust und Schuldgefühlen gewesen. Schuldgefühle, weil sie nicht mit Sicherheit sagen konnte, dass sie bereit war, einen anderen Mann zu küssen. Lust, weil … na ja, der Teil erklärte sich wohl von selbst. Noah Peterson besaß Fähigkeiten, von denen sie bis zu jenem Moment nichts geahnt hatte.

Aber jetzt … jetzt wusste sie davon.

Ängstlich begegnete sie seinem Blick, und kurz sahen sie einander einfach nur an, verbunden durch die Erinnerung an jenen gestohlenen Moment der Nähe.

Der richtige Zeitpunkt, um einen witzigen, unverfänglichen Spruch zu reißen und ihm damit zu signalisieren, dass er von ihrer Seite nichts zu befürchten hatte, kam und verstrich ungenutzt.

Ihr Kopf war wie leer gefegt.

Noah musterte sie noch kurz, dann richtete er seine Aufmerksamkeit auf Delphi. »Könntest du bitte kurz für mich auf das Kätzchen aufpassen? Deine Mutter und ich haben noch etwas zu besprechen.«

Reines, ungefiltertes Grauen überkam sie. Er wollte darüber reden? Aber … aber das wollte *sie* nicht!

Delphi legte eine schützende Hand auf den Korb und schaute zu ihm hoch. »Ich weiß, die Weihnachtsbäume. Ihr müsst über die Weihnachtsbäume reden. Weil du doch der Weihnachtsbaummann bist.«

»Ganz genau.« Er lächelte, und kleine Fältchen erschienen um seine Augen. »Ich bin der Weihnachtsbaummann.« Er drückte Delphi kurz die Schulter, dann kam er auf Hattie zu.

Sie starrte ihn begriffsstutzig an. »Du willst über Weihnachtsbäume reden?«

»Ja, über deine Bestellung. Es wäre hilfreich zu wissen, was du brauchst, ehe ihr heute Nachmittag zu uns kommt.«

»Ach so.« Sie zwang sich, tief durchzuatmen. »Ja, Moment, ich hab es mir irgendwo aufgeschrieben. Hier, auf meinem Schreibtisch.« Sie schnappte sich ihr Notizbuch, riss die entsprechende Seite heraus und hielt sie ihm hin. »Bitte.«

»Danke.« Er las alles durch, dann steckte er sich den Zettel in die Tasche.

»Es ist fast dasselbe wie letztes Jahr, nur dass ich dieses Jahr zusätzlich einen Baum in der Bibliothek aufstellen möchte.«

»Klingt gut. Größe?«

Größe? Knapp eins neunzig, dachte sie. Denn sie hatte auf die Zehenspitzen gehen müssen, um ihn zu küssen.

Noch im selben Moment war sie so fassungslos über die Richtung, die ihre Gedanken eingeschlagen hatten, dass ihr Gehirn ihr vorübergehend den Dienst verweigerte. »Ich weiß nicht.«

»Dann zeig mir doch einfach, wo du ihn hinstellen möchtest, und ich suche etwas Passendes heraus.« Er ging nach draußen in die Eingangshalle, und sie wandte sich an Delphi. »Bleib, wo du bist, ja? Du hast die Verantwortung, meine Große.«

»Ich rühr mich nicht von der Stelle.« Delphi ging im Schneidersitz in Position und setzte eine ihrer wichtigen Rolle angemessene ernste Miene auf.

Hattie folgte Noah durch die Halle, in der es ausnahmsweise einmal ruhig zuging, in die Bibliothek gegenüber der Rezeption. »Kaum zu glauben, wie schnell sie groß wird. Eines Tages wache ich auf, und sie geht aufs College.«

»Ja, man kommt kaum hinterher.«

»Manchmal geht es mir ein bisschen *zu* schnell.« Gott sei Dank gab es durch Delphi stets ein unverfängliches Gesprächsthema, in das man sich retten konnte.

Hattie schob die Tür auf, und sofort fiel ein wenig von ihrer Anspannung von ihr ab. Diese Wirkung hatten Bücher immer schon auf sie gehabt, und hier war man buchstäblich *umgeben* von Büchern. Die Regale bestanden aus Nussbaumholz und reichten bis zur Decke. Im Kamin flackerte ein Feuer, und zwei breite, bequeme Sofas standen sich gegenüber. Auf dem niedrigen Tisch dazwischen stapelten sich ebenfalls Bücher. Was hätte sie dafür gegeben, sich auf einem der Sofas einzurollen und den restlichen Tag mit Lesen zu verbringen!

»Ich liebe diesen Raum.« Noah zog ein Buch aus dem Regal. Sein Pulli hob hervor, wie breit seine Schultern waren, und bei dem Anblick setzte ein Kribbeln tief in Hatties Bauch ein.

»Ich auch.« Sie musste sich bemühen, halbwegs normal zu klingen, und hatte keine Ahnung, ob es ihr auch nur im Ansatz gelang.

»Im Moment habe ich acht Bücher auf dem Nachttisch liegen, und so viel, wie auf der Farm zu tun ist, wird der Stapel auf absehbare Zeit nicht kleiner werden. So gern ich auch lese, aber seit Dads Schulterverletzung bleibt mir keine Zeit für andere Dinge als Arbeiten und Schlafen. Aber wem erzähle ich das?« Er schob das Buch zurück an seinen Platz und drehte sich wieder um. »Also, lass es uns hinter uns bringen, damit du dich wieder um Delphi und das Hotel kümmern kannst.«

Auf einmal fühlte sich ihr Mund staubtrocken an. »H…hinter uns bringen?«

»Ja, wir sollten darüber reden. Herausfinden, was du willst.«

Tja, wenn sie das gewusst hätte, wäre sie gar nicht erst in diese Verlegenheit geraten. Ihr war klar, dass sie sich eines Tages innerlich von Brent würde lösen müssen. Was auch immer das bedeuten mochte. Aber woher sollte sie wissen, wann dieser Tag gekommen war?

»Ich … Ich denke, da gibt es nichts zu reden.«

Ein überraschter Ausdruck zuckte durch seinen Blick, gefolgt von Begreifen. »Der Baum«, sagte er langsam. »Wir sollten darüber reden, wie der Baum aussehen soll.«

Der Baum. Natürlich. Klar redete er über den Baum!

Warum tat sich eigentlich nie der Erdboden auf, wenn man gerade dringend darin versinken wollte?

Noah ignorierte ihre Verlegenheit taktvoll, zückte sein Handy und machte ein paar Fotos. »Ich nehme an, der Baum soll dort beim Fenster stehen, damit er durch das Kaminfeuer nicht so schnell austrocknet.« Er blickte vom Boden zur Decke, dann machte er sich mit dem Handy ein paar Notizen. »Er sollte nicht zu dominant sein, also weder zu hoch noch zu breit. Irgendwelche Wünsche?«

Aber sie hatte keine Wünsche mehr, nur noch Gefühle. Die allesamt verwirrend waren.

»Wichtig ist nur, dass er nach Weihnachtsbaum riecht.«

Sein Blick ruhte etwas länger als normal auf ihrem Gesicht. »Verstehe.« Er sah weg. »In dem Fall rate ich zur Balsamtanne. Gute Nadelhaltbarkeit, satte Farbe, hübsche Form. Und Tannen halten meist länger als Fichten.«

»Klasse.«

Unangenehm beschrieb die Situation nicht im Ansatz. Sie war einfach nur qualvoll. Beide schlichen sie wie die Katzen um den heißen Brei herum und versuchten dabei gleichzeitig, so zu tun, als wäre nichts, wodurch der Vorfall an Halloween letztlich aber nur umso bedeutsamer wirkte.

Und wenn sie es einfach ansprach? Andererseits, wieso sollte sie die Aufmerksamkeit auf ein Thema lenken, das er offensichtlich unbedingt vermeiden wollte? Hätte er darüber sprechen wollen, hätten sich ihm reihenweise Gelegenheiten dazu geboten.

»Na, dann verabschieden wir uns jetzt wohl besser. Ich weiß ja, wie viel du zu tun hast. Es ist Weihnachtsbaum-Saison!«

Noah steckte sein Handy wieder weg. »Du siehst müde aus.« Sein Tonfall war direkt, aber besorgt. »Arbeitest du auch nicht zu viel?«

»Doch, vermutlich schon. Das Hotel ist ganz schön stressig und anstrengend.« Sie gab sich solche Mühe, alles so zu erhalten, wie Brent es gewollt hätte. Aber der Druck war so groß. Ständig fragte sie sich, was Brent jetzt wohl getan hätte, aber da sie häufig unterschiedlicher Meinung darüber gewesen waren, wie das Hotel zu leiten wäre, kam sie selten zu einer Antwort.

Er nickte. »Wie läuft es mit dem Team?«

»Heute Morgen waren sie noch alle da, wofür ich angesichts meiner unterirdischen Führungskompetenzen wohl dankbar sein muss.«

Er runzelte die Stirn. »Aber Hattie, wieso zweifelst du denn an deinen Führungskompetenzen?«

»Oh, dafür gibt es allen Grund.« Sie dachte an Stephanie und dann an Tucker. »Die meisten von ihnen wurden von Brent eingestellt, und er hat sie sorgfältig ausgewählt. Er war einfach toll, was Personalfragen betrifft. Er wusste genau, wann man mit fester Hand führen muss und wann man die Zügel locker lassen sollte. Aber ich bin nicht Brent. Dafür bin ich viel zu … konfliktscheu. Traurig, ich weiß.«

»Nichts daran ist traurig. Verschiedene Menschen haben verschiedene Führungsstile. Und ich bin sicher, dass du eine ausgesprochen effiziente Managerin bist.« Nach kurzem Schweigen fügte er hinzu: »Vielleicht ist es an der Zeit, die Dinge nicht mehr so zu handhaben, wie Brent es getan hätte, und deinen eigenen Weg zu gehen. Das Hotel gehört jetzt dir, Hattie.«

Nur dass es sich kein bisschen so anfühlte. In ihrem Kopf war es immer noch ihr gemeinsames Hotel, bloß dass Brent nicht mehr da war, um daran teilzuhaben. Sie war die Verwalterin seiner Träume.

Einen kurzen Moment lang war sie versucht, Noah das alles zu erzählen, aber es gelang ihr einfach nicht, die Barriere zu durchbrechen, die sie in ihrem Inneren errichtet hatte. Sie hätte sich Brent gegenüber illoyal gefühlt, zumal ihr Verhältnis zu Noah im Augenblick eher unklarer Natur war. »Ach, das wird schon alles«, erwiderte sie schließlich nur.

Er zögerte. »Ich weiß, dass du versuchst, alles so zu erhalten, wie es war. Aber du musst einen Weg finden, der zu dir passt. Ein *Leben*, das zu dir passt.«

Sprach er jetzt noch über das Hotel, oder ging es inzwischen um etwas Persönlicheres?

Und würde sie je wieder aufhören können, nach einer versteckten Bedeutung hinter seinen Worten zu suchen?

Sosehr sie es auch zu leugnen versuchte – der Kuss hatte etwas ins Rollen gebracht. Sie dachte über Dinge nach, die sie eigentlich nicht infrage stellen sollte. Wollte Dinge, die ihr eigentlich nicht zustanden. Und wenn sie ehrlich war, brauchte sie sich nicht einzubilden, dass Noah und sie weitermachen konnten, als wäre nichts gewesen.

Es gab Dinge, die man nicht vergessen konnte. Dinge, die man nicht ungeschehen machen konnte.

»Es macht mich froh, alles so fortzuführen wie gehabt. Brent hatte tolle Ideen.« Ihre Worte zerstörten die beinahe schon schmerzhaft vertraute Atmosphäre zwischen ihnen.

»Sicher, natürlich.« Er straffte die Schultern und warf ihr ein kurzes Lächeln zu. »Falls ich mit meinem Ratschlag zu weit gegangen bin, tut es mir leid.«

Sie musste sich bewusst davon abhalten, ihm nicht auf der Stelle zu versichern, dass er nichts falsch gemacht hatte. Dass sie einfach nur verwirrt war. Aber damit wäre die Situation nur noch komplizierter geworden.

Am liebsten hätte sie einfach die Uhr zurückgedreht, zu der Zeit, als es noch nicht unangenehm gewesen war, ihn um sich haben. Aber dann hätte es auch den Kuss nie gegeben, und sie war sich nicht sicher, ob sie auf diesen denkwürdigen Augenblick wirklich verzichten wollte, auch wenn er sie gehörig durcheinandergebracht hatte.

»Wir sollten besser mal nach Delphi sehen«, sagte sie. »Sosehr ich auch auf ihre guten Absichten vertraue, ist ihr durchaus zuzutrauen, dass sie Rufus mit Süßigkeiten füttert.«

»Dann sehen wir euch also später? Schreib mir einfach, wenn du dich auf den Weg machst, dann komme ich zum Farmhaus. Und zieht euch warm an, ja? Es ist kalt da draußen.«

»Machen wir.« Und diesmal, das nahm sie sich ganz fest vor, würde es keine vertraulichen Momente in der Scheune geben. Keinen langen, sehnsüchtigen Blickkontakt. Keine Küsse, die ihr den Atem raubten. Es war nichts weiter als ein Nachmittag, an dem sie mit ihrer kleinen Tochter auf Baumschau ging.

Kein Problem.

6. KAPITEL

ERICA

Die Fahrt von New York nach Connecticut, wo Anna wohnte, dauerte aufgrund des starken Verkehrs, mehrerer Baustellen und unerwarteten Schneefalls fast zwei Stunden.

»Du kannst dir gar nicht vorstellen, wie sehr ich mich auf diese Reise gefreut habe.« Claudia nahm ihren Schal ab und legte ihn sich sorgfältig gefaltet in den Schoß. »Das Maple Sugar Inn sieht wirklich toll aus. Wie hast du es gefunden?«

Erica wünschte, sie hätte sich eine bessere Antwort auf diese Frage überlegt. »Ach, ein Zufallstreffer im Internet.« Zufällig war daran zwar rein gar nichts gewesen, aber dies war nicht der geeignete Zeitpunkt, davon zu erzählen. Vielleicht würde sie ja heute Abend, wenn sie zu dritt bei einem Glas Wein zusammensaßen, die Karten auf den Tisch legen. Sie stellte sich vor, wie sie beiläufig erwähnte: *Übrigens, es gibt da noch etwas, das ich euch sagen muss …*

»Ich kann gar nicht aufhören, mir die Fotos auf der Webseite anzuschauen«, sagte Claudia. »Und die Speisekarte ist die reinste Inspiration! Es wird einfach herrlich, den ganzen Tag Sachen zu essen, die ich nicht selbst kochen musste. Ach, wird das schön, einfach dort zu sein und uns vor dem Kaminfeuer einzukuscheln. So hart, wie du arbeitest, geht es dir sicher ähnlich.«

Erica hielt den Blick auf die Straße gerichtet und klammerte sich am Lenkrad fest.

Nein, eigentlich ging es ihr gar nicht ähnlich. Eigentlich war ihr ein kleines bisschen übel, und sie wünschte, sie hätte die Zimmer im Maple Sugar Inn nie gebucht. Warum hatte sie kein exklusives Boutique-Hotel in Boston ausgewählt und weiter an dem Leben festgehalten, das sie sich aufgebaut hatte, anstatt nach Antworten auf Fragen zu suchen, die sie vielleicht besser nie gestellt hätte?

»Erica? Alles in Ordnung? Hast du mir überhaupt zugehört?«

»Natürlich. Und ja, alles in Ordnung.« Die Lüge ging ihr leicht über die Lippen. »Ich bin nur etwas müde.«

»Kein Wunder. Hast du dieses Jahr eigentlich eine einzige Nacht in deinem eigenen Bett verbracht? Immer, wenn wir reden, steckst du in irgendeinem Hotel. Das klingt zwar luxuriös, ist aber doch bestimmt auch ein wenig einsam, oder?«

»Das finde ich eigentlich nicht.« Aus irgendeinem Grund fand sie die Ausdruckslosigkeit von Hotelzimmern sogar eher beruhigend. Sie legte Wert darauf, dass ihre Umgebung ebenso aussah wie ihr übriges Leben: frei von unnötigem Ballast. Und ja, eine Therapeutin hätte ihr vermutlich irgendeine Form von Bindungsstörung attestiert. Aber selbst wenn das stimmte, konnte sie gut damit leben. Sie besaß nichts, worauf sie nicht problemlos hätte verzichten können, und das war ihrer Meinung nach das Rezept für ein glückliches Leben.

Claudia aber schien anderer Meinung zu sein. »Bei deinem Arbeitspensum hast du einen Urlaub sicher dringend nötig. Du solltest mal entspannen.«

»Mhm.« Ja, sie war durchaus urlaubsreif. Nur wusste sie, dass die kommende Woche für sie alles andere als entspannt werden würde. Der bloße Gedanke an das, was vor ihr lag, machte sie nervös. Sie mochte ihr Leben doch! Warum also tat sie etwas, das womöglich alles auf den Kopf stellen würde?

»Ich bin so erleichtert, endlich mal aus der Wohnung rauszukommen. Alles dort erinnert mich an John, das tut mir nicht gut. Oh, sieh nur, es schneit!« Claudia betrachtete die Schneeflocken, die zwischen den Autos herumwirbelten. »Als ob uns das Wetter im Winterurlaub willkommen heißen will.«

Erica lächelte. »Das ist wohl eher ein Tief als ein göttliches Zeichen, das dir die Weihnachtszeit versüßen soll.«

»Da bin ich mir nicht so sicher. Immerhin weiß ich, was Schnee bedeutet. Und zwar, dass du einen Schneemann mit mir bauen wirst!«

»Ich habe in meinem ganzen Leben noch keinen Schneemann gebaut und bezweifle, dass ich die dazu notwendigen Fähigkeiten mitbringe. Frag Anna, die baut sicherlich die besten Schneemänner an der gesamten Ostküste.«

»Was?« Claudia fuhr auf ihrem Sitz hoch. »Nicht dein Ernst.«

»Doch. Solche Sachen liegen Anna einfach.«

»Ich meinte, es kann nicht dein Ernst sein, dass du noch nie einen Schneemann gebaut hast.«

»Nenn mir einen einzigen guten Grund, aus dem ich einen Schneemann bauen sollte.«

»Weil es … ähm … Spaß macht? Und du hast das wirklich noch nie gemacht? Nicht mal als Kind?«

»Nein.« Wenn sie an die Weihnachtsfeste ihrer Kindheit dachte, kamen alles andere als schöne Erinnerungen in ihr hoch. Die Laune ihrer Mutter war zur Weihnachtszeit stets in den Keller gerutscht. Sie hatte immer wieder in den Briefkasten geschaut, doch da nie etwas kam, verlor sie von Mal zu Mal mehr an Kampfgeist. *Um mich geht es hier nicht,* hatte sie dann vor sich hin gemurmelt, während sie Erica fest an sich drückte. *Sondern um dich. Du hast einen Vater verdient, der für dich da ist.* Erica hatte ihren Vater nie kennengelernt und wusste nur eins über ihn: dass er ihre Mutter direkt nach der Geburt verlassen hatte. Und da sie ihn nicht vermisste, verstand sie damals eigentlich nicht so recht, wieso ihre Mutter sich so aufregte. Ging es ihnen beiden denn nicht gut, so wie es war?

Ihre Mutter hatte an Weihnachten häufig gearbeitet. Anfangs nahm Erica an, das läge daran, dass sie einen Feiertagszuschlag erhielt und sie das Geld brauchten. Aber später, als sie alt genug war, um die feinen Nuancen des Lebens zu verstehen, fragte sie sich, ob es ihrer Mutter nicht vielleicht eher darum gegangen war, sich abzulenken. Sie hatte Feiertage stets wie eine Art Überlebenstraining betrachtet – *Es ist nur ein Tag, Erica, nur ein einfacher Tag.* Und so war Weihnachten für sie kein festlicher Anlass voller funkelnder Lichter und Zuckerstangen gewesen, sondern eine Krisenzeit, der man entschlossen und mit zusammengebissenen Zähnen begegnen musste. An den Tagen, an denen ihre Mutter arbeitete, hatte eine ältere Frau aus der Nachbarschaft auf Erica aufgepasst. Abends holte ihre Mutter sie dann wieder ab, und anschließend rollten sie sich gemeinsam auf dem Sofa ein und lasen Bücher, die sie in der Bibliothek ausgeliehen hatten. Dabei machten sie einen Bogen um Bücher, in denen Familien dargestellt wurden, die sich um den Weihnachtsbaum versammelten – *das ist nichts weiter als eine Fantasievorstellung* –, und lasen stattdessen echte Märchen über Drachen und Einhörner, in denen die Heldin über das Böse siegte. Überhaupt retteten sich in den Geschichten, die ihre Mutter auswählte, die Heldinnen immer selbst.

»Ich melde mich freiwillig als Schneemannbautrainerin«, riss Claudia Erica aus ihren Grübeleien. »Ich kann es gar nicht abwarten! Der Schnee fehlt mir so. Die Jahreszeiten insgesamt. Weißt du eigentlich, wie toll es ist, einen Schal tragen zu dürfen?«

Erica war dankbar für den Themenwechsel. »Aber du liebst doch die ewige Sonne in Kalifornien.«

»Ich weiß ja. Trotzdem fehlt es mir, im Herbst das Laub unter meinen Füßen rascheln zu hören und mich im Winter einzukuscheln und mit einem Teller dampfender Suppe aufzuwärmen. Apropos, ich bin kurz vorm Verhungern. Hoffentlich hat Anna das Abendessen schon fertig.«

Erica bremste ab, weil das Auto vor ihr zum Stillstand gekommen war. »Wann hat Anna je nicht das Abendessen fertig gehabt?«

»Nichts im Leben ist sicher. Da glaubt man, jemanden wirklich zu kennen, und *zack!* erlebt man die Überraschung des Jahrhunderts. Und zwar keine schöne.«

Erica musste an ihre Mutter denken. *Dein Vater war nicht der Mann, für den ich ihn gehalten hatte.*

Ihr Herz schlug ein wenig schneller. Sie hatte Tausende Fragen im Kopf, aber eigentlich zählte gerade nur Claudia, die ein schwieriges Jahr hinter sich hatte. »Anna wird uns aber nicht überraschen, und sie wird auch nichts beim Lieferservice bestellen. Ich glaube mit Sicherheit behaupten zu können, dass selbst gekochtes Abendessen bei Anna eine der wenigen festen Konstanten im Leben ist.«

Es war kaum zu übersehen, wie verletzt und traurig ihre Freundin war, und Erica litt mit ihr.

Genau so was passiert, wenn man sich von jemandem abhängig macht, dachte sie. Sie war dankbar, dass ihre Mutter ihr beigebracht hatte, sich einzig auf sich selbst zu verlassen.

Ob sie mal fragen sollte, ob es Neuigkeiten über John gab? Nein, hätte John sich gemeldet, hätte Claudia ihnen das sicherlich erzählt.

Also wählte sie ein unverfänglicheres Thema. »Wie läuft es bei der Arbeit? Hast du neue witzige Küchengeschichten auf Lager?«

»Ach, die Arbeit.« Claudia richtete den Blick in die Ferne. »Ich habe keine Arbeit mehr. Ich wurde gefeuert. Schätze, das geht nicht unbedingt als witzige Küchengeschichte durch.«

»Was?« Erica wandte ihr schockiert einen Blick zu. »Wann ist denn das passiert? Und wieso hast du mir nichts davon erzählt?«

»Weil du auch so schon genug für mich getan hast und mein ständiges Gejammer sicher schon satthast.« Claudia sank in ihrem Sitz zusammen und spielte mit ihrem Schal herum.

»Claudia. Du bist meine beste Freundin!« Erica wünschte, sie hätten nicht im Auto gesessen. Es war nicht leicht, ihrer Freundin die gebührende Aufmerksamkeit zu widmen und gleichzeitig auf den dichten Verkehr und das Schneegestöber zu achten. »Ich werde dich nie satthaben! Du hättest mich anrufen sollen.«

»Ach, ich kann es doch selbst noch nicht richtig glauben. Ich hoffe immer noch, dass ich eines Morgens aufwache und feststelle, dass alles nur ein schlechter Traum war. Bisher warte ich allerdings vergeblich. Ich fühle mich, als hätte eine Dampfwalze mein Selbstbewusstsein überrollt.«

»Was hat das denn bitte mit deinem Selbstbewusstsein zu tun? Dir wurde doch nicht aus persönlichen Gründen gekündigt.«

»Mag sein, es fühlt sich aber persönlich an.«

Erica bemühte sich redlich, Claudias Perspektive zu verstehen. »Nachvollziehbar. Du bist wütend und aufgebracht. Vielleicht auch ein bisschen verletzt. Aber es ist wichtig, darauf zu achten, dass du mit deinen Gefühlen keine Energie verschwendest. Stell dir deine Situation einfach vor wie ein Problem, das gelöst werden muss. Und das geht am besten, indem du einen Plan fasst.« Pläne waren ihre Stärke. Eine Stärke, die sie selbst hier bei Stop-and-go-Verkehr und Schneefall ausspielen konnte. »Komm, wir sprechen über deine Ziele und Wünsche für die Zukunft.«

»Aber ich weiß doch gar nicht, was ich will.«

»Dann lass uns mit einer Liste deiner Fähigkeiten anfangen.«

»Welche Fähigkeiten?«

Sie war fest entschlossen, nicht zuzulassen, dass sich Claudia in Selbstmitleid suhlte. »Dich niedermachen kannst du wann anders. Ich habe häufig genug gegessen, was du zubereitet hast, um dir versichern zu können, dass du eine außergewöhnlich talentierte Köchin bist.«

»Dann haben sie mich garantiert deswegen gefeuert.«

Genau aus diesem Grund hatte Erica ihr Unternehmen gegründet – um ihre Zukunft selbst in der Hand zu haben. Und weil sie keine Lust mehr auf Machtspielchen und firmenpolitische Ränke gehabt hatte. Sie wollte einfach nur so gute Arbeit leisten wie möglich. Und zwar nach ihren eigenen Bedingungen. »Wo hast du dich bisher überall beworben?«

»Nirgendwo.«

»Weil du erst seit gestern von deiner Kündigung weißt?«

Zögerlich erwiderte Claudia: »Nein, seit drei Wochen.«

»Seit drei …«, flüsterte Erica. »Aber warum hast du dich bisher dann nicht beworben?«, fragte sie lauter.

»Weil ich nicht weiß, ob ich überhaupt noch als Köchin tätig sein will. Ich werde bald vierzig.«

»Was hat das denn damit zu tun?«

»Es fühlt sich an wie ein Wendepunkt. Genauso wie der Jobverlust. Als ob es ein Zeichen wäre.«

»Ein Zeichen?«

»Ein Zeichen, dass ich vielleicht nicht mehr als Köchin arbeiten sollte.« Claudia sah sie von der Seite an. »Ergibt das irgendeinen Sinn?«

»Kein bisschen.« Erica glaubte nicht an Zeichen oder ans Schicksal. Sie glaubte daran, herauszufinden, was man wollte, und dann daran zu arbeiten, es auch zu erreichen. Und sie hatte im Lauf ihres Lebens genügend zwischenmenschliche Erfahrungen gesammelt, um zu wissen, wie sie Claudia jetzt anpacken musste. »Aber wenn du keine Köchin mehr sein willst, was dann?«

»Keine Ahnung.«

Erica dachte daran, wie sie Claudia beim Kochen beobachtet hatte. Es war, als würde man einer Künstlerin bei der Arbeit zusehen. »Aber du liebst Kochen, immer schon!«

»Das stimmt. Aber den Küchenbetrieb liebe ich nicht. Ich liebe Kochen, und ich hasse Küchenbetrieb. Leider bekomme ich aber das eine nicht ohne das andere, wenn ich damit Geld verdienen will.«

»Das siehst du nur so, weil du keine Kontrolle über die Geschehnisse hattest.« Der Verkehr kam erneut zum Stillstand. »Hast du je überlegt, dein eigenes Restaurant zu eröffnen? Deine eigene Chefin zu sein?«

Claudia warf den Kopf in den Nacken und lachte auf. »Weißt du eigentlich, wie lieb ich dich hab?«

Erica rutschte unbehaglich auf ihrem Sitz herum. »Hast du dir im Flugzeug zufällig einen Drink zu viel genehmigt?«

»Nein, ich hatte nicht mal einen.«

»Sicher? Normalerweise sagst du mir nämlich immer erst ab dem dritten Glas, wie lieb du mich hast.«

»Ja, weil ich weiß, wie unangenehm dir Gefühlsbekundungen sind. Aber heute habe ich mir fest vorgenommen, offen zu zeigen, wie sehr ich das zu schätzen weiß, was mir nach allem noch geblieben ist: meine Freundinnen. Anna und du. Egal wie düster mein Leben gerade aussieht, dank euch brauche ich keine Angst zu haben. Ihr seid immer so positiv und mutig – beides bin ich gerade so überhaupt nicht.« Claudias Stimme bebte, und Erica kam sich vor wie die letzte Betrügerin.

Sie war nicht mutig. Im Gegenteil. Sie hatte die hässliche Angewohnheit, Schwierigkeiten aus dem Weg zu gehen und alles dafür zu tun, niemals in Situationen zu geraten, die eine Gefahr für ihr sorgsam kontrolliertes Leben und ihr Bedürfnis nach Unabhängigkeit bedeuteten. Diese Selbsterkenntnis war ihr erst kürzlich gekommen, als sie sich nicht hatte entscheiden können, ob sie diese Reise wirklich antreten sollte.

Trotzdem war sie hier. Vielleicht war sie also mutiger, als sie dachte.

Sie richtete ihre Aufmerksamkeit wieder auf ihre Freundin. »Im Ernst, Claudia. Du würdest das schaffen. Ich weiß, wie fantastisch du kochst. Wenn du ein eigenes Restaurant eröffnest, wäre ich bereit zu investieren. Ich kann dir helfen.«

»Selbst wenn es mir irgendwie gelingen würde, das nötige Geld zusammenzubekommen – was absolut unmöglich ist –, wüsste ich immer noch nicht, ob ich wirklich mein restliches Leben lang in der Küche stehen will. Ich habe einfach keine Ahnung, was ich machen möchte.«

»Umso besser, dass wir jetzt eine ganze Woche lang Zeit haben, es herauszufinden.« Es kam wieder Bewegung in den Verkehr, und Erica nahm eine Abfahrt. »Operation Zukunft voraus.«

»Ehrlich gesagt würde ich mich lieber über Bücher unterhalten und meine Probleme für eine Weile vergessen.«

Ohne den Blick von der Straße zu lösen, drückte Erica über die Mittelkonsole hinweg Claudias Bein. »Das wird schon, versprochen. Du hast eine Durststrecke, aber du wirst sie überstehen. Apropos Bücher – hast du unsere Lektüre schon gelesen?«

»Zweimal sogar.« Claudia langte in ihre Tasche und holte das Buch hervor. »Es hat mir sehr gefallen, vor allem der Teil, in dem sie dafür sorgt, dass sein Tod wie ein Unfall aussieht. Genial! In der Mitte konnte ich ihre Entscheidungen teilweise nicht ganz nachvollziehen, aber insgesamt fand ich es trotzdem super. Ich freue mich schon darauf, es mit euch zusammen zu besprechen. Hat Anna es schon gelesen?«

»Weiß ich nicht. Sie war ein bisschen verschnupft, weil es ein Krimi ist, aber gleichzeitig auch fasziniert, weil Catherine Swift die Geschichte geschrieben hat.« Sie warf einen Blick auf das Buch, das Claudia hervorgekramt hatte. »Ist das Ding in der Badewanne gelandet, oder wieso sieht es so demoliert aus?«

»Ganz genau. Buch plus Badewanne ist derzeit meine Vorstellung von einem gelungenen heißen Date.«

Langsam schoben sie sich durch den dichten Verkehr weiter bis zu Annas Wohnviertel. Sämtliche Häuser in der breiten Allee waren weihnachtlich dekoriert, und durch die Fenster sahen sie funkelnde Weihnachtsbäume und mit Wintergrün dekorierte Kamine.

Claudia kuschelte sich tiefer in ihren Sitz. »Die Gegend hier ist wie verzaubert. Die Stimmung erinnert mich an meine Kindheit. Mein Dad hat damals jedes Jahr das halbe Haus mit Lichterketten umwickelt.« Sie seufzte tief, und endlich zeigte sich ein Lächeln auf ihrem Gesicht. »Also, langsam gerate ich doch ein wenig in Weihnachtsstimmung. Und du?«

Erica freute sich, dass Claudia ein wenig aufgeheitert wirkte, und sie hoffte, dass das auch so blieb. Aber die Worte *Weihnachtsstimmung* und *verzaubert* würden ihr trotzdem nicht über die Lippen kommen, ganz gleich, wie viel Mühe sie sich gab.

»Ja, sieht toll aus.« Mehr brachte sie nicht über sich, aber zu ihrer Erleichterung gab sich Claudia damit zufrieden.

»Typisch Anna, oder? Sie lebt wirklich im Paradies.«

»Ich kann zwar nachvollziehen, warum es dir hier gefällt, aber mir persönlich ist Manhattan lieber.« Sie bog in Annas Auffahrt ein und parkte vor dem Haus. »Zu Besuch bin ich hier gern, aber es würde mich wahnsinnig machen, überall mit dem Auto hinfahren zu müssen. Ich will alles zu Fuß oder notfalls mit der U-Bahn erreichen können.«

»Aber sie kann von hier aus in den Ort und zum Strand laufen.«

»Und zu Saks und Bloomingdale's? In die Met? Oder zur Carnegie Hall?«

Claudia grinste. »Ich glaube, du hast etwas andere Prioritäten. Was Anna in ihrer Nähe braucht, sind gute Schulen und Grünflächen.«

»Ich weiß.« Erica stellte den Motor ab und blieb noch einen Augenblick sitzen, um die Lebensentscheidungen auf sich wirken zu lassen, die sich funkelnd vor ihr entfalteten.

Anna wohnte in einem Neubau im kolonialen Stil aus Stein und Holzschindeln, umgeben von einem riesigen, von Bäumen gesäumten Garten. In allen Fenstern brannten Lichter. Kein Wunder, dass Claudia das Haus wie das Paradies erschien.

»Aber es liegt nicht am Haus an sich, oder?« Claudia musterte den Weihnachtskranz an der Haustür. »Das wahre Geheimnis ist Anna. Sie braucht nur aufzutauchen, und es wird gemütlich. Weißt du noch, was sie damals aus unserem College-Zimmer gemacht hat?«

»Als ob ich das je vergessen könnte.« Ihr Zimmer war karg und seelenlos gewesen, bis Anna das Zepter übernommen hatte. Haufenweise Bücher, einen hübschen Teppich und mehrere schöne Überwürfe später war das Zimmer wie verwandelt gewesen. Und auf der Fensterbank hatte stets eine Vase mit frischen Blumen gestanden. »Wenn ich abends schlafen gehen wollte, musste ich erst mal eine halbe Stunde lang die Wurfkissen von meinem Bett entfernen.«

Trotzdem hatte Erica das Zimmer seltsam tröstlich gefunden. Das Zuhause ihrer Kindheit war funktional gewesen, ohne jede Gemütlichkeit. Ihre Mutter hatte sich einzig für die praktische Seite interessiert. Dafür, dass Erica ein warmes Dach überm Kopf und etwas zu essen hatte. Kissen betrachtete sie als sinnlosen Luxus. Woraufhin Anna vermutlich erwidert hätte, das sei ja gerade das Schöne an Kissen.

Sie saßen immer noch im Auto, da ging die Haustür auf, und Anna erschien mit der Familienhündin Lola zwischen den Beinen auf der Schwelle. Ihr dunkles Haar war zu einem Knödel hochgesteckt, und sie trug ein kurzes Kleid und kniehohe Stiefel.

»Sie sieht toll aus«, brummte Claudia. »Wie eine Werbeanzeige für gesundes Essen, frische Luft und körperliche Betätigung. Bei dem Anblick würde ich am liebsten sofort nach Connecticut ziehen und mir einen Spaniel zulegen, und du?«

»Nicht mal, wenn man mir Geld dafür geben würde.« Erica öffnete die Beifahrertür und lud das Gepäck aus, während Anna die Treppe nach unten rannte und Claudia um den Hals fiel.

»Wie schön, dass ihr endlich da seid! Kaum zu glauben, dass es so langer her ist!« Anna wirbelte herum und verströmte dabei die Wärme eines winterlichen Kaminfeuers. »So viel Zeit dürfen wir nie wieder verstreichen lassen!«

»Aber es fühlt sich gar nicht so lange an, weil du dich kein bisschen verändert hast. So wie du dich in den vergangenen zwanzig Jahren eigentlich kaum verändert hast«, sagte Claudia, während sie Anna in einem Gewirr aus Armen und Beinen fest an sich drückte.

»Oh, aber ich bin älter geworden. Ich habe mindestens vier graue Haare mehr als gestern! Vielleicht sollte ich sie besser zupfen.« Dann wandte sich Anna an Erica. »Wie war die Fahrt?«

»Super. Oh!« Anna hatte unerwartet die Arme um sie geschlungen und sie fest an sich gezogen. Erica zögerte kurz, dann erwiderte sie die Umarmung und sog dabei den zarten Blütenduft ein, der so typisch war für Anna. Sie roch wie ein Sommergarten, und einen Moment lang erlaubte sich Erica, die warme Art und den vertrauten Duft ihrer Freundin als tröstlich zu empfinden. Wie auch immer sich die kommenden Tage entwickeln würden – es war gut, ihre Freundinnen bei sich zu wissen. »Ich verhungere gleich. Was hast du uns Schönes gekocht?«

»Claudias Leibgericht: Lamm-Tajine mit Aprikosen. Aus dem Kochbuch, das Pete mir letztes Jahr geschenkt hat. Schmeckt herrlich, perfekt für das kalte Wetter! Und zum Nachtisch gibt es einen verboten guten Schokoladenkuchen.« Annas Gastfreundschaft kannte keine Grenzen, und sie schien nur dann richtig zufrieden zu sein, wenn sie jemanden hatte, den sie umsorgen und verwöhnen konnte. »Kommt rein! Pete ist noch nicht von der Arbeit zurück, wir haben also noch genügend Zeit, um uns bei einem Glas Wein gegenseitig auf den neusten Stand zu bringen.«

Sie folgten ihr ins Haus, wo Erica staunend vor dem riesigen Weihnachtsbaum in der Eingangshalle stehen blieb. Was Weihnachten betraf, machte Anna keine halben Sachen.

»Der ist ja noch größer als sonst! Mit dem Ding lauft ihr jedenfalls keine Gefahr, dass der Weihnachtsmann euer Haus übersieht.«

»Pete und ich haben den Baum dieses Jahr ohne die Kinder ausgesucht, und da er mich gnädig stimmen wollte, gab es kein Gezänk über die Größe.«

Sie legte den Kopf in den Nacken. »Wie hast du den Stern da obendrauf bekommen?«

»Mit der Hilfe von Pete, einer Trittleiter und dem Ausstoßen von jeder Menge saftiger Flüche. Wollt ihr eben euer Gepäck oben ablegen? Dann können wir uns gleich in der Küche treffen. Claudia, für dich steht das Gästezimmer bereit, und du kannst bei Meg schlafen, Erica.«

Sie runzelte die Stirn. »Und was hält Meg davon?«

»Sie hat ihr Zimmer sogar extra für dich aufgeräumt, was aus meiner Sicht an ein Weihnachtswunder grenzt. Wir können also getrost davon ausgehen, dass sie stolz darauf ist, ihre – ich zitiere – ›megacoole Patentante‹ bei sich aufnehmen zu dürfen. Neuerdings scheinst du ihr großes Vorbild zu sein.«

Claudia schnaubte. »Und Vorbild für was, bitte?«

»Ich hab euch auch lieb.« Erica ließ die beiden stehen und ging nach oben in Megs Zimmer. In der Tür blieb sie einen Moment lang stehen und erinnerte sich daran, wie Anna schwanger gewesen war und sie dabei geholfen hatte, das Zimmer sonnengelb zu streichen und Wolken an die Decke zu malen.

Wir möchten dich bitten, Patentante zu werden, hatte Anna gesagt. *Dann sind wir endlich eine echte Familie und für immer miteinander verbunden.*

Anfangs hatte Erica dankend abgelehnt. Die Verpflichtung hatte ihr Angst gemacht, ganz abgesehen davon, dass sie Zweifel hegte, ob sie die nötigen Fähigkeiten mitbrachte, um den Anforderungen des Patentantendaseins gerecht zu werden. Aber Anna hatte ihr keine Wahl gelassen.

Du musst doch einfach nur für sie da sein.

Einfach nur? Für Anna, die nie von ihrer Familie im Stich gelassen worden war, mochte das eine Selbstverständlichkeit sein. Aber Erica war nun mal nicht Anna. Sie war überzeugt davon, dass die Patenschaft das Ende einer wunderbaren Freundschaft bedeuten würde. Sie hatte weder ein Händchen für noch irgendein Interesse an Babys und bezweifelte, dass es ihr gelingen würde, überzeugend so zu tun, als ob. Anna hatte sie vor die eine Aufgabe gestellt, an der sie scheitern würde.

Und dann waren die Zwillinge zur Welt gekommen, und zu ihrer eigenen Überraschung hatte sie sich Hals über Kopf in sie verliebt. Sie würde nie vergessen, wie sie Meg mit ihrem verschrumpelten kleinen Gesicht und dem schwarzen Haarschopf wenige Stunden nach der Geburt zum ersten Mal im Arm gehabt hatte. Das Baby war nicht mal richtig süß gewesen – nicht dass sie das laut gesagt hätte. Und trotzdem war sie hin und weg gewesen. Noch nie in ihrem ganzen Leben hatte sie eine so intensive, bedingungslose Liebe empfunden. Die Art Liebe, die einen dazu brachte, sich vor den Bus zu werfen, um dem anderen das Leben zu retten.

»Erica!«, kreischte jemand hinter ihr, da kam Meg auch schon angeschossen und fiel ihr um den Hals.

Mit Müh und Not gelang es ihr, das Gleichgewicht zu halten. »Hallo! Kennen wir uns? Ich suche Meg, aber die ist nicht halb so groß wie du!«

Meg ließ sie los und grinste. »Kinder wachsen, Erica. Jedenfalls solange man ihnen regelmäßig was zu essen gibt. Ich hab mein Zimmer für dich aufgeräumt.«

»Davon habe ich schon gehört. Aber ganz fair kommt es mir nicht vor, dass du dein Zimmer hergeben musst. Ich kann gerne auch auf dem Sofa schlafen.«

»Kannst du nicht, du bist Fünf-Sterne-Hotels gewöhnt. Und du kennst mein neues Zimmer noch gar nicht.« Meg schob die Tür auf, dann drehte sie sich um, damit sie Ericas Reaktion abschätzen konnte. »Und? Wie findest du es?«

Erica blieb in der offenen Tür stehen. Nach den gelben Wänden mit den weißen Wolken an der Decke hatten Pete und Anna Megs Zimmer in eine Feenhöhle inklusive rosa Wänden und Himmelbett verwandelt. Jetzt war es ein Teenagerparadies mit alten Filmplakaten an den Wänden, einem gemütlichen Plüsch-Sitzsack in der Ecke und einem riesigen Haufen Kissen und Kuscheldecken auf dem Bett.

Kein Wunder, dass Jugendliche solche Probleme hatten, morgens aus dem Bett zu kommen. Wenn sie erst mal in diesem Bett versunken war, würde sie auch nicht mehr aufstehen wollen.

Ob Meg überhaupt bewusst war, was für ein Glück sie hatte, Eltern wie Anna und Pete zu haben?

»Es ist toll geworden.« Auf einem kleinen Regal in der Ecke stand ein altmodischer Plattenspieler, daneben lag ein Stapel Schallplatten. »Der ist ja cool.«

Meg folgte ihrem Blick. »Meine Plattensammlung. An der arbeite ich schon seit einem Jahr. Macht viel mehr Spaß, als alles nur auf dem Handy zu haben.«

»Da hast du recht.« Erica nahm eine Zeichnung von Megs Schreibtisch. »Ist die von dir?«

»Ja, aber das ist doch nur Gekritzel.« Mit puterrotem Gesicht winkte sie ab.

Erica spürte sofort, wie verunsichert sie war. »Aber die ist fantastisch! Du hast echtes Talent.«

»Findest du? Danke! Ich arbeite an einer Mappe. Ich liebe Kunst und Grafikdesign. Vielleicht gehe ich später mal in die Werbung oder mache was mit PR. Schau mal.« Sie holte eine Fernbedienung vom Bett und drückte auf einen Knopf, woraufhin kleine Lichter an ihrer Zimmerdecke funkelten. »Die sehen total toll aus, wenn ich Content für meine Social-Media-Accounts erstelle.«

Auf einmal fühlte Erica sich fürchterlich alt.

Da kam Claudia mit Daniel herein, und nach einer weiteren Runde Umarmungen und Begrüßungen gingen sie gemeinsam nach unten in die Küche.

Anna war in ihrem Element. Sie hackte, briet, zupfte Blättchen von den Kräutertöpfen auf dem Küchentresen. Im Hintergrund lief leise weihnachtliche Jazzmusik, und in der Tischmitte schimmerten vier Gläser mit langen Stielen.

»Erica, hol doch mal den Champagner aus dem Kühlschrank.« Anna schob die Auflaufform zurück in den Ofen. »Pete hat gerade angerufen. Er ist auf dem Weg. Das heißt, wir haben noch eine gute Stunde, um die Themen zu besprechen, die ihn nichts angehen.«

»Seit wann hast du Geheimnisse vor Pete?« Erica öffnete die Kühlschranktür und begutachtete fasziniert die vielen Lebensmittel, die sich dahinter verbargen. »Wie findest du dich hier drinnen nur zurecht?«

»Was ist das denn bitte für eine Frage? Es ist ein Kühlschrank!«

»In meinem Kühlschrank sieht es ganz anders aus.«

»Ja, weil du nie für dich kochst.« Anna stupste sie von der Seite an und fischte eine Flasche Champagner hinter einem Berg an frischem Gemüse heraus. »Eigentlich war der für Weihnachten gedacht, aber dass ihr hier seid, ist besser als Weihnachten. Setzt euch, ich kümmere mich um alles.«

»Du bist einfach zu sehr daran gewöhnt, einen Zimmerservice zu haben«, sagte Claudia zu Erica. »Das ist dein Problem.«

»Was sollte daran ein Problem sein? An Zimmerservice ist doch nichts verkehrt.« Erica nahm Anna den Champagner ab und ließ den Korken knallen. »Der Klang von Feierlaune.«

Anna zauberte einen Teller frisch zubereitete Kanapees auf den Tisch. »Ich bin immer nervös, wenn ich für euch koche.« Sie hielt Claudia den Teller hin, die sich alles genau ansah und sich dann für ein Kanapee entschied.

»Keine Ahnung, wieso. Du kochst hervorragend. Außerdem gibt es nichts, was Berufsköchinnen mehr lieben, als sich einfach an den gedeckten Tisch zu setzen und etwas zu essen, das sie nicht selbst zubereitet haben.« Sie biss in ihr Kanapee und schloss die Augen. »Hmmm, köstlich!«

Anna wirkte erleichtert. »Findest du wirklich? Danke! Das Rezept ist neu. Wenn ihr zwei Nächte bleiben würdet, hätte ich morgen Käse-Soufflé gemacht.«

»Dann hast du es also endlich hinbekommen?«

»Ja, aber nur dank deiner Tipps.«

Erica trank einen Schluck Champagner. Eiskalt und himmlisch floss er ihr die Kehle hinab. Das Gespräch plätscherte um sie herum, die Wärme in Annas Küche drang tief in sie ein, und nach und nach entspannte sie sich.

Der Hund kam angetapst, setzte sich vor sie und starrte sie mit großen Augen an.

»Lass dich nicht reinlegen, sie will nur betteln. Schick sie ruhig weg«, sagte Anna.

Aber Erica beugte sich vor, um Lolas weiche Ohren zu streicheln. »Als ich klein war, habe ich mir immer einen Hund gewünscht.«

»Das wissen wir doch. Wir kennen dich, schon vergessen?« Anna griff nach ihrem Glas. »Und deshalb wissen wir außerdem, dass du dir trotzdem nie einen Hund zulegen wirst, weil du die Verantwortung scheust.«

Womit sie selbstverständlich recht hatten. Sie würde sich wirklich nie einen Hund anschaffen. Ihre Freundinnen kannten sie in- und auswendig, wussten Bescheid über all die kleinen Details, aus denen der Stoff ihrer Freundschaft gewebt war. Es war, als besäßen sie als Einzige den Schlüssel zu einer Geheimtür. Die meiste Zeit über achtete Erica streng darauf, dass die Tür zu ihrem wahren Ich fest verschlossen blieb. Umso mehr berührte es sie jedes Mal aufs Neue, Zeit mit ihren Freundinnen zu verbringen. Denn sobald sie zusammen waren, öffnete sich diese Tür und gewährte den beiden tiefe Einblicke in ihr Inneres.

Sie klopfte Lolas seidiges Fell. »Stimmt, es wäre einfach verantwortungslos, mir einen Hund zuzulegen. Ich bin doch nie zu Hause.«

»Wenn du einen Hund hättest, würdest du aber vielleicht freiwillig häufiger zu Hause sein wollen.«

»Ein Hund ist ein großer Schritt«, warf Claudia ein. »Vielleicht sollte sie besser mit einer Topfpflanze anfangen. Am besten einer aus Plastik.«

»Aber Topfpflanzen schenken ihr keine bedingungslose Liebe.«

»Machen aber auch keine Scherereien.«

Erica befand, dass es an der Zeit für einen Themenwechsel war. »Ich will weder einen Hund noch eine Topfpflanze. Auch nicht, wenn sie aus Plastik ist. Ich mag mein Leben, wie es ist, danke.« Aber wenn das wirklich stimmte, warum war sie dann gerade im Begriff, einen Weg einzuschlagen, der alles durcheinanderbringen würde?

»Ach, du Glückliche.« Claudia trank ihren Champagner aus. »Mein Leben ist eine einzige Katastrophe. Vielleicht sollte ich gleich acht Hunde bei mir aufnehmen.«

Erica zwang sich, an etwas anderes als ihre eigenen Probleme zu denken. Schließlich hatte sie ihre Lebensentscheidungen freiwillig und selbst getroffen, während Claudia ohne ihr eigenes Zutun Job und Partner verloren hatte. Was die Partnersuche betraf, konnte Erica ihr zwar nicht weiterhelfen, da sie in diesem Bereich über keinerlei Expertise verfügte, aber in Sachen Arbeit ließ sich etwas machen.

»Sobald wir in Vermont sind, setzen wir uns zusammen und überlegen gemeinsam, wie es für dich weitergehen könnte.«

»Aber liegt das denn nicht auf der Hand?« Anna füllte Claudias Glas nach. »Sie muss sich eine Anstellung in einem Restaurant suchen, das sie aufregend findet!«

»Hallo? Ich sitze neben euch. Könntet ihr bitte aufhören, über mich zu reden, als wäre ich nicht anwesend?« Claudia hob die Hand, um Anna zu bedeuten, dass ihr das Glas voll genug war. »Und ich hasse es, im Küchenbetrieb zu arbeiten. Die Hackordnung in Restaurantküchen ist mir zuwider, und ich habe mit dem Kochen aufgehört. Erica habe ich es im Auto schon erklärt – es bereitet mir einfach keine Freude mehr. Wir müssen uns also etwas anderes einfallen lassen. Nur dass ich keine Ahnung habe, was das sein könnte. Um irgendwo noch einmal ganz von vorne anzufangen, bin ich zu alt.«

Erica suchte Annas Blick und schüttelte kaum merklich den Kopf. Sie wusste, dass es besser war, nicht tiefer in die Thematik einzusteigen, solange Claudia müde war.

»Erwähnte ich eigentlich schon, dass sie sechsundzwanzig ist?« Claudia griff nach ihrem Glas. »Johns Neue, meine ich. Sechsundzwanzig. Vierzehn Jahre jünger als ich. Keine Falten, keine grauen Haare. Dafür Bauchmuskeln, so hart wie Eichenparkett. Sie ist näher an der Zwanzig als an der Vierzig.«

»Aber auch sie wird nicht ewig sechsundzwanzig sein«, gab Anna zu bedenken. »Während du für immer umwerfend bleiben wirst. Du bist klug und freundlich und etwas ganz Besonderes, und wenn John das nicht zu schätzen weiß, bist du ohne ihn besser dran.«

Erica hob ihr Glas. »Ganz deiner Meinung. Außerdem gehe

ich jede Wette ein, dass sie nicht halb so gut kochen kann wie du.«

»Ihrer Figur nach zu urteilen, bezweifle ich, dass sie überhaupt je was isst.«

Anna runzelte die Stirn. »Du kennst sie?«

»Nein, nicht persönlich. Aber sie ist Fernsehmoderatorin. Nervtötend gut gelaunt und am Anfang einer vielversprechenden Karriere, während in meinem Leben alles bergab geht, von meinem Beruf bis zu meiner Oberweite. Ich komme mir vor wie ein Soufflé, das schon vor Stunden aus dem Ofen geholt wurde.«

»Sag bitte nicht, dass du sie im Fernsehen gestalkt hast.«

Nach kurzem Zögern gab Claudia zu: »Doch, manchmal. Aber nur in besonders masochistischen Augenblicken.«

»Du musst unbedingt damit aufhören«, sagte Erica. »Das ist ungesund.«

»Weiß ich doch. Schokolade ist auch nicht gesund, und trotzdem fühle ich mich insgesamt besser, wenn ich welche esse. Ich bin nicht so diszipliniert wie du. Weißt du, auf welche Eigenschaft an anderen ich am neidischsten bin? Selbstvertrauen. Wisst ihr, ich hätte gar nicht das nötige Selbstbewusstsein, um mich nackt vor einen Sechsundzwanzigjährigen zu stellen. Aber John scheint damit nicht das geringste Problem zu haben. Wie kommt es eigentlich, dass Männer mit den Jahren immer attraktiver und Frauen immer unsichtbarer werden?«

»Das ist eine der größten Ungerechtigkeiten im Universum«, sagte Anna, aber Erica schüttelte den Kopf.

»Man darf einfach nicht zulassen, dass man unsichtbar wird. Ich hätte kein Problem damit, mich vor einem Sechsundzwanzigjährigen auszuziehen, wenn ich ihn attraktiv fände.«

»Du isst ja auch nie Schokolade und siehst ungefähr zehn Jahre jünger aus, als du bist«, bemerkte Claudia finster. Dann wandte sie sich an Anna. »Ich beneide dich um deine Ehe mit Pete. Er ist echt toll. Außerdem hast du auf Lebenszeit Sexgarantie, während ich vermutlich nie wieder mit jemandem ins Bett gehen werde.«

»So ein Quatsch«, protestierte Anna, und Erica nickte zustimmend.

»Allerdings. Ich kann auch Sex haben, wann immer ich will. Dass ich vierzig bin, hat daran nichts geändert.«

»Ja, weil du einfach nur sexy Jack anzurufen brauchst«, erklärte Claudia. »Ich dagegen habe weder einen Pete noch einen Jack. Nicht mal einen, der unsexy ist.«

Erica runzelte die Stirn. »Das zwischen mir und Jack ist absolut unverbindlich.«

»Aber sicher.« Claudia und Anna wechselten einen Blick, woraufhin sie seufzend ihr Glas beiseitestellte.

»Was war das für ein Blick?«

»Ach, gar keiner«, erwiderte Claudia. »Und überhaupt, ich will gar keinen bedeutungslosen Sex. Ich will Beziehungssex. Die Art Sex, nach der man gemeinsam einschläft und gemeinsam wieder aufwacht. Die Art Sex, bei der man sich einander nahe fühlt und weiß, dass man sich wiedersieht.«

Doch Erica ging der Blick nicht aus dem Kopf. Ihre Freundinnen waren offensichtlich überzeugt davon, dass das zwischen Jack und ihr mehr als nur eine Affäre war. Aber das war doch absurd! Mitunter sah sie ihn wochenlang nicht!

Sie wollte gerade darauf hinweisen, als sie hörten, wie die Haustür ins Schloss fiel.

Lola kläffte und rannte aus der Küche, um einen Augenblick später mit Pete zurückzukehren.

»Was für ein schöner Anblick. Eine ganze Küche voller Lieblingsmenschen.« Er begrüßte sie herzlich, äußerte Claudia gegenüber leise und freundlich sein Bedauern für ihre aktuelle Situation und zog anschließend Anna an sich, um sie zu küssen.

Sie sind seit zweiundzwanzig Jahren zusammen, dachte Erica, während sie verlegen wegsah, und er küsst sie noch immer, als wäre er frisch verliebt. Als gäbe es für ihn nichts Schöneres, als abends zu Anna heimzukehren.

Sie stellte sich die beiden in zehn Jahren vor, dann in zwanzig und dreißig. Sie würden zusammen alt werden, tief miteinander verbunden durch ihre Liebe und all die Erlebnisse, die sie miteinander geteilt hatten.

»Könntet ihr zwei euch freundlicherweise streiten oder so?«

Claudia trank einen Schluck Champagner. »Euer Eheglück hat auf einige weniger glückliche Gestalten in dieser Runde aktuell Übelkeit erregende Wirkung.«

Anna lief rot an und löste sich von Pete. »Gut, dass du nicht vor fünf Minuten hereingekommen bist«, sagte sie und klopfte Pete ein paar Schneeflocken von den Schultern. »Wir haben gerade über Sex geredet.«

»Ach, dieser verflixte Verkehr.« Lächelnd schenkte sich Pete den letzten Schluck Champagner ein. »Wo Sex doch zu meinen Lieblingsthemen zählt!«

Bedauerlicherweise suchte sich Meg ausgerechnet diesen Moment aus, um die Küche zu betreten. »Würg, Dad, ist ja widerlich. Du bist viel zu alt, um noch an Sex zu denken!«

Pete schnappte sich Anna und drückte ihr einen Kuss in den Nacken. »Hab ich dir in letzter Zeit eigentlich häufig genug gesagt, wie sehr ich dich liebe?«

»Ich fürchte, ich muss auf der Stelle ausziehen. Das ist echt die totale Teenagerfolter hier.« Meg verließ rückwärts die Küche und warf Erica dabei einen flehenden Blick zu. »Wie erträgst du das nur? Schreib mir, wenn sie damit aufgehört haben.« Und damit trat sie die Flucht an.

Pete ließ Anna grinsend wieder los. »Funktioniert jedes Mal wieder.«

Auch Anna lachte und versetzte ihm einen kleinen Knuff. »Du musst aufhören, sie so aufzuziehen.«

»Wann immer ich mit Anna allein sein will, brauche ich sie einfach nur zu küssen.« Pete legte seinen Mantel über der nächsten Stuhllehne ab. »Dann verlassen die Kinder fluchtartig den Raum. Das ist mein bester und einziger Erziehungstipp.«

»Nächstes Jahr gehen sie aufs College«, warf Anna ein. »Dann haben wir ständig Zeit für uns.«

»Ach, wird das romantisch!«, schwärmte Claudia mit offenem Neid und ließ sich nach hinten sinken. »Bestimmt freut ihr euch schon riesig darauf. Eine Date Night nach der nächsten.«

Erica bemerkte, wie Pete Anna einen kurzen Blick zuwarf, die auf einmal emsig den Tisch deckte.

Was mochte das zu bedeuten haben?

Als Anna Pete und ihre Freundinnen miteinander bekannt gemacht hatte, war er ein schüchterner, schlaksiger Teenager mit schlimmer Frisur und einer Leidenschaft für Science-Fiction, Computerspiele und Kreuzworträtsel gewesen. Aber er hatte Wärme und Freundlichkeit ausgestrahlt und einen ausgeprägten Sinn für Humor besessen. Ständig hatten Anna und er einen Grund zum Lachen gefunden.

Mit den Jahren war er zu einem Mann geworden, der stilles Selbstvertrauen ausstrahlte, gut zuhören konnte und für seine Familie ein Fels in der Brandung war. Und ausgesprochen attraktiv war er auch. Aus schlaksig war groß und breitschultrig geworden, und die kleinen Fältchen um seine leuchtend blauen Augen bewiesen, dass er seinen Sinn für Humor bis heute nicht verloren hatte.

Aber um das zu beweisen, hätte es die Lachfältchen gar nicht gebraucht. Denn immer, wenn Erica hier war, hörte sie Pete und Anna über irgendetwas lachen.

Sie empfand einen kurzen Anflug von Neid, der sie für einen Augenblick aus dem Konzept brachte. Sie war es nicht gewöhnt, neidisch zu sein. Und sie *mochte* es nicht, neidisch zu sein.

Schließlich war sie vierzig Jahre alt und rundum glücklich mit dem Lebensweg, den sie eingeschlagen hatte.

Oder etwa nicht?

7. KAPITEL

HATTIE

»Du bist bis Januar komplett ausgebucht?« Lynda stellte eine Teetasse vor Hattie ab. »Donnerwetter, das ist ja eine stolze Leistung. Aber es bringt sicher auch eine Menge Druck mit sich.«

Sie saßen in der gemütlichen Küche der Petersons, und dank einer üppigen Portion von Lyndas Apfel-Ingwer-Kuchen und der Wärme, die von dem gewaltigen Herd an der Wand abstrahlte, fiel es Hattie zunehmend schwer, die Augen offen zu halten. Sie fühlte sich benebelt, ihre Glieder waren bleischwer, und sie bekam kaum mehr einen geraden Satz zustande. Trotzdem war es schön, hier bei Lynda zu sein, die ihr stets das Gefühl gab, hervorragende Arbeit zu leisten, selbst wenn sie gerade eher den Eindruck hatte, sich mehr schlecht als recht durchzuhangeln.

»Das mit der stolzen Leistung kann ich nicht beurteilen. Aber eine Erleichterung ist es auf jeden Fall.« Sie unterdrückte ein Gähnen. So müde, wie sie war, fiel es ihr schwer, nicht zu nuscheln. »Solange wir keine Personalprobleme bekommen, sollte das Hotel für die kommenden Monate aus dem Schneider sein.«

»Ach, über das Hotel mache ich mir gar keine Gedanken. Eher über dich.«

»Mich?« Hattie trank einen Schluck Tee, um wach zu werden. Aber inzwischen hatte sie den Punkt erreicht, an dem vermutlich nur noch ein paar Ohrfeigen und ein Nacktaufenthalt an der frischen Luft helfen würden. »Warum machst du dir Gedanken über mich?«

»Weil du achtundzwanzig bist und dich in Grund und Boden schuftest«, erwiderte Lynda. »Du bist kurz davor, mit dem Kopf auf meiner Küchentischplatte einzuschlafen.«

»Aber nur, weil deine Küche so gemütlich ist. Außerdem hatte ich eine ziemlich schlechte Nacht. Delphi hustet noch von ihrer letzten Bronchitis, und gestern hatte sie dann einen schlimmen Albtraum. Also habe ich nachgegeben und ihr erlaubt, bei mir im Bett zu schlafen.« Ob das ein Fehler gewesen war? Während ihrer Schwangerschaft hatte sie jeden Erziehungsratgeber gelesen, den sie in die Hände bekommen konnte. Aber seit Delphis Geburt hatte sie dazu keine Zeit mehr gehabt, und jetzt mogelte sie sich irgendwie durch den Alltag mit Kind. »Aber sie hat sich die ganze Nacht herumgewälzt und im Bett rotiert. Jedes Mal, wenn ich gerade eingeschlafen war, hat sie sich zu mir rübergerollt und mich wieder aufgeweckt. Und dann hat sie immer wieder den Seestern gemacht und mir ihre ausgestreckten Arme ins Gesicht geklatscht.«

»Du wirst es kaum glauben, aber ich kann mich noch lebhaft an diese Zeiten mit Noah erinnern.«

»Ehrlich?« Es wollte ihr einfach nicht gelingen, sich vorzustellen, dass dieser verstörend gut aussehende Mann einmal ein kleiner Junge gewesen sein sollte.

»Ach, lassen wir das mit dem Tee.« Lynda löste vorsichtig den Becher aus ihren Händen und deutete auf das Sofa in der Zimmerecke. »Vielleicht solltest du besser für ein paar Minuten die Augen zumachen.«

»Oh, aber das geht doch nicht. Das kann ich doch nicht machen.« Obwohl die Aussicht verlockend war. Sie hatte einen Punkt in ihrem Leben erreicht, an dem sie sich für eine einzige Stunde ungestörten Schlaf den Arm abgehackt hätte.

»Wie du sicherlich schnell feststellen wirst, kannst du das durchaus.« Lynda zog sie sanft vom Stuhl und schob sie zum Sofa.

»Aber ich sollte besser wieder nach drüben ins Hotel, die Bibliothek dekorieren. Sie ist der letzte Raum, dann bin ich fertig. Ich hätte mich schon längst darum kümmern sollen, aber irgendwie ist das zwischen all meinen anderen Aufgaben untergegangen. Morgen trifft eine Gruppe von Freundinnen ein, die einen … einen Leseclub haben und …« Wieso war ihr denn plötzlich so schwummerig? »... und da dachte ich, vielleicht könnten wir die Idee übernehmen und regelmäßig Veranstaltungen im Hotel ausrichten. Dein Leseclub trifft sich immer mittwochs bei wechselnden Mitgliedern zu Hause, oder? Ihr könntet auch unsere Bibliothek nutzen. Tut mir leid, ich weiß gar nicht, wie ich jetzt bei diesem Thema gelandet bin. Wo war ich noch mal?« Sie verstummte. In ihrem Kopf herrschte auf einmal gähnende Leere.

»Du warst dabei, mir zu erzählen, dass du die Bibliothek dekorieren möchtest, ehe deine Gäste eintreffen, und ich wollte dir gerade antworten, dass du das sicherlich viel besser hinbekommst, wenn du dabei nicht im Stehen einschläfst.« Lynda schüttelte ein paar Sofakissen auf. »Als ich noch kleine Kinder im Haus hatte, fiel mir kaum etwas schwerer, als Hilfe anzunehmen. Dabei ging es mir jedes Mal sofort besser, wenn ich mich doch mal darauf einließ. Und nun komm und leg dich einfach ein Momentchen aufs Ohr, Liebes.«

Eine Welle von Liebe und Dankbarkeit durchflutete Hattie. Es war lange her, dass sie von jemandem bemuttert worden war, und sie genoss es, ausnahmsweise einmal die Umsorgte zu sein, statt sich um andere zu kümmern. Manchmal war es so unendlich anstrengend, alles selbst machen zu müssen. Allein schon, weil man ständig in Alarmbereitschaft sein musste und den Kopf niemals ganz abschalten durfte.

Und zweifellos würde es herrlich sein, kurz die Augen zuzumachen, und wenn es nur für fünf Minuten war. Aber ... aber sie hatte doch noch so viel zu erledigen! Und ... »Und Delphi? Sie ...«

»Ich kümmere mich um Delphi. Sie ist doch ganz zufrieden dort drüben in ihrer Ecke, und ich habe sowieso nichts Besseres vor, als hier in der Küche herumzuwerkeln. Gönn dir ein Päuschen, Hattie. Übrigens würde es mich nicht wundern, wenn deine Tochter ebenfalls kurz wegnickt.«

Hattie sah zu Delphi, die mit zwei von Panthers Kätzchen im Schoß und ihrem Lieblings-Plüschdino neben sich im Schneidersitz auf einem großen Kissen saß. Sie wirkte tatsächlich zufrieden, und Hattie wusste, dass sie mit Protest rechnen musste, wenn sie jetzt versuchte, sie zum Aufbruch zu bewegen.

Draußen vor den Fenstern fiel der Schnee und verlieh den Bergen in der Ferne weiche Umrisse.

Wäre es wirklich so schlimm, wenn sie nur für einen Moment die Augen schloss?

»Delphi geht es bestens.« Lynda nahm die Kuscheldecke, die über der Sofalehne hing. »Es ist zwar schon ein Weilchen her, dass ich auf eine Fünfjährige aufgepasst habe, aber das bekomme ich schon hin. So kann ich schon mal üben für später, wenn ich Großmutter bin.«

»Du wirst Großmutter?«

»Eines Tages hoffentlich schon. Und jetzt leg dich hin und ruh dich aus.«

Ob Noah wusste, dass er in der Pflicht stand, ein Enkelkind zu produzieren?

Doch sie war zu müde, um die Bedeutung von Lyndas Worten weiter zu entschlüsseln, und ohne es selbst richtig zu merken, hatte sie bereits die Schuhe ausgezogen und sich auf dem Sofa eingerollt. Ihr Kopf versank in einem weichen Kissenberg, und schon dämmerte sie weg. Wie durch Watte spürte sie noch, wie Lynda die Decke über ihr ausbreitete.

Der Klang von Stimmen weckte sie, und im ersten Moment wusste sie nicht, wo sie war, und glitt immer wieder in seligen Halbschlaf zurück.

»Sie muss das Hotel leiten und ist gleichzeitig Mutter – und beides macht sie großartig. Aber ihr bleibt nie Zeit für sich selbst! Das Mädchen ist erschöpft, und damit ist niemandem geholfen. Wir müssen etwas tun.«

»Sie ist kein Mädchen mehr.« Eine tiefere, raue Stimme. *Noah.* »Sie ist eine Frau.«

»Freut mich, dass dir das aufgefallen ist. Ich hatte schon langsam daran gezweifelt, dass du überhaupt Augen im Kopf hast.«

»Hör auf, dich einzumischen, Lynda.« Das war Roy. »Das geht dich nichts an.«

»Das finde ich aber schon.« Wie machte Lynda das nur, die Stimme zu erheben, ohne dabei laut zu werden? »Sie gehört quasi zur Familie und kann ein wenig quasi-familiären Rückhalt gerade weiß Gott gebrauchen, wo sie doch keine eigene Verwandtschaft mehr hat. Sie hat uns, und du wirst mir nicht einreden können, dass ich mich nicht einmischen darf, Roy Peterson. Denn es *geht* mich was an, und ich *mische* mich ein.«

»Und was, wenn sie das gar nicht möchte?«

»Und was, wenn sie dankbar dafür ist? Dass sie nicht um Hilfe bittet, heißt noch lange nicht, dass sie keine Hilfe braucht oder möchte. Wir Frauen sind so daran gewöhnt, alles allein stemmen zu müssen, dass wir manchmal gar nicht auf dem Schirm haben, dass es auch anders geht. Also müssen wir Hattie *zeigen,* dass es auch anders geht. Gut, dann wäre die Sache also abgemacht. Am Donnerstag gehst du mit ihr aus, Noah, da passt es mir gut.«

»Wie bitte?«

»Na, ich muss doch babysitten! Und donnerstags kann ich. Dienstags habe ich Chorprobe und mittwochs Literaturkreis. Am Wochenende hat Hattie mit dem Hotel meistens zu viel um die Ohren – bleibt also der Donnerstag.«

»Sonst noch was?« Noahs Tonfall schwankte zwischen amüsiert und fassungslos. »Möchtest du vielleicht auch gleich noch das Restaurant aussuchen? Oder mir ein Drehbuch mitgeben?«

»Das Restaurant darfst du gern selbst aussuchen, aber schön sollte es sein. Keiner von diesen Burgerläden, und zu laut darf es auch nicht zugehen. Sonst versteht ihr einander ja gar nicht, wenn ihr euch unterhaltet. Am besten wäre ein Lokal, für das sie sich ein bisschen schick machen muss. Mit Gerichten, die sie für sich und Delphi niemals kochen würde. Und was das Drehbuch betrifft, vertraue ich voll und ganz darauf, dass du es auch allein schaffst, in ganzen Sätzen zu sprechen, wenn du dir ein bisschen Mühe gibst. Aber falls du einen Tipp möchtest: Sorg bei der Themenwahl dafür, dass sie einen Abend lang vergisst, dass sie Mutter und Hotelinhaberin ist.«

Lynda versuchte, sie mit Noah zu verkuppeln.

Innerlich starb Hattie gerade tausend Tode.

Sie war inzwischen hellwach, hielt die Augen aber fest geschlossen, damit niemand mitbekam, dass sie das Gespräch verfolgt hatte.

Gott, war das peinlich! Sie war in Noahs Gegenwart doch sowieso schon verunsichert. Wie sollte das jetzt erst werden? Zumal er sich für den Vorschlag seiner Mutter sichtlich wenig begeistern konnte.

»Mom …«

»Ah, ah, ah, den Tonfall kannst du dir sparen, junger Mann.«

»Ich bin ein *erwachsener* Mann«, merkte er mit erstaunlicher Geduld an. »Ich kann mich auch ohne die Hilfe meiner Mutter verabreden und würde es vorziehen, mein Sozialleben selbst zu organisieren. Danke für dein Verständnis.«

»Ach ja? Also, entschuldige bitte, dass mir das entgangen ist. Aber ich kann nur anhand dessen urteilen, was ich vor mir sehe, und du bist noch trantütiger als dein Vater damals.«

»Ich fand das Tempo genau richtig!«, protestierte Roy.

»Genauso wie ich«, bemerkte Noah.

»Wir waren und sind mehr als glücklich, dass du dich entschieden hast, wieder hierherzuziehen. Aber es gefällt mir nicht, dass du für die Farm dein gesamtes Sozialleben opferst. Und ich bin deine Mutter. Es ist kein Verbrechen, dass mir dein Glück am Herzen liegt.«

»Aber ich *bin* doch glücklich.« Nach einer kurzen Pause fuhr er fort: »Ist dir schon mal in den Sinn gekommen, dass sie vielleicht gar nicht mit mir ausgehen möchte?«

»Du bist ein erwachsener Mann, wie du ja selbst immer wieder betonst, und ich bin sicher, dass du es überleben würdest, falls du tatsächlich eine Abfuhr kassieren solltest.«

Hattie beschloss, dass es an der Zeit war, offiziell aufzuwachen, ehe das Gespräch eine noch unangenehmere Richtung einschlagen konnte.

Zu ihrem Glück regte sich in diesem Moment auch Delphi, und Lynda wechselte hastig das Thema.

»Seht mal, unsere Kleine ist wach! Wer hätte gedacht, dass Panther so ein gutes Kissen abgibt! Guten Morgen, Schlafmütze!

Komm mal auf Lyndas Arm. Und? Wie wäre es jetzt mit einem schönen Kakao?«

Hattie schlug gerade rechtzeitig die Augen auf, um zu sehen, wie Delphi die Arme um Lyndas Hals schlang, den Kopf auf ihre Schulter bettete und sich zum Küchentisch tragen ließ.

»Noah, nimmst du sie kurz, während ich den Kakao mache? Ich brauche dafür beide Hände.« Lynda gab Delphi weiter, die sich aufs Noahs Arm einkuschelte und ihm ihren Plüschdino hinhielt.

»Der heißt Huge.«

»Toller Name.«

»Er ist ein Diplodokus. Die haben einen ganz langen Hals. Siehst du?«

Noah schenkte Huge seine ungeteilte Aufmerksamkeit. »Oh, ja, stimmt!«

»Ich nehme ihn jede Nacht mit ins Bett!«

»Das muss schön sein. Aber weckt er dich denn gar nicht auf?«

Hattie, die schon mehr als einmal wach geworden war, weil sich Huge unter ihrem Rücken verkantet hatte, fand, dass diese Frage eigentlich für sie bestimmt gewesen wäre. Außerdem war das Thema Aufwachen der nötige Wink für sie, sich aufzusetzen, damit alle Anwesenden mitbekamen, dass sie wach war.

Sie hatte so tief geschlafen, dass sich im ersten Moment alles drehte. »Tut mir leid, ich war richtig weg.«

»Aber das muss dir doch nicht leidtun.« Lynda wischte sich die Hände an der Schürze ab. »Offenbar hattest du den Schlaf dringend nötig.«

»Ach, das liegt nur daran, dass ich alles für Weihnachten dekorieren muss.« Hattie schlüpfte wieder in ihre Stiefel und vermied es dabei tunlichst, in Noahs Richtung zu blicken. »Apropos Weihnachtsbäume – Delphi und ich müssen dringend los. Der Baum in der Bibliothek wird sich wohl kaum selbst schmücken.«

»Ein Grund mehr, vorher etwas zu essen, damit ihr beide genügend Kraft habt.« Lynda stellte einen Becher Kakao und einen Keks auf den Tisch. »Bei uns gibt es gleich einen kleinen Imbiss, für dich habe ich auch etwas gemacht.«

Lynda hatte ihr einen Kakao zubereitet?

»Wie mein Dad früher.« Manchmal schmerzte es sie, an ihn zurückzudenken, dann wieder empfand sie es als tröstlich. »Ich fühle mich gerade fast wieder wie ein Kind. Er war immer ziemlich großzügig mit dem Kakaopulver.«

»Klingt, als wäre er ein toller Vater gewesen.«

»Der beste sogar.« Hattie setzte sich und beobachtete, wie Noah Delphi auf den Stuhl neben ihr half. Delphi nahm ihr Glas vorsichtig mit beiden Händen und trank ihren Kakao. Als sie das Glas wieder abstellte, hatte sie einen Kakaoring um den Mund und ein breites Lächeln im Gesicht.

»Oh, schau nur, unsere Süße hat überall Schokolade.« Lynda betüddelte Delphi, die mit baumelnden Beinen auf ihrem Stuhl saß. »Übrigens, Hattie. Ich dachte, am Donnerstagabend komme ich euch besuchen und passe ein Weilchen auf Delphi auf. So hätte ich endlich mal wieder einen Grund, in Ruhe ein Buch zu lesen, und du hättest ein wenig Zeit für dich. Du arbeitest so hart, da könnte eine kleine Auszeit doch nicht schaden.«

Hattie erstarrte. Sie hätte nicht gedacht, dass Lynda so direkt vorgehen würde. »Ich … Ich …«

»Noah lädt dich zum Essen ein. Er schuftet genauso wie du, langsam mache ich mir schon Sorgen um ihn. Bitte, du würdest mir einen solchen Gefallen tun.«

Noah runzelte die Stirn. »Aber …«

»Du brauchst dich nicht zu bedanken. So viel Zeit, wie du für uns in die Farm investierst, hast du dir einen freien Abend mehr als verdient. Ihr jungen Leute solltet euch einfach mal wieder ordentlich amüsieren. Roy und ich kommen schon zurecht, richtig, Roy?«

Roy war ein Mann, der wusste, wann es die Waffen zu strecken galt. »Ich bin mir sicher, dass ich einen Abend ohne euch überlebe, wenn ich es mir nur fest genug vornehme.«

Hattie räusperte sich. »Aber … Aber mir geht es blendend, ich brauche keinen freien Abend!«

Lynda drückte ihr die Schulter. »Wann hast du dich zuletzt ein bisschen aufgebrezelt und bist ausgegangen?«

»Na ja, ich …«

»Siehst du? Du kannst dich gar nicht mehr erinnern. Du bist noch jung, Hattie. Geh aus, genieß ein bisschen das Leben. Oder, Roy?«

Roy musterte konzentriert den Keks in seiner Hand. »Findest du nicht, dass Hattie das selbst entscheiden sollte? Vielleicht möchte sie ja gar nicht essen gehen.«

»Aber natürlich möchte sie das. Das Mädchen *muss* doch etwas essen! Und allein wird sie ja wohl kaum in ein Lokal gehen wollen. Gut, damit wäre das geklärt.« Lynda räumte die Gläser ab und stellte sie in den Geschirrspüler. »Es ist bitterkalt da draußen, und es schneit schon wieder. Bei dem Wetter könnt ihr unmöglich zu Fuß zum Hotel gehen. Noah fährt euch.«

Hattie warf einen Blick aus dem Fenster. Und tatsächlich: Dicke, fette Schneeflocken wirbelten vom Himmel. Wieso fiel ihr das erst jetzt auf? Sie würde Delphi tragen müssen, was bei kurzen Strecken kein Problem war. Aber nach einer Weile taten ihr die Arme und der Rücken weh. Außerdem wollte sie nicht riskieren, dass Delphis Husten wieder schlimmer wurde.

Noah holte seine Schlüssel. Ausnahmsweise schien er einer Meinung mit seiner Mutter zu sein. »Gute Idee, kommt, ich bringe euch nach Hause.«

Hattie bedankte sich bei Roy, umarmte Lynda und packte die herumwuselnde Delphi in Jacke, Mütze und Schal.

Kaum, dass sie die Küchentür geöffnet hatten, umfing sie schon die Eiseskälte der Winternächte von Vermont.

Noah schlug seinen Jackenkragen hoch und drehte sich nach Hattie um, vermutlich, um sich zu versichern, dass ihr warm genug war. Aber Hattie hatte bereits genügend Winter in New England überlebt, um niemals ohne angemessene Kleidung das Haus zu verlassen.

Sie stapften durch den frischen Schnee bis zu seinem Auto. Die Kälte kroch unter ihre Jacke, und sie wünschte sich zurück in Lyndas warme Küche.

»Du brauchst uns nicht zu fahren. Delphi und ich können genauso gut laufen. Wir brauchen keine Rettung.«

Er hielt ihr die Autotür auf. »Du vielleicht nicht. Aber ich. Noch zehn Minuten länger in dieser Küche, und meine Mutter hätte nicht nur meine nächste Woche, sondern meine gesamte Zukunft durchgeplant.« Er hob Delphi auf den Rücksitz und schnallte sie an. »Hast du es bequem, Große?«

Delphi nickte, und Noah zwinkerte ihr zu. Dann stieg er selbst ein.

Hier auf engem Raum war Hattie endgültig machtlos gegen die Wirkung, die er auf sie hatte. Aber sie versuchte, sich einzureden, dass sie nur deshalb ein so heftiges, fast schon schmerzhaftes Verlangen nach ihm empfand, weil er sich so liebevoll um ihr Kind kümmerte.

Ob er wohl genervt war, weil er sie nach Hause fahren musste? »Deine Eltern sind wirklich zu nett.«

»Sie mögen dich einfach sehr. Für sie bist du fast wie eine Tochter.«

»Und was bist du dann? Fast so was wie mein Bruder?«

Der Anflug eines Lächelns zuckte über sein Gesicht. »Ganz sicher nicht. Einen Bruder wie mich würdest du auch gar nicht wollen. Ich bin eine ziemliche Nervensäge. Typisches Einzelkind: Ich habe nie gelernt zu teilen. Wenn nur noch ein Stück Shortbread auf dem Teller liegt, gehört es mir. Und glaub ja nicht, dass du eine Sonderbehandlung bekommen würdest. Ich würde dich mit meiner Art einfach plattwalzen.«

Sie glaubte ihm kein Wort. Dafür hatte sie viel zu oft miterlebt, wie großzügig er war.

»Ich bin auch Einzelkind.« Und hatte sich mehr als einmal gewünscht, jemanden zu haben, mit dem sie die Höhe- und Tiefpunkte im Leben teilen konnte.

»Siehst du? Und jetzt stell dir mal vor, wie wir uns um das letzte Stück Shortbread prügeln würden. Fürchterlich, oder?« Er ließ den Motor an und fuhr den Schotterweg zur Straße entlang. »Jedenfalls, was Donnerstag betrifft. Wann soll ich dich abholen?«

Sie musterte ihn von der Seite. »Du willst mich doch nicht ernsthaft zum Essen einladen.«

»Wenn du meine Mutter auch nur halb so gut kennen würdest wie ich, wüsstest du, dass es einfacher ist, mit dir essen zu gehen, als mich in endlose Diskussionen mit ihr zu verwickeln.«

Hatties Herz schlug plötzlich eine Spur schneller. »Heißt das, du machst alles, was deine Mutter dir sagt?«

»Eigentlich nie«, entgegnete er. »Nur wenn ich finde, dass sie recht hat. Und du arbeitest wirklich zu viel. Genauso wie ich. Und essen müssen wir auch beide.«

»Hm, ich weiß ja nicht.« Sie tat so, als müsste sie nachdenken. »Und wenn du versuchst, mir mein Essen streitig zu machen?«

»Könnte passieren.«

»Und wovon hängt das ab?«

»Davon, ob dein Gericht besser aussieht als meins. Wenn ich lieber deins hätte, könnte ich zum Angriff übergehen. Würde dir fünf vor halb acht passen?«

»Das ist aber eine genaue Zeit.«

»Halb acht hat meine Mutter schon vorgeschlagen. Es ist nicht ratsam, ihr ständig ihren Willen zu lassen.«

Es war so verlockend, einfach Ja zu sagen. Gott, wollte sie gern einfach Ja sagen. In Noahs Gegenwart fühlte sie sich so viel leichter, auch wenn ihr Leben genauso anstrengend war wie immer.

Sie überlegte, was es bedeuten würde, wenn sie zusagte. Konsequenzen, dachte sie. Jede Entscheidung hatte Konsequenzen.

»Ich halte das für keine gute Idee.«

»Lass es uns doch einfach ausprobieren. Es ist nur ein Abendessen, Hattie.« Er hielt vor dem Hotel und wandte sich zu ihr. »Wenn du meine Tischmanieren abstoßend findest und danach nie wieder mit mir ein Restaurant betreten willst, habe ich vollstes Verständnis, versprochen.« Er lächelte, und aus irgendeinem Grund tat sie es auch.

»Wie kannst du dir da so sicher sein? Was, wenn du mich danach bestrafst, indem du mir nur noch hässliche, kahle Weihnachtsbäume verkaufst?«

»Bei uns wachsen ausschließlich perfekte Exemplare.«

»Oder einen schiefen, von dem der Schmuck rutscht.«

Er überlegte. »Könnte passieren. Aber das Risiko wirst du wohl eingehen müssen. Und wie ich dich bis jetzt kennengelernt habe, *liebst* du das Spiel mit der Gefahr, Hattie.«

Sie wussten beide, dass das genaue Gegenteil der Fall war. Aber das Geplänkel hatte ihr klargemacht, wie gern sie einen Abend mit ihm verbringen wollte. Nur sie zwei.

Bei ihm klang alles so einfach, und für den Moment war sie bereit, es genauso zu sehen, auch wenn sie wusste, dass es in Wahrheit alles andere als einfach war. Andererseits – was war schon einfach? War das Leben letztlich nicht eine einzige Verkettung von guten und schlechten Entscheidungen, von Höhen und Tiefen, Drehungen und Wendungen, Momenten des Leids und Augenblicken der Freude?

Man musste sie am Schopf packen, diese Augenblicke der Freude.

»In Ordnung«, sagte sie. »Donnerstag um fünf vor halb acht.«

Nun blieb ihr nur zu hoffen, dass ihre Entscheidung kein Fehler gewesen war.

8. KAPITEL

CLAUDIA

»Und wenn du Lehrerin wirst?«, schlug Anna vor. »Ich fand immer schon, dass das ein toller Beruf ist.«

»Ich will aber keine Lehrerin sein.« Claudia saß auf dem Rücksitz und sah aus dem Fenster, während sie aus Annas Auffahrt bogen und ihr Wohnviertel hinter sich ließen. Dabei versuchte sie, nicht an den Blick zu denken, den Anna und Pete nach ihrem Abschiedskuss gewechselt hatten. »Außerdem bin ich viel zu alt, um mein gesamtes Leben über den Haufen zu werfen und noch mal ganz von vorn anzufangen.«

Oder sie war einfach noch nicht bereit dazu. Im Augenblick hatte sie noch nicht mal die Erkenntnis verdaut, dass sie nicht mehr als Köchin arbeiten wollte – in dem Beruf, von dem sie schon als junges Mädchen geträumt hatte. Bei dem Gedanken daran, wie aufregend sie Kochen früher einmal gefunden hatte, fühlte sie sich eines wichtigen Teils ihrer selbst beraubt.

»Man ist nie zu alt für einen Neuanfang.« Erica saß hinterm Steuer, doch das hielt sie nicht davon ab, sich am Gespräch zu beteiligen. »Und bitte kein Theater, während ich fahre.«

Anna warf ihr einen Seitenblick zu. »Alles in Ordnung? Du wirkst heute etwas angespannt. Hast du schlecht geschlafen?«

»Danke der Nachfrage, mein Schlaf war bestens.«

»Oder liegt es an dem Anruf, den du während des Frühstücks bekommen hast? Hast du nicht die Regel aufgestellt, dass du bei unseren Reisen keine geschäftlichen Telefonate führst?«

»Ja, das war eine Ausnahme. Und nein, das ist nicht der Grund. Ich bin auch gar nicht angespannt, ich konzentriere mich nur.«

Claudia rutschte auf der Suche nach einer bequemen Sitzhaltung auf der Rückbank herum, wurde aber nicht fündig. Sie kam sich wieder vor wie damals auf dem College. Der einzige Unterschied bestand darin, dass sie nun in Ericas schickem Sportwagen saßen und nicht in Annas uraltem Ford Mustang, den ihr ihre Eltern geschenkt hatten und den einzig Pete am Laufen gehalten hatte.

Was alles nichts daran änderte, dass Claudia wie eh und je eingeklemmt und mit den Knien unterm Kinn auf dem Rücksitz saß.

Neben ihr stapelten sich das Gepäck, das nicht mehr in den Kofferraum gepasst hatte, und ein Berg Geschenke. Annas waren liebevoll von ihr selbst verpackt, mit Bändern umwickelt und mit grünen Zweigen aus ihrem eigenen Garten geschmückt. Erica hatte ihre im Laden mit geometrischer Perfektion in teures Papier einschlagen und mit aufwendigen Schleifen versehen lassen. Beim Anblick der teuren Verpackung von Ericas Geschenken überkam Claudia die Sorge, ihre eigenen könnten vielleicht nicht teuer genug gewesen sein. Doch sie verwarf den Gedanken sofort wieder. In ihrer Freundschaft hatte Geld nie eine Rolle gespielt, und das würde auch so bleiben. Ihre Geschenke waren selbst gemacht und damit letztlich unbezahlbar.

Sie stapelte den Berg neu, um sich etwas mehr Platz zu verschaffen. »Ich hätte da mal eine Frage, Erica. Wieso hast du dir eigentlich kein größeres Auto gekauft? Am Geld wird es ja wohl kaum gelegen haben.«

»Weil ich kein größeres Auto brauche.«

Claudia versuchte weiter, eine Sitzposition zu finden, in der sie sich nicht die Blutzufuhr zu den Beinen abschnitt. »Vertrau mir, aus meiner Perspektive hier hinten brauchst du sogar dringend eins.«

»Aber warum? Meistens fahre nur ich, und hin und wieder habe ich vielleicht mal einen Beifahrer.« Erica grinste durchtrieben in den Rückspiegel, und Claudia musste lachen.

Es war schön, wieder Zeit mit ihren Freundinnen zu verbringen. Sie bei sich zu haben reichte schon, um ihre Stimmung aufzuhellen. Mit den beiden fühlte sie sich selbstbewusster. Glücklicher. Leichter.

Gleichzeitig konnte sie aber auch nicht leugnen, dass sie leisen Neid auf die beiden empfand. Wie auch nicht? Da war Erica mit ihren schicken Klamotten und ihrer unerschöpflichen Selbstsicherheit und ihrer offensichtlichen Zufriedenheit mit ihrem Leben, in dem sie keine Geldsorgen kannte und einem Beruf nachging, den sie liebte.

Und dann Anna mit ihrem glänzenden dunklen Haar und ihrem freundlichen Wesen. Ihr Leben erinnerte an ein Lieblingskleid, das perfekt saß und gleichzeitig bequem war. Anna fühlte sich wohl in diesem Leben – und warum auch nicht? Mit Pete und den Zwillingen hatte sie alles, was sie sich je gewünscht hatte. Und dann war da noch ihr Haus, das fast schon ein fünftes Familienmitglied war und ihnen und all ihren Erinnerungen ein Heim schenkte. Es stand für Sicherheit, im buchstäblichen wie auch im übertragenen Sinn. Es war ein Ort, an dem sie alle zusammenkommen konnten.

Sie freute sich aufrichtig für ihre Freundinnen, aber gleichzeitig hätte sie sich auch gewünscht, ein ähnlich stabiles Leben zu führen wie sie. Wobei sie diese Stabilität vor einem Jahr selbst noch gehabt hatte, ohne zu ahnen, dass alles, was sie sich aufgebaut hatte, kurz vor dem Kollaps stand.

Zehn Jahre lang war sie mit John zusammen gewesen, und trotzdem hatte es sie vollkommen unvorbereitet getroffen, als er sie einfach für eine andere sitzen gelassen hatte. Wie konnte man so lange mit jemandem zusammen sein und so etwas Bedeutendes nicht kommen sehen? Hieß das, dass etwas mit ihr nicht stimmte? Es verging kaum ein Tag, an dem sie sich diese Frage nicht stellte. Manchmal wachte sie mitten in der Nacht auf und konnte an nichts anderes mehr denken.

Sie hatte alles verloren und musste im Alter von vierzig Jahren praktisch noch mal ganz von vorn anfangen.

Ihre Freundinnen alberten auf den Vordersitzen miteinander herum, und sie hörte von der Rückbank aus zu. Das vertraute, fröhliche Gezänk beruhigte sie. Gab ihr das Gefühl, dass doch nicht alles anders war als früher.

Bei allem, was sie verloren hatte – ihre Freundinnen waren noch da. Sie waren der Kitt, der ihr Leben zusammenhielt. Das

Kissen, auf dem sie weich landete, wenn das Leben sie zu Fall brachte.

Sie sah aus dem Fenster und überdachte ihre Möglichkeiten. »Ist es Verschwendung, wenn man sein gesamtes Erwachsenenleben lang eine einzige Sache lernt und sie dann eines Tages aufgibt?«

Erica warf einen Blick in den Rückspiegel. »Ich gehe mal davon aus, dass wir gerade über dich reden und nicht über die Allgemeinheit?«

»Ja. Ich habe so viele Jahre in meinen Beruf investiert. Irgendwie fühlt es sich falsch an, jetzt etwas ganz anderes zu machen.«

Erica zuckte mit den Achseln. »Kommt drauf an, warum du nicht mehr als Köchin arbeiten willst. Falls es nur daran liegt, dass du gefeuert wurdest, dann ist es Verschwendung, ja. Weil du damit am Ende nur dich selbst bestrafst. Aber wenn es wirklich ums Kochen geht und nicht nur um deine letzte Stelle, dann solltest du den Beruf aufgeben. Das Leben ist zu kurz, um sich mit etwas abzumühen, das man eigentlich nicht mag.«

»Selbst wenn man es fast sein ganzes Leben lang getan hat?«

»Natürlich! Wieso solltest du weiter einer Tätigkeit nachgehen, die du furchtbar findest? Und wer hat überhaupt gesagt, dass wir ein Leben lang dieselben Dinge mögen sollen? Es gibt so viele Leute da draußen, die in unserem Alter noch mal einen neuen Beruf erlernen.«

Aus Ericas Mund klang das alles so einfach, aber Claudia wusste, dass es das letztlich nicht war.

»Fragt ihr euch nie, ob ihr nicht lauter falsche Entscheidungen getroffen habt? Ich frage mich das in letzter Zeit nämlich ständig.«

Anna hüllte sich in Schweigen.

Dafür antwortete Erica. »Nie. Und ich würde vorschlagen, dass wir jetzt damit aufhören, diese vierstündige Fahrt dazu zu nutzen, über unser Leben zu sinnieren und an unseren Entscheidungen zu zweifeln. Was sollte das auch bringen? Wir sind im Urlaub, und der Sinn und Zweck von Urlauben ist es, seine Probleme für eine Weile zu vergessen.«

Aber ob das auch funktioniert, ist womöglich eine Frage der Problemgröße, überlegte Claudia. Sie jedenfalls fand es schwierig, ihre zu vergessen. Denn sie würde einige wichtige Entscheidungen treffen müssen, und zwar bald. Wenn sie nicht mehr als Köchin arbeiten wollte, dann musste sie eine Alternative finden.

Anna drehte sich zu Erica. »Sicher, dass alles in Ordnung ist?«

»Ja, absolut!«

Anna musterte sie scharf. »Und es gibt wirklich nichts in deinem Leben, das du anders machen würdest, wenn du die Zeit zurückdrehen könntest?«

»Abgesehen davon, dass ich euch zwei statt nach Vermont besser in die Karibik verschleppt hätte? Nein.« Erica umfasste das Lenkrad. »Wenn wir uns schon unbedingt über Entscheidungen unterhalten müssen, die wir rückblickend anders treffen würden, dann bitte erst, wenn wir neunzig sind. Im Augenblick stehen uns noch alle Türen offen. Wenn es etwas gibt, das ihr wollt, dann holt es euch einfach.«

Nur hatte Claudia leider keine Ahnung, was sie wollte. Außer einer ähnlich klaren Einstellung wie Erica.

Anna allerdings schien weit davon entfernt zu sein, das Thema auf sich beruhen zu lassen. »Und es gibt wirklich gar nichts, was du anders machen würdest?«

»Nein.« Inzwischen klang Erica fast schon ein wenig genervt. »In solchen Kategorien denke ich einfach nicht, darum stellen sich mir solche Fragen gar nicht erst. Weil sie niemandem weiterhelfen. Na gut, dann stellt man eben fest, dass man mit irgendeiner Entscheidung vor fünf Jahren falschgelegen hat. Und? Es lässt sich doch sowieso nicht mehr ändern. Man kann nur daraus lernen und weitermachen.«

»Ich stelle mir die Frage ständig.« Claudia ließ sich gegen die Rückenlehne sinken und vom Schaukeln des Autos und dem Anblick der vorbeifliegenden Landschaft einlullen. »Meistens um drei Uhr morgens, wenn ich wach im Bett liege und an die Decke starre.«

»Und genau das ist dein Problem.« Erica fuhr vom Highway ab und bog in eine Straße ein, die durch einen großen Wald führte. Leer und weit lag sie vor ihnen, Verkehr gab es hier kaum mehr. »Es weiß doch jeder, dass man Gedanken, die einem morgens um drei kommen, keine Beachtung schenken sollte. Man darf einfach nicht auf sie hören.«

»Und was, wenn es sich um ausgesprochen laute und hartnäckige Gedanken handelt?«

»Um drei Uhr nachts wirkt das Leben immer besonders düster«, warf Anna ein. »Das ist bei mir nicht anders. Manchmal glaube ich, tagsüber habe ich einfach so viel zu tun, dass ich erst mitten in der Nacht Zeit habe, mir über etwas anderes als meine To-do-Liste Gedanken zu machen.« Sie sah Erica an. »Passiert dir das nie, dass du mitten in der Nacht wach im Bett liegst und ins Grübeln gerätst?«

»In meinem Leben gibt es nur eins, das mich nachts wachhält«, sagte Erica, und Anna verdrehte die Augen.

»Ups! Und schon sind wir wieder bei sexy Jack.«

»Könntest du bitte aufhören, ihn sexy Jack zu nennen?«

»Ich fürchte, nein.« Anna streckte ihre Beine aus. »Weißt du noch, wie wir damals auf dem College manchmal nächtelang wach lagen und darüber geredet haben, was wir später mal mit unserem Leben machen wollen?«

»Wir waren so idealistisch«, warf Claudia ein. »Und so naiv.«

»Wie bitte? Ehrgeizig und mutig, das waren wir!«, widersprach Erica. »Und wenn man mit zwanzig nicht ehrgeizig und mutig sein kann, wann dann?«

»Ich glaube«, sagte Anna nachdenklich, »damals war keiner von uns bewusst, dass man planen kann, so viel man will, und trotzdem macht einem das Leben manchmal einen Strich durch die Rechnung. Vieles ist komplett unvorhersehbar.«

Erica warf ihr ein vielsagendes Lächeln zu. »Du meinst, so wie Pete und du, als ihr damals vergessen habt, ein Kondom zu benutzen? Aber das war doch absolut vorhersehbar!«

Claudia lachte auf, und auch Anna musste lächeln.

Es war kein Geheimnis, dass ihre Schwangerschaft ein Unfall gewesen war, wenn auch einer, über den sich alle Beteiligten gefreut hatten.

»Aber worüber machst *du* dir morgens um drei denn bitte Gedanken?«, sagte Claudia zu Anna. »Dein Leben ist doch perfekt! Und deine Ehe auch.«

Nach kurzem Schweigen entgegnete Anna: »So was wie ein perfektes Leben gibt es nicht.«

Einen Moment lang flackerte Besorgnis in Claudia auf. Wenn jetzt auch noch in Annas perfektem Leben der Wurm war, dann zerstörte das ihren Glauben an die Welt und die Menschheit endgültig. Ob Anna und Pete Eheprobleme hatten? Nein, mit Pete konnte es nichts zu tun haben. Ihre Beziehung war solide wie eine Felswand. Der Gedanke machte ihr klar, dass sie den Glauben an die Menschheit offenbar doch noch nicht verloren hatte. Dass John sie betrogen hatte, bedeutete noch lange nicht, dass es überhaupt keine gesunden Beziehungen gab.

Zum ersten Mal seit Johns Auszug und ihrer Kündigung empfand sie so etwas wie vage Hoffnung. Als hätte sie gerade herausgefunden, dass ihre heftig blutende Wunde nur oberflächlich war und rasch wieder heilen würde.

Nachdem sie Pete und Anna gestern Abend miteinander beobachtet hatte, war ihr klar geworden, dass sie ihre Beziehung zu John noch einmal unter die Lupe nehmen musste. Wann hatte er sie zuletzt so angesehen wie Pete Anna? Und hatte sie tatsächlich so für John empfunden wie Anna für Pete? Die beiden waren doppelt so lang zusammen, wie ihre Beziehung zu John gehalten hatte, und trotzdem wirkten sie eindeutig noch verliebt. Wo genau lag eigentlich der Unterschied zwischen Liebe und einer bequemen Gewohnheit?

Hastig verdrängte sie das Thema wieder. Es war zu unangenehm, um weiter darüber nachzudenken. Doch ganz abschütteln ließ es sich nicht. Aber natürlich war jede Beziehung anders, und unterschiedliche Menschen hatten unterschiedliche Wünsche.

Mit einem etwas optimistischeren Grundgefühl kuschelte sie sich gegen die Lehne. Da sie ihre positive Stimmung gern beibehalten wollte, wandte sie sich an Anna. »Und worüber denkst du um drei Uhr morgens so nach?«

»Ach, alles Mögliche. Die Dinge, die ich lieber nicht gesagt hätte, die Dinge, die ich noch erledigen muss. Was alles schieflaufen könnte. Veränderungen, die ich nicht beeinflussen kann. Und wehe, du schlägst jetzt vor, dass ich vor dem Schlafengehen eine Liste meiner Sorgen aufstellen sollte. Das habe ich nämlich schon probiert, und es funktioniert nicht.«

Erica warf ihr einen skeptischen Blick zu. »Aber warum solltest du dir Gedanken machen über Dinge, die schiefgehen *könnten*? Wäre es nicht viel sinnvoller, abzuwarten, bis wirklich etwas schiefgeht, und sich erst dann Gedanken zu machen?«

»Niemand hat behauptet, dass sich meine Sorgen an die Regeln der Vernunft halten.«

»Und was macht Pete, wenn du nachts wachliegst und grübelst?«

»Meistens schläft er. Aber manchmal, wenn es ganz schlimm wird, wecke ich ihn auf.«

»Und dafür dreht er dir nicht die Gurgel um?« Erica schüttelte den Kopf. »Der Mann ist wahrlich ein Heiliger.«

Aber Claudia interessierte gerade etwas ganz anderes. »Was denn für Veränderungen, die du nicht beeinflussen kannst?« Annas Leben wirkte auf sie so stabil und vorhersehbar, was vielleicht der Aspekt war, um den sie ihre Freundin am meisten beneidete.

»Meine Familie.« Nach kurzem Schweigen fuhr Anna fort: »Im Lauf der Jahre hatte ich immer wieder kurze Panikmomente, wenn ich mir vorgestellt habe, wie die Zwillinge eines Tages ausziehen. Aber ich habe den Gedanken jedes Mal sofort wieder verdrängt, weil das noch in weiter Ferne lag. Doch jetzt wird die Zukunft zur Gegenwart. Nächstes Jahr ziehen sie aus. Und mir graut davor.« Ihre Stimme bebte, und Erica runzelte die Stirn.

»Hast du Angst, dass sie ohne dich nicht zurechtkommen?«

»Nein.« Anna schluckte. »Ich habe Angst, dass ich nicht ohne *sie* zurechtkomme.«

»Aber die einzige Alternative bestünde darin, dass sie ihr Leben lang bei euch wohnen bleiben. Und das willst du doch sicher nicht, oder?«

»Natürlich nicht.« Anna schwieg. »Oder vielleicht doch?«

Erica setzte den Blinker und bog rechts ab. »Dir ist klar, wie irrational das ist, oder? Deine Aufgabe als Elternteil ist es, deine Kinder zu selbstständigen Erwachsenen zu erziehen, die im Leben zurechtkommen.«

»Weiß ich doch. Und ich glaube, das ist mir auch gelungen. Aber das bedeutet nicht, dass ich die Champagnerkorken knallen lasse und mir dazu gratuliere, was für gute Arbeit ich geleistet habe, sobald sie ausziehen. Ich werde sie entsetzlich vermissen! Manchmal wünschte ich richtig, Meg und ich hätten häufiger gestritten, weil es dann vielleicht leichter wäre, sie gehen zu lassen. Vielleicht würde ich die Tage zählen, bis sie endlich ausziehen! Und natürlich habe ich ihnen gegenüber mit keinem Wort erwähnt, wie es mir damit geht. Sobald sie übers College und ihren Auszug sprechen, ermutige ich sie und sprühe geradezu vor Enthusiasmus. Was offen gestanden ziemlich anstrengend ist. Denn die Wahrheit lautet nun mal: Ich liebe es, Mutter zu sein. Es ist alles, was ich je wollte, aber bald ist es vorbei, und ich …« Ihre Stimme klang auf einmal ganz belegt. »… ach, es bricht mir einfach das Herz.«

Stille senkte sich über das Auto.

Erica suchte im Spiegel Claudias Blick.

Claudia wusste, dass es jetzt an ihr war, etwas zu sagen. »Das Empty-Nest-Syndrom, oder? Nennt man das nicht so?«

Anna räusperte sich. »Ich glaube schon, aber eigentlich ist es auch egal, wie man es nennt. Was zählt, ist, wie es sich anfühlt. Und zwar furchtbar. Dabei ist es noch nicht mal so weit! Wenn ich mich jetzt schon so schlecht fühle, wie wird es mir dann erst gehen, wenn sie wirklich ausziehen? Und abgesehen davon, dass sie mir schrecklich fehlen werden, habe ich zusätzlich auch noch das Gefühl, ich verliere meinen Job. Meine Aufgabe.«

Claudia bekam ein schlechtes Gewissen, dass sie bisher keinen Gedanken daran verschwendet hatte, wie es Anna wohl mit der Vorstellung ging, dass die Zwillinge bald ausziehen würden. »Weiß Pete, wie es dir damit geht?«

»Ja, aber bei ihm sieht die Lage ganz anders aus. Sein Leben wird sich nicht so stark verändern, weil er so viel Zeit bei der

Arbeit verbringt. Selbstverständlich wird er die Kinder auch vermissen, aber eben nicht so sehr wie ich.«

Natürlich wusste Pete Bescheid. Wenn Anna ein Problem hatte, sprach sie mit ihrem Mann darüber. Überhaupt redeten die beiden einfach über alles.

John dagegen hatte eigentlich nie über seine Probleme oder Gefühle gesprochen. Nach einem schlechten Tag bei der Arbeit hatte sein Verarbeitungsprozess darin bestanden, alleine laufen zu gehen oder sich einen Drink zu genehmigen. In den wenigen Momenten, in denen sie versucht hatte, mit ihm über berufliche Probleme zu sprechen, hatte seine Antwort stets gelautet, dass sie schon eine Lösung finden werde.

Und das hatte sie ja auch. Doch obwohl sie nie von ihm erwartet hatte, ihre Probleme für sie zu lösen, hatte es viele Situationen gegeben, in denen sie sich eine Umarmung oder ein paar liebevolle Worte gewünscht hätte, so wie Pete es mit Anna machte, wenn ihr etwas Sorgen bereitete.

Claudia beneidete ihre Freundin um ihre Beziehung. Ob Anna überhaupt bewusst war, was für ein Glück sie hatte? Wie schwer es war, einen so liebevollen und aufmerksamen Partner wie Pete zu finden? »So wie ich ihn kenne, hatte er sicher einen Lösungsvorschlag in petto, oder?«

Anna pulte sich an einem Fingernagel herum. »Frag nicht.«

»Jetzt wollen wir es natürlich umso mehr wissen.« Erica drückte auf die Hupe, weil sie von einem anderen Fahrer überholt und geschnitten worden war. »Na los! Was hat Pete gesagt?«

Anna legte die Hand wieder in ihren Schoß. »Er hat gefragt, ob ich noch ein Baby bekommen möchte.«

»Nicht dein Ernst. Ich wusste gar nicht, dass er solche Höhlenmensch-Anwandlungen hat.«

»Ich finde es lieb«, widersprach Claudia. »Er weiß, wie gern Anna Mutter ist. Er kennt sie. Eigentlich ist es sogar richtig romantisch.« Wieder verspürte sie einen Anflug von Neid.

Erica schauderte. »Du hast aber eine merkwürdige Vorstellung von Romantik. *Hier, noch ein Baby. Damit ich dich noch ein paar Jahre lang an Haus und Hof ketten kann.*«

»Du weißt genau, dass Pete so nicht ist«, protestierte Anna. »Die Entscheidung liegt allein bei mir.«

»Sicher.« Erica umfasste das Lenkrad noch ein wenig fester. »Und? Willst du?«

»Noch ein Baby? Nein, natürlich nicht.« Annas Blick schweifte ab. »Glaube ich zumindest.«

»Glaubst du zumindest? Anna! Du wirst vierzig!«

»Danke, dass du mich daran erinnerst. Und falls es dir entgangen sein sollte: Viele Frauen bekommen mit vierzig noch ein Kind. Aber darum geht es nicht. Das Problem ist, ganz gleich, wie viele Kinder man bekommt – eines wird das Letzte sein. Tief in mir drinnen weiß ich, dass ich das Problem mit einem weiteren Kind nicht löse, sondern nur aufschiebe. Irgendwann werde ich mich damit auseinandersetzen müssen, und das ist allein meine Aufgabe. Falls ich mich entscheiden sollte, noch ein Kind zu bekommen, dann aus den richtigen Gründen. Und jetzt würde ich gern das Thema wechseln.«

»Einen Moment noch.« Inzwischen herrschte wieder mehr Verkehr, und Erica bremste ab. »Es muss doch auch Vorteile haben, dass die Kinder ausziehen. Allein schon, weil du endlich im ganzen Haus Sex mit Pete haben kannst. Dadurch eröffnen sich doch gänzlich neue Freiheiten!«

»Ich fürchte, das würde mich nur daran erinnern, wie leer es im Haus auf einmal ist.«

Offenbar bin ich nicht die Einzige hier, deren Leben sich ändert, schoss es Claudia durch den Kopf. »Es ist einfach ein seltsames Gefühl, mit vierzig eine so große Veränderung zu erleben. Wo man in dieser Lebensphase doch eigentlich aufbauen sollte. Auf dem Fundament, das man zuvor errichtet hat.«

»Genau.« Anna drehte sich zu ihr um. »Und ich habe das Gefühl, mir fehlt es am nötigen Selbstvertrauen, um mir etwas Neues aufzubauen. Dabei gibt es so viele Menschen, die es dennoch tun.«

Erica trommelte auf dem Lenkrad herum, weil der Verkehr ins Stocken geraten war. »Willst du damit etwa sagen, dass die Entscheidungen, die man trifft, wenn man jung ist, den gesamten weiteren Lebensweg vorgeben? Aber das ist doch albern. Und außerdem ganz schön einengend. Manche Leute ändern sich zwischen zwanzig und vierzig ganz gewaltig. Sieh dir nur Jack an. Als er sein Jurastudium begonnen hat, war er schon dreißig.«

Jetzt wurde Claudia aber langsam richtig neugierig. Es war einfach so untypisch für Erica, Jack in einem anderen Zusammenhang als Sex zu erwähnen. »Ehrlich? Das wusste ich ja gar nicht. Und was hat er vorher gemacht?«

Erica blickte starr hinaus auf den Verkehr. »Er war Arzt.«

»Im Ernst? Und dann hat er es sich anders überlegt?«

»Ja und ja. Es war nicht das Richtige für ihn. Trotzdem hätte er diesem Weg sein Leben lang folgen können. Aber stattdessen hat er sich eingestanden, dass er einen Fehler gemacht hat, und noch mal von vorn angefangen.«

»Wie mutig von ihm«, warf Anna ein.

»Allerdings. Aber was ich damit eigentlich sagen will: Es ist nie zu spät, neue Wege einzuschlagen.«

»Das gefällt mir.« Anna lehnte sich in ihren Sitz zurück. »Und außerdem gefällt mir, dass du hin und wieder auch mal mit Jack redest.«

»Ich habe nie behauptet, dass wir nicht reden.«

»Aber du hast uns auch nicht verraten, dass ihr einander eure tiefsten Seelengeheimnisse anvertraut.«

Erica gab ein ungeduldiges Schnauben von sich. »Manchmal glaube ich, du solltest besser Liebesromanautorin werden. Vielleicht kannst du ja die Marktlücke schließen, die entstanden ist, seitdem Catherine Swift sich auf Krimis verlegt hat.«

»Du lenkst vom Thema ab«, entgegnete Anna ungerührt. »Ich glaube, an deiner Beziehung zu Jack ist viel mehr dran, als du uns weismachen willst.«

Als Claudia bemerkte, wie sich Ericas Schultern verkrampften, sah sie den Zeitpunkt für einen Themenwechsel gekommen. »Könnten wir demnächst vielleicht ein Päuschen machen? Ich spüre meine Beine nicht mehr.«

»Wollen wir tauschen?«, bot Anna sofort an. »Ich kann doch auch mal eine Weile hinten sitzen.«

»Aber das wäre doch unsinnig«, warf Erica ein. »Du hast viel längere Beine als Claudia.«

»Früher hatte ich mal die längeren Beine«, brummte Claudia. »Aber dann wurde ich so oft in viel zu enge Autos gesperrt, dass sie sich aus reinem Selbstschutz zurückgebildet haben. Darwinismus und so weiter – die Kürzere gewinnt.«

Zu Mittag hielten sie an einem kleinen Diner am Straßenrand mit rotierendem Weihnachtsbaum und massenweise bunten Lichterketten.

»Spart euch den Spott«, bemerkte Erica. »Laut Rezensionen ist das Essen hervorragend.«

Also bemühte Claudia sich redlich, sich von der blechernen Weihnachtsmusik im Hintergrund und dem Personal mit Rentiergeweihen nicht entmutigen zu lassen, und bestellte ein einfaches getoastetes Käsesandwich.

Ihre Skepsis wich schon mit dem ersten Bissen maßloser Begeisterung. Mit geschlossenen Augen kaute sie zu Ende. »Einfach, aber köstlich. Lang gereifter Cheddar aus lokaler Herstellung und eine alte Tomatensorte. Bei so guten Zutaten braucht man sich keine ausgefallenen Rezepte auszudenken. Ein bisschen Senf und ein Spritzer Bourbon, und der Geschmack geht durch die Decke.« Als sie ihre Freundinnen unterdrückt lachen hörte, öffnete sie die Augen wieder. Die beiden beobachteten sie grinsend. »Was?«

Anna sah zu Erica, die mit den Achseln zuckte.

»Wenn sie es selbst nicht merkt, bringt es nichts, sie darauf hinzuweisen.«

Sie legte ihre Gabel beiseite. »Dass ich gutes Essen zu schätzen weiß, heißt noch lange nicht, dass ich noch als Köchin arbeiten will.«

»Natürlich nicht. Könntest du mir bitte das Salz reichen, Anna?«

»Mit Vergnügen, Erica.« Anna reichte das Salz weiter, und Claudia gab einen tiefen Seufzer von sich.

»Ihr zwei seid …«

»Was?« Erica streute eine äußerst ungesunde Menge Salz auf

145

ihre bereits gesalzenen Pommes. »Gute Freundinnen? Da kann ich nur zustimmen. Mensch, hast du ein Glück mit uns.«

Claudia gab sich geschlagen. »... *so nervtötend,* wollte ich eigentlich sagen.« Sie nahm noch einen Bissen von ihrem Sandwich. »Gott, schmeckt das gut. So wohl habe ich mich seit Monaten nicht mehr gefühlt.«

Erica warf ihr einen selbstgefälligen Blick zu. »Das muss an unserer schillernden Gesellschaft liegen.«

»Vielleicht. Vielleicht liegt es aber auch einfach daran, dass ich wieder an der Ostküste bin. Vielleicht sollte ich nach Vermont ziehen. Das wäre doch perfekt!«

Erica schauderte. »Also, für mich nicht.«

Claudia nutzte die Gelegenheit, um endlich die Frage zu stellen, die sie schon seit Wochen beschäftigte. »Aber wenn Vermont nichts für dich ist, wieso wolltest du dann unbedingt hier Urlaub machen?«

Erica pulte sorgfältig die Salatblätter aus ihrem Burger. »Weil es perfekt für unsere Ferienwoche geeignet ist. Ein gemütliches, kuschliges kleines Hotel, tolles Essen und ein hervorragender Weinkeller. Und weil ich wusste, wie sehr es euch beiden gefallen würde, und ich eine gute Freundin sein will.«

Sie sagt nicht die Wahrheit, dachte Claudia spontan. Allerdings war sie lange genug mit Erica befreundet, um zu wissen, dass sie immer eine Weile brauchte, um mit der Sprache herauszurücken, wenn es etwas zu erzählen gab.

Anna schrieb derweil eine Nachricht auf ihrem Handy.

»Meldest du dich bei Pete?« Claudia wollte ihr das Telefon entreißen, aber Anna hielt es außer Reichweite. »Du hast ihn doch vor drei Stunden noch gesehen. Hör auf damit!«

»Aber ich hab vergessen, ihn an Megs Arzttermin am Montag zu erinnern.« Anna drückte auf Senden, dann legte sie das Handy weg. »Es ist so schön, Zeit mit euch zu verbringen. Die Woche wird toll. Wir können ausschlafen, entspannen, einen Schneemann bauen und uns abends zusammensetzen und uns gegenseitig unsere Probleme beichten, so wie damals, als wir zwanzig waren.«

Erica schob einen Teil ihrer Pommes auf Claudias Teller. »Ich habe aber gar keine Probleme.«

Anna strahlte. »Umso besser, dann bleibt mehr Zeit für unsere!« Sie biss von ihrem Burger ab, und Claudia musterte sie kurz.

»Wie machst du es nur, dass dein Haar immer so glänzt und so gesund aussieht?«

»Das liegt an meinem sündenfreien Leben voller Obst, Gemüse und keuscher Gedanken.«

Erica schüttelte sich. »Da hab ich lieber stumpfes Haar.«

»Das war doch nur Spaß.« Anna griff nach ihrer Serviette. »Ich habe mir gerade erst eine teure Haarkur gegönnt.«

»Du hast dir selbst etwas Gutes getan? Ich bin beeindruckt.«

»Ich tue mir häufig selbst etwas Gutes.« Anna schaute zwischen den beiden hin und her. »Was? Was war das für ein Blick, den ihr gerade gewechselt habt?«

»Du tust dir *nie* etwas Gutes.«

»Findet ihr nicht, dass das ein bisschen übertrieben formuliert ist? Es stimmt ja, dass es durchaus Zeiten gibt, in denen ich zurückstecke. Aber ich arbeite daran! Die Haarkur war mein erster Versuch. Und wenn euch das Ergebnis gefällt, scheint es ja zu funktionieren.« Sie lächelte. »Ich liebe unsere Lesewoche. Habt ihr das Buch überhaupt schon gelesen?«

»Klar.« Erica schob ihren nur halb geleerten Teller von sich. »Darum geht's doch bei unserem Leseclub.«

Anna legte ihren Burger weg. »Seit wann reden wir denn bitte nur über Bücher? Eigentlich geht es doch eher darum, dass wir durch den Leseclub die Gelegenheit haben, über unser Leben zu reden. Und überhaupt – ist das nicht auch der eigentliche Grund, aus dem man liest? Um etwas über das Leben anderer Leute zu erfahren?« Annas Handy leuchtete auf, und Claudia schnappte es sich und las die neue Nachricht.

»Er hatte Megs Termin nicht vergessen, und er liebt dich. Gut, dass er's erwähnt, mir waren schon Zweifel gekommen. Darf ich ihm antworten?«

»Nein.« Anna nahm ihr das Telefon weg, und Erica griff nach ihrer Handtasche.

»Wenn ihr beiden euch fertig gebalgt habt, sollten wir langsam aufbrechen. Sie haben starken Schneefall vorhergesagt, und mein Auto ist nur bedingt schneetauglich. Genauso wie ich, übrigens. Warum noch mal sind wir nicht in die Karibik geflogen?«

»Ich liebe Schnee«, sagte Anna. »Besonders, wenn man nicht den Druck hat, irgendwohin zu müssen. Es gibt nichts Schöneres, als sich vor dem Kamin einzurollen und das Schneetreiben zu beobachten.«

Erica trank ihr Wasser aus. »Mir fallen sogar eine ganze Menge Dinge ein, die ich schöner finde.«

»Ich liebe Schnee. Ich vermisse ihn.« Claudia wühlte in ihrer Handtasche nach ihrem Geldbeutel, aber Erica winkte ab.

»Lass, die Runde geht auf mich.«

Claudia stieg die Schamesröte ins Gesicht. »Aber ich kann doch nicht …«

»Doch, kannst du. Weil ich dir gar keine Wahl lasse. Weißt du noch, wie du einen ganzen Tag in meiner Küche gestanden hast, um das Essen für mein Date am Abend vorzubereiten? Dafür stehe ich bis heute in deiner Schuld.«

»Aber das hat den Typen, mit dem du verabredet warst, am Ende total abgeschreckt, weil ihn deine vermeintlichen Kochkünste so eingeschüchtert haben. Zählt das überhaupt als Gefallen?«

»Klar, immerhin hast du mich davor bewahrt, mich auf diese Pfeife einzulassen.« Erica zückte ihre Karte. »Er hatte Minderwertigkeitskomplexe, weil ich ein eigenes Unternehmen führe, Spaß an Sex habe und kochen kann. Wisst ihr, was er zu mir gesagt hat? *Gibt es eigentlich auch irgendwas, worin du schlecht bist, Süße?*«

Anna lachte und wechselte einen Blick mit Claudia, die die Geschichte daraufhin weitererzählte. »Worauf du geantwortet hast: *Ja, Süßer, und zwar Beziehungen.* Und dann hast du ihn vor die Tür gesetzt.«

Erica zuckte mit den Achseln. »Es blieb mir ja wohl kaum etwas anderes übrig. Offenbar hat sich sein Ego neben mir ganz klein gefühlt.«

»Solange nur sein Ego klein war …«

»Anna! Ich staune immer wieder, was für ein Schandmaul du bist, sobald man dich von Pete weglockt.« Claudia rutschte aus der Sitznische und machte sich mit Anna auf den Weg zum Auto, während Erica bezahlte. »Wirkt sie auf dich auch ungewöhnlich angespannt?«

»Wer? Erica?« Der Winterwind pfiff über den Parkplatz, und Anna kuschelte sich tiefer in ihre Jacke. Ein paar einsame Schneeflocken wirbelten durch die Luft. »Ja, aber das liegt vermutlich an der Arbeit. Sie schuftet zu viel und braucht jedes Mal eine Weile, um runterzukommen. Ich glaube, sie hat den Urlaub dringend nötig.«

An diese Erklärung glaubte Claudia zwar nicht, aber ihr fiel auch kein Gegenvorschlag ein, also lächelte sie bloß und sagte: »Da hast du sicher recht.«

Anna öffnete die Beifahrertür. »Möchtest du eine Weile vorn sitzen?«

»Nein, mach du nur. Ich wüsste gar nicht, was ich mit meinen Beinen anstellen sollte, wenn ich mehr Platz hätte. Außerdem wird dir doch immer schlecht, wenn du hinten sitzt.«

Sie fuhren weiter Richtung Norden, und an den Fenstern zogen schneebestäubte Wälder und idyllische Dörfer im typischen Stil New Englands vorbei. Die ganze Umgebung versprühte eine so altmodische Weihnachtsatmosphäre, dass es fast zu schön war, um wahr zu sein. Geschäfte und Wohnhäuser waren mit Lichtern und Tannengrün geschmückt, und einen Moment lang glaubte Claudia, wieder ein Kind zu sein, das sich voll und ganz auf den Zauber der Festtage einlassen konnte.

Da riss sie plötzlich Ericas Stimme aus ihren Träumereien. »Hier ist der Ort, wir sind da! Hinter der nächsten Abzweigung rechts.«

Claudia schüttelte ihre Müdigkeit ab und beugte sich vor, um besser sehen zu können.

Frischer Schnee lag auf den Straßen, und hier und da huschten Leute in dicken Jacken und Schals mit vollen Einkaufstüten umher.

In den Bäumen am Straßenrand funkelten Lichterketten.

»Fahr mal langsamer.« Sie hielt sich an Ericas Rückenlehne fest. »Seht mal, es gibt eine Buchhandlung!«

»Super, dann kann ich hier meine restlichen Weihnachtseinkäufe erledigen.« Anna verrenkte sich den Hals, als Erica an dem Lädchen vorbeifuhr. »Der Read-A-While Bookstore. *Lies mal ein Weilchen*, was für ein niedlicher Name für eine Buchhandlung! Und so eine hübsche Schaufensterauslage. Schaut mal, Sofas gibt es auch! Wollen wir anhalten und reinschauen?«

»Ja!« Claudia überkam das plötzliche Bedürfnis, sich den Laden von innen anzusehen. Buchhandlungen erinnerten sie immer an ihre Mutter, ein wärmendes, aufbauendes Gefühl, das sie gerade dringend gebrauchen konnte. »Wäre das nicht der perfekte Auftakt für unseren Urlaub?«

»Nicht jetzt.« Erica fuhr mit unverminderter Geschwindigkeit weiter. »Wir müssen das jetzt durchziehen.«

»Durchziehen? Was denn?« Claudia wechselte einen entgeisterten Blick mit Anna. Erica klang ja so, als wären sie auf dem Weg zu einer Geheimoperation im Auftrag der Regierung!

»Einchecken. Wir müssen einchecken.«

Claudia sah auf ihr Handy. Sie hatten doch noch ausreichend Zeit! Wieso die Eile?

Aber Erica war nicht zu stoppen. Sie ließ die Buchhandlung hinter sich und bog von der Main Street ab. Anschließend ging es ein Stück weit aus dem Dorf hinaus über eine überdachte Brücke, unter der ein breiter Fluss rauschte, und dort lag es im Schutz einiger Tannen: das Maple Sugar Inn.

Es sah genauso aus wie auf den Fotos.

Der Anblick ließ Claudia die Buchhandlung schlagartig vergessen.

Das Hotel war dreistöckig, und die überdachte Veranda und die Balkone waren mit Lichterketten und festlichen Tannengirlanden dekoriert. Auf dem Giebeldach lag Schnee, und auf den Fensterscheiben wuchsen Eisblumen. Die Eingangstür wurde von zwei großen Weihnachtsbäumen flankiert, die mit winzigen Lichtern geschmückt waren. Das gesamte Hotel erstrahlte in altmodischem Festtagsglanz.

Erica hielt und stellte den Motor ab. Einen Moment lang blieben sie alle drei schweigend im Auto sitzen.

»Wow«, sagte Anna mit Blick auf das Hotel.

»Allerdings.« Claudia konnte sich gar nicht von der Aussicht losreißen. Ein warmes Gefühl breitete sich in ihr aus. Über diesem Ort lag ein Zauber, wie sie ihn noch nirgendwo sonst erlebt hatte. Sie kam sich vor, als hätte sie eine Weihnachtskarte betreten. »Offenbar haben die Webseite und die Fotos nicht gelogen.«

»Wenn das mal nicht der Inbegriff von Weihnachten in Vermont ist.« Annas Stimme klang erstickt, und sie legte die Hand auf Ericas Arm. »Das wird herrlich hier. Danke, dass du so einen besonderen Ort für uns gefunden hast. Ich bin richtig aufgeregt.«

Erica blieb stumm.

Stattdessen umklammerte sie weiter das Lenkrad und blickte mit leicht geöffneten Lippen auf das Hotel, als müsste sie sich daran erinnern, wie man atmet.

Entweder sie war vollkommen überwältigt von den weihnachtlichen Gefühlen, die auch Anna und Claudia mitgerissen hatten – aber das war unwahrscheinlich, schließlich war es *Erica* –, oder hier ging irgendetwas anderes vor sich. Und zwar nichts Gutes, nach ihren weiß hervortretenden Knöcheln zu urteilen.

Claudia beugte sich vor und berührte ihre Freundin an der Schulter. »Alles in Ordnung, Erica? Entspricht es nicht deinen Erwartungen?«

Aber Erica antwortete nicht.

»Erica?« Claudias Gedanken rasten, gingen eine Möglichkeit nach der nächsten durch. Ihres Wissens war Erica zum ersten Mal in Vermont. Und sie hatte ganz sicher noch nie im Maple Sugar Inn gewohnt. Hatte sie vielleicht einmal beruflich mit dem Hotel zu tun gehabt? Nein, auch das erschien ihr unwahrscheinlich.

Sie wechselte einen Blick mit Anna, die kaum merklich mit den Achseln zuckte.

»Ich glaube nicht, dass wir das Auto hier abstellen dürfen«, sagte sie. »Hinter dem Haus scheint es einen Parkplatz zu geben. So steht es zumindest hier in der Wegbeschreibung.«

Bei dem Wort Parkplatz kam wieder Leben in Erica. »Ja, genau. Parkplatz.« Sie räusperte sich. »Gute Idee. Also, dann gefällt es euch hier also?«

»Natürlich! Aber bist du ...«

»Ich freue mich drauf, unsere Zimmer zu beziehen und über unsere Lektüre zu reden.« Erica fuhr wieder an und schlug den Weg zum Parkplatz ein. Er war zwar geräumt, aber zu beiden Seiten türmte sich der Schnee.

Sie fanden eine freie Parklücke. Direkt gegenüber lud ein Mann Feuerholz von einem Truck, auf dem ein Logo prangte.

Claudia kniff die Augen zusammen. »Peterson's Christmas Trees. Also, dem würde ich sofort einen Baum abkaufen.«

»Aber der ist doch höchstens Anfang dreißig.« Anna griff nach ihrer Tasche. »Ist dir das nicht ein bisschen zu jung?«

»Nicht, wenn es nach Erica geht. Und er ist immer noch älter als Johns neue Freundin.« Aber darüber wollte sie gerade lieber nicht länger nachdenken, also lenkte sie sich ab, indem sie sich zurücklehnte und den Fremden aus der Ferne bewunderte.

Er trug eine schwere Funktionsjacke und Arbeitsstiefel, die schon einiges miterlebt hatten. Sein Haar war dunkel und reicht ihm fast bis zum Kragen, und sein Gesichtsausdruck war so ernst, dass es an Strenge grenzte. Während er die Scheite stapelte, bemerkte er die drei Freundinnen und warf ihnen zur Begrüßung ein Lächeln zu, das streng zu sexy zerfließen ließ.

Claudia lächelte zurück. »Wetten, der kann Reifen wechseln und trägt von morgens bis abends einen Schraubenschlüssel mit sich herum?«

Anna musste lachen, und Erica seufzte. Aber immerhin legte sie die trübe Stimmung ab, die sie befallen hatte.

»Also bitte. Ich kann auch deine Reifen wechseln! Falls du mal einen Reifenwechsel brauchst, sag einfach Bescheid, und ich eile dir flugs zu Hilfe.«

Anna sah sie an. »Du weißt aber schon, dass es eigentlich gar nicht um Reifen geht, oder?«

»Ja, habe ich verstanden«, antwortete Erica. »Ich sag doch bloß, dass ich keinen Mann brauche, um meine Reifen zu wechseln.«

»Auch keinen heißen?«

»Insbesondere keinen heißen. Nicht dass er einen falschen Eindruck von mir gewinnt und mich für hilflos hält!«

»Aber es geht doch gar nicht um Hilflosigkeit«, warf Claudia ein. »Sondern darum, dass er etwas für dich tut, weil er es gern möchte. Mir fehlt das. Es fehlt mir, jemanden zu haben, der all die kleinen Details über mich kennt. Und mir fehlen die kleinen Aufmerksamkeiten. Am Anfang unserer Beziehung hat John mir immer einen Kaffee ans Bett gebracht, ehe er zur Arbeit gefahren ist, vor allem an den Tagen nach einer Spätschicht. Wenn ich aufgewacht bin, war der Kaffee zwar jedes Mal schon kalt, aber ich habe ihn trotzdem getrunken, weil ich mich John dadurch näher fühlte. Hm, klingt irgendwie schräg, oder?«

»Dass du kalten Kaffee getrunken hast? Nein, gar nicht. Eher … widerlich.« Erica suchte Annas Blick und räusperte sich. »Aber jeder, wie er mag.«

Claudia hatte auch gar nicht damit gerechnet, dass Erica sie verstehen würde. Ihrer Freundin war ihre Unabhängigkeit wichtiger als alles andere, und sie konnte es nicht ausstehen, wenn andere etwas für sie taten, das sie auch selbst hinbekommen hätte. Als ob sie überzeugt war, zu viel Schwäche zu zeigen, sobald sie Hilfe oder auch nur einen kleinen Gefallen annahm.

»Ich mochte es, jemanden an meiner Seite zu haben, der es schön fand, mir etwas Gutes zu tun. Jetzt muss ich mir meinen Kaffee selbst kochen, wenn ich einen möchte.«

»Und wenn ich Kaffee möchte, rufe ich beim Zimmerservice an«, bemerkte Erica und hob eine Hand, um Anna davon abzuhalten, sie sanft zurechtzuweisen. »Ja, wir alle wissen, ich bin herzlos. Aber es gibt aus meiner Sicht nun mal nichts Besseres im Leben, als selbst zu wissen, wie man sich einen Kaffee kocht und seine Reifen wechselt. Selbstliebe ist die neue Form von Langzeitbeziehung. Habt ihr das gar nicht mitbekommen?«

»Aber man hilft anderen doch nicht ausschließlich, weil man sie für inkompetent hält. Meistens will man ihnen einfach nur eine Freude machen. So wie der Typ da drüben.« Claudia beobachtete, wie der Mann auf das Hotel zuging. »Er wirkt wie einer von der zuverlässigen Sorte, der nicht bei jeder Kleinigkeit gleich einknickt. Er schleppt Holzscheite durch die Gegend, weil ihm jemand wichtig ist. Jemand, der es warm und gemütlich haben soll.«

Eine junge Frau erschien in der Tür und begrüßte ihn mit einigen Worten und einem Lachen.

»So, wie die beiden einander ansehen, ist er schon vergeben«, bemerkte Anna.

»Ich würde sagen, er schleppt die Scheite durch die Gegend, weil er dafür bezahlt wird. Und natürlich wird auch er irgendwann eine Krise bekommen. So sind Männer nun mal.« Erica schnallte sich ab. »So, können wir dieses Gespräch jetzt beenden und unseren Urlaub beginnen?«

Claudia sah dem Mann nach, wie er durch die Hintertür des Hotels verschwand. Sie bezweifelte, dass er je davonlaufen würde. Er würde ausharren und sich mit den Problemen, die ihm das Leben vor die Füße warf, auseinandersetzen. Aber echtes Interesse an ihm hatte sie nicht. Insgesamt hatte sie gerade kein Interesse an einer Beziehung. Trotzdem war sie erleichtert, dass sie überhaupt noch dazu in der Lage war, es zu bemerken, wenn ein attraktiver Mann ihren Weg kreuzte. Die Erkenntnis kam ihr vor wie ein großer Schritt in die richtige Richtung.

Wen dieser Mann auch liebt, dachte sie, während sie sich einen Stapel Geschenke unter den Arm klemmte, kann sich glücklich schätzen. Allerdings nicht halb so glücklich wie die Frau, der das Hotel gehörte.

Claudia hatte noch nie an Liebe auf den ersten Blick geglaubt. Aber als sie die schimmernden Fenster und das schneebedeckte Dach des Maple Sugar Inn betrachtete, zog sie zum ersten Mal in ihrem Leben in Erwägung, ihre Meinung zu ändern.

Vergiss den Mann. Was sie wirklich wollte, war das Hotel. Wenn es ihres wäre, davon war sie fest überzeugt, wäre sie glücklich bis ans Ende ihrer Tage.

9. KAPITEL

ANNA

Das Hotel war gemütlich und einladend. Als Anna über die Schwelle trat und den großen Weihnachtsbaum voller Schmuck und Funkellichter entdeckte, war ihr erster Gedanke: *Ich wünschte, ich wäre mit Pete hier.*

In letzter Zeit hatte er immer wieder vorgeschlagen, dass sie doch auch einfach zu zweit wegfahren könnten, und jedes Mal hatte sie einen Grund gefunden, es nicht zu tun. Das Thema war einer der wenigen Spannungsfaktoren in ihrer Ehe. Er schien einfach nicht verstehen zu wollen, dass sie für die Kinder da sein musste. Da war es eben schwer, die nötige Zeit für gemeinsame Kurzreisen zu finden. Doch nun fragte sie sich, ob sie sich die Zeit nicht einfach hätte nehmen sollen.

»Ich würde am liebsten direkt hier einziehen.« Claudia betrachtete den Baum. »Du bist ein Urlaubsplanungsgenie, Erica.«

»Stimmt.«

Anna wollte Erica gerade fragen, ob sie auch so zufrieden mit ihrer Entdeckung war, als eine junge Frau durch eine Tür am hinteren Ende des Empfangsbereichs kam. Es war dieselbe Frau, die gerade den Mann mit dem Brennholz begrüßt hatte. Ihre Wangen waren gerötet, und ihr Haar lockte sich in einer flauschigen Wolke um ihr lächelndes Gesicht.

»Hi, Sie müssen Erica, Anna und Claudia sein. Herzlich willkommen. Ich bin Hattie.«

Das war Hattie?

Himmel, sah sie jung aus. Zu jung, um ein Kind und ein Hotel zu haben.

Aber dann fiel Anna auf, dass sie in einem ähnlichen Alter Mutter geworden war.

Sie warf einen Blick in Ericas Richtung in der Erwartung, dass ihre Freundin wie üblich die Führung übernahm. Schließlich hatte sie ja auch die Buchung getätigt. Doch Erica stand da wie angewurzelt und starrte Hattie an.

Ob es ein Problem gab? Aber welches?

Erica mochte effizient und manchmal ein wenig zu direkt sein – aber sie war niemals unhöflich. Und äußerst selten auf den Mund gefallen. Normalerweise hätte sie längst reagiert und die Dinge in die Hand genommen. Nicht, weil sie Anna und Claudia für inkompetent hielt, sondern weil es in ihrer Natur lag.

Anna wartete noch einen Augenblick lang, dann trat sie mit ausgestreckter Hand vor. »Hi, ich bin Anna. Ihr Hotel ist ja umwerfend! Ich komme mir vor wie am Set eines Weihnachtsfilms.«

Was auch immer gerade mit Erica los war, Hattie sollte nicht befürchten müssen, dass ihr merkwürdiges Verhalten etwas mit dem Hotel zu tun hatte.

Tatsächlich hatte Hattie Erica bereits nervös gemustert und wandte nun den Blick ab. »Das freut mich. Ihr Aufenthalt hier soll etwas Besonderes sein. Deswegen scheuen Sie sich bitte nicht, Bescheid zu geben, wenn wir irgendetwas für Sie tun können. Aber lassen Sie uns doch erst einmal den Check-in erledigen. Danach zeige ich Ihnen Ihre Zimmer.« Sie beugte sich vor und klapperte auf ihrer Computertastatur herum. »Sie haben drei aneinandergrenzende Zimmer. Erica, Sie haben den River Room.« Sie blickte auf, und Anna stieß Erica mit dem Ellenbogen an.

Die schien wie aus einer Trance zu erwachen. »Sie sind nicht von hier, oder?«

»Stimmt, ich bin Britin. Geboren und aufgewachsen in London. Ich bin später mit meinem Mann hergezogen.« Hattie beobachtete, wie Ericas Blick zu den Fotos auf ihrem Empfangstisch glitt. »Das hier ist mein Mann mit unserer Tochter Delphi – Sie werden sie sicher noch kennenlernen. Sie ist fünf und hat ein Talent dafür, an den unerwartetsten Stellen aufzutauchen. Hier, Ihr Zimmerschlüssel.«

Erica nahm ihn entgegen und stieß dabei versehentlich das andere Foto um.

»Tut mir leid.« Sie klappte es wieder hoch, doch anstatt es aufzustellen, betrachtete sie es eine Weile schweigend.

Dann sah sie zu Hattie auf. »Und wer ist das?«

Anna hätte im Boden versinken können vor Scham, aber Hattie reagierte freundlich und schien Ericas Verhalten kein bisschen merkwürdig zu finden.

»Das bin ich mit meinem Dad.«

»Das ist Ihr Dad, der Sie auf dem Bild in die Luft schwingt?«

»Genau. Das hat er oft gemacht. Es ist mein Lieblingsfoto von ihm. Er ist vor sieben Jahren verstorben. Aber es vergeht kein Tag, an dem ich ihn nicht vermisse. Als das Foto entstand, muss ich ungefähr vier gewesen sein. Trotzdem kann ich mich merkwürdigerweise genau an den Tag erinnern. Es ist meine erste Erinnerung überhaupt.«

Erica betrachtete das Foto lange. »Sie standen sich nahe, oder?«

Langsam fing Anna an, sich unwohl zu fühlen. Was war denn nur los mit Erica? Warum stellte sie all diese persönlichen Fragen? Und seit wann zeigte sie ein solches Interesse an Fremden? Ob ihr vielleicht die Weihnachtszeit zu schaffen machte und sie sich in Gedanken gerade viel mit ihrer Familiengeschichte auseinandersetzte? Auch wenn Erica nur selten offen darüber sprach, wusste Anna, dass das Verhalten ihres Vaters gegenüber ihrer Mutter tiefe Wunden in ihr hinterlassen hatte und ihr Leben bis heute stark beeinflusste.

Vielleicht hatte sie ihren vierzigsten Geburtstag ja doch nicht ganz so leicht weggesteckt, wie sie behauptete.

»Sehr nahe sogar.« Hattie wirkte zwar ein wenig ratlos, verhielt sich aber weiterhin ausgesprochen liebenswürdig. »Meine Mutter ist direkt nach meiner Geburt gestorben, und mein Dad hat mich allein großgezogen. Wir hatten ein sehr besonderes Verhältnis, und ich schätze mich glücklich, das erlebt haben zu dürfen. Anna, für Sie ist der Forest Room vorgesehen. Ich hoffe, er gefällt Ihnen. Lassen Sie mich wissen, wann Sie Ihren Leseclub abhalten wollen, dann reserviere ich Ihnen die Bibliothek.

Im Augenblick ist sie bis auf Mittwochabend immer frei.« Sie reichte erst Anna, dann auch Claudia einen Schlüssel. Anschließend warf sie einen nervösen Blick zu Erica, die immer noch das Foto in Händen hielt. »Wenn Sie mir bitte folgen würden – ich zeige Ihnen Ihre Zimmer und lasse Ihr Gepäck nach oben bringen.«

»Das Gepäck können wir selbst mitnehmen, kein Problem«, versicherte Claudia und schnappte sich ihre eigene und Ericas Tasche. Dann schubste sie Erica sanft voran.

Erica warf ihr einen so verdutzten Blick zu, als hätte sie vollkommen vergessen, wo sie war.

»Gepäck, Check-in, Urlaub«, murmelte Claudia. »Erde an Erica! Kommt dir das irgendwie bekannt vor?«

Vorsichtig stellte Erica das Foto wieder auf der Rezeption ab.

Sie wirkte blass und müde, und zum ersten Mal empfand Anna einen Anflug echter Sorge.

Ob es Erica vielleicht nicht gut ging? Hatte sie womöglich gesundheitliche Probleme?

Es wäre so typisch für sie gewesen, ihre Freundinnen in deren Krisen zu unterstützen, ohne dabei zu erwähnen, dass sie selbst in einer steckte.

»Danke, Sie sind wirklich zu nett.« In dem Versuch, Ericas merkwürdiges Benehmen wiedergutzumachen, warf sie Hattie ein Lächeln zu. »Wie Sie sich sicherlich denken können, haben wir alle eine kleine Pause bitter nötig und freuen uns riesig, dass wir endlich hier sind. Zeigen Sie uns den Weg?«

Sie folgten Hattie zur Treppe, hinauf in den ersten Stock und einen Gang entlang.

»Hier haben wir Ihre Zimmer auch schon.« Hattie deutete auf die Türen. »Die Bibliothek ist bereits weihnachtlich geschmückt, und im Kamin prasselt ein Feuer. Wenn Sie nach dem Auspacken dort einen Tee trinken möchten, brauchen Sie nur Bescheid zu geben.«

Anna musterte Ericas starre Miene. Ihre Freundin sah so aus, als hätte sie gerade durchaus etwas Stärkeres als Tee vertragen können.

»Danke, aber ich glaube, wir vertreten uns lieber ein wenig die Beine. Das Dorf sah so hübsch aus.« Je schneller sie wieder unter sich waren, desto besser. »Sicherlich haben Sie viel zu tun, lassen Sie sich von uns nicht aufhalten.«

Als Hattie sich auf den Rückweg nach unten machte, löste Anna den Schlüssel aus Ericas starren Fingern und sperrte die Zimmertür auf.

»Kommt, lasst uns reingehen.« Sie stieß die Tür auf und gab einen verzückten Seufzer von sich. Das Zimmer war dank zweier großer Fenster mit Blick auf die schneebedeckten Berge hell und luftig. Ein Kaminfeuer prasselte, und unter einem der Fenster standen ein bequemer Lesesessel und ein kleiner Schreibtisch. »Das ist ja hinreißend! Was für ein traumhafter Ort. Bist du zufrieden mit dem Zimmer, Erica, oder würdest du gern die anderen sehen, ehe du dich entscheidest?« Vielleicht war Erica ja auch einfach nur unzufrieden mit dem Hotel. Schließlich war es verwinkelt und altmodisch, während Erica es gern minimalistisch und modern hatte.

Doch Erica sah sich nicht einmal richtig um, sondern ließ sich einfach nur kommentarlos aufs Bett fallen.

Anna wechselte einen Blick mit Claudia, die daraufhin die Tür hinter ihnen schloss, damit sie unter sich waren.

»So, du erzählst uns jetzt, was los ist«, sagte sie. »Und wag es ja nicht zu behaupten, dass alles in Ordnung sei.«

»Es hatte etwas mit dem Foto zu tun, oder?« Anna setzte sich neben Erica und legte ihr den Arm um die Schultern. »Aber was?«

»Oder geht es um das Hotel? Schließlich bist du schon die gesamte Fahrt über so merkwürdig angespannt gewesen.« Claudia nahm schützend auf der anderen Seite Platz. »Wenn es dir hier zu altmodisch oder zu weihnachtlich ist, können wir auch wieder fahren und uns eine andere Bleibe suchen.«

Erica gab einen Laut irgendwo zwischen Lachen und Schluchzen von sich. »Das würdet ihr für mich tun?«

»Aber klar.« Sie bemühte sich, die leise Enttäuschung, die sich bei der Vorstellung in ihr breitmachte, zu ignorieren. Das Hotel war einfach perfekt. Aber was in dieser Woche zählte, waren Menschen, nicht Orte. Ihre Freundinnen. Und wenn Erica sich hier nicht wohlfühlte, würden sie abreisen. »Wir haben dich lieb, und das hier ist unsere besondere Woche. Du sollst glücklich sein und Spaß haben. Also, ist das Hotel das Problem?«

»Ja. Und nein. Also, nicht im eigentlichen Sinn. Jedenfalls nicht so, wie ihr denkt.« Erica rieb sich die Wangen. Sie … Sie weinte ja!

Erica *weinte*.

Erica weinte.

Anna weinte ständig. Über Filme, über Bücher, über Babyfotos von den Zwillingen, weil sie damals so niedlich und die Zeiten so glücklich gewesen waren und sie nichts davon je wieder erleben würde. Sie weinte, wenn Pete ihr Blumen mitbrachte, weil das bedeutete, dass er tagsüber an sie gedacht hatte, und sie weinte, wenn sie nach einem Besuch bei ihren Eltern wieder abreisten, weil sie ihre Eltern liebte und sie alt wurden und sie es nicht mochte, sie zu verlassen.

Aber Erica? Erica weinte nie. Während tragischer Filmszenen futterte sie Popcorn, und wenn ihre Freundinnen über traurige Bücher schluchzten, konnte sie nur ungläubig den Kopf schütteln.

Der Anblick brach Anna fast das Herz. »Nicht weinen, Erica.«

»Das ist alles eure Schuld, weil ihr so lieb seid. Hört auf der Stelle auf, so lieb zu sein!« Erica schniefte. »Hat jemand ein Taschentuch?«

»Anna hat bestimmt eins«, sagte Claudia. »In ihrer unerschöpflichen Zaubertasche.«

Pflichtgetreu zog sie ein Taschentuch hervor und reichte es Erica.

»Danke. Tut mir leid. Das hier sollte ein unbeschwerter Urlaub werden, und ich mache gerade alles kaputt.«

»Gar nichts machst du kaputt.« Sie drückte ihrer Freundin sachte die Schulter. »Egal was ist, du kannst mit uns darüber reden. Wir sind schließlich deine Familie.«

Erica warf ihr ein müdes Lächeln zu. »Pete und die Kinder sind deine Familie.«

Als sie die Unsicherheit in ihrer Stimme hörte, lief es ihr kalt den Rücken hinunter. Das war doch nicht ihre Erica! »Aber ihr beide doch auch! Und ich glaube nicht, dass Claudia oder ich dir je einen Grund gegeben haben, daran zu zweifeln. Wir drei sind eine Familie, seit du in unser Zimmer gestiefelt kamst und das obere Bett für dich beansprucht hast.«

»Geht es um einen Mann? Ist was mit Jack?« Claudias Augen funkelten kampfbereit. »Dann verklopp ich ihn! Inzwischen hab ich einen ziemlich guten linken Haken drauf und hätte nichts dagegen, ihn mal an einem lebenden Gegner statt immer nur am Boxsack auszuprobieren.«

Erica tupfte sich die Augen trocken. »Nein, es ist nichts mit Jack. Und auch sonst mit niemandem, den du verkloppen solltest.« Sie atmete stockend ein. »Ich hätte nie herkommen sollen. Das war ein Fehler, eine dumme Entscheidung. Ich hätte von Anfang an ehrlich zu euch sein sollen, dann hättet ihr es mir ausreden können.«

»Dann geht es also doch ums Hotel. Alles klar.« Claudia zückte ihr Handy. »Wir suchen uns sofort ein neues. Anna, wie heißt die nächste größere Ortschaft? Wir übernachten dort, und morgen fahren wir weiter nach Boston. Eine Woche in Boston wäre doch super! Wir schlendern am Charles River entlang, trinken einen Kaffee nach dem nächsten und tun so, als wären wir immer noch auf dem College.«

»Nein, das Hotel ist nicht das Problem.« Erica putzte sich die Nase, und Anna reichte ihr ein frisches Taschentuch.

»Das Foto hat dich so durcheinandergebracht. Weil Hattie offenbar so ein gutes Verhältnis zu ihrem Vater hatte?« Sie zögerte. »Hat es dich traurig gemacht, sie so mit ihm zu sehen?«

»Ja.« Erica knüllte das Taschentuch zu einer winzigen Kugel zusammen. »Ja, das hat es.«

»Er sah nett aus.« Claudia blickte von ihrem Handy hoch. »Als ob er ein guter Dad war. Hattie kann sich glücklich schätzen. Na ja, allerdings ist ihr Mann gestorben. Vielleicht also auch nicht …« Sie verstummte und warf Anna einen Hilfe suchenden Blick zu.

Aber sie wusste genauso wenig, was sie gerade sagen sollte. Genauso wenig, wie sie wusste, was hier eigentlich los war.

»Es muss wehtun, einen so liebevollen Dad zu sehen, nachdem dich deiner im Stich gelassen hat, als du noch keinen Tag alt warst.«

»Ja, das stimmt.«

»Hatties Dad war ein guter Mensch. Deiner nicht, und das ist furchtbar.« Claudia hielt inne. »O Gott, ich rede lauter Blödsinn. Tut mir leid, ich bin nicht gut in so was.«

»Aber du hast doch recht! Es ist wirklich furchtbar.« Erica spielte weiter mit dem Taschentuch herum. »Vor allem, weil Hatties Dad und mein Dad ein und dieselbe Person sind.«

Schweigen senkte sich über das Zimmer.

»Was?«, murmelte Anna schließlich. Ihre Gedanken rasten im Kreis. »Hatties … Vater?«

»Genau. Hatties liebevoller Dad.« Erica nahm ihr die gesamte Taschentuchpackung aus der Hand. »Er ist auch mein Vater. Mein Dad. Der Mann, der mich im Stich gelassen hat, als ich acht Minuten alt war.«

10. KAPITEL

ERICA

Erica stand auf und trat ans Fenster. Hattie hatte recht. Die Aussicht war wirklich fantastisch. Aber im Augenblick hätte sie genauso gut auf den Parkplatz schauen können. Die Gefühle, die gerade in ihr brodelten, waren ihr neu. Sie war es nicht gewöhnt, verwirrt zu sein. War es nicht gewöhnt, Schwächen einzugestehen. Doch genau das empfand sie gerade: Verwirrung und Schwäche. Verletzlichkeit.

Der Anblick des Fotos hatte sie eiskalt erwischt. Sie kam sich vor, als hätte jemand ihr Herz mit einem Baseballschläger bearbeitet. Als würde ihr Inneres brutal zusammengequetscht. Auch dieses Gefühl kannte sie nicht. War das Panik? Aber sie war ihr Leben lang noch nie panisch gewesen, also konnte das wohl kaum sein.

Es kam ihr vor, als würde der Raum um sie immer enger werden.

Bei ihrer Ankunft hatte sie noch gedacht, sie könnte es ruhig angehen lassen. Erst einmal beobachten, Informationen sammeln und auf dieser Grundlage eine vernünftige Entscheidung treffen. Nie im Leben hätte sie damit gerechnet, dass ihre Gefühle sie derart aus der Bahn werfen würden.

All ihre Empfindungen und Gedanken über ihren Vater hatte sie über den Umweg ihrer Mutter entwickelt – secondhand, sozusagen.

Es gibt Männer, die mit Verantwortung nicht umgehen können.

Verlass dich nie darauf, dass dir ein Mann auch in schlechten Zeiten zur Seite steht.

Das waren die Antworten, die sie ihr Leben lang erhalten hatte, wenn sie Fragen nach ihrem Vater stellte. Ihre Mutter hatte ihm die gesamte Schuld für ihre Misere zugewiesen.

Manche Männer sind einfach nicht dafür gemacht, Vater zu werden.

Aber nun hatte sie den Beweis, dass das so nicht stimmen konnte. Ja, offenbar hatte ihr Vater die Verantwortung für sie nicht übernehmen können. Doch bei Hattie schien es ihm gelungen zu sein, seiner Rolle gerecht zu werden. Ja, vielleicht konnte man sich nicht darauf verlassen, dass Männer einem auch in schlechten Zeiten zur Seite standen. Aber bei Hattie war ihr Vater geblieben, in einer Zeit, die schlimmer sicher nicht hätte sein können. Er war Hattie ein großartiger Vater gewesen.

Aber was bedeutete das nun?

Erica schlang die Arme um ihren Oberkörper.

Ob ihr Vater je an sie gedacht hatte? Ob er in all den glücklichen Jahren, die er mit seiner zweiten Tochter erlebt hatte, auch nur einen Gedanken an seine erste verschwendet hatte? Ob er jemals Hattie in die Luft geschwungen und dabei leise Schuldgefühle empfunden hatte, weil er dasselbe nie für Erica getan hatte?

Sie lehnte ihre glühende Stirn gegen die Scheibe.

Sie war vierzig Jahre alt, verflucht noch mal! Und sie war selbst für ihr Leben verantwortlich gewesen, solange sie denken konnte. Schon in ihrer Kindheit hatte ihre Mutter darauf bestanden, dass sie ihre Probleme selbst löste. Es gab keinen Grund, auf einmal wacklige Knie zu bekommen und sich wie ein verletzliches kleines Mädchen zu fühlen. Und noch weniger Grund gab es für Tränen. Sie benahm sich erbärmlich, Punkt.

Sie schämte sich vor sich selbst. Wie konnte etwas, das so lange zurücklag, einen solchen emotionalen Aufruhr in der Gegenwart verursachen?

Sie brauchte kurz, um zu registrieren, dass hinter ihr Totenstille herrschte.

Als sie sich umdrehte, musste sie feststellen, dass ihre Freundinnen sie ratlos musterten.

Die beiden wussten nicht, was sie sagen sollten. Und daraus konnte sie ihnen beim besten Willen keinen Vorwurf machen. Schließlich wusste sie ja selbst nicht, was sie sagen sollte.

Verlegen zuckte sie mit den Achseln. »Ist das erste Mal, oder? Dass ihr mich weinen seht, meine ich.«

Claudia ergriff das Wort. »Ich verstehe das alles nicht.«

»Das geht mir ähnlich. Offenbar bin ich doch emotionaler, als ich dachte. Eine beunruhigende Erkenntnis.«

»Nein, das meine ich nicht.« Claudia winkte ab. »Ich verstehe nicht, wie Hatties Vater auch deiner sein kann.«

»Ich auch nicht. Das ergibt doch alles keinen Sinn!« Anna wirkte verwirrt. »Hattie ist Britin, sie ist in London aufgewachsen.«

»Das stimmt. Sie ist dort geboren, weil ihre Mutter Engländerin ist. Aber ihr Vater …« Erica atmete tief durch. »Ihr Vater stammte aus New York.«

»Woher weißt du das alles?« Claudia musterte sie eindringlich. »Deine Mutter hat sich doch immer geweigert, über ihn zu sprechen!«

»Stimmt. Wenn sie ihn je erwähnt hat, dann als mahnendes Beispiel dafür, wie dumm es wäre, sich auf jemand anders als sich selbst zu verlassen.« Sie hätte sich ihren Freundinnen viel eher anvertrauen sollen, das merkte sie jetzt deutlich. Aber es war ihr noch nie leichtgefallen, sich zu öffnen, und es hatte sich nie eine günstige Gelegenheit ergeben, das Thema anzusprechen. »Wisst ihr noch, wie ich nach Moms Tod ihr Haus ausgeräumt habe?«

»Na klar«, erwiderte Claudia. »Wir haben doch geholfen.«

»Ich weiß. Das war der reinste Horrorjob, und ihr zwei wart echt der Wahnsinn.« Claudia und Anna hatten darauf bestanden, ihr zur Seite zu stehen, obwohl sie mit keinem Wort darum gebeten hatte. Hatten ihr regelmäßig Essen vorbeigebracht und – was noch viel wichtiger gewesen war – ihre Freundschaft bewiesen, was Erica zu diesem Zeitpunkt in ihrem Leben dringender gebraucht hatte als irgendetwas sonst. »Damals habe ich etwas gefunden, so versteckt zwischen anderen Sachen, dass ich es fast übersehen hätte.«

»Und was?«

Das Zimmer, der Ausblick, das Gepäck, das Buch, das sie extra für diese Reise gelesen hatten – all das war vergessen. Gerade interessierten sich die beiden einzig und allein für Erica. Sie hatte leise Gewissensbisse, weil sie eigentlich eine schöne, entspannte Woche hatten verbringen wollen. Und im Augenblick war an der Stimmung rein gar nichts schön und entspannt. Sie hatte ihnen allen den Urlaub verdorben. Vielleicht hätte sie ihre Freundinnen besser warnen sollen. Dann hätten sie wenigstens die Wahl gehabt. Hätten sagen können: *Auf keinen Fall verschwenden wir unsere schöne Leseclub-Woche damit, in deiner Vergangenheit herumzuwühlen! Wir wollen entspannen! Such dir ein anderes Hotel.*

Aber noch ehe sie den Gedanken zu Ende geführt hatte, war ihr schon klar, wie unrealistisch er war. Die beiden hätten sie so oder so begleitet, ohne Wenn und Aber. So waren sie nun mal.

»Eine Karte«, antwortete sie. »Ich habe eine Geburtstagskarte gefunden. Sie war für mich.«

»Von deinem Dad?« Claudia wechselte einen Blick mit Anna, dann sah sie wieder zu ihr. »Und du hast uns nichts davon erzählt? Wieso nicht?«

»Aber das ist doch nicht schlimm.« Anna berührte sie am Arm, aber Claudia schüttelte sie ab.

»Doch, finde ich schon. Das ist eine Riesensache, und wir sind deine engsten Freundinnen. Wie kann es sein, dass du uns so was nicht sagst?«

»Ich weiß doch auch nicht.« Diese Frage hatte sie sich auch schon gestellt. »Ich stand unter Schock. Musste das alles erst einmal verarbeiten.«

»Okay, das erklärt vielleicht, weshalb du es uns damals nicht erzählt hast. Aber das ist jetzt zwei Jahre her, und du hast bis heute kein Wort gesagt?«

»Ich hab es weggeschoben. Versucht, es zu vergessen. So bin ich nun mal, das wisst ihr doch.« Wieder drohten ihre Gefühle sie zu überwältigen. Wie sollte sie damit nur umgehen? So fühlte sie sich doch sonst nie, es fehlte ihr an jeglicher Erfahrung mit so etwas! »Ich wollte euch damit doch nicht verletzen.«

»Das hast du auch nicht«, versicherte ihr Anna. »Was zählt, ist das Hier und Jetzt, nicht die Vergangenheit. Also. Zurück zu dieser Karte. Deine Mutter hat sie dir nie gegeben? Und sie dir gegenüber nie erwähnt?«

»Nein.« Und sie fragte sich, wieso. Hatte so viele verschiedene Szenarien durchgespielt. Doch die Wahrheit erfahren würde sie nie, denn ihre Mutter war tot und hatte alle Antworten auf all die Fragen, die Erica bewegten, mit ins Grab genommen.

Claudia knabberte auf ihrer Unterlippe herum. »Und was stand drauf?«

»Nichts. Nur sein Name.«

»Welcher Name?«, fragte Claudia mit ihrer üblichen Detailbesessenheit. »Sein richtiger Name oder … *Dad?*«

»Das weiß ich nicht mehr.« Was gelogen war, sie wusste es genau. *Dein Vater Jeff* hatte dort gestanden. Wie vielsagend, dass er das Gefühl gehabt hatte, sich derart vorstellen zu müssen. Was natürlich alles hinfällig gewesen wäre, wenn er nicht direkt nach ihrer Geburt das Weite gesucht hätte.

Sie erzählte ihren Freundinnen nicht, dass sie die Karte in vier Teile zerrissen hatte, unmittelbar nachdem sie sie entdeckt hatte. Oder dass sie sie anschließend wieder zusammengeklebt hatte.

Anna hätte die Karte nie zerrissen. Sie hätte sie ordentlich in einem Ordner verstaut. Und dann hätte sie gründlich darüber nachgedacht, wie mit dieser neuen Information am besten umzugehen sei.

Und Claudia hätte sie vermutlich in Flammen aufgehen lassen.

Anna streifte ihre Schuhe ab und machte es sich auf dem Bett bequem, um besser zuhören zu können, wenn Erica ihnen das Herz ausschüttete. »Aber er hat dir eine Karte geschickt. Was bedeutet, dass er an dich gedacht hat. Er hat dich nicht vergessen, nachdem er euch verlassen hat. Vielleicht ist die Trennung damals ja etwas anders abgelaufen, als deine Mutter behauptet hat.«

»Oder sie ist zwar so abgelaufen, aber dein Vater hat irgendwann Gewissensbisse bekommen.« Claudia runzelte die Stirn. »Gab es noch weitere Karten?«

»Nein, nur die eine.«

»Aber warum hat er die eine geschickt und dann keine weiteren mehr? Das ergibt doch keinen Sinn. Nicht dass ich Männern grundsätzlich sinnvolles Verhalten unterstellen würde.« Wie immer, wenn Claudia nachdachte, lief sie aufgeregt im Raum auf und ab. »Ich meine – er verlässt euch. Deine Mutter hört nichts mehr von ihm. Und dann schickt er plötzlich eine Karte? Wieso?«

Auch diese Frage hatte sie sich bereits gestellt. Wieder und wieder und wieder.

»Vielleicht hatte er einen kurzen Anflug von Schuldgefühlen, und danach war es leichter für ihn, diese Zeit in seinem Leben zu verdrängen.«

»Stand ein Datum dabei? Weißt du, wann er die Karte geschickt hat?«

»Als ich zwölf war.«

»Aber wieso …« Claudia blieb stehen und wechselte einen Blick mit Anna. »Wie auch immer, es muss heftig für dich gewesen sein, die Karte zu finden. Und ich wünschte, du hättest uns davon erzählt.«

»Ich auch. Aber nur, weil wir gern für dich da gewesen wären«, fügte Anna in sanftem Ton hinzu. »Brauchst du vielleicht mal eine Umarmung?«

Das war so typisch für Anna, dass sie fast gelächelt hätte. »Ich brauche keine Umarmung. Aber danke fürs Angebot.«

Claudia schien immer noch damit beschäftigt zu sein, die Informationen zu verarbeiten. »All die Jahre hast du gedacht, dein Vater hätte euch einfach sitzen lassen und vergessen. Dass er nie an dich gedacht hat. Und jetzt erfährst du, dass er das sehr wohl getan hat.«

»Zumindest lang genug, um mir diese Karte zu schicken, ja.«

Claudia tippte sich mit dem Finger gegen die Wange. »Bist du sauer auf deine Mutter, weil sie dir die Karte vorenthalten hat?«

»Anfangs hab ich es nicht verstanden, war vielleicht auch ein wenig wütend. Aber dann habe ich versucht, es aus ihrer Perspektive zu betrachten. Er hat sie in einem der verletzlichsten Augenblicke ihres Lebens einfach im Stich gelassen. Dabei hatte sie ihm blind vertraut! Da kann ich ihr wohl schlecht einen Vorwurf daraus machen, dass sie sich schützen wollte, als er sich nach all den Jahren wieder gemeldet hat. Ich nehme an, dass die Karte sehr überraschend für sie kam.«

»Ich glaube nicht, dass sie nur sich selbst schützen wollte.« Anna stand auf und schenkte aus dem Krug auf dem Tisch ein Glas Wasser ein, das sie ihr reichte. »Sie wollte auch dich schützen. Ihr Baby. Er hatte ja euch beiden wehgetan, und sie wollte nicht das Risiko eingehen, das noch mal erleben zu müssen. So hätte ich es zumindest gesehen, wenn Pete mich nach der Geburt der Zwillinge verlassen hätte. Sie wollte stark für euch beide sein.«

Ericas Herz setzte einen Schlag lang aus. »So habe ich es noch nie betrachtet.«

Sie trank einen Schluck Wasser. War es wirklich so gewesen? Sie versuchte, sich vorzustellen, wie ihre Mutter sich gefühlt haben musste, als sie die Karte aus dem Briefkasten zog. Wie ihre Mutter entschied, ob und wie sie reagieren sollte. Sie selbst war damals zwölf Jahre alt gewesen. Hatte ihre Mutter überlegt, ihr die Karte zu geben? Oder war ihr sofort klar gewesen, dass ihre Tochter nichts davon erfahren sollte?

Anna schenkte auch Claudia und sich selbst Wasser ein. »Aber wie passt Hattie ins Bild? Wusste deine Mutter von ihr?«

»Keine Ahnung. Aber ich schätze, nein. In den Unterlagen meiner Mutter deutete nichts darauf hin, dass sie überhaupt je wieder Kontakt zu meinem Vater hatte oder wusste, wie sein Leben nach der Trennung weitergegangen ist.«

»Aber so ganz verstehe ich das alles immer noch nicht«, warf Claudia ein. »Es ist jetzt zwei Jahre her, dass du die Karte gefunden hast. Was hast du in all der Zeit getan? Ihn ausfindig gemacht?«

»Anfangs gar nichts. Dafür war ich viel zu beschäftigt damit, meine Mutter zu vermissen. Ich dachte, wenn sie nicht wollte, dass ich von der Karte weiß, vergesse ich am besten, dass ich sie je gesehen habe. Ich wollte ihren Wunsch respektieren. Außerdem war ich wütend, weil ich immer wieder daran denken musste, wie hart ihr Leben nach meiner Geburt gewesen war, und gab ihm die Schuld daran.« Hinter ihren Schläfen setzte ein pochender Schmerz ein. Sie trank ihr Wasser aus und gab Anna das Glas zurück. »Aber ich konnte die Karte einfach nicht vergessen. Ein paar Monate später beschloss ich, dass ich mehr herausfinden musste, und heuerte einen Privatdetektiv an. Ich wollte wissen, ob mein Vater noch lebte und wenn ja, was er machte. Es ging mir nie darum, Kontakt zu ihm aufzunehmen. Ich wollte einfach nur herausfinden, was mit ihm passiert war, um mit der Angelegenheit abschließen zu können.«

»Einen Privatdetektiv? Unglaublich.« Claudia war fasziniert. »So was passiert sonst doch nur im Kino. Aber im wahren Leben?«

Anna richtete den Blick auf Erica. »Und was hast du dabei herausgefunden?«

»Überraschend viel.« Sie dachte an den Ordner auf ihrem Computer. »Direkt nachdem er meine Mutter verlassen hat, ist er nach England gezogen. Vermutlich dachte er, wenn er schon wegläuft, dann am besten ans andere Ende der Welt. Nachdem er einige Jahre lang dort gearbeitet hatte, lernte er eine Frau kennen und heiratete sie. Sie bekamen ein Kind. Hattie. Eine Woche nach der Geburt starb seine Frau an einem Blutgerinnsel.«

»Oh, wie schrecklich!« Anna ließ sich auf die Bettkante sinken.

»Ja, auf einmal musste er sich allein um ein Neugeborenes kümmern.« Die Ironie seines Schicksals war ihr nicht entgangen. »Ich schätze, wenn er noch einmal vor seinen Vaterpflichten hätte davonlaufen wollen, wäre das ein geeigneter Zeitpunkt gewesen. Aber er blieb und zog seine Tochter allein auf. So weit die Tatsachen. Aber wirklichen Aufschluss geben sie nicht. Sie verraten mir nicht, ob er je an seine andere Familie gedacht hat. Oder ob es ihm leidtat, wie er meine Mutter behandelt hat.«

»Und dich«, ergänzte Anna leise. »Er hat ja nicht nur deine Mutter im Stich gelassen, sondern auch dich.«

Es passte zu Anna, dass sie sofort den vollen Umfang der emotionalen Auswirkungen der Situation begriff.

»Das stimmt. Und die Tatsachen verraten mir auch nicht, wie er reagiert hatte, als seine Frau starb. Oder ob er ein guter Vater war, auch wenn er offensichtlich nicht vor der Verantwortung davongelaufen ist, was ja schon mal ein guter Anfang ist. Und eine klare Verbesserung im Vergleich zu seinem Verhalten mir gegenüber.«

Claudia stellte mit einer entschlossenen Geste ihr Glas auf dem Tisch ab. »Aber das heißt noch lange nicht, dass er sich eine Eins mit Sternchen verdient hat.«

»Nachdem mir der Privatdetektiv seine Ergebnisse übermittelt hatte, stand ich letztlich vor mehr Fragen als Antworten. Aber dann betrat ich dieses Hotel, sah das Foto unten auf der Rezeption, und da hatte ich sie, die Antworten.« Ein merkwürdiges Stechen machte sich in ihrer Brust breit. »Egal was er für uns – seine erste Familie – empfunden haben mag, seine zweite Familie hat er geliebt. Anders als uns hat er sie nicht im Stich gelassen. Diesmal ist er nicht vor seiner Verantwortung davongelaufen. Er hat ganz allein seine Tochter großgezogen und war ihr ein guter Vater.«

»Das mag ja sein.« Anna sprang wieder vom Bett auf und kam zu ihr. »Und in gewisser Weise ist das auch schön. Aber trotzdem ist es schwer für dich. Das muss doch wehtun!«

»Ich bin noch immer dabei, es zu verarbeiten.« Es fiel ihr schwer, den Sinn hinter ihren Gefühlen zu erkennen – vielleicht, weil sie es in Wahrheit auch gar nicht wollte. Am liebsten hätte sie eigentlich überhaupt keine starken Gefühle gehabt, egal in welcher Hinsicht. Sie fühlte sich wohler auf der Oberfläche des Lebens und verspürte keinerlei Bedürfnis, tiefer zu schürfen.

»Moment mal!« Claudia trat zu ihnen ans Fenster. »Das bedeutet ja, dass Hattie deine Halbschwester ist! Du hast eine Halbschwester!«

Das Stechen in Ericas Brust wurde stärker. »Das stimmt.«

Diese Erkenntnis mit all ihren Konsequenzen mussten die beiden erst einmal sacken lassen.

»Hm …« Claudia schluckte. »Immerhin scheint sie nett zu sein. Oder, Anna? Sie wirkte freundlich und aufmerksam. Und sie hat einen fantastischen Schuhgeschmack. Und ein gutes Auge für Inneneinrichtung, wenn man das Hotel als Maßstab nimmt.«

»Stimmt.« Anna legte sich die Hand aufs Herz. In ihren Augen schimmerten Tränen. »Erica, ist dir eigentlich klar, was das bedeutet? Du hast eine Familie! Ein echtes Familienmitglied! Eigentlich zwei, denn Hattie hat ja noch eine Tochter. Du bist Tante!«

»Hör auf damit, du weißt doch, dass mir von dem Wort ganz komisch wird.«

»Ich weiß, ich weiß. Deswegen dürfen die Zwillinge dich ja auch nicht Tante Erica nennen.«

Sie unterdrückte ein Schaudern. »Mir ist das einfach zu viel Verantwortung.«

»Ich finde es auch gruselig, Tante zu sein. Vor allem, weil es so teuer ist«, bemerkte Claudia. »Nach dem zweiten Kind habe ich meiner Schwester gesagt, dass sie jetzt besser aufhören sollte. Aber auf mich hört ja keiner. Fang besser schon mal an zu sparen.«

»Aber ... du hast *Familie!*«, wiederholte Anna, wobei sie das letzte Wort sehr betonte, und Erica seufzte.

»Ich fürchte, du bist die Einzige hier, in deren Welt *Familie* gleichbedeutend ist mit einer Kuscheldecke, unter der man sicher ist vor den Schrecken dieser Welt. Hattie und ich sind keine Familie, Anna. Wir kennen uns doch gar nicht.«

»Aber daran werdet ihr ja sicherlich schnell etwas ändern. Wann willst du es ihr sagen? Und möchtest du gern, dass wir dabei sind? Wie können wir dir helfen?«

Erica rieb sich die Brust. Ob sie sich je im Leben derart gestresst gefühlt hatte? Erinnern konnte sie sich jedenfalls nicht. »Eigentlich hatte ich gar nicht vor, es ihr zu sagen.«

Ihre Freundinnen quittierten ihre Worte mit schockiertem Schweigen.

»Moment. Du ... Du willst es ihr verheimlichen?«, fragte Claudia schließlich fassungslos. »Für immer?«

»Genau.« Erica richtete den Blick wieder aus dem Fenster. Ihr zitterten die Beine, und ihr war ganz flau im Magen.

»Aber wenn du nicht mit ihr reden willst, warum bist du dann überhaupt hier?«, fragte Anna langsam.

Das war eine berechtigte Frage, die schon länger an Erica nagte. »Ich habe den Entschluss gerade erst gefasst. Vor unserer Ankunft wusste ich noch nicht, was ich tun würde. Ich habe Nachforschungen anstellen lassen, den Bericht gelesen, erfahren, dass sie verwitwet ist und allein mit ihrer Tochter. Ich dachte, vielleicht steckt sie in Schwierigkeiten, so wie meine Mutter damals. Und da kam mir die Idee, dass ich hier mal vorbeischaue, die Lage sondiere. Herausfinde, ob ich vielleicht ...« Sie brach ab. Denn was genau hatte sie herausfinden wollen? Ob sie *helfen* konnte? Jetzt, wo sie es laut aussprach, wurde ihr bewusst, wie albern ihr Verhalten gewesen war. »Ich dachte, dass sie vielleicht Hilfe braucht. Aber ehrlich – was für eine Schnapsidee. Wie sollte ich ihr helfen können? Und was sollte ich schon sagen? *Hi, du kennst mich nicht und weißt vermutlich nicht mal von meiner Existenz, aber ich dachte, ich frage mal nach, wie es bei dir so läuft?* Hattie scheint bestens zurechtzukommen. Sie hat hier offenbar ein Netzwerk aus Leuten, die für sie da sind, angefangen beim Kaminholzmann. Aber selbst wenn es nicht so wäre – was sollte ich schon für sie tun können? Ich habe keine Ahnung von Kindern, weiß nicht, wie man ein Hotel führt, und verstehe nichts vom Landleben. Und wenn wir ehrlich sind, würde es ihr vermutlich eher schlechter als besser gehen, wenn sie von mir erführe. Nein, es ist besser, wenn ich meine Schattenexistenz als schmutziges kleines Geheimnis meines Vaters weiter beibehalte.«

Claudia runzelte die Stirn. »Dann glaubst du also nicht, dass sie von dir weiß?«

»Ich bin mir sogar sicher. Wieso sollte sie auch? Das Ganze ist vierzig Jahre her. Mein Vater hat damals ein ganz anderes Leben geführt. Und danach hat er sich offenbar erfolgreich komplett neu erfunden.« Je länger sie darüber nachdachte, desto deutlicher wurde, dass sie einen gewaltigen Fehler begangen hatte. Manche Themen ließ man lieber ruhen, und dieses zählte dazu. »Ich hätte nie herkommen sollen. Ihr habt recht damit, dass wir am besten abreisen. Aber um ehrlich zu sein, fehlt mir gerade die nötige Energie für einen Umzug. Lasst uns eine Nacht lang bleiben, und morgen suchen wir uns eine neue Unterkunft in Boston. Genau, wie ihr vorgeschlagen habt. Wir lassen uns eine gute Ausrede einfallen, und Hattie soll das Geld behalten. Das nächste Hotel geht auf mich. Es tut mir unendlich leid, dass ich euch den Urlaub verhagelt habe.« Umso mehr, weil sie wusste, wie wichtig diese Woche für sie alle war.

»Du hast uns doch nichts verhagelt«, versicherte Anna. »Und wenn du abreisen willst, reisen wir ab.«

Was hatte sie nur für ein Glück mit ihren Freundinnen! »Danke. Bestimmt denkt ihr jetzt, dass es vollkommen idiotisch war, überhaupt herzufahren.«

»Nein.« Anna schüttelte den Kopf. »Ich finde, das war die einzig sinnvolle Entscheidung! Außerdem ist es typisch für dich, dass du nach Hattie sehen wolltest, obwohl du sie gar nicht kennst und diese ganze Angelegenheit hier ganz schön schmerzlich für dich ist. Du sorgst dich um andere.«

Im Augenblick hatte Erica allerdings das klare Gefühl, dass es Hattie gegenüber fürsorglicher war, wenn sie einfach wieder verschwand, ohne sich zu erkennen zu geben.

»Wisst ihr, was mir nicht aus dem Kopf geht?«, sagte Claudia. »Wieso hat deine Mutter die Karte behalten? Offensichtlich hatte sie ja nicht vor, sie dir jemals zu geben. Aber warum hat sie sie dann nicht einfach weggeworfen?«

»Diese Frage habe ich mir auch schon gestellt. Aber mir ist keine befriedigende Antwort eingefallen.«

Anna musterte sie eingehend. »Ich glaube, es wäre auf jeden Fall gut, wenn wir heute Nacht noch bleiben. So hast du etwas Zeit zum Nachdenken, ob du dir deiner Entscheidung sicher bist.«

»Aber ich bin mir doch längst sicher.« Je länger sie darüber nachdachte, desto klarer war der Fall ihrer Meinung nach. »Für Hattie existiere ich nicht. Und es ist besser, wenn das so bleibt.«

»An ihre Mutter kann sie sich nicht einmal erinnern, sie hat vor Jahren ihren Vater verloren und dann auch noch ihren Mann«, gab Anna in sanftem Ton zu bedenken. »Vielleicht würde sie sich ja freuen, wieder Familie zu haben.«

»Das bezweifle ich. In diesem Punkt unterscheiden wir uns, Anna. Für dich ist Familie etwas durch und durch Positives.« Sie schlenderte zum Kamin und blickte in die Flammen. »Aber so einfach ist das nicht immer.«

»So oder so *gehörst* du aber zu ihrer Familie«, gab Claudia – wie immer ganz der gesunde Menschenverstand – zu bedenken. »Daran ändert sich nichts, ob du ihr nun davon erzählst oder nicht.«

»Aber es würde ihr Verhalten ändern. So, und nun lassen wir das Thema.« Sie wandte sich zu ihren Freundinnen um. »Ich erzähle ihr nichts, meine Entscheidung ist gefallen.«

»Wie du möchtest, Erica.« Anna lächelte.

Erica war dankbar, dass die beiden nicht weiter versuchten, auf sie einzuwirken. »Und jetzt brauche ich etwas Ablenkung. Ein Fitnessstudio gibt es hier nicht, und für ein Glas Wein ist es noch zu früh. Fällt euch etwas anderes ein?«

»Hier in der Umgebung gibt es haufenweise Wanderwege.« Claudia warf einen Blick aus dem Fenster. »Wir haben noch mindestens eine Stunde, bis es dunkel wird. Wollen wir spazieren gehen?«

»Wir könnten doch zu der Buchhandlung schlendern. Es gibt kaum ein besseres Heilmittel gegen Stress als Bücher«, schlug Anna vor, und Erica nickte.

Ihr war alles recht, Hauptsache, sie konnte hier raus und den Kopf frei bekommen. Sie mochte sich nicht, so wie sie in ihrer aktuellen Verfassung war – unsicher, durcheinander, unentschieden. Deswegen brauchte sie dringend eine Dosis Normalität, und ein Besuch in der Buchhandlung mit ihren Freundinnen versprach genau das zu sein: normal. Es war eine der Traditionen rund um ihre Leseclub-Reisen: Sie suchten sich eine kleine, unabhängige Buchhandlung und verbrachten einige Stunden dort, blätterten herum und deckten sich mit neuer Lektüre ein.

»Das klingt nach einer wunderbaren Ablenkung. Los, gehen wir.« Zum ersten Mal sah sie sich richtig in ihrem Hotelzimmer um. Registrierte das große Bett, die Kunstfelldecken, das Samtsofa, den Stapel sorgsam ausgewählter Bücher auf dem

Nachttischchen und den kleinen Weihnachtsbaum, der in einer Zimmerecke funkelte. Alles war stylish und gemütlich, und einen Moment lang empfand sie Bedauern, morgen schon wieder auschecken zu müssen. Das Gefühl überraschte sie. Sie hatte schon in so vielen Hotels gewohnt und noch nie das Bedürfnis gehabt, sich einzurollen und nie wieder von der Stelle zu rühren. Aber genau das löste dieses Zimmer in ihr aus.

Die Atmosphäre war einfach einladend. Sie hätten hier entspannen und einen richtig schönen Urlaub verbringen können.

Wer wohl die Inneneinrichtung gestaltet hatte? Hattie – die sie auch in Gedanken noch nicht als ihre Schwester zu bezeichnen bereit war – oder ihr verstorbener Ehemann?

Was für ein Typ Hattie wohl war? Es versetzte ihr einen Stich, dass es dort draußen einen Menschen gab, mit dem sie verwandt war, über den sie aber dennoch kaum etwas wusste. Hattie war mit ihrem Mann in die USA gekommen, und sie hatten eine Tochter. Das war's. Fakten. Sie kannte ein paar Fakten. Doch Fakten hatten keinerlei Aussagekraft über Hattie als Mensch. Was brachte sie zum Lachen? Fühlte sie sich in der Stadt oder auf dem Land wohler? Nun, vermutlich auf dem Land, sonst wäre sie ja wohl kaum hier gelandet. Mochte sie Schokolade? Konnte sie gute Cocktails mixen? Was wollte sie vom Leben?

Doch auf keine dieser Fragen würde sie je eine Antwort erhalten. Weil es sie nichts anging. Hatties Leben – wie es auch aussehen mochte – würde weitergehen, ohne dass sie sich einmischte.

Eins aber wusste sie über Hattie: Sie hatte ihren Vater geliebt und ein enges Verhältnis zu ihm gehabt. Und das war schon einmal ein Punkt, den Erica und sie ganz klar nicht miteinander gemeinsam hatten.

11. KAPITEL

CLAUDIA

Claudia sah zu, wie Anna sich ihre Tasche über die Schulter schlang und ihre Jacke zuknöpfte.

»Kommt, lasst uns direkt rausgehen«, sagte Anna. »Einrichten können wir uns später noch.«

Wie gut, dass es Anna gab, die eine Meisterin darin war, schwierige Situationen zu handeln.

Erica warf einen Blick zu ihrem Gepäck. »Und ihr wollt nicht erst mal richtig ankommen?«

Claudia schob ihren Koffer mit dem Fuß beiseite. »Auspacken müssen wir doch ohnehin nicht, wenn wir morgen schon wieder fahren.« Sie hatte sich Hals über Kopf in das Hotel verliebt, und die Vorstellung, direkt wieder abreisen zu müssen, war deprimierend. Aber nach allem, was Erica für sie getan hatte, würde sie einen Teufel tun, diesen Gedanken laut auszusprechen.

»Ich kann es gar nicht abwarten, mich im Dorf umzusehen.« Anna zog ihre Stiefel wieder an. »Es sah im Vorbeifahren so hübsch aus!«

Erica wirkte schuldbewusst. »Schöner als Boston jedenfalls.«

»Ach was, Boston wird auch toll! Ich liebe Boston. Ich freue mich auf Boston. Dann hatten wir am Ende unseres Urlaubs das Beste aus beiden Welten.«

Sie fragte sich, ob Anna nicht vielleicht ein bisschen zu dick auftrug. Immerhin wussten sie alle, dass Anna normalerweise höchstens einen halben Tag lang nach Boston hineinfuhr und die Stadt ansonsten mied.

Aber Erica schien dankbar zu sein, dass sie ihr diesen Rettungsring zuwarf. »Ich weiß, was für ein großes Opfer das für euch ist.« Ihre Stimme klang belegt. »Ich habe doch eure Gesichter gesehen, als wir hier vorgefahren sind. Ihr seid hin und weg von dem Hotel, und jetzt müsst ihr meinetwegen direkt wieder abreisen.«

»Aber wir waren es doch, die das überhaupt erst vorgeschlagen haben«, beruhigte sie Anna.

»Da hast du auch wieder recht.« Mit einem matten Lächeln griff Erica ebenfalls nach ihrer Handtasche und dem Autoschlüssel. »Gehen wir. Hoffentlich laufen wir gleich nicht Hattie über den Weg.«

Das hoffte Claudia auch. Die letzte Begegnung mit ihr war einigermaßen peinlich gewesen, milde ausgedrückt.

Wie die Verbrecherinnen stahlen sie sich aus dem Hotel. Von Hattie war zu ihrer Erleichterung keine Spur zu entdecken.

Als sie sich noch einmal nach dem Hotel umwandte, überkam Claudia ein merkwürdiges Verlustgefühl. Das Maple Sugar Inn berührte sie tief in ihrem Inneren, auf eine Weise, wie sie es noch an keinem anderen Ort erlebt hatte.

Aber Freundschaften erforderten manchmal Opfer, und dieses Opfer hier war sie gern bereit, für Erica zu bringen. Was hätte sie selbst an Ericas Stelle getan? Es war unmöglich zu sagen. Ihre Familie war so durchschnittlich, dass es fast schon langweilig war. Sie telefonierte jede Woche mit ihren Eltern, und wenn alle im Land waren, verbrachten sie stets die wichtigen Feiertage miteinander. Seit sie zu Hause ausgezogen war, nutzten ihre Eltern die neue Freiheit, um ausgiebig zu reisen. Sie unternahmen zwei große Trips pro Jahr und verbrachten einen Großteil der verbleibenden Zeit mit den dazugehörigen Planungen.

Inzwischen schneite es wieder, also beschlossen sie, doch nicht zu laufen, sondern stapften durch den tiefer werdenden Schnee zu Ericas Auto und fuhren in den Ort.

Sie fanden einen Parkplatz am Straßenrand, direkt vor einem Geschäft mit Geschenkartikeln, das mit festlich geschmückten Fenstern und hübschen Lichtern aufwartete. Daneben befand sich ein Café, dessen Fenster von innen beschlagen waren, und etwas weiter die Straße hinunter lag die Buchhandlung. Alle Türen in der Straße waren mit Kränzen geschmückt, die Laternenpfähle mit Girlanden aus Tannengrün umwickelt. Das gesamte Dorf wirkte vor dem Hintergrund aus leise rieselndem Schnee wie ein verschwommener Traum aus festlichem Grün und Rot.

In der Hauptstraße war einiges los. Manche Passanten waren sicherlich auch Einheimische, aber bei den meisten handelte es sich um Touristen, die vor den mit Schneeflocken und Lichterketten geschmückten Schaufenstern für Selfies posierten.

»Nicht zu fassen, wie idyllisch es hier ist.« Anna zückte ihr Handy und knipste ein paar Fotos. »Kommt, wir machen eins mit uns dreien drauf als Erinnerung an diese Reise.«

Ob das wohl eine gute Idee war? Würde Erica sich noch an ihre Stippvisite hier in Vermont erinnern oder sie so schnell wie möglich aus ihrem Gedächtnis streichen wollen?

Tatsächlich wich Erica zurück. »Du weißt doch, wie sehr ich Fotos hasse.«

»Nur eins. Für mich.« Anna hakte sich bei Erica unter und zog sie an sich. Gleichzeitig streckte sie den anderen Arm aus, um das Foto zu machen. »Ich verspreche auch, dass ich es nirgends poste. Oder einen von diesen Filtern verwende, von denen man Hasenohren bekommt. Bitte lächeln!«

Erica fletschte die Zähne. »Wie konnte ich mir nur dermaßen sentimentale Freundinnen anlachen?«

»Du hast halt einen guten Geschmack. Außerdem ist es schwer, uns loszuwerden, weil wir dich mögen.« Anna steckte ihr Handy wieder weg, blieb aber bei Erica untergehakt. »Jetzt ist nur die Frage, ob ich direkt zur Buchhandlung gehe oder vorher noch in diesen kleinen Laden mit den Girlanden schaue, in dem Lebkuchen verkauft wird. Entscheidungen, Entscheidungen, so viele Entscheidungen.«

»Unter normalen Umständen fände ich den Lebkuchen durchaus verlockend«, sagte Claudia. »Aber vor unserem Aufbruch habe ich einen Blick auf die Speisekarte von heute Abend geworfen – rein professionelles Interesse, ihr versteht? – und beschlossen, dass ich Platz im Bauch frei halten muss.« Sie hatte die Auswahl zwar ein bisschen zu verkopft gefunden, aber sie kannte den Chefkoch Tucker vom Namen her und war gespannt auf sein Essen.

»Wie wär's mit einem Apfelpunsch?« Anna schnappte nach Luft und deutete ans untere Ende der Straße. »Ein Pferdeschlitten! Wollen wir eine Schlittenfahrt machen?«

»Wie alt bist du bitte? Sechs? Nein, wir machen keine Schlittenfahrt! Schau dir nur all die Kinder in der Schlange an. Es wäre doch gemein, ihnen die Plätze streitig zu machen.«

Sie schlenderten weiter die Straße entlang, und Anna blieb vor einem Boutique-Schaufenster stehen.

»Der Pulli ist ja umwerfend! So ein schönes Blau, und dann das dezente Glitzern!«

»Du brauchst aber keinen Pulli.« Claudia zog ihre Freundin am Arm weiter. »Du hast doch schon einen ganzen Schrank voll!«

»Pullis kann man nie zu viele haben.«

»Aber waren wir uns nicht einig, dass wir zur Buchhandlung wollen?«

»Ist ja gut.« Anna ließ sich mitziehen. »Aber falls in der Zwischenzeit jemand diesen Pulli kauft, könnte es passieren, dass ich dir den Kopf abreiße.«

Erica ging den beiden voraus zur Buchhandlung und stieß die Tür auf.

Eine Glocke bimmelte, und sie betraten den warmen, nach Zimt und Nelken duftenden Verkaufsraum.

Claudia legte ihren Schal ab. Es gab doch nichts Schöneres als die Aromen des Winters. Sollte sie je ihr eigenes Restaurant besitzen – man durfte ja wohl noch Träume haben, oder? –, würde sie größten Wert auf die Atmosphäre legen. Der Laden, in dem sie in Kalifornien gearbeitet hatte, war modern und elegant gewesen, mit Glasflächen, wohin man schaute. Manchmal hatte sie sich so gefühlt, als würde sie in einer Zahnarztpraxis arbeiten. Ihrer persönlichen Meinung nach ging es bei Restaurantbesuchen nicht nur ums Essen, sondern um das Gesamterlebnis. Und dazu zählten auch die Menschen und die Atmosphäre.

»Herzlich willkommen.« Die Frau hinter der Kasse begrüßte sie mit einem freundlichen Lächeln. Sie trug einen Rentier-Pulli und ein Paar Glitzerohrringe in Weihnachtsbaumform. »Sie haben sich den richtigen Laden ausgesucht, um sich etwas aufzuwärmen. Wir haben eine große Auswahl an Büchern und die beste heiße Schokolade im ganzen Ort. Schlagsahne und Zimt gibt's gratis obendrauf.«

»Ich bin dabei.« Claudia stopfte ihren Schal in die Tasche. »Was für ein entzückender Laden!«

»Danke. Eigentlich gehört er meiner Großmutter, aber sie ist kürzlich gestürzt und kann nicht mehr so häufig hier sein, wie sie gern würde.« Die Frau legte einen Stapel Lesezeichen neben der Kasse aus. »Dieser Laden war ihr Lebenstraum, und sie liebt ihn heute noch genauso wie damals, als sie ihn aufgemacht hat.«

»Nachvollziehbar.« Anna öffnete ihre Jacke und sah sich um. »Ich brauche noch Geschenke für die Zwillinge und Pete. Sieht so aus, als könnte ich hier fündig werden.«

»Das hoffe ich, aber falls nicht, klappt es sicherlich in einem anderen Geschäft hier in der Straße. Sie haben sich wirklich die ideale Woche für Ihren Aufenthalt ausgesucht, denn wir haben Weihnachtsmarkt. Ab morgen werden in der gesamten Main Street Buden aufgebaut, und es gibt einen Wettbewerb um das Schaufenster mit der hübschesten Weihnachtsdekoration. Vielleicht versuchen Sie es bei Gaynor's Gifts ein paar Häuser weiter rechts. Sie hat einen guten Blick, insbesondere ihr Schmuck kommt immer fantastisch an, vor allem bei Jugendlichen. Aber jetzt lasse ich Sie mal lieber in Ruhe stöbern. Jede Abteilung hat ein Thema: Krimis, Liebesromane, Biografien, Geschichte, Lyrik, gehobene Literatur … aber Sie werden sich schon zurechtfinden. Ich bin Judie, rufen Sie einfach nach mir, falls Sie Hilfe benötigen.«

Anna bedankte sich und verschwand umgehend in der Ecke mit den Liebesromanen.

Claudia blieb nah bei Erica, die wie gebannt auf das Regal neben der Tür starrte.

»Alles in Ordnung?«

»Ich weiß nicht so recht.« Erica senkte die Stimme. »Ich kann einfach nicht aufhören, an sie zu denken. Sie wohnt hier in diesem Ort, das hier ist ihr Leben. Glaubst du, sie kauft hier ihre Bücher? Trägt sie Schmuck von Gaynor's Gifts?«

Claudia ging davon aus, dass es sich bei besagter Sie um Hattie handelte.

»Bestimmt. Es ist eine Kleinstadt. Hier kennt jeder jeden. Was gleichzeitig gut und schlecht ist.« Sie sah sich um, aber die Mitarbeiterin war gerade mit den beiden Kindern beschäftigt, die geduldig darauf gewartet hatten, ihre Bücherstapel bezahlen zu dürfen.

»Na, Alison? Hallo, Tara. Was habt ihr denn diesmal ausgesucht?«

»Grandma hat uns Geld für Bücher gegeben. Aber wir dürfen sie erst nach Weihnachten lesen.« Das größere der beiden Mädchen nahm seiner Schwester die Bücher aus der Hand und legte sie auf den Verkaufstisch.

»Das ist aber ein schönes Geschenk. Soll ich sie für euch einpacken? Dann kommt ihr gar nicht erst in Versuchung.«

Die beiden Mädchen sahen fragend zu einer Frau, bei der es sich vermutlich um ihre Mutter handelte.

»Ja, gern, Judie, das wäre toll.« Sie legte noch zwei weitere Bücher auf den Stapel und stellte noch zwei Duftkerzen, ein Brettspiel und eine silberne Halskette daneben ab. »Jedes Jahr nehme ich mir vor, meine Weihnachtseinkäufe schon im September zu erledigen, und dann stehe ich Mitte Dezember doch wieder mit leeren Händen da. Wie geht es deiner Großmutter? Hat sie sich von ihrem Sturz erholt?«

»Die Blutergüsse verblassen schon, aber sie ist noch steif und hat Probleme mit der Beweglichkeit.« Judie scannte die Waren ein, und die Kundin bezahlte mit Karte.

»So ein Sturz geht ziemlich aufs Selbstvertrauen. Und das Wetter ist auch nicht gerade eine Hilfe, so vereist, wie es draußen ist.«

»Im Moment fahren wir sie überallhin, auch wenn sie sich mit Händen und Füßen dagegen wehrt. Danke übrigens für den Auflauf, er kam bestens an. Kommst du am Mittwoch zum Leseclub?«

»Auf jeden Fall. Lynda hat mich angerufen.« Die Kundin verstaute ihre Einkäufe in einer Tasche. »Hast du schon mitbekommen, dass wir uns diesmal im Hotel treffen?«

»Ja! Ich hatte am Montag mit Lynda Yoga, da hat sie mir Bescheid gegeben.«

Judie bot den beiden Mädchen Aufkleber an. »Das wird sicherlich schön, zumal wir ja auch noch ein Weihnachtsbuch lesen. Offenbar war das Hatties Idee. Sollen wir eigentlich etwas mitbringen? Essen oder Getränke?«

»Hattie meinte, nein, auch wenn Lynda darauf bestanden hat, dass wir ihr keine zusätzliche Arbeit bereiten wollen. Keine Ahnung, wie das Mädchen zurechtkommt. Ganz allein mit dem Hotel und ihrer kleinen Tochter ... Das muss entsetzlich anstrengend sein.«

»Aber sie sieht wieder deutlich besser aus als vor zwei Jahren«, bemerkte Judie. »Damals habe ich mir wirklich Sorgen um sie gemacht.«

»Ach, das haben wir doch alle. Schrecklich war das. Und das ganz ohne Verwandtschaft, die sie unterstützen könnte! Ich weiß nicht, wo ich ohne meine Familie wäre, auch wenn ich mir manchmal wünschte, sie würden allesamt nach Kalifornien ziehen und mich in Frieden lassen. Darf ich zwei von diesen hübschen Lesezeichen mitnehmen? Oder nein, besser drei? Die passen wunderbar in die Weihnachtsstrümpfe. Danke, Judie.«

Keine Familie, die sie unterstützen könnte.

Als Claudia das hörte, zuckte sie innerlich zusammen und warf einen Blick in Ericas Richtung. Doch die starrte immer noch auf das Bücherregal, ohne wirklich etwas zu sehen.

»Vielleicht sollten wir besser geh...«

»Nein.« Erica schüttelte den Kopf. »Ich möchte das hören.«

Claudia schloss die Augen. Aus irgendeinem Grund war sie sicher, dass es gar keine gute Idee war, weiter zuzuhören.

»Lynda hat ein Auge auf sie. Sie liebt das Mädchen. Und Noah ist ja auch noch da.«

»Er ist so ein guter Mann.« Eine kurze Pause folgte. »Manchmal frage ich mich ...«

»Ja, ich mich auch. Aber Lynda hat mir nahegelegt, dass ich mir diese Frage vorerst besser lautlos stellen sollte. Wenn du verstehst.«

Wer war diese Lynda? Und wer Noah? Und welche Frage beschäftigte die beiden Frauen?

Offenbar kannten sie einander gut, waren Teil einer Gemeinschaft.

Sie selbst war ebenfalls in einer Kleinstadt aufgewachsen, wusste aber, dass Erica diese Erfahrung nie gemacht hatte. Ihre Mutter war lieber für sich geblieben, hatte sich auf niemanden verlassen wollen. Erica hatte ihnen einmal erzählt, dass ihre Mutter nicht einmal um Hilfe bat, als sie sich den Arm gebrochen hatte. *Wir werden schon irgendwie zurechtkommen,* hatte sie zu Erica gesagt – und dann die Zähne zusammengebissen und versucht zu kochen, so gut es mit nur einem Arm eben ging.

Die Geschichte hatte sich Claudia eingebrannt, vor allem, weil sie selbst so anders groß geworden war. Sie war in einer Gegend aufgewachsen, in der man nur zu niesen brauchte, und schon standen die Nachbarn mit einem Auflauf vor der Tür und fragten, ob sie die Kinder zur Schule bringen sollten.

Erica und ihrer Mutter hatte niemals jemand einen Auflauf angeboten. Niemand hatte gewusst, dass ihre Mutter drei Jobs gleichzeitig hatte. Niemand hatte gewusst, wie hart sie zu kämpfen hatten.

Ericas Mutter war wild entschlossen gewesen, ohne Hilfe zurechtzukommen, und Erica hatte gelernt, dass man in Wahrheit auch dann noch weitermachen konnte, wenn man das Gefühl hatte, keinen einzigen Schritt mehr zu schaffen.

Sie musste daran denken, wie sich Erica ihnen gegenüber damals auf dem College zum ersten Mal geöffnet hatte. Es war der Wendepunkt in ihrer Freundschaft gewesen.

Da sie wusste, wie schwer es Erica fiel, um Unterstützung zu bitten, drückte sie sachte ihren Arm.

»Ist das nicht ein entzückender Laden? Komm, wir sehen uns ein wenig um.«

Endlich kam wieder Leben in Erica. »Ja«, sagte sie. »Da hast du recht.«

Sie tauchten tiefer in den Laden ab, weg von dem Gespräch.

Sie brauchten nicht mehr über Hattie zu erfahren. Was nutzte es ihnen zu wissen, dass sie erschöpft war? Erica konnte doch sowieso nichts dagegen tun. Wenn Hatties Leben wirklich so anstrengend war, würde es ihr sicherlich nur zusätzlichen Stress bereiten, von Ericas Existenz zu erfahren.

Ja, vermutlich hatte Erica recht damit, einfach wieder abzureisen. Hattie schien nicht allein zu sein, hatte offenbar ein ganzes Netzwerk an Menschen, die sie unterstützten. Zum Beispiel diese Lynda und diesen Noah. Ob es sich dabei wohl um den umwerfenden Mann mit dem Kaminholz handelte? Falls ja, brauchte Hattie sowieso niemanden sonst.

»Da seid ihr ja!« Auf einmal tauchte Anna zwischen den Regalreihen auf. »Ich habe bestimmt fünf Minuten lang mit euch geredet, bis ich gemerkt habe, dass ihr gar nicht mehr da seid. Schaut mal, ich habe diesen fantastischen Kunstband hier gefunden. Der würde Meg doch sicher gefallen, oder? Und dann ein Buch über Schlachtfelder für Pete, und … Alles in Ordnung mit euch beiden?«

»Ja«, antwortete Claudia. »Alles bestens, wir stöbern nur etwas.«

Anna warf einen Blick auf das Regal neben Erica. »Seit wann interessiert ihr euch für Notizbücher?«

Notizbücher?

Nun sah auch sie genauer hin. Tatsächlich, es waren Notizbücher. Sie hatte gar nicht richtig gemerkt, was sie vor sich hatte. »Wir dachten, wir probieren es mal mit Journaling.«

»Du machst Witze, oder?«

»Ja, Claudia macht nur Witze«, antwortete Erica. »In Wahrheit haben wir schamlos gelauscht. Wir haben ja nicht ahnen können, dass die Dorfbuchhandlung der perfekte Anlaufpunkt ist, um Einblicke in die Gemeinschaft zu sammeln. Besser als jede Kaffeeküche im Büro.«

Anna musterte sie eingehend, dann zupfte sie sie am Ärmel. »Komm, schau dir mal die Thriller-Ecke an. Die ist genial, mit Absperrband und Blutflecken an den Wänden. Das wird dir gefallen.«

Erica ließ sich von Anna eine Abteilung weiter ziehen, und Claudia lief ihnen hinterher.

Unter normalen Umständen hätte Claudia den Geschäftssinn bewundert, der sich hinter diesem Laden verbarg. Alles hier diente dem Zweck, Kundschaft anzulocken. Sie wollte unbedingt noch die Kochbuchabteilung durchforsten, brachte es gerade aber nicht übers Herz, Erica alleinzulassen.

Anna schob Erica in eine Ecke weit weg von den übrigen Besuchern. »Du bist ja ganz durcheinander. Worum ging es in dem Gespräch, das du belauscht hast?«

»Es ging um Hattie. Sie scheint hier stadtbekannt zu sein.«

»Kleinstadt eben.« Anna verstummt kurz, als eine Frau auf dem Weg zu den Liebesromanen vorbeikam. »Und? Hast du etwas Interessantes herausgefunden?«

Nach kurzem Schweigen antwortete Erica: »Ja, dass sie es nicht leicht hatte im Leben.«

»Aber das wusstest du eigentlich ja auch schon vorher. Deswegen bist du doch überhaupt nur hergekommen, oder?«

Erica verstummte. Ob sie womöglich gar nicht so recht gewusst hatte, weshalb sie sich im Maple Sugar Inn einmieten wollte?

Anna runzelte die Stirn. »Wenn du möchtest, kannst du es dir auch einfach anders überlegen, und wir bleiben.«

Claudia hielt die Luft an. Sie würde so gern bleiben!

Doch Erica schüttelte den Kopf. »Nein, ich möchte hier weg.«

»Sicher?« Anna beobachtete sie genau. »Ich dachte, vielleicht hast du es dir anders überlegt, nachdem du die beiden über sie hast reden hören.«

»Ganz im Gegenteil. Jetzt weiß ich ja, wie viel Unterstützung sie hier bekommt. Es gibt keinen Grund für mich zu bleiben.«

Anna zögerte. »Aber du bist ihre Familie, Erica. Wenn das kein guter Grund ist …«

»Wir wissen beide, dass Familie mehr ist als nur gemeinsame DNA. Sie braucht mich nicht, Anna.«

»Vielleicht ja doch«, widersprach Anna sanft. »Und vielleicht brauchst du ja auch *sie*.«

»Das ist doch absurd«, entgegnete Erica. »Ich bin vierzig Jahre lang wunderbar ohne sie zurechtgekommen und ziemlich sicher, dass mir das noch vierzig weitere Jahre gelingen wird.«

»Sicher. Aber es gibt einen Unterschied zwischen Überleben und Gedeihen. Was, wenn es das Risiko wert ist?«, fragte Anna. »Was, wenn die nächsten vierzig Jahre mit Hattie in deinem Leben viel schöner wären?«

»Ich kann keine emotionalen Komplikationen brauchen«, sagte Erica. »Dein Problem ist, dass du viel zu romantisch veranlagt bist.«

Anna lächelte. »Ich betrachte das nicht als Problem.«

»Wie kann es eigentlich sein, dass wir Freundinnen sind?«

»Keine Ahnung, aber du hast mir die Haare gehalten, als ich zum ersten Mal so viel getrunken habe, dass ich mich übergeben musste. Seitdem sind unsere Schicksale auf ewig verknüpft. Du kannst mir nicht mehr entrinnen.« Annas Blick fiel auf das Cover eines Buches, das neben ihnen auslag, und sie schauderte. »Wieso liest man so was?«

»Weil man etwas über die düsteren Seiten dieser Welt erfahren will, ohne ein persönliches Risiko einzugehen. Übrigens hast du danach nie wieder zu viel getrunken.«

»Sagen wir, es war nicht unbedingt die Art Erfahrung, die man zweimal machen möchte.«

»Du hast wirklich nicht das geringste Talent zur Rebellion.« Doch die Geschichte hatte Erica wieder einmal in Erinnerung gerufen, wie gut sie einander kannten und wie tief ihre Freundschaft reichte. »Ich wünschte einfach, alles könnte wieder so sein wie früher. Hätte meine Mutter diese verflixte Karte doch nur weggeworfen! Ich wünschte, ich hätte sie nie gefunden. Und ich wünschte, ich hätte mich nie dazu hinreißen lassen, Maßnahmen zu ergreifen.«

Claudia legte das Buch, in dem sie gerade geblättert hatte, beiseite. »Ehrlich?«

»Ja.« Erica straffte die Schultern. »Morgen reise ich ab. Meine Entscheidung ist gefallen, und es ist gut so. Aber warum fühle ich mich dann so komisch?«

»Weil es nie wieder so wird, wie es mal war. Selbst wenn du abreist«, erklärte Claudia. »Dass du beschlossen hast, nichts zu unternehmen, heißt nicht, dass du dich wieder so fühlst wie vor deinem Besuch hier. Manchmal reichen ein paar wenige Informationen aus, um die Lage nachhaltig zu verändern.«

»Schätze, ihr könnt mich ab jetzt Pandora nennen.« Erica starrte trübsinnig auf den weißen Kreideumriss am Boden. »Was soll das sein? Ein Leser, der sich totgelangweilt hat?«

Anna lachte auf. »Hoffentlich nicht.« Ein Pärchen kam zu ihnen in den Krimibereich geschlendert, und sie gingen weiter in den nächsten Raum, in dem dieselben Regale bis hoch an die Decke reichten und es eine gemütliche, mit Sitzkissen überhäufte Sitzecke gab. Ein dicker Wurfteppich dämpfte ihre Schritte.

Erica betrachtete die Herzen, die von der Decke hingen, und die Lichterketten um die Regale. »Die Abteilung für Liebesromane? Ihr habt mich zu den Liebesromanen verschleppt?«

Anna zuckte mit den Achseln. »Ich appelliere auf diesem Weg an deine sanfte Seite. Außerdem würde ich gern einen Catherine-Swift-Roman kaufen.«

»Den neusten hast du doch schon. Und später werden wir uns bei einem schönen Glas Rotwein über ihn unterhalten.« Sie beobachtete, wie Anna die Regale absuchte. Als Studentinnen hatten sie manchmal ganze Stunden in Buchhandlungen verbracht und anschließend ihre Käufe rationiert, weil sie immer zu wenig Geld hatten. Sie wusste, dass Anna stets eher am Essen als an Büchern sparen würde, und so hatten Erica und sie ihr selten etwas anderes geschenkt als neuen Lesestoff.

»Nein, ich suche nach einem von ihren frühen Romanen. Nicht von Mord-und-Totschlag-Catherine, sondern von Liebes-Catherine. Ich brauche ein Gegengewicht zu dem ganzen düsteren Zeug.« Anna streckte sich nach einem der oberen Regale, zog ein Buch heraus und las den Klappentext auf der Rückseite. »Ich glaube, das kenne ich schon.«

»Du kennst sie *alle* schon.«

»Jedenfalls die meisten. Aber ein paar von ihren ganz alten Romanen fehlen mir noch. Wieso hat sie bloß angefangen, Krimis zu schreiben? Ich ertrage die Vorstellung nicht, nie wieder eine neue Liebesgeschichte von ihr lesen zu dürfen.« Sie schob das Buch zu dem Stapel unter ihrem Arm.

»Das Leben ändert sich. Warst du es nicht, die uns das seit Jahren predigt? Tja, diese Regel gilt offenbar auch für Romanautorinnen. Und ohne unserer Buchbesprechung heute Abend vorausgreifen zu wollen – ich würde sagen, an ihrem Talent hat sich zumindest nichts geändert.«

»Ganz deiner Meinung. Ich konnte das Buch kaum aus der Hand legen! Besonders, als ich an die Stelle kam, an der die Heldin einfach ihren Ehemann umbringt, anstatt wie jeder normale Mensch eine Therapie anzufangen. Aber den Wechsel von Liebesromanen zu Krimis stelle ich mir ungefähr so vor, als würde man einen Strandurlaub buchen und sich plötzlich im Skiurlaub wiederfinden.« Anna zog ein weiteres Buch aus dem Regal. »Mensch, sind die hier gut sortiert. Ich glaube, das ist meine neue Lieblingsbuchhandlung.«

»Ja, da hast du recht, der Laden ist großartig«, stimmte ihr Erica zu. »Und ich habe ein entsetzlich schlechtes Gewissen, weil ich euch von hier wegzerre. Ich merke doch, wie gut euch der Urlaub bisher gefällt. Insbesondere dir, Anna. Vermutlich bist du hier in deinem persönlichen Weihnachtsmärchen gelandet, und ich bin so egoistisch, dich zu bitten, direkt wieder abzureisen.«

»Aber du hast doch gar nicht darum gebeten, sondern wir haben es dir angeboten«, wiederholte Anna, was sie bereits im Hotelzimmer gesagt hatte, und schob das Buch wieder zurück ins Regal. »Wenn du dir die ganze Zeit über Gedanken machst, hätten wir doch sowieso keinen Spaß. Wir alle wollen entspannen, und genau das werden wir auch. Claudia hat schon ein hübsches Boutique-Hotel in der Nähe von Beacon Hill gefunden. Es sieht gemütlich aus, aber wir wollen es dir erst mal zeigen, ehe wir es buchen, weil du die Hotel-Expertin von uns dreien bist.«

Tatsächlich hatte Claudia auf der Fahrt ins Dorf ein Hotel gefunden, das ganz niedlich aussah. Aber mit dem festlichen Maple Sugar Inn konnte es beim besten Willen nicht mithalten.

Und das schien auch Erica bewusst zu sein. »Ich fühle mich immer noch entsetzlich, weil ich euch die ganze Reise kaputt mache.«

»Wieso? Du würdest für uns doch dasselbe tun«, sagte Anna. »Ach was, das hast du sogar schon! Weißt du noch, als die Zwillinge krank waren? Wir waren erst seit zwei Tagen im Urlaub gewesen, und trotzdem hast du mich, ohne zu zögern, ins Krankenhaus gebracht und bist die ganze Zeit über bei mir geblieben.«

»Aber das ist doch was anderes. Deine Kinder waren krank! Dir blieb doch gar keine andere Wahl.«

»Das stimmt. Aber *du* hättest sie gehabt. Niemand hat dich gezwungen, mich zu begleiten. Dass du trotzdem geblieben bist, hat mir viel bedeutet.« Anna drückte ihren Arm. »Und jetzt sollten wir langsam zum Hotel zurückfahren, du nimmst ein Bad und entspannst ein wenig, und dann trinken wir vor dem Abendessen gemeinsam noch ein Glas Wein. Oder wäre es dir lieber, wenn wir sofort abreisen und weiter nach Boston fahren?«

»Nein, nein, wir fahren morgen Vormittag. Alles wie geplant.«

Claudia nutzte die Gunst der Stunde. »Falls es euch nicht stört, würde ich gern noch fünf Minuten bei den Kochbüchern stöbern, ehe wir zum Hotel zurückfahren.«

Sie ließ ihre Freundinnen in der Liebesromanecke stehen, wo sie ihre Diskussion über Genrewechsel erfolgreicher Autorinnen wiederaufnahmen, und stürzte sich in die riesige Auswahl an Kochbüchern. Keine fünf Minuten später hatte sie sich drei Kochbücher und eine Packung Plätzchenformen in Weihnachtsbaumform ausgesucht.

Wenn ich hier wohnen würde, dachte sie, würde ich jeden Tag herkommen.

Widerstrebend gesellte sie sich wieder zu ihren Freundinnen, und Anna musterte mit gehobener Braue die Bücher unter ihrem Arm.

»Ich dachte, du willst nicht mehr kochen?«

»Ich will sie ja auch nur lesen und nicht die Rezepte nachkochen.«

»Lesen?« Erica runzelte die Stirn. »Du meinst, so wie man einen Roman liest?«

»Genau das meint sie. Das macht sie doch immer schon, wenn sie gestresst ist«, rief ihr Anna in Erinnerung. »Weißt du nicht mehr, die Geschichte, wie sie mit acht die alten französischen Kochbücher ihrer Großmutter gefunden hat und sie eins nach dem anderen von Anfang bis Ende durchgelesen hat?«

Das stimmte. Sie hatte im Schneidersitz auf dem Boden im Schlafzimmer ihrer Großmutter gesessen und die staubigen Bücher mithilfe eines Französisch-Wörterbuchs durchgearbeitet. Als ihre Großmutter sie entdeckte, lud sie sie ein, ihr in der Küche zu helfen.

Ich werde dir die fünf Grundsaucen der klassischen französischen Küche beibringen.

Ihre Großmutter war es gewesen, die ihr von Marie-Antoine Carême und Georges Auguste Escoffier erzählt hatte, den beiden großen Helden der französischen Küche. Und ihre Großmutter war es gewesen, die sie gelehrt hatte, Béchamel, Hollandaise, Velouté, Espagnole und Sauce Tomat zuzubereiten.

Als sie mit ihrer Ausbildung begann, hatte sich der Kochunterricht ihrer Großmutter als Gold wert erwiesen, und ja, dafür war sie dankbar gewesen. Aber nicht halb so dankbar wie für die Liebe zum Kochen, die ihre Großmutter ihr mitgegeben hatte.

Doch obwohl Anna recht hatte damit, dass Kochbücher zu lesen ihr Anti-Stress-Mittel Nummer eins war, hatte sie seit sechs Monaten keines mehr in die Hand genommen.

Heute hatte sie zum ersten Mal in all der Zeit wieder ein Bedürfnis danach verspürt. Ob sie diese Entwicklung als Fortschritt werten durfte?

»Kochbücher faszinieren mich. Sie verraten so viel über die jeweilige Kultur. Das hier zum Beispiel sind alles Kochbücher mit lokalen Rezepten hier aus Vermont. Ich weiß natürlich, dass wir nicht bleiben«, beeilte sie sich zu sagen. »Aber lesen möchte ich sie trotzdem.«

»Und was hat es mit den Ausstechformen auf sich?«

»Die sammle ich, so wie manche Schriftsteller Notizbücher. Ich fand sie niedlich. Auch wenn ich sie vermutlich nie benutzen werde.«

Erica wechselte einen Blick mit Anna. »Wollen wir wetten, dass du sie noch vor Urlaubsende benutzt?«

Anna schüttelte den Kopf. »Ich wette nicht, wenn ich den sicheren Ausgang kenne.«

Sie bezahlten ihre Einkäufe und kehrten zum Auto zurück. Inzwischen war es dunkel geworden, und die Straßen funkelten regelrecht von der Weihnachtsbeleuchtung.

»Allen hier scheint es gut zu gehen«, sagte Claudia, als sie sich durch den Schnee zum Auto durchkämpften. »Glaubt ihr, so glücklich sind die Einwohner auch im Januar? Oder ist das alles Teil der Weihnachtsfestlichkeiten? Vielleicht darf man ja nur teilnehmen, wenn man lächelt.«

Als sie zum Hotel zurückkehrten, war Hattie gerade damit beschäftigt, ein junges Gästepaar über die lokalen Skipisten zu informieren.

Erica blickte starr geradeaus und marschierte im Stechschritt zur Treppe.

»Wollen wir uns in zwei Stunden auf einen Drink vor dem Abendessen treffen?«, fragte Anna, die Erica gemeinsam mit Claudia in ihr Zimmer gefolgt war, damit sie ihr Gepäck holen konnten. »So hätten wir vorher noch genug Zeit, um auszuruhen und vielleicht sogar ein Bad zu nehmen.«

Ausruhen bedeutete in Annas Fall sicher, mit Pete zu telefonieren. Claudia stellte sich vor, wie sich ihre Freundin im Schlafanzug ins Bett kuschelte und Pete alles erzählte, was heute passiert war. So wie Pete und sie sich immer alles erzählten, was passierte.

Zum wiederholten Mal empfand sie einen Anflug von Neid.

Was auch geschehen mochte – Anna würde immer noch Pete haben.

Und was hatte sie? Sie musste dringend ihr Leben in den Griff bekommen. Aber jetzt würde sie erst einmal das Beste aus ihrem ersten und letzten Abend im Maple Sugar Inn machen. Ein entspannendes Bad klang verlockend. Also würde sie dasselbe tun wie ihre Freundinnen und sich danach mit ihren Kochbüchern vor dem Kamin einkuscheln und eine exzessive Runde Stressbewältigungslektüre genießen.

12. KAPITEL

HATTIE

Bestimmt eine ganze Minute lang stand Hattie vor der Tür, ehe sie sich endlich traute zu klopfen.

Vermutlich beging sie gerade einen gewaltigen Fehler. Aber es gab nur eine Möglichkeit, das herauszufinden.

Nach einer ganzen Weile öffnete sich die Tür.

Und da stand sie: Erica. Sie trug ein rotes Wollkleid und dazu Stiefel, bei deren Anblick Hattie blass wurde vor Neid. Es war schön zu wissen, dass sie zumindest etwas gemeinsam hatten! Das dunkle Haar fiel Erica in einem glatten, teuer aussehenden Bob um die Schultern, und ihre Lippen waren leuchtend rot geschminkt.

Das Lächeln auf diesen Lippen versiegte allerdings, als sie Hattie erkannte. Offenbar hatte sie mit einer ihrer Freundinnen gerechnet.

Einen endlos langen Moment starrten sie einander wortlos an.

Hattie hatte sich eine ganze Rede überlegt, aber auf einmal war ihr Hirn wie leer gefegt.

»Ich wollte nur nachsehen, ob mit den Zimmern alles in Ordnung ist.« Was für eine schwache Einleitung! Na ja, immerhin war sie nicht ins Stottern geraten. »Oder ob ich noch irgendetwas tun kann …«

»Nein danke. Und wir sind sehr zufrieden mit den Zimmern«, erwiderte Erica höflich, aber distanziert. »Danke.« Sie hatte immer noch die Hand an der Klinke. Als könnte sie es gar nicht abwarten, die Tür wieder zu schließen. Sie wollte, dass Hattie wieder ging. Aber Hattie wusste, wenn sie das jetzt tat, würde sie es ihr Leben lang bereuen.

Verlegen stand sie da. Sie fühlte sich komplett überfordert. Eigentlich hätte sie gedacht, dass Erica die Gelegenheit nutzen und sie ansprechen würde. Aber offenbar war das nicht der Fall. Was mochte das zu bedeuten haben? Wieso war sie überhaupt hier im Hotel, wenn sie nicht vorhatte, sich zu unterhalten? Oder hatte sie sich vielleicht überlegt, wie sie auf Hattie zugehen wollte, und jetzt hatte sie mit ihrem Klopfen alles ruiniert?

»In Wahrheit bin ich gar nicht hier, um mich nach den Zimmern zu erkundigen. Obwohl es mich natürlich freut, dass … dass …« Diesmal geriet Hattie doch ins Stocken. »Ich weiß nicht, wie ich es sagen soll, also versuche ich es einfach auf dem direkten Weg und hoffe, dass ich damit keine Grenzen überschreite.«

Erica schloss die Hand so fest um den Türgriff, dass ihre Knöchel weiß hervortraten.

Hattie sah ihr in die Augen. »Du bist Madeleine, oder?«

Ericas Lippen teilten sich. »Erica«, krächzte sie. »Mein Name ist Erica.«

»Ja, das hat mich anfangs auch verwirrt. Deswegen dauerte es etwas, bis ich darauf gekommen bin, wer du bist.« Leise Euphorie überkam Hattie. Das hier war ihre Schwester. Ihre *Schwester!* Gestern noch hatte sie keine Verwandtschaft gehabt, und heute war da plötzlich eine Schwester! So ähnlich musste es sich anfühlen, im Lotto zu gewinnen. »Letztlich spielt es ja auch keine Rolle, wie du heißt. Was zählt, ist, dass du hier bist. Jahrelang habe ich auf diesen Augenblick gehofft, aber er kam nie, und in letzter Zeit …« Auf einmal hatte sie einen dicken Kloß im Hals. »In letzter Zeit war das Leben hier nicht leicht, und … Ach, ich hätte einfach nie damit gerechnet, plötzlich so ein gewaltiges Geschenk zu erhalten.«

Erica hielt sich immer noch an der Klinke fest, als wäre sie das Einzige, was ihr im Leben noch Halt gab. »Ein … Ein Geschenk?«

»Nach all den Jahren bist du endlich zu mir gekommen. Ich bin doch der Grund, aus dem du hier bist, oder? Denn ein Zufall kann es ja wohl kaum sein. Als ich sah, wie du das Foto von unserem Dad ange…«

»Stopp.« Erica war kreidebleich. »Bitte.«

»Ich weiß ja, dass die Situation nicht ganz einfach ist, aber …« Hatties Gefühle drohten sie zu überwältigen. Die Tränen schossen ihr in die Augen, und aus einem Impuls heraus machte sie einen Schritt auf Erica zu und umarmte sie, um die befangene Atmosphäre zwischen ihnen aufzubrechen. Das hier war ihre *Schwester!* »Ich kann nicht fassen, dass du wirklich hier bist.« Sie hielt sich an Erica fest, spürte den Wollstoff ihres Kleids an ihrem Kinn, roch ihr edles Parfüm. Auf einmal fühlte es sich an, als wäre ihr Herz auf doppelte Größe angewachsen. Erst jetzt bemerkte sie, dass ihre Wangen längst nass von Tränen waren. Allerdings fiel ihr noch etwas auf: Erica hatte sich von ihrem Platz an der Tür keinen Zentimeter wegbewegt. Hatte die Tür nicht losgelassen. Hatte Hatties Umarmung nicht erwidert. Sie stand einfach nur starr wie eine Salzsäule da und gab nicht ein aufmunterndes Wort von sich. Streng genommen gab sie *gar* kein Wort von sich.

Erschrocken ließ Hattie sie so plötzlich los, dass Erica fast das Gleichgewicht verloren hätte. »Oh, tut mir leid. Tut mir furchtbar leid! Das war vollkommen unangemessen.« Sie kam sich vor, als würde sie auf Treibsand stehen und immer tiefer einsinken. »Ich weiß selbst nicht, was ich mir dabei gedacht habe. Es ist nur … Ich hab mich so gefreut, dich zu sehen. Ach was, *freuen* trifft es nicht mal im Ansatz! Ich hätte nie gedacht, dass dieser Tag je kommen würde, und das hat mich so traurig gemacht! Ich fand es so schrecklich zu wissen, dass ich irgendwo da draußen eine Schwester habe – eine Blutsverwandte – und keinen Kontakt zu ihr aufnehmen kann. Ich hatte die Hoffnung schon aufgegeben. Ich habe eigentlich nie an Weihnachtswunder geglaubt, aber wie es aussieht, muss ich meine Meinung noch einmal überdenken.«

Nun sagte auch Erica endlich etwas. »Du hast … seit Jahren auf diesen Moment gewartet? Dann wusstest du also von mir?«

»Ja, natürlich! Dad hat mir alles erzählt – bis auf die Tatsache, dass du deinen zweiten Vornamen Erica benutzt jedenfalls. Aber vermutlich wusste er das selbst nicht. Doch dass ich irgendwo dort draußen eine Schwester habe, das weiß ich immer schon.

Und hier bist du.« Hattie verging das Lächeln. »Und es ist nicht zu übersehen, dass du dich kein bisschen darüber freust, mich zu sehen.«

Gott, war das alles peinlich. Zu allem Überfluss hatte sie auch noch Rufus gestreichelt, während sie Mut gesammelt hatte, um bei Erica zu klopfen, und dabei offenbar eine beträchtliche Anzahl an Hundehaaren einkassiert, die nun von ihrem Pulli auf Ericas makelloses rotes Kleid weitergewandert waren.

Sie hätte nie bei Erica klopfen dürfen. Und noch viel weniger hätte sie sie umarmen sollen. Erst Noah, und jetzt auch noch Erica. Wann genau hatte sie eigentlich die unerfreuliche Angewohnheit entwickelt, anderen Leuten unerbetenen Körperkontakt aufzuzwingen? Auf jeden Fall musste sie schleunigst wieder damit aufhören, sich wie eine verzweifelte Klette aufzuführen. Es wäre viel besser gewesen abzuwarten, bis Erica den ersten Schritt machte. Aber sie war so hoffnungslos aus dem Häuschen gewesen, als sie mit etwas Verzögerung begriffen hatte, wer Erica war, dass sie sich ähnlich verhalten hatte wie Rufus, wenn er ein Stöckchen holen durfte. Sie war einfach drauflosgerannt, ohne einen Gedanken an die Konsequenzen zu verschwenden. Und das hatte sie nun davon.

Beim Anblick von Ericas schockstarrer Miene hätte sie alles dafür gegeben, die Uhr zurückdrehen zu können.

Als Erica reservierte, hatte bei ihrem Namen nichts geklingelt. Selbst als sie das Hotel betreten hatte, war Hattie noch nicht darauf gekommen, dass sie ihre Schwester vor sich hatte. Erst nachdem Erica das Foto betrachtet hatte, das Hattie mit ihrem Dad zeigte, war ihr plötzlich ein Licht aufgegangen. Erica hatte von dem Foto aufgeblickt, und da hatte Hattie schlagartig begriffen, wer sie war. Nicht wegen Ericas Interesse an dem Foto, sondern wegen der Ähnlichkeit. Insbesondere der Augenfarbe, diese ungewöhnliche Farbe, die je nach Lichteinfall zwischen Hellbraun und Grün changierte. Hatties Vater hatte genau die gleichen Augen gehabt – und sie selbst besaß sie ebenfalls. Die Erkenntnis hatte sie bis ins Mark getroffen, und sie bezweifelte, dass sie diesen Moment je wieder vergessen würde.

Danach hatte sie abgewartet, dass Erica den ersten Schritt machte. Doch nachdem Stunde um Stunde verstrichen war, ohne dass etwas passierte, hatte sie sich umentschieden. Hatte sich kurz sogar gefragt, ob sie sich vielleicht geirrt hatte und Erica doch nicht ihre Schwester war.

Aber jetzt, wo sie ihr von Angesicht zu Angesicht gegenüberstand, gab es keinen Zweifel mehr.

Erica mit ihrer natürlichen Eleganz hatte etwas Einschüchterndes an sich. Sie wirkte wie jemand, der stets makellos aussah, und strahlte eine Kompetenz aus, für die Hattie eine Menge gegeben hätte. Niemand würde Erica je ausnutzen. Niemand sie je übergehen. Und sicherlich wachte sie auch nie morgens auf und hinterfragte als Erstes sich selbst und ihre Fähigkeit, den bevorstehenden Tag zu überleben.

Sie beschloss, dass sie wohl nur noch mit Ehrlichkeit weiterkommen würde. »Was hattest du denn vor? Wolltest du überhaupt mit mir reden?«

Ehe Erica antworten konnte – falls sie überhaupt geantwortet und nicht einfach weiter ins Leere gestarrt hätte –, gingen die Tür zum Nebenzimmer sowie die Tür gegenüber von dieser auf, und Ericas Freundinnen traten in den Flur. Anna und Claudia. Hattie merkte sich die Namen ihrer Gäste, indem sie sie an äußere Auffälligkeiten der jeweiligen Personen koppelte, in diesem Fall Anna mit den braunen Augen und Claudia mit dem Kurzhaarschnitt.

Als die beiden sie bemerkten, blieben sie zeitgleich stehen.

Anna ergriff als Erste das Wort. »Die Zimmer sind wirklich herrlich. Ach was, das ganze Hotel ist herrlich! Am liebsten wäre ich den ganzen Abend nicht mehr aus der Badewanne herausgestiegen. Wie schaffen Sie es nur, dass die Handtücher so flauschig sind? Im Vergleich dazu hat sich meine Kleidung danach wie Folterwerkzeug angefühlt ...« Ihr Blick glitt zwischen Hatties und Ericas Gesicht hin und her. »Oh, Sie haben mit Erica geredet. Bitte denken Sie jetzt bloß nicht, dass unsere Abreise morgen irgendetwas mit dem Hotel zu tun hat. Es ist wirklich wunderschön hier, und das werden wir in unserer Rezension auch deutlich machen, versprochen!«

»A… Abreise?« Sie musterte Anna entgeistert, dann drehte sie sich zu Erica um. Sicherlich würde sich gleich herausstellen, dass alles nur ein Missverständnis war. »Aber warum nur, so direkt nach der Ankunft?«

Erica schloss kurz die Augen. »Weil …«

Gott, war das alles schrecklich. Offenbar hatte Erica gar nicht vorgehabt, mit ihr zu sprechen, sondern die Flucht ergreifen wollen!

»Keine Sorge.« Sie sammelte die letzten Scherben ihrer zerschmetterten Würde zusammen. »Tut mir leid, mein Fehler.«

Erica ließ die Türklinke los. »Das ist schwer zu erklären, ich …«

»Oh, ich verstehe schon.« Unwillkürlich ballte Hattie die herabhängenden Hände zu Fäusten. »Du bist hergekommen, um mich zu begutachten. Und das Ergebnis gefällt dir nicht.«

Erica runzelte die Stirn. »Hattie …!«

»Wenn du mich jetzt bitte entschuldigen würdest, das Restaurant ist heute Abend ausgebucht, und ein Gästepaar wird spät anreisen. Ich muss wieder nach unten.« Während sie redete, wich sie nach hinten zurück, bis sie mit dem Rücken gegen die Wand stieß. »Falls ich noch etwas tun kann, um euch … Entschuldigung, ich meine natürlich Ihnen den kurzen Aufenthalt bis morgen so angenehm wie möglich zu gestalten, lassen Sie es mich einfach wissen.«

Nun war sie wieder die Hotelierin. Die Rolle, in der sie weit geübter war als in der der Schwester, die sie heute zum ersten Mal gespielt hatte.

Ohne Erica die Möglichkeit zu lassen, noch etwas zu erwidern, lief sie hastig davon. Ihre Wangen glühten, und sie kam sich unendlich dumm vor. Es war nicht allein die Demütigung – sie war auch verletzt. Abgewiesen zu werden tat weh, und das gerade war vermutlich die deutlichste Abfuhr gewesen, die sie je kassiert hatte. Aber was besonders schmerzte, war die Tatsache, dass ihr tiefes Bedürfnis, ihre Schwester kennenzulernen, nicht auf Gegenseitigkeit beruhte. Sie fühlte sich zerstört, als hätte jemand ihr Inneres mit einem Vorschlaghammer bearbeitet. Dabei ergab eine solch heftige Reaktion doch gar keinen Sinn! Schließlich war sie achtundzwanzig Jahre lang wunderbar ohne eine Schwester zurechtgekommen. Warum also hatte sie auf einmal das Gefühl, etwas Kostbares verloren zu haben? Etwas … Wesentliches? Wie konnte man etwas verlieren, das man nie besessen hatte? War sie emotional wirklich so ausgehungert, dass sie derart dringend eine Fremde in ihrem Leben brauchte?

Nein. Nein, das war sie nicht. Sie hatte Delphi. Sie hatte Rufus. Sie hatte wunderbare Nachbarn und großartige Freunde in der Stadt. Und sie hatte … Nein, Moment, stopp! Noah hatte sie nicht. Sie war nicht sicher, in welchem Verhältnis genau sie gerade zu Noah stand, aber dies war sicherlich nicht der richtige Augenblick, um darüber nachzudenken.

In ihrem Kopf drehte sich alles, als sie die Treppe nach unten lief, um hinter die Rezeption zurückzukehren, die sie erst vor wenigen Minuten so voller Hoffnung verlassen hatte. Und da sie in Gedanken bei ihrer Schwester war und nicht im Hier und Jetzt, rannte sie frontal in den Mann hinein, der gerade auf dem Weg in ihr Büro war.

»Vorsicht!« Starke Hände packten sie an den Armen und hielten sie fest.

Und da war er. Direkt vor ihr. Noah.

»Oh, t…tut mir leid«, stammelte sie. »Ich … Ich war …«

»… in Gedanken? Ist irgendwas passiert?« Er hielt sie weiter an den Armen. »Was ist denn los?«

»Ach, nichts, ich … ich benehme mich albern.«

»Das bezweifle ich.« Er schob sie in die Bibliothek. »Na los, erzähl.«

Sie musste arbeiten. Gäste versorgen. Und doch konnte sie der Verlockung nicht widerstehen, sich fünf Minuten mit Noah zu gönnen.

»Du hast recht, ich habe mich nicht albern verhalten.« Sie würde gar nicht erst anfangen, sich selbst niederzumachen, nur weil sie eine wohlüberlegte Entscheidung getroffen hatte. »Alle Zeichen haben dafürgesprochen. Wieso hätte sie sonst herkommen sollen? Das kann doch nicht bloß Zufall gewesen sein. Nein, das ist vollkommen undenkbar.«

Noah schloss die Tür hinter sich. »Ich fürchte, wenn ich das verstehen soll, brauche ich ein paar mehr Hintergrundinformationen.«

Der Lärm in Hatties Kopf war so tosend, dass sie ihn kaum verstand. Nervös lief sie auf und ab und rieb sich dabei die Arme.

»Hast du schon mal alles riskiert, weil du jemandem so dringend deine Gefühle gestehen wolltest, dass du gar nicht richtig darüber nachgedacht, sondern einfach dein Herz weit geöffnet hast, und dann hat die Person dieses Herz genommen und einfach – rums! – auf den Boden gepfeffert, und dann ist alles kaputtgegangen, und danach hast du dich ewig gefragt, ob es das wert war und du vielleicht alles anders hättest angehen sollen, aber eigentlich weißt du, dass du es jederzeit wieder so machen würdest, weil du gar nicht anders könntest? Weil du es einfach wissen musstest? Tja, und jetzt weiß ich es.« Sie hielt inne, um Luft zu holen, und bemerkte, dass Noah sie reglos anstarrte.

»Willst du damit sagen«, fragte er langsam, »dass deine Gefühle nicht erwidert werden?«

»Genau. Und jetzt tut mir hier drinnen alles weh«, sie blieb beim Kamin stehen und klopfte sich mit der Faust auf die Brust, »obwohl das vollkommen sinnlos ist und ich mir die ganze Zeit einrede, dass es mir doch bestens ging, bevor ich das alles gesagt habe, und es mir deswegen danach nicht schlechter gehen sollte, aber irgendwie ist trotzdem nichts mehr wie vorher, weil ich vorher noch Hoffnung hatte und jetzt nicht mehr.«

»Und jetzt bist du am Boden zerstört?«

»Genau.« Sie spürte die Wärme des Kaminfeuers an ihrer Rückseite. »Und jetzt hältst du mich vermutlich für komplett bescheuert.«

»Aber es ist doch nicht bescheuert, sich zu verlieben, Hattie.« Er klang seltsam heiser. »Und man kann sich nicht immer aussuchen, für wen man etwas empfindet. Ist er ein Gast?«

»Wer?«

»Der Mann, in den du dich verliebt hast.«

»Ein … Ein Mann? Ich hab doch gar nichts von einem Mann gesa…« Dann begriff sie und verstummte. »Oh, nein. Nein! Ich bin nicht verliebt. Wie kommst du denn nur auf so was?«

»Weil du erzählt hast, dass du jemandem ehrlich deine Gefühle gestanden und eine Abfuhr kassiert hast.«

»Ja, aber dabei geht es nicht um einen Mann. Sondern um eine Frau. Um meine …« Für einen Sekundenbruchteil verschlug es ihr die Sprache. Hatte er ehrlich gedacht, dass sie verliebt war? »Um meine Schwester.«

Das Wort fühlte sich fremd an in ihrem Mund.

»Deine … Schwester?« Er schien einen Moment zu brauchen, um hinterherzukommen. »Die Schwester, die dein Vater direkt nach ihrer Geburt im Stich gelassen hat?«

»Genau die. Und wenn du es so formulierst, ist es vielleicht kaum verwunderlich, dass sie nicht mit offenen Armen auf mich zugestürmt ist. Erica heißt sie übrigens.«

»Meintest du nicht, ihr Name lautet Madeleine?«

In den Monaten vor dem Kuss – ehe ihr Verhältnis so befangen und kompliziert geworden war – hatten sie sich häufiger über das Thema unterhalten.

Die Gespräche mit Noah fehlten ihr. Überhaupt die Zeiten, in denen sie entspannt und natürlich miteinander umgegangen waren und sie einfach gesagt hatte, was sie sagen wollte. Sich verhalten hatte, wie sie es eben wollte. Ohne jedes Wort und jede Bewegung genau zu kontrollieren, damit er nur ja nichts missverstand.

Sie zwang sich, beim Thema zu bleiben. »Ja, das hatte Dad mir jedenfalls erzählt. Aber offenbar wird sie Erica genannt, weswegen ich sie nicht auf Anhieb erkannt habe, als sie gebucht hat. Ich hätte nie gedacht, dass sie jemals hier auftaucht. Aber als sie dann das Hotel betrat, da hatte ich … Es ist schwer zu erklären, aber irgendwie hatte ich so eine Ahnung. Ich habe sie erkannt, ohne sie je zuvor gesehen zu haben.«

»Seht ihr euch ähnlich?«

»Ja. Und als sie das Foto auf der Rezeption angestarrt hat … Da *wusste* ich es einfach. Ich dachte, sie würde das Gespräch mit mir suchen, aber es kam nichts. Ich hab dann eine Weile gewartet, aber vergeblich. Und dann hab ich mich gefragt, ob sie nicht vielleicht darauf wartet, dass *ich* etwas sage. Also bin ich einfach auf sie zugegangen.«

Er nickte. »Insgesamt finde ich, dass man Dinge, die gesagt werden müssen, am besten einfach ansprechen sollte.«

»Genau das dachte ich auch. Aber leider hab ich es ganz fürchterlich vergeigt.«

»Nach allem, was du mir gerade erzählt hast, wüsste ich nicht, was du Falsches gesagt haben könntest.«

»Es geht nicht um das, was ich gesagt habe, sondern um das, was ich *getan* habe. Ich hab sie nämlich umarmt.« Bei der bloßen Erinnerung hätte sie im Erdboden versinken können vor Scham. »Ich konnte einfach nicht anders. Als sie ihre Zimmertür aufgemacht hat, war ich so glücklich, dass sie hier ist – dass ich doch noch Familie habe …«

»Und da hast du sie umarmt.«

»Genau.« Ein Lächeln umspielte seine Lippen, aber sie hatte keine Ahnung, was daran zum Lächeln sein sollte. Denn aus ihrer Sicht war die Situation kein bisschen zum Lächeln.

»Du hast dich gefreut, sie zu sehen«, fuhr er fort. »Ich wüsste nicht, was daran verkehrt sein sollte.«

»Aber nur, weil du nicht dabei warst. Es war, als würde ich eine Katze umarmen. Und zwar keine so ungewöhnlich verschmuste wie Panther, sondern eine von denen, die sich ganz lang und steif machen, um einem klarzumachen, dass man sofort damit aufhören und sie in Ruhe lassen soll.« Wenn sie darüber nachdachte, erinnerte Erica sie insgesamt ein wenig an eine Katze. Würdevoll, selbstsicher, zurückhaltend, wählerisch. »Ich bin das ganz und gar falsch angegangen.«

»Sei nicht so selbstkritisch. Für Momente wie diesen gibt es kein Regelwerk.«

»Das stimmt. Aber dass sie sich in den vergangenen achtundzwanzig Jahren nie bei mir gemeldet hat, hätte mir vermutlich zu denken geben sollen.«

»Jetzt mal langsam.« Er hatte sie wieder an den Armen genommen. Sein Griff war fest und tröstlich. »Atmen nicht vergessen.«

Da hatte er recht. Sie atmete tief durch. »Tut mir leid. Ich bin ein bisschen durcheinander.«

»Ja, das merkt man.«

Vermutlich wäre das der passende Moment gewesen, um sich aus seinem Griff zu lösen, aber sie wollte einfach nicht. Spürte die Anziehungskraft, die er auf sie ausübte. Die stark genug war, um sie von ihren Problemen abzulenken. Es war zwecklos, so zu tun, als würde sie nicht existieren. Als hätte sie keine Gefühle für ihn. Davon hatte sie sogar eine ganze Menge. Allerdings gerade auch keinerlei Kapazitäten, sich mit diesen Gefühlen auseinanderzusetzen.

»Ich bin mir ziemlich sicher, dass sie mich nicht leiden kann«, sagte sie, um das Thema wieder auf Erica zu lenken. »Nicht dass ich ihr einen Vorwurf daraus machen könnte. Vermutlich reichte schon der Blick auf das Foto, auf dem mich Dad durch die Luft schwingt, und sie hätte mich am liebsten gevierteilt.«

»Dass sie dich vierteilen wollte, wage ich zu bezweifeln.«

»Du hast recht, dafür ist sie viel zu distinguiert.«

»Und sie ist hierher ins Hotel gekommen. Offenbar wollte sie also Kontakt zu dir aufnehmen. Denn da stimme ich dir zu, dass es sich wohl kaum um einen Zufall gehandelt haben dürfte.«

»Allerdings hat sie sich nicht wie jemand verhalten, der sich gern mit mir unterhalten würde.«

»Oder sie hatte einen festen Plan gefasst, wann und wie sie mit dir reden will, und zählt zu den Menschen, die schlecht damit umgehen können, wenn ihre Pläne durcheinandergeraten.«

»Kann sein. Allerdings ging ihr langsam die Zeit aus. Denn sie checken morgen schon wieder aus.« Und das tat weh. »Eigentlich hatten sie eine ganze Woche gebucht, aber offensichtlich hat ihr nicht gefallen, was sie gesehen hat. Ich weiß nicht, was sie sich von mir erwartet hat, jedenfalls scheine ich ihren Erwartungen nicht gerecht geworden zu sein.«

»Oder es steckt ganz etwas anderes dahinter.«

Solange sie ihm so nahe war, konnte sie kaum einen klaren Gedanken fassen, also wich sie einen Schritt zur Seite. »Was denn beispielsweise?«

Er zuckte mit den Achseln. »Vielleicht hat sie einfach Angst.«

»Sie wirkt aber nicht unbedingt wie jemand, der sich schnell ängstigt.«

»Jetzt denk doch mal nach, Hattie. Für dich ist eure Begegnung eine große Sache. Wieso sollte sie anders empfinden?«

»Kann sein.« Die antike Standuhr hinter ihr schlug, und sie fuhr panisch herum. »Was? Ist es wirklich schon so spät? Ich dürfte gar nicht hier herumstehen. Ich muss Chloe Delphi wieder abnehmen, damit sie weiterarbeiten kann. Bestimmt fragt sie sich schon, wo ich bleibe.«

Die Tür ging auf. Aber draußen stand nicht Chloe – sondern Erica.

Flankiert von Anna und Claudia.

Zur moralischen Unterstützung? Die Tatsache, dass sie glaubte, welche zu benötigen, legte tatsächlich nahe, dass die Situation mehr in Erica auslöste, als sie sich anmerken ließ. Vielleicht hatte Noah ja recht!

Anna mit den braunen Augen drückte Erica aufmunternd den Arm, woraufhin Erica tief durchatmete und die Bibliothek betrat.

Hattie schwieg. Nach ihrer letzten Begegnung hielt sie es für besser, den Mund zu halten.

Noah streifte sie mit dem Arm, und sie begriff, dass er vermutlich einen geeigneten Augenblick abwartete, um einen schnellen Abgang machen zu können.

Sie warf ihm ein flüchtiges Lächeln zu. »Du musst vermutlich wieder los.«

»Ich hab's nicht eilig.« Noah richtete sich auf, und sie empfand eine tiefe Dankbarkeit, dass er bereit war, ihr in diesem schwierigen Augenblick in ihrem Leben zur Seite zu stehen. Sie hatte Glück, Noah zu haben. Und ihr kurzer Anfall von Unbeherrschtheit in der Scheune hatte ihrer Freundschaft offenbar nichts anhaben können.

Erica musterte ihn eingehend, was allerdings nicht weiter verwunderlich war. Frauen aller Altersgruppen neigten dazu, Noah eingehend zu mustern, das fiel Hattie immer wieder auf, wenn sich die Dorfgemeinschaft zu irgendwelchen Feiern versammelte.

Alle mochten ihn, junge Mädchen genauso wie ihre Großmütter und alle dazwischen. Vielleicht lag es ja daran, dass er so groß und solide wirkte und so freundliche Augen und ein liebenswürdiges Lächeln hatte. Oder lag es eher daran, dass ihn scheinbar nichts aus dem Gleichgewicht bringen konnte, ganz gleich, wie heftig der Sturm des Lebens ihn umtoste?

Diese innere Ruhe war es, für die Hattie gerade besonders dankbar war.

»Ich bin Noah«, stellte er sich vor. »Ein Freund von Hattie.«

»Erica. Und das sind Anna und Claudia.« Nachdem sie ihre Freundinnen und sich selbst vorgestellt hatte, richtete Erica ihre Aufmerksamkeit auf die Bücherregale. »Was für ein schöner Raum!« Ihr Blick glitt über die Bücher, das flackernde Feuer und den funkelnden Weihnachtsbaum. »Ist das die Bibliothek, die für unseren Leseclub vorgesehen war?«

»Das ist richtig«, erwiderte Hattie steif.

Erica schien sich ähnlich unwohl zu fühlen. »Es tut mir leid, wie ich mich vorhin verhalten habe.«

»Das muss es nicht.« Sie brauchte sich nur als Hotelierin zu betrachten statt als Verwandte, dann fiel es ihr viel leichter, die nötige Distanz zu wahren. »Es ist mir wichtig, dass all meine Gäste einen perfekten Weihnachtsurlaub verleben. Und wenn das Maple Sugar Inn dafür nicht der geeignete Ort ist, dann ist es nur richtig, sich eine andere Bleibe zu suchen. Ich kann auch gern bei der Suche behilflich sein. Hier in der Nähe gibt es noch verschiedene andere hübsche Hotels, eines davon mit einem guten Restaurant. Vielleicht sind dort ja noch Zimmer frei.«

Niemand sollte behaupten können, dass sie nachtragend war. Auch wenn sie es manchmal durchaus war. Beispielsweise, wenn sie Brent innerlich dafür verfluchte, dass er sie auf Stephanie und Tucker hatte sitzenlassen. Aber sie war gut darin, es zu verbergen.

Ihr Angebot, den dreien bei der Suche nach einer neuen Bleibe zu helfen, wurde mit Schweigen quittiert, und sie bemerkte, wie Claudia mit dem Kurzhaarschnitt Erica heftig mit dem Ellenbogen in die Rippen stieß.

»Mit dem Hotel ist alles in Ordnung«, sagte Erica. »Es ist sogar perfekt.«

Was bedeutete, dass Hattie selbst das Problem war.

Na toll.

Sie straffte die Schultern. »Es war falsch von mir zu klopfen.«

»Nein, das war es nicht.« Erica warf Anna einen Hilfe suchenden Blick zu, als hätten sie dieses Gespräch vorher geübt. »Ich war nur überrascht, und mit Überraschungen kann ich nicht gut umgehen. Außerdem ist die gesamte Situation ziemlich kompliziert.« Sie räusperte sich. »In … in emotionaler Hinsicht. Und das ist noch so etwas, womit ich nicht gut umgehen kann.« In ihrem Tonfall schwang eine Spur von Verletzlichkeit mit, die Hattie etwas weicher werden ließ. Ihre vorige Entschlossenheit, nichts zu sagen, war vergessen.

»Wenn du heute Abend noch nicht abreist, wollen wir uns dann vielleicht für einen Moment zusammensetzen und reden? Bei einem Glas Wein? Ich könnte unseren Chefkoch Tucker bitten, einen Teller mit seinen köstlichen Knabbereien beizusteuern.« Wofür er sie zweifellos anschreien würde. Aber das war sie gern bereit, in Kauf zu nehmen.

Erica nickte zögerlich. »Ja, das … das wäre schön.«

Hattie spürte, wie sich ein warmes Gefühl in ihr ausbreitete. Sie würden sich unterhalten. Das war doch schon mal ein Anfang!

»Wunderbar! Dann sehe ich kurz nach meiner Tochter, und dann …«

Wieder flog die Tür auf, nur dass es diesmal Chloe war, die mit einem panischen Ausdruck in den Augen Delphi bei der Hand hielt.

»Tut mir leid, dass ich so hereinplatze, aber du musst sofort kommen, Hattie. Es ist ein Notfall.«

Was denn jetzt noch? In irgendeinem vergangenen Leben musste sie ein ganz schrecklicher Mensch gewesen sein, wenn das Schicksal jetzt meinte, sie derart bestrafen zu müssen.

Delphi kam angesprungen, und Hattie nahm sie auf den Arm. Ganz gleich, wie groß und schwer ihre Tochter inzwischen auch war – wenn sie eine Umarmung wollte, sollte sie ihre Umarmung bekommen.

»Was für ein Notfall?« Sie drückte Delphi fest an sich. »Geht es um einen Gast?«

»Nein, viel schlimmer. Tucker hat die Souschefin mit einem Topf beworfen, woraufhin sie davongelaufen ist. Dann hat sich Stephanie eingemischt, es gab einen entsetzlichen Streit mit Tucker, und am Ende ist er ebenfalls davongestürmt. Also, gefahren, wenn man's wörtlich nimmt. Er ist mit seinem Truck in die Stadt gebraust. Und jetzt stecken wir ordentlich in der Tinte. Das Restaurant ist heute Abend ausgebucht, aber wir haben niemanden, der die Küche leiten kann. Das restliche Personal befindet sich am Rand der Panik. Die Gäste haben bisher zum Glück noch nichts davon mitbekommen, aber Stephanie hat mal wieder eine ihrer Launen, und …«

Wie auf Kommando erschien Stephanie in diesem Moment auf der Türschwelle. »So, das war's! Ich hoffe, er kommt nie wieder. Aber falls er noch mal einen Fuß in diese Küche setzt, erwarte ich, dass Sie ihn feuern und ihm eine Entschuldigung abverlangen! Er mag ein kreatives Genie sein, aber so, wie er heute Abend mit mir gesprochen hat – und das auch noch vor den anderen Angestellten –, das kann ich ihm nicht durchgehen lassen.«

Delphi hielt sich die Ohren zu und drückte sich fest an Hattie. »Zu laut!«

Hattie war derselben Meinung. Sie legte schützend einen Arm um ihre Tochter und rieb ihr den Rücken.

»Offenbar sind Sie ausgesprochen aufgebracht, Stephanie, und ich verspreche Ihnen, dass wir eine Lösung finden werden. Aber zunächst einmal gilt es, jetzt die Ruhe zu bewahren.«

»Die Ruhe bewahren? Würden Sie die Ruhe bewahren, wenn Sie von einem Mann als verklemmte, frigide Zick…«

Zum Glück begann Delphi in diesem Moment so herzzerreißend zu weinen, dass Stephanie nicht mehr zu verstehen war. Und als wäre es nicht schon laut genug gewesen, kam angelockt von dem Geschrei auch noch Rufus bellend in die Bibliothek gerannt, um seine Familie zu beschützen.

Als er sah, dass Delphi bei Hattie in Sicherheit war, hörte er auf zu kläffen und knurrte stattdessen bedrohlich.

Stephanie wich einen Schritt zurück. »Und dieser Hund da ist gesundheitsgefährdend.«

Delphi vergrub ihr Gesicht in Hatties Halsbeuge. »Zu laut, zu laut!«

Hattie drückte sie noch ein wenig fester an sich. »Bitte senken Sie die Stimme, Stephanie.«

»Führt neuerdings Ihre Tochter dieses Hotel? Oder der Hund? An manchen Tagen muss ich mich schon wundern. Da bekommt die Redewendung *vor die Hunde gehen* doch gleich eine ganz neue Bedeutung. Und genau das ist es, was mit diesem Hotel hier gerade geschieht.«

Hattie dröhnte der Kopf. Im Augenblick hatte ihre Tochter oberste Priorität. Denn solange sich Delphi nicht beruhigt hatte, würde Hattie keinen klaren Gedanken fassen können. Gleichzeitig konnte sie Delphi aber nicht beruhigen, solange Stephanie herumbrüllte.

Sie wollte gerade vorschlagen, dass Stephanie in ihrem Büro warten sollte, da trat Anna mit einem hübschen Weihnachtsbaumanhänger in der Hand auf sie zu.

»Schau mal, Delphi, was ich gerade auf dem Boden gefunden habe. Der muss vom Baum gefallen sein. Weißt du noch, wo er hing?«

Zaghaft hob Delphi ihr nass geweintes Gesicht von Hatties Halsbeuge.

»N…n…nein«, schluchzte sie. »W…w…weiß ich nicht.«

»Ich liebe es, den Weihnachtsbaum zu schmücken.« Anna lächelte ihr einladend zu. »Mehr als irgendwas sonst. Und du? Dir macht das bestimmt auch Spaß, oder?«

Delphi schniefte. »Ja.«

»Na, das trifft sich ja toll! Hilfst du mir vielleicht, eine schöne Stelle für den Anhänger hier zu finden?« Anna ließ den funkelnden Stern vom Finger baumeln. »Oder soll ich ihn einfach irgendwo aufhängen?«

Delphi wand sich von Hatties Arm. »Moment, ich zeig dir, wo!«

Sofort war Rufus an ihrer Seite, und Anna klopfte ihm die Flanke. »Na, du bist ja ein Toller! Ich bin übrigens Anna. Als meine Tochter so alt war wie du, wusste sie immer ganz genau, was sie sich zu Weihnachten wünscht. Ich wette, bei dir ist das auch so.«

Hattie beschloss, dass sie Anna aufrichtig liebte.

Delphi nahm Anna den Anhänger aus der Hand. »Klar weiß ich das, aber es ist ein Geheimnis.«

»Ein Geheimnis also, ja?« Annas Lächeln war bestechend. »Aber du hast einen Wunschzettel für den Weihnachtsmann geschrieben, oder?«

»Ja, Tante Lynda hat mir geholfen. Aber Mommy darf nichts davon wissen.«

Noah hob die Brauen, was vermutlich bedeutete, dass auch er nichts davon wusste.

Was Hattie vor ein ganz neues Problem stellte. Denn wenn sie nicht wissen durfte, was Delphi sich zu Weihnachten wünschte, konnte sie es auch nicht besorgen.

Stephanie gab einen ungeduldigen Laut von sich. »Ich kann nicht fassen, dass wir hier rumstehen und über den Weihnachtsmann plaudern, während dieses Hotel den Bach runtergeht! Ist Ihnen eigentlich klar, dass in Ihrer preisgekrönten Küche gerade ein Haufen Azubis ohne jede Führung steht?«

Als das Personal erwähnt wurde, löste Hattie ihren Blick von Delphi und richtete ihre Aufmerksamkeit auf Stephanie. »Zunächst mal ist wichtig, ob es Helen gut geht.«

Stephanie machte große Augen. »Ich informiere Sie über eine absolute Notlage, und Sie interessieren sich vor allem dafür, ob es der Souschefin gut geht?«

»Chloe meinte, Tucker hätte einen Topf nach ihr geworfen.«

»Oh. Ja, das stimmt.« Stephanie runzelte die Stirn. »Sie hat geweint, und da hat er die Beherrschung verloren. Natürlich kann ich es nicht gutheißen, dass er mit schweren Gegenständen um sich schmeißt. Aber ich teile durchaus seine Meinung, dass Helen viel zu sensibel ist für den Küchenbetrieb.«

Hattie versuchte es erneut, diesmal mit festerer Stimme. »Ist sie verletzt?«

»Das weiß ich nicht, und im Augenblick spielt das auch keine Rolle. Ich will ganz direkt sein. Seit Brents Tod gebe ich mein Bestes, um den Laden hier am Laufen zu halten.« Sie richtete ihren Laserblick auf Hattie. »Aber auch meine Grenzen sind irgendwann erreicht. Und irgendwann ist jetzt. Es tut mir leid für Sie, Hattie, aber das ist nun einmal die Wahrheit. Ich bin mir sicher, dass Sie schwere Zeiten hinter sich haben, aber vielleicht ist langsam der Punkt gekommen, an dem Sie sich eingestehen sollten, dass Sie nicht für diese Position gemacht sind. Sie haben versucht, in Brents Fußstapfen zu treten, aber es gelingt Ihnen nicht einmal im Ansatz, seine Rolle auszufüllen. Sie werden niemals ein Brent sein. Und ich muss Ihnen ganz offen sagen: Brent würde sich im Grab umdrehen, wenn er wüsste, wie lasch Sie sein Hotel führen.«

Hattie wich das Blut aus dem Kopf, ihre Arme und Beine wurden zittrig, und ein seltsam losgelöstes Gefühl überkam sie.

Ihr erster Gedanke galt ihrer Tochter, aber Anna lenkte sie zum Glück immer noch damit ab, auf der Baumrückseite eine geeignete Stelle für den Stern zu finden.

Was bedeutete, dass sie keine Ausrede mehr hatte. Sie würde sich wohl oder übel mit Stephanie auseinandersetzen müssen.

Kurz zog sie in Erwägung, einfach davonzulaufen. Aber was dann? Sie war die Einzige, die den Konflikt lösen konnte. Es gab nur sie.

Und in einer Hinsicht hatte Stephanie recht. Sie war nicht Brent. Sosehr sie es auch versucht hatte. Sosehr sie sich auch bemüht hatte, seinen Traum für das Hotel fortzuführen. Dabei war – das erkannte sie nun plötzlich in aller Klarheit – genau das ihr Fehler gewesen. Sie hatte versucht, so weiterzumachen, wie er es gewollt hätte, und dabei ihre eigenen Instinkte ignoriert. Sie hatte getan, was richtig für ihn gewesen wäre, nicht, was richtig für sie war. Und das hatte sie nun davon.

Eine ganz und gar unschöne Lage.

Hattie spürte Noahs warme, schützende Hand auf ihrem Rücken.

Hörte ihn tief Luft holen und wusste, wenn sie jetzt nicht schnell etwas sagte, würde er es tun. Aber was für ein Beispiel würde sie dadurch für Delphi setzen? Dass andere Menschen für sie die Stimme erheben mussten, weil sie dazu nicht in der Lage war? Dass sie nicht für sich selbst einstehen konnte? Sie wollte nicht, dass ihre Tochter in dem Glauben aufwuchs, dass ihre Mutter keinerlei Durchsetzungsvermögen besaß und – schlimmer noch – klein beigab, wenn so respektlos mit ihr umgegangen wurde.

»Lassen Sie uns unter vier Augen sprechen, Stephanie. Gehen wir in mein Büro.«

»Wenn Sie mit mir reden wollen, kann ich versuchen, morgen kurz Zeit für Sie zu finden. Für heute ist mein Arbeitstag beendet.«

»Sie wollen gehen? Stephanie, wir stecken in einer Notlage.«

»Einer *hausgemachten* Notlage. Einer Notlage, die nicht mein Problem ist. In meinem Vertrag steht nirgendwo, dass ich meine private Zeit für hoffnungslose Fälle zu verschwenden brauche.«

»Und was ist mit Ihren Kollegen? Mit den Menschen, mit denen Sie zusammenarbeiten?« Hatties Mund war so ausgetrocknet, dass sie kaum sprechen konnte, und ihr zitterten die Knie vor Wut. »Wir sind hier ein Team. Und Sie wollen einfach gehen und das Team allein weiterkämpfen lassen?«

»Ich gehe und lasse das Team seine Arbeit machen, so wie ich Tag für Tag die meine erledige. Jetzt brauche ich erst einmal Zeit, um mich zu beruhigen. Sollte ich mich morgen bereit fühlen, wieder zu arbeiten, komme ich.« Damit drehte sie sich weg.

Hatties Herz hämmerte ihr bis zum Hals. Sie musste es tun. *Jetzt.*

»Wenn Sie jetzt durch diese Tür gehen, brauchen Sie morgen nicht zurückzukommen.« Sie sprach schnell, und es fühlte sich an, als würde sie von einer Klippe in eiskaltes Wasser springen.

»Soll das ein Witz sein?« Stephanie starrte sie ungläubig an. »Ohne mich ist dieses Hotel dem Untergang geweiht.«

Hatties Herz schlug inzwischen in Überschallgeschwindigkeit. »Wir werden schon zurechtkommen.«

»Und wie? Sie haben doch keine Ahnung! Und sie hier«, Stephanie deutete auf Chloe, »wird Ihnen auch nicht helfen können. Darf ich Sie außerdem daran erinnern, dass Sie keinen Chefkoch mehr haben? Und vermutlich auch keine Souschefin? Wenn Sie jetzt auch noch Ihre Hausdame verlieren, können Sie den Laden eigentlich auch gleich dichtmachen.«

Die Souschefin … Hattie musste dringend nach Helen sehen. Aber vorher musste sie das hier zu Ende bringen.

Ihr Magen krampfte vor Panik.

»Sie haben recht. Ich habe versucht, so weiterzumachen wie Brent. Aber damit ist jetzt Schluss.«

Stephanie entspannte sich kaum merklich. »Dann verkaufen Sie? Eine kluge Entscheidung.«

»Oh nein. Ich verkaufe nicht. Aber ich werde das Hotel auch nicht mehr nach Brents Vorstellungen weiterführen. Von jetzt an treffe ich hier die Entscheidungen. Und dazu benötige ich ein Team, das dieselbe Vision für das Maple Sugar Inn hat wie ich. Es soll ein gemütlicher, einladender Ort werden. Und ich denke, uns ist beiden bewusst, dass eine solche Atmosphäre kein geeignetes Arbeitsumfeld für Sie wäre.«

Stephanies Wangen nahmen einen dunkelroten Farbton an. »Mir ist vor allem eins bewusst: dass *Sie* nicht die Richtige sind, um dieses Hotel zu führen. Und dass Sie ohne mich innerhalb weniger Monate werden schließen müssen.«

»Ich bin bereit, dieses Risiko einzugehen.«

Stephanie verzog die Lippen zu einem schmalen Strich. »Nun gut, dann war's das also. Ich wünsche Ihnen viel Glück – Sie werden es brauchen.« Mit diesen Worten machte sie auf dem Absatz kehrt und stakste aus der Bibliothek, wobei sie lautstark die Tür hinter sich zuknallte.

In Hatties Kopf drehte sich alles, und das Panikgefühl in ihren Eingeweiden und der Druck auf ihrer Brust wurden nahezu unerträglich.

Was hatte sie da nur getan? Sie war bis Januar ausgebucht! Ihre Weihnachtsgäste erwarteten festliches Funkeln, gemütliche Zimmer und unvergessliche Restaurantbesuche. Und sie hatte gerade ihre beiden wichtigsten Angestellten verloren!

Stephanie hatte recht. Das Hotel würde kein halbes Jahr überleben.

Die Panik wanderte von ihrem Bauch in ihre Kehle hoch. Bestimmt wäre es klüger gewesen zu versuchen, Stephanie zu besänftigen. Denn jetzt hatte sie die Lage noch verschlimmert, anstatt sie zu verbessern.

Es war Erica, die als Erste das Wort ergriff. Mit einem freundlichen Ausdruck in den Augen kam sie auf Hattie zu.

»Ich weiß zwar nicht, wer diese Frau war, aber sie hatte eindeutig nichts Positives zur Gesamtsituation beizutragen. Warte ab, bald wirst du feststellen, was für einen großen Gefallen du dir damit getan hast, sie durch diese Tür hinausspazieren zu lassen.«

»Ja? Ist das so?« Hattie zitterte am ganzen Leib. Ein Teil von ihr wollte hinter Stephanie herrennen und sich entschuldigen. Aber Erica stand ihr im Weg.

»Alles ist gut.« Ihr Tonfall war gelassen und sachlich. »Du hast alles im Griff. Wir können dir helfen.«

»Nein, könnt ihr nicht. Mir kann niemand mehr helfen. Es ist besser so, dass ihr abreist.« Sie überkam ein Anfall von Galgenhumor. »Ich habe gerade meine Hausdame verloren, und wie es aussieht, müssen wir das Restaurant schließen. Fröhliche Weihnachten im Maple Sugar Inn! Ein Aufenthalt, den Sie nie vergessen werden – wenn auch aus den falschen Gründen.«

Was hatte sie da nur angerichtet? Herr im Himmel, was hatte sie getan?

Delphi kam hinter dem Baum hervor. »So ist das Leben«, sagte sie ernst und getragen in einer perfekten Imitation der Bishop-Schwestern.

13. KAPITEL

ERICA

In Anbetracht der aktuellen Krisenlage fühlte sich Erica so souverän wie seit Wochen nicht mehr.

Das Thema rund um ihren Vater, die Kontaktaufnahme mit ihrer Schwester, die vielen verwirrenden Gefühle – all das hatte sie aus dem Konzept gebracht. Das hier aber war eine Situation, mit der sie umzugehen wusste: eine waschechte Notlage, in der klares Denken und Handeln gefragt waren. Und damit ihre größten Stärken. Sie besaß die Fähigkeit, Gefühle und Dramatik außen vor zu lassen und zu erkennen, was gerade getan werden musste. Und sie wusste, dass sie Hattie helfen konnte.

Vielleicht konnte sie bei dieser Gelegenheit ja auch gleich ihr schlechtes Gewissen beruhigen. Denn sie fühlte sich immer noch schrecklich, wenn sie an ihre Reaktion vorhin dachte, als Hattie bei ihr geklopft hatte. Sie war nie darauf gekommen, dass Hattie womöglich von ihrer Existenz wusste. Aber wie es aussah, hatte ihr Vater von ihr erzählt. Von *Madeleine*.

Sie hörte ihre Mutter so deutlich, als stünde sie vor ihr.

Jeder von uns hat einen Namen gewählt. Er nahm Madeleine, ich Erica. Madeleine Erica. Seit er uns verlassen hat, bist du Erica.

Sie musste sich unbedingt bei Hattie entschuldigen, doch das würde warten müssen. Denn die Arme befand sich gerade in einem besorgniserregenden Zustand.

Während ihrer unerfreulichen Auseinandersetzung mit dieser Stephanie hatte sie sich hervorragend gehalten. Aber jetzt wirkte es so, als würde sie jeden Augenblick zusammenklappen. Stephanies gnadenloser Angriff hatte ihr Selbstbewusstsein derart torpediert, dass man praktisch dabei zusehen konnte, wie jegliche

Energie aus ihr entwich. Ihr Blick wirkte glasig, und sie atmete schnell und flach.

Ericas Einschätzung nach stand sie direkt vor einer gesalzenen Panikattacke.

Sie wollte gerade etwas sagen, da kam ihr dieser Noah zuvor. »Das hast du hervorragend gemacht, Hattie. Ich war kurz davor, dir laut zu applaudieren! Und allen anderen hier ging es vermutlich auch so.« Er legte ihr eine Hand auf die Schulter. »Alles wird gut. Versprochen, okay?«

Genau das Gleiche hätte Erica auch gesagt, nur ohne die Schulterreiberei.

Leider schien Hattie aber kein bisschen beruhigt. »Gar nichts wird gut.« Ein Anflug von Hysterie schwang in ihrer Stimme mit, und ihr Atem ging kurz und abgehackt. »Ich habe gerade meine Hausdame verloren, und meinen Küchenchef offenbar auch, nur dass er im Gegensatz zu Stephanie immerhin die Freundlichkeit besaß, mich nicht anzuschreien, ehe er in den Sonnenuntergang davongebraust ist.«

Noah hatte immer noch die Hand auf Hatties Schulter. Die Geste wirkte stark und beschützend. »Eine Hausdame, die dir seit zwei Jahren immer wieder Schwierigkeiten bereitet hat, und einen Küchenchef, der sich permanent wie ein Dreijähriger mit Wutanfall benimmt.«

»Das mag ja sein, aber er ist ein fantastischer Koch.« Hattie schlang die Arme um ihren Oberkörper. »Brent hat ihn für ein Genie gehalten.«

»Er war unberechenbar und eine Belastung«, verkündete Noah in finalem Ton. »Und was Stephanie betrifft, hast du nur getan, was längst fällig war, und gesagt, was gesagt werden musste. Das muss dir sehr schwergefallen sein, und ich bin stolz auf dich.«

Doch Hattie schien ihn gar nicht zu hören. Überhaupt schien sie gar nicht richtig mitzubekommen, was um sie herum geschah. »Sie hat recht«, murmelte sie in sich hinein. »Ich habe Brent enttäuscht. Ich wollte alles so bewahren, wie er es gewollt hätte, alles so machen, wie er es gemacht hätte. Aber ich bin gescheitert.

Ich habe die beiden wichtigsten Angestellten verloren, die er ausgesucht hat. Er war so begeistert, als er sie eingestellt hat. Meinte, mit ihrer Hilfe würde sich dieses Hotel einen Namen machen. Und jetzt sind sie weg. Meinetwegen! Ach, und dann die arme Helen.« Sie tastete mit zittrigen Fingern nach ihrem Handy. »Hat er sie mit dem Topf denn wirklich getroffen? Mal sehen, wie es ihr geht.«

Noah sah aus dem Fenster. »Ihr Auto steht draußen, also müsste sie noch hier sein.«

»Helen geht es gut«, erklärte Chloe. »Aber einer der Küchenschränke hat jetzt eine dicke Delle.«

»Ach, die Küche ist mir egal. Hauptsache, es wurde niemand verletzt. Ich werde gleich mit ihr reden. Auch wenn ich eigentlich gar nicht weiß, was ich sagen soll. Was, wenn sie uns verklagt?« Hattie ließ sich aufs Sofas sinken. »Ich kann das einfach nicht. Mir fehlt der nötige Biss. Vielleicht sollte ich das Hotel wirklich besser an jemanden übergeben, dem es leichter fällt, die richtigen Entscheidungen zu treffen.«

Erica fand, dass Noah etwas Rückendeckung brauchen konnte. »Aber du hast doch die richtigen Entscheidungen getroffen. Dass sie nicht leicht zu fällen sind, bedeutet noch lange nicht, dass sie falsch sind.« Sie wahrte denselben Tonfall, den sie auch im Umgang mit Klienten anschlug, deren Unternehmen in der Klemme steckten. »Du hast eine klare Vision für das Hotel, und sie klingt ansprechend. Dies ist *die* Gelegenheit, deine Vision wahr zu machen! Forme dein Unternehmen nach deinen Vorstellungen! Einen guten Anfang hast du bereits gemacht. Ich würde sagen, eigentlich läuft es sogar hervorragend!«

Ihre Worte schienen Hattie aus ihrem tranceartigen Zustand zu wecken. Sie sah Erica an, als hätte sie ganz vergessen, dass sie da war.

»Aber ihr reist doch morgen ab«, murmelte sie. »Ganz so hervorragend kann ich es also nicht machen.«

Erica empfand eine Mischung aus schlechtem Gewissen und Bewunderung. Dass Hatties Kampfgeist noch nicht vollständig erloschen war, wertete sie als gutes Zeichen.

»Das hat doch nichts mit der Qualität des Hotels zu tun«, widersprach Claudia. »Es ging nur um Erica.«

Erica beschloss, nicht weiter darauf einzugehen. »Jetzt zählt erst einmal nur eins: Was muss getan werden, damit wir den heutigen Abend durchstehen? Danach können wir uns einen längerfristigen Plan überlegen.«

»Wir?« Noah warf Erica einen kühlen Blick zu, der den Verdacht nahelegte, dass Hattie ihm in der kurzen Zeit, die sie miteinander allein gewesen sein konnten, alles erzählt hatte. Er traute ihr nicht über den Weg, und in Anbetracht der heutigen Ereignisse hatte er dazu auch allen Grund.

Was hatte sie noch mal in der Buchhandlung gehört? Die Frauen hatten sich auch über Noah unterhalten. Darüber, dass er Hattie beschützte. Nun hatte sie es mit eigenen Augen gesehen. Es waren nicht nur seine Worte. Da war auch die Art, wie er sich dicht an Hatties Seite hielt, als wollte er eine physische Schutzmauer zwischen ihr und dem Rest der Welt bilden.

Anna war zweifellos schon dabei, sich romantische Geschichten auszudenken.

Aber das war es nicht, was Erica interessierte. »Ich kann dir helfen. Wenn du möchtest.«

»Ich weiß, gerade macht deine Situation dir Angst«, wandte sich Noah wieder an Hattie. »Aber von jetzt an wird sich alles bessern. Und sie hat recht … Erica, meine ich«, fügte er zögerlich hinzu. »Du musst jetzt überlegen, was zu tun ist – und dann tust du es einfach. Immer einen Schritt nach dem anderen. Darin bist du gut, Hattie!«

»Gut?« Sie stieß ein ungläubiges Lachen aus. »Hast du Stephanie denn gar nicht zugehört?«

»Stephanie ist im Unrecht. Du solltest deinem Bauchgefühl folgen und die Dinge so angehen, wie es dir richtig erscheint. Ich bin überzeugt, dass das Hotel dadurch sogar noch erfolgreicher würde.«

Hattie wirkte nicht gerade überzeugt. »Ich hoffe, wir überleben lang genug, um es herauszufinden. Ohne Angestellte läuft hier nämlich gar nichts.«

Jemand musste die Sache jetzt anpacken und handeln, sonst würde der Erfolg ganz sicher ausbleiben, daran bestand aus Ericas Sicht kein Zweifel. Jede Sekunde, die sie damit verschwendeten, hier herumzustehen und wiederzukäuen, was gerade passiert war, würde ihnen am Ende fehlen, wenn es daran ging, Lösungen umzusetzen.

Sicher, der Verarbeitungsprozess war notwendig – aber er musste dringend beschleunigt werden.

»Du konzentrierst dich gerade auf die Dinge, die du verloren hast«, warf sie ein. »Dabei wäre es sinnvoller, dich auf das zu konzentrieren, was dir geblieben ist, und zu überlegen, wie du diese Ressourcen so sinnvoll wie möglich nutzen kannst.«

»Zum Beispiel mich!«, rief Chloe, die immer noch in der Tür stand. »Ich bin eine Ressource, und ich habe nicht vor zu gehen. Ich könnte deine neue Hausdame werden. Ich arbeite so viel wie nötig. Was Stephanie kann, bekomme ich auch alles hin. Bis auf die schlechte Laune vermutlich, die liegt mir nicht so. Und wenn sie mich nicht ständig beiseitenimmt, um mir Vorträge darüber zu halten, was ich schon wieder alles falsch gemacht habe, schaffe ich bestimmt viel mehr als bisher.«

Diese Chloe gefiel ihr. Sie war zwar jung, aber ihrer Erfahrung nach war Enthusiasmus manchmal tausendmal mehr wert als Erfahrung. Wenn Hattie Chloe eine Chance gab, würde sie sich sicherlich beweisen wollen.

Hattie schien derselben Meinung zu sein. »Danke, Chloe. Aber selbst wenn wir beide gemeinsam die Arbeit im Hotel stemmen können, bleibt immer noch das Problem Restaurant. Ohne einen Chefkoch kann es nicht öffnen. Und Tucker ist – beziehungsweise war – eine Legende. Die Gäste sind teilweise aus anderen Bundesstaaten angereist gekommen, um sein Degustationsmenü zu erleben.«

»Was ich für meinen Teil übrigens noch nie verstanden habe«, warf Chloe ein. »Er hat Teile von Tieren serviert, die meiner Meinung nach eher in den Hundenapf als auf einen Teller gehören. Mir jedenfalls hätte er eher Geld dafür *bezahlen* müssen, dass ich dieses widerliche Hirnhackdingens esse.« Sie schau-

218

derte, und zum ersten Mal zuckte ein Lächeln über Hatties Gesicht.

»Wusste ich doch, dass es einen Grund dafür gibt, dass du nicht im Restaurant servierst. *Und heute Abend haben wir widerliches Hirnhackdingens auf der Karte. Guten Appetit.*«

»Legende hin oder her, er ist nicht unersetzlich«, lenkte Erica die beiden sanft zurück zum Thema. »Es gibt noch andere hervorragende Küchenchefs.« Sie wechselte einen Blick mit Claudia, die nur grinsend die Augen verdrehte.

»Die Antwort lautet Ja, falls Hattie möchte, kann ich einspringen. Ich bin Köchin«, fügte sie erklärend hinzu.

Hattie sah zwischen Erica und ihr hin und her. »Aber ihr reist doch ab.«

»Nicht heute Abend. Und du suchst jemanden, der heute Abend die Küche übernimmt. Diese Hirne hacken sich schließlich nicht von selbst.«

Hattie wirkte so, als ob sie innerlich nicht mehr ganz hinterherkam. »Und du … du bist wirklich Köchin?«

»Ja, und zwar eine ziemlich gute.« Claudia schob sich eine Haarsträhne hinters Ohr. »Lass dich nicht von meinem etwas ausgezehrten Äußeren in die Irre führen – das sagt nichts über meine Kochkünste aus. Ich habe ein ziemlich schlimmes Jahr hinter mir.«

Hattie warf ihr ein mattes Lächeln zu. »Das Gefühl kenne ich. Wo arbeitest du?«

»Die letzten Jahre war ich in Kalifornien, aber vor ein paar Wochen wurde mir gekündigt. Keine Sorge, ich habe niemanden vergiftet und auch nicht mit Messern um mich geworfen. Gebrüll ist nicht mein Stil, auch wenn ich mir selbst schon einige Tiraden anhören musste. Ich bin eine gute Köchin, habe in Frankreich gelernt. Meine Großmutter war Französin, ich spreche die Sprache auch fließend. Wenn wir mehr Zeit hätten, würde ich probekochen, aber da du heute Abend keinen Küchenchef hast, würde ich vorschlagen, dass ich einfach direkt ins kalte Wasser springe.«

»Sie ist eine geniale Köchin«, schwärmte Anna. »Die beste!«

Hattie seufzte tief. Sie wirkte unendlich erschöpft. »Wir haben nicht mehr viel Zeit bis zur Restaurantöffnung.«

»Dann sollte ich wohl besser keine weitere mehr mit Geplauder verschwenden«, sagte Claudia. »Ich bräuchte nur noch ein Set Kleidung und jemanden, der mir den Weg zur Küche zeigt. Ich gehe mal davon aus, dass die übrige Brigade bereits dort ist?«

»Solange sie nicht Tucker hinterhergelaufen sind, ja.« Hattie rieb sich die Stirn und versuchte, sich zu konzentrieren. »Unsere Patissière Shelley ist fantastisch. Sie bäckt das Brot und das gesamte Frühstücksgebäck sowie den Kuchen für den Nachmittagstee. Außerdem fertigt sie die Desserts an. Vielleicht servieren wir heute ja auch einfach nur Desserts.«

Claudia lachte auf. »Ich bin mir sicher, dass wir das besser hinbekommen. Also. Wo ist die Küche? Links oder rechts lang?«

»Seid ihr euch wirklich sicher, dass ihr das in Ordnung findet?« Hattie musterte die drei Frauen. »Immerhin seid ihr eigentlich Gästinnen und hattet vermutlich vor, es euch in der Bibliothek gemütlich zu machen und eure Lektüre zu besprechen.«

»Das kann warten«, versicherte ihr Anna. »Und ja, wir sind Gästinnen. Nur eben welche von der hilfreichen Sorte.«

»In dem Fall sage ich einfach nur Danke, Danke, Danke. Weil ich wahnsinnig sein müsste, euer Angebot abzulehnen.« Hattie schien innerlich langsam wieder auf die Beine zu kommen. »Also, ich bringe dich jetzt zur Küche, Claudia, und rede mit der Brigade. Hoffentlich sind sie nicht alle Tuckers Beispiel gefolgt. Und ich muss nach Helen sehen.« Hattie warf einen Blick zu Delphi, die mit einem Buch in der Hand auf das riesige, weiche Sofa kletterte.

»Mommy, kannst du mir was vorlesen?«

»Darf *ich* dir vielleicht vorlesen?«, bot Anna an. »Ich liebe vorlesen, aber ich komme kaum noch dazu, weil meine Kinder inzwischen zu alt dafür sind.«

Delphi drückte sich gegen die Rückenlehne. »Ich will aber meine Mommy.«

»Ich kann echt toll vorlesen«, versprach Anna. »Mit verstellten Stimmen und Schauspieleinlagen. Besonders bekannt bin ich für meine Tigerdarbietungen.«

»Ich mag aber lieber Dinosaurier.«

»Oh, mein Dinosaurier ist auch nicht ohne. Wollen wir es wenigstens mal ausprobieren? Vielleicht gefällt es dir ja. Du darfst dir auch ein Buch aussuchen. Egal, welches.«

Delphi dachte über den Vorschlag nach, dann nickte sie und hielt Anna das Buch hin. Anna setzte sich zu ihr, und Hattie warf ihr ein dankbares Lächeln zu.

»Danke. Ich bin gleich wieder da.«

»Solange du in der Küche bist, kümmere ich mich um das letzte Zimmer«, sagte Chloe. »Und danach lasse ich mir einen Plan für morgen einfallen. Ich gehe die Buchungen durch, sehe nach, was für Sonderwünsche die Gäste haben, und sorge dafür, dass alle Zimmer perfekt hergerichtet sind. Falls ich Fragen habe, melde ich mich, in Ordnung? Mach dir keine Sorgen.«

»Aber natürlich mache ich mir Sorgen! Du kannst doch nicht die Arbeit von zwei Leute übernehmen!«, rief Hattie, doch Chloe spannte nur grinsend ihren Bizeps an.

»Lass mich mal machen. Mindestens die Hälfte von Stephanies Arbeit bestand darin, mich zu überwachen. Wenn ich mich zukünftig selbst überwache, habe ich einen Großteil ihrer Aufgaben schon erledigt.«

Erica lachte auf, und selbst Hattie schien ein wenig Hoffnung zu schöpfen.

14. KAPITEL

CLAUDIA

Claudias glücklichste Erinnerungen hatten allesamt mit Essen zu tun. Manchmal, wenn sie nachts wach lag und Panik bekam, weil ihr alles über den Kopf zu wachsen drohte, beschwor sie in Gedanken die Düfte und Klänge ihrer Kindheit herauf. Dann stand sie wieder auf dem Schemel in der Küche ihrer Großmutter und half ihr, Mehl zu sieben oder mit ihren kleinen Fäusten den Teig zu bearbeiten. Hatte den Duft von frisch gebackenem Brot in der Nase, spürte den süßen Pfirsichsaft, der sie am Kinn kitzelte. Das durchdringende Aroma eines perfekten Espressos. Für Claudia war Essen eine Kunstform. Eine eigene Sprache.

Aber jetzt galt es, sich an die Arbeit zu machen.

Von Chefkoch Tucker hatte sie gerüchteweise schon gehört – irgendwer, den sie kannte, kannte irgendwen, der schon mal unter ihm gearbeitet hatte. Es hieß, er sei ein guter Koch, charakterlich aber ungefähr so ansprechend wie verbrannter Toast.

Das musste sich doch zu ihrem Vorteil nutzen lassen, oder? Denn auch wenn sie ihre Macken hatte – von verbranntem Toast war sie weit entfernt.

Sie betrat die Küche und ließ den ersten Eindruck auf sich wirken.

Der verbliebene Rest der Brigade befand sich immer noch in Schockstarre, alle redeten mit gedämpften Stimmen miteinander. Soweit sie sah, arbeitete niemand.

Hattie räusperte sich. »Wie euch vermutlich nicht entgangen ist, hat Tucker uns verlassen. Ebenso wie Stephanie. Beide werden nicht zurückkehren.«

Blicke wurden gewechselt. Anscheinend hörten die Angestellten gerade zum ersten Mal von Stephanies plötzlichem Abgang. Nun meldete sich ein Mitglied der Brigade zu Wort. »Aber Tucker war doch das Wichtige an diesem Laden hier.«

»Nein. Das Wichtigste im Maple Sugar Inn sind die Gäste.« Hattie trat einen Schritt vor. »Wenn hier jemand einen Tisch reserviert, dann, weil wir ihm ein Versprechen gegeben haben. Das Versprechen, dass wir köstliches Essen in einer einladenden, gemütlichen Atmosphäre servieren. Mit dieser Erwartung kommen unsere Gäste hier herein, und das ist es auch, was sie von uns bekommen. Jede einzelne Person, die hier arbeitet, ist wichtig. Und niemand hier ist wichtiger als die anderen. Weil wir ein Team sind. Tucker mag weg sein. Aber ihr seid noch hier, ich weiß, dass ihr alle hervorragende Arbeit leistet. Und nun möchte ich euch Claudia vorstellen. Sie ist eine Spitzenköchin aus Kalifornien, und wir haben das große Glück, dass sie heute Abend mit uns arbeiten wird.«

Spitzenköchin.

Unter anderen Umständen hätte Claudia vermutlich gegen die Bezeichnung protestiert, aber dies war wohl kaum der Moment für übermäßige Bescheidenheit.

Einer der Jungköche runzelte die Stirn. »Also eine Art Gast-Küchenchefin?«

»Genau. Eine Gast-Küchenchefin. Und es ist mir eine große Freude, sie bei uns begrüßen zu dürfen.«

Claudia nickte der Brigade freundlich zu. »Wir stellen uns später ausführlich vor. Im Augenblick hat es oberste Priorität, den Gästen, die heute Abend hier essen werden, ein exzellentes Menü vorzusetzen. Ich ziehe mich jetzt kurz um, und sobald ich wieder da bin, besprechen wir unsere Strategie.«

Damit folgte sie Hattie aus der Küche, wo sich die junge Frau mit geschlossenen Augen gegen die Wand sinken ließ.

Claudia war unsicher, wie sie mit der Situation umgehen sollte. Sollte sie Hattie schütteln? Sie umarmen? »Alles in Ordnung?«

»Ja«, antwortete Hattie mit weiterhin geschlossenen Augen. »Ja, mir geht's gut.«

»In Ordnung.« Vielleicht war es am besten, wenn sie Anna holte. Anna fand immer die richtigen Worte. »Das war eine ziemlich tolle Ansprache.«

Hattie öffnete ein Auge. »Ehrlich?«

»Ja, ehrlich. Wenn ich nicht in der Küche arbeiten müsste, wäre ich gerade dabei, einen Tisch zu reservieren.« Sie tätschelte Hattie den Arm. »Na los, bring mir meine Arbeitskleidung, und anschließend tust du irgendwas, das dir dabei hilft zu entspannen – Kuchen essen, ein Bad nehmen, ganz egal. Der Abend wird wunderbar laufen.«

Hattie schluckte. »Glaubst du wirklich?«

»Ja.« Sie lächelte. »Ich bin Spitzenköchin, schon vergessen?«

»In dem Fall werde ich sofort mit Helen reden.« Hattie lief davon, und wenige Minuten später kehrte Claudia in ihrer weißen Küchenuniform zurück und trat vor die restliche Brigade.

»Zuallererst mal würde ich gern das heutige Menü sehen.«

Jemand reichte ihr die Karte, und sie erkannte auf den ersten Blick, dass Tucker alles so kompliziert wie möglich gestaltet hatte, vermutlich in erster Linie, um sich so unverzichtbar wie möglich zu machen. Oder es ging ihm einfach nur um sein Ego. Typen wie ihn kannte sie zur Genüge, sie hatte schon oft genug mit welchen zusammenarbeiten müssen, um zu wissen, dass sie vornehmlich aus heißer Luft bestanden.

Und egal, wie viel Talent sie auch mitbrachte – sie wusste, dass sie dieses Menü heute Abend unmöglich umsetzen konnte.

»Acht Gänge?«

»Ja, Chef bietet ausschließlich das Degustationsmenü an. Aber es gibt da einige Probleme.« Die Souschefin Helen war von ihrem Gespräch mit Hattie zurück, und obwohl sie ein wenig lädiert aussah, schien sie fest entschlossen, die Sache durchzuziehen. »Wir haben keinen Parmesan mehr. Da nicht die bestellte Menge geliefert wurde, hat Chef einfach alles zurückgehen lassen.«

»Alles?«

»Alles.«

Na toll. »Also kein Parmesan.« Sie beschloss, dass es am besten war, direkt alle Hiobsbotschaften zu erfahren. »Was noch?«

»Dasselbe mit den Pilzen. Aber die sind ein wesentlicher Bestandteil des Degustationsmenüs.«

»Heute Abend gibt es aber kein Degustationsmenü.« Sie musste die Karte reduzieren, und sie musste improvisieren. Und zwar schnell. Für drastische Veränderungen blieb ihnen keine Zeit mehr, also würde sie bereits bestehende Gerichte vereinfachen müssen. Sie überflog die Karte. »Wir bieten eine Auswahl aus drei Appetizern – zwei Suppen, eine davon vegetarisch, dazu die Pastete mit Brioche aus dem Holzkohleofen und Pflaumen-Apfel-Chutney. Die Betonung wird auf Frische und Saisonalität liegen«, überlegte sie laut. »Das Gewürz-Reh von der Karte behalten wir, ebenso wie das Buttermilch-Hähnchen.«

Helen schrieb mit. »Aber das servieren wir mit krossen Parmesankartoffeln, und Parmesan haben wir wie gesagt nicht mehr.«

»Dann gibt es heute Abend Kartoffelbrei, und statt Parmesan verwenden wir lang gereiften Cheddar aus der Region. Das wird köstlich. Draußen schneit es, die Leute werden an der frischen Winterluft gewesen sein. Sie brauchen deftiges, wärmendes Essen, und das sollen sie auch bekommen. Wie sieht es mit dem Dessert aus?« Sie warf der Patissière ein Lächeln zu. »Shelley, oder?«

»Als Zwischengang vor dem Dessert hatten wir eine Feigen-Ziegenkäse-Tarte. Die könnte man auch als Appetizer oder Entrée anbieten.«

»Schön, dann nehmen wir sie mit auf die Karte.«

»Zum Dessert gibt es Himbeertorte und Walnuss-Ahorn-Eis aus unserem eigenen Ahornsirup«, fügte Shelley hinzu. »Außerdem eine Schokoladenmousse und ein warmes Apfelkompott mit Zimt-Crumble und Schlagsahne von unseren lokalen Milchhöfen.«

Die junge Köchin mit ihrer strukturierten, enthusiastischen Art gefiel ihr.

Sie wies den übrigen Angestellten ihre Aufgaben zu, überprüfte noch einmal, ob alle Beteiligten wussten, was sie zu tun hatten, und mit ihren Aufgaben zufrieden waren, und wandte sich schließlich zu Erica um, die sie von der Tür aus beobachtete.

»Was ist los?«

»Ach, nichts.« Erica lehnte sich entspannt gegen den Türrahmen. »Ich sehe nur jemandem, der Kochen hasst, dabei zu, wie er sich wieder ins Kochen verliebt. Der Anblick ist ziemlich unterhaltsam und über alle Maßen herzerwärmend. Allerdings kostet es mich meine gesamte Selbstbeherrschung, dir nicht unter die Nase zu reiben, dass ich es immer schon gesagt habe.«

»Ich habe noch gar nichts gekocht, und verliebt bin ich auch nicht.« Aber es stimmte: Da war ein Prickeln, das sie schon lange nicht mehr gefühlt hatte – Adrenalin vermutlich. Andererseits, wem versetzte es keinen Kick, einem Menschen in Not zu helfen? Dieser Tucker sollte nur kommen. Dem würde sie sagen, wo er sich sein Hirnhack hinstecken konnte! »Ich löse gerade ein Problem, mehr nicht.«

»Oh, sicher! Das solltest du dir dringend weiter einreden.«

»Wenn du so freundlich wärst, woanders oberschlau zu sein als in meiner Küche? Falls du gerade Zeit zu erübrigen hast, könntest du die neue Karte tippen.«

Erica richtete sich auf. »Gern doch. Hast du schon alles fertig?«

»Eine Sekunde.« Sie nahm die Speisekarte wieder zur Hand und strich das Gros der Gerichte darauf durch. Dafür fügte sie einige Punkte hinzu und machte Anmerkungen zum Layout. »Wir müssen den Schrifttyp ändern. Er muss einladend wirken und leicht lesbar sein. Diese ganzen Schnörkel dienen einzig und allein der Einschüchterung. Dabei sollte Essen niemals einschüchternd sein. Wo ist eigentlich Hattie? Als ich sie zuletzt gesehen habe, sah sie aus, als würde sie immer noch unter Schock stehen.«

»Hattie geht es gut. Sie unterhält sich gerade mit einem Ehepaar aus Ohio. Die beiden feiern hier ihren vierzigsten Hochzeitstag. Sie liest den beiden jeden Wunsch von den Augen ab, das kann sie richtig gut. Ich hätte ihnen vermutlich einen Reiseführer und eine Landkarte in die Hand gedrückt und ihnen viel Spaß damit gewünscht.«

Claudia reichte ihrer Freundin die Karte. »Deswegen arbeitest du ja auch nicht im Gastgewerbe.«

»Da könntest du recht haben. Aber Hattie ... Sie hat eine Gabe. Wenn man sie so mit den Gästen sieht, würde man nie darauf kommen, dass ihr gerade das Wasser bis zum Hals steht.« Erica überflog die Karte. »Kein Hirnhack? Schade auch. Chloe wird am Boden zerstört sein. Keine Sorge wegen der Karte, ich kümmere mich darum.«

Auf einmal fiel ihr auf, dass sie seit Stephanies dramatischem Abgang keinen Gedanken mehr an Ericas Lage verschwendet hatte. »Wie geht es dir eigentlich?«

»Mir? Wie du siehst, habe ich noch nicht das Weite gesucht. Du kennst mich ja – in Krisensituationen fühle ich mich pudelwohl. Tausendmal besser, als über Gefühle reden zu müssen.« Erica deutete mit dem Kopf in Richtung Küche. »Und jetzt ab an die Arbeit, Küchenfee. Wir reden später.«

Erica dampfte ab, und obwohl Claudia einen kurzen Anflug von Sorge um ihre Freundin empfand, gelang es ihr rasch wieder, ihre Aufmerksamkeit auf die anstehende Aufgabe zu richten.

Das Viererteam arbeitete leise und mit gesenkten Köpfen. Wann immer sie jemanden von ihnen ansprach, fuhren sie allesamt zusammen und musterten sie wachsam.

Sie befürchten, dass ich sie anschreie, dachte sie. Das Gefühl kannte sie, auch wenn sie sich stets bemüht hatte, sich die Nervosität und Anspannung vor ihrem jeweiligen Küchenchef nicht ansehen zu lassen.

»Chefin?«

Sie brauchte einen Moment, um zu begreifen, dass damit sie gemeint war.

»Ja?«

»Glaubst du echt, wir schaffen das ohne Tucker?«

»Ich weiß es sogar.«

»Wenn wir das heute Abend ohne Pannen über die Bühne bringen, gleicht das einem Wunder.«

Claudia griff nach einem Topf. »Umso besser, dass Weihnachten vor der Tür steht. Schließlich gibt's keine bessere Zeit für Wunder. Und jetzt los, machen wir uns an die Arbeit! Die Karotten schälen sich nicht von selbst.«

15. KAPITEL

ANNA

Zu Annas Lieblingserinnerungen zählte, wie sie den Zwillingen in ihrer Kindheit vorgelesen hatte. Manchmal hatte sie eine Geschichte gefunden, mit der sie beide gleichzeitig fesseln konnte, und dann hatten sie sich zu dritt ins Bett gekuschelt und sich beim Umblättern abgewechselt. Aber meistens hatte Pete eins der Kinder übernommen und sie das andere. Hin und wieder dachte sie voller Wehmut an diese Zeiten zurück – so wie jetzt, als sie mit Delphi auf dem Sofa saß, bewacht von den großen Bücherregalen und gewärmt vom Feuer.

Sie neigte dazu, rückblickend nur das Gute zu sehen, und machte sich jetzt ganz bewusst klar, dass die Zeiten damals gleichzeitig auch schwierig gewesen waren. Kleine Kinder zu versorgen, war eine Dauerbeschäftigung, die selbst an den belastbarsten Menschen zehrte. Da war dieser unvergessliche Winter gewesen, in dem die Zwillinge ununterbrochen krank gewesen waren und sich immer wieder gegenseitig ansteckten, bis sich Anna irgendwann fragte, ob sie überhaupt je wieder gesund werden würden.

Und doch war das Leben damals auf eine Weise einfach gewesen, die sie heute vermisste. Sie hatte sich noch nicht über Freunde mit schlechtem Einfluss sorgen und manchmal die halbe Nacht wach liegen müssen, bis Meg und Daniel heil nach Hause gekommen waren, und sie hatte sich auch nicht ausmalen müssen, was alles passieren konnte, wenn eins ihrer Babys hinterm Steuer eines Autos saß.

Achtzehn Jahre lang war es ihre Aufgabe gewesen, sich um die beiden zu kümmern. Sie waren der Mittelpunkt ihres Lebens gewesen. Ach was, ihr Leben selbst.

Delphi war neben ihr auf den Kissen eingeschlummert. Anna schlug das Buch zu, das sie gemeinsam gelesen hatten. Warum nur wollte es ihr nicht gelingen, die Zukunft in einem anderen Licht zu sehen? Es gab so vieles, wofür sie dankbar sein konnte – allein schon die Tatsache, dass ihre Kinder gesund waren und überhaupt dazu in der Lage, zu Hause auszuziehen und sich ein eigenes Leben aufzubauen. Tief in ihrem Inneren wusste sie, dass es letztlich auch gar nicht um die beiden ging. Ja, sie würde sich um die Zwillinge sorgen, weil das nun mal zum Elterndasein dazugehörte. Aber es war nicht die Sorge um die Zwillinge, die sie nachts wachhielt. Es war die Sorge um sich selbst.

Sie wollte voller Vorfreude und Motivation in die Zukunft blicken. Wollte, dass Schluss war mit dieser unterschwelligen Traurigkeit, die still und heimlich alles durchdrang. Wollte damit aufhören, sich vor dem Tag zu fürchten, an dem die beiden auszogen.

Wir könnten doch noch ein Baby bekommen.

Aber wollte sie das? Irgendetwas an dem Gespräch, das sie mit Pete in der Küche geführt hatte, war ihr falsch vorgekommen. Sie wusste, dass er nicht zur Gänze verstand, wie sie sich fühlte, und vermutlich war es unrealistisch, etwas anderes zu erwarten. Trotzdem wäre es schön gewesen, vernünftig darüber reden zu können.

Vorhin hatte sie versucht, ihn anzurufen, aber er war nicht drangegangen, was untypisch war. Normalerweise führten sie regelmäßig Endlostelefonate, wenn einer von ihnen allein auf Reisen war.

Sie nahm ihr Handy und schickte ihm eine kurze Nachricht.

Alles okay mit den Kindern?

Die Tür der Bibliothek ging auf, und Anna blickte hoch, als Hattie den Raum betrat.

Sie beschloss, ihre Probleme für eine Weile hintanzustellen. »Und? Wie läuft es?«

»So weit, so gut, würde ich sagen. Ich wollte nur kurz nach

Delphi und dir sehen. Und danach muss ich Claudia Bescheid geben. Das Ehepaar aus Ohio ernährt sich glutenfrei.«

Hattie sah aus wie jemand mit zu vielen Aufgaben im Leben, zu vielen Gedanken im Kopf.

»Claudia hat für diesen Fall sicherlich schon einen Plan B im Kopf. Und was Delphi betrifft, brauchst du dir keine Sorgen zu machen.« Sie warf einen kurzen Blick auf das schlafende kleine Mädchen. »Wir haben zwei Bücher gelesen, uns eine Geschichte über Dino Huge ausgedacht, und dann hat sie mir erzählt, was sie sich alles zu Weihnachten wünscht. Danach ist sie einfach eingeschlafen. Hätte ich sie vielleicht besser wecken sollen? Ich weiß, es ist schon etwas spät für ein Schläfchen, aber sie schien es zu brauchen.«

»Sie hatte erst kürzlich einen schlimmen Husten und erholt sich noch. Heute Nacht hat sie nicht so gut geschlafen«, antwortete Hattie. »Sie soll sich ruhig ausruhen.«

Wie dunkel die Ringe unter Hatties Augen waren! »Ich schätze, der Husten hat dich genauso wachgehalten wie sie, oder? Ach, ich weiß noch, wie das war. Und du musst das alles ganz allein bewältigen. Das ist sicher nicht leicht.«

»Mir geht es gut.«

Anna steckte die weiche Kuscheldecke, die auf der Sofalehne gelegen hatte, um Delphi fest. »Ich kann mich noch genau erinnern, wie ich exakt diese Worte gesagt habe, während ich innerlich kurz vorm Nervenzusammenbruch stand.«

Ein mattes Lächeln zuckte über Hatties Lippen. »Jedenfalls könnte ich gut auf all den zusätzlichen Druck verzichten.«

»Setz dich doch kurz.« Sie klopfte neben sich aufs Sofa, doch Hattie schüttelte den Kopf.

»So verlockend das auch ist, es besteht die Gefahr, dass ich nie wieder aufstehe. Und ich habe so viel zu tun! Ich muss auch noch nachsehen, wie es Erica geht.«

»Gibt es denn einen Grund, weshalb es ihr schlecht gehen könnte?«

Hattie sah sich zu einem Gast um, der hinter ihr vorbeikam. »Gehen Sie noch zur Buchhandlung, Mike? Seien Sie bloß vor-

230

sichtig, der Boden ist komplett vereist. Und melden Sie sich, falls wir Ihnen irgendwie helfen können, ja?« Dann fuhr sie an Anna gewandt fort: »Erica sitzt in meinem Büro und entwirft die neue Speisekarte für heute Abend. Und danach setzt sie ein Inserat für die freie Stelle in der Küche auf.«

»Das sind beides Aufgaben, die sie ganz sicher allein bewältigen kann.« Die Vorstellung, dass Erica Unterstützung in organisatorischen Fragen brauchen könnte, war fast schon ein wenig komisch.

»Sie war mir eine riesige Hilfe«, sagte Hattie. »So wie ihr alle.«

Anna war unsicher, ob sie die Situation zwischen Hattie und Erica ansprechen sollte, und beschloss, dass eine Prise sanfte Intervention in diesem Fall durchaus berechtigt war.

»Ich weiß, dass Erica vorhin nicht sonderlich diplomatisch mit der Situation umgegangen ist. Das muss schwer für dich gewesen sein.«

»Ach, das spielt doch keine Rolle. Ich kann sie verstehen.«

»Das bezweifle ich.« Anna versicherte sich kurz, dass Delphi noch schlief. »Ich bin an sich keine große Klatschtante. Aber ich denke, es gibt da ein paar Dinge, die du über Erica wissen solltest. Erstens: Es ist nicht leicht, sie wirklich kennenzulernen. Deswegen ja auch dieser kleine Crashkurs hier. Zweitens: Sobald du sie wirklich kennst, wirst du feststellen, dass sie der liebenswürdigste, großzügigste Mensch ist, dem du je begegnet bist. Was Körperkontakt betrifft, ist man bei ihr allerdings an der falschen Adresse.« Als sie Hatties skeptischen Gesichtsausdruck bemerkte, redete sie hastig weiter. »Soll heißen: Wenn du jemanden suchst, der dich umarmt und dir den Kopf tätschelt, solltest du dir besser eine andere suchen. Aber wenn du die Hilfe von jemandem brauchst, der den Menschen, die er liebt, ein aufrichtiges Interesse entgegenbringt und ihnen bei allen erdenklichen praktischen Problemen zur Seite steht, dann ist Erica deine Frau.«

Nach kurzem Zögern setzte sich Hattie zu ihr aufs Sofa.

»Ihr drei seid schon lange befreundet, oder? Und ihr kennt euch durch einen Leseclub?«

Anna lächelte. »Nein, wir haben uns auf dem College kennengelernt. Der Leseclub war eher ein Zufallsprodukt. Wir brauchten ein Gegengewicht zu unserer schweren Uni-Lektüre. Bei all dem Lernstress und den vielen Prüfungen bin ich süchtig nach Liebesromanen geworden. Sie haben mir geholfen zu entspannen.«

Hatties Augen leuchteten auf. »Bei mir war es auf dem College genauso! Liebesromane waren meine Zuflucht.«

»Erica mochte Krimis und Thriller, und Claudia Biografien und Kochbücher – und alle drei fanden wir, dass die jeweils anderen einen schrecklichen Lesegeschmack hatten. Erica zog mich mit meinen Liebesromanen auf und ich sie damit, dass sie Krimis las. Bis wir irgendwann feststellten, dass wir die Bücher der jeweils anderen ja nie gelesen hatten. Also beschlossen wir, etwas daran zu ändern. Eines Abends, als wir schon das ein oder andere Gläschen Wein intus hatten, tauschten wir Bücher. Jede von uns suchte eins ihrer Lieblingsbücher heraus, und die anderen beiden mussten es lesen. Dann unterhielten wir uns darüber.« Sie lehnte sich gegen das Sofa und ließ ihre Erinnerungen schweifen. »Diese Diskussionen machten einen solchen Spaß! Wir nahmen alles auseinander – warum die Liebesromanheldin sich so und so verhielt bis hin zu der Frage, warum Krimis ständig Preise gewinnen, während Liebesromane belächelt und ignoriert werden. Warum Gewalt zelebriert und Geschichten über Beziehungen – das wichtigste Element in unser aller Leben – als seichte Unterhaltung abgetan werden.«

»Erschreckend, oder? Das sagt so viel über die Prioritäten in unserer Gesellschaft aus«, bemerkte Hattie.

»Zu diesem Schluss sind wir auch gekommen.« Anna richtete sich auf. »So jedenfalls wurde der Leseclub ins Leben gerufen. Und seit wir unseren Abschluss gemacht haben, nutzen wir den Leseclub als Anlass, uns regelmäßig zu treffen. Einmal im Jahr machen wir eine Woche lang gemeinsam Urlaub in einem Hotel, manchmal in Strandnähe, häufig aber auch in einer Stadt, weil sich Erica dort am wohlsten fühlt. Wir entspannen, bringen uns gegenseitig auf den neusten Stand, machen ein bisschen Sightseeing und plaudern über Bücher.«

»Immer in einem Hotel?«

»Ja, weil wir in dieser Woche nichts anderes machen wollen, als gemeinsam zu entspannen. So muss niemand kochen oder aufräumen, und wir haben viel Zeit füreinander. Das Seltsame ist, dass wir uns manchmal monatelang nicht sehen, und trotzdem fühlt es sich bei unserer nächsten Begegnung an, als sei die letzte erst gestern gewesen. Aber das ist vermutlich Freundschaft. Und der Grund dafür, dass ich mich Jahr für Jahr so auf unsere Reise freue.« Dass sie sie sogar *brauchte*. Weil die Zeit mit ihren Freundinnen besser war als jede Therapie. Und eindeutig billiger.

»Aber diesen Sommer hat es mit der Reise nicht geklappt?«

»Claudia hatte im Sommer einige private Schwierigkeiten. Daher beschlossen wir, dieses Jahr im Winter zu verreisen. Wir dachten, das wird sicherlich gemütlich und festlich. Und das ist es ja auch.« Sie ließ den Blick über das Kaminfeuer und den glitzernden Weihnachtsbaum schweifen. »Mir ist es anfangs nicht leichtgefallen, im Dezember wegzufahren. Die Vorweihnachtszeit ist so wichtig für die Familie. Zu Weihnachten sollte man als Familie zusammen sein, findest du nicht?« Kaum hatte sie die Worte ausgesprochen, ging ihr auf, wie taktlos sie gewesen waren. Doch zum Glück schien Hattie es ihr nicht übel zu nehmen.

»Ja, die Weihnachtszeit ist wirklich etwas Besonderes. Wie viele Kinder hast du denn?«

»Zwei. Zwillinge. Junge und Mädchen.«

»Wie schön.« Hattie betrachtete Delphi. »Familie ist das Wichtigste.«

»Stimmt.« Und für Hattie war Delphi ihre Familie. Erica nicht. Der Gedanke versetzte Anna einen Stich, aber sie hatte nicht das Recht, sich einzumischen. »Dieses Hotel ist wirklich hinreißend, Hattie. Und so festlich! Ich fühle mich hier wieder wie damals als Kind, wenn der Weihnachtsmann bei uns vorbeikam.«

»Das freut mich.« Hattie hielt ihre Hände ans wärmende Feuer. »Aber das ist nicht der Grund, aus dem ihr hier seid, oder?«

»Nein.« Anna versuchte, ihr Gewicht zu verlagern, ohne dabei Delphi zu wecken. »Erica hat das Hotel ausgesucht.«

»Und zwar meinetwegen.«

»Genau. Allerdings haben Claudia und ich das erst erfahren, als wir hier waren.«

Hattie runzelte die Stirn. »Aber warum jetzt? Wieso hat sie achtundzwanzig Jahre lang gewartet, Kontakt zu mir aufzunehmen?«

»Achtundzwanzig Jahre?« Anna war so schockiert, dass sie einfach weiterredete, ohne eine Sekunde nachzudenken. »Aber sie weiß doch erst seit Kurz…« Hastig brach sie ab, ehe sie zu viel verraten konnte.

Hattie musterte sie ungläubig. »Sie wusste gar nichts von mir? Ist das wirklich wahr?«

»Wieso sollte es das nicht sein?«

»Weil ich immer schon von Erica wusste – wenn auch unter einem anderen Namen. Mein Vater hat nie einen Hehl aus seiner Vergangenheit gemacht.«

Nun war es an Anna, Hattie fassungslos zu mustern. Wie ehrlich war er wirklich gewesen? Schließlich kam er in dieser Geschichte nicht sonderlich gut weg. Ob er sich als eine Art gebrochener Held dargestellt hatte?

Auf einmal wünschte sie, sie hätte dieses Gespräch nie begonnen. Was, wenn sie etwas preisgab, das Erica lieber für sich behalten hätte?

Es war so merkwürdig, dass Hattie und Erica verwandt waren und trotzdem all die Jahre über ohne jeden Schnittpunkt parallel nebeneinanderher gelebt hatten. Doch jetzt gab es einen Schnittpunkt, und das würde nicht ohne Konsequenzen bleiben.

Sie suchte nach Worten, um sich möglichst taktvoll auszudrücken. »Ich glaube, hier herrscht dringender Klärungsbedarf. Aber das ist ein Gespräch, das du mit Erica führen solltest, nicht mit mir.«

»Ja, wir wollten uns nachher zusammensetzen. Allerdings habe ich keine Ahnung, was dabei herauskommen wird. Wenn Erica erst seit Kurzem von mir weiß, verstehe ich auch, weshalb sie so überfordert ist. Danke, du hast mir sehr geholfen.« Hattie stand auf. »Ich hoffe, dass euch trotz allem noch genügend Zeit bleibt, über eure Lektüre zu reden. Egal ob hier oder irgendwo anders. Ich beneide euch um euren Club.«

Anna hoffte immer noch, dass sie im Maple Sugar Inn bleiben würden, sie konnte sich keinen schöneren Ort für ihre gemeinsame Urlaubswoche vorstellen. Aber wenn Erica abreisen wollte, würde sie ihr diesen Wunsch selbstverständlich erfüllen. Träumen durfte sie ja trotzdem.

»Du scheinst Bücher genauso zu lieben wie wir.« Sie musterte die Bücherregale, in denen sich alles von ledergebundenen Klassikern bis hin zu Reiseführern und Taschenbüchern tummelte. Hier gab es das Richtige für jeden Geschmack, sogar eins der Bücher, die sie für Pete zu Weihnachten besorgt hatte, war dabei. »Und du bist selbst in keinem Leseclub? Dieser Raum hier wäre doch der perfekte Ort, um die Treffen abzuhalten! Die Buchhandlung unten im Dorf allerdings auch.«

»Hier im Ort gibt es einen Leseclub, aber die Buchhandlung hat keinen ausreichend großen Raum für alle Mitglieder. Deswegen treffen sie sich diesen Mittwoch tatsächlich zum ersten Mal hier. Ich hoffe, es funktioniert, und sie können die Treffen regelmäßig hier abhalten.«

»Aber du bist kein Mitglied?«

»Nein, leider fehlt mir einfach die Zeit, um die jeweilige Lektüre zu lesen, und am Ende wäre das nur ein Punkt mehr auf meiner To-do-Liste, der mich unter Druck setzt.«

»Und Druck hast du schon mehr als genug, nehme ich an.«

»Ja, ich habe ein paar harte Jahre hinter mir.« Hattie stand auf. »Aber jetzt sollte ich wohl besser nach Erica und Claudia sehen.« In der Tür drehte sie sich noch einmal um. »Falls Delphi aufwacht …«

»… dann bringe ich sie zu dir, keine Sorge.«

»Vermutlich gibt es Hunderte Dinge, die du gerade lieber tun würdest, als auf meine Tochter aufzupassen.«

»Offen gestanden, nein«, antwortete sie ehrlich. »Deine gemütliche Bibliothek mit dem Weihnachtsbaum, dem Kaminfeuer, all den Büchern und Delphi – das kommt meiner Vorstellung vom Paradies ziemlich nah.«

Hattie lächelte. »Dann mache ich mich mal an die Arbeit und hole Delphi später ab.« Nach einer kurzen Pause fügte sie hinzu: »Du solltest heute Abend mit Erica im Restaurant essen. Bestimmt habt ihr nach eurer langen Anreise einen Bärenhunger.«

»Hättest du vielleicht Lust, dich zu uns zu setzen?« Anna hoffte schwer, dass Erica ihr nicht den Kopf dafür abreißen würde, dass sie Hattie an ihren Tisch einlud. »Natürlich nur, wenn du wirklich möchtest. Falls es dir unangenehm ist …«

»Danke, aber ich muss nachher Delphi ins Bett bringen. Zum Glück gehen unsere privaten Wohnräume vom Hauptflur ab, sodass ich immer erreichbar bin, falls es Probleme gibt. Aber ich versuche immer, mir die Abendstunden für Delphi frei zu halten.«

Anna erinnerte sich noch, dass sie es damals genauso gemacht hatte. An manchen Abenden war sie so erschöpft gewesen, dass sie nur noch wollte, dass die Zwillinge endlich einschliefen, an anderen waren die beiden so entzückend, so warm und kuschlig nach ihrem ausgiebigen Bad, dass sie sich im Kinderzimmer mit ihnen hinlegte und sie einfach nur anschaute und dabei vor Liebe schier zu platzen glaubte.

»Manchmal ist das schön, manchmal einfach nur anstrengend, und in beiden Fällen ist der schönste Teil des Abends meistens das Glas Wein, das man sich danach genehmigt, richtig?«

Hattie lachte auf. »Ja, so ungefähr. Ach, übrigens: Du meintest doch, Delphi hätte dir erzählt, was sie sich zu Weihnachten wünscht. Könntest du mir einen Tipp geben?«

Anna überlegte, was das kleine Mädchen gesagt hatte. »Das wird schwierig, weil ich ihr versprechen musste, dass ich es niemandem verrate. Allerdings ist es sowieso etwas, das man nicht im Laden kaufen kann. Mach dir deswegen also nicht zu viele Gedanken.«

»Aber natürlich mache ich mir Gedanken! Wenn sie ihren Wunsch nur dem Weihnachtsmann verrät, wird er schließlich wohl kaum in Erfüllung gehen, oder?«

Anna spielte vor ihrem inneren Auge noch einmal ab, was sie vorhin beobachtet hatte. »Wer weiß? Vielleicht ja doch.«

»Aber es hat doch nichts mit ihrem Dad zu tun, oder?«

»Nein«, antwortete Anna sanft. »Das nicht.«

»Sie war noch so klein, als er gestorben ist, dass sie sich nicht mehr an ihn erinnern kann. Nur weiß ich nicht, ob das gut so ist oder eher ein Nachteil.« Hattie rang sich ein Lächeln ab. »Danke jedenfalls, Anna. Es hat mir gutgetan, mit dir zu reden.«

»Ich fand es auch schön.«

Veränderungen, Veränderungen, überall Veränderungen, dachte sie. Am Ende würden sie alle lernen müssen, mit ihnen zu leben.

Allen voran sie selbst.

16. KAPITEL

HATTIE

Hattie lief eilig zurück zur Rezeption und verfluchte sich dabei in Gedanken dafür, dass sie nicht stärker auf Brent eingewirkt hatte, als er Stephanie und Tucker damals eingestellt hatte. Er hatte ihre Einwände nicht bewusst ignoriert, sondern Hattie eher mit der schieren Wucht seines Enthusiasmus überrollt. Seine Überzeugungen waren so stark gewesen, dass sie unwillkürlich ihre eigenen infrage stellte. Und nach seinem Tod war ihre Trauer so tief gewesen, dass sie um jeden Preis alles so weiterführen wollte, wie er es geplant hatte – selbst um den Preis, ihr eigenes Gespür dabei zu übergehen.

Sie hatte das Hotel zu einem Schrein seiner Vorstellungen gemacht, hatte die Zeit angehalten und alles so belassen, wie es zu seinen Lebzeiten gewesen war. Weil es ihr das Gefühl gab, dadurch sei ein Teil von ihm noch am Leben. Brent hatte Stephanie angestellt, deshalb stellte Stephanies Anwesenheit eine Verbindung zu Brent dar. Aber sie erkannte jetzt, dass sie damit nicht nur die Zeit, sondern auch ihr eigenes Leben angehalten hatte.

Wenn man jemanden verlor, den man liebte, blieben einem nur die guten Seiten im Gedächtnis. So war es jedenfalls in ihrem Fall. Sie konnte sich an Brents Lächeln erinnern, an seinen Enthusiasmus, daran, dass er zu allem Ja sagte, auch wenn es bedeutete, dass er für nichts anderes im Leben mehr Zeit haben würde. Erinnerte sich, wie er seine Mitmenschen regelmäßig mit seiner Begeisterung von den Füßen gefegt und ihnen das Gefühl vermittelt hatte, ihnen wäre noch nie im Leben etwas Besseres passiert.

Aber all diese Eigenschaften hatten auch Schattenseiten gehabt. Bei dem bloßen Gedanken bekam sie schon Schuldgefühle, doch es entsprach nun einmal der Wahrheit, und es war an der Zeit, dass sie ehrlich mit sich war. Sein Selbstvertrauen und seine unerschütterlichen Überzeugungen hatten manchmal an Sturheit gegrenzt. Als sie einmal anmerkte, dass ein Landhotel wie ihres nicht unbedingt einen prominenten Koch mit genügend Sternen für eine ganze Galaxie benötigte und es vielleicht eine bessere Idee wäre, stattdessen einen hervorragenden Koch einzustellen, der sich gern beweisen wollte, hatte er nur abgewunken. Unablässig hatte er über Kritiken und Rezensionen geredet und von der Hoteleröffnung an fieberhaft jede noch so kleine Veröffentlichung über das Maple Sugar Inn gelesen. Er war überzeugt davon, dass eines Tages Menschen aus der ganzen Welt anreisen würden, um in ihrem Restaurant zu essen, und war nicht einmal von diesem Traum abgerückt, nachdem sie ihn darauf aufmerksam gemacht hatte, dass sie in ihrem Restaurant gar nicht genug Platz dafür hätten, weshalb sein Plan von vornherein zum Scheitern verurteilt gewesen sei.

Er hatte Stephanie als Hausdame eingestellt, weil sie zuvor in einem Fünf-Sterne-Hotel in Boston gearbeitet hatte, in dem berühmte Sportler und Unternehmer ein und aus gingen. Ihre Referenzen hatten ihn beeindruckt, und als Hattie ihn sanft darauf hinwies, dass normale Leute, die eine unvergessliche Zeit erleben wollten, vielleicht eine andere Herangehensweise erforderten, hatte er ebenfalls nur abgewunken.

Und da saß sie nun. Ohne Sternekoch und ohne Hausdame.

Sie hatte jetzt zwei Möglichkeiten. Entweder steckte sie den Kopf in den Sand und gab auf, was aber letztlich keine Option war, da sich jemand um die Gäste kümmern musste. Oder sie warf Brents Regelwerk – seinen Traum – über Bord und ging die Dinge so an, wie es ihrer Meinung nach richtig war.

Eigentlich war längst klar, wie ihre Entscheidung ausfallen würde.

Und auf einmal sprudelten all die Ideen und Impulse, die sich in ihr angestaut hatten, nur so aus ihr heraus.

Es war, als hätte sie der Vorfall mit Stephanie wachgerüttelt. Zum ersten Mal seit Brents Tod hatte sie eine Maßnahme ergriffen, die sie selbst für richtig hielt. Hatte eine Stärke gezeigt, die sie sich selbst gar nicht zugetraut hätte. War einen Schritt nach vorn gegangen. Und wenn sie diesen einen Schritt geschafft hatte, dann würden ihr noch weitere gelingen. Sie musste einfach nur weitergehen.

»Hattie?« Ein junges Paar, das am Vortag eingecheckt hatte, betrat nach einem Ausflug ins Dorf vollbepackt mit Weihnachtseinkäufen die Lobby. Auf ihren Jacken funkelten Schneeflocken, und sie sahen aus, als wären sie gerade einem Weihnachtsfilm entsprungen. Vor allem aber wirkten sie glücklich, und das war für Hattie das schönste Feedback, das ein Hotel bekommen konnte.

Sie legte eine kurze Pause ein, um mit den beiden zu plaudern. Ganz gleich, was für bedeutsame Erkenntnisse ihr Kopf gerade produzierte – ihre Gäste standen stets an erster Stelle. »Sie scheinen ja großen Erfolg mit ihren Weihnachtseinkäufen gehabt zu haben.«

»Absolut, es war herrlich! Ich habe sämtliche Geschenke bekommen, sogar das für Rays Mutter, und glauben Sie mir, das ist eine echte Herausforderung, sie ist nicht leicht zufriedenzustellen.« Die Frau deutete auf eine ihrer Tüten, in der sich offenbar besagtes Wundergeschenk befand. »Danke für den Tipp.«

»Gern geschehen.«

»Unser Tisch ist für Viertel nach sieben reserviert«, fuhr die junge Frau fort. »Aber falls es möglich ist, würden wir gern erst um acht essen. Dann könnten wir vorher noch in Ruhe die Geschenke einpacken, ein paar Telefonate erledigen und unser schönes Zimmer genießen. Um ehrlich zu sein, kostet es uns jedes Mal echte Überwindung, nach draußen zu gehen, weil es hier drinnen so schön ist. Es kommt nicht oft vor, dass man einen Winterurlaub bucht und dort am liebsten gar nicht mehr sein Zimmer verlassen würde. Aber so ist es! Denken Sie, Ihr Chefkoch wäre uns sehr böse? Gestern wirkte er recht verärgert, weil wir fünf Minuten zu spät waren.«

Hattie fragte sich, wann genau die Launen ihres Kochs eigentlich wichtiger geworden waren als die Wünsche ihrer Gäste.

Der Mann lächelte nervös. »Nicht, dass er einen Wutanfall bekommt und aus dem Restaurant stürmt.«

Längst passiert, dachte sie, antwortete aber nur: »Das ist gar kein Problem, ich sage in der Küche Bescheid.«

Falls überhaupt noch jemand in der Küche war. Schließlich war es gut möglich, dass sich innerhalb der vergangenen Stunde die gesamte Brigade an Tuckers Fersen geheftet hatte und Hattie in ihrer Misere schmoren ließ – oder auch braten oder köcheln. Ob es Claudia wohl gelungen war, ihre Leute zum Bleiben zu motivieren?

Was hätte sie dafür gegeben, neben ihrer übrigen Küchenbrigade auch Claudia behalten zu können!

»Wenn es sonst noch irgendetwas gibt, das mein Team« – beziehungsweise dessen Überreste – »und ich für Sie tun können, zögern Sie bitte nicht, es uns wissen zu lassen.«

Das Paar lief zur Treppe, und sie sah den beiden einen Moment lang nach. Dann betrat sie ihr Büro, wo Erica gerade einige Blätter aus dem Drucker nahm und aufsah, als sie hereinkam.

»Ich habe die Speisekarte neu gestaltet, nach dem Layout, das Claudia vorgeschlagen hat. Schaust du es dir bitte mal an?« Sie reichte ihr die Seiten.

Hattie gab sich alle Mühe, sich nicht von der Tatsache ablenken zu lassen, dass die Frau in ihrem Büro Erica war und die Gesamtsituation mehr als nur verrückt. Sie hatte keine Ahnung, wie sie reagieren sollte – aber wie sie derzeit immer wieder feststellen durfte, schien das ein Dauerzustand in ihrem Leben zu sein.

Sie überflog die Seiten. »Ihr habt es umbenannt in *Winterglück-Menü*?«

»Da es kein richtiges Degustationsmenü mehr ist, dachte ich, es sollte auch einen anderen Namen bekommen. Einen Namen, der selbstbewusst wirkt und nicht nach etwas, das wir in letzter Minute aus reiner Verzweiflung zusammengeschustert haben. Draußen schneit es, und bald ist Weihnachten, da mögen die Leute deftiges Essen. Ich dachte, das Menü für morgen könnten wir *Adventsschmaus* nennen, und irgendwann könnte es vielleicht noch *Santas Nachtmahl* geben.«

Sie war so konzentriert darauf gewesen, den heutigen Abend durchzustehen, dass sie gar nicht weiter über den Rest der Woche nachgedacht hatte. Erica offenbar schon. Winterglück-Menü, Adventsschmaus …

»Am Anfang hat mir etwas ganz Ähnliches vorgeschwebt. Ich wollte Themenabende einführen. Ich dachte, wir könnten einen Schweizer Abend mit Fondue und anderen traditionellen schweizerischen Gerichten machen. Und eleganten Afternoon Tea wie in den großen Hotels in London. Mit Scones und kleinen Sandwiches und Cremetörtchen, vielleicht einem Glas Champagner dazu …« Sie unterbrach sich kopfschüttelnd. »Tut mir leid, ich bin ins Schwärmen geraten, dabei ist gerade Konzentration gefragt. Danke für die Speisekarte.«

»Moment.« Erica tippte sich mit dem Finger gegen die Lippen. »Was ist denn passiert mit deinen Ideen? Was wurde aus dem Schweizer Abend und dem Afternoon Tea? Hattet ihr keinen Erfolg damit?«

»Wir haben es gar nicht erst versucht. Brent hat nicht geglaubt, dass es funktionieren würde. Er wollte ein Gourmet-Degustationsmenü mit Weinbegleitung. Das Konzept war beliebt, es war eine gute Idee.«

»Aber das heißt doch nicht, dass deine Ideen schlecht waren. Es gibt mehr als nur eine einzige gute Idee auf dieser Welt. Inzwischen habe ich schon so viel darüber erfahren, was Brent alles gedacht hat. Aber was ist mit dir? Was denkt Hattie?«

Diese Frage hatte ihr noch nie jemand gestellt. Alle waren einfach davon ausgegangen, dass alles so weiterlaufen würde wie zu Brents Lebzeiten. Mit Ausnahme von Noah natürlich. Er hatte immer an sie geglaubt und sie ermutigt, ihren eigenen Weg zu gehen.

Noah.

Sie war nicht sicher, was sie ohne seine Unterstützung vorhin getan hätte. In seiner Anwesenheit kam ihr alles so viel klarer und einfacher vor.

Abgesehen davon, dass sie ihm unbedingt hatte beweisen wollen, dass sie tatsächlich so mutig war, wie er dachte.

Und das wollte sie auch jetzt noch. Deswegen antwortete sie aufrichtig: »Ich denke, dass ihr mit dieser Speisekarte ganze Arbeit geleistet habt. Und ich denke, wenn sich die Lage etwas beruhigt hat, würde ich gerne noch weiter überlegen, was für Möglichkeiten sich für das Restaurant noch ergeben könnten.«

»Schön. Falls du mit Ideen spielen willst – ich bin eine ziemlich gute Zuhörerin.« Erica lächelte.

Ein aufgeregtes Kribbeln machte sich in Hatties Bauchgrube breit. Zum ersten Mal wurde ihr wirklich klar, dass sie tun und lassen konnte, was sie wollte. Ihre eigenen Entscheidungen treffen konnte. Niemand würde sie aufhalten oder behaupten, es besser zu wissen. Die Erkenntnis war gleichzeitig befreiend und beängstigend. Erfolg oder Scheitern – die Verantwortung lag ganz allein bei ihr.

Sie blickte von der Speisekarte zu Erica auf. »Aber du warst doch eigentlich schon auf dem Absprung. Wieso hilfst du mir jetzt?«

»Sagen wir, weil du aussiehst wie jemand, der Hilfe gerade gut brauchen kann. Belassen wir es erst mal dabei und reden später über den Rest, okay?«

Erica klopfte den Papierstapel neben dem Drucker zusammen. »Wir müssen die Speisekarte von Claudia absegnen lassen, danach können wir die Tischexemplare für heute Abend ausdrucken. Und dann erzählst du mir, was sonst noch erledigt werden muss. Wenn du möchtest, helfe ich dir beim Brainstorming. Soll ich ihr die Karte in die Küche bringen?«

Hattie hatte keine Ahnung, womit Erica ihr Geld verdiente, aber sie war ziemlich sicher, dass sie gut darin war.

»Danke, aber ich mach das lieber selbst. So kann ich auch kurz nach dem Rechten sehen.«

Ganz gleich, wie genial Claudia auch sein mochte – die Brigade war durch Tuckers Weggang und die damit verbundene Konfliktsituation durcheinander und vermutlich auch besorgt um ihre berufliche Zukunft.

Sie wappnete sich innerlich dafür, gleich die nächste Motivationsrede halten zu müssen, und stieß die Küchentür auf.

Die Energie war fast mit Händen zu greifen. Alle Angestellten waren emsig am Werk, Essen köchelte, und der Duft in der Luft war so köstlich, dass sie einen Moment lang wünschte, sie wäre nicht die Eigentümerin, sondern hier zu Gast. Und im Zentrum des Ganzen befand sich Claudia, die überall zugleich zu sein schien, ihr Team motivierte, Anleitung gab, lobte und lächelte.

Eine Welle des Optimismus rollte über Hattie hinweg, und die Anspannung in ihrem Bauch ließ merklich nach.

Claudia bemerkte sie und kam durch die Küche auf sie zu. »Sind das unsere neuen Speisekarten?«

Hattie fand es schön, dass sie das Wort *unsere* benutzte. Bei Tucker und Stephanie hatte praktisch jeder Satz mit dem Wort *ich* angefangen. *Ich brauche dies, ich will das.*

»Ja, Erica hat wirklich ganze Arbeit geleistet.«

»Das überrascht mich wenig.« Claudia nahm die Karte und überflog sie. »Sieht alles gut aus. Winterglück-Menü, das gefällt mir. Bist du denn mit den ganzen Veränderungen an der Karte einverstanden?«

Hattie fiel auf, dass sie kaum einen Blick auf den Inhalt des Menüs geworfen hatte. »Das ist dein Hoheitsbereich. Wenn du glaubst, dass es funktioniert, dann wird es das auch.«

Claudia warf ihr einen überraschten Blick zu. »Oh, in Ordnung, schön! Es wird funktionieren, da bin ich mir sicher.« Sie gab ihr die Karte zurück. »Erica kann die Karten für die Tische ausdrucken, und ich mache mich wieder an die Arbeit.«

»Ich weiß gar nicht, wie ich dir danken soll.« Hattie berührte sie am Arm. »Du bist meine Rettung. Ohne dich hätten die Gäste heute Abend wohl hungrig ins Bett gehen müssen.«

Was immerhin schon mal ein Anfang war, auch wenn sie keine Ahnung hatte, wie es morgen weitergehen sollte.

»*Du* bist es, die hier die Rettung ist.« Claudia tätschelte ihr die Hand. »Du hast Stephanie gefeuert, und du hast einer Wildfremden deine Küche anvertraut. Du hast heute eine Menge großer, wichtiger Entscheidungen getroffen. Und ich glaube, es waren die richtigen. Du solltest mehr Selbstvertrauen haben. Du schaffst das!«

Ob das wirklich stimmte?

Zum ersten Mal seit Brents Tod hatte sie das Gefühl, dass sie es vielleicht wirklich schaffen konnte. Dass sie nur an sich zu glauben brauchte. Aber dafür musste sie aufhören, auf die Stimme in ihrem Kopf zu hören, die ihr beharrlich einzureden versuchte, dass sie zum Scheitern verurteilt war.

17. KAPITEL

ERICA

Erica stand vor der Tür, die zu Hatties privaten Wohnräumen führte.

Es kam nur selten vor, dass sie mit Situationen konfrontiert war, die sie verunsicherten. Und zum ersten Mal fragte sie sich, ob das womöglich daran lag, dass sie Situationen *mied,* die sie verunsicherten. Sicher, sie verließ nur selten ihre Komfortzone. Aber ging das bis zu einem gewissen Grad nicht allen Leuten so?

Nachdem sie die Speisekarten ausgedruckt und auf den Tischen im Restaurant verteilt und kurz nach Anna gesehen hatte, war sie eigentlich schon auf dem Weg zu ihrem Zimmer gewesen. Warum sie sich plötzlich hier vor Hatties Tür wiederfand, wusste sie selbst nicht recht.

Vielleicht war der Zeitpunkt eher ungünstig. Anna hatte es früher, als die Zwillinge noch klein waren, nicht leiden können, wenn man sie mitten in der Badewannenzeit anrief. Erica warf einen Blick auf ihre Uhr. *War* gerade Badewannenzeit? Sie hatte keine Ahnung. Sie befand sich nicht nur außerhalb ihrer Komfortzone, sondern auch außerhalb ihres Kompetenzbereichs.

Sie klopfte und wartete ab.

Es kam keine Reaktion, und zu hören war auch nichts. Na ja, immerhin konnte ihr niemand vorwerfen, sie hätte es nicht versucht. Doch als sie gerade wieder gehen wollte, ging die Tür auf, und Hattie stand vor ihr.

Die Haare fielen ihr offen über die Schultern, und sie hatte ein Kinderbuch in der Hand. Sie wirkte weich, mütterlich und deutlich selbstsicherer als vorhin bei der Auseinandersetzung mit Stephanie.

»Oh, entschuldige, ich wollte nicht stören.« Erica wich zurück, aber Hattie schüttelte den Kopf und hielt ihr die Tür auf.

»Du störst doch nicht. Wir haben das Buch schon vor einer halben Stunde zugeklappt, aber nach all der Aufregung heute hat Delphi gebraucht, um in den Schlaf zu finden. Komm doch rein.«

Ihr blieb keine andere Wahl, als Hattie zu folgen.

»Das ist der Privatbereich des Hotels.« Hattie führte sie ins Wohnzimmer. »Wir haben zwei Schlafzimmer, dazu dieses Wohnzimmer und eine kleine Küche. Sonderlich viel Platz ist das nicht, aber es ist gemütlich.«

Und ja, das war es wirklich. Auf dem Sofa häuften sich Kissen, und über einer der Armlehnen lag zusammengefaltet eine Wolldecke. Der Couchtisch bestand aus aufgearbeitetem Altholz, darauf stand eine Vase mit Eukalyptuszweigen. Wo sie auch hinsah, überall waren Spuren von Delphi zu entdecken. Malbücher, ein selbst gemaltes Bild, das ein Haus im Grünen mit einem Schneemann vor der Tür zeigte. Unter dem Sofa spähten zwei winzige Schuhe hervor, und auf dem Tisch befanden sich ein halb leeres Glas Milch und ein Teller mit einem angebissenen Keks. So gut wie überall standen Fotos von Brent herum. Allein und gut aussehend mit windzerzaustem Haar auf einer Skipiste. Wie er Delphi über seinen Kopf schwang. Lächelnd mit seiner Tochter und seiner Frau im Arm. Ein Mann der Tat. Ein Familienmensch. Die vielen Facetten des Brent Coleman.

Erica betrachtete die Fotos. In ihrer eigenen Kindheit hatte es keine Vaterfigur gegeben. Ihre Mutter hatte nicht mal über Ericas Vater gesprochen. Nichts in ihrem Haushalt hatte an ihn erinnert. Es war, als wäre er aus ihrem Leben gelöscht worden.

Ganz anders als hier, wo Brent noch immer seinen festen Platz im Leben von Hattie und Delphi hatte.

Ein seltsames Gefühl, das sie nicht im Ansatz verstand, kam in ihr hoch, und sie verdrängte es hastig wieder. »Was für ein schönes Wohnzimmer.«

»Danke.« Hattie nahm einen Arm voll frisch gewaschener Wäsche von einem der Sofas und legte sie auf den Esstisch. Dann sammelte sie zwei Stofftiere und einen Plastikdinosaurier ein.

»Mach es dir gemütlich, wo du Platz findest. Allerdings solltest du aufpassen, dass du dich nicht versehentlich in irgendwas Matschiges setzt.«

Erica entschied sich für den Sessel. »Du hast dich wahrscheinlich auf ein paar freie Stunden gefreut.«

»Ach, eigentlich weiß ich gar nicht mehr, was das ist.« Hattie räumte die beiden Bilder weg und klaubte einen Wachsmalstift vom Boden auf. »Für mich zählt vor allem, dass ich ein bisschen Zeit mit Delphi habe und sie danach selbst ins Bett bringen kann. Solange mir das gelingt, bin ich glücklich.«

»Ich dachte, vielleicht könnten wir jetzt das Gespräch führen, dass eigentlich schon vorhin hätte stattfinden sollen.«

Hattie legte die Wachsmalkreide zu den anderen auf dem Tisch. »Das wäre schön. Darf ich dir irgendwas bringen? Einen Drink vielleicht?«

»Alles bestens, danke.« Nervös legte Erica die gefalteten Hände in den Schoß. Sie hatte keine Ahnung, wie sie dieses Gespräch angehen sollte. »Vermutlich hast du …«

»Mommy!« Delphi war in der Tür erschienen. Fröhliche Rotkehlchen tanzten über ihren Schlafanzug, und unter ihrem Arm steckte ein Dinosaurier. »Ich kann nicht schlafen.«

Hattie stellte ihr Glas ab und wandte sich an ihre Tochter. »Das liegt daran, dass du hier im Wohnzimmer stehst. Um schlafen zu können, musst du im Bett liegen. Komm, ich bring dich zurück in dein Zimmer.« Sie hob ihre Tochter hoch, und Delphi vergrub das Gesicht in ihrer Halsbeuge.

»Darf ich hierbleiben? Ich will bei dir sein. Und ich mag den Baum und das Feuer.«

Erica mochte den Baum und das Feuer auch. Genauso wie das übrige Hotel hatte Hattie auch ihren eigenen Wohnbereich in eine Wohlfühloase verwandelt. Sie schien der Überzeugung zu sein, dass sie nur einen kleinen Beitrag zum Hotel geleistet hatte, aber Erica fand, dass ihre Handschrift überall zu erkennen war.

Hattie blieb geduldig mit ihrer Tochter. »Wenn du jetzt nicht schlafen gehst, bist du morgen todmüde.«

»Ich mag mein Bett aber nicht.« Delphi klammerte sich an ihrem Hals fest. »Ich will in deinem Bett schlafen.«

Aus den roten Flecken, die sich auf Hatties Wangen bildeten, schloss Erica, dass das häufiger passierte.

Erica hatte nie woanders schlafen dürfen als in ihrem eigenen Bett. Wenn sie krank war oder einen Albtraum hatte, setzte sich ihre Mutter für eine Weile zu ihr an die Bettkante, aber niemals hatte Erica sich neben ihr einkuscheln dürfen. Und bei den wenigen Gelegenheiten, als Erica in der Hoffnung, unbemerkt zu bleiben, nachts zu ihr ins Bett gekrabbelt war, hatte ihre Mutter sie auf der Stelle zurück in ihr eigenes Zimmer getragen.

»Hier ist dein Reich«, hatte sie dann immer geflüstert. »Und wenn du dich einsam fühlst, brauchst du nur an etwas Schönes zu denken.«

Unwillkürlich kam ihr Jack in den Sinn. Der letzte Abend, den sie miteinander verbracht hatten. Damals fragte er, ob er bleiben solle, woraufhin sie ihm freundlich, aber bestimmt in Erinnerung rief, dass Übernachtungen zwischen ihnen kein Thema waren. Er brachte keine Einwände vor, und so hatte sie ihm dabei zugesehen, wie er sich wieder anzog und seinen Mantel über die breiten Schultern streifte. Und das war es doch, was sie wollte, richtig? Was sie *beide* wollten. Aber als die Wohnungstür hinter ihm ins Schloss gefallen war, hatte sie sich seltsam leer gefühlt. Als hätte sie gerade etwas Wichtiges verloren. Was natürlich lächerlich war, weil sie schon seit frühester Kindheit allein schlief. Sie brauchte niemanden in ihrem Bett, um glücklich zu sein. Trotzdem hatte sie zum ersten Mal, seit sie erwachsen war, versuchen müssen, an etwas Schönes zu denken. Funktioniert hatte es leider nicht.

Es klopfte an der Wohnungstür, und Hattie setzte mit einem tiefen Seufzer Delphi auf dem Sofa neben Erica ab. »Warte kurz, ich sehe nur eben nach, wer das ist.« Sie lief zum Eingang, und Erica hörte leises Gemurmel. Als Hattie gleich darauf wieder ins Wohnzimmer kam, wirkte sie gestresst.

»Das war Chloe. Ein Gast hat eine Bitte, um die ich mich kümmern muss.« Sie hockte sich vor Delphi. »Ich muss noch mal kurz zur Rezeption. Bleibst du so lange hier bei Tante Erica? Ich bin gleich wieder da, versprochen.«

Erica konnte sich gerade noch davon abhalten, sich suchend umzusehen, ehe sie begriff, dass es sich bei besagter Tante Erica um sie selbst handelte.

Die Vorstellung war einigermaßen verstörend.

Sie hatte immer dagegen protestiert, dass Annas Kinder sie Tante Erica nannten. Aber was sollte sie in diesem Fall dagegen einwenden? Sie war ja nun mal Delphis Tante.

Hattie warf ihr einen zerknirschten Blick zu. »Würde es dir was ausmachen, einen Moment lang auf sie aufzupassen? Ich bin wirklich gleich wieder da. So müde, wie sie ist, wird sie vermutlich sowieso gleich wegdösen. Ich trage sie dann später nach drüben in ihr Bett.« Sie breitete die Wolldecke über Delphi aus. »Mach die Augen zu.«

Delphi gehorchte und kniff die Augen fest zusammen.

»Es dauert nur ein paar Minuten.« Hattie schnappte sich ihr Telefon und verließ den Raum.

Delphi machte die Augen wieder auf. »Magst du Haie?«

»Ich … Hm, darüber habe ich noch nie nachgedacht.«

»Ich finde Haie toll. Mein Lieblingshai ist der Hammerhai. Weißt du, wie oft ich noch schlafen muss, bis der Weihnachtsmann kommt?«

»Nein, ich habe nicht mitgezählt.«

»Sechzehn Mal.«

»Oh.« Erica blinzelte. »Danke für die Information.«

»Wenn ich in der Nacht, in der der Weihnachtsmann die Geschenke bringt, wach bleibe, sind es sogar nur fünfzehn. Aber wenn man wach bleibt, kann es passieren, dass der Weihnachtsmann gar nicht kommt. Deswegen muss man so tun, als ob man schläft.«

Waren das Dinge, die man als Tante zu wissen hatte? Sie kam sich vor wie die letzte Hochstaplerin.

Mit Kindern hatte sie buchstäblich keinerlei Erfahrung. Anders als Anna zählte sie nicht zu den Menschen, die Kinder liebten, einfach weil sie Kinder waren. Ihrer Meinung nach waren Kinder ganz normale Leute, so wie alle anderen auch. Und das bedeutete, dass sie sich ihren Respekt und ihre Freundschaft verdienen mussten. Mit Annas Kindern war das etwas anderes, nicht nur weil sie sich zu interessanten Menschen entwickelt hatten, sondern auch, weil Erica sie als einen Teil von Anna und Pete betrachtete – zwei Menschen, die sie sehr gernhatte.

Um das Gespräch auf etwas vertrauteres Terrain zu lenken, stellte sie die unverfänglichste Frage, die ihr einfiel. »Und, Delphi? Weißt du schon, was du dir zu Weihnachten wünschst?«

»Ich hätte gern einen neuen Schlitten. Ein kleiner reicht. Und dann möchte ich noch eins von Panthers Kätzchen, aber ein Haustier ist eine große Verantwörterung.« So schwer, wie sie sich mit dem Wort tat, gab sie gerade etwas wieder, das sie von ihrer Mutter gehört haben musste. »Man muss sich darum kümmern und es immer lieb haben, nicht nur, wenn man gerade Lust hat. Und man muss ihm Futter geben und es warm halten, und wenn es krank ist, muss man es zum Tierarzt bringen. Und die Kacka muss man auch wegmachen. Das ist ganz viel Arbeit.«

»Da hast du recht.« Und das alles waren genau die Gründe für Ericas Entscheidung, sich nie ein Haustier zuzulegen.

»Wenn man erst mal ein Haustier hat, kann man es sich nicht mehr anders überlegen und es zurückgeben. Deswegen muss man sich ganz sicher sein. Und wir haben ja schon Rufus. Mein Daddy hat Rufus ausgesucht, als er noch ein winziger Welpe war. Und jetzt gehört er immer und ewig zur Familie.«

So selbstverständlich, wie sie ihren Vater erwähnte, war klar, dass Hattie und sie häufig über ihn redeten.

Erica war so in Gedanken darüber versunken, wie anders ihre eigene Mutter mit dem Thema umgegangen war, dass sie erst mit Verspätung registrierte, dass Delphi ihr eine Frage gestellt hatte. »Tut mir leid, kannst du das bitte noch mal sagen?«

»Ich hab gefragt, ob du vielleicht eins von Panthers Babys haben willst.«

»Ich?«

»Ja. Ich darf gerade keins haben. Aber du bestimmt schon. Aber du musst dir sicher sein. Weil, wenn man sich nicht sicher ist, darf man kein Haustier haben.«

»Da hast du recht.« Sie hätte eindeutig ein ausführlicheres Briefing für dieses Gespräch gebraucht. Da saß sie lieber vor einem ganzen Konferenzsaal voller CEOs. »Nein, leider kann ich keins von Panthers Babys nehmen. Aber danke, dass du an mich gedacht hast.«

»Es gibt noch was, das ich mir zu Weihnachten wünsche. Aber das kann man nicht kaufen, und man kann es auch nicht einpacken.« In verschwörerischem Flüsterton fuhr Delphi fort: »Ich wünsche mir nämlich, dass Noah hier bei uns wohnt. Aber ich bin mir nicht sicher, ob das ein Wunsch für den Weihnachtsmann ist. Weißt du das vielleicht?«

»Weiß ich was?«

»Na, ob der Weihnachtsmann mir den Wunsch erfüllen kann, dass Noah hier bei uns wohnt«, erklärte Delphi geduldig.

Erica wusste nicht viel über den Weihnachtsmann, und über Noah noch viel weniger. Aber sie wusste es, wenn sie überfragt war. »Was den Arbeitsbereich des Weihnachtsmanns betrifft, verfüge ich über keinerlei ausreichende Kenntnisse.« Sie stellte sich vor, wie Anna ihre Antwort mit einem Stirnrunzeln quittierte, und wagte es mutig mit einem ganz anderen Ansatz. »Du scheinst Noah sehr zu mögen.«

»Ja, er ist lieb und lustig. Rufus mag ihn. Und Mommy ist immer froh, wenn er hier ist, auch wenn sie dann ganz oft Sachen fallen lässt.«

»Sie lässt Sachen fallen?«

»Ja. Gestern hat sie ein Glas umgeworfen, als er reingekommen ist. Und letzte Woche hat sie Rufus' Futter fallen lassen. Aber das war egal, weil er es trotzdem gefressen hat.« Delphi musterte sie mit aufrichtigem Interesse. »Und was wünschst du dir von ihm?«

»Vom wem?«

»Vom Weihnachtsmann. Was steht auf deinem Wunschzettel? Aber wenn es ein Geheimnis ist, musst du es mir natürlich nicht verraten.«

Verlegen rutschte Erica auf ihrem Sessel herum. »Ich habe gar keinen Wunschzettel geschrieben.«

»Und warum nicht?«

»Na ja, weil …« Was sollte sie darauf nur antworten? Die Wahrheit lautete, dass sie selbst als Kind nicht an den Weihnachtsmann geglaubt hatte. Ihre Mutter hatte nichts davon gehalten, irgendetwas im Leben schönzureden. Der Weihnachtsmann war eine Fantasievorstellung gewesen, genauso wie der Osterhase und die Zahnfee. Und – jedenfalls nach Ansicht ihrer Mutter – Männer, die bereit waren, Verantwortung zu übernehmen. Aber sie hatte kein Recht, Delphi ihren Kinderglauben zu nehmen. »Ich finde einfach, er hat schon genug mit den Wünschen von euch Kindern zu tun. Und mir fällt auch gar nichts ein, was ich brauche.«

»Hast du denn einen Hund?«

»Nein, ich habe keinen Hund. Ich habe überhaupt kein Haustier.«

Delphi rümpfte die Nase. »Aber wenn du dem Weihnachtsmann versprichst, dass du dich wirklich richtig gut kümmerst, dann könntest du dir doch einen Hund wünschen.«

Hätte sie es nicht besser gewusst, hätte sie vermutet, dass die Kleine mit Anna unter einer Decke steckte.

»Ich bin häufig auf Reisen, da wäre es unfair, sich ein Tier zuzulegen. Und ich bin mir sicher, dass der Weihnachtsmann derselben Meinung ist.«

Delphi kuschelte sich gedankenverloren unter der Decke ein. »Bist du echt meine Tante?«

»Ja, ich bin echt deine Tante.« Sie war froh, nicht mehr über den Weihnachtsmann reden zu müssen.

»Ich hatte noch nie eine Tante.« Delphi bettete das Kinn auf den weichen Dinosaurierkopf. »Was machen Tanten so?«

Keine Ahnung würde Delphi ihr als Antwort vermutlich nicht durchgehen lassen. Aber was sollte sie sagen? »Ich … also … ähm …«

»Du weißt es nicht, oder?« Delphi drückte sich den Dinosaurier an die Brust. »Das ist schon in Ordnung. Mommy sagt immer, dass es nicht schlimm ist, wenn man etwas nicht weiß. Man soll es nur immer zugeben.«

Denselben Ratschlag erteilte Erica regelmäßig den Managern, mit denen sie zusammenarbeitete. »Das ist ein sehr weiser Rat, den deine Mom dir da gegeben hat.«

»Wenn du willst, können wir ja zusammen überlegen.«

»Was für eine gute Idee.« Erica betrachtete die wilden goldenen Locken und die großen Augen, und bei dem Anblick schien irgendetwas in ihr einzurasten. »Fangen wir doch mal damit an, was du dir von einer Tante wünschen würdest.«

Delphi zog die Beine an und überlegte. »Du könntest mir was vorlesen.«

Erica entspannte sich ein winziges bisschen. »Vorlesen klingt schön. Vorlesen macht Spaß.«

»Und du könntest mit mir nach Disneyworld fahren. Magst du Achterbahnen? Mein Freund Jamie hat sich in der Achterbahn übergeben, aber nur, weil sein Daddy ihm kurz vorher ein großes Eis gekauft hatte.«

»Aber Delphi.« Unbemerkt war Hattie wieder zu ihnen gestoßen. »Du kannst doch keine Fremden bitten, mit dir nach Disneyworld zu fahren.«

»Aber du hast gesagt, dass sie keine Fremde ist. Sondern Tante Erica.«

»Mein Schatz, du redest zu viel und schläfst zu wenig.« Hattie hob Delphi samt Dinosaurier hoch. »Sagst du Tante Erica gute Nacht?«

»Aber …«

»In *Gute Nacht, Tante Erica* kommt kein Aber vor.«

Delphi grinste und winkte. »Gute Nacht, Tante Erica.«

»Gute Nacht, Delphi. Schlaf schön.«

Hattie war keine fünf Minuten weg, da kehrte sie auch schon zurück. Diesmal hatte sie eine Flasche Wein und zwei Gläser bei sich.

»Tut mir leid. Hat sie dich in Grund und Boden geredet?«

Erica ließ sich das Gespräch noch einmal durch den Kopf gehen. »Auf jeden Fall hatte sie Redebedarf. Und sie ist sehr selbstbewusst. Nicht dass ich viel über Kinder wüsste, aber sie scheint ihrem Alter in der Hinsicht weit voraus zu sein.«

»Sie konnte schon reden, ehe sie laufen konnte.« Hattie stellte den Wein und die Gläser auf dem Couchtisch ab. »Und sie hat immer eine Menge zu sagen. Manchmal benimmt sie sich eher wie eine Fünfzehnjährige. Ich fürchte, das ist meine Schuld. Da wir immer nur zu zweit waren, habe ich vermutlich viel zu häufig über Dinge mit ihr geredet, die sie noch gar nichts angehen. Aber ich versuche wirklich, sie nicht als emotionale Stütze zu betrachten. Na ja, abgesehen davon, dass sie manchmal in meinem Bett schlafen darf und ich mir einrede, ich würde das nur für sie tun.« Sie warf Erica ein schiefes Lächeln zu. »Ansonsten muss Rufus herhalten. Richtig, Rufus?«

Der Hund hob die Schnauze von den Pfoten und klopfte mit dem Schwanz auf den Teppich.

»Jedenfalls scheint dein Ansatz gut zu funktionieren. Ich fand es schön, Zeit mit Delphi zu verbringen.« Was vermutlich niemanden mehr überraschte als sie selbst.

Ihre Worte schienen Hattie aufzumuntern.

»Du hast keine Vorstellung, wie gut es tut, das zu hören. Manchmal befürchte ich, dass ihr Leben hier im Hotel ein wenig zu außergewöhnlich sein könnte. Aber gleichzeitig sammelt sie auch eine Menge Erfahrungen, die sie in einer traditionellen Familie niemals machen würde. Und die Gäste scheinen sie zu mögen. Dadurch bekommt sie manchmal mehr Aufmerksamkeit, als gut für sie ist. Aber bislang würde ich sagen, dass sie weitestgehend auf dem Boden geblieben ist.«

»Ja, den Eindruck habe ich auch. Sie hat mir einen langen und fast schon irritierend rationalen Vortrag darüber gehalten, warum es vermutlich besser ist, wenn sie keins von Panthers Babys zu Weihnachten bekommt. Wer ist Panther überhaupt?«

»Die Nachbarskatze. Sie redet immer noch über Panthers Babys? Ich dachte, das Thema sei endlich erledigt.«

»Keine Sorge, die Aussicht, die Kacka wegmachen zu müssen, scheint abschreckende Wirkung auf sie zu haben. Du bist also auf der sicheren Seite.«

Hattie lachte auf. »Puh.«

»Ich bin mir ziemlich sicher, dass die Tierheime deutlich leerer wären, wenn sich im Vorfeld alle so viele Gedanken machen würden wie deine Tochter.«

»Mir ist es sehr wichtig, dass sie lernt, Verantwortung zu übernehmen. Aber vielleicht bin ich auch einfach nur eine Spielverderberin. Manchmal befürchte ich, dass ich ihr zu viele Sorgen und Ängste einrede, seit ich Brent nicht mehr als Gegengewicht habe.« Hattie öffnete den Wein. »Er war deutlich impulsiver als ich. Er hat einfach losgelegt, ohne groß über die Konsequenzen nachzudenken. Wenn er eine gute Idee hatte, waren ihm die Details erst einmal egal. *Uns wird schon was einfallen, Hattie,* hat er immer gesagt, wenn ich Einwände hatte. Ich für meinen Teil habe eigentlich lieber einen Plan, ehe ich ein Projekt in Angriff nehme. Es ist mir wichtig, mir über die Konsequenzen im Klaren zu sein. Brent dagegen fand, ich würde mit angezogener Handbremse durchs Leben gehen. Wein?«

»Gern. Sich Gedanken über die Konsequenzen des eigenen Handelns zu machen, gehört aber zum Erwachsenenleben dazu, oder?« Erica beobachtete, wie Hattie die beiden Gläser füllte. Da sie selbst anderen Menschen gegenüber eher verschlossen war, brachte es sie ein wenig aus dem Konzept, dass Hattie so offen mit ihr redete. Fast so, als würden sie einander schon ewig kennen. Als hätte sie gerade eine Kurzzusammenfassung von Hatties Leben und Persönlichkeit erhalten. Das Wer, Wie und Was. »Aber vielleicht bin ich dafür auch die falsche Ansprechpartnerin. Denn ich bestreite meinen Lebensunterhalt mit diesem Thema. Bei meiner Arbeit dreht sich eigentlich alles um Konsequenzen.«

Hattie stellte die Flasche beiseite und reichte ihr eines der beiden Gläser. »Was genau machst du eigentlich beruflich?«

»Krisenmanagement. Anfangs habe ich in der PR gearbeitet, aber jedes Mal, wenn es Probleme gab, fand ich mich an vorderster Front wieder.« Sie hatte das Gefühl, mehr über sich erzählen zu müssen, aber die Worte blieben ihr im Hals stecken, wollten einfach nicht heraus. Es entsprach nun einmal nicht ihrem Wesen, ihr Inneres preiszugeben.

»Du bleibst sicherlich immer ganz gelassen, wenn es brenzlig wird.« Hattie streifte ihre Stiefel ab. »Das erklärt, weshalb du vorhin so ruhig warst, als Stephanie und Tucker gegangen sind und ich panisch wurde.«

»Es ist aber auch viel leichter, die Ruhe zu bewahren, wenn man nicht selbst betroffen ist.«

Hattie trank einen Schluck von ihrem Wein. »Ich mag das nicht an mir. Ich wäre gern viel selbstbewusster und entschlossener.«

»Jeder hat etwas an sich, das er gern ändern würde.«

»Du auch?«

Langsam fing das Gespräch an, Erica unangenehm zu werden.

Sie zögerte. »Es fällt mir schwer, über meine Gefühle zu reden, auch dann, wenn ich es wirklich gern täte. Manchmal kommt es mir so vor, als würden sie einfach in mir feststecken.« Sie konnte nicht glauben, dass sie das gerade wirklich laut gesagt hatte. Ein kleiner Teil von ihr rechnete damit, dass gleich die Welt ins Wanken geraten würde. Aber es geschah nichts weiter, als dass Hattie verständnisvoll nickte.

»Dann verstehe ich auch, warum du so panisch geworden bist, als ich dich umarmt habe. Es lag gar nicht an mir persönlich, sondern daran, dass du mit Berührungen von Fremden nicht gut umgehen kannst.«

»Jedenfalls war die Situation weit jenseits meiner Komfortzone.«

»Oh weh, ich weiß genau, wie das ist. Im Wesentlichen habe ich die vergangenen Jahre nahezu ausschließlich außerhalb meiner Komfortzone verbracht. Manchmal frage ich mich, ob ich noch weiß, wie meine Komfortzone überhaupt aussieht.« Hattie verzog das Gesicht. »Glaubst du, ich könnte dazu verdammt sein, mein restliches Leben nach ihr zu suchen, ohne sie je wiederzufinden?«

Es war wirklich schwer, jemanden auf Distanz zu halten, der so liebenswürdig war.

»Ich könnte mir vorstellen, dass du heute einen wichtigen Wendepunkt in deinem Leben erreicht hast.«

»Hoffen wir's.« Hattie zog die Beine unter sich. »Und jetzt erzähl mal. Wie funktioniert deine Arbeit? Rufen dich einfach irgendwelche Unternehmen an, wenn es bei ihnen gerade richtig schlecht läuft?«

»Manchmal. Wenn sie klug sind, holen sie mich aber schon vorher ins Boot. Ich arbeite mit der Managementebene zusammen, um zu versuchen, die Schwachpunkte des Unternehmens herauszuarbeiten. Dann erstellen wir gemeinsam einen Plan. Aber es gibt immer Punkte, die sich nicht vorhersehen lassen. Unerwartete Ereignisse.«

»Das kann man wohl sagen.« Hattie lehnte sich zurück. »Das Leben ist voller Tretminen, mit denen man nie gerechnet hätte.«

»Davon kannst du wohl ein Lied singen.« Erica nippte an ihrem Wein. Heute Morgen hatte sie noch geglaubt, dass es besser sei, sich nicht in Hatties Leben einzumischen. Doch jetzt hatte sie das Gefühl, gar nicht genug über sie erfahren zu können. »Du hast ein paar heftige Jahre hinter dir. Wie geht es dir inzwischen?«

Hattie zuckte mit den Achseln. »Offen gestanden weiß ich das selbst nicht. Die Frage stellt sich mir gar nicht. Ich lebe von einem Tag zum nächsten, von einem Problem zum nächsten.«

»Klingt nach einer hervorragenden Krisenstrategie.«

»Etwas anderes blieb mir gar nicht übrig«, gestand Hattie. »Irgendwann ist mir klar geworden, dass Pläne nichts bringen, weil sie am Ende sowieso nie aufgehen.«

»Ja, ich kann mir denken, dass das Leben einer alleinerziehenden Mutter mit eigenem Hotel eine Menge unerwarteter Hindernisse bereitstellt.«

»Du hast ja keine Vorstellung.«

Erica stellte ihr Glas beiseite. »Eigentlich schon. Ich bin ja selbst von einer alleinerziehenden berufstätigen Mutter großgezogen worden.« Sie bereute die Worte, kaum dass sie sie ausgesprochen hatte. »Oh, es tut mir leid, falls das taktlos war.«

»Taktlos, weil sie alleinziehend war, nachdem Dad sie sitzen gelassen hat?« Hattie verzog das Gesicht und holte ein kleines Spielzeug hinter ihrem Rücken hervor. »Aber das ist doch nicht taktlos, sondern einfach nur ehrlich.«

Sie hätte erwartet, dass Hattie zumindest versuchen würde, das Verhalten ihres Vaters schönzureden. Dass sie eine Version der Geschichte erzählen würde, die nichts mehr mit der Wahrheit zu tun hatte. »Offenbar weißt du schon sehr viel länger von mir als ich von dir.«

»Ja, sieht so aus.« Hattie beugte sich vor, um ihnen beiden nachzuschenken.

»Danke. Also, seit wann weißt du es?«

»Dass es dich gibt?« Hattie stellte die Flasche beiseite und kuschelte sich zurück aufs Sofa. »Immer schon.«

»Immer?«

Hattie nickte und trank einen Schluck Wein. »Oh, der tut gut.«

Aber der Wein war Erica gerade herzlich egal. »Was meinst du mit *immer*?«

»Dad hat nie einen Hehl aus dir gemacht. Ich kann mich nicht mal mehr erinnern, wann er mir zum ersten Mal davon erzählt hat, dass er noch eine Tochter hat. Aber da es mir so vorkommt, als hätte ich immer schon davon gewusst, muss ich noch ziemlich klein gewesen sein. Er erzählte mir, er habe etwas ganz Furchtbares getan, als er noch viel jünger war. Dass er eine Beziehung mit einer Frau hatte und Panik bekam und davonlief, als sie schwanger wurde. Er sagte immer wieder, das sei das Schlimmste, was er je im Leben getan hätte, und dass sein Verhalten unentschuldbar sei. Er schämte sich so sehr dafür. Er hatte Angst vor der Verantwortung. Angst, den Anforderungen nicht gerecht zu werden.«

»Aber sicher nicht halb so viel Angst wie meine Mutter, als er aus dem Kreißsaal spazierte und für immer verschwand.«

»Ich weiß. Das war einfach schrecklich von ihm.« Hattie drehte das Weinglas in ihren Händen. Anstatt das Verhalten ihres Vaters zu verteidigen, schien sie ganz und gar auf Ericas Seite zu sein. »Wirklich, wirklich schrecklich. Ich will mir das gar nicht vorstellen. Wenn Brent mir das angetan hätte, hätte ich ihn aufgespürt und ihm auf ewig das Leben zur Hölle gemacht. Falls ich die Panikattacke überlebt hätte, die ich im Kreißsaal erlitten hätte. Mir ist bewusst, was für ein schwacher Trost das ist, aber Dad war sich über all das im Klaren. Er hat es niemals vergessen, und er hat es sich nie verzeihen können. Doch er hat daraus gelernt. Es prägte sein gesamtes späteres Verhalten.«

»Inwiefern?«

Hattie zog die Decke um ihre Schultern straff. »Zum einen war er fest entschlossen, niemals wieder einen Menschen im Stich zu lassen. Meine Mutter starb kurz nach meiner Geburt, und er meinte, die Angst vor der Verantwortung sei ähnlich lähmend gewesen wie damals nach deiner Geburt. Ich schätze, danach wusste er zumindest in Ansätzen, wie sich deine Mutter gefühlt haben muss, nachdem er sie mit einem Neugeborenen hat sitzen lassen. Aber diesmal war er entschlossen, es besser zu machen. Er war der einzige Mensch auf der Welt, den ich noch hatte, und er war wild entschlossen, dieser Verantwortung gerecht zu werden.«

Erica dachte an das Foto, das sie beim Check-in auf Hatties Empfangstisch gesehen hatte. »Er war dir ein guter Vater.« Ihre eigenen Worte versetzten ihr einen Stich, auch wenn sie das Gefühl dahinter nicht recht benennen konnte. War es Neid? Waren es Verlustgefühle? Aber wie sollte sie den Verlust von etwas empfinden, das sie niemals besessen hatte?

»Ja, allerdings. Ich weiß nicht, ob du dich dadurch besser oder schlechter fühlst, aber es ist die Wahrheit.« Hattie warf ihr ein schiefes Lächeln zu. »Und in gewisser Weise habe ich das dir zu verdanken. Er hat das Vatersein auf die harte Tour gelernt.«

Es war, als würde sich die gesamte Vergangenheit vor ihren Augen neu schreiben. Ihr Vater war gar kein selbstsüchtiger Mensch gewesen, der nicht bereit gewesen war, Verantwortung zu übernehmen, und einfach einen radikalen Strich unter seine Vergangenheit gezogen hatte. Er hatte eine Jugendsünde begangen, eine schrecklich falsche Entscheidung getroffen. Und deswegen sein Leben lang mit seinem schlechten Gewissen zu kämpfen gehabt. »Ich finde es bewundernswert, wenn jemand aus seinen Fehlern lernt und sie zum Anlass nimmt, sein Leben grundlegend zu ändern. Nicht jeder ist bereit dazuzulernen.«

Sie dachte dabei an einen bestimmten CEO, mit dem sie in der Vergangenheit zu tun gehabt hatte. Sein Verhalten hatte dem Ruf des Unternehmens geschadet, und trotzdem war es ihm nicht gelungen, sich in den Griff zu bekommen. Er hatte eine Ausrede nach der anderen vorgebracht und allem und jedem die Schuld für seine Fehler in die Schuhe geschoben, bis Erica den Kunden schließlich aufgab, auch wenn es ihr unendlich leidgetan hatte für die Angestellten, die weiterhin unter diesem unverbesserlichen Sturkopf arbeiten mussten.

Sie bewunderte Menschen, die Verantwortung übernahmen. Und zumindest beim zweiten Versuch schien ihr Vater so ein Mensch gewesen zu sein.

Hattie trank von ihrem Wein. »Dad war ein guter Mensch. Aber er hat damals eine schlechte Entscheidung getroffen.« Sie stellte das Glas beiseite. »Er hat später versucht, es wieder geradezubiegen. Einige Jahre nach deiner Geburt hat er deine Mutter kontaktiert, aber sie wollte nichts mehr mit ihm zu tun haben. Und sie hat ihm verboten, sich jemals wieder bei ihr oder dir zu melden.«

Ein seltsames Gefühl überkam sie. Davon hatte ihre Mutter ja gar nichts erzählt! Erica war stets davon ausgegangen, dass ihr Vater nie wieder einen Gedanken an sie verschwendet hatte.

Doch ihr war auch klar, wie sich ihre Mutter gefühlt haben musste. Sie hatte diese schwierige Anfangszeit mit ihrem Baby ganz allein stemmen und gleichzeitig den Verlust ihrer großen Liebe verarbeiten müssen. Hatte gehofft, dass er zu ihr zurückkehren oder sich zumindest melden würde. Doch beides tat er nicht, und so hatte sie gelernt, mit der Enttäuschung zu leben. Hatte gelernt, allein den Alltag zu bewältigen und ihre Gefühle in den Griff zu bekommen. Sie hatte getan, was sie konnte, um sich überall dort, wo sie verletzlich gewesen war, einen Panzer zuzulegen. Auch um ihr Herz. Hatte nie wieder Hilfe erbeten oder angenommen.

Ein anderes Leben hatte Erica niemals kennengelernt, und damals war es ihr vollkommen normal erschienen. Doch jetzt begriff sie, wie unfassbar einsam ihre Mutter gewesen sein musste. Neben der Arbeit und Erica war ihr keine Zeit geblieben, Freundschaften aufzubauen, und als ihr Vater schließlich Kontakt aufgenommen hatte, hatte sie längst gelernt, sich selbst und ihre Tochter zu schützen. Sie hätte all ihren Mut zusammennehmen müssen, um ihm ein zweites Mal zu vertrauen.

Und was, wenn sie es getan hätte? Wäre er dann wirklich ein stabiler Bestandteil von Ericas Leben geworden, oder hätte er nur wieder und wieder für Kummer und Tränen gesorgt? Sie würde es niemals herausfinden, entsprechend war es zwecklos, sich darüber Gedanken zu machen.

Hattie wartete noch immer auf ihre Antwort.

Ericas Mund fühlte sich plötzlich staubtrocken an, und sie nahm noch einen Schluck Wein. »Nachdem er gegangen war, hat sie darauf gewartet, dass er sich wieder meldet. Aber das hat er nicht. Weihnachten war für sie immer eine besonders schwere Zeit. Ich glaube, sie hat lange gebraucht, um sich einzugestehen, dass er wirklich fort war. Doch als sie erst einmal zu dieser Erkenntnis gelangt war, konnte sie ihm unmöglich vergeben. Ich glaube, für sie ging es damals ums nackte Überleben.«

»Und das war Dad auch bewusst.« Nach kurzem Schweigen fügte Hattie hinzu: »Auf diese Weise hat er sich selbst bestraft. Er hat sich eingeredet, er hätte es verdient, nicht an deinem Leben teilhaben zu dürfen, und dass du ohne ihn vermutlich besser dran wärst. Nach allem, was mit deiner Mutter passiert ist, hat es sehr lange gedauert, bis er wieder eine Beziehung eingegangen ist. Stattdessen hat er sich auf die Arbeit konzentriert.«

»Was war er denn überhaupt von Beruf?«

»Klempner. Er hatte einen eigenen Betrieb mit einer Handvoll Angestellten, denen der Kundenservice ähnlich wichtig war wie ihm. Entsprechend erfolgreich war sein Unternehmen. Er hätte problemlos expandieren können, aber er wollte die persönliche Note bewahren.«

»Und dann ist er deiner Mutter begegnet?«

»Genau. Er meinte, zu diesem Zeitpunkt sei er bereits ein vollkommen anderer Mensch gewesen. Allein schon, weil er ein ganzes Jahrzehnt älter war. Aber auch, weil ihn die Vergangenheit so tief geprägt hatte.«

Ihn und uns alle, dachte Erica. »Und in welcher Hinsicht?«

»Verantwortung war für ihn ein wichtiges Thema. Wenn er einem Kunden versicherte, dass er etwas erledigen würde, dann erledigte er es auch. Selbst wenn das bedeutete, dass er die ganze

Nacht damit beschäftigt war, ein wegen Frost geplatztes Rohr zu reparieren. Egal, was ich mir vornahm, er ermunterte mich immer, es auch zu Ende zu bringen, ganz gleich, wie schwer es mir fiel. Die vergangenen Jahre waren nicht leicht für mich, und ich muss oft an ihn denken. Anfangs gab es Tage, an denen ich kaum aus dem Bett kam. Dann stellte ich mir immer vor, dass er mir die Decke wegzog und mich aufforderte, aufzustehen und mich an die Arbeit zu machen. Macht es dich traurig, das zu hören? Wenn ich nicht mehr weiterreden soll, sag es mir bitte.«

»Nein, nein, ich möchte nicht, dass du aufhörst.« Ein Teil von ihr hätte sich zwar am liebsten die Ohren zugehalten, doch der weit größere Part wollte mehr erfahren.

Dies war eine Seite an ihrem Vater, die ihr vollkommen neu war. Und sie war *echt*. Bisher hatte sie nur die Perspektive ihrer Mutter kennengelernt. Und für ihre Mutter war er nichts weiter gewesen als der Mann, der seine Familie im Stich gelassen hatte, als sie ihn am dringendsten gebraucht hätte. Für ihre Mutter – und damit auch für Erica – war er von da an in der Zeit stehen geblieben, ohne sich weiterzuentwickeln. Ihre Mom hatte ihn auf die eine, einzige Handlung reduziert, mit der er ihr ganzes Leben zerstört hatte. Entsprechend war das Bild, das Erica von ihm hatte, so eindimensional wie das eine Foto, das ihre Mutter ihr gezeigt hatte, als sie wissen wollte, wie er denn überhaupt aussah. Hattie dagegen beschrieb keinen Fehler, sondern einen Menschen. Und zum ersten Mal erwachte das eindimensionale Bild zum Leben.

Im Lauf der Jahre hatte sie immer wieder Wut und abgrundtiefe Ablehnung gegenüber dem Mann empfunden, der eine so wichtige Rolle in ihrem Leben gespielt hatte, ohne je wirklich daran teilzuhaben. Doch auf einmal waren ihre einst so klaren Gefühle ihm gegenüber verschwommen und so gar nicht mehr klar.

Hattie stand auf und legte ein weiteres Scheit ins Feuer. »Es war meine Mutter, die ihn überredet hat, noch einmal zu versuchen, Kontakt zu dir aufzunehmen.« Sie blickte in die flackernden Flammen. »Damals war sie schwanger mit mir, ich nehme an, dass ihr das Thema deswegen so wichtig war. Sie fand, das sei das Mindeste, was er dir schuldig war. Ich glaube, er hatte große Angst vor diesem Schritt. Vor allem davor, zurückgewiesen zu werden. Aber trotzdem hat er es getan. Als ich zur Welt kam, warst du zwölf Jahre alt. Er hatte eine Geburtstagskarte geschickt. Doch deine Mutter verbot ihm erneut, jemals wieder Kontakt zu euch aufzunehmen. Er war traurig darüber, aber nicht sonderlich überrascht. Er konnte ihre Reaktion nachvollziehen und machte sich selbst schlimme Vorwürfe. Trotzdem wollte er die Tür zu dir einen Spaltbreit offen halten. Er hat immer gehofft, dass er eines Tages doch noch die Chance bekommen würde, eine Beziehung zu dir aufzubauen. Vor allem aber wollte er, dass du die Wahl hast.«

Ericas Hand zitterte, als sie vorsichtig ihr Glas auf dem Tischchen abstellte. »Nach dem Tod meiner Mutter habe ich die Geburtstagskarte zwischen ihren Sachen gefunden.«

»Ich wusste ja gar nicht, dass du deine Mutter verloren hast.«

»Sie ist vor zwei Jahren gestorben.«

Hattie richtete sich auf und sah sie mitfühlend an. »Das tut mir sehr leid. Das alles muss so schwer für dich sein. Wäre es dir lieber, wenn wir aufhören zu reden?«

»Nein.« Es war schwer, das stimmte. Aber nicht halb so schwer, wie sie gedacht hätte. Vielleicht lag es daran, dass Hattie so ehrlich und direkt mit der Thematik umging. »Mich interessieren die Details. Mir ist das alles vollkommen neu.«

»Du musst so viele Fragen gehabt haben, als du die Karte gefunden hast.« Hattie griff nach ihrem Glas und lehnte sich wieder zurück. »Ist das der Grund, aus dem du jetzt hier bist? Nein, das kann nicht sein. Aber wenn es schon zwei Jahre her ist, dass du die Karte gefunden hast, warum bist du dann jetzt erst gekommen? Zufall kann es nicht gewesen sein, also musst du aus irgendeinem Grund beschlossen haben, dass es an der Zeit ist, mich kennenzulernen. Aber richtig froh hast du nicht gewirkt, als ich schließlich vor dir stand.«

Erica blickte ins Feuer. Draußen fiel dichter Schnee auf die Bäume mit ihren dicken weißen Hauben. »Nachdem ich die

Karte gefunden hatte, war ich erst einmal vollkommen durcheinander. Und ja, ich hatte Fragen. So viele Fragen.«

»Aber niemanden, der sie beantworten konnte.«

»Genau. Abgesehen davon, dass meine Gefühle mehr als gemischt waren.« Es war das erste Mal, dass sie das offen zugab. »Ein Teil von mir war aufgebracht, weil meine Mutter mir die Karte vorenthalten hatte. Andererseits war mir aber auch klar, dass sie mich damit hatte beschützen wollen. Und gleichzeitig wollte ich *sie* beschützen. Sie hat nie etwas getan, ohne gründlich darüber nachzudenken. Wenn sie gewollt hätte, dass ich von dem Kontaktversuch unseres Vaters erfahre, dann hätte sie mir die Karte gegeben.«

»Das war eine schwerwiegende Entscheidung«, sagte Hattie nach einem kurzen Schweigen. »Insbesondere, weil es ja vor allem um dich ging. Und du warst gar nicht wütend auf sie?«

»Doch, zuerst schon ein wenig. Aber dann hab ich mir wieder in Erinnerung gerufen, wie ihr Leben verlaufen ist. Er hat sie alleingelassen, und sie war anfangs vollkommen verängstigt. Außerdem gab es ja eine Zeit, zu der sie ihm vermutlich noch hätte verzeihen können. Doch damals hat er nicht versucht, sich bei ihr zu melden.« Die Vorstellung, wie schwer diese Zeit für ihre Mutter gewesen sein musste, versetzte Erica einen Stich. »Sie muss dieselbe Angst empfunden haben, die ihn dazu bewogen hat, das Weite zu suchen. Am Ende war sie es, die die gesamte Verantwortung allein übernehmen musste. Und das hat sie getan. Sie war zutiefst unabhängig, wollte sich niemals wieder so verletzbar machen, wie sie es damals gewesen war. Und sie hat mich dazu erzogen, ebenso unabhängig zu werden. Mein Leben selbst in die Hand zu nehmen.«

»Deine arme Mutter«, murmelte Hattie leise. »Als an deinem zwölften Geburtstag die Karte bei euch im Briefkasten steckte, muss es ihr den Boden unter den Füßen weggezogen haben. Die Vorstellung, ihn wieder in ihr und damit auch dein Leben zu lassen, muss ihr große Angst gemacht haben. Was, wenn er alles zerstört hätte, was sie sich aufgebaut hatte?«

»Genau. Aber weggeworfen hat sie die Karte nicht, was ich als Zeichen dafür werte, dass sie zumindest hin- und hergerissen war.« Sie warf Hattie einen Blick zu. »So wie ich auch. Deswegen habe ich die Karte erst einmal beiseitegelegt, zusammen mit ein paar anderen persönlichen Gegenständen von ihr, die ich aufbewahrt habe. Viele waren es nicht.« Sie musste lächeln. »Wie Anna dir sicherlich bestätigen wird, bin ich eher nicht der sentimentale Typ. Trotzdem konnte ich nicht aufhören, über die Karte nachzudenken und wollte irgendwann dann doch mehr über meinen Vater wissen. Also heuerte ich einen Privatdetektiv an.«

Hattie hob die Brauen. »Das geht wirklich? So was passiert sonst doch nur im Kino.«

»Wortwörtlich dasselbe hat auch Claudia gesagt. Aber ja, Privatdetektive gibt es wirklich. Und meiner fand schnell heraus, dass mein Vater gestorben war. Allerdings fand er auch heraus, dass du existierst. Du und Delphi.« Erica verstummte, überlegte, wie viel sie preisgeben sollte. »Der Bericht enthielt außer einigen Daten und Orten kaum nennenswerte Informationen. Es waren reine Fakten. Also recherchierte ich selbst noch ein wenig und stieß auf einen Artikel über dieses Hotel, in dem erzählt wurde, was alles passiert war.«

»Und was hat dich dazu bewegt herzukommen, um mich kennenzulernen?«

Diese Frage hatte sie sich selbst schon tausendmal gestellt.

Tief in ihr flatterte ein Anflug von Panik auf. »Ich weiß es selbst nicht recht. Ich konnte einfach nicht aufhören, an euch zu denken. Vielleicht weil ich wusste, dass du allein ein Kind aufziehst, genauso wie meine Mutter.«

»Vielleicht warst du ja auch einfach nur neugierig auf mich. Ich für meinen Teil war jedenfalls definitiv neugierig auf dich. Wieso auch nicht? Wir sind verwandt. Eine *Familie*.« Hattie verlagerte das Gewicht. »Ich habe so oft an dich gedacht. Aber da ich nichts Konkretes über dich wusste, hatte ich nur meine Fantasie.«

Ericas Mund war wie ausgedörrt. »Und … Und was hast du dir vorgestellt?«

»Als ich jünger war, habe ich mir regelmäßig ausgemalt, wie du bei uns vor der Tür stehst. In meinen Träumen haben wir uns natürlich auf Anhieb blendend verstanden und waren von jetzt auf gleich beste Freundinnen.« Sie lächelte kläglich. »Damals hatte ich noch ziemlich hohe Erwartungen.«

Beim Gedanken daran, wie unfreundlich sie auf Hatties ersten Annäherungsversuch reagiert hatte, überkamen Erica tiefe Schuldgefühle. »Ich bin nicht der Typ für Freundschaft auf den ersten Blick. Dafür bin ich zu vorsichtig.«

»Das kann ich gut nachvollziehen. Nach allem, was passiert ist, muss es dir sehr schwerfallen, überhaupt jemandem zu vertrauen. Aber so eng, wie deine Freundschaft zu Anna und Claudia ist, scheint es dir trotzdem gelungen zu sein.«

Das stimmte. Ihren beiden Freundinnen vertraute sie blind.

Nach kurzem Schweigen fuhr Hattie fort: »Ich erwarte ja auch gar keine Freundschaft auf den ersten Blick von dir. Aber es würde mich freuen, dich etwas besser kennenlernen zu dürfen. Und natürlich hoffe ich, dass wir uns eines Tages näherstehen als jetzt. Ich glaube, unserem Dad hätte das gefallen. Ich würde es jedenfalls schön finden und Delphi auch.« Sie spielte mit ihrem Glas herum. »Als ich vorhin bei dir geklopft habe, wirkte es so, als ob du lieber gar keine Beziehung zu mir hättest. Falls das so ist, respektiere ich das natürlich.«

Wenn Erica ehrlich war, hatte sie gerade keine Ahnung mehr, was sie wollte. Eine Beziehung zu Hattie und Delphi aufzubauen, war keine Nebensache, insbesondere nicht, da ein Kind im Spiel war. Sie erinnerte sich noch genau, wie einsam ihre eigene Kindheit gewesen war. Dass stets der Verdacht an ihr genagt hatte, es sei womöglich ihre Schuld, dass sie immer nur zu zweit waren. Dass ihr Vater vielleicht nie gegangen wäre, wenn sie ein anderer Mensch gewesen oder irgendetwas anders gemacht hätte. Oder dass er vielleicht zumindest zurückgekommen wäre. Sie wollte sich nicht in Delphis Leben drängen, nur um bald darauf wieder daraus zu verschwinden und der Kleinen am Ende noch unbeabsichtigt das Gefühl zu vermitteln, sie hätte versagt.

Bislang war der Kontakt zwischen ihnen einigermaßen oberflächlich geblieben. Noch konnte sie morgen früh wieder abreisen und alles, was sie hier erlebt hatte, hinter sich lassen. Delphi würde vermutlich keine Woche brauchen, um sie zu vergessen.

Aber wollte sie das wirklich?

Zum ersten Mal in ihrem Leben hatte sie keine Ahnung, was gut für sie war. Sie kam sich feige vor, unentschlossen. Gerade wusste sie nur eins: dass sie sich bei Hattie entschuldigen musste.

»Es tut mir sehr leid, dass ich vorhin so unhöflich war. Ich möchte mich entschuldigen. Ich weiß, das macht es nicht wieder gut, aber ich hatte vollkommen unterschätzt, wie emotional ich auf die ganze Angelegenheit reagieren würde. Meinen Vater habe ich nie kennengelernt, und dich kannte ich auch nicht. Deswegen hätte ich nicht gedacht, dass mich eine derartige Flutwelle an Gefühlen überrollen würde. Es war …« Sie starrte in ihr Glas. »Nein, es *ist* verwirrend.«

»Das geht mir nicht anders. Du bist immer so etwas wie eine graue Eminenz in meinem Leben gewesen. Ein Mahnmal dafür, wie wichtig es ist, Verantwortung zu übernehmen.« Hattie deutete auf das Fenster, hinter dem der Schnee durch die dunkle Nacht wirbelte. »Es schneit ganz schön stark. Wenn das so weitergeht, habt ihr morgen vielleicht gar nicht mehr die Möglichkeit abzureisen.«

Eine tiefe Sehnsucht schwang in ihrer Stimme mit, und Erica hielt den Zeitpunkt für geeignet, um ihr zu gestehen, dass sie gar nicht mehr abreisen wollte. Aber es gelang ihr einfach nicht, die Worte laut auszusprechen. Sie wusste nicht recht, was sie fühlen sollte. Denn wenn sie blieb, bedeutete das, dass die Verbindung zwischen ihnen stärker wurde, und sie war nicht sicher, ob sie dazu bereit war.

Hattie beendete das Schweigen. »Erzählst du mir mehr von dir? Zum Beispiel, wo du wohnst?«

»Ich habe eine Wohnung in Manhattan. Aber dort halte ich mich nicht sonderlich oft auf. Ich bin beruflich viel auf Reisen.«

»Und wo?«

»Überall.« Das Thema war sicheres Terrain, und Erica entspannte sich ein wenig. »Häufig in Europa und im Fernen Osten.«

»Das klingt aber glamourös.«

»Manchmal ist es das auch.« Erica dachte an die Hotelzimmer, die Spas, den Zimmerservice. »Aber häufig ist es auch recht einsam.«

»Und gibt es in deinem Leben jemand Besonderen?«

»Du meinst in Liebesdingen?« Zählte Jack? Nein, ihre Beziehung beruhte auf pragmatischen Erwägungen und war zwar befriedigend, aber nichts Ernstes. »Nein.«

»Und wieso hast du dann gezögert?« Hattie beugte sich vor und reichte ihr die Flasche, damit sie sich nachschenken konnte. »Magst du es mir erzählen?«

Erica goss sich einen winzigen Schluck Wein nach. »Es gibt jemanden, mit dem ich mich hin und wieder treffe. Aber es ist eher eine Affäre, von der wir beide gleichermaßen profitieren. Unter anderem helfen wir uns gegenseitig aus, wenn der andere nicht allein zu einer Veranstaltung gehen will.«

»Aber du magst ihn. Und zwar sehr.«

Erica runzelte die Stirn. »Ich wüsste nicht, wie du anhand dessen, was ich gerade über ihn erzählt habe, zu einer solchen Schlussfolgerung gelangen solltest.«

»Weil du mir keine Frau zu sein scheinst, die Zeit mit jemandem verbringt, dessen Nähe sie als unangenehm empfindet.«

Erica zuckte mit den Achseln. »Trotzdem weiß ich meine Unabhängigkeit zu schätzen.«

Hattie musterte sie mit schief gelegtem Kopf. »Aber inwiefern würde es deine Unabhängigkeit bedrohen, eine Beziehung zu jemandem einzugehen?«

Das war eine berechtigte Frage, und Erica wollte keine gute Antwort darauf einfallen. Tatsächlich wusste sie Jacks Nähe zu schätzen. Er hatte sie nie gebeten, irgendetwas an ihrem Leben zu ändern oder aufzugeben. Warum also hatte sie neulich kategorisch abgelehnt, dass er über Nacht blieb?

»Schätze, ich habe einfach meine Gewohnheiten.« Hastig wechselte sie das Thema. »Und wie sieht es bei dir aus? Noah schien dir gegenüber sehr … aufmerksam zu sein.«

»Er ist ein großartiger Freund.« Hattie lief feuerrot an, und Erica wusste, dass Anna an ihrer Stelle sofort in ein Kreuzverhör eingestiegen wäre. Aber sie war nun mal nicht Anna.

Ob sie erwähnen sollte, dass Delphi sich wünschte, Noah würde bei ihnen einziehen? Nein, besser nicht. Sie hatte keine

Ahnung, was für Anforderungen an das Tantendasein gestellt wurden, aber Delphis Vertrauen zu missachten, schien ihr kein guter Anfang.

»Du hast übrigens recht, der Wein ist wirklich gut.« Wie gut, das fiel ihr erst jetzt auf, wo sie sich nicht mehr voll und ganz auf ihre Unterhaltung konzentrierte.

Hattie musterte die Flasche. »Brent hat vor unserer Eröffnung einen Sommelier angeheuert, der unseren Weinkeller bestückt hat. Er hat uns jede Menge Anweisungen dagelassen, unter anderem auch, wann welche Flaschen geöffnet werden sollten. Den hier habe ich letzte Woche unten im Keller gefunden und beschlossen, ihn mir selbst zu schenken.«

»Eine hervorragende Entscheidung.« Erica trank noch einen Schluck. »Allerdings hab ich ein schlechtes Gewissen, auf deine Kosten zu trinken. Schreibst du die Flasche auf meine Rechnung?«

»Ach, mach dir deswegen keine Gedanken. Viel Gewinn machen wir hier zwar nicht, aber dadurch, dass ich Tucker und Stephanie nicht mehr bezahlen muss, sind meine Betriebskosten drastisch gesunken. Die beiden waren so was wie die weißen Trüffel unter meinen Angestellten.«

Erica musste lachen. »Du warst wirklich tapfer vorhin. Das hast du richtig gut gemacht.«

»Findest du? Es hat sich nämlich eher so angefühlt, als würde ich wild um mich schlagen, weil ich in die Ecke gedrängt wurde. Und ohne dich und die hilfreichen Fähigkeiten deiner Freundinnen wäre der Abend die reinste Katastrophe geworden. Aber was soll's.« Hattie prüfte die Weinfarbe im Licht. »Ich finde eher dich mutig, weil du dich getraut hast herzukommen.«

Mutig? Sie hatte die Hintergründe ihrer Reise bis zum Schluss geheim gehalten. Doch dann hatte sie das Hotel betreten, und ein kurzer Blick auf das Foto von Hattie und ihrem Vater hatte gereicht, um sie emotional so aus der Bahn zu werfen, dass sie beinahe davongelaufen wäre.

Aber eben nur beinahe.

Denn weiter als bis zur Buchhandlung war sie nicht gekommen.

Dennoch war sie zutiefst davon überzeugt gewesen, dass sie abreisen wollte. Und jetzt?

Während ihres Gesprächs war etwas zwischen ihnen gewachsen. Hattie war keine Fremde mehr, sondern ein Mensch aus Fleisch und Blut. Dort, wo Erica bislang nur die nackten Tatsachen bekannt gewesen waren, befand sich jetzt anstelle einer groben Skizze ein detailliertes Bild. Und dann war da natürlich auch noch Delphi.

Ein Grund mehr für Erica, an der Entscheidung, dem Maple Sugar Inn den Rücken zuzukehren, zu zweifeln.

Sicher: Sie konnte wie geplant morgen früh abreisen, Weihnachten in der Stadt verbringen und sich wieder in die Sicherheit ihrer Komfortzone zurückziehen. Ihr altes Leben weiterführen, als wäre nie etwas passiert. Vielleicht würde sie Hattie ja hin und wieder schreiben.

Aber war das wirklich, was sie wollte?

18. KAPITEL

CLAUDIA

»Ich sag euch, der Mann muss der reinste Tyrann gewesen sein.«
Claudia träufelte eine Extraportion Ahornsirup über ihre Pancakes. »Einer von denen, die versuchen, anderen mit ihren Gerichten Angst einzujagen. Dabei sollte Essen niemals einschüchternd wirken. Wenn Tucker selbst ein Gericht wäre, würde ich
es *Eine saftige Scheibe Ego auf einem Bett aus übersteigertem
Selbstwertgefühl* nennen.«

Anna trank einen Schluck Kaffee. »Wenn Tucker sich den Namen selbst ausgesucht hätte, wäre daraus sicherlich ein *Soufflé
aus übersteigertem Selbstwertgefühl* geworden.«

Claudia lächelte. In ihrem Inneren kribbelte alles. Sie konnte
sich nicht mehr erinnern, wann sie zuletzt so viel Spaß gehabt
hatte wie am Vorabend. Sie hatte in der Küche schalten und
walten können, wie sie wollte – jedenfalls so weit das möglich
war, wenn man sich in Zügen an das verschwurbelte Menü
eines Spitzenkochs mit aufgeblähtem Ego halten musste. »Mit
Leuten wie ihm hab ich schon gearbeitet, und vertraut mir, das
war eine Erfahrung, auf die ich gut und gern hätte verzichten
können. Er war einer von diesen Typen, die glauben, die Lebensmittel müssten noch dankbar dafür sein, von ihm zubereitet
zu werden.«

Die Art Chefkoch, die ihr die Arbeit im Küchenbetrieb ver-
leidet hatte.

Anna nahm einen Schluck Kaffee. Sie trug einen cremefarbenen Strickpulli mit Zopfmuster, und das seidige, dunkle Haar
fiel ihr bis über die Schultern. »Meinst du, er kommt noch mal
wieder?«

»Hoffentlich nicht. Du siehst übrigens toll aus. Wie aus einer Werbeanzeige für Weihnachtskurzurlaube. Ist das schon wieder ein neuer Pulli?«

Anna legte den Kopf schief. »Kommt drauf an, was du unter neu verstehst.«

Ob sie selbst je so gepflegt ausgesehen hatte wie Anna? Wenn sie nicht gerade arbeitete, war sie eher der Typ, der direkt nach dem Aufstehen in seine Trainingssachen purzelte. Und wenn sie nicht trainierte, trug sie fast immer ihre bequemste Jeans. Wenn jemand unangekündigt vorbeischaute, entschuldigte sie sich meistens für ihr Aussehen und sagte, dass sie nicht mit Besuch gerechnet habe. Aber sie war ziemlich sicher, dass man Anna auch mitten in der Nacht aus dem Bett klingeln konnte, und trotzdem würde sie von Kopf bis Fuß makellos aussehen, wenn sie die Tür öffnete.

Anna sah aus wie eine Erwachsene. Claudia dagegen fühlte sich stets, als wäre sie noch nicht ganz im Erwachsenenleben angekommen. Während sie an ihrem Pancake knabberte, beschloss sie, sich in Zukunft stärker um dieses Thema zu bemühen.

Anna nahm sich Obst aus dem Korb in der Tischmitte. »Meinst du nicht, dass er es sich vielleicht noch einmal anders überlegt, sobald sich die Gemüter beruhigt haben?«

»Ich glaube, der Mann ist grundsätzlich nicht dazu in der Lage, sich zu beruhigen. Hattie ist ohne ihn besser dran. Und zum Glück hat sie eine exzellente Frühstücksköchin. Diese Buttermilch-Pancakes sind einfach traumhaft. Es ist gar nicht so leicht, die so fluffig hinzubekommen.« Sie begutachtete die Konsistenz. »Und dazu die karamellisierte Apfel-Walnuss-Mischung ... einfach perfekt.«

»Dass Hattie auf lange Sicht ohne ihn besser dran ist, kann ich mir durchaus vorstellen«, bemerkte Anna. »Aber auf kurze Sicht braucht sie nun mal einen Küchenchef. Oder könnte die Frühstücksköchin auch die Abende übernehmen?«

»Da sind leider ganz andere Fertigkeiten gefragt.« Claudia legte die Gabel beiseite. »Willst du damit etwa andeuten, dass ich meine Sache nicht gut gemacht habe? Denn in dem Fall möchte ich dir an dieser Stelle höflich mitteilen, dass ich gestern Abend insgesamt achtmal die Küche verlassen musste, um mich mit Gästen zu unterhalten, die sich gern persönlich bei mir bedanken wollten. Die Kundschaft war zufrieden, und die Küchenbrigade hat den Abend ohne neue Traumata überstanden. Ich würde sagen, das kann man durchaus als Erfolg verbuchen.«

»Seit wann bist du denn so empfindlich? Ich habe doch mit keinem Wort behauptet, dass du keine gute Arbeit geleistet hast. Natürlich hast du das – fantastische sogar! Aber du bist nur einen Abend lang eingesprungen, das ist alles. Und heute reisen wir ab.« Anna warf einen Seitenblick zu Erica, dann schnitt sie weiter ihren Pancake klein. »Du bist keine Dauerlösung. Aber genau die braucht Hattie.« Sie nahm einen Bissen. »Du hast recht, diese Pancakes sind wirklich köstlich. Ist das Zimt an den Äpfeln?«

»Genau.« Die Vorstellung, heute abreisen zu müssen, ließ Claudias Stimmung schlagartig in den Keller sinken. Gestern Abend hatte sie zum ersten Mal seit einer Ewigkeit keinen Gedanken an John verschwendet oder sich gefragt, was sie nur mit ihrem Leben anstellen sollte. Sie war voll und ganz im Augenblick aufgegangen, hatte jede einzelne Sekunde genossen. Die Herausforderung, in einer derart schwierigen Situation in letzter Sekunde einspringen zu müssen, hatte ihr einen Kick verpasst – ganz abgesehen davon, dass sie es einfach schön fand, Hattie helfen zu können.

Sie mochte es hier im Hotel, und die paar Stunden als Küchenchefin hatten zu den glücklichsten gezählt, die sie seit Jahren erlebt hatte.

»Du lächelst«, sagte Anna. »Hast du jemanden kennengelernt?«

»Was? Nein! Warum sollte ich jemanden kennengelernt haben, nur weil ich lächle? Ich lächle doch ständig.«

»Aber nicht so.« Anna deutete mit der Gabel auf ihre Lippen. »Nicht dieses alberne, frisch verliebte Lächeln.«

»Aber das hat nichts mit einem Mann zu tun. Ich hatte einfach einen tollen Abend, das ist alles. Und ich habe festgestellt, dass ich immer noch gerne koche.« Sie wartete nur darauf, dass Erica einwarf, sie hätte es ja immer schon gewusst, doch ihre Freundin blickte nur wortlos aus dem Fenster. »Und nicht nur das Kochen. Ich habe außerdem herausgefunden, dass ich unter den richtigen Umständen auch gerne Chefköchin bin. Was eine echte Erleichterung ist, weil mir diese Freude komplett abhandengekommen war und ich schon dachte, sie sei für immer verloren. Ein bisschen war das, als hätte ich festgestellt, dass ich meinen Mann doch noch liebe und mich nicht scheiden lassen muss.«

»Ich habe zwar nicht die leiseste Ahnung, wie sich das anfühlen könnte, weil ich mich noch nie von Pete scheiden lassen wollte, aber ich freue mich für dich.«

Claudia freute sich auch für sich. »Auf jeden Fall ändert das einiges. Gestern Morgen blickte ich noch in die Zukunft, ohne zu wissen, was ich überhaupt machen möchte. Doch jetzt weiß ich es. Ich möchte immer noch als Köchin arbeiten. Nur eben nicht irgendwo. Mir ist die Atmosphäre wichtig. Deswegen muss ich darauf achten, dass ich jetzt nicht panisch werde und einfach das erstbeste Jobangebot akzeptiere. Ich muss mir die nötige Zeit nehmen, um sicherzugehen, in einer Küchenkultur zu landen, die auch wirklich zu mir passt.«

Anna griff nach ihrer Hand und drückte sie. »Wie schön, dich so glücklich zu sehen.« Sie nahm noch einen Bissen Pancake, dann fragte sie: »Und wie will Hattie das Abendmenü heute angehen?«

»Keine Ahnung. Wir treffen uns nach dem Frühstück, um durchzusprechen, wie sie die Karte so vereinfachen kann, dass sie vielleicht sogar eine Zeit lang mit dem Rest der Brigade auskommt.« Claudia hätte ihr ja gern ihre Dienste angeboten, doch dazu war sie aktuell nicht in der Position.

Wieder warf sie einen Blick in Ericas Richtung. Ob sie es sich vielleicht doch noch einmal überlegen würde?

Hattie schien toll zu sein. Und ja, anfangs war die Situation zwischen Erica und ihr ein wenig schwierig gewesen, aber inzwischen hatten sie das geklärt. Warum also war es Erica so wichtig, das Hotel zu verlassen?

Erica hatte kein Wort gesagt, seit sie sich an den Frühstückstisch gesetzt hatten. Auch ihr Essen hatte sie nicht angerührt.

Stattdessen nippte sie nur hin und wieder an ihrem schwarzen Kaffee und sah gedankenverloren zum Fenster hinaus. Nicht dass etwas verkehrt daran gewesen wäre, aus dem Fenster zu schauen. Über Nacht hatte es noch mehr geschneit, und heute Morgen waren sie von einem strahlend blauen Himmel und in der Sonne funkelndem Neuschnee geweckt worden. Die Bäume sahen aus wie mit glitzerndem Puderzucker überzogen, und die Zweige bogen sich unter ihrer weißen Last. Auch wenn sie es nicht für möglich gehalten hätte, ließ die Aussicht die Atmosphäre im Hotel sogar noch festlicher erscheinen.

»Was habt ihr beiden eigentlich gestern getrieben, während ich in der Küche Blut und Wasser geschwitzt habe?« Claudia aß ihre Pancakes auf und nahm sich vor, der Frühstückschefin nachher zu gratulieren.

»Ich habe eine äußerst unterhaltsame Stunde mit Delphi verbracht«, erzählte Anna. »Dabei ist mir wieder einmal aufgefallen, wie sehr ich Kleinkinder mag. Und wie wahnsinnig anstrengend sie sind.«

Claudia griff nach ihrer Kaffeetasse. »Wie alt ist sie eigentlich?«

»Fünfdreiviertel, wie sie mich gestern aufgeklärt hat. Wir haben gelesen, und sie hat mir innerhalb einer halben Stunde schätzungsweise zweihundertfünfzig Fragen gestellt. Außerdem hat sie mich mit interessanten Fakten überschüttet. Wusstet ihr beispielsweise, dass es über fünfhundert Hai-Arten gibt und Haie insgesamt seit mehr als vierhundert Millionen Jahren existieren?«

»Vierhundert Millionen? Ich beschwere mich nie wieder, dass ich bald vierzig werde.« Claudia unterdrückte ein Gähnen. »Ich erinnere mich noch genau, dass deine Kinder in dem Alter auch eine Frage nach der anderen gestellt haben. Weißt du noch, Erica?«

Erica antwortete nicht, und Anna runzelte kaum merklich die Stirn.

»Erica?«

Erica drehte sich zu ihnen um und blinzelte. »Entschuldigung, hab ich was verpasst?«

»Ein angeregtes Gespräch sowie die köstlichsten Pancakes von Vermont.« Claudia deutete auf den unberührten Teller, der vor ihr auf dem Tisch stand. »Du solltest etwas essen.«

»Ich bin aber nicht hungrig.«

»Wenn du nichts isst, beleidigst du damit die Köchin.«

»Gestern hast du mir noch erzählt, dass einzig und allein die Gäste zählen, nicht die Gefühle des Kochs.«

»Gestern war gestern, heute ist heute. Außerdem hängt das davon ab, wer in der Küche steht. Und ich mag die Frühstücksköchin. Also isst du jetzt was. Und dabei erzählst du uns, was mit dir los ist.« Claudia beugte sich über den Tisch und stibitzte sich einen Bissen von Ericas Pancake. »Anna kitzelt es so oder so irgendwann aus dir raus, also kannst du es uns auch einfach so erzählen. Autsch!« Anna hatte ihr unter dem Tisch einen beherzten Tritt gegen das Schienbein verpasst, und sie verstummte.

»Ich habe gestern an deine Zimmertür geklopft«, sagte Anna. »Aber du hast nicht aufgemacht und auch nicht auf meine Nachricht reagiert. Ich habe mir Sorgen gemacht.«

»Ich hatte das Handy ausgestellt.« Erica aß ein Stückchen Pancake. »Ich habe den Abend mit Hattie verbracht.«

»Wie schön!« Oder? Claudia rieb sich das schmerzende Schienbein. »Habt ihr geredet?«

»Ja, und dabei haben wir eine Flasche außergewöhnlich guten Rotwein geleert. Ich habe veranlasst, dass man Pete und dir zu Weihnachten eine Kiste schickt, Anna.«

»Oh, danke, wie lieb von dir!« Anna beugte sich gespannt vor. »Und? Los, erzähl uns die Details.«

»Es ist ein Pinot noir. Pete wird begeistert sein.«

»Ich mein doch nicht den Wein.«

Erica legte die Gabel weg. »Weiß ich doch.«

Die ersten anderen Gäste trudelten im Restaurant ein und lächelten zum Gruß, als sie auf dem Weg zu ihren Tischen an den drei Freundinnen vorbeikamen.

Anna wartete, bis alle außer Hörweite waren. »Du musst uns auch gar nichts darüber erzählen, wenn du nicht möchtest.«

»Doch, muss sie!«, protestierte Claudia. »Denn wenn wir heute Vormittag abreisen, müssen wir Pläne schmieden.« War es sehr egoistisch von ihr, sich zu wünschen, dass sie blieben?

Annas Aufmerksamkeit gehörte allein Erica. »War das Gespräch sehr aufwühlend?«

Erica schob ihren Teller weg. »Vor allem war es merkwürdig. Aber ja, es hat mich aufgewühlt. Hattie hat so viel von meinem Vater erzählt. Ich glaube, es war das erste Mal, dass ich wirklich begriffen habe, dass er ein echter Mensch aus Fleisch und Blut war. Bis gestern war er für mich immer nur der Mann, der uns verlassen hat. *Der Wegläufer,* wie meine Mutter ihn manchmal bezeichnet hat.«

Claudia bekam Gewissensbisse, weil sie in dieser für Erica so bewegenden Zeit überhaupt an sich selbst dachte. Natürlich würden sie fahren, wenn das Ericas Wunsch war!

Sie wollte das Richtige sagen, nur wusste sie nicht, was das Richtige war. Es war zwecklos, so zu tun, als könnte sie Ericas Lage nachvollziehen. Claudias Eltern waren ähnlich durchschnittlich und langweilig wie Annas, und sie war dankbar dafür. Inzwischen waren sie seit fünfundvierzig Jahren verheiratet, stritten seit fünfundvierzig Jahren über dieselben Kleinigkeiten, pflegten seit fünfundvierzig Jahren ihren Garten und beendeten seit fünfundvierzig Jahren die Sätze des jeweils anderen. Sie konnte sich nicht einmal im Ansatz vorstellen, wie Erica sich gerade fühlte.

»Wie hättest du ihn auch sonst sehen sollen?«, sagte Anna. »Dir blieb doch gar keine andere Wahl, weil es dir an Informationen fehlte.« Sie schob Erica wieder den Teller hin.

»Und all diese fehlenden Informationen hat Hattie mir jetzt geliefert.« Erica griff nach ihrer Gabel und stocherte in ihrem Essen herum. »Für uns war er der Wegläufer. Und doch ist er geblieben, als er plötzlich ganz allein mit Hattie dastand. Sie hat er nicht im Stich gelassen. Er wurde von heute auf morgen zum alleinerziehenden Vater und ist eine Menge Kompromisse eingegangen, um sich angemessen um seine Tochter kümmern zu können.«

»Das ist ja herzzerreißend! Und da heißt es immer, Menschen würden sich nicht ändern.« Anna trank ihren Kaffee aus. »Hat es dir wehgetan, davon zu erfahren?«

»Könnte man meinen, oder?« Erica verstummte, und es sah aus, als würde sie in sich hineinhorchen. »Tut es aber nicht. Eigentlich hilft es mir eher zu wissen, dass mein Vater kein schlechter Mensch war. Trotz allem scheint er letzten Endes Anstand besessen zu haben.«

Claudia hörte aufmerksam zu, als Erica ihnen das Gespräch im Detail nacherzählte. Sie fragte sich, ob sie an Ericas Stelle wütend auf ihre Mutter gewesen wäre, weil sie nicht auf den Versuch ihres Vaters eingegangen war, Kontakt aufzunehmen und sich zu versöhnen. Erica allerdings war und blieb ihrer Mutter gegenüber unverrückbar loyal und schien kein bisschen wütend zu sein. Höchstens ein wenig traurig.

Ob Ericas Leben wohl einen ganz anderen Verlauf genommen hätte, wenn ihr Vater wieder Teil ihres Lebens geworden wäre? Wenn sie miterlebt hätte, dass es vielleicht Männer geben mochte, die wegliefen, dass diese Männer aber auch erwachsen werden und sich beweisen konnten?

»Ich finde es schön, dass er Hattie von dir erzählt hat«, sagte Anna. »Andererseits ist aber die Vorstellung merkwürdig, dass sie ihr Leben lang alles über dich wusste, während du erst vor Kurzem erfahren hast, dass es sie überhaupt gibt. Jedenfalls scheint sie froh zu sein, dass du hier bist.«

»Das stimmt.«

Anna wechselte einen Blick mit Claudia, dann sah sie wieder zurück zu Erica. »Bist du sicher, dass du abreisen willst?« Ihre Frage klang beiläufig, doch Claudia war sich ziemlich sicher, dass Anna genau wusste, wie gern sie bleiben wollte.

»Keine Ahnung.« Erica legte ihre Gabel wieder beiseite. »Ich weiß einfach nicht, was ich will.«

In all den Jahren ihrer Freundschaft hatte Claudia noch nie erlebt, dass sich Erica mit einer Entscheidung schwertat. »Und was sagt dir dein Bauchgefühl?«

»Ich höre doch nicht auf mein Bauchgefühl, wenn ich Entscheidungen treffe. Sondern auf meinen Kopf. Und mein Kopf sagt mir, dass ich das hier lieber bleiben lassen sollte. Weil ich keine Ahnung habe, was ich zu tun habe, um zu sein, was ich sein soll.«

Jetzt war Claudia verwirrt. »Was sollst du denn sein?«

»Eine Schwester. Und ich kenne noch nicht einmal das Anforderungsprofil.« Blanke Panik flackerte durch Ericas Blick. »Dass ich sie mag, ist auch nicht eben hilfreich.«

»Aber … ist das nicht etwas Gutes?«

»Ja, so gesehen schon. Aber es erhöht gleichzeitig auch den Druck.«

Das schien sich auch Anna erst einmal durch den Kopf gehen lassen zu müssen. Nach längerem Schweigen fragte sie: »Du meinst, weil du sie magst und Angst hast, dass sie deine Zuneigung nicht erwidern könnte?«

Erica rutschte auf ihrem Stuhl herum und warf Anna einen finsteren Blick zu. »Hör auf, mich zu lesen wie ein offenes Buch! Wie machst du das nur, dass du immer wieder Dinge erkennst, die ich selbst noch gar nicht richtig durchschaut habe?«

»Das liegt daran, dass ich dich kenne.« Anna zögerte. »Du hattest immer schon Angst davor, verlassen zu werden. Und ich glaube, tief in dir drinnen hast du dich insgeheim immer gefragt, ob es vielleicht deine Schuld war, dass dein Vater gegangen ist. Auch wenn du genau weißt, dass es so nicht war.«

»Doch, in gewisser Weise war es das.« Erica schenkte ihnen ein trauriges Lächeln. »Er war noch nicht bereit, Vater zu sein. Wäre ich nicht gewesen, wäre er vielleicht geblieben. Und bitte macht daraus jetzt keine tiefenpsychologische Diskussion darüber, warum ich nicht verheiratet bin und keine acht Kinder in die Welt gesetzt habe. Denn die Wahrheit lautet, dass daran kein Vaterkomplex schuld ist. Ich *will* einfach keine Familie.«

»Schön!« Claudia nahm sich eine Portion Obst. »Ich könnte es mir nämlich gar nicht leisten, Geschenke für deine acht Kinder zu kaufen.«

»Ich genieße mein Leben wirklich.«

Anna zuckte mit den Achseln. »Aber das bezweifelt doch niemand. Trotzdem hättest du in diesem Leben noch Platz für ein paar mehr Menschen.«

»Ein *paar* mehr?«

»Hattie und se… und Delphi«, haspelte Anna. Hatte sie gerade *sexy Jack* sagen wollen? »Außerdem gibt es keinen Grund, warum Hattie dich nicht mögen sollte. Wir mögen dich doch auch.«

»Du vielleicht. Ich für meinen Teil kann sie nicht ausstehen«, bemerkte Claudia. »Leider hatte ich bisher ständig zu viel um die Ohren, um mir eine neue Freundin zu suchen.«

Erica lachte auf, und die Stimmung wurde lockerer. »Ich schätze, ich …«

Anna hob eine Hand, um das Gespräch zu unterbrechen. »Moment, wir haben Gesellschaft. Hallo, Delphi, na, wie geht es dir heute Morgen?«

»Sehr gut, danke.« Mit vollendeter Höflichkeit glitt Delphi auf den leeren Stuhl neben Erica und reichte ihr ein großes Blatt Papier. »Ich hab dir was gemalt, Tante Erica.«

Tante Erica?

Erschrocken musterte Claudia Ericas Gesicht, dann wanderte ihr Blick weiter zu Anna, die die Szene konzentriert beobachtete.

Einen Augenblick lang entgegnete Erica nichts. Doch dann nahm sie das Bild entgegen und betrachtete es. »Das ist für mich?«

»Ja, es ist ein Weihnachtsbild.« Delphi kniete sich auf den Stuhl und deutete auf das Blatt. »Das hier ist unser Zuhause, und das da ist meine Mommy, und da ist Rufus, und das da neben dem Weihnachtsbaum bist du. Das da ist Noah, auch wenn er an Weihnachten gar nicht hier bei uns ist, weil er nebenan wohnt und seinem Dad auf der Farm helfen muss. Wusstest du eigentlich, dass Haie keine Knochen haben?«

»Oh, das war mir neu. Wie interessant.« Erica sah mit zusammengekniffenen Augen genauer hin. »Und was habe ich da in der Hand? Ein Geschenk?«

»Ja. Das ist dein Geschenk für mich. Ich wusste nicht, wie groß ich es malen soll. Gar nicht schlimm, wenn das echte Geschenk, dass du für mich gekauft hast, kleiner ist als das auf dem Bild. Die Absicht zählt.« Delphi tätschelte ihr aufmunternd die Hand, und Claudia gab einen Lacher von sich, den sie hastig mit einem lauten Husten tarnte.

Irgendetwas sagte ihr, wenn jemand die Schutzmauern einreißen konnte, die Erica um sich herum errichtet hatte, dann Delphi.

»Das ist aber ein schönes Bild. Und das soll wirklich ich sein? Die Ähnlichkeit ist verblüffend, sehr gelungen! Und ich habe meine Lieblingsstiefel an.« Erica sah noch einmal genauer hin. »Da ist ja jemand auf dem Dach.«

»Ja, das ist der Weihnachtsmann. Er klettert gerade in den Schornstein. Eigentlich sollen wir alle schlafen, wenn er kommt, aber es ist so schwer, Leute zu malen, die im Bett liegen. Es ist ja nur ein Bild, deswegen dachte ich, dass es den echten Weihnachtsmann bestimmt nicht davon abhalten wird, herzukommen. Aber du musst wirklich bald einen Wunschzettel schreiben, weil er Zeit braucht, um dein Geschenk zu besorgen. Weißt du denn inzwischen, was du dir wünschst? Dann könnten wir den Wunschzettel jetzt nämlich zusammen schreiben. Ich kann dir helfen.«

Claudia hätte einiges dafür gegeben, dabei zu sein, wenn Erica einen Wunschzettel für den Weihnachtsmann schrieb. »Das hast du immer noch nicht erledigt, Erica? Schäm dich.«

Erica warf ihr einen strengen Blick zu. »Ich hatte zu tun. Ist deiner denn schon fertig?«

»Natürlich, seit November sogar! Ich mache es den Leuten gern so leicht wie möglich, und wenn es jemanden gibt, der aktuell Unterstützung gebrauchen kann, dann ja wohl der Weihnachtsmann.« Sie stahl das letzte Stückchen Pancake von Ericas Teller und lächelte selbstzufrieden. »Ich finde es nur fair, dem Weihnachtsmann ausreichend Zeit zu lassen. Schließlich hat niemand etwas davon, wenn er sich unnötig beeilen muss.« Sie war sich zwar ziemlich sicher, dass Erica ihr später dafür den Hals umdrehen würde, aber sie war bereit, das in Kauf zu nehmen.

»Das stimmt, der Weihnachtsmann hat viel zu tun«, bestätigte auch Delphi. »Und wenn du einen schwierigen Wunsch hast, dann sollte er so früh wie möglich davon erfahren.«

»Da … Da hast du wohl recht, ich werde es mir merken«, murmelte Erica perplex.

»Magst du Schnee?«

»Ja, manchmal schon.«

Vermutlich allerdings am liebsten, wenn sie ihn von drinnen durchs Fenster beobachtete.

»Ich *liebe* Schnee«, sagte Delphi. »Rufus liebt auch Schnee. Ich habe einen Schlitten. Hast du auch einen Schlitten?«

»Nein. Und ich bin auch noch nie Schlitten gefahren.«

Delphi riss die Augen auf. »Noch nie? Nicht mal, als du klein warst?«

»Ich bin in der Stadt aufgewachsen.«

Wieder tätschelte Delphi Ericas Hand, diesmal aus Mitleid. »Ich kann es dir beibringen. Das wäre schön. Ich muss jetzt mit Rufus Gassi gehen, aber wenn ich wieder da bin, können wir den Brief schreiben.« Im selben Moment, als Hattie den Raum betrat, sprang sie von ihrem Stuhl.

»Delphi, du sollst doch nicht ins Restaurant.« Hattie nahm ihre Tochter bei der Hand.

»Aber ich hab ein Bild für Tante Erica gemalt.«

»Weiß ich doch. Aber Tante Erica ist ein Gast, und du weißt, dass wir die Gäste in Frieden lassen.«

Delphi runzelte die Stirn. »Tante Erica gehört doch zur Familie.«

»Ja, das stimmt, aber …« Hattie geriet ins Stocken und warf den dreien einen entschuldigenden Blick zu. »Wir lassen euch dann mal in Ruhe weiterfrühstücken.«

Doch Delphi hatte es nicht eilig. »Kann ich Tante Erica nachher meine Spielsachen zeigen?«

»Tante Erica hat viel zu viel zu tun, um sich deine Spielsachen anzusehen. Und …«

»Oh, ich würde deine Spielsachen sogar sehr gerne ansehen«, unterbrach sie Erica. »Natürlich nur, wenn das in Ordnung ist.

Ist das da neben der Tür Rufus? Nicht, dass ich viel von Hunden verstehen würde, aber es scheint so, als ob er schon die Hinterbeine zusammenkneifen muss. Vielleicht solltest du besser mit ihm spazieren gehen, und wir unterhalten uns später weiter.«

Delphi nickte begeistert und rannte zu ihrem Hund. Keine zwei Sekunden später waren die beiden verschwunden.

»Später?« Hattie hob eine Haarschleife von Delphi vom Boden auf. »Dann wollt ihr gar nicht abreisen?«

Claudia hielt die Luft an und bemerkte, dass Erica zu ihr hinübersah. Als sich ihre Blicke begegneten, entstand eine kurze Pause. Ob Erica ihr wohl ansehen konnte, wie sehr sie sich wünschte, bleiben zu können?

Offenbar ja, denn ein Lächeln huschte über Ericas Lippen. »Wir haben für die ganze Woche reserviert«, antwortete sie an Hattie gewandt. »Wir haben noch ein Buch zu besprechen und Wein zu trinken und Unterhaltungen zu führen. Und Claudia scheint sich in deiner Küche bestens zu amüsieren. Also nein, wir werden nicht abreisen.«

»Das … Das ist ja toll!« Hattie schien mit den Tränen zu kämpfen. »Ich freue mich wirklich sehr.«

Auch Claudia berührte die Szene. Sie kannte den Ausdruck in Ericas Augen, und sie war ziemlich sicher, dass viel mehr hinter der Entscheidung steckte, den Urlaub im Maple Sugar Inn fortzusetzen, als Erica durchblicken ließ.

Dennoch war sie dankbar. Und fest entschlossen, so viel wie möglich aus der verbleibenden Zeit herauszuholen. »Erica hat recht, es hat mir wirklich Spaß gemacht, in deiner Küche zu arbeiten. Du suchst nicht zufällig eine Küchenchefin für die gesamte Woche, oder? Denn womöglich kenne ich da jemanden, der dir helfen könnte.«

»Ehrlich?« Die Anspannung wich aus Hattie wie die Luft aus einem Ballon. »Aber es ist eure Leseclub-Woche! Deine Ferienzeit mit deinen Freundinnen!«

»Es wird uns trotzdem genug Zeit bleiben, über unsere Lektüre zu sprechen. Außerdem sind meine Freundinnen entsetzlich langweilig.«

»Na, danke«, erwiderte Anna milde. »Wir haben dich auch lieb.«

»Ehrlich, ist das so?« Erica hob eine Braue. »Ich für meinen Teil bin eigentlich nur mit ihr befreundet, weil sie ab und an für mich kocht.«

»Hatten wir uns nicht darauf geeinigt, dass wir ihr das auf ewig verschweigen?«

»Tja, jetzt ist es raus. Sie wird damit leben müssen.« Erica wedelte mit der Hand in Claudias Richtung. »Na los, ab mit dir in die Küche. Mach dich an die Arbeit, ich bekomme bestimmt bald wieder Hunger.«

Einen Moment lang flammte eine tiefe, wilde Liebe zu ihren Freundinnen in Claudia auf. »Mach ich. Ich muss mit Hattie noch die Menüs für diese Woche planen und die übrige Brigade motivieren. Treffen wir uns nachher auf ein kurzes Mittagessen? Wenn ich jetzt gleich mit der Arbeit loslege, müsste die Zeit dafür reichen. Und was habt ihr beide heute vor?«

»Ich gehe noch mal in die Stadt und erledige meine restlichen Weihnachtseinkäufe.« Anna griff nach ihrer Handtasche und stand auf. »Während du über dem Herd schwitzt, genehmige ich mir eine heiße Schokolade mit Zimt. Und vielleicht schenke ich mir selbst zu Weihnachten den Glitzerpulli, den wir in der Auslage gesehen haben.«

Erica schüttelte den Kopf. »Ob jemals der Tag kommen wird, an dem Anna an einem Pulli vorbeigeht, ohne ihn kaufen zu wollen?«

Anna zuckte mit den Achseln. »Es ist Weihnachten. Es wäre doch grausam, ihn ganz alleine im Schaufenster liegen zu lassen. Was, wenn er denkt, dass niemand ihn mag? Ich biete ihm ein liebevolles neues Zuhause. Und nachdem der Pulli Freundschaft mit all den anderen Pullis oben in meinem Zimmer geschlossen hat, schaue ich bei Chloe vorbei und frage sie, ob sie vielleicht Hilfe mit den Zimmern braucht, und danach rufe ich meinen Pete an.« Sie runzelte die Stirn. »Oder ich versuche es zumindest. Er war diese Woche ungewöhnlich schwer zu erreichen.«

Meinen Pete.

Zum ersten Mal seit einer Ewigkeit empfand Claudia bei diesen Worten keinen Neid. Dafür freute sie sich viel zu sehr auf die Woche, die vor ihr lag. Sie konnte immer noch nicht fassen, wie erleichtert sie darüber war, dass sie die Freude am Kochen doch nicht verloren hatte. Sie fühlte sich wie frisch verliebt. »Und du, Erica? Was hast du heute vor?«

»Ich? Ich werde Anna bei ihrem Einkaufsbummel begleiten, um sicherzugehen, dass sie das Shopping-Limit von einem Pullover pro Einkauf nicht überschreitet, und dann schreibe ich meinen Wunschzettel für den Weihnachtsmann«, antwortete Erica. »Da ich allerdings keine Ahnung habe, wie dabei vorzugehen ist, hat mir Delphi freundlicherweise ihre Hilfe angeboten.«

Claudia war ihr so dankbar, dass sie ihr um den Hals fiel. »Danke, dass wir bleiben.«

»Oh, eine öffentliche Zuneigungsbekundung. Nichts mag ich lieber als das.« Dennoch erwiderte sie die Umarmung. »Ihr beide wärt, ohne zu zögern, abgereist, um mir zu helfen. Da werde ich ja wohl bleiben können, um *euch* zu helfen. Abgesehen davon, dass ihr nicht der einzige Grund für meine Entscheidung seid. Und jetzt los, geh irgendwas zubereiten, das heute Abend unsere Geschmacksknospen zum Explodieren bringt.«

19. KAPITEL

ANNA

Anna kuschelte sich tief in ihren Wollschal. Sie lief zusammen mit Erica die Einkaufsstraße entlang. Der Schnee knirschte unter ihren Füßen, und bei jedem Atemzug bildete sich in der klirrend kalten Luft eine weiße Wolke vor ihrem Gesicht.

»Es ist wirklich sagenhaft hübsch hier.«

»Stimmt.« Erica blieb vor dem Spielwarenladen stehen und betrachtete die Auslage. »Ich sollte ein Geschenk für Delphi besorgen. Aber was? Ich habe keine Ahnung. Kannst du mir helfen?«

»Nichts lieber als das.« Allein schon, weil sie dadurch einen guten Grund hatte, sich ins Warme zu flüchten. Sie schob die Tür auf und betrat das Geschäft, ehe Erica es sich anders überlegen konnte. Wie Claudia war auch sie erleichtert, nicht abreisen zu müssen. Vor allem aber war sie erleichtert, dass Erica ein zartes erstes Band zu Hattie und Delphi geknüpft zu haben schien. Und sie würde ihre Freundin dabei nach Leibeskräften unterstützen, selbst wenn das bedeutete, dass sie sich hin und wieder in Dinge einmischte, die sie streng genommen nichts angingen. Dafür waren Freundinnen schließlich da.

Der Kontakt zu Delphi hatte sie daran erinnert, wie es gewesen war, als ihre eigenen Kinder noch klein waren.

Als sie jetzt vor der gewaltigen Auswahl an leuchtend bunten Spielwaren stand, überkam sie ein heftiger Anfall von Wehmut. In der Ladenmitte drehte eine Spielzeugeisenbahn ihre Runden um einen Weihnachtsbaum und die hübsch verpackten Geschenke, die sich darunter stapelten. In einer Ecke des Verkaufsraums befand sich eine Wichtelwerkstatt mit einem Stuhl für den Weihnachtsmann, und die Angestellten trugen Wichtelkostüme.

Sie beobachtete, wie eine junge Mutter ihr wuseliges Kleinkind und sein älteres Geschwister gleichzeitig in den Griff zu bekommen versuchte.

Die Zwillinge hatten Besuche im Spielwarenladen geliebt, insbesondere zur Vorweihnachtszeit.

»Was ist los?« Erica musterte sie gründlich. »Du siehst traurig aus.«

»Ach, alles in Ordnung.« Sie zwang sich, die Spielzeugauswahl in den Regalen zu begutachten. »Na los, lass uns etwas Passendes aussuchen.«

»Ja, aber was nur?« Erica sah sich verzweifelt um. »Was kauft man einer Fünfdreivierteljährigen?«

»Für Meg und Daniel hattest du immer die besten Geschenke. Lass uns mal überlegen, was für Interessen Delphi hat. Offenbar liebt sie Malen, du könntest ihr also ein paar Farben und vielleicht etwas Bastelbedarf schenken.« Anna wählte einige Sachen aus, die Meg in diesem Alter gefallen hätten, und drückte sie Erica in die Hand. »Aber mach bloß einen Bogen um alles mit Glitzer, sonst ist dein Kontakt zu Hattie vorbei, ehe du ihn richtig aufbauen konntest.«

Erica schien etwas in der hinteren Ladenecke entdeckt zu haben. »Schau mal, das Schlagzeug da drüben ist doch niedlich.«

»Nein, nichts, was Krach macht. Kein Schlagzeug, keine E-Gitarre, keine Trompeten.«

»Aber die machen doch Spaß, oder?«

»Ja, aber nicht den Eltern. Solltet ihr nicht zufällig ein musikalisches Genie in der Familie haben oder über einen schallisolierten Proberaum verfügen, firmieren Instrumente unter Rachegeschenken.«

Erica griff nach einem Puzzle. »Was ist denn ein Rachegeschenk? Ich wusste gar nicht, dass Kinder in solchen Kategorien denken.«

»Tun sie ja auch nicht. Aber die Eltern. Der Vater von einem Jungen aus Megs Klasse hat seinem Sohn ein Schlagzeug geschenkt, nachdem die Mutter die Scheidung eingereicht hat, weil er ein Verhältnis mit der Nanny hatte. Danach musste sie einen Monat lang Ohrenstöpsel tragen. Also, die Ehefrau, nicht die Nanny. Oh, das Notizbuch hier ist genau das Richtige für Megs Weihnachtsstrumpf.« Anna steckte es sich unter den Arm und tauchte weiter in die Tiefen des Verkaufsraums ab. Vor einer Kleiderstange blieb sie stehen. »Und wie wäre es mit einem Kostüm für Delphi? Meg hat sich eine Zeit lang bei jeder Gelegenheit verkleidet. Allerdings wissen wir gar nicht, was Delphi schon hat. Da wäre es vielleicht sinnvoller, bei den Malsachen zu bleiben.«

»Aber ist das nicht ein bisschen einfallslos?«

»Nicht, wenn man wirklich gerne malt, was bei ihr der Fall zu sein scheint. Was, glaubst du, mag sie noch?«

»Haie natürlich«, sagte Erica. »Sie mag Haie.«

»Ach ja, genau.« Anna trat ans Stofftierregal und wählte einen Hammerhai aus grauem Samt aus. »Der ist doch niedlich.«

»Ich kann zwar nicht glauben, dass ich das wirklich sage, aber er ist echt niedlich. Und zufällig weiß ich, dass Hammerhaie ihre Lieblingshaie sind. Allerdings hat sie schon einen Dinosaurier, der sie auf Schritt und Tritt begleitet.«

»Das bedeutet aber noch lange nicht, dass sie nicht auch gerne einen Hai hätte.« Anna drückte ihrer Freundin das Stofftier in die Hand. »Und Bücher solltest du ihr schenken. Sie liebt Bücher.«

»Aber auch da wissen wir nicht genau, was sie schon hat.«

»Ich bin sicher, dass die Buchhandlung zu einem Umtausch bereit wäre, falls sich etwas doppelt. Oh, schau mal, wie wäre es denn mit diesem Bausatz? Den hätten unsere Kinder beide geliebt.« Anna legte die Schachtel auf den wachsenden Stapel in Ericas Armen. »Wie viel willst du überhaupt ausgeben?«

»Keine Ahnung. Den … angemessenen Betrag? Wie hoch der auch sein mag.« Erica wirkte verloren, und Anna drückte sanft ihren Arm.

»Das ist doch keine Prüfung. Du kannst eigentlich nichts falsch machen.«

»Kann ich wohl. Ich war vorher noch nie Tante.«

»Doch. Und zwar die Patentante meiner Kinder. Und sie vergöttern dich. Eine leibliche Tante zu sein ist im Wesentlichen nichts anderes.« Sie schob ihre Freundin in Richtung Kasse. »Sei einfach du selbst.«

»Wir wissen doch beide, dass das nicht funktionieren wird.« Erica blieb stehen. »Ich will und werde das nicht vermasseln. Wenn ich erst mal ein Bestandteil ihres Lebens bin, dann gibt es kein Zurück mehr.«

Anna versuchte zu verstehen, was Erica zu dieser Aussage bewogen hatte. »Aber du machst doch generell keine Rückzieher.«

»Vor Hattie und Delphi *wäre* ich aber fast geflüchtet«, widersprach Erica. »Und hier geht es um viel mehr als sonst, weil ein Kind mit im Spiel ist.«

»Die bloße Tatsache, dass du dir darüber Gedanken machst, bedeutet doch schon, dass du Delphi nie wehtun würdest. Du hast dir überhaupt eine Menge Gedanken gemacht, und das ist wichtig und gut so. Aber jetzt ist der Zeitpunkt gekommen, an dem du nicht mehr nachdenken, sondern handeln solltest.«

»Und was, wenn Hattie wünschte, ich hätte ihr Hotel nie betreten?«

»Hattie ist über alle Maßen glücklich, dass du hier bist. Und ich glaube, sie hat genug erlebt, um zu wissen, dass alle Menschen Schwächen haben. Außer mir natürlich. Ich bin makellos.«

»Jedenfalls abgesehen von deiner Unfähigkeit, eine einzige Woche lang zu überleben, ohne dir einen neuen Pulli zu kaufen.«

»Erstens schaffe ich es manchmal sogar zwei Wochen, und zweitens ist das doch keine Schwäche, sondern eine liebenswerte Schrulle.«

Erica überreichte ihre Einkäufe dem fröhlichen Wichtel hinter der Kasse und legte noch einige Kleinigkeiten dazu, während sie darauf wartete, bezahlen zu können. »Danke übrigens für deine Hilfe. Und jetzt brauche ich noch ein paar Tipps, wie man einen Wunschzettel an den Weihnachtsmann schreibt. Was könnte ich mir wünschen?«

»Eine lange, heiße Nacht mit sexy Jack? Oder sogar zwei Nächte, Frühstück inklusive?«

»Doch nicht hier vor all den Kindern«, zischte Erica, während sie ihre Kreditkarte wieder einsteckte. »Kannst du nicht etwas leiser reden?«

»Es ist nur ein Wunschzettel. Wie schwer kann das sein?« Anna lehnte sich mit der Hüfte gegen den Kassentisch. »Seit wann bist du eigentlich so leicht zu verunsichern?«

»Seit ich mit Aufgaben konfrontiert bin, von denen ich keine Ahnung habe.« Ein weiteres als Wichtel verkleidetes Mädchen reichte Erica ihre Tüte und bedankte sich lächelnd. »Das hier ist mir eben wichtig. Ich würde wirklich gern mit den beiden in Kontakt bleiben. Eine engere Beziehung zu ihnen aufbauen.« Sie schlenderten zurück zum Ausgang. »Vielleicht kann mich Delphi eines Tages ja sogar in Manhattan besuchen, und wir gehen zusammen shoppen. Keine Spielsachen, sondern Kleidung. Weißt du noch, wie ich das damals mit Meg gemacht habe?«

Anna beschloss, auf den Hinweis zu verzichten, dass Delphi noch keine sechs Jahre alt war und Shoppingausflüge nach Manhattan aktuell noch in weiter Ferne lagen. Denn letztlich war es schön, dass Erica bereits so weit in die Zukunft dachte. »Meg schwärmt bis heute davon.«

»Eben. Darum dachte ich, dass Delphi ebenfalls Spaß daran haben könnte. Wir könnten uns die interessantesten Sehenswürdigkeiten ansehen und irgendwo schick essen gehen. Glaubst du, das könnte ihr gefallen?«

»Ganz bestimmt.«

Ein merkwürdig flaues Gefühl machte sich in Annas Magengrube breit. Ob Erica es wollte oder nicht, ihre Zukunft war im Begriff, sich zu ändern. Sie war einen wichtigen Schritt gegangen. Und einen großen noch dazu. Auch Claudias Zukunft wirkte wieder deutlich rosiger. Sie beide hatten etwas, worauf sie sich freuen konnten.

Doch die einzige Veränderung, die sie in ihrer eigenen Zukunft sah, war eine, die sie am liebsten verhindert hätte. Die keine Vorfreude, sondern Trauer in ihr auslöste. Und zu allem Überfluss hatte sie zum ersten Mal in ihrem Leben das Gefühl, dass Pete sie nicht wirklich verstand. Bei ihrem Telefonat gestern Abend hatte sie das Thema noch einmal erwähnt, doch er war ungewöhnlich still gewesen. Seitdem hatte sie den Eindruck, dass irgendetwas nicht stimmte. Die ganze Situation war ausgesprochen beunruhigend.

Sie traten hinaus auf die Straße, und Erica hielt ihr die Tür auf.

»Du warst mir wirklich eine große Hilfe. Vielen Dank.« Als sie Annas Gesichtsausdruck bemerkte, blieb sie stehen. »Ist wirklich alles in Ordnung?«

»Ja, alles bestens.« Wenn sie sich jetzt nicht schleunigst zusammenriss, würde sie am Ende noch in Tränen ausbrechen. »Ich freue mich, wie sich die Dinge für dich entwickelt haben. Hattie ist toll. Und Claudia scheint auch überglücklich zu sein.«

»Stimmt. Es war so wichtig, dass sie Gelegenheit bekommt, zu spüren, dass sie ihren Beruf doch noch liebt. Und Hattie ist damit ebenfalls geholfen, weil sie zumindest übergangsweise eine neue Küchenchefin hat. Eine klassische Win-win-Situation, würde ich sagen.« Erica trat einen Schritt beiseite, um ein Pärchen vorbeizulassen. »Und wohin wollen wir jetzt? In die Buchhandlung?«

»Ja. Lass uns ein paar Bücher für Delphi aussuchen, und danach können wir ins Hotel zurückkehren.« Anna wollte unbedingt noch einmal mit Pete reden und versuchen, die Nähe zu ihm aufzubauen, die ihr gestern Abend so gefehlt hatte.

Sie verbrachten eine ganze Stunde in der Buchhandlung und verließen sie mit weiteren Tüten voller Geschenke sowie Geschenkpapier und -band, mit denen Erica das Päckchen nachstellen wollte, das Delphi auf dem Bild gemalt hatte.

Als sie das Hotel erreicht hatten, sagte Erica: »Richte Pete alles Liebe von mir aus.« Sie schwankte fast unter der Last ihrer Einkäufe. »Ich versuche mich mal im Einpacken, während du mit ihm telefonierst.«

Anna sperrte ihre Zimmertür auf. »Dann sehen wir uns in einer Stunde zum Mittagessen.«

Sie schloss die Tür hinter sich und zog die Stiefel aus. Dann ging sie weiter ins Bad und sah in den Spiegel. Warum gelang es ihr nicht, dankbar zu sein, dass die Zwillinge sich ein eigenes Leben aufbauen wollten? Wie sehr sich die beiden auf diesen neuen Lebensabschnitt freuten, zeigte doch nur, dass ihre Erziehung gefruchtet hatte! Die Kinder waren selbstbewusst und selbstständig.

Aber sobald sie sich vorstellte, wie sie die beiden zum College brachte und dann in ihrem leeren Auto wieder nach Hause zurückkehrte, wurde ihr ganz flau im Magen. Sie würde es vermissen, immer einen vollen Kühlschrank haben zu müssen und nachmittags den unterhaltsamen Erkenntnissen zu lauschen, die die Zwillinge an diesem Tag über die Welt erlangt hatten. Sie würde es vermissen, im Treppenhaus über einen Haufen übergroßer Turnschuhe zu stolpern, wenn Dan seine Freunde zu Besuch hatte. Um wen sollte sie sich den ganzen Tag lang kümmern, wenn die Kinder aus dem Haus waren? Wohin mit all der Liebe, die sie in sich trug?

Ihr stiegen die Tränen in die Augen, und sie warf ihrem Spiegelbild einen strengen Blick zu. *Reiß dich zusammen, Anna.*

Als sie sich auf den Sessel am Fenster setzte, um Pete anzurufen, fühlte sie sich immer noch wund und verletzlich.

Nach mehrmaligem Klingeln ging er endlich dran. »Hey, wie geht es dir? Ich dachte, du bist wahrscheinlich in eure Buchbesprechung vertieft. Oder probierst dich im Skilanglauf.«

»Ich bin in einer Stunde mit Claudia und Erica zum Mittagessen verabredet. Aber vorher wollte ich gern noch mal deine Stimme hören.« Sie sah hinaus auf die Bäume vor dem Fenster, auf denen der Schnee glitzerte. »Wie geht es den Kindern?«

»Ach, bestens. Meg ist oben und arbeitet an ihrem Schulprojekt, und Dan ist drüben bei Alex und probt.«

»Wie schön.«

»Ist alles in Ordnung?«

»Ja, alles bestens.« Ihre Finger schlossen sich unwillkürlich etwas fester um das Handy. »Das Hotel ist fantastisch. Sehr weihnachtlich. Ich bin froh, dass du mir so gut zugeredet hast, die Reise anzutreten. Wir sind erst einen einzigen Tag hier, und es ist schon so viel passiert. Weißt du noch, wie ich dir erzählt habe, ich würde glauben, dass Erica einen guten Grund dafür hatte, ausgerechnet dieses Hotel auszusuchen?« Anschließend berichtete sie ihm von Hattie, und er lauschte der Geschichte gebannt, ohne sie ein einziges Mal zu unterbrechen.

»Das ist ja der Wahnsinn«, sagte er, als sie ihren Bericht beendet hatte. »Und Erica hat euch nichts davon erzählt?«

»Erst als wir hier waren. Wir waren schon kurz davor, wieder auszuchecken und uns eine andere Bleibe zu suchen, weil Erica uns darum gebeten hatte. Aber dann flog Hattie plötzlich der Laden um die Ohren.«

Nachdem sie ihm in Kurzform berichtet hatte, wie Stephanie und der Chefkoch das Handtuch geschmissen hatten, antwortete er: »Klingt ja, als sei bei euch einiges los.«

»Aber eigentlich war das alles ganz gut so, weil Erica dadurch gezwungen war, sich doch noch länger mit Hattie zu befassen. Du weißt ja, wie gut sie darin ist, Krisen zu bewältigen. Wobei man Hattie lassen muss, dass sie ihre Sache auch ziemlich gut gemacht hat. Scheint in der Familie zu liegen.«

»Ich versuche immer noch, mir vorzustellen, wie Erica ihren Wunschzettel für den Weihnachtsmann schreibt.«

Anna musste lächeln. »Ich weiß. Aber Delphi ist wirklich niedlich, und du weißt ja, wie das ist mit Kindern – so direkt, dass es fast schon wehtut. Sie nennen die Dinge beim Namen. Wenn man es recht bedenkt, gar nicht so anders als Erica selbst.«

»Dann ist sie also glücklich? Und Claudia auch?«

»Ja, ich glaube, Claudia hat genau das bekommen, was sie dringend gebraucht hat.«

Nach kurzem Schweigen fragte Pete: »Und was ist mit dir? Macht es dir immer noch zu schaffen, dass die Kinder bald ausziehen werden?«

Anna ging zum Bett und machte es sich zwischen den Kissen gemütlich. »Ja, auch wenn ich wünschte, es wäre nicht so.« Was hätte sie dafür gegeben, dass er sie verstand! »Du hättest Claudias Gesicht sehen sollen, als sie gestern Abend in der Küche gearbeitet hat. Sie war so energiegeladen! Und heute Morgen beim Frühstück hat man genau gemerkt, dass sie es gar nicht abwarten kann, wieder in die Küche zurückzukehren. Ach, und

Erica hat ihren tollen Job und schmiedet Pläne, wie sie Hattie und Delphi in Zukunft in ihr Leben einbinden kann. Die beiden haben so vieles, worauf sie sich freuen können.«

»Hast du denn noch einmal über den Vorschlag nachgedacht, den ich dir vor deiner Abreise gemacht habe?«

»Dass wir noch ein Baby bekommen könnten?« Sie ließ sich noch ein wenig tiefer in die Kissen sinken und blickte aus dem Fenster. »Aber war das wirklich ernst gemeint? Hättest du denn gerne noch ein Kind?«

»Was ich gerne hätte, ist eine glückliche Anna.« Er klang erschöpft. »Und wenn es dich glücklich macht, noch ein Kind zu bekommen, dann sollten wir meiner Meinung nach zumindest darüber sprechen.«

Aber *würde* es sie denn glücklich machen?

»Ich weiß nicht. Wenn ich daran denke, dass die Kinder bald ausziehen, würde ich am liebsten einfach die Zeit anhalten, um irgendwie zu verhindern, dass es so weit kommt. Ich weiß ja … Das ist der Lauf des Lebens, alle Menschen sind ständigen Veränderungen unterworfen, für Claudia und Erica und Hattie ändert sich schließlich auch so einiges, und so weiter und so fort. Veränderungen sind etwas ganz Normales. Aber leider macht es das für mich nicht leichter. Und ich habe keine Ahnung, wie ich zurechtkommen soll, wenn Meg und Dan nicht mehr da sind.« Ihre Freundinnen schienen deutlich besser mit Veränderungen umgehen zu können als sie. Sogar Claudia, die im vergangenen halben Jahr ihren absoluten Tiefpunkt durchschritten hatte, wirkte auf einmal lebendig und voller Vorfreude.

Sie war so in Gedanken, dass es etwas dauerte, bis sie merkte, dass Pete nichts erwidert hatte. »Bist du noch da?«

»M-hm.«

Auf einmal fühlte sie sich schuldig.

»Jammere ich zu viel? Ich will doch gar nicht jammern. Ich weiß, wie viel Glück ich habe. Das ist ja Teil des Problems. Mein Leben gefällt mir einfach so gut, dass ich wünschte, es würde sich nie ändern.«

»Ich weiß.«

Sein Tonfall verriet ihr, dass irgendetwas nicht stimmte. »Was ist los? Ich weiß genau, dass dich etwas beschäftigt, also raus mit der Sprache.«

Nach langem, langem Schweigen antwortete Pete: »Mir ist ja klar, wie gern du Mutter bist. Und wie toll du das machst …«

Sie hielt die Luft an. »Aber?«

»Aber für mich ist es nicht sonderlich schmeichelhaft, wie sehr du dich vor dem Auszug der Kinder fürchtest. Ich weiß ja, dass du sie vermissen wirst – und das werde ich auch! Aber du scheinst dabei vollkommen zu vergessen, dass wir auch noch einander haben. Ich will das Empty-Nest-Syndrom nicht kleinreden, und ich kann deine Ängste bis zu einem gewissen Punkt auch nachvollziehen. Aber es ist nicht dasselbe, die Kinder zu vermissen – was ich für einen gesunden und natürlichen Prozess halte – und alle anderen Bestandteile deines Lebens darüber vollständig zu vergessen. Wenn du sagst, dass du nicht weißt, wie du zurechtkommen sollst, wenn sie ausgezogen sind, verletzt mich das, weil du damit indirekt sagst, dass dir unsere Ehe nicht mehr wichtig ist. Dass ich letztlich nichts zähle.«

Sie kam sich vor, als hätte Pete sie ohne Vorwarnung ins kalte Wasser geschubst. »Aber Pete, das stimmt doch nicht. Du *weißt*, dass das nicht stimmt.«

»Ich teile dir gerade mit, wie ich mich fühle, Anna. Du hast Angst davor, was es in dir auslösen wird, wenn die Zwillinge ausziehen. Aber du hast dich nicht ein einziges Mal gefragt, ob sich dadurch nicht vielleicht auch neue Möglichkeiten eröffnen. Du konzentrierst dich einzig darauf, was in deinem Leben fehlen wird, nicht auf das, was dir alles bleibt. Aber dir bleibt einiges. Ich zum Beispiel. *Wir.* Da werden immer noch *wir* sein, und diese Vorstellung scheint dich kein bisschen zu freuen.«

Sie öffnete den Mund, wollte widersprechen, ihm klarmachen, dass das so alles nicht stimmte. Aber ihr fiel kein einziges Gegenargument ein. Denn die Wahrheit lautete, dass er recht hatte. In ihrem Kopf war nur Platz dafür, was sie alles verlieren würde. Sie hatte nie auch nur einen Gedanken daran verschwendet, was ihr alles blieb. Und es stimmte auch, dass sie nie darauf gekommen war, den Auszug der Zwillinge als Möglichkeit zu betrachten. Bei dem Gedanken, wie sich das für Pete angefühlt haben musste, nagte das schlechte Gewissen an ihr. Als wäre es schlimm, mit ihm allein zu sein. Etwas, wovor man sich fürchten musste. Ja, sie fürchtete den Tag des Auszugs der Zwillinge. Aber doch nicht, weil sie nicht mit Pete allein sein wollte. Sie liebte Pete! Sie vergötterte Pete!

Und nun hatte sie ihn verletzt. Pete, der ihr durch dick und dünn zur Seite gestanden hatte. Pete, der stets zuhörte und auf ihre Gefühle achtete. Seit wann ging sie so rücksichtslos mit seinen um? Sie hatte ihm das Gefühl gegeben, ihr nicht zu genügen, und bei der bloßen Vorstellung, ihn damit verletzt zu haben, blutete ihr das Herz.

Sie klammerte sich an ihrem Handy fest, wollte unbedingt alles wieder geradebiegen. Was hätte sie dafür gegeben, dieses Gespräch von Angesicht zu Angesicht mit ihm führen zu können. »Pete …«

»Ich kann gar nicht mehr zählen, wie oft ich allein dieses Jahr schon vorgeschlagen habe, dass wir zu zweit wegfahren könnten. Über deinen Geburtstag hatte ich ja sogar diese Wochenendreise gebucht, aber dann war irgendetwas bei Meg, und du hast mich gebeten, zu stornieren.«

Ihre Schuldgefühle wurden noch ein bisschen drastischer, was womöglich der Grund dafür war, dass sie das Bedürfnis verspürte, sich zu verteidigen. »Aber sie hatte am Montag darauf eine Prüfung, und ich wollte für sie da sein können. Ich hätte mich einfach nicht wohl damit gefühlt, wegzufahren.«

»In Wahrheit ist es doch eher so, dass wir irgendwann aufgehört haben, einander als Priorität zu betrachten. Unsere Beziehung findet nur noch rund um die Kinder statt. Ehe die Zwillinge zur Welt kamen, haben wir es genossen, Zeit zu zweit zu verbringen.« Er sprach ganz ruhig und leise. »Erinnerst du dich noch an die Reise nach Paris, die wir nach dem College gemacht haben?«

Es musste Jahre her sein, dass sie zuletzt daran gedacht hatte. »Wir hatten kein Geld. Haben in diesem Hotel gewohnt, in dem das Bett so laut gequietscht hat, dass wir am Ende auf dem Boden Sex hatten.«

»Und da wir es uns nicht leisten konnten, ins Restaurant zu gehen, haben wir Baguette mit aufs Zimmer genommen.«

Sie schloss die Augen und ließ ihre Gedanken schweifen. Sie hatten billigen Rotwein getrunken und über dem Reiseführer die Köpfe zusammengesteckt, um herauszufinden, wie lange sie wohl zu Fuß bis zum Eiffelturm brauchen würden, weil sie sich nicht einmal die Fahrkarte für die Metro leisten konnten. »Und vergiss nicht den Käse.«

»Wie könnte ich jemals den Käse vergessen? Wir konnten nur Sehenswürdigkeiten besichtigen, bei denen kein Eintritt verlangt wurde, und sind überall zu Fuß hingelaufen.«

Sie musste lächeln. »Während dieser Reise habe ich meine Schuhe durchgewetzt.«

»Aber wir hatten so viel Spaß. Wir haben so viel gelacht.«

Ja, das hatten sie. Wie konnte es sein, dass sie so lange nicht mehr an diese Reise gedacht hatte? »Der Wein war grauenhaft.«

»Stimmt, aber das könnte auch daran gelegen haben, dass wir den Becher aus unserem Badezimmer verwendet haben. Wenn ich mich richtig erinnere, war das deine Idee.«

»Ja, ich fürchte, da hast du recht.« Auch wenn sie sich heute nicht mehr vorstellen konnte, die Reise von damals zu wiederholen, wusste sie noch genau, dass es sich damals wie das größte Abenteuer überhaupt angefühlt hatte. Alles war perfekt gewesen. Und zwar, weil Pete bei ihr gewesen war. Irgendwo tief in ihrem Inneren löste sich ein Knoten.

»Weißt du noch, wie deine Mutter früher manchmal zum Babysitten kam, damit wir zu zweit essen gehen konnten?« Damals, als ihre gemeinsame Zeit so rar und kostbar gewesen war.

»Als würde ich das je vergessen.«

»Du meintest damals, du würdest diese Abende deswegen so mögen, weil sie dir Gelegenheit bieten würden, dich aufzubrezeln und dich ausnahmsweise mal nicht nur als Mutter zu fühlen.«

Da hatte er recht. Diese gestohlenen Abende gemeinsam mit Pete hatten ihr viel bedeutet.

»Wir hatten damals die Regel, uns an diesen Abenden nicht über die Kinder zu unterhalten. Es sollte nur um uns beide gehen. Wir hatten Priorität, du und ich, als Paar. Beim ersten Mal saßen wir uns eine halbe Stunde lang schweigend gegenüber, weil uns beiden nichts einfallen wollte, das nicht die Kinder betraf.«

»Ich weiß! Dabei hatten wir am Anfang unserer Beziehung gar nicht mehr aufhören können zu reden. Du hattest zu allem und jedem eine Meinung, und ich fand es toll, dir zuzuhören.« Pete lachte leise auf. »Nach der Geburt der Zwillinge dauerte es eine ganze Weile, bis wir wieder gelernt hatten, andere Themen zu finden als die Schlaf- und Töpfchen- und Essgewohnheiten der Kinder.«

»Gott, waren wir müde.«

»Ich will gar nicht dran denken.«

Doch irgendwie war es ihnen gelungen, diese schlaflosen Nächte und die ständigen Bedürfnisse zweier Kleinkinder durchzustehen. Am Wochenende waren sie abwechselnd früh aufgestanden, damit der jeweils andere ausschlafen konnte. Hatten sich die Arbeit geteilt, gemeinsam nach Lösungen gesucht.

Und genau das sollten sie auch bei diesem nächsten gemeinsamen Schritt tun.

Wir hatten Priorität, du und ich, als Paar.

»Pete …«

»Ich weiß, dass sich die Dinge ändern«, fuhr er mit sanfter Stimme fort. »Das Leben, unsere Beziehungen, alles entwickelt sich beständig weiter. Aber ich kann mich immer noch daran erinnern, wie ich dich zum ersten Mal in der Bibliothek gesehen habe. Oder an unsere erste gemeinsame Nacht, in der du mir lang und breit erzählt hast, was du an dem Buch, das du gelesen hast, alles ändern würdest. Was für Zukunftspläne du hattest. Und ich habe mir so gewünscht, diese Zukunft mit dir zusammen verbringen zu dürfen. Dann haben wir uns unsere kleine Familie aufgebaut, und diese Familie werden wir für immer sein, auch wenn wir nicht mehr alle unter demselben Dach wohnen. Mir reicht das, aber dir offenbar nicht mehr. Ich würde dir gern helfen. Aber ich weiß nicht, wie.«

Ihre Kehle war wie zugeschnürt und schmerzte. »Pete …«

»Ich muss jetzt auflegen, Anna. Lola rennt schon im Kreis, weil sie unbedingt in den Garten will, und ich muss Mittagessen kochen.«

»Warte!« Sie war der Panik nahe. »Rufst du mich nachher noch mal an? Ich liebe dich.«

Nach einer kurzen Pause erwiderte er: »Genieß die Zeit mit deinen Freundinnen. Viel Spaß beim Mittagessen und mit dem Buchclub, Anna. Wir können reden, wenn du wieder zu Hause bist.«

Sie wartete, dass da noch etwas kam, doch dann wurde ihr klar, dass er bereits aufgelegt hatte. Pete hatte aufgelegt, ohne zu sagen, dass er sie liebte! War das in all den Jahren ihrer Ehe überhaupt schon einmal vorgekommen?

Sie taperte zum Fenster, versuchte, sich zu beruhigen, indem sie die schneebedeckte Welt da draußen betrachtete. Doch das Einzige, woran sie denken konnte, war Pete.

Pete litt, was an sich schon schlimm genug war. Aber noch schlimmer war die Tatsache, dass *sie* es war, die ihm wehgetan hatte.

Sie ließ sich die Unterhaltungen durch den Kopf gehen, die sie in letzter Zeit geführt hatten. Das, was sie gesagt hatte. Sie hatte nur an sich gedacht, daran, wie es ihr damit ging, dass die Zwillinge bald ausziehen würden. Das Gefühl des bevorstehenden Verlusts hatte sie eingehüllt wie ein undurchdringlicher Nebel.

Hatte sie *die* Klischee-Sünde überhaupt begangen und Pete für selbstverständlich gehalten, weil sie sich so nah waren und einander ohne jeden Zweifel vertrauten? Ja, das hatte sie. Unabsichtlich zwar und ohne es zu merken, aber ja.

Wir hatten Priorität, du und ich, als Paar.

Und so sollte es auch wieder werden. Pete hatte recht damit, dass sie sich weniger darauf konzentrieren sollte, was sie verloren, als auf das, was sie dabei gewannen. Und sie sollte mehr über all die Dinge nachdenken, die sie wieder als Paar unternehmen könnten. Zu ihrem schlechten Gewissen gesellte sich endlich die innere Klarheit, die ihr bisher so gefehlt hatte. Es stimmte, dass sie die Kinder in letzter Zeit über ihre Beziehung gestellt hatte, auch dann, wenn die Bedürfnisse der Zwillinge weniger wichtig gewesen waren als die ihrer Ehe. Es war schlichtweg der leichtere Weg gewesen. Jetzt wünschte sie, sie hätte Ja gesagt, als er übers Wochenende mit ihr wegfahren wollte. Und sei es nur, um ihm zu zeigen, wie viel er ihr bedeutete.

Anna atmete tief durch und versuchte, innerlich zur Ruhe zu kommen.

Sie hatten schon so viel miteinander durchgestanden, da würden sie auch diese Phase meistern. Sie würden eine Lösung finden.

Alles würde gut werden.

Aber warum hatte er nicht gesagt, dass er sie auch liebte?

Hatte er es einfach vergessen? Nein, das war undenkbar. Doch nicht Pete!

Sie holte ihr Handy und rief ihn an, aber er nahm nicht ab, und ihr Anruf wurde auf die Mailbox weitergeleitet.

Sie hinterließ ihm eine Nachricht. »Es tut mir so leid, dass ich dich verletzt habe. Ich liebe dich. Bitte ruf mich zurück, wenn du diese Nachricht hörst.«

Nachdenklich saß sie mit ihrem Telefon in der Hand da, bis es an der Tür klopfte. Das musste Erica sein. Offenbar war es schon Zeit fürs Mittagessen. Einen verrückten Augenblick lang überlegte sie, ihren Freundinnen mitzuteilen, dass sie heute nicht mitessen könne, aber sie wusste selbst, wie albern das war.

Pete stand in der Küche und kochte ebenfalls Mittagessen, und das war der Grund, aus dem er nicht ans Telefon gehen konnte. Oder er hatte sein Handy in einem anderen Raum liegen lassen und hörte es nicht klingeln. Es wäre nicht das erste Mal gewesen.

Sicher würde er sie später anrufen, und dann würde sie sich bei ihm entschuldigen und gemeinsam mit ihm nach einer Möglichkeit suchen, wie sie ihr Verhalten wiedergutmachen konnte.

20. KAPITEL

HATTIE

Hattie betrachtete das Kleid im Spiegel. Es war schwarz, gut geschnitten und … unverfänglich? Sie hatte es sich gekauft, als sie noch auf dem College war, und seitdem hatte es sich schon in den verschiedensten Situationen als nützlich erwiesen. Aber war es auch die richtige Wahl für einen Abend mit Noah?

Nur zusammen essen, hatte er gesagt. Als wäre das gar nichts. Was in seinem Fall ja vielleicht auch stimmte. Für sie aber war ein Abendessen eindeutig mehr als nichts, auch wenn sie nicht mit Sicherheit sagen konnte, was genau.

Solange sie damit beschäftigt gewesen war, die Auswirkungen von Stephanies und Tuckers überstürztem Weggang abzufedern, hatte sie derartige Gedanken noch verdrängen können, aber nun blieb ihr nichts anderes mehr übrig, als sich damit auseinanderzusetzen.

War ihre Verabredung ein Date? Denn falls ja, musste sie sich deutlich mehr in Schale werfen. Aber was, wenn sie sich in Schale warf, während er dachte, dass er nur einen entspannten Abend mit seiner guten, alten Freundin Hattie verbrachte? Sie steckte in der Klemme und hatte keine Ahnung, was sie tun sollte. Inzwischen war sie praktisch mit ihrer »Uniform«, bestehend aus einem kurzen Rock über einer dicken Strumpfhose und ihren Lieblingsstiefeln, verwachsen. Sie hoffte, darin seriös, gleichzeitig aber auch freundlich und nahbar zu wirken. Letztes Jahr hatte sie zu Weihnachten einen Glitzerpulli dazu getragen. Weiter war sie in puncto Aufbrezeln seit Brents Tod nicht mehr gekommen.

Sie durchwühlte ihren Kleiderschrank, fand aber nichts, das

infrage kam. Das war doch lächerlich! Es musste doch möglich sein, irgendetwas zu finden, das sie bei ihrer Verabredung mit Noah anziehen konnte!

Eigentlich hätte sie jetzt die Meinung einer guten Freundin gebraucht, nur hatte sie leider keine. Beim Gedanken an Erica, Anna und Claudia überkam sie ein Anflug von Neid. Sie fühlten sich so wohl miteinander, gaben einander so viel Kraft. Anna und Claudia wären, ohne mit der Wimper zu zucken, bereit gewesen, das Hotel zu wechseln, wenn Erica es gewollt hätte. Und ständig zogen sie sich gegenseitig auf, aber auf diese liebevoll-frotzelnde Art, die nur zwischen Menschen möglich ist, die einander wirklich gut kennen. Es bestand kein Zweifel, wen die drei Freundinnen anrufen würden, wenn sie einmal unsicher waren, was sie anziehen sollten.

Hattie dagegen hatte nicht eine einzige enge Freundin, die sie um Rat bitten konnte. Die Leute im Dorf unterstützten sie zwar, wo sie konnten, und sie kannte eine Menge toller Menschen, aber niemanden, mit dem sie über so etwas hätte reden können. Ihr engster Freund war Brent gewesen, und seit seinem Unfall hatte es ihr schlichtweg an der nötigen Zeit gefehlt, neue Freundschaften aufzubauen.

Natürlich war da noch Lynda, aber die konnte Hattie ja wohl kaum fragen, was sie zu einer Verabredung mit ihrem Sohn anziehen sollte. Und dann gab es Noah selbst, der ihr ein großartiger Freund gewesen war. Was letztlich aber nur den Einsatz erhöhte. Denn wenn sie jetzt einen Fehler machte, schadete sie damit ihrer Freundschaft. Und die war ihr immer noch lieber als nichts.

Delphi kam mit Rufus im Schlepptau und ihrem Dinosaurier unterm Arm ins Schlafzimmer. »Warum hast du denn ein Kleid an?«

»Weil ich am Donnerstag mit Noah essen gehe und noch nicht weiß, was ich anziehen soll.«

Delphi kletterte aufs Bett und setzte sich wie eine kleine Wolke aus lockiger Unschuld im Schneidersitz zwischen die Kissen. »Ihr habt ein Date?«

»Nein, kein Date.« Ihr Herz begann zu hämmern. »Wer hat denn das behauptet?« Und wie würden solche Gespräche erst aussehen, wenn Delphi in die Pubertät kam?

»Lynda. Sie hat mir erzählt, dass sie auf mich aufpasst, damit du mit Noah auf ein Date gehen kannst. Heiratest du ihn danach?«

»Was? Nein, natürlich nicht. Wie kommst du denn auf so was?«

»Eddies Mom hat gerade geheiratet. Zum zweiten Mal, und sie hofft, dass es diesmal für immer hält, weil ihr erster Mann – das war Eddies leidlicher Dad – ein Verlierer war. Eddie hat gehört, wie seine Mom das gesagt hat.« Delphi runzelte die Stirn. »Ich weiß nicht, was er verloren hat, und Eddie auch nicht. Eddie meinte aber, sein Tretauto ist weg. Vielleicht war es ja das.«

Eddie ging in dieselbe Kindergartengruppe wie Delphi und redete eindeutig ebenfalls zu viel.

»Erstens heißt es *leib*licher Vater, und zweitens sollten wir besser nicht über Eddies Familie reden. Es ist nicht sehr nett, über Menschen zu sprechen, wenn sie nicht da sind. Was habt ihr denn vor, wenn Lynda kommt?«

»Wir wollen lesen und Weihnachtsschmuck basteln. Und ich werde ganz artig sein, damit du ein schönes Date hast.«

»Das klingt ja toll! Ich hoffe aber, dass du auch irgendwann ins Bett gehst und schläfst. Und es wäre schön, wenn du nicht mehr sagen würdest, dass es ein Date ist.« Hattie begutachtete sich von der Seite. »Wie findest du das Kleid?«

»Das ist viel zu schwarz. Es muss mehr Glitzer haben. Oder Federn! Ich hab noch welche in meiner Bastelkiste. Wollen wir sie draufkleben?«

Glitzer und Federn – das musste ja kommen, wenn man eine Fünfjährige um Rat in Stilfragen bat.

»Was sollte ich deiner Meinung nach denn anziehen?«

Wie aus der Pistole geschossen antwortete Delphi: »Dein Prinzessinnenkleid!«

»Mein Prinzessinnenkleid?« Hattie wusste nicht einmal, dass sie so etwas besaß.

Aber Delphi glitt schon vom Bett und tapste zu Hatties Kleiderschrank. »Das hier.« Sie zupfte an einem dunkelgrünen Paillettenkleid und zog es vom Bügel. »Darin siehst du aus wie Aschenputtel.«

»Ich nehme an, du meinst Ballprinzessinnen-Aschenputtel, nicht Küchenmädchen-Aschenputtel. Seit wann liest du eigentlich Märchen?«

»Das hat uns unsere Erzieherin vorgelesen.«

»Hoffentlich hat sie auch dazugesagt, dass ihr hart arbeiten, euch einen guten Job suchen und nicht auf einen Märchenprinzen warten sollt. In meiner Lieblingsversion von dem Märchen gründet Aschenputtel am Ende ein weltweites Reinigungsunternehmen.« Hattie nahm Delphi das Kleid aus den Händen. Es war Jahre her, dass sie es gekauft hatte. Getragen hatte sie es nur ein einziges Mal – auf einem Collegeball. Seitdem hatte sie kaum noch daran gedacht. »Für dieses Kleid bin ich zu alt.«

»Ich mag es«, seufzte Delphi verliebt. »Und Noah mag es bestimmt auch. Es ist ein Glücklich-Kleid. Oder was meinst du, Rufus?«

Rufus bellte freundlich und wedelte mit dem Schwanz.

Na toll. Jetzt ließ sie sich schon von einer Fünfjährigen *und* einem Hund beraten. Dass den beiden das Kleid so gut gefiel, war eigentlich ein Grund, es direkt wieder auf den Bügel zu verfrachten. Außerdem war es viel zu aufgetakelt. Noah würde vermutlich einen Herzinfarkt bekommen, wenn sie darin auftauchte.

»Es passt mir bestimmt auch gar nicht mehr.«

»Probier es doch an!«

Da Delphi nicht lockerließ, zog Hattie das schwarze Kleid aus und schlüpfte in das mit den Pailletten. Sofort fühlte sie sich zurückversetzt in die Nacht auf dem Collegeball, die donnernde Musik, ihr langes, offenes Haar, das Klirren von Gläsern. Das war vor dem Tod ihres Vaters gewesen, noch nicht einmal Brent hatte sie gekannt. Sie war jung gewesen, hatte für den Augenblick gelebt. In einer anderen Welt.

Delphi lächelte. »Siehst du? Es passt. Und du siehst aus wie Weihnachten.«

Überraschenderweise saß es wirklich wie angegossen. Das musste wohl dem Stress geschuldet sein und der vielen Arbeit, die ihr kaum Zeit zum Essen ließ. Und genau wie Delphi gesagt hatte, war es wirklich sehr festlich. Fehlte nur noch die rote Schleife im Haar, und sie hätte ausgesehen wie vom Weihnachtsbaum gefallen.

Sie strich den Stoff an ihrer Hüfte glatt.

»Das kann ich aber nicht zu einem Abendessen mit Noah anziehen.«

»Wieso denn nicht?«

Na super. Jetzt musste sie ihrer fünfjährigen Tochter auch noch den Dresscode für Nicht-Dates erklären.

»Weil es zu sehr glitzert.«

»Aber Glitzer ist doch toll!« Delphi nahm ihre Hand. »Komm, wir fragen Tante Erica.«

»Wie bitte?«

»Du sagst doch immer, wenn man etwas nicht weiß, dann muss man es rausfinden.« Delphi zog sie zur Tür. »Tante Erica ist in der Bibliothek.«

»Ich weiß, aber sie redet mit ihren Freundinnen. Sie essen zu Mittag und unterhalten sich über ein Buch. Ich will sie nicht stören.« Doch Delphi hörte sie schon nicht mehr, weil sie längst davongeflitzt war, sodass Hattie nichts anderes übrig blieb, als ihr zu folgen.

Delphi klopfte an die Tür der Bibliothek, wartete aber nicht auf eine Antwort, sondern stürmte einfach nach drinnen.

Hattie nahm sich fest vor, ihr bei Gelegenheit noch einmal zu erklären, dass sie die Privatsphäre der Gäste respektieren musste. Sie hörte Gelächter aus der Bibliothek dringen, dann Delphis Stimme und anschließend Ericas.

Verlegen folgte sie ihrer Tochter durch die Tür und sah Erica, Anna und Claudia um den Couchtisch herumsitzen. Vor ihnen standen eine Platte mit frischen Sandwiches und eine Kaffeekanne, dazu drei Ausgaben des Romans, den sie lasen. Aus einem der Bücher ragten überall Zettel voller Notizen.

»Entschuldigt bitte die Störung.« Beschämt wollte sie Delphi wegziehen, aber Erica stand auf.

»Aber du störst doch nicht. Und das Kleid ist ja der Wahnsinn! Delphi hat uns gerade erzählt, dass du am Donnerstag ein Date hast.«

Das hatte sie gesagt? Als Nächstes würden sie fragen, mit wem, und dann würden sie mehr daraus machen, als es war. Und was, wenn Delphi versehentlich etwas zu Noah sagte? Es war nur ein Abendessen, mehr nicht. Essen musste schließlich jeder, oder?

Ihre Wangen glühten. »Eigentlich ist es gar kein richtiges Date. Eher ein Abend unter Freunden. Aber ich war schon lange nicht mehr aus und habe etwas Passendes zum Anziehen gesucht, und …«

»Und ich würde mal sagen, du hast es gefunden«, sagte Claudia. »Das Kleid ist umwerfend. Und perfekt geeignet für die Vorweihnachtszeit.«

»Es ist nur ein Abendessen.«

»Aber es spricht ja nichts dagegen, bei einem Abendessen hübsch auszusehen.« Erica begutachtete sie von allen Seiten. »Dieses Kleid würde zwar eigentlich lieber tanzen gehen, aber ich bin sicher, dass es sich zur Not auch mit einem Abendessen zufriedengibt.«

Hattie zupfte den Saum zurecht. »Ich glaube einfach nicht, dass es das Passende ist.«

»Hm.« Erica musterte sie scharf. »Ich habe nur eine Frage. Fühlst du dich gut, wenn du es anhast?«

Ja, das tat sie. Mehr noch: Sie fühlte sich wie ein *Mensch*. Wie jemand, der ein Leben hatte und womöglich sogar hin und wieder tanzen ging.

Sie merkte, wie sie schwach wurde.

Sie liebte das Kleid. Und wenn sie es doch anzog? Immerhin stand Weihnachten vor der Tür. Vielleicht würde Noah sie ja gar nicht overdressed finden oder denken, dass sie ihn beeindrucken wollte. Vielleicht würde er einfach nur denken, dass sie in Feiertagsstimmung war.

»Wenn ihr es in Ordnung findet, ziehe ich es an.«

»Gute Entscheidung.« Erica setzte sich wieder und nahm sich ein Stück Käse. »Du solltest dir von uns helfen lassen, wenn du dich für das Abendessen zurechtmachst. Es gibt kaum etwas, das uns mehr Spaß macht. Anna ist unsere Haarspezialistin.«

Delphis Gesicht begann zu leuchten. »Und darf ich dich schminken?«

Vor Hatties innerem Auge stieg ein Bild des Grauens auf. »Das ist lieb von dir, aber vielleicht sparen wir uns das lieber für einen anderen Tag auf.« Am besten einen Tag, an dem sie niemandem unter die Augen treten musste.

»Um das Make-up kümmere ich mich«, warf Erica ein. »Aber ich könnte eine Assistentin brauchen. Also, falls du Zeit und Lust hast, Delphi?«

»Jaa! Ich hab Zeit und Lust!«

Rufus winselte in der Tür, und Delphi rannte zu ihm. »Er muss Pipi. Ich geh mit ihm raus. Komm, Rufy, du musst nur noch ganz kurz durchhalten.« Und damit verschwand sie und ließ Hattie allein mit den drei Freundinnen zurück.

»So, dann lasse ich euch mal in Ruhe essen.« Sie deutete zum Tisch. »Lasst es euch schmecken, und meldet euch einfach, falls ihr noch etwas braucht.«

»Jetzt lauf doch nicht gleich wieder weg.« Claudia klopfte auf den leeren Platz neben sich auf dem Sofa. »Bitte sag, dass du dein Date mit dem umwerfenden Noah hast.«

»Ja, aber ehrlich, das ist keine große Sache. Ich glaube, man kann es eigentlich noch nicht mal als Date bezeichnen. Es ist ja gar keine Romantik im Spiel.« Allerdings hatte er sie seit dem Vorfall mit Stephanie mehrfach angerufen, um sich zu erkundigen, wie es ihr ging.

»Immerhin groß genug, dass du dir den Kopf darüber zerbrichst, was du anziehen sollst.«

»Aber doch nur, weil ich sonst nie rausgehe. Also, natürlich gehe ich häufig *raus,* nur *aus* war ich schon ewig nicht mehr«, korrigierte sie sich hastig, damit Erica und ihre Freundinnen nicht den Eindruck gewannen, sie würde eine bemitleidenswerte Existenz führen. »Meistens bin ich mit Delphi drüben auf der Farm, oder ich gehe mit Delphi einkaufen, oder ich gehe mit

Delphi Pizza oder ein Eis essen. Aber natürlich nicht in schicken Läden, für die man sich zurechtmachen muss.«

»Aber Noah hat dich zum Essen eingeladen.«

»Streng genommen war das eher seine Mutter.« Und weil die drei so freundlich waren und so interessiert schienen, und weil es im ganzen Dorf niemanden gab, mit dem sie darüber reden konnte, erzählte sie ihnen die Geschichte, wie es zu ihrer Verabredung gekommen war.

»Ich mag diese Lynda jetzt schon.« Anna schnitt sich eine Scheibe Käse ab und legte sie zusammen mit ein paar Weintrauben auf ihren Teller. »Und Noah hat auf mich nicht wie jemand gewirkt, der sich zu irgendetwas überreden lassen würde, das er nicht auch selbst will. Wenn er einverstanden war, dann hatte er womöglich ohnehin schon vor, mit dir auszugehen.«

»Das mag zwar sein, aber trotzdem ist mir das Ganze fürchterlich unangenehm.« Sie krampfte die Hände ineinander. »Könnte daran liegen, dass ich aus der Übung bin.« Und daran, dass sie Noah geküsst hatte. Aber diese Information behielt sie dann doch lieber für sich. »Der letzte Mann, mit dem ich aus war, war Brent. Und das ist ewig her.«

Anna stellte ihren Teller weg. »Du bist also nervös.«

»Panisch trifft es eher.«

»Absolut verständlich.«

»Ja«, bemerkte auch Claudia. »Wenn man so lange mit jemandem zusammen war, ist die Vorstellung, sich auf jemand Neues einzulassen, richtiggehend angsteinflößend. Man hat sich an seinen Partner gewöhnt, hat einen gemeinsamen Rhythmus gefunden, das Leben fühlt sich vorhersehbar an. Man kennt sich, versteht sich fast schon ohne Worte, was den Alltag ungemein erleichtert, und dann ist das – *zack!* – schlagartig alles weg. Danach fühlt sich Dating erst mal so an, als würde man ein fremdes Land bereisen, ohne die Sprache zu sprechen.« Sie musterte ihre Freundinnen. »Was? Ich will damit doch nur sagen, dass ich Hattie gut verstehen kann. Das ist nicht leicht. Und manchmal ist die Vorstellung, sich einfach zu Hause einzuigeln und den Kopf in den Sand zu stecken, ziemlich verlockend.«

Hattie bemerkte, wie Erica ihrer Freundin einen mitfühlenden Blick zuwarf. »Hast du auch jemanden verloren?«

»Nein, nicht so wie du«, sagte Claudia. »Aber vor einem halben Jahr hat mich mein Partner nach zehn gemeinsamen Jahren verlassen. Ich kann mir immer noch nicht vorstellen, eine neue Beziehung einzugehen. Und in deinem Fall ist die Situation in emotionaler Hinsicht ja sogar noch komplizierter.«

»Zehn Jahre sind eine lange Zeit.«

»Allerdings. Aber ich bemühe mich, den Gedanken zu verdrängen, dass ich ein ganzes Jahrzehnt an diesen Mann verschwendet habe.« Claudia versuchte sich an einem lässigen Achselzucken, das ihr allerdings gründlich misslang. »Aber das ist doch nichts im Vergleich zu dem, was du durchgemacht hast. Jemanden zu verlieren, den man liebt und der diese Liebe erwidert – das muss unbeschreiblich hart sein.«

»Auf jeden Fall ist es kompliziert, das ist wahr. Ich habe immer noch das Gefühl, ich würde ihn betrügen, sollte ich eine neue Beziehung eingehen.« All das hatte sie noch nie jemandem erzählt, und eigentlich wusste sie selbst nicht recht, warum sie es jetzt tat. Aber es war so angenehm, sich mit den dreien zu unterhalten, dass die Worte förmlich aus ihr herausströmten. »Als ob ich sagen würde, dass mir Brent gleichgültig geworden ist, wenn ich Interesse an einem anderen Mann zeige.«

Claudia runzelte die Stirn. »Aber das hat doch nichts miteinander zu tun. Außerdem bin ich sicher, dass Brent niemals von dir erwartet hätte, dass du für immer allein bleibst. Er hätte doch sicher gewollt, dass du glücklich bist.«

»Wenn mir jemals etwas zustoßen sollte, würde ich unbedingt wollen, dass Pete eine neue Partnerin findet«, sagte Anna. »Allerdings müsste sie meinen Kindern eine tolle Ersatzmama sein. Andernfalls würde ich mich gezwungen sehen, von den Toten aufzuerstehen und sie auf ewig zu verfolgen.«

Hattie lächelte. Das Gespräch mit den dreien tat ihr gut. Vielleicht war ihre Lage ja doch nicht so kompliziert, wie sie immer gedacht hatte, und sie selbst war es, die alles unnötig verkomplizierte, indem sie sich mit haltlosen Schuldgefühlen marterte.

Denn Anna hatte recht: Brent hätte wirklich gewollt, dass sie glücklich war.

»Man erwartet immer, dass Gefühle einfach und eindeutig sind«, sagte Anna. »Aber am Ende sind sie das doch eigentlich nie.«

»Das stimmt.« Erica warf sich eine Traube in den Mund. »Deswegen gehe ich Beziehungen ja auch grundsätzlich aus dem Weg.«

Hattie war neugierig. Sie wusste so wenig über Erica und wollte so gern mehr erfahren. »Aber dadurch verpasst du auch viel. Nicht, dass Brent und ich das perfekte Paar gewesen wären, aber das Leben mit ihm war ein einziges Abenteuer. Trotz allem, was passiert ist, würde ich die Vergangenheit nicht ändern wollen.«

Anna ließ sich nach hinten in die Kissen sinken. »Wie war er eigentlich so?«

»Brent? Charismatisch. Sobald er den Raum betrat, änderte sich die Atmosphäre. Sein Lachen war so laut, dass man es noch eine Ortschaft weiter gehört hat. Er scheute keine Risiken. All die Sicherheiten, die ich mir im Leben wünsche, schien er einfach nicht zu brauchen. Er folgte seinem Instinkt und war ziemlich impulsiv, was mich manchmal halb in den Wahnsinn getrieben und mir eine Mordsangst eingejagt hat. Aber auf der anderen Seite war es auch schön, mit so einem Menschen zusammen zu sein. Wäre er nicht gewesen, wäre ich immer auf Nummer sicher gegangen und hätte vieles im Leben verpasst.«

Claudia nahm sich einen Apfel aus der Schale. »Was zum Beispiel?«

Hattie dachte an all die vielen Situationen, in denen Brent sie dazu gebracht hatte, über ihren eigenen Schatten zu springen. »Ohne ihn würde es das Hotel nicht geben, es gäbe keinen Rufus und natürlich auch keine Delphi. Wahrscheinlich überhaupt noch kein Kind. Ich wollte mit dem Kinderkriegen unbedingt auf den richtigen Moment warten, damit ich auch ja keine Fehler mache.« Diese Entscheidung war ihr ganz besonders schwergefallen, vermutlich aufgrund der Erfahrungen, die sie mit ihrem Vater gemacht hatte. »Aber am Ende hat Brent mir bewusst gemacht, dass es keinen richtigen Zeitpunkt gibt. Sein Mantra lautete: Einfach machen, die Probleme lösen wir unterwegs. Ich bin durch ihn mutiger geworden.«

Erica stellte ihren Teller ab. »Das ist ein großes Kompliment.«

»Allerdings. Aber nach seinem Tod habe ich das Mutigsein wieder verlernt. In den vergangenen Jahren habe ich mich immer für den sicheren Weg entschieden, einfach, weil ich nicht so fest an mich selbst geglaubt habe wie er damals an sich. Ich war darauf angewiesen, dass er mir regelmäßig versicherte, dass schon alles gut gehen würde. Irgendwo tief in mir drinnen habe ich wohl gedacht, dass in Wahrheit er der Grund dafür gewesen ist, dass am Ende tatsächlich immer alles gut ging. Anstatt an meinem eigenen Selbstvertrauen zu arbeiten, habe ich mich auf seines gestützt. Nach seinem Tod habe ich mir eingeredet, ich würde nur deshalb alles so beibehalten wie zu seinen Lebzeiten, um mir selbst das Gefühl zu geben, er sei noch da.« Sie verstummte. Es überraschte sie selbst, wie deutlich sie plötzlich die Mechanismen hinter ihrem Verhalten erkannte. »Aber die Wahrheit lautet, dass ich Veränderungen gescheut habe, weil ich *Angst* hatte. Ich hatte Angst davor zu versagen, wenn ich meine eigenen Vorstellungen umsetzte. Weil die Verantwortung ganz allein bei mir gelegen hätte.«

Anna blickte auf. »Und jetzt?«

»Ich bin wirklich nicht stolz darauf, dass erst Tucker seinen Job schmeißen und Stephanie mich vor versammelter Mannschaft beleidigen musste, damit ich in die Gänge komme. Aber zumindest habe ich endlich gehandelt.« Sie straffte die Schultern. Sie brauchte Brent nicht, um ihren Mut zu beweisen. Es war wichtig, dass sie das auch ganz allein schaffte. »Seitdem geht es mir viel besser. Ich habe das Gefühl, wieder selbst über mein Leben zu bestimmen. Entscheidungen treffen und Verantwortung übernehmen zu können, anstatt darauf zu warten, dass mir jemand anderes sagt, was ich zu tun habe. Ich bin sehr dankbar, dass ihr drei in diesem Moment hier wart.« Denn andernfalls, da war sie ziemlich sicher, hätte sie sich vermutlich genauso verhalten wie immer. »Ich glaube, Veränderungen liegen mir nicht. Ich neige dazu, mich an vertrauten Dingen festzuklammern, selbst wenn ich weiß, dass sie eigentlich nicht das Gelbe vom Ei sind. Aber das erscheint mir immer noch besser, als mich in unbekanntes Terrain vorzuwagen. Deswegen habe ich mich immer für die sichere Wahl entschieden – oder zumindest für das, was ich für die sichere Wahl gehalten habe. Doch damit habe ich mir selbst etwas vorgemacht. Es gibt keine echten Sicherheiten, weil das Leben ständig neue Überraschungen für uns bereithält. War das alles auch nur ansatzweise nachvollziehbar?«

»Ja«, entgegnete Erica leise. »Ja, das war es.«

Es war so eine Erleichterung, sich endlich einmal alles von der Seele reden zu können. »Und dass ich Mutter bin, hat den Druck nur verstärkt. Denn jeder Fehler, den ich begehe, betrifft am Ende auch Delphi. Ich trage nicht nur Verantwortung für mich und das Hotel, sondern auch für ein Kind. Und das ist eine Verpflichtung, die mir manchmal einfach nur gewaltig erscheint.«

Anna warf ihr ein wehmütiges Lächeln zu. »Oh, ja, das Gefühl kenne ich.«

»Es geht ja nicht nur um praktische Fragen wie die Angst, dass ich womöglich so schlechte Entscheidungen treffen könnte, dass ich das Hotel schließen muss. Es geht auch um die emotionale Seite. Um mein Verhalten. Kindern entgeht nichts, und sie ahmen alles nach, was sie sehen. Sie registrieren, wie man auf Dinge reagiert, und lernen daraus.« Hattie dachte daran, wie viel sie von ihrem Vater gelernt hatte. »Es ist mir wichtig, dass Delphi mich als stark und widerstandsfähig erlebt, aber gleichzeitig soll sie auch mitbekommen, wie ich mich all den Veränderungen in unserem Leben stelle, auch wenn es mir manchmal Angst macht und schwerfällt. Und Veränderungen sind nun einmal manchmal angsteinflößend und schwer zu bewältigen, findet ihr nicht?«

Die drei Freundinnen reagierten mit Schweigen. Offenbar hatte sie mit ihren Worten einen wunden Punkt getroffen.

»Ja«, antwortete Anna schließlich mit belegter Stimme. »Veränderungen sind manchmal wirklich schwer zu ertragen, insbesondere, wenn sie einem aufgezwungen werden und man am liebsten die Zeit anhalten würde.«

Erica warf Anna einen langen Blick zu. Offenbar steckte mehr hinter ihren Worten als nur eine allgemeine Beobachtung über das Leben an sich. So oder so hatte Anna aber recht: Auch Hattie hätte manchmal am liebsten die Zeit angehalten. Und wenn sie ehrlich war, hatte sie seit Brents Tod auch nichts anderes getan.

Auf einmal wurde ihr klar, dass alles, was für das Hotel galt, auch auf ihr übriges Leben zutraf. Sie hatte im Stillstand verharrt, als könnte sie auf diese Weise verhindern, dass Brent ein für alle Mal aus ihrem Leben verschwand.

»Ich kannte Brent zwar nicht«, warf Erica ein, »aber ich bin mir ziemlich sicher, dass der Mann, den du gerade beschrieben hast, nicht gewollt hätte, dass du solche Gefühle hast. Er klingt mutig, abenteuerlustig. Und er hätte sicher gewollt, dass du in die Welt hinausgehst und das Leben genießt.«

»Ja, das klingt nach Brent.« Und dasselbe hätte sie sich umgekehrt auch für ihn gewünscht. Sie hätte nicht gewollt, dass er sein restliches Leben lang auf der Stelle trat. Sondern dass er das Beste aus seinem Leben machte.

Und auf einmal erkannte sie in aller Klarheit, dass sie ihn nicht verriet, wenn sie in kleinen Schritten begann, die Vergangenheit hinter sich zu lassen. Dass es ein viel größerer Verrat wäre, es weiterhin *nicht* zu tun. Sie war es ihm schuldig, das Leben zu genießen, anstatt sich von Angst und Schuldgefühlen leiten zu lassen.

Eine ungekannte Leichtigkeit breitete sich in ihr aus. »Es tut mir gut, mit euch zu reden. Danke.«

»Und uns genauso. Wir, also Erica, Anna und ich, erklären hiermit feierlich, dass wir dir stets mit Rat und Tat zur Seite stehen werden. Aber um noch einmal auf dein Date mit Noah zu sprechen zu kommen ...«, Claudia räusperte sich, »... dein *Nicht*-Date, meinte ich natürlich. Wo soll es denn hingehen?«

»Das weiß ich nicht. Er meinte, er würde einen Tisch reservieren.«

»Wie romantisch!«

Hattie musste lachen. Noah war ganz eindeutig eher bodenständig und praktisch veranlagt als romantisch. »Vermutlich hatte er zu dem Zeitpunkt einfach noch keine Ahnung. Deshalb ja auch die Outfitproblematik.« Wobei sie inzwischen aber keine Zweifel mehr hatte, ob sie das Kleid anziehen sollte oder nicht. Sie wollte nicht mit dem Hintergrund verschmelzen, und sie wollte auch nicht auf Nummer sicher gehen. Sie wollte ein Kleid tragen, das sie glücklich machte. Und das war bei diesem hier ganz eindeutig der Fall.

Anna winkte ab. »Das Kleid sieht toll aus, egal, wo ihr am Ende essen geht. Wir machen dir am Donnerstag die Haare und das Make-up, und danach genießt du einen wunderschönen Abend frei von jeglichen Schuldgefühlen.«

»Und falls er dich küssen sollte, küsst du ihn einfach zurück«, warf Claudia ein. »Ich könnte mir nämlich vorstellen, dass er ein ausgesprochen guter Küsser ist.«

Hattie ließ ihre Äußerung unkommentiert. Schließlich wusste sie ja bereits, dass er ein ausgesprochen guter Küsser war. Aber das ging niemanden hier etwas an. Manche Gefühle gehörten ihr. Ihr allein.

Allerdings war es womöglich an der Zeit, sich nicht mehr vor dem, was zwischen ihnen geschehen war, zu verstecken, sondern es offen anzusprechen.

21. KAPITEL

ERICA

Erica stellte den Schlitten oben auf dem Hügel vor einer begeisterten Delphi ab, die ganz klar weitaus versierter im Schlittenfahren war als sie. In der voluminösen Daunenjacke, die sie sich für diese Reise gekauft hatte, kam sie sich klobig vor. Die Jacke schmeichelte ihr kein bisschen und passte nicht zu ihrer sonstigen Garderobe. Aber zumindest hielt sie, was sie versprach. Nämlich warm.

Sie legte eine Pause ein, um einmal richtig durchzuatmen, und ließ die klirrend kalte Luft tief in ihre Lunge dringen. Sie waren umgeben von einem Meer aus Bäumen, hinter denen sich die Berge erhoben. Vor ihnen fiel der Hügel sanft ab und ging schließlich in die Gartenanlage des Hotels über, wo die Hecken und Beetpflanzen unter ihrer frischen Schneedecke aussahen wie Skulpturen aus Eis.

Erica hatte noch nie auf einem Schlitten gesessen und konnte noch immer nicht richtig glauben, was sie gleich tun würde. Als sie Delphi erlaubt hatte, sich auszusuchen, was sie zusammen unternehmen wollten, war sie davon ausgegangen, vor einem Malbuch zu enden oder etwas vorzulesen. Irgendetwas Ruhiges, Nachdenkliches jedenfalls. Aber Delphi hatte unbedingt nach draußen gewollt.

»Sie liebt es, an der frischen Luft zu sein«, hatte Hattie erklärt, während sie ihre Tochter in mehrere Kleiderschichten und dicke Schneestiefel hüllte. »Sie ist das reinste Energiebündel. Und nach einem ganzen Tag im Kindergarten hat sie die frische Luft dringend nötig.«

Erica hatte sich alle Mühe gegeben, so zu tun, als könnte auch sie sich nichts Schöneres vorstellen, als in der Eiseskälte durch den Neuschnee zu stapfen.

Zum Glück hatte Anna gefragt, ob sie mitkommen könnte, und so waren sie zu dritt auf den Hügel hinter dem Hotel gestiegen, auf dem man Hatties Aussage nach hervorragend und vor allem vollkommen gefahrlos Schlitten fahren konnte. Anna hatte sich als Erste getraut und war kreischend bis in den Hotelgarten geschossen, während Delphi ihr von oben zujubelte. Und jetzt war Delphi selbst dran.

Ganz die verantwortungsvolle Tante, wollte Erica sie mahnen, vorsichtig zu sein. Doch Delphi saß längst auf dem Schlitten und raste auf Anna zu. Vor Ericas innerem Auge zog ein Katastrophenszenario nach dem nächsten vorbei, selbst als Delphi längst ohne Zwischenfälle bei Anna angekommen war. Was bedeutete, dass nun sie selbst an der Reihe war.

Nervös lief sie nach unten, holte den Schlitten und zog ihn wieder den Hügel hinauf. Hoffentlich suchte Delphi sich nächstes Mal eine etwas weniger aktive Aktivität aus – denn jetzt, wo Erica auf dem Schlitten saß, wirkte der Hang weitaus steiler als gedacht. Einen Augenblick lang überkam sie Angst, aber dann musste sie über sich selbst lachen. Gerade war ein fünf Jahre altes Mädchen denselben Hügel runtergesaust, ohne auch nur mit der Wimper zu zucken. Und doch saß sie hier auf dem Schlitten und überlegte, ob sie sich wirklich trauen sollte. Konnte es sein, dass ihr Leben insgesamt ein bisschen zu kontrolliert und vorsichtig verlief und sie zu viel Zeit in sicheren, aber seelenlosen Glasgebäuden und Luxushotels verbrachte?

Sie sog die frische, stechend kalte Luft tief in ihre Lunge und nahm sich dabei fest vor, in Zukunft mehr Zeit im Freien zu verbringen. Vielleicht wäre es ja ein guter Anfang, joggen zu gehen, anstatt im Fitnessstudio zu trainieren. Und wenn sie Skifahren lernte? Jack ging häufiger Skifahren und hatte ihr erzählt, dass dabei eine Form von Konzentration gefragt war, die für ihn Entspannung pur bedeutete.

Als sie sich abstieß, fühlte sie sich einen Augenblick lang wie ein vollkommen anderer Mensch. Anna und Delphi winkten ihr vom Fuß des Hügels aus zu, und hinter ihnen ragte das Hotel mit seinen hübschen Fenstern und Balkonen in den Himmel.

Die ersten Meter kroch der Schlitten langsam voran, doch gerade, als Erica dachte, alles sei nur halb so schlimm, nahm er richtig Fahrt auf. Und schon schoss sie den Hang hinab. Im ersten Moment schnappte sie entsetzt nach Luft, doch dann begann sie, hemmungslos zu kichern, als sie merkte, dass sie keinerlei Kontrolle über die Situation besaß – ein Zustand, der ihr vollkommen neu war. Wie sollte sie bremsen? War Delphi auch so schnell gefahren? Sie hörte Anna irgendetwas rufen, dass die Worte *Füße* und *Bremsen* enthielt, aber ehe sie sich einen Reim darauf machen konnte, kollidierte sie mit einem Buckel und beendete ihre Fahrt mit einem unsanften Plumps auf den Hintern.

Einen Augenblick lang lag sie einfach da und versuchte zu verstehen, was gerade passiert war. Schnee rutschte in ihren Halsausschnitt und rann ihr in eiskalten Bächlein ins Dekolleté.

Delphi klatschte derweil in die Hände und führte ein Freudentänzchen auf. »War das nicht lustig, Tante Erica?«

Erica schob den Schlitten von sich und starrte in den Himmel hinauf, während sie überlegte, wie viele Knochen sie sich gerade wohl gebrochen hatte. »Oh ja, wirklich wahnsinnig lustig.«

Dann brach sie in schallendes Gelächter aus, weil es tatsächlich Spaß gemacht hatte und sie nicht fassen konnte, dass sie von Kopf bis Fuß mit Schnee bedeckt hier auf dem Boden lag und sich mit einer breit grinsenden Fünfjährigen unterhielt. Und als sie erst einmal angefangen hatte zu lachen, konnte sie gar nicht wieder aufhören, so lange, bis sie Seitenstechen bekam und nicht mehr richtig atmen konnte. Trotzdem lachte sie weiter, so sehr, wie sie vermutlich noch nie in ihrem ganzen Leben gelacht hatte.

Und Delphi lachte mit. »Du hast überall Schnee im Haar, Tante Erica. Das sieht ganz albern aus.«

»Ehrlich? Gut so! Es ist wichtig, sich nicht allzu ernst zu nehmen.«

Was eine Lektion war, die sie vor allem sich selbst hinter die Ohren schreiben musste. Denn in ihrem Leben ging es fast ausschließlich ernst zu. Anstatt den Augenblick zu genießen, dachte sie ständig an die Konsequenzen ihres Tuns. So wie sie es Tag für Tag in ihrem Job machte. Sie blickte in die Zukunft und versuchte, herauszufinden, ob eine Krise die langfristigen Pläne ihres Kunden durchkreuzen könnte. Aber seit wann wandte sie dieses Prinzip eigentlich auch auf ihr Privatleben an? Die Wahrheit lautete: immer schon.

Anna kam mit besorgter Miene angelaufen. »Alles in Ordnung?«

»Ja, ich glaube, mir ging es noch nie besser.«

Es gab zu wenig Spaß in ihrem Leben, das erkannte sie plötzlich mit verstörender Klarheit. Sie las gern, entspannte sich gern im Spa, ging gern ins Theater und liebte den Adrenalinkick, den es ihr versetzte, wenn sie ein großes Projekt annahm. Aber die einzigen Momente in ihrem Leben, in denen sie je ein ähnlich berauschendes Gefühl empfunden hatte wie gerade auf dem Schlitten, waren die gewesen, die sie gemeinsam mit Jack verbrachte.

»Du musst lenken«, erklärte Delphi. »Dann fällst du auch nicht runter. Ich fahre noch mal.« Ohne eine Antwort abzuwarten, stapfte das kleine Mädchen mit dem Schlitten im Schlepptau entschlossen den Hügel wieder hinauf.

Anna schüttelte den Kopf. »Was ist denn auf einmal mit dir passiert?«

»Laut Delphi habe ich das Lenken vergessen.«

»Ich meine doch nicht deine Schlittenfahrt, sondern den Lachkrampf. Ich kann nicht fassen, dass dir das Ganze hier Spaß macht. So bist du doch sonst nicht.«

»Ich weiß. Ein Beweis mehr, dass wir häufig nicht wissen, was gut für uns ist. Ich kann mich nämlich nicht erinnern, wann ich mich zuletzt so amüsiert habe.« Sie streckte Anna den Arm hin. »Weißt du zufällig, wo das nächste Krankenhaus ist?«

»Wir sind mitten im Nirgendwo. Hier gibt's keine Krankenhäuser.« Lächelnd, aber auch ein wenig verwirrt zog Anna sie auf die Beine. »Und dir macht Schlittenfahren wirklich Spaß? Ich hätte eher gedacht, dass du dich verzweifelt nach deinen Schuh-Boutiquen in Manhattan sehnst.«

»Ich *liebe* Schuhe! Aber bisher haben sie mich noch nie so zum Lachen gebracht, dass ich Seitenstechen bekam.« Erica versuchte, sich den Schnee von der Jacke zu klopfen, doch ihre Bemühungen erwiesen sich als vergeblich. »Ehrlich, ich finde es toll hier draußen.«

Anna musterte sie mit einem merkwürdigen Ausdruck in den Augen. »Du wirkst wie ein vollkommen anderer Mensch.«

»Ach, eigentlich bin ich noch genau dieselbe. Nur dass mir kälter ist als vorher. Außerdem bin ich es nicht gewöhnt, dass mir eine Fünfjährige die Welt erklärt.«

»Sie ist wirklich lustig. Und so niedlich!« Anna sah den Hügel hinauf zu Delphi, die sich gerade für die nächste Rodelpartie bereit machte. »Und ich finde, du machst das toll mit ihr.«

»Du meinst, weil ich zu ihrer Belustigung im Schnee herumkrieche?«

»Nein, ich meine, weil du bereit warst mitzukommen, obwohl Schlittenfahren ungefähr das Letzte auf dieser Welt war, worauf du Lust hattest. Das sagt einiges, finde ich.«

»Und dass ich Spaß daran habe, sagt noch viel mehr. Vor allem sagt es *mir*, dass ich so etwas häufiger tun sollte.« Sie stampfte sich den Schnee von den Stiefeln, und Anna musterte sie neugierig.

»Mehr Wintersport?«

»Mehr Sachen, die mich zum Lachen bringen.« Erica streifte ihre Handschuhe ab und klopfte den Schnee aus dem Innenfutter. »Mehr Sachen, die mir Spaß machen.«

Anna sah kurz nach Delphi, winkte ihr zu und richtete ihre Aufmerksamkeit anschließend wieder auf Erica. »Beispielsweise mehr Zeit im Bett mit sexy Jack?«

Trotz der Eiseskälte breitete sich ein warmes Gefühl in Erica aus. »Vielleicht. Und ganz vielleicht sollte ich auch außerhalb von meinem Bett mehr Zeit mit ihm verbringen.«

Anna machte große Augen und schlug sich mit einer übertriebenen Geste die Hand vor die Brust. »Du ... Du meinst doch nicht etwa wie ... wie in einer Beziehung?«

Erica beschloss, den Scherz unkommentiert zu lassen. »Ich

finde es schön, Zeit mit ihm zu verbringen. Was vermutlich auch der Grund dafür ist, dass ich ihn nicht häufiger sehen wollte.«

»Aus deinem Mund ergibt das auf eine merkwürdige, verdrehte Art und Weise Sinn.« Anna hakte sich bei Erica unter. »Du hast Angst, dich auf ihn einzulassen, weil das dazu führen könnte, dass du ihn brauchst.«

»Beziehungen machen mir eben Angst.« Sie drehte sich zu ihrer Freundin um und zuckte mit den Achseln. »Du musst das nicht verstehen. Bei dir wirken Liebe und Romantik durch und durch unkompliziert.«

Annas Lächeln versiegte. »Oh, ich verstehe dich nur zu gut. Es gibt so vieles, das schiefgehen kann. Wenn man jemanden liebt, steht auf einmal viel mehr auf dem Spiel. Und unkompliziert sind Romantik und Liebe wirklich nie.«

Das war nicht die Antwort, die Erica erwartet hatte.

Verblüfft starrte sie Anna an. »Ist alles in Ordnung?«

»Sicher.« Erneut winkte Anna Delphi zu, die gerade dabei war, auf den Schlitten zu steigen. »Mit diesem Hotel hast du wirklich den Jackpot geknackt. Die Aussicht ist unbeschreiblich.«

Und unkompliziert sind Romantik und Liebe wirklich nie …

Erica kannte Anna jetzt seit vielen Jahren, und noch nie hatte sie ihre Freundin etwas Vergleichbares sagen hören.

Was Beziehungen betraf, war Anna in ihrer Dreierclique das große Vorbild.

Sie musterte ihre Freundin genau. Anna sah ungewöhnlich müde aus. Wie hatte ihr das bis jetzt entgehen können?

»Bekommst du genug Schlaf?«

»Ich?« Anna drehte sich zu ihr um. »Ja, natürlich. Und du?«

Langsam fing sie an, sich ernsthaft Sorgen zu machen. Anna war doch sonst immer so offen! »Ja, das Bett hier ist mehr als bequem.« Sie wusste, dass irgendetwas im Argen lag, doch sie hatte keine Ahnung, wie sie Anna dazu bewegen sollte, darüber zu reden. Ob es ihren Freundinnen mit ihr genauso ging? Sie nahm sich fest vor, in Zukunft etwas mitteilsamer zu sein. Doch was Anna betraf, würde sie wohl einfach warten und hoffen müssen, dass sie irgendwann von selbst redete. »Du hast recht, es ist wirklich schön hier. Allerdings werde ich wohl meine Garderobe anpassen müssen, falls ich in Zukunft wirklich mehr Zeit an der frischen Luft verbringe. Wie lange dauert es eigentlich, bis einem die Zehen abfrieren?«

»Was du jetzt brauchst, ist ein heißes Bad. Und du hast Glück, denn vor dem Abendessen bleibt dir noch genug Zeit dafür.«

Erica fischte einen Schneeklumpen aus ihrem Kragen. »Ein heißes Bad klingt verlockend. Claudia wird auch heute wieder nicht mit uns essen können, weil sie in der Küche steht. Aber vielleicht können wir uns ja vorher auf einen Drink in der Bibliothek treffen? Oder reicht dafür die Zeit nicht mehr, wenn du noch mit Pete telefonieren willst?«

Als Anna nichts erwiderte, warf Erica ihr einen Blick zu und sah Tränen in deren Augen schimmern.

»Anna?« Besorgt legte sie ihrer Freundin die Hand auf den Arm. »Was ist denn nur los?«

»Mit mir?« Anna durchforstete ihre Jackentasche nach einem Taschentuch. »Also, ich bin hier nicht diejenige, die gerade auf einem babyleichten Hang vom Schlitten gefallen ist.« Mit leeren Händen ließ sie die Schultern sacken. »Ich hab kein Taschentuch mehr.«

Erica zog eine Packung aus ihrer eigenen Jackentasche. »Hier, nimm die.«

Schniefend bediente sich Anna. »Du hast doch sonst nie Taschentücher dabei.«

»Ich dachte, da ich den heutigen Nachmittag mit einer Fünfjährigen verbringe, könnte ich sie vielleicht brauchen. Ich folge damit deinem Beispiel, für alle Eventualitäten gewappnet zu sein. Und jetzt erzähl mal. Was ist hier los? Gestern Abend beim Essen warst du schon ungewöhnlich still, und beim Frühstück heute Morgen auch. Und dann hast du vorhin ganz alleine einen langen Spaziergang gemacht.«

»Aber nur, weil du noch Lektüre nachzuholen hattest und Claudia in der Küche beschäftigt war. Ich dachte, ein bisschen frische Luft würde mir sicher guttun.« Anna putzte sich geräuschvoll die Nase.

»Tante Erica! Anna!«, schallte Delphis Stimme durch die kalte Luft. »Alle mal herschauen!«

Auf Annas Gesicht breitete sich ein strahlendes Lächeln aus, und sie wedelte mit den Armen. »Okay! Wir schauen!« Hastig wischte sie sich die Tränen vom Gesicht und jubelte Delphi zu, die mit Karacho auf sie zugefahren kam.

Erica war fasziniert von Annas Fähigkeit, ihre eigenen Gefühle zu unterdrücken und für die Kleine ein Lächeln aufzusetzen, auch wenn ihr gar nicht danach zumute war.

»Hast du vielleicht Heimweh? Weil bald Weihnachten ist?«, versuchte sie es zunächst einmal mit dem Offensichtlichen, auch wenn es nur ein Schuss ins Blaue war.

Aber Anna schüttelte den Kopf. »Nein, gar nicht.« Sie hielt den Blick weiter auf Delphi gerichtet. »Das Hotel ist so weihnachtlich, und meine beiden besten Freundinnen um mich zu haben«, an dieser Stelle musste sie sich räuspern, »ist einfach nur schön.«

Jetzt wusste Erica mit Gewissheit, dass etwas nicht stimmte. Hätte sie doch nur ein ebenso gutes Feingespür gehabt wie Anna!

»Oder geht es darum, dass die Kinder bald ausziehen werden? Hat dich das Gespräch mit Hattie über Veränderungen durcheinandergebracht?«

»Nein.« Aber diesmal war Annas Lächeln kaum mehr als eine billige Imitation des Originals. Sie wirkte so elend, dass Erica ihr mitfühlend die Hand auf den Arm legte.

»Anna ...«

»Ach, achte einfach nicht auf mich. Es geht nur um etwas, das Pete vor ein paar Tagen gesagt hat. Oh, schau doch nur, wie sie drauflosflitzt! Meg war in dem Alter ganz genauso unerschrocken. Ein absoluter Albtraum.« Anna applaudierte Delphi auf den letzten Streckenmetern.

Eigentlich hätte Erica gern gefragt, was genau Pete denn gesagt hatte, aber Anna war schon mit einem breiten Lächeln im Gesicht und unter Jubel auf Delphi zugelaufen. Also beschloss Erica, die Tatsache zu akzeptieren, dass Anna nicht darüber reden wollte, und stapfte ihr hinterher.

Sie beobachtete ihre Freundin im Umgang mit Delphi, registrierte ihre warme, interessierte Art. Annas Umgang mit Kindern war durch und durch natürlich. Sie schien einfach glücklich und voll bei der Sache zu sein. War es denn wirklich verwunderlich, dass sie der Gedanke daran, bald nicht mehr mit ihren eigenen Kindern zusammenzuwohnen, traurig machte?

Erica runzelte die Stirn. Ob Pete vielleicht sauer war, dass Anna so kurz vor Weihnachten verreist war? Nein, das konnte eigentlich nicht sein. Pete war der entspannteste Mensch auf diesem Planeten und hatte noch nie auch nur die leisesten Anstalten gemacht, Anna kontrollieren zu wollen. Was also war geschehen?

Als sie gerade noch einmal nachhaken wollte, kam Delphi auf sie zugerannt.

»Tante Erica! Hast du mich auch gesehen?« Sie schlang ihr die Arme um die Beine und drückte sich fest an sie.

Ein warmes Gefühl stieg in Erica auf. Es war schlichtweg unmöglich, sich Delphis Zuneigung zu verweigern. »Klar habe ich dich gesehen. Du bist fantastisch gefahren.«

»Ich fahre so gern schnell. Wollen wir noch mal?« Delphis Bettelblick war unwiderstehlich.

Erica sah kurz zu Anna, die mit einem übermäßig strahlenden Lächeln reagierte.

»Warum nicht? Es wird gleich dunkel, aber für eine Runde reicht es noch.«

Also erklommen sie ein letztes Mal gemeinsam den Hügel. Als sie wieder unten waren, wurden sie schon von Hattie erwartet, die mit Rufus nach draußen gekommen war und einige Überzeugungsarbeit leisten musste, um Delphi dazu zu bewegen, mit nach drinnen zu kommen.

Delphi wollte unbedingt an Ericas Hand laufen. Erica hatte keine Ahnung, womit sie sich diese bedingungslose Akzeptanz verdient hatte, musste zu ihrer Überraschung aber feststellen, wie wohl sie sich damit fühlte.

»Tante Erica«, flüsterte ihr Anna ins Ohr, und ein Grinsen zuckte über ihr Gesicht, als sie wenig später im Hotel angekommen waren und kurz am Fuß der Treppe stehen blieben, die zu ihren Zimmern hochführte. Erica registrierte, wie matt und mutlos Annas Haltung wirkte, und beobachtete ihre Freundin dabei, wie sie verstohlen einen Blick auf ihr Handy warf und es dann hastig wieder wegsteckte.

»Moment noch, Anna«, sagte sie schnell, aber Anna machte keinerlei Anstalten, sich auf ein Gespräch einzulassen.

»Wir sehen uns später in der Bibliothek.« Und fort war sie, hinter der Biegung der Treppe verschwunden.

Erica konnte ihr nicht folgen, weil Delphi an ihrem Ärmel zog.

»Tante Erica? Magst du heiße Schokolade?«

Sie riss den Blick von der Treppe los. Was mochte Anna nur so durcheinandergebracht haben? Sie war doch die Ausgeglichene unter ihnen, die besänftigende Kraft. Selbst ihren Freundinnen gegenüber nahm sie häufig die Mutterrolle ein. Und wenn sie einmal ein Problem hatte, dann redete sie darüber. Sie war ehrlich und direkt, in ihrem Verhalten und ihren Gefühlen leicht nachvollziehbar. Was Ericas Besorgnis nur verstärkte, denn gerade hatte sie nicht den leisesten Schimmer, was in Anna vorgehen mochte.

»Tante Erica?« Erneut zupfte Delphi sie am Ärmel, und Hattie kauerte sich vor ihre Tochter.

»Tante Erica macht hier Urlaub mit ihren Freundinnen, und sie möchte sicherlich auch ein wenig Zeit für sich haben.«

»Ich bin aber auch ihre Freundin. Und ich möchte mit ihr spielen.«

Erica empfand einen unangenehmen Druck auf der Brust. »Heiße Schokolade klingt hervorragend.« Anna hatte deutlich gemacht, dass sie nicht über ihre Probleme reden wollte. Warum also nicht noch ein Stündchen mit Delphi verbringen? »Aber danach gehe ich in mein Zimmer, um zu baden und mich fürs Abendessen fertig zu machen, okay?«

Zum ersten Mal in ihrem Leben konnte sie zumindest in Ansätzen nachvollziehen, warum es Anna einen solchen Spaß machte, Zeit mit kleinen Kindern zu verbringen. Delphi war so etwas wie das personifizierte Glück des Augenblicks. Egal, ob sie auf dem Schlitten einen Hügel hinabsauste, ein Bild malte oder heiße Schokolade zubereitete – alles, was sie tat, bot ihr Anlass zur Freude.

Wie es aussah, konnte sie noch einiges von diesem fünfjährigen Mädchen lernen.

Hattie richtete sich wieder auf. »Du magst heiße Schokolade?«

Ihre letzte hatte sie zwar in ihrer Kindheit getrunken, aber was hatte sie schon zu verlieren? Ihr war eiskalt, und ein bisschen Wärme würde ihr guttun. »Absolut! Jedenfalls, wenn ich so lange im Schnee unterwegs war wie heute.«

Als sie später auf ihr Zimmer zurückkehrte, war es draußen bereits dunkel, und es schneite wieder. Sie zog sich bis auf die Unterwäsche aus, hängte ihre Kleidung zum Trocknen auf und ließ sich ein dampfendes, heißes Bad ein. Dann setzte sie sich auf den Wannenrand und gab Badelotion ins Wasser.

Sie hatte stets ein unabhängiges Single-Dasein geführt. Während Anna schon früh über Familiengründung geredet hatte, hatte Erica nie etwas anderes im Kopf gehabt als ihre Karriere. Die Vorstellung, sie würde je eine ähnliche Befriedigung aus dem Familienleben ziehen können wie aus ihrem Job, war ihr geradezu absurd erschienen. Doch jetzt?

Tante Erica.

Die beiden Wörter hätten ihr unangenehm sein müssen, doch merkwürdigerweise waren sie es nicht.

Während sie darüber nachdachte, legte sie auch ihre Unterwäsche ab und ließ sich in die Badewanne gleiten. Das heiße Wasser taute ihre durchgefrorenen Arme und Beine auf. Falls sie in Zukunft häufiger herkommen sollte, würde sie sich eine winterfeste Garderobe zulegen müssen. Aber bisher hatte sie noch nicht über das Ende ihrer Urlaubswoche hinaus gedacht.

Die Vorstellung, dass sie noch vor zwei Tagen vorgehabt hatte, abzureisen, ohne sich Hattie vorzustellen, erschien ihr inzwischen mehr als merkwürdig. Sie hatte sich nach ihrem einfachen, unkomplizierten Leben in Manhattan zurückgesehnt. Doch jetzt war dieses Gefühl wie weggewischt, auch wenn sie noch herausfinden musste, wie es von hier aus weitergehen sollte.

Tante Erica.

Grinsend ließ sie heißes Wasser nachlaufen. Letztlich hatte sie keine Ahnung, was es bedeutete, eine Tante zu sein. Bisher hatte sie einfach Delphi den Ton angeben lassen, aber auf lange Sicht würde sie ihren Horizont erweitern müssen. Ob es wohl Bücher zu dem Thema gab? Sollten Tanten eher witzig sein und all den Quatsch erlauben, über den Mütter schimpften? Oder war es eher ihre Aufgabe, streng mit Delphi zu sein?

Nachdem sie sich eine Weile im warmen Wasser aufgewärmt hatte, stieg sie wieder aus der Wanne, wickelte sich ein großes Handtuch um und musterte ihr Telefon.

Der Drang, Jack anzurufen, war fast schon überwältigend. Sollte sie vielleicht irgendein Event erfinden, auf das er sie begleiten sollte, damit sie einen Grund hatte, ihn anzurufen?

Unsinn, schalt sie sich selbst. Das war doch lächerlich. Sie war vierzig! Zu alt für Spielchen. Jack war eher der direkte Typ, genauso wie sie. Wenn sie ihn anrufen wollte, warum tat sie es dann nicht einfach?

Aber was sollte sie dann sagen? Dass sie es bereute, ihn neulich Abend weggeschickt zu haben?

Verärgert über ihre eigene Unentschlossenheit ging sie nach drüben ins Schlafzimmer und machte sich fürs Abendessen zurecht. Nachdem sie sorgfältig ihre Haare frisiert und Make-up aufgelegt hatte, atmete sie tief durch und nahm ihr Telefon zur Hand.

Schon beim ersten Klingeln ging er dran. »Erica?«

Beim Klang seiner Stimme kribbelte es in ihrem Bauch, und in ihrem ganzen Körper breitete sich langsam, aber unaufhaltsam ein seltsam warmes Gefühl aus.

»Hi.«

»Und? Wie ist deine Woche mit deinen Freundinnen? Lackiert ihr euch gegenseitig die Zehennägel und plündert nachts den Kühlschrank?«

Die Vorstellung brachte sie zum Lächeln. »So hast du dir unseren Urlaub vorgestellt?«

»Ich finde den Gedanken, wie du den ganzen Tag in deiner Unterwäsche auf dem Bett herumlungerst, überaus ansprechend, also sei doch bitte so freundlich und ruinier mir meine Fantasien nicht mit der Information, dass du in Wahrheit von morgens bis abends in Skimontur durch die Gegend stapfst.«

Sie hatte ganz vergessen, wie sehr sie ihre Gespräche mit ihm genoss. Es gab nur wenige Menschen, mit denen sie sich so wohlfühlte.

»Tut mir leid, dich enttäuschen zu müssen, aber vor zwei Stunden habe ich tatsächlich noch eine dicke Skijacke getragen. Außerdem bin ich Schlitten gefahren. Und nein, das war kein Witz.«

Nach kurzem Schweigen fragte er: »Wieso sollte ich das für einen Witz halten?«

»Weil wir beide wissen, dass ich nicht unbedingt der Schlittenfahr-Typ bin. Und wäre die Person, die mich dazu überredet hat, nicht so überzeugend gewesen, hätte ich mich vermutlich gedrückt. Aber sie war nun mal so überzeugend, dass ich mich getraut habe – und es hat wahnsinnig Spaß gemacht.« Sie suchte sich ein Paar Stiefel für den Abend aus. »Überrascht?«

»Worüber? Dass du in der Lage bist, loszulassen und den Moment zu genießen? Kein bisschen. Ich wusste von Anfang an, dass du verborgene Qualitäten besitzt.« Nach einer kurzen Pause fuhr er fort: »Erzähl mir mehr über diese ominöse Person, die dich davon überzeugen konnte, in Kontakt mit deinem inneren Kind zu treten. Handelt es sich um ein zwei Meter großes Ski-Ass mit übermäßig breiten Schultern und einer ausgeprägten Armmuskulatur? Ich bitte um eine genaue Beschreibung meines Rivalen. Hätte ich im Kampf eine Chance gegen ihn?«

Ihre Haut prickelte. Das Wort *Rivale* suggerierte, dass Jack in Bezug auf sie keine Konkurrenz an seiner Seite duldete. Es überraschte sie, wie sehr ihr diese Vorstellung gefiel.

»Kommt drauf an.« Sie streifte die Stiefel über. »Welche Waffe wählst du?«

»Laptop und Füller. Mit den beiden bin ich unschlagbar. Außerdem habe ich mein fotografisches Gedächtnis sowie die Macht der Worte zu bieten. Mit Worten gewinne ich immer.«

Sie stellte sich vor, wie er an dem großen Schreibtisch in seinem Büro saß, hinter sich eine gigantische Wand aus Glas, die den Blick auf die Stadt freigab. Sein Hemd war ordentlich gebügelt, und sein Jackett saß an den Schultern perfekt. Jacks Äußeres war stets makellos. Wenn er den Raum betrat, sahen alle Leute hin, allerdings – und das war vielleicht seine größte Gabe – ohne sich eingeschüchtert zu fühlen. Er bewahrte stets Ruhe und strahlte die Gewissheit aus, alles im Griff zu haben. Sie versuchte, sich vorzustellen, wie er vom Schlitten purzelte oder sich von einem Rivalen bedroht fühlte, aber es wollte ihr nicht gelingen.

»Besagte Person ist fünf Jahre alt. Entsprechend würdest du im Gespräch ganz klar den Kürzeren ziehen. Außer du kennst dich zufällig übermäßig gut mit Haien oder Dinosauriern aus.«

»Zufälligerweise verfüge ich tatsächlich über ein lexikalisches Wissen zum Thema Dinosaurier und wage mit einiger Zuversicht zu behaupten, dass ich praktisch jede Frage über das Zeitalter des Jura beantworten könnte. Und, Ms. Chapman? Welcher ist Ihr Lieblingsdinosaurier?«

»Wie bitte?«

»Na, dein Lieblingsdinosaurier. Jeder hat einen.«

Lächelnd trat sie ans Fenster. »Ist das so? In dem Fall würde ich gern deinen erfahren.«

»Mein Lieblingsdinosaurier ist der Velociraptor«, antwortete er wie aus der Pistole geschossen. »Er ist klug, schnell und hat keine Scheu zu töten.«

»Also sind sie so etwas wie die Anwälte der Dinosaurierwelt.«

Jack lachte auf. »Könnte man sagen. Und jetzt bist du dran.«

»Ich weiß nicht. Ich bin noch recht neu in der Thematik. Hilfst du mir? Der Einzige, den ich kenne, ist der T-Rex, aber der stopft massenweise rohes Fleisch in sich hinein, was ich einigermaßen abstoßend finde. Mal ganz abgesehen von diesen kurzen Ärmchen.«

»Also keine kurzen Arme, ist vermerkt. Ich werde mich gleich nach unserem Telefonat auf die Streckbank legen. Oh, warte bitte mal kurz …« Es folgte eine kurze Pause, in der sie Stimmen im Hintergrund hören konnte, gefolgt vom Klicken einer Tür, die geschlossen wurde. »Tut mir leid. Aus irgendeinem Grund bilden sich die Leute hier ein, dass ich als Anwalt tätig bin, deswegen muss ich hin und wieder dafür sorgen, dass der Schein gewahrt wird. So, wo waren wir noch mal? Ach ja, genau. Dinosaurier. Ich glaube, du würdest den Diplodocus mögen.«

»Hat der auch massenweise rohes Fleisch gefressen?«

»Nein, der Diplodocus war ein Pflanzenfresser. Optisch Furcht einflößend, innerlich aber ein Lämmchen. Ein bisschen so wie du.«

»Du findest mich Furcht einflößend?«

»Du vergisst, dass ich dich nackt gesehen habe. Nackt ist niemand Furcht einflößend.«

Nein, das hatte sie ganz sicher nicht vergessen. Tatsächlich dachte sie sogar viel häufiger daran, als ihr lieb war.

»Ich wusste ja gar nicht, dass du Dinosaurierexperte bist.«

»Mit sieben hätte ich dir jede noch so abwegige Frage zu dem Thema beantworten können. Eine Zeit lang wollte ich Paläontologe werden, aber dann wurde mir klar, dass das Verhältnis zwischen Graben und Finden in diesem Beruf ganz klar zugunsten des Grabens ausfällt.«

Das Gespräch war immer noch locker, und doch schienen sie beide zu spüren, dass sie sich einem ernsteren Thema näherten.

»Also«, unterbrach er das kurze Schweigen. »Ich gehe davon aus, dass du mich nicht grundlos angerufen hast. Nennst du mir das Datum?«

»Welches Datum?«

»Das Datum für das Event, zu dem ich dich begleiten soll. Mit oder ohne Abendgarderobe?«

Sie bekam so viele Einladungen – die sie größtenteils nicht wahrnahm –, dass sie sich einfach irgendeine hätte aussuchen und als Ausrede nutzen können, um sich mit ihm zu treffen.

Aber sie wollte keine Ausreden mehr nutzen.

»Eigentlich gibt es gar kein besonderes Event. Jedenfalls ist das nicht der Grund, aus dem ich dich angerufen habe.«

»Und warum hast du dann angerufen?« Seine Stimme war zart wie eine Liebkosung, und Erica strich sich unwillkürlich über den Hals, stellte sich vor, wie seine Lippen ihre Haut streiften.

»Als wir einander zuletzt gesehen haben ...« Sie verstummte, schluckte. »Also, ich habe darüber nachgedacht, und ...«

»Ja?«

Sie sah aus dem Fenster, fragte sich, warum ihr dieses Gespräch so schwerfiel. »Ich wollte vorschlagen, ob du bei unserem nächsten Treffen vielleicht ein paar Sachen bei mir in der Wohnung lassen möchtest. Eine ... Eine Zahnbürste vielleicht?«

Er antwortete mit Schweigen, und einen Moment lang fragte sie sich, ob er sie überhaupt gehört hatte.

»Jack? Bist du noch da? Ich sagte gerade ...«

»Ich habe dich verstanden, Erica.« So, wie er ihren Namen aussprach, verschlug es ihr den Atem, und Panik flackerte in ihr auf.

»Also, natürlich nur, wenn du das willst. Was vermutlich nicht der Fall ist, weil du sehr unabhängig veranlagt bist und genauso viel Freiraum brauchst wie ich, und ...«

»Erica.« Sie konnte ihm anhören, dass er lächelte. »Durchatmen.«

»Oh.« Sie schlug sich die Hand vor die Brust, in der ihr Herz heftig wummerte. »Ich atme.«

»Wie kommst du darauf, dass ich das nicht wollen könnte?«

Sie fühlte sich so unsicher wie ein Teenie vor dem ersten Kuss. »Weil wir so etwas nicht machen.«

»Jedenfalls war das bisher so. Aber wenn ich mich recht erinnere, war ich derjenige, der bei unserem letzten Treffen vorgeschlagen hat, dass ich doch über Nacht bleiben könnte.« Sein Tonfall wurde leise, vertraulich. »Erinnerst du dich noch daran, wie der Abend war?«

Sie schloss die Augen. »Ja.«

Der Gedanke daran ließ ihre Wangen glühen. Jacks Lippen auf ihren unter der Dusche. Jacks Hände, die ein Netz aus magischen Berührungen um ihren bebenden Körper spannten. Seine Nähe war überwältigend gewesen, und ihr Wunsch, dass er blieb, fast genauso stark wie der Wunsch, dass er ging.

»Ich wäre gern geblieben«, fuhr er fort. »Und das ist schon seit Langem so.«

Sie öffnete die Augen, kam sich vor, als würde sie die Welt zum ersten Mal sehen. »Wie lange?«

»Monate.«

»Und du hast nie etwas gesagt?«

»Ich wollte dich nicht unter Druck setzen. Ich weiß, wie schwer es dir fällt, Menschen wirklich an dich heranzulassen.«

Ihre Knie zitterten plötzlich so heftig, dass sie sich auf den nächsten Stuhl sinken ließ. »Jack?«

»Ja?«

Sie fuhr sich mit der Zunge über die Lippen. »Was, wenn ich dich gern wirklich an mich heranlassen würde?«

»Du hast keine Ahnung, wie lange ich auf diese Einladung gewartet habe. Wo bist du noch mal? Ach ja, in Vermont. Wie lange fährt man nach Vermont? Oh, verdammt, zu lang. Ich habe in einer Stunde ein Meeting, morgen früh muss ich zu Gericht. Aber du bist ja sowieso mit deinen Freundinnen unterwegs, und nach allem, was du erzählt hast, habt ihr noch gar keine Kissenschlacht gemacht. Davon will ich dich natürlich nicht abhalten. Abgesehen davon, dass eure Leseclub-Woche euch allein gehören soll. Aber wenn wir uns wiedersehen, hoffe ich auf deine volle Aufmerksamkeit.«

Ein flaues Gefühl breitete sich in ihrer Magengrube aus. »Ich hätte da einen Vorschlag.«

»Schieß los.«

Sie atmete tief durch. Die Idee war einfach zu verrückt. »Du musst nicht Ja sagen.« Allein schon, weil es in seinem Leben – das wurde ihr mit plötzlicher Klarheit bewusst – noch so vieles gab, von dem sie keine Ahnung hatte. »Übrigens, falls es noch eine andere in deinem Leben gi…«

»Da ist keine andere, Erica. Es gibt nur dich. Und ich sage Ja. Jetzt brauchst du mir nur noch zu verraten, wozu.«

Es gibt nur dich.

Sie schloss die Augen. Die Idee mochte verrückt sein. Aber sie würde es riskieren.

22. KAPITEL

CLAUDIA

»Ich habe heute Vormittag mit zwei eurer Lieferanten gesprochen. Wirklich ein geniales Netzwerk, das ihr hier habt.« Claudia hatte sich in einer Ecke der Küche mit Hattie zusammengesetzt, um den Wochenplan durchzugehen.

»Es war wichtig für mich, dass wir weitestgehend lokale Produkte verwenden. Nicht zuletzt, weil man dadurch ein Teil der Gemeinschaft wird und die Region unterstützt. Wir alle brauchen einander.« Hattie trank einen Schluck Kaffee. »Dieser Cappuccino ist übrigens köstlich. Und der Weihnachtsbaum aus Schokoladenpulver obendrauf ist ein kleines Kunstwerk. Hast du den gemacht?«

»Eins meiner verborgenen Talente.« Claudia schlug einen Ordner auf und schob ihn Hattie hin. »Ich dachte, wir sollten vielleicht sogar noch stärker mit den Gästen kommunizieren als bisher. Im Augenblick erfahren sie, woher das Essen auf ihrem Teller kommt, und das ist sicherlich ein guter Anfang. Aber wir könnten so viel mehr in diese Richtung machen.«

Vielleicht hätte sie besser nicht *wir* sagen sollen. Schließlich gehörte das Hotel nicht ihr, sondern Hattie.

Mit angehaltenem Atem beobachtete sie, wie Hattie den Ordner zu sich zog und darin blätterte.

»Ein Hintergrundbericht über unsere verschiedenen Lieferanten. Fotos, ihre Geschichten. Du hast ihnen ein Gesicht verliehen, sie zu echten Menschen gemacht.« Sie blätterte weiter. »Eine Karte, auf der ihre Höfe eingezeichnet sind.«

»Aber nur von denen, die einen Hofladen haben und Führungen anbieten«, versicherte Claudia hastig. »Datenschutz und so weiter. Und natürlich müssten wir uns zunächst mit den Lieferanten absprechen. Ich könnte mir vorstellen, auch anderweitig mit ihnen zusammenzuarbeiten. Ich dachte, vielleicht könnten wir ... also du ... im Sommer Abende anbieten, an denen du die Produkte jeweils eines deiner Lieferanten besonders prominent verarbeiten lässt. Und vielleicht Kochunterricht für kleine Gruppen anbieten. Aber das sind natürlich alles nur Ideen.«

»Und sie sind allesamt genial.« Hattie blätterte um und lächelte. »Die Petersons sind auch dabei?«

»Ein schönes Foto von Noah, oder?«

Hatties Wangen verfärbten sich rosa. »Ja.«

Claudia beschloss, nicht weiterzubohren. Schließlich ging sie Hatties und Noahs Geschichte nichts an, und sie war nun wirklich die Letzte, die gute Ratschläge zum Thema Beziehungen verteilen sollte.

»Laden wir eigentlich auch die Lieferanten hin und wieder zum Essen ins Restaurant ein? Falls nicht, sollten wir das nachholen.«

»Sie also stärker involvieren?« Hattie schrieb hastig alles mit. »Du hast recht. Das ist alles toll, Claudia. Darf ich dich um noch einen Gefallen bitten?«

»Natürlich.« Claudia trank ihren Kaffee aus.

»Ich habe eine Stellenausschreibung für die freie Stelle als Küchenchef formuliert. Würdest du sie dir einmal ansehen?«

Das freudige Bitzeln in ihrem Bauch ebbte ab. Sie mochte den Gedanken nicht, dass jemand anders die Küche hier im Maple Sugar Inn übernehmen würde, auch wenn ihr natürlich bewusst war, wie albern sie sich verhielt. Schließlich machte sie hier nur Urlaub und würde in einigen Tagen abreisen! »Sicher doch. Mailst du sie mir? Und dann dachte ich noch, wir könnten ...« Sie brach ab, weil ihr Handy klingelte. »Tut mir leid, ich dachte, ich hätte es ausgeschaltet.« Als sie den Anruf wegdrücken wollte, sah sie den Namen *John* auf dem Display aufleuchten.

John?

Ihr Mund wurde schlagartig staubtrocken, und ihre Finger zitterten leicht. Sie hatten seit dem Tag vor sechs Monaten, als er ihr gemeinsames Leben hinter sich gelassen hatte, kein Wort mehr miteinander gewechselt.

»Geh nur ran, wir können auch später noch weitermachen.« Hattie stand auf. »Ich lasse dich mal in Ruhe telefonieren.«

Sie wollte lieber gar nicht erst wissen, woran Hattie gemerkt hatte, dass dies ein Gespräch war, das sie besser ungestört führen sollte.

Nachdem Hattie die Küche verlassen hatte, hob sie ab. Wortlos, weil sie keine Ahnung hatte, was sie sagen sollte.

»Claudia? Claudy?« Als er den Kosenamen verwendete, den nur er benutzt hatte, verzog sie unwillig das Gesicht. Kosenamen waren für Menschen, die einander etwas bedeuteten. Und er hatte mehr als deutlich gemacht, dass sie ihm egal war.

»Was willst du, John?« Das gesamte Elend und all die Verunsicherung, die sie sechs Monate lang zu verdrängen versucht hatte, kehrten mit einem Schlag zurück.

»Wie schön, deine Stimme zu hören.«

Ihre Knie zitterten, und eine Welle der Sehnsucht überrollte sie, für die sie sich hätte ohrfeigen können. Sehnsucht? Nach einem Mann, der sie derart respektlos behandelt hatte? »Und warum hast du dich nicht eher gemeldet, wenn du gern meine Stimme hören wolltest?«

»Es tut mir leid. Ich habe mich fürchterlich benommen, und ich weiß, dass ich hart dafür werde arbeiten müssen, dass du mir verzeihst. Wie geht es dir?«

Wunderbar – jedenfalls, bis sie diesen Anruf entgegengenommen hatte. Und was meinte er überhaupt mit *verzeihen*? Wie kam er darauf, dass sie ihm je verzeihen würde? Und warum interessierte ihn das überhaupt?

»Was willst du, John? Warum rufst du mich an, nachdem du es ein halbes Jahr lang nicht für nötig gehalten hast, dich zu melden?«

»Du bist wütend, und das verstehe ich. Ich habe nicht damit gerechnet, dass du es mir leicht machen würdest. Ganz egal, was du mir an den Kopf wirfst – ich habe es verdient.«

Wäre er hier bei ihr in der Küche gewesen, hätte sie ihm

vermutlich ganz andere Dinge an den Kopf geworfen als nur Worte. »Ich habe zu tun. Könntest du bitte zur Sache kommen?«

»Wo bist du überhaupt? Ich hätte gedacht, dass du in der Wohnung bist. Übrigens funktioniert mein Schlüssel nicht mehr.«

Sie schloss die Hand ein wenig fester um das Telefon. »Du bist in der Wohnung?«

»*Vor* unserer Wohnung, in die ich aus irgendeinem Grund nicht mehr komme. Klemmt das Schloss vielleicht?«

»Ich habe das Schloss ausgetauscht.« Sie schickte ein stummes Dankeschön an Erica, die sich darum gekümmert hatte. »Und die Wohnung ist nicht mehr unsere, seit du ohne jede Vorwarnung ausgezogen bist und aufgehört hast, Miete zu zahlen.« Aber wie *ihre* fühlte sich die Wohnung auch nicht mehr an. Denn seit Johns Auszug war sie ihr kein Zuhause gewesen, sondern kaum mehr als ein Dach überm Kopf. »Und was meinen Aufenthaltsort betrifft – ich bin gerade mit Erica und Anna auf Reisen. Der Leseclub.«

Sie hatte keine Ahnung, weshalb sie ihm das erzählte. Vielleicht, weil sie ihm beweisen wollte, dass sie noch ein Leben hatte. Dass es ihm nicht gelungen war, sie zu zerstören.

»Aber habt ihr das nicht immer im Sommer gemacht?«

»Dieses Jahr hat es im Sommer nicht geklappt.« *Weil du mich verlassen hast und ich am Boden zerstört war.* »Wenn du mir jetzt freundlicherweise verraten würdest, warum du anrufst?«

Auf einmal kam ihr ein schrecklicher Verdacht. Ging es um Trudy? Hatte er angerufen, um ihr zu sagen, dass er heiraten würde? Ihr Magen zog sich schmerzhaft zusammen.

»Ich will dich zurück, Claudia.«

In ihrem Kopf drehte sich alles. Sie musste sich verhört haben, oder? »Wie bitte?«

»Ich möchte wieder mit dir zusammen sein. Und ja, mir ist klar, dass das etwas überraschend kommt.«

Überraschend?

Sie wollte etwas erwidern, aber ihr Kopf war wie leer gefegt.

»Claudia? Ich weiß ja, dass du wütend auf mich bist. Und das kann man dir wirklich nicht vorwerfen. Ich weiß selbst nicht, was in mich gefahren war. Aber ich werde den Rest meines Lebens damit verbringen, es wiedergutzumachen.«

Sie konnte nicht fassen, dass dieses Gespräch gerade wirklich stattfand.

»Und welchen Platz genau hast du in diesem Arrangement Trudy zugedacht?«

»Trudy war ein Fehler. Aber vielleicht musste ich erst mit ihr zusammenkommen, um zu begreifen, dass du die Richtige für mich bist.«

Und jetzt? Erwartete er etwa, dass sie Trudy eine Dankeskarte schickte?

»Claudia? Du sagst ja gar nichts. Ich habe dir gerade mitgeteilt, dass ich wieder mit dir zusammenkommen möchte. Und zwar für immer.«

Für immer.

Er bot ihr an, in ihr altes Leben zurückzukehren. Sie würden wieder gemeinsam in ihrer Wohnung wohnen, sie würde sich einen neuen Job suchen und in Kalifornien heimisch werden. Mit John. Ihrem John.

Sie sah zum Fenster hinaus. Nur war er nicht mehr ihr John. Die vergangenen Tage mit ihren Freundinnen hatten ihr klargemacht, dass ihre Beziehung alles andere als perfekt gewesen war. Sie hatte die Beziehungsdauer mit Qualität verwechselt.

Vor ihrem inneren Auge sah sie den Moment, in dem er die Wohnungstür hinter sich zugezogen hatte. Er war einfach gegangen, hatte ihr verzweifeltes Flehen ignoriert, doch wenigstens mit ihr zu reden. Trotz all ihrer gemeinsamen Jahre hatte er ihr nicht einmal den leisesten Funken Höflichkeit erwiesen. Sein Respekt, seine Zuneigung, sein Anstand – wo waren sie an jenem Tag gewesen?

Und wo waren sie jetzt? Er bildete sich doch nicht ernsthaft ein, dass er sie nur anzurufen brauchte, und sie würde sofort wieder andackeln?

»Das muss alles sehr plötzlich für dich kommen«, fuhr John fort. »Nimm dir ruhig Zeit. Ich liebe dich, Claudia. Wir sind ein gutes Paar.«

»Du liebst mich, ja?« Sie bemühte sich redlich, nicht allzu sarkastisch zu klingen. »Und seit wann das?«

»Immer schon. Ich habe dich immer schon geliebt.«

Sie wusste nicht, ob sie wütend oder fassungslos sein sollte. »Du hast mich betrogen. Hast unsere gesamte Beziehung durch den Dreck gezogen.« Auf einmal wusste sie mit absoluter Sicherheit, dass sie ihn nicht zurückwollte. Ihn nicht und auch ihr altes Leben nicht. Weil sie sich auf ihr neues Leben freute. Das Leben, nach dem sie gerade zaghaft die Fühler ausstreckte. Und John war kein Teil davon. Auf nichts von dem, was ihr in diesem Jahr widerfahren war, hatte sie einen Einfluss gehabt. Aber jetzt hatte sie die Wahl.

Sollte sie lachen oder weinen? Sie drückte sich die Faust an den Mund. Auf einmal empfand sie eine schwindelerregende Macht. Die Zukunft lag in ihrer Hand!

»Claudia?«

»Ellen und Tilda aus der Wohnung über unserer haben einen Zweitschlüssel. Ich schreibe ihnen, dass sie ihn dir aushändigen sollen. Du kannst mit der Wohnung machen, was du willst. Du kannst einziehen oder sie aufgeben. Mir ist es egal, denn ich werde nicht zurückkommen. Ich schicke jemanden vorbei, der meine Sachen holt.«

»Das kann doch nicht dein Ernst sein.«

»Oh doch. Mein voller.«

Er gab einen ungeduldigen Laut von sich. »Soll das ein Racheakt sein, weil ich mich damals auch nicht mehr habe blicken lassen?«

»Nein. So schmerzhaft das für dein Ego auch sein mag: Es geht hier nicht um dich. Sondern ganz allein um mich.« Lächelnd stand sie auf. »Ich sehe es nicht ein, den weiten Flug nach Kalifornien auf mich zu nehmen, nur um gleich wieder zu fahren, nachdem ich meine Sachen gepackt habe. Ich kann diese Aufgabe delegieren, und ich danke dir dafür, mich auf diese Idee gebracht zu haben. Du hast mir beigebracht, wie man eine Trennung vollkommen emotionslos über die Bühne bringen kann.«

»Ich gebe ja zu, dass ich einen Fehler begangen habe, Claudia.«

Ein verzweifelter Beiklang mischte sich in seinen Tonfall. »Und ich wünschte wirklich, ich könnte dir erklären, warum ich das getan habe. Aber … Ach, ich weiß es doch selbst nicht«, flüsterte er. »Vielleicht lag es einfach daran, dass ich vierzig geworden bin. Weißt du, das war ziemlich aufwühlend für mich.«

»Älter zu werden ist aber kein Grund, seine Partnerin zu betrügen.«

»Und das bereue ich zutiefst. Ich erwarte ja auch nicht von dir, dass du mir von heute auf morgen verzeihst. Mir ist bewusst, dass ich hart dafür werde arbeiten müssen, dein Vertrauen zurückzuerlangen.«

»Spar dir die Mühe, John. Inzwischen interessiert es mich nicht mehr, was du mit wem wo anstellst. Du kannst schlafen, mit wem du willst. Wir sind kein Paar mehr.«

»Hast du einen anderen? Bist du neu verliebt?«

Es war so typisch für John, anzunehmen, dass der Grund, aus dem sie ihn nicht mehr wollen könnte, ein neuer Mann sein musste.

»Nein, niemanden. Ich bin nicht verliebt.« Na ja, in gewisser Weise vielleicht doch. Sie ließ sich die vergangenen Tage durch den Kopf gehen. Wie viel Spaß sie mit ihren Freundinnen hatte. Wie aufregend sie es gefunden hatte, einzuspringen und in der Küche zu arbeiten. Das energiegeladene Gefühl, als sie mit Hattie ihre Ideen durchgesprochen hatte. Die Hoffnung, die sie neuerdings beim Gedanken an die Zukunft empfand. Sie *war* verliebt. Und zwar in die Vorstellung eines neuen Lebens.

»Aber du wolltest doch heiraten …«

»Und ich bin froh, dass wir es nicht getan haben«, unterbrach sie ihn. »Du bist einfach nicht der Richtige für mich. Irgendwo bin ich dir sogar dankbar dafür, dass du mir das durch dein Verhalten bewusst gemacht hast. Und jetzt muss ich auflegen, die Arbeit ruft. Ruf mich bitte nie wieder an.« Sie legte auf und sperrte seine Nummer. Dann las sie die E-Mail, auf die sie gewartet hatte, und machte sich auf die Suche nach Hattie.

Die war gerade im Gespräch mit Chloe, beendete es aber sofort, als sie Claudia kommen sah.

»Alles in Ordnung?«

»Ja, bestens sogar.« Es kam ihr so vor, als hätte sie gerade einen riesigen Schritt nach vorn gemacht. »Ich wollte gern mit dir über die Stellenausschreibung sprechen.«

Hattie musterte sie besorgt. »Ist sie so nicht brauchbar?«

»Oh, doch.« Claudia atmete tief durch und nahm all ihre neu entdeckte Energie und Zuversicht zusammen. »Ich möchte mich gern bewerben.«

Hattie warf ihr einen fassungslosen Blick zu. »Du?«

»Mir ist natürlich bewusst, dass du dir sicherlich noch andere Bewerberinnen und Bewerber ansehen und mit ihnen Gespräche führen möchtest«, fuhr Claudia hastig fort. »Wobei ich dir sehr ans Herz legen möchte, die Bewerbenden probekochen zu lassen, denn in diesem Fall geht Probieren wortwörtlich über Studieren. Aber ich würde gern in den Bewerberpool aufgenommen werden.«

»Moment.« Hattie rieb sich die Stirn. »Sagtest du nicht, du wohnst in Kalifornien?«

»Ja, aber richtig zu Hause bin ich dort nicht. Ich wohne in einer Mietwohnung, die ich leicht wieder loswerde. Ich kann für die Arbeit überallhin ziehen.« Sie verstummte kurz, dann fügte sie hinzu: »Und ich würde mich wirklich freuen, wenn aus diesem Überall das Maple Sugar Inn werden würde. Aber bitte fühl dich dadurch nicht unter Druck gesetzt. Es ist wichtig, dass du diesmal genau die Person einstellst, die du dir für die Position vorgestellt hast. Jemanden, der deine Vision für das Hotel teilt.«

»Claudia«, unterbrach Hattie sie. »Wenn du mir damit sagen willst, dass du den Job gern hättest und langfristig als Küchenchefin hier arbeiten willst, dann lautet meine Antwort Ja.« Ungläubig lachte sie auf. »Ja, ja und noch mal ja sogar!«

»Ehrlich? Aber du willst doch sicherlich noch einmal in Ruhe darüber nachdenken.«

»Da gibt es aus meiner Sicht nichts nachzudenken. Ich würde mich unendlich freuen, dich einstellen zu dürfen. Dass du daran überhaupt zweifelst! Wir denken so ähnlich, wollen beide dasselbe. Möchten beide unbedingt Neues ausprobieren. Ich freue mich schon so darauf, weiter mit dir zu brainstormen.« Hatties

Augen leuchteten auf. »Dass du hier bist, ist das Beste, was mir seit Jahren passiert ist.«

Auf einmal hatte Claudia einen dicken Kloß im Hals. Es war eine ganze Weile her, dass sie das Beste gewesen war, das jemandem passiert war.

»Dann musst du wohl dringend mehr erleben.« Sie lächelte.

»Das habe ich vor.« Hattie erwiderte ihr Lächeln. »Morgen ist mein großes Date.«

»Ach, stimmt ja. Und wir helfen dir bei Haaren und Make-up.« Claudia zupfte ihre Küchenuniform zurecht. Sie fühlte sich voller Energie, wollte unbedingt loslegen. Als hätte jemand ihre Batterien aufgeladen. »Dann hast du also Interesse an einer langfristigen Zusammenarbeit?«

»Absolut! Wenn es dir recht ist, setze ich sofort den Vertrag auf. Wie sieht es eigentlich mit deiner Unterkunft aus? Nach eurem Check-out ist das Hotel leider gleich wieder ausgebucht, aber du könntest gern in die ehemalige Zuckerhütte hinter dem Hotel ziehen. Früher wurde dort der Ahornsirup hergestellt, aber inzwischen ist es ein gemütliches kleines Wohnhäuschen. Kein Luxus, aber es ist alles da, was man zum Leben braucht. Eigentlich wollte Brent sie noch weiter ausbauen und als Ferienunterkunft vermieten, um noch etwas dazuzuverdienen. Aber Tucker war nur bereit, für uns zu arbeiten, wenn wir ihm eine Unterkunft zur Verfügung stellen, also haben wir ihn dort einziehen lassen. Er hat all seine Sachen mitgenommen, du könntest also sofort einziehen.«

»Aber ich kann dir doch nicht die Möglichkeit verbauen, damit Geld zu verdienen.«

»Im Augenblick steht die Hütte leer, und ich würde mich freuen, wenn sie von dir genutzt wird. Ich bitte Chloe darum, dass sie dort putzen und alles herrichten lässt.«

»Chloe hat genug zu tun. Ich kümmere mich diese Woche selbst darum. Das macht sicher Spaß!« Im Kopf ging sie schon durch, was sie alles tun konnte, um die Hütte zu einem richtigen Zuhause zu machen. »Ich …« Sie brach ab, dann fügte sie hinzu: »Danke, Hattie.«

»Ich bin es, die sich bedanken muss.« Hattie seufzte. »Du bist meine Rettung.«

Claudia dachte an die Küche mit ihren schimmernden Töpfen und makellos sauberen Arbeitsflächen. An den Moment, in dem sie das Hotel mit seiner Schneehaube und der weihnachtlichen Dekoration zum ersten Mal gesehen hatte.

In gewisser Weise war sie nicht ganz ehrlich zu John gewesen. Denn sie war verliebt. Nur eben nicht in einen Mann, sondern in einen Ort. Diesen ganz besonderen, wunderbaren Ort und die Menschen, die hier arbeiteten. Und sie war verliebt in die Aussicht auf die aufregende Zukunft, die sie hier erwartete.

Sie atmete tief durch, dann lächelte sie Hattie zu. »Ich bin ziemlich sicher, dass du es bist, die *meine* Rettung ist.«

23. KAPITEL

HATTIE

Noah holte sie nicht mit dem farmeigenen Truck mit dem Firmenlogo auf der Seite ab, sondern in seinem Privatwagen, der aber ebenfalls robust genug war, um auch im winterlichen Vermont Wind und Wetter zu trotzen. Ein bisschen erinnerte das Auto an Noah selbst, dachte sie, als sie auf dem Beifahrersitz Platz nahm. Sie war sicher, dass sich irgendwo hinter ihnen Lynda und Delphi die Nasen an der Fensterscheibe platt drückten, aber sie drehte sich nicht um. Auch ohne auf ihr Publikum zu achten, war sie schon aufgeregt genug.

»Ist es dir hier drinnen warm genug?« Noah sah zu, wie sie sich anschnallte. Die Straßenlaternen tauchten ihn in ein sanftes Licht, das sein dichtes Haar und die breiten Schultern betonte. Er sah ihr kurz in die Augen, dann lächelte er. »Du siehst toll aus.«

»Danke.« Sie beschloss, ihm nicht zu erzählen, dass Erica und Anna mit Delphi als Assistentin bestimmt eine Stunde lang mit ihrem Haar und Make-up beschäftigt gewesen waren.

»Toll und ein bisschen nervös«, fügte er hinzu. »Es ist nur ein Abendessen, Hattie. Ein entspannter Abend mit einem Freund. Und außer uns beiden geht es niemanden etwas an, was wir tun und lassen.« Er drückte ihre Hand, und einen Augenblick lang saß sie einfach da und genoss das beruhigende Gefühl seiner Berührung. Sie musste wieder an den Abend in der Scheune denken, an die Hitze, das schiere, verzweifelte Verlangen. An die schwindelerregende Erkenntnis, dass sie noch zu Empfindungen in der Lage war, die weder düster noch traurig waren.

Auf einmal wurde ihr klar, dass sie in Wahrheit gar nicht nervös war, weil sie Angst hatte, was die Leute denken könnten, sondern weil sie nicht wusste, welche Gefühle dieser Abend in ihr auslösen würde.

»Ein entspannter Abend klingt schön. Genau den brauche ich gerade.« Ihre Stimme erinnerte eher an ein Krächzen. Eine kribbelnde Vorfreude breitete sich in ihr aus. Ob sie auch nur einen Bissen herunterbringen würde? In ihrem Bauch herrschte ein derartiges Getümmel an Schmetterlingen, dass sie bezweifelte, noch Platz für Essen zu finden. »Wie geht es deiner Mutter?«

Er ließ ihre Hand los und den Motor an. »Unglaublich nervtötend, aber mach dir deswegen keine Gedanken. Zum Glück muss sie heute Abend auf Delphi aufpassen, sonst würde sie uns vermutlich heimlich folgen und uns durchs Restaurantfenster ausspionieren.«

Bei der Vorstellung musste sie lachen. »Ich liebe deine Mutter.«

»Und sie dich erst.« Er hielt an einer Kreuzung. »Leider bedeutet das aber auch, dass du fortan Opfer ihres übergriffigen Verhaltens sein wirst.«

Sie musste daran denken, wie ihr Dad immer gesagt hatte, dass Kinder aus Elternsicht auch dann noch Kinder blieben, wenn sie längst erwachsen waren. »Ich gehe mal davon aus, dass sie das schon länger macht. Versuchen, dich zu verkuppeln und Dates für dich zu arrangieren, meine ich.«

»Nein, das war das erste Mal.« Er hielt den Blick auf die Straße gerichtet, sodass sie Gelegenheit hatte, seine Aussage in Ruhe zu verarbeiten.

Aber wenn Lynda sich früher nie in sein Liebesleben eingemischt hatte, warum dann jetzt? Warum ausgerechnet bei ihr?

Nachdenklich sah sie aus dem Fenster, hinter dem der Schnee im Licht der Straßenlaternen funkelte. Vermutlich machte sie sich wie üblich viel zu viele Gedanken. Sie ging mit einem Freund essen. Mehr nicht.

Es tat gut, den Druck im Hotel einen Abend lang hinter sich zu lassen.

Und es tat gut, dabei Noah um sich zu haben.

Im Auto war es gemütlich warm, und sie trug einen dicken Wollmantel, unter dem sie den grünen Stoff ihres Kleides sinnlich über ihre Haut gleiten spürte.

»Ich dachte, wir fahren lieber eine Ortschaft weiter«, sagte er. »So ist es etwas entspannter für uns, weil wir uns keine Gedanken darüber machen müssen, wer uns beobachtet.«

»Es kümmert mich nicht, wer uns beobachtet.« Als sie ihm einen Seitenblick zuwarf, stellte sie fest, dass auf seinen Lippen der Anflug eines Lächelns lag.

»Das freut mich, ich gehe nämlich davon aus, dass wir so vorsichtig sein können, wie wir wollen, und trotzdem wird uns bei unserem nächsten Besuch im Dorf jemand fragen, ob wir einen schönen Abend hatten.«

»Da dürftest du recht haben.«

»Ich wohne jetzt schon so lange nicht mehr in der Großstadt, und trotzdem habe ich mich noch nicht richtig wieder daran gewöhnt, dass hier jeder alles über jeden weiß. Allein gestern zum Beispiel …« Er seufzte tief. »Ich war mit einer Baumlieferung auf dem Weg zu einer Familie, die auf der anderen Seite des Tals wohnt. Zwischendrin habe ich kurz bei der Apotheke gehalten, um das Schmerzmittel für meinen Vater abzuholen. Wenn es kalt ist, hat er immer Probleme mit der Schulter. Es waren nur zwei andere Kunden dort, aber als ich nach Hause kam, hatten bereits mehrere Leute angerufen, um sich zu erkundigen, ob bei uns alles in Ordnung ist, jemand hatte einen Auflauf vorbeigebracht, jemand anderes frisch gebackene Brownies. Außerdem hatten gleich mehrere Personen angeboten, im Notfall auf der Farm aushelfen zu können.«

Sie glaubte ihm die Geschichte aufs Wort. »Das ist ja schön und gut, aber stell dir mal vor, du hättest irgendwas Peinliches besorgen müssen.«

»In dem Fall würde ich nach Boston fahren. Und wenn es wirklich, wirklich peinlich wäre, vielleicht sogar nach Alaska.«

Das Zusammensein mit ihm war so angenehm, dass sie sich nach und nach entspannte. »Als Brent und ich herausgefunden haben, dass ich schwanger bin, haben wir beschlossen, dass wir es erst einmal für uns behalten wollen. Aber irgendjemand hat mich dabei gesehen, als ich den Schwangerschaftstest besorgt habe.«

»Lass mich raten. Als du vom Einkaufen nach Hause kamst, lag schon der erste hübsch verpackte Babystrampler vor eurer Tür?«

»So ungefähr. Als ich das nächste Mal im Dorf war, haben mich vier Personen gefragt, wie es mir geht, und eine davon hat mich darauf hingewiesen, dass es sicher anstrengend wird, ein Baby zu haben und gleichzeitig das Hotel zu renovieren und zu etablieren.«

»Ich wette, darauf wärst du nie im Leben selbst gekommen.«

Sie lächelte. »Manchmal ist der Buschfunk wirklich lästig, aber meistens freut er mich eher. Ich mag das Gefühl, Teil der Gemeinschaft zu sein. Aber wenn man etwas zu verbergen hat, ist das wahrscheinlich nicht so angenehm.«

»Mit Sicherheit. Ich wüsste zum Beispiel nicht, wie man hier im Ort eine Affäre haben sollte. Wenn man versucht, heimlich bei jemandem durchs Schlafzimmerfenster zu klettern, steht bestimmt schon der nächste hilfsbereite Nachbar mit einer Leiter bereit.«

»Sprichst du gerade aus Erfahrung?«

Er lächelte. »Mir sind Beziehungen lieber, bei denen man einfach die Haustür nehmen kann. Und jetzt erzähl mir mal, wie die Woche für dich weitergegangen ist. Ehrlich gesagt hatte ich fest damit gerechnet, dass du unsere Verabredung absagst, weil du zu viel um die Ohren hast.«

Damit hatte er gar nicht so unrecht. In Gedanken hatte sie bestimmt hundertmal abgesagt, aber nicht, weil sie zu viel zu tun hatte, sondern aus Angst. Angst vor sich selbst. Angst, was aus Noah und ihr werden könnte. Oder eben auch nicht.

Sie spürte ganz deutlich, dass Noah womöglich einen beträchtlichen Einfluss auf ihre Zukunft haben würde.

»Eigentlich hatte ich gar nicht so viel zu tun. Um ehrlich zu sein, ist heute der erste Tag seit einer Ewigkeit, an dem ich das Gefühl habe, das Hotel für ein paar Stunden verlassen zu können, ohne Angst haben zu müssen, dass irgendjemand in meiner Abwesenheit kündigt. Danke übrigens für deine Nachrichten. Es war sehr nett von dir, dich immer wieder zu erkundigen, wie es mir geht.« Dass sie ihr Handy Tag und Nacht mit sich herumgeschleppt hatte und seine Nachrichten immer wieder gelesen hatte, verriet sie ihm lieber nicht.

»Ich habe mir Gedanken um dich gemacht. Es war mir wichtig, zu wissen, dass du zurechtkommst. Aber wie es aussieht, waren meine Sorgen vollkommen unberechtigt.« Er bog auf die Straße ab, die in den Nachbarort führte. »Bringst du mich auf den neuesten Stand?«

Sie erzählte ihm von Erica und dass es Delphi irgendwie gelungen war, die Unsicherheit zwischen ihnen aufzulösen. Dann berichtete sie, dass Claudia eingesprungen und Chloe innerhalb der vergangenen Tage richtiggehend aufgeblüht war. »Stephanie fand, ich müsse sie feuern, aber jetzt, wo sie die alleinige Verantwortung trägt, erweist sie sich als wahres Goldstück.«

»Die meisten Leute können mehr, als sie sich zutrauen. Aber häufig zeigt sich das erst, wenn man ihnen Verantwortung gibt und ihnen erlaubt, eigenständig zu handeln.«

»Da hast du sicher recht.« Ob er damit wirklich nur Chloe meinte? »Und wie läuft es bei dir? Zu Weihnachten habt ihr doch immer besonders viel zu tun.«

»Das stimmt. Alle Welt will einen Weihnachtsbaum. Dieses Jahr lief aber auch der Hofladen mit den Kränzen und den kleinen, eingetopften Bäumen überraschend gut.«

Sie fuhren die verschneiten Straßen entlang, durch kleine Dörfer und vorbei an schneebedeckten Häusern mit funkelnden Lichterketten.

Ein warmes Gefühl der Zufriedenheit breitete sich in Hattie aus, und einen Moment lang war da dieselbe kindliche Vorfreude, die sie ganz früher beim Gedanken an Weihnachten empfunden hatte. Es war schön zu wissen, dass sie überhaupt noch zu solchen Gefühlen in der Lage war. So lange hatte sie befürchtet, die Fähigkeit, sich zu freuen, für immer verloren zu haben.

»Früher habe ich Weihnachten geliebt. Es war für mich die schönste Zeit im Jahr.«

»Und jetzt?«, fragte er leise.

»Dieses Jahr freue ich mich darauf. Und Delphi natürlich noch viel mehr. Bald wird sie nicht mehr zählen, wie oft sie noch schlafen muss, sondern wie viele Stunden sie noch warten muss.«

»Glaubst du, dass Erica über Weihnachten bleibt, jetzt, wo ihr euch etwas besser kennt?«

Diese Frage hatte sie sich auch schon gestellt. »Ich bezweifle es. Sie ist beruflich ziemlich erfolgreich und hat vermutlich andere Pläne. Außerdem glaube ich nicht, dass sie sich für so etwas wie Weihnachten sonderlich interessiert. Sie hat einen Wunschzettel geschrieben, den ersten ihres Lebens.«

»Ehrlich? Das hat sie getan?«

»Ja, weil Delphi so entsetzt war, dass sie das vorher noch nie getan hat.«

»Erica ist in meiner Achtung gerade merklich gestiegen.« Er warf ihr einen neugierigen Blick zu. »Und weißt du, was auf ihrem Wunschzettel steht?«

»Nein, keine Ahnung. Sie wollte es mir nicht sagen. Genauso wenig, wie ich je erfahren habe, was auf Delphis Wunschzettel steht.« Und das machte ihr ziemlich zu schaffen. »Wenn ich es nicht weiß, wie soll das Geschenk dann seinen Weg unter den Weihnachtsbaum finden? Ich verstehe einfach nicht, warum sie es mir nicht sagen möchte. Früher hat sie mir immer erzählt, was sie sich wünscht.« Stirnrunzelnd fügte sie hinzu: »Ich kann nur hoffen, dass ihr mein Geschenk gefällt.«

»Und was ist mit dir? Was wünschst du dir vom Weihnachtsmann?«

Die Frage brachte sie zum Lächeln. »Ich glaube, auf der To-do-Liste des Weihnachtsmanns stehen meine Wünsche ziemlich weit unten.«

»Du denkst immer zuerst an alle anderen. Wie wäre es, wenn du ausnahmsweise mal auch ein wenig an dich selbst denkst?«

In den vergangenen Jahren war ihr der Luxus, sich um sich selbst zu kümmern, weitestgehend verwehrt geblieben. Auch vor

Brents Tod hatte sich alles um die Renovierung und den Erfolg des Maple Sugar Inn gedreht. Jahrelang war der einzige Punkt auf ihrem Wunschzettel eine ordentliche Mütze Schlaf gewesen.

Heute Abend musste sie zum ersten Mal seit einer Ewigkeit auf nichts und niemand anderes achten als auf sich selbst.

Es war so lange her, dass sie zuletzt nur für sich verantwortlich gewesen war, weder für das Hotel noch für ihre Tochter, die sie zwar über alles liebte, deren Existenz ihr aber auch kaum Raum für sich selbst bot. Sicher: Es tat ihr gut, etwas zu tun zu haben. Der ewige Stress und der immer gleiche Trott hatten ihr geholfen, nach Brents Tod einfach weiterzumachen. Aber gleichzeitig hatten sie auch verhindert, dass sie vom Fleck kam. Es war so viel einfacher gewesen, zu tun, was getan werden musste, als sich Gedanken darüber zu machen, was sie *wirklich* wollte.

»Oh, ich denke an mich selbst«, beantwortete sie seine Frage. »Aus diesem Grund bin ich ja hier.«

Aber warum war *er* hier? Sie wusste nicht viel über sein Liebesleben, aber in einem Dorf wie ihrem konnte man nicht leben, ohne das ein oder andere mitzubekommen. Es hatte Gerüchte über Noah und eine junge Ärztin aus der Gegend gegeben, und sie hatte immer wieder am Rande mitgehört, dass sich nicht wenige Frauen für ihn interessierten. Doch sie hatte ihn noch nie mit einer von ihnen gesehen. Ob er schon viele gescheiterte Beziehungsversuche hinter sich hatte?

»Wir sind da.« Noah hielt vor einem Restaurant, das herrlich weihnachtlich wirkte. Es duckte sich zwischen Tannen, dahinter erhoben sich die Berge, und der Schnee schien im Mondlicht förmlich zu leuchten.

Einen Moment lang blieb Hattie einfach sitzen und ließ die Atmosphäre auf sich wirken. »Was für ein schöner Laden. Wie eine Blockhütte in der Schweiz. Wie kommt es, dass ich noch nie davon gehört habe?«

»Nun ja, viel ausgegangen bist du in den letzten Jahren nicht. Ich hoffe allerdings, dass wir das in Zukunft ändern können.«

Als sie ihm in die Augen sah, wich die angenehme Wärme in ihrem Bauch sengender Hitze. *Ein entspannter Abend mit einem*

Freund, hatte er gesagt. Aber sie hätte ihre Hand dafür ins Feuer gelegt, dass er seine Freunde nie so ansah wie jetzt gerade sie. Außerdem wollte er es offensichtlich nicht bei diesem einen Abendessen belassen. Es klang, als wäre es aus seiner Sicht der Anfang von etwas und nicht nur ein einzelner Abend.

Es überraschte sie selbst, wie sehr sie hoffte, dass er damit recht behalten würde.

»Vorsicht.« Er hielt ihr die Wagentür auf und reichte ihr die Hand. »Der Weg ist vereist.«

Sie ergriff seine Hand, auch wenn sie sicher war, dass die Hitze in ihrem Bauch ausreichte, um alles Eis in ganz Vermont zum Schmelzen zu bringen.

»Warst du schon mal hier?«

»Ja, ein paarmal. Im Sommer stellen sie auf der Terrasse Tische mit Blick auf den Fluss und die Berge auf. Das Restaurant ist wirklich hübsch und das Essen hervorragend.«

Mit wem er wohl hier gewesen war? Vielleicht mit der Ärztin? Und hatte er sie dabei so angesehen, wie er nun Hattie ansah?

Hastig verdrängte sie den Gedanken wieder. Sie waren beide zu alt, um sich daran zu stören, dass der jeweils andere eine Vergangenheit mitbrachte. So war das Leben nun mal.

Er hielt ihr die Restauranttür auf, und sie traten ein. Sofort tauchten sie in eine unfassbar gemütliche Atmosphäre ein. Köstliche Düfte drangen aus der Küche. Es gab einen offenen Kamin, und Lichterketten und Tannengirlanden wanden sich kunstvoll um dicke Holzbalken.

»Oh, ist das schön hier!« Die Wärme des Kaminfeuers drang zu ihr vor, und sie knöpfte ihren Mantel auf. »Im vergangenen Jahr habe ich nur an drei Orten gegessen: bei uns, bei euch und in Delphis Lieblingspizzeria. Ich hoffe, ich weiß überhaupt noch, wie man etwas bestellt, das Belag hat und nicht vorgeschnitten werden soll.«

Kurz prüfte sie ihr Äußeres in dem großen Spiegel, der sich über eine gesamte Wand hinter den Tischen erstreckte – und musste zweimal hinsehen, weil sie diese glamouröse Version ihrer selbst fast nicht wiedererkannt hätte. Es kam ihr vor, als würde

sie nach langen Jahren der Abwesenheit einer alten Freundin begegnen und sich nur langsam an die vertrauten Züge erinnern.

Dank Annas Make-up-Expertise wirkten ihre Augen jetzt
größer, und ihre Haare, die sonst meist ein bisschen zerstrubbelt
aussahen, waren zu einem kreativen Kunstwerk hochgesteckt.

Sie reichte der Kellnerin, die sie bereits erwartete, ihren Mantel, und spürte, wie Noah sie musterte. Es war, als würde er sie
mit ganz neuen Augen sehen. Oder nein – vielleicht hatte es
schon einmal einen Moment gegeben, in dem er sie so angesehen
hatte: damals auf der Halloween-Party. War da nicht derselbe
Hunger in seinem Blick gewesen? Kurz bevor sie ihn nach ihren
zwei Gläsern voll »Hexengebräu« und einem jahrelangen Defizit
an Körperkontakt in einem Anfall von mangelnder Selbstbeherrschung einfach geküsst hatte?

Verlegen strich sie ihr Kleid glatt. »Bin ich overdressed? Das
Outfit hat mir Delphi eingebrockt. Ich wollte mein normales
Kleines Schwarzes anziehen, aber sie meinte, das sei zu langweilig. Vermutlich ist dir auch schon aufgefallen, dass Fünfjährige
nicht gerade zur Zurückhaltung neigen. Eigentlich kann man
es ihr nur mit Sachen recht machen, die im Dunkeln entweder
leuchten oder glitzern.«

»Beides ist dir gelungen.« Seine Stimme klang ganz heiser.
»Erinnere mich bitte daran, mich bei Delphi zu bedanken, wenn
wir uns das nächste Mal sehen.« Weiter kam er nicht, weil er von
einer Frau unterbrochen wurde, die aus der Küche gekommen
war.

»Noah?« Mit wippenden Schritten sprang sie auf ihn zu
und umarmte ihn herzlich und unbefangen. »Das ist aber eine
schöne Überraschung! Warum hast du denn nicht gesagt, dass
du kommst? Dann hätten wir dir unseren besten Tisch frei gehalten.«

»Ich wollte dir keine Umstände machen. Und deine Tische
sind alle toll, Sophie.« Er küsste sie auf beide Wangen, dann
stellte er ihr Hattie vor.

Dass er den Laden offensichtlich gut kannte und trotzdem nicht um eine Sonderbehandlung gebeten hatte, war ihr

sympathisch. Auch, weil es so typisch für Noah und seine stille, bescheidene Art war.

»Du hast ein Date dabei? Herzlich willkommen.« Sophie musterte sie neugierig, aber voller Freundlichkeit.

»Danke. Es ist wirklich schön hier.«

»*Ich* habe zu danken.« Sophie strahlte über das ganze Gesicht. »Moment. Bist du die Hattie vom Maple Sugar Inn?«

»Genau.«

»Glückwunsch. Das Hotel und das Restaurant sind unglaublich. Mein Freund und ich waren gerade gestern bei euch frühstücken, ehe wir auf den Weihnachtsmarkt gegangen sind. Deine neue Chefköchin ist ein echter Schatz. Wärst du keine Freundin von Noah, würde ich vermutlich versuchen, sie abzuwerben.« Zwinkernd deutete sie auf einen freien Tisch in einer ruhigen Nische beim Fenster. »Ihr könnt diesen dort nehmen.« Das Mädchen, das darauf gewartet hatte, sie zu ihren Plätzen zu führen, wollte protestieren, aber Sophie winkte ab. »Schon in Ordnung, darum kümmere ich mich später.«

Sie setzten sich, und Hattie fragte sich, wem sie wohl gerade den Tisch weggeschnappt hatten.

»Hier habt ihr die Karten.« Sophie reichte sie ihnen mit großer Geste. »Oder ihr fragt mich einfach nach meiner Empfehlung, und ich rate euch, die Fischcremesuppe und danach das Rib-Steak zu nehmen.«

»Sophie ist ein Kontrollfreak«, bemerkte Noah liebevoll. »Nimm ruhig etwas anderes.«

»Aber Fischcremesuppe und Rinderfilet klingt hervorragend.« Hattie reichte ihr die Speisekarte ungelesen zurück, und Sophie lächelte wohlwollend.

»Irgendwelche Allergien?«

»Nein.«

»Schön. Was darf ich euch zu trinken bringen?«

Noah sah Hattie an. »Champagner?« In seinen Augen stand ein Ausdruck, den sie nicht zu lesen wusste, und auf einmal empfand sie Verunsicherung. Sie war es gewöhnt, stets zu wissen, woran sie mit Noah war.

»Champagner wäre toll.« Hattie fühlte sich seltsam atemlos. So als wäre sie kurz davor, die Tür zu etwas Neuem zu durchschreiten, ohne zu wissen, was sich dahinter verbarg.

Sophie ging davon, und sie sah ihr nach. »Sie ist sehr nett. Kennst du sie gut?«

»Ja, ziemlich gut sogar. Wir beliefern das Restaurant schon seit Jahren, und sie kaufen ihre Weihnachtsbäume bei uns. Sie ist eine gute Kundin. Sie hat das Restaurant vor einigen Jahren von ihren Eltern übernommen und es seitdem Stück für Stück verändert. Anfangs hatte sie es wirklich nicht leicht. Ihre Eltern hatten den Laden aus dem Nichts aufgebaut und konnten nicht verstehen, warum sie überhaupt etwas anders machen wollte.«

»Dann haben sie es also persönlich genommen?«

»Mit der Familie zu arbeiten ist wohl immer eine sensible Angelegenheit.« Als Sophie lächelnd mit zwei Gläsern Champagner wiederkam, verstummte er kurz, bis sie sich diskret wieder entfernt hatte.

Hattie betrachtete die perlenden Bläschen. »Gibt es etwas zu feiern?«

»Den Augenblick. Weihnachten. Unseren freien Abend.« Lächelnd hob er das Glas. »Such dir was aus.«

»Den Augenblick, würde ich sagen.« Sie stießen an, und sie trank einen Schluck. »Ich weiß noch, wie du mir von den wilden Diskussionen erzählt hast, die du mit deinem Vater hattest, nachdem du auf die Farm zurückgekehrt warst.«

»Oh ja, das stimmt. Allerdings muss ich zugeben, dass ich anfangs auch wirklich nicht sonderlich taktvoll vorgegangen bin.« Er stellte sein Glas ab. »Wenn ich heute daran denke, könnte ich im Erdboden versinken. Und mein Dad wahrscheinlich auch. Ich bilde mir zwar gern ein, dass ich einfach noch zu jung war, aber eigentlich weiß ich, was für eine schlechte Ausrede das ist.«

»Du warst dreiundzwanzig, oder?«

»Vierundzwanzig. Nach meinem Abschluss habe ich für ein Tech-Start-up in Boston gearbeitet. In den ersten Jahren dachte ich, ich werde die Welt verändern.«

»Ich kann mir dich in der Großstadt gar nicht vorstellen.«

»In meiner Jugend war das alles, was ich wollte. Diese Gegend hier fühlte sich …« Er suchte nach den richtigen Worten. »Klein an. Klein und erstickend. Damals lag ich jede Nacht wach und träumte davon, von hier wegzukommen.«

»War dein Vater sehr enttäuscht, dass du nicht ins Familienunternehmen einsteigen wolltest?«

»Ein bisschen vielleicht. Aber er hat es mich nie spüren lassen. Meine Mutter und er haben mich in all meinen Entscheidungen unterstützt. Sie wussten, dass ich meinen eigenen Weg finden muss. Sie sind das ausgesprochen klug angegangen.« Er strich mit den Fingern über den Stiel seines Champagnerglases. »Ich glaube, sie haben geahnt, dass ich zurückkommen würde. Die Frage war nur, wann. Es hat ein paar Jahre gedauert, dann war der Lack ab vom Großstadtleben. Mir fiel auf, dass ich immer häufiger nach Hause fuhr, um Ski zu fahren und wandern zu gehen. Ich vermisste die Berge. Die saubere Luft. Und es fehlte mir, in der Nähe meiner Familie zu leben. Dann kam Dads Unfall, und die Sache war klar. Ich beschloss, wieder nach Hause zu ziehen. Ich habe nicht mal richtig darüber nachdenken müssen. Ich wusste es einfach.« Er lachte leise auf. »Vermutlich hatte ich nur auf eine geeignete Ausrede gewartet, damit ich mir nicht eingestehen musste, dass ich einfach nicht für die Stadt gemacht bin.«

»Aber du hast es versucht. Du hattest einen Traum und bist ihm gefolgt. Das ist wichtig. Wenn es etwas gibt, das man erleben möchte, sollte man es einfach ausprobieren. Und wenn es nicht den Erwartungen entspricht, dann …« Sie zuckte mit den Achseln. »… dann kann man es wenigstens mit Gewissheit ausschließen. Das ist doch viel besser, als sich ein Leben lang zu wünschen, man hätte etwas getan, und zu grübeln, ob es einen wohl glücklich gemacht hätte oder nicht. Ich kann mir allerdings vorstellen, dass es dir nicht leichtgefallen ist, wieder hier anzukommen.«

»Ich war viel zu bemüht. Wollte mich unbedingt beweisen. Beispielsweise hatten meine Eltern zwar einen Computer, benutzten ihn aber kaum. Das habe ich geändert, was anfangs zu einigen Spannungen geführt hat. Bis ich Dad irgendwann beweisen konnte, wie viel Zeit er sich dadurch sparte. Der eigentliche Wendepunkt war mein Vorschlag, eine Drohne zu kaufen, mit deren Hilfe sie die Felder und unsere kleine Milchviehherde überwachen konnten. Damit hatte ich Dad am Haken. Von da an war alles anders. Ich glaube, erst durch die Drohne hat er begriffen, dass ich wirklich etwas beisteuern kann. Und mir wiederum wurde klar, wie viel Wissen er besaß. Und so fingen wir an, einander wirklich zuzuhören.«

Die Vorspeise kam, zwei dampfende Schälchen Fischcremesuppe mit ofenfrischem Walnussbrot.

»Glaubst du, du wirst je nach Bosten zurückkehren?«

»Um dort zu leben? Nein.« Er nahm seinen Löffel. »Ich bin jetzt hier zu Hause. Und ich liebe es, hier zu leben. Ich möchte nirgendwo anders sein. Die Nachfrage nach Bioprodukten wird immer größer, und ich finde es schön, von Anfang bis Ende an den Prozessen teilzuhaben. In dieser Gegend hier wandert das Essen noch direkt vom Feld auf den Teller. Aber wie sieht es eigentlich bei dir aus? Wie stehst du im Moment zum Hotel?«

Sie sah ihn an, und das warme Gefühl in ihrem Bauch kehrte zurück. »Trotz – oder vielleicht wegen – allem, was mit Stephanie passiert ist, hat mir die Arbeit schon lange nicht mehr so viel Spaß gemacht wie in den letzten Tagen. Die Zusammenarbeit mit Claudia ist genial. Wir haben jetzt schon die ersten Veränderungen vorgenommen, alles ist sehr aufregend.«

»Es freut mich zu hören, dass du endlich über das Hotel sprichst, als wäre es deins.« Er musterte sie über den Tisch hinweg, und sie spürte, wie sich die Atmosphäre zwischen ihnen kaum merklich veränderte. Ob er es wohl auch spürte? Sie kannte Noah jetzt seit Jahren, aber aus irgendeinem Grund war ihr Miteinander heute Abend anders als je zuvor.

Sie war froh, hergekommen zu sein. Hatte kein schlechtes Gewissen, fühlte sich weder unwohl noch wehmütig. Vielleicht würde das später noch kommen, aber jetzt gerade ging es ihr einfach nur gut, und das gab ihr Hoffnung, dass sie sich schnell wieder aufrappeln würde, selbst wenn die Trauer sie noch einmal einholen sollte.

»Das Hotel zu kaufen, war Brents Idee, aber ich habe mich damals genauso in das Haus verliebt wie er.« Es war an der Zeit, dass sie ehrlich zu sich war. »Die Besichtigung war im Frühling, und es war einfach nur herrlich hier. Im Sommer sind wir eingezogen und haben ein paar sehr glückliche Monate damit verbracht, das Haus zu sanieren und die Wanderwege zu erkunden. Es war so idyllisch. Und dann kam der erste Winter mit diesen verrückten Nordwestwinden, und der Strom fiel aus. Danach der Bombenzyklon. Ich war bereits schwanger mit Delphi …«

Er verzog das Gesicht. »Oh ja, an den Winter erinnere ich mich. Wir haben euch einen Generator geliehen.«

»Genau, und dafür werde ich euch auf ewig dankbar sein, weil wir ohne ihn vermutlich erfroren wären. Ich bin Britin, dort sind wir derartige Wetterextreme nicht gewöhnt. Entsprechend schockiert war ich. Aber gleichzeitig habe ich in dieser Zeit auch erfahren, wie stark die Gemeinschaft hier in der Gegend ist. Wir waren erst im Sommer hergezogen, aber die Leute behandelten uns bereits, als würden wir dazugehören.«

Sie unterhielten sich weiter über jenen Winter und über Noahs Erfahrungen auf der Farm. Danach erzählte Hattie, wie schwer die Anfänge gewesen waren, als Brent über jede Menge Enthusiasmus und sehr wenig Wissen verfügte.

»Nach seinem Tod hatte ich keine Ahnung, wie ich zurechtkommen sollte. Wie sollte ich Delphi die nötige Aufmerksamkeit schenken und gleichzeitig den Laden am Laufen halten? Es war einfach alles zu viel.«

»Und jetzt?«

»Diese Woche habe ich ein Gefühl dafür bekommen, wie die Zukunft aussehen könnte. Das habe ich in großen Teilen auch der Zusammenarbeit mit Claudia zu verdanken. Sie hat so viele Einfälle, und im Gespräch mit ihr sind auch in mir all die Ideen wieder hochgekommen, die ich ganz zu Anfang für das Hotel hatte.«

»Vielleicht solltest du ihr anbieten, richtig für dich zu arbeiten.«

»Das habe ich bereits. Und sie hat Ja gesagt.« Sie konnte es noch immer kaum glauben. »Und wir haben große Pläne.«

»Wie schön.« Er lehnte sich in seinem Stuhl zurück. »Es ist schön, dich so zu sehen.«

»Wie denn?«

»So voller Energie.« Er zögerte. »Ich kann mir kaum vorstellen, wie schwer die letzten Jahre für dich gewesen sein müssen.«

»Ja, das waren sie. Aber ich bin froh, Delphi zu haben und Menschen wie deine Eltern und den Rest der Dorfgemeinde.«

Und dich. Ich bin froh, dich zu haben. Aber der Augenblick schien ihr nicht geeignet, um ihm das zu sagen. Sie wollte lieber warten, bis sie wieder miteinander allein waren.

Also konzentrierte sie sich besser auf den Hauptgang, der gerade serviert wurde – ein im Ofen gegartes Rib-Steak mit Gemüse von der Farm der Petersons. Zum Nachtisch bekamen sie einen verboten guten Schokoladenkuchen mit Zimtsahne und frischen Beeren.

Während sie aßen, unterhielten sie sich über die Farm und das Hotel und warum es in Familien und im Leben im Allgemeinen eigentlich nie nach Plan lief. Nach dem Kaffee konnte sie sich nicht mehr vorstellen, dass sie diesem Abend noch vor wenigen Stunden voller Unsicherheit entgegengeblickt hatte. Am liebsten wäre sie für immer geblieben.

Schließlich brachte Noah sie zum Auto und hielt ihr die Tür auf. Als er neben ihr auf dem Fahrersitz Platz genommen hatte, sagte sie: »Es freut mich, dass wir heute aus waren. Es war wirklich schön. Du bist mir ein guter Freund, Noah. Der beste, den man sich wünschen kann.« Aus einem Impuls heraus beugte sie sich über die Mittelkonsole, um ihn auf die Wange zu küssen. Doch er drehte den Kopf, und seine Lippen streiften ihre.

Die Berührung durchzuckte sie wie ein Blitzschlag, und sie wich erschrocken zurück. »Oh, entschuldige bitte, ich wollte nicht …«

»Wieso entschuldigst du dich?« Seine Lippen waren nur wenige Zentimeter von ihren entfernt. »Ich war es doch, der dich geküsst hat. Und das war kein Versehen.«

Sie sah ihm in die Augen und erkannte etwas in seinem Blick, das ein heißes Prickeln in ihrem Bauch auslöste. »Noah …«

»Was Halloween betrifft …« Er strich ihr mit dem Daumen über die Wange. »Vielleicht wäre jetzt ein günstiger Augenblick, um darüber zu reden.«

»Moment, ich komme nicht mehr hinterher. Was hast du davor gesagt? Dass …?« Sie verstummte, ließ sich die Bedeutung seiner Worte noch einmal durch den Kopf gehen. Er hatte sie absichtlich geküsst? Ihr Herz hämmerte wie wild. »Ich dachte, du bereust es. Das mit Halloween, meine ich. Ich dachte, ich hätte dich in Verlegenheit gebracht. Ich habe mich ja förmlich auf dich gestürzt. Vermutlich hätte ich lieber kein Hexengebräu auf leeren Magen trinken sollen.«

Seine Mundwinkel zuckten. »Das Zeug ist mörderisch. Erinnere mich daran, dass ich dir zu Weihnachten eine ganze Kiste schenke.« Er strich ihr mit den Fingern durchs Haar. »Warum dachtest du, ich würde es bereuen?«

»Weil du es nie wieder angesprochen hast. Wir haben das Thema danach gemieden.«

Er wich etwas zurück, um sie richtig ansehen zu können. »Weil ich dachte, dass *du* es so willst. Ich hatte den Eindruck, dass du widersprüchliche Gefühle hast. Und da wollte ich nichts tun oder sagen, das dich überfordert. Ich wollte vermeiden, dass du dich in meiner Nähe unwohl fühlst.«

»Das ist der Grund, warum du es nie angesprochen hast?«

Er warf ihr ein vielsagendes Lächeln zu. »Wenn es nach mir gegangen wäre, hätte ich dich seit dem Fest in der Scheune schon hunderttausendmal geküsst.« Er hatte seine Hand noch immer in ihrem Haar vergraben und zeichnete mit dem Daumen zarte Linien auf ihre Wange.

Ihr Herz pochte in Überschallgeschwindigkeit. »Ehrlich?«

»Ja, Hattie, ehrlich. War dir das wirklich nicht bewusst?« Er musterte sie eindringlich. »Unsere nonverbale Kommunikation ist eindeutig noch ausbaufähig.«

»Das halte ich für gut möglich.«

Er verstummte. »Dann sollten wir wohl besser daran arbeiten«, sagte er schließlich.

»Ja.« Ihr stockte der Atem, und als Noah langsam, ganz langsam seine Lippen auf ihre senkte, vergaß sie alles um sich herum.

Kurz musste sie an ihren letzten Kuss denken, aber dieser hier war nicht wild und unkontrolliert, sondern sanft und neugierig. Noah legte die Hände an ihr Gesicht, hielt sie fest, während er sie mit seinen Lippen reizte und neckte. Hitze flutete ihren Körper, alles in ihr sehnte sich nach ihm, und sie erwiderte seinen Kuss mit demselben Hunger, den auch er zu empfinden schien. Er knöpfte ihren Mantel auf, sie spürte kühle Luft auf ihrer Haut und dann die Wärme seiner Hände an ihren Brüsten.

Ihr Herz pochte wild unter seinen Berührungen, und sie suchte gierig seine Lippen, versuchte, ihm näher zu kommen, doch die Mittelkonsole war im Weg. Sie hörte ihn leise fluchen, dann löste er sich von ihr.

»Du zitterst ja schon, tut mir leid.« Er zog den Mantel um sie fest und ließ den Motor an.

»Nein, das sollte dir nicht leidtun.« Sie hätte ihm gern gesagt, dass es ihr im Augenblick nicht einmal etwas ausgemacht hätte, sich nackt im Schnee zu rollen, solange er nur dabei wäre. Aber ihr Gehirn war nicht in der Lage, vollständige Sätze zu bilden.

Er nahm eine Decke von der Rückbank und breitete sie über Hattie aus. Dann zog er sie an sich, diesmal aber, um sie zu wärmen.

»Warte, gleich wird die Temperatur angenehmer.«

»Die Temperatur spielt keine Rolle.« Hauptsache, sie durfte sich weiter gegen seine Brust lehnen. Aber leider war das auf lange Sicht keine Option. »Wir sollten langsam aufbrechen.«

»Ich weiß.« Widerwillig ließ er sie los und richtete sich auf. Seine Schulterpartie wirkte verspannt, und er atmete tief durch. »Ich schätze mal, es wäre zwecklos, dir zu sagen, dass es einen Weg zu meiner Scheune gibt, der nicht am Haupthaus vorbeiführt?«

Sie konnte sich nicht erinnern, jemals in ihrem Leben so hin- und hergerissen zwischen Pflichtgefühl und Verlangen gewesen zu sein. »Ich habe gesagt, dass ich direkt nach dem Essen wieder nach Hause komme. Ich will deine Mutter nicht ausnutzen.«

»Gerade wünschte ich, wir hätten das Abendessen ausfallen lassen und uns auf eine Flasche Wein und eine Tüte Chips bei mir zu Hause getroffen.« Er redete leise und mit rauer Stimme, und ihm war anzuhören, dass er ähnlich frustriert war wie sie.

Sie dachte darüber nach, wie gern sie ihn in ihrer Nähe hatte. Wie angenehm ihre Gespräche waren, sein stiller Humor, sein Umgang mit Delphi. Dachte an das Gefühl, als er sie geküsst hatte, und wie schön der heutige Abend gewesen war. Und dass sie nicht wollte, dass er endete.

Lächelnd legte sie die Hand an seine Wange.

»Wein und Chips klingen nach einem perfekten zweiten Date.«

24. KAPITEL

ANNA

Anna blickte ins Feuer und fragte sich, wieso ihr einfach nicht warm werden wollte. Sie trug den Glitzerpulli, den sie bei ihrem Shopping-Trip mit Erica gekauft hatte, aber bislang war nicht der leiseste Funken Festtagsstimmung in ihr aufgekommen.

»Das war die merkwürdigste, surrealste Leseclubwoche aller Zeiten.« Claudia streckte sich auf dem Sofa in der Bibliothek aus und legte die Füße auf Ericas Schoß ab.

Erica schob sie wieder weg. »Selbst unsere Freundschaft hat Grenzen.«

»Und ich dachte, du liebst mich.«

»Nicht genug, um deine Füße in meinem Schoß haben zu wollen.«

Claudia ließ die Fußgelenke kreisen. »Meine Füße sind müde. Schließlich stehe ich den ganzen Tag.«

»Warte, ich mach dir Platz.« Erica wechselte auf das andere Sofa neben Anna, sodass Claudia sich ganz ausstrecken konnte. »Gibt es bezüglich des Buchs noch irgendetwas zu besprechen oder sind wir fertig?«

Auf dem Tischchen zwischen den Sofas standen eine Flasche Wein und Gläser und eine Käseplatte, umringt von ihren Ausgaben des Romans.

»Keine weiteren Fragen.« Anna hatte nichts mehr zu dem Buch zu sagen. Im Augenblick war sie damit beschäftigt, sich an ihren Glauben an Liebe und Romantik zu klammern. Über gescheiterte Beziehungen wollte sie gerade eher nicht nachdenken.

»Ich auch nicht«, sagte Claudia. »Aber dafür gibt es da etwas anderes, das ich euch gern sagen würde.«

Erica beugte sich vor und schenkte ihnen Wein ein. »Ich hoffe, es handelt sich um tiefgreifende und lebensverändernde Nachrichten.«

»Allerdings. Anna, alles in Ordnung mit dir?« Claudia wedelte mit der Hand vor Annas Gesicht herum. »Du bist so ruhig heute Abend. Liegt es am Buch? Nächstes Mal nehmen wir wieder einen Liebesroman, okay? Du darfst ihn auch aussuchen.«

»Mir geht es gut.« Anna spürte Ericas Blick auf sich ruhen. Ihre Freundin wartete darauf, dass sie erzählte, was mit ihr los war. Aber noch war sie nicht so weit. Stattdessen richtete sie ihre Aufmerksamkeit auf Claudia. »Na los, erzähl uns deine Neuigkeiten.«

»Wartet's ab, das wird euch umhauen.« Claudia massierte sich die Waden. Sie wirkte müde, aber glücklich. »Neuigkeit eins: Ich habe einen neuen Job.«

»Was?«, fragte Anna verblüfft. »Wo? Wann? Welchen?«

»Hier. Ihr unterhaltet euch gerade mit der neuen Chefköchin des Maple Sugar Inn. Köstliches Essen, zubereitet in einem gesunden Choleriker-freien Arbeitsumfeld.« Claudia glühte förmlich vor Begeisterung. »Ich hatte so viel Spaß diese Woche. Die Zusammenarbeit mit Hattie ist genial. Sie ist klug und sprüht vor Ideen. Wir haben eine ähnliche Einstellung und sind ein gutes Team. Also haben wir beschlossen, langfristig zusammenzuarbeiten.«

Erica lächelte. »Das sind ja fantastische Neuigkeiten! Meinen herzlichen Glückwunsch.«

»Das ist ja toll!« Anna freute sich aufrichtig für ihre Freundin. »Bedeutet das, dass du nicht nach Kalifornien zurückkehrst?«

»Ja, und damit wären wir beim zweiten Teil meiner Neuigkeiten. Ich habe vorhin einen Anruf erhalten. Von John.«

Erica schüttete sich vor lauter Schreck Wein auf den Rock. »Nachdem er sich sechs Monate lang nicht gemeldet hat? Hattest du seine Nummer gar nicht gesperrt?«

»Ich war noch nicht so weit, ihn vollständig aus meinem Leben zu verbannen, und jetzt bin ich froh, dass ich es nicht getan habe. Denn das Telefonat hat mir sehr gutgetan.«

Anna reichte Erica eine Serviette für den Rock. Ebenso wie Erica machte sie sich Sorgen um Claudia, aber sie war fest entschlossen, nicht über die Entscheidungen ihrer Freundin zu urteilen. Beziehungen waren eine komplizierte Angelegenheit, das war ihr bewusst. Und Claudia hatte nie Gelegenheit bekommen, einen Strich unter die Trennung von John zu ziehen. »Es muss schwierig gewesen sein, nach all der Zeit und allem, was passiert ist, wieder mit ihm zu reden.«

Ericas Ansatz war weniger diplomatisch. »Du hättest gar nicht abnehmen sollen.« Sie drückte sich die Serviette auf den Rock und beobachtete, wie sie sich langsam rot verfärbte. »Ach, verflixt, jetzt hab ich mir meinen Lieblingsrock ruiniert. Hättest du mir nicht davon erzählen können, als ich gerade kein Glas in der Hand hatte?«

»Zumindest ist er schwarz. Und wie gesagt, ich bin froh, dass ich drangegangen bin.«

Erica gab einen Laut irgendwo zwischen Schnauben und Knurren von sich. »Was wollte er überhaupt nach all der Zeit?«

»Wieder mit mir zusammenkommen.«

»Oh, Claudia …« Anna musste sich auf die Zunge beißen, damit ihr nicht herausrutschte, wie grauenhaft sie die bloße Vorstellung fand.

»Keine Sorge, dazu wird es nicht kommen.«

»Gut.« Erica nahm sich die nächste Serviette. »Aber warum hast du uns das nicht gleich gesagt, anstatt diese ganze Spannung aufzubauen? Und warum fühlt sich so ein Glas Wein an wie nichts, wenn man es trinkt, aber wenn man es verschüttet, macht es Flecken wie ein ganzer See?«

»Psst.« Anna legte Erica die Hand auf den Arm, damit Claudia ihre Geschichte fertig erzählen konnte. »Also, was ist passiert?«

»Ich weiß, ihr findet, ich hätte gar nicht erst mit ihm reden sollen. Aber es war richtig so. Als er mich verlassen hat, hatte er alle Fäden in der Hand. Ich hatte überhaupt keinen Einfluss auf die Situation.«

»Wie auch?« Erica legte die Serviette auf den Tisch. »Schließlich ist er einfach gegangen, ohne überhaupt mit dir zu reden.«

»Genau. Und das war vielleicht das Schlimmste an der Trennung. Als ich meine Stelle verloren habe, war es dasselbe.« Claudia atmete tief durch. »Ich fühlte mich so hilflos. *Macht*los. Aber nachdem ich diese Woche hier mit euch verbracht und meine Liebe zum Kochen wiederentdeckt habe, ist mir klar geworden, dass ich allein die Macht darüber habe, zu entscheiden, wie es weitergeht.«

Erica untersuchte den Fleck auf ihrem Rock. »Ich kann nicht fassen, dass du seinen Anruf angenommen hast.«

»Wir waren zehn Jahre zusammen. Und wir haben die Trennung niemals richtig verarbeitet. Ich wollte hören, was er zu sagen hatte. Aber es war ganz und gar nicht das, was ich erwartet hätte.«

»Jetzt sag bloß, er liebt dich noch«, sagte Erica in Säuselstimme. »Und er hat einen schrecklichen Fehler begangen. Wenn du ihm doch nur vergeben könntest, damit ihr fortan glücklich bis ans Ende eurer Tage zusammenleben könnt … und so weiter, und so fort.«

Anna stupste sie von der Seite an. »Natürlich hat er das nicht gesagt. Trink lieber deinen Wein, Erica, ehe du noch mehr davon verschüttest.«

»Doch, offen gestanden hat er genau das gesagt«, erwiderte Claudia. »So ziemlich jedenfalls.«

Erica starrte sie fassungslos an. »Im Ernst?«

»Mhm. Ich war auch schockiert. Ich hätte nie gedacht, dass er eines Tages wieder angekrochen kommen würde. Und es war ganz seltsam. In letzter Zeit hatte ich so viele wirre, unsortierte Gedanken. Mal war ich wütend, dann wieder traurig, dann verwirrt – aber als er anfing zu reden, sah ich auf einmal alles ganz klar.«

»Und? In deiner Geschichte gibt es ja mehr Cliffhanger als in Catherine Swifts Buch!«

Claudia kuschelte sich in die Kissen. »Wenn man eine Zeit lang mit jemandem zusammen war, ist es verlockend, bequem zu werden. Man hat keine Schmetterlinge mehr im Bauch, aber man sagt sich, in einer langen Beziehung sei das doch ganz normal. Ich dachte, ich wäre glücklich.« Sie runzelte die Stirn. »Oder vielleicht ist *zufrieden* das bessere Wort. Jedenfalls hat es mich bis ins Mark getroffen, als er mich einfach verlassen hat, weil ich überhaupt nicht damit gerechnet hatte. Aber inzwischen habe ich begriffen, dass in unserer Beziehung vieles im Argen lag. Dinge, die ich einfach fraglos akzeptiert habe. Das hat mir auch die gemeinsame Woche mit euch beiden gezeigt. Was ihr über Pete und Jack gesagt habt, ließ mich begreifen, dass meine Beziehung zu John nicht halb so toll war, wie ich dachte. Und wenn ich ehrlich bin, hätte ich sehen müssen, dass zwischen uns so einiges nicht stimmte. Allein schon die Tatsache, dass er jedes Mal das Thema gewechselt hat, wenn ich damit angefangen habe, dass ich gern heiraten würde, war eigentlich Hinweis genug. Und dass ich mich nicht getraut habe, das Thema stärker zu forcieren, ebenso.«

Genau das hatte Anna auch häufiger gedacht, als die beiden noch zusammen gewesen waren. »Aber hättest du denn Ja gesagt, wenn er dich gefragt hätte?«

»Ich weiß nicht. Die Wahrheit lautet, dass wir wohl vor allem aus Bequemlichkeit ein Paar waren. Unser Zusammenleben war okay, aber alles andere als aufregend. Genauso wie meine Arbeit. Es war, was ich gelernt hatte, und ich verdiente genug Geld, um meine Rechnungen bezahlen zu können. Auch das habe ich nie infrage gestellt. In meiner Beziehung und im Job habe ich es für normal gehalten, dass es okay läuft. Denn wer liebt seinen Job schon nach ein paar Jahren noch?«

Erica griff nach ihrem Glas. »Um ehrlich zu sein, ich.«

»Du bist aber auch nicht normal«, sagte Claudia. »Jedenfalls ging ich auf die vierzig zu, und irgendwo dachte ich wohl, dass Spaß und Aufregung nur etwas für jüngere Leute sei. Doch dann verließ mich John, und ich verlor meinen Job. Und rückblickend war das das Beste, was mir passieren konnte. Denn ansonsten würde ich immer noch so weitermachen, anstatt hier zu sitzen und ein neues, aufregendes Leben zu beginnen.«

»Jetzt aber mal langsam!«, rief Erica, doch sie lächelte dabei. »Nicht, dass du noch das Atmen vergisst.«

»Was ich damit sagen will: Letzten Endes hat er mir einen Gefallen getan. Denn ich weiß nicht, ob ich mich je getraut hätte zu
gehen, wenn er es nicht getan hätte. Wenn ich ehrlich bin, bin
ich vermutlich zu feige, um so große Veränderungen auf eigene
Faust anzustoßen«, gab Claudia zu. »Ich gehöre nicht zu den
Menschen, die ihren Job aufgeben, nur weil es nicht läuft wie am
Schnürchen. Ich bleibe trotzdem, Veränderungen muss man mir
regelrecht aufzwingen. Und da bin ich nun.«

»Und John hat wirklich gedacht, dass du ihn zurückwillst?«
Erica schüttelte den Kopf. »Unfassbar.«

»Ich weiß. Als ich aufgelegt habe, klang er richtig niederge-
schmettert. Keine Ahnung, was das über meinen Charakter
aussagt, aber ich muss gestehen, dass ich den Moment ein klein
wenig genossen habe. Nicht, dass ich ihm irgendetwas Böses
wünschen würde.« Claudia deutete auf das Catherine-Swift-
Buch. »So schlimm wie der war er jedenfalls nicht.«

Hinter Annas Stirn hatte sich ein stechender Kopfschmerz gebildet. »Aber er hat dir wehgetan.«

»Und dich eine Menge Geld gekostet.« Erica hatte wie immer
auch die praktische Seite im Blick. »Schließlich hat er dich auf der
Wohnung sitzen lassen, die viel zu teuer für eine Einzelperson ist.«

Anna runzelte die Stirn. »Will er jetzt wieder dort einziehen?«

»Weiß ich nicht und interessiert mich auch nicht. Das muss
er selbst wissen. Mein neues Zuhause ist die umgebaute Zuckerhütte hinter dem Hotel. Und die neue Liebe meines Lebens ist
dieser Ort hier.« Sie deutete auf die Regale und das flackernde
Feuer. »Hattie und ich werden so viel Spaß haben.«

Erica richtete sich auf. »Wir sollten ordentlich auf deinen
neuen Job anstoßen. Glückwunsch.« Sie nahm ihr Glas, und
Anna machte es ihr nach.

»Genau, Glückwunsch.« Sie wollte keine Spielverderberin
sein, deswegen behielt sie für sich, dass sie Kopfschmerzen hatte,
und trank nur einen winzigen Schluck. »Erst einmal also keine
neue Beziehung mehr?«

Claudia zuckte mit den Achseln. »Sag niemals nie, aber beim
nächsten Mal werde ich sicherlich wählerischer sein. Ich hätte

gern das, was du mit Pete hast. Ihr seid schon so lange zusammen, und trotzdem funkt es noch zwischen euch. Ihr bringt einander zum Lachen, zieht euch gegenseitig auf, freut euch, wenn ihr einander seht, und behandelt euch gegenseitig aufmerksam und respektvoll. Manchmal kocht Pete sogar für dich. Wusstet ihr, dass John in all der Zeit, die wir zusammen waren, kein einziges Mal für mich gekocht hat? Ihr seid einfach ein Traumpaar.« Sie breitete die Hände aus. »Ich werde schon neidisch, wenn ich das nur sage.«

Ein Traumpaar?

Die Tränen schossen Anna so unvermittelt in die Augen, dass sie keine Chance mehr hatte, sie zu unterdrücken.

»Anna?« Claudia fuhr entsetzt hoch. »Was ist los? Habe ich was Falsches gesagt?«

»Wir sind kein Traumpaar. Ich habe ihm wehgetan.« Anna schlug sich die Hand vor den Mund. Es war zwecklos, weiter so zu tun, als würde es ihr gut gehen.

»Wem hast du wehgetan?«

»Pete. Er denkt immer nur an mich, und ich bin so rücksichtslos mit seinen Gefühlen umgegangen. Ich habe das Schlimmste überhaupt getan und ihn für selbstverständlich gehalten.« Sie empfand tiefe Reue, gepaart mit einer Angst, die an Panik grenzte.

»Das kann ich mir nicht vorstellen. Anna, du vergötterst Pete«, warf Claudia in beruhigendem Tonfall ein. »Und wir alle wissen das. Wir wissen es, und Pete weiß es auch.«

Aber wusste er das wirklich? Sie sagte ihm zwar häufig, dass sie ihn liebte, aber viel wichtiger war es doch, es zu zeigen. Ihn ihre Liebe auch *spüren* zu lassen. Und das war ihr anscheinend nicht gelungen.

Das Sofapolster gab unter ihr nach, weil Erica näher rückte, um den Arm um sie zu legen.

»Willst du uns vielleicht erzählen, was passiert ist?«

»Ach, es ist alles meine Schuld. Ihr wisst doch, wie sehr ich mich vor dem Tag fürchte, an dem die Kinder ausziehen.« Sie griff nach der letzten Serviette, die nicht der Weinfleckenbeseitigung zum Opfer gefallen war. »Und mit Pete habe ich natürlich auch darüber geredet. So wie wir über alles reden.« Sie putzte sich die Nase. »Er hat mir zugehört, so wie immer. Aber irgendetwas an unseren Gesprächen war in letzter Zeit anders als früher.«

»Und was?«

»Kleinigkeiten. Ich hatte einfach das Gefühl, dass nicht mehr dieselbe Verbindung zwischen uns da war wie sonst. Nach unserem Besuch im Spielwarenladen war ich ein wenig niedergeschlagen und habe ihn angerufen. Aber …« Es tat so weh, darüber zu reden! »Aber bei diesem Telefonat hat er mir gesagt, ich würde ihm das Gefühl geben, er sei bedeutungslos.«

»Bedeutungslos?«

»Als würde er keine Rolle mehr für mich spielen. Er hat meine Angst vor dem Auszug der Zwillinge persönlich genommen. Als würde ich damit gleichzeitig sagen, dass ich meinen gesamten Lebensinhalt verliere, wenn sie nicht mehr da sind. Offenbar hat er schon länger darunter gelitten, aber nie etwas gesagt. Und es stimmt, ich konzentriere mich sehr auf die Kinder. Zu sehr vermutlich. Das ist mir bewusst. Seine Vorwürfe sind berechtigt, das muss ich leider zugeben.«

»Aber die Kinder sind nun mal ein gewaltiger Bestandteil deines Lebens.«

»Ich weiß.« Sie verstummte kurz. »Es ist mir so wichtig, eine gute Mutter zu sein.«

»Und das bist du. Du hast eine tolle Beziehung zu deinen Kindern.«

»Aber um welchen Preis? Früher haben Pete und ich uns solche Mühe gegeben, Zeit für Date-Nights zu finden und hin und wieder auch etwas zu zweit zu unternehmen. Aber immer, wenn Pete in letzter Zeit vorschlug, dass wir übers Wochenende wegfahren könnten, habe ich einen Grund gefunden, zu Hause zu bleiben. Ich glaube, unbewusst wollte ich so viel wie möglich aus der verbleibenden Zeit mit den Kindern herausholen. Warum sollten wir etwas zu zweit machen, wenn wir es auch zu viert machen konnten? Und das Schlimmste ist, dass es mir selbst nicht einmal aufgefallen ist. Ständig reden die Leute darüber, wie wichtig es sei, die Work-Life-Balance zu wahren. Aber ich habe das Gleichgewicht in meiner Familie kaputt gemacht. Das erkenne ich jetzt zwar, aber rückgängig machen kann ich es nicht.«

»Du zitterst ja richtig.« Erica drückte ihre Hand. »Dieses Gespräch hat also nach unserem Besuch in dem Spielzeugladen stattgefunden. Und was ist danach passiert?«

»Seitdem haben wir nicht mehr geredet. Für uns ist das vollkommen untypisch.« Erneut putzte sich Anna die Nase. »Ein paarmal haben wir uns zwar kurz hin- und hergeschrieben, aber wenn ich anrufe, nimmt er nicht ab. Dann hat er mir eine Nachricht geschrieben, in der stand, er würde sich melden, wenn er einen ruhigen Moment hat. Einen ruhigen Moment? Was soll das überhaupt heißen?« Sie merkte selbst, dass sie anfing, sich in ihre Verzweiflung hineinzusteigern, und versuchte, ruhig zu atmen.

»Aber vielleicht hatte er nun einmal einfach keinen ruhigen Moment«, merkte Claudia an und zuckte mit den Achseln, als die beiden sie überrascht musterten. »Was denn? Wir reden hier über Pete. Und ich kann mich nicht erinnern, dass Pete je geschmollt hätte.«

»Da hast du recht.« Erica umfasste Annas Hand ein wenig fester. »Es gibt da etwas, das ich an Pete und dir immer bewundert, um das ich euch sogar beneidet habe. Und das ist eure Fähigkeit, Kompromisse einzugehen und Lösungen zu finden, mit denen ihr beide leben könnt. Ich erinnere mich noch an dieses eine Gespräch mit dir, in dem du mir gesagt hast, dass es wichtig sei zu entscheiden, welche Schlachten man kämpfen wolle. Du meintest damals, es würde Eigenschaften und Gewohnheiten an Pete geben, die dich rasend machen …«

»Zum Beispiel, wenn er den Teller oben auf dem Geschirrspüler stehen lässt.« Anna schniefte und versuchte sich an einem schiefen Lächeln.

»Und dann gibt es Eigenschaften und Gewohnheiten an dir, die Pete rasend machen.«

»Beispielsweise, dass ich immer zehn Minuten zu spät komme.«

»Genau. Aber ihr wisst beide, dass es Dinge gibt, die den Streit nicht wert sind. Was wirklich zählt, ist euer beider Fähigkeit, gemeinsam Problemen zu begegnen.«

Das stimmte zwar, nur war diesmal leider *sie* das Problem.

»Erica hat recht«, sagte Claudia. »Das Problem, das Pete und du nicht stemmen könntet, muss erst noch erfunden werden.«

»Ich weiß nicht.« Früher hatte Anna das auch geglaubt, aber ihr Selbstvertrauen war in seinen Grundfesten erschüttert. Sie schämte sich für ihr Verhalten, gleichzeitig war sie aber auch verwirrt. »Ich fürchte mich nun mal vor dem Tag, an dem die Kinder ausziehen, und es wäre zwecklos, so zu tun, als ob es nicht so ist.« Allerdings hätte sie deutlich feinfühliger mit dem Thema umgehen können. Doch stattdessen hatte sie sich verhalten wie ein Trampeltier, ohne einen einzigen Gedanken daran zu verschwenden, wie ihre Reaktion auf Pete wirken musste.

Erica schien zu überlegen. »Aber du kannst Pete doch lieben und eure gemeinsame Zeit zu zweit genießen und trotzdem traurig sein, dass die Kinder ausziehen«, bemerkte sie schließlich. »Er ist doch klug genug, um zu wissen, dass sich Gefühle nicht gegenseitig aufheben.«

»Ach, ich weiß auch nicht. Jedenfalls kann ich nachvollziehen, dass er verletzt ist.« Es war alles andere als schön, das zuzugeben. »Ich habe immer nur über die negative Seite geredet, nie darüber, dass es auch sein Gutes hat. Nie wäre ich darauf gekommen, zu sagen: *Hey, Pete, lass uns eine Kreuzfahrt machen oder für einen Monat nach Paris ziehen, um Französisch zu lernen.*«

»Muss Pete nicht hin und wieder arbeiten?«, warf Claudia ein. »Das könnte sich als hinderlich für euren Monat in Paris erweisen.«

»Ich muss das irgendwie wieder in Ordnung bringen.« Anna massierte sich die pochenden Schläfen. »Wenn ich nur wüsste, wie.«

»Und wenn du ein Zimmer in einem Luxushotel buchst und dir neue Unterwäsche kaufst?«

»Ich befürchte, die Lage ist etwas komplizierter. Ich brauche eine neue Perspektive und muss lernen, nicht nur graue Wolken, sondern auch die Sonnenseite zu sehen. Nehmen wir beispielsweise Weihnachten. In unserer Familie gab es so viele Traditionen, aber nach und nach brechen sie weg. Und anstatt mich auf Weihnachten zu freuen und die Dinge zu genießen, die noch stattfinden, frage ich mich die ganze Zeit: Was, wenn wir dies und jenes in diesem Jahr zum letzten Mal machen? Was, wenn wir dieses Jahr zum letzten Mal miteinander *feiern*? Es fühlt sich an wie das Ende.« Sie ließ Ericas Hand los, um sich ein Glas Wasser einzuschenken. »Ich weiß einfach nicht, was ich machen soll.«

»Uns brauchst du nicht zu fragen«, brummte Claudia. »Schließlich bist du hier die Beziehungsexpertin. Pete und du, ihr seid …«

»Vielleicht waren wir das mal«, unterbrach Anna ihre Freundin. Auf einmal begriff sie, wie sehr sie sich danach sehnte, dass Erica und Claudia ihr sagten, alles würde wieder gut werden. Noch lieber hätte sie es von Pete gehört, doch zur Not mussten eben ihre Freundinnen herhalten. Hauptsache, jemand versicherte ihr, dass längst nicht alles verloren sei.

Doch das taten sie nicht. Sie schwiegen, als ob die Krise in der einen Beziehung, die sie stets für unerschütterlich gehalten hatten, auch sie aus der Bahn geworfen hätte.

Claudia zuckte hilflos mit den Achseln. »Ich weiß es auch nicht, Anna. Erica? Du bist doch hier die Krisenexpertin.«

»Aber doch keine *Ehe*krisenexpertin.« Erica rieb sich den Nacken und atmete tief durch. »Trotzdem würde ich sagen, dass wir alle die Ruhe bewahren sollten. Ich denke, es könnte schon reichen, dass du ein paar Punkte ein wenig anders handhabst, um ihm zu zeigen, dass dir seine Gefühle wichtig sind.«

Dass ihre Freundinnen so besorgt reagierten, machte Anna nur noch nervöser.

»Und was zum Beispiel? Ich kann ja schlecht lügen und versuchen, ihm einzureden, dass ich mich auf den Tag, an dem die Kinder aufs College gehen, freue.«

»Ich weiß nicht«, sagte Erica. »Aber vielleicht würde es helfen, wenn du dich nicht allzu sehr an Kleinigkeiten klammerst. Claudia? Was sagst du dazu?«

»Ehrlich, mich brauchst du nicht zu fragen. Meine Beziehung ist zerbrochen, ohne dass ich es überhaupt mitbekommen habe. Ich bin die Letzte, die dir helfen kann.«

Erica schien ins Schlingern zu geraten. »Zum Beispiel warst du aufgebracht wegen des Weihnachtsbaums. Die Kinder waren schon verplant, aber du wolltest gern, dass alles so läuft wie früher. Daraufhin hat Pete vorgeschlagen, ihr könntet doch auch zu zweit schön essen gehen.«

»Was wirklich lieb von ihm war.« Anna schlug sich die Hände vors Gesicht. »Und ich hatte nichts Besseres zu tun, als ihn anzufahren. Ich hätte viel flexibler reagieren müssen. Ihm zeigen, wie sehr ich es zu schätzen weiß, dass er sich so bemüht.«

Erica rieb ihr sanft den Rücken. »Vielleicht ist es ja an der Zeit, neue Traditionen zu erschaffen, anstatt sich an den alten festzuklammern.«

Anna ließ die Hände in den Schoß fallen. Sie war so unendlich erschöpft. »Hast du irgendwelche Vorschläge?«

Erica zuckte mit den Achseln. »Wie wäre es mit einem Abenteuer?«

»Zu Weihnachten?« Sie trank einen Schluck Wasser. »Und an was für eine Art Abenteuer hast du gedacht?«

»Ich weiß auch nicht, einfach etwas ganz anderes als sonst. Dann würdest du zumindest nicht dasitzen und befürchten, dass ihr zum letzten Mal auf diese Weise feiert, weil es stattdessen ein *erstes* Mal wäre. Du würdest die Dinge in die Hand nehmen, anstatt sie einfach nur mit dir passieren zu lassen.«

»Außerdem scheinst du dein Leben als leer und inhaltslos zu betrachten, dabei hast du so viele Möglichkeiten. Du kannst so gut mit Kindern umgehen«, sagte Claudia. »Ließe sich daraus nicht etwas machen? Freiwilligenarbeit in einer Schule, Bibliotheksdienste. Du kennst so gut wie jedes Buch auf dem Markt. Wie wäre es zum Beispiel mit einem Kinderleseclub?«

Anna musterte sie mit großen Augen. »Ein Kinderleseclub?«

»Genau. Ich bin mir sicher, dass eure örtliche Bücherei begeistert wäre. Oder du fährst von Schule zu Schule und bietest einen mobilen Leseclub an.«

In Anna regte sich etwas. Ein Kinderleseclub … »Die Vorstellung gefällt mir. Ich weiß zwar gerade noch nicht, wie sich das umsetzen ließe, aber auf jeden Fall habe ich Lust, darüber nachzudenken.«

Sie wollte gedanklich gerade tiefer in das Thema einsteigen, da brummte ihr Handy. Als sie aufs Display sah, hämmerte ihr Herz los. »Es ist Pete.« Ihre Hände waren so schwitzig, dass ihr das Telefon fast aus den Fingern gerutscht wäre. »Er fragt, ob ich ihn anrufen kann, wenn ich gerade nichts zu tun habe.«

»Du hast nichts zu tun. Los, geh telefonieren. Aber dann kommst du sofort wieder zurück und erzählst uns, was passiert ist, weil wir sonst elendig an unserer Aufregung zugrunde gehen.« Claudia deutete auf die Tür. »Wir bleiben solange hier und essen und trinken und unterhalten uns dabei über die Gründe, aus denen die Frau aus unserem Buch ihren Mann umgebracht hat.«

»Eigentlich verwunderlich, dass sie es überhaupt so lange mit ihm ausgehalten hat.« Erica nahm das Buch zur Hand und schob Anna sanft vom Sofa. »Jetzt geh schon. Und richte Pete liebe Grüße von uns aus. Nun denn, Claudia. Unterhalten wir uns darüber, wie man seinen Mann tötet und damit davonkommt.«

»Meine bevorzugte Mordwaffe war immer schon Nahrung.«

Anna verdrehte die Augen. »Ihr beiden seid wirklich zu herzig.« Dennoch wusste sie es zu schätzen, dass ihre Freundinnen die Atmosphäre aufzulockern versuchten.

Sie nahm sich den Zimmerschlüssel und ihre Handtasche und lief zur Tür.

»Wir drücken dir die Daumen.« Claudia bemühte sich redlich, beiläufig zu klingen, aber Anna spürte genau, dass die beiden fast ebenso angespannt waren wie sie selbst.

»Danke.«

Sie kehrte zu ihrem Zimmer zurück. Wie gern hätte sie mehr Zeit gehabt, um genau darüber nachzudenken, was sie sagen wollte.

Mit zitternden Händen schloss sie die Tür hinter sich und zog die Stiefel aus. Sie war nun schon mehr als ihr halbes Leben lang mit Pete zusammen. Er war ihr bester Freund, und eigentlich war es lächerlich, dass sie nervös war. Doch sie war machtlos dagegen.

In all ihren gemeinsamen Jahren hatte es zwischen ihnen nicht ein einziges Mal so heftig geknirscht wie jetzt. Das bevorstehende Gespräch schien ihr das wichtigste zu sein, dass sie jemals führen würde. Was, wenn sie das Falsche sagte? Die Vorstellung, dass man jemanden so gut kennen und lieben konnte wie sie Pete und dennoch so viel falsch machen konnte, war beängstigend. Sie nahm ihr Handy, schloss die Augen, atmete tief durch und rief ihn an.

»Hallo.«

»Hallo. Tut mir leid, dass ich mich nicht eher gemeldet habe. Hier war einiges los. Oh, warte bitte kurz. Lola kaut auf einem Schuh von Meg herum. Lola, aus! Ich sagte …« Er brach ab, und Lola bellte fröhlich los. »Verdammt noch mal. Ich hätte nicht gedacht, dass in den fünf Minuten, die du gebraucht hast, um anzurufen, so viel schiefgehen könnte. Wo hat sie den nur gefunden? Dabei habe ich doch extra aufgepasst! Tut mir leid.«

Erst wollte Anna fragen, um welchen Schuh es sich handelte, aber dann beschloss sie, dass ihr das egal sein konnte. Megs Schuhe waren Megs Problem. Und Meg war gerade nicht das Thema.

»Wenn Meg die Schuhe an einer Stelle hat herumliegen lassen, an der Lola an sie herankommt, ist sie selbst schuld.«

»Aber wenn du hier bist, passiert so etwas nie.«

»Doch, natürlich.«

»Wir wissen beide, dass das nicht stimmt, Anna. Du machst das alles fantastisch. Du bist die perfekte Mutter.«

Sie setzte sich auf die Bettkante. Sie war alles andere als perfekt, sowohl als Mutter als auch in jedem anderen Lebensbereich. »Ich habe ein paarmal versucht, dich anzurufen.«

»Ich weiß, und es tut mir leid, dass es so lange gedauert hat, bis ich Zeit zum Telefonieren hatte. Wenn du dich um den Haushalt kümmerst, wirkt alles so einfach. Aber ich bin nicht wie du. Bei mir dauert alles eine Ewigkeit, und ich habe das Gefühl, alles falsch zu machen. Es kann doch nicht so schwer sein, eine Ladung Wäsche zu waschen, ohne dabei die Küche zu überfluten.«

»Du hast die Küche überflutet?«

»Keine Sorge, alles ist wieder trocken. Aber als du dich bei mir gemeldet hast, hatte ich gerade alle Hände voll zu tun. Offen gestanden war mir meine Inkompetenz auch peinlich.«

Das war der Grund, aus dem er nicht angerufen hatte? »Aber gestern habe ich ja auch geschrieben.«

»Ja, und da konnte ich nicht drangehen, weil ich mein Telefon im Haus gelassen hatte.«

»Und wo warst du, während dein Telefon im Haus war?«

»Nicht im Haus jedenfalls.« Er seufzte. »Ich hatte mich ausgesperrt.«

»Du …«

»Ja, ausgesperrt. Ich wollte mit Lola raus, hatte sie gerade angeleint, die Tür aufgemacht und den Hausschlüssel und das Handy noch nicht eingesteckt. Ich weiß, dir würde so etwas nie passieren, weil du so gut organisiert bist und es dir keinerlei Probleme bereitet, neun Sachen gleichzeitig zu machen, aber ich bin eher der Typ, der eine Sache nach der anderen abarbeitet. Und dann hat Lola im Vorgarten ein Kaninchen gesehen, stürmte los, und das hat mich abgelenkt, und dann fiel die Tür zu … Ach, weißt du was? Ist auch egal. Jedenfalls war es zu spät, um dich noch anzurufen, als mein Handy und ich endlich wiedervereint waren.«

»Sharon und Mike von nebenan haben doch unseren Schlüssel.«

»Das ist mir dann auch wieder eingefallen. Allerdings erst eine halbe Stunde nachdem ich durchs Kellerfenster eingebrochen bin.«

Sie verzog das Gesicht. »Du scheinst jedenfalls eine Menge erlebt zu haben, seit ich abgereist bin.«

»Sagen wir, es war nicht die beste Woche meines Lebens. Dazu kommt noch, dass der arme Daniel Liebeskummer hat und ich nach Leibeskräften versuche, ihn abzulenken.«

»Liebeskummer?« So wild entschlossen sie auch war, sich auf Pete zu konzentrieren – sie konnte nicht anders, als sich bei diesen Worten ein winziges bisschen um ihren Sohn zu sorgen. »Hat er darüber geredet?«

»Oberflächlich. Aber keine Sorge, ich habe alles im Griff, du brauchst dir keine Gedanken zu machen.«

»Und was hast du getan, um ihm zu helfen?«

»Wir haben Computerspiele gespielt. Er hat mich nach Strich und Faden fertiggemacht, was Meg mir sicher bis ans Ende aller Tage unter die Nase reiben wird.«

Sie stellte sich vor, wie die drei Seite an Seite auf dem Sofa saßen, und der Knoten in ihrem Bauch lockerte sich ein wenig. Pete hatte Daniel gezeigt, dass er für ihn da war, ganz gleich, was geschah.

Auf einmal hatte sie einen dicken Kloß im Hals. Manchmal kam es ihr so vor, als wäre sie allein für die Kinder verantwortlich. Aber das stimmte doch gar nicht! Von der Geburt der Zwillinge an war Pete stets für sie alle da gewesen. Und daran hatte sich bis heute nichts geändert.

»Warum hast du mir das alles nicht erzählt, als wir telefoniert haben?«

»Das mit Daniel? Weil es keinen Grund dafür gab. Ich wusste, dass du dir nur Gedanken machen würdest, und das wollte ich verhindern. Ich bin gut zurechtgekommen. Und was den ganzen Rest betrifft? Weil ich stolz und stur bin und mir gerne einreden würde, dass ich ein moderner Mann von heute bin. Offenbar scheint es aber einige Aufgaben rund um den Haushalt zu geben, denen ich nicht gewachsen bin, und es ist ziemlich erniedrigend, das zugeben zu müssen. Wann sind wir eigentlich in dieses traditionelle Rollenmuster verfallen? Ich bringe den Müll raus, kümmere mich darum, dass die Autoreifen gewechselt werden, schippe Schnee und repariere klemmende Fenster. Aber alles andere machst du.«

Anna spürte, wie sie von einer tiefen Liebe erfüllt wurde, die sie bis in jeden Winkel ihres Seins durchdrang. »Ich bin froh, dass du dich um diese Sachen kümmerst, weil ich sie nicht gerne mache. Und wen kümmert's, dass wir in Haushaltsdingen eine altmodische Rollenverteilung haben? Es funktioniert, wir sind glücklich damit, und alles andere spielt keine Rolle.« Ihr stiegen die Tränen in die Augen. »Außerdem vergisst du dabei all die Jahre, in denen du im Büro geschuftet hast, obwohl du deinen Job gehasst hast. Du hättest alles getan, um uns zu versorgen. Damit ich meinen Traum leben und zu Hause bei den Kindern bleiben kann.« Sie dachte daran, wie oft er für sie da gewesen war. An all die Augenblicke, in denen er mit seiner ruhigen, unerschütterlichen Art einen Ausweg aus schwierigen Situationen gefunden hatte. Er war stark, hatte ein gutes Herz und ein liebenswürdiges Wesen. Und er gehörte zu ihr. »Ach, Pete.« Vor lauter Erleichterung fühlte sie sich ganz zittrig. »Ich bin so froh.«

»Du bist froh, dass ich so inkompetent bin?«

»Du bist doch nicht inkompetent. Und froh bin ich, dass deine angebliche Inkompetenz der Grund dafür ist, dass du nicht angerufen hast.«

»Aus welchem Grund hätte ich mich sonst nicht melden sollen?«

»Weil ich dich verletzt habe. Und weil ich in letzter Zeit in Gedanken fast ausschließlich beim Auszug der Kinder war.«

»Das stimmt, ich war verletzt. Aber das war mein Problem. Ich habe mich hilflos und unfähig gefühlt, weil du so gelitten hast und ich nichts dagegen tun konnte.«

»Unfähig? Aber warum das denn?«

»Weil es hier um unsere Familie geht. Es ist meine Aufgabe, dafür zu sorgen, dass alles in stabilen Bahnen verläuft und alle glücklich sind. Wenn eins der Kinder ein Problem hat, tue ich alles in meiner Macht Stehende, um das Problem zu lösen oder ihm zu helfen, es selbst zu lösen. Und genauso mache ich es auch mit dir. Aber mit diesem einen Problem konnte ich dir nicht helfen.«

Auf einmal ergab alles einen Sinn. »Hast du mir deswegen vorgeschlagen, dass wir noch ein Kind bekommen könnten?«

»Ja, aber das war eine reine Verzweiflungsmaßnahme. Ich wusste einfach nicht, was ich machen soll, Anna. Ich habe mir so gewünscht, es würde eine einfache Lösung geben. Und dass wir beide, du und ich, dir genug sind.«

Es fiel ihr schwer, ihre Tränen im Zaum zu halten. »Aber das sind wir. Mehr als genug sogar.«

»Weißt du noch, als wir uns hier in der Küche über den Weihnachtsbaum unterhalten haben? Du meintest, du würdest es nicht bereuen, die Kinder bekommen zu haben. Du meintest, sie wären das Beste, was dir je passiert ist. Und ich habe dir zugestimmt.«

»Klar weiß ich das noch.« Sie fragte sich, worauf er wohl hinauswollte.

»Ich habe mich geirrt.« Nach einer kurzen Pause fuhr er fort: »Nicht die Kinder sind das Beste, was mir je passiert ist, Anna. Sondern du. Denn ohne dich würde es die Kinder gar nicht geben. Es gäbe kein gemütliches Zuhause, kein Lachen, keine Wärme. Für mich warst immer du das Beste in meinem Leben. Du bedeutest mir alles.«

Alles.

Sie gab den Kampf gegen die Tränen auf ließ sie nun ungehindert über die Wangen strömen.

»Du bedeutest mir auch alles. Und ich möchte mich bei dir entschuldigen. Sehr sogar. Ich habe dir wehgetan.« Ihre Stimme brach. »Ich habe dir wehgetan und deswegen ein fürchterlich schlechtes Gewissen. Ich war lieblos und unaufmerksam, und das wird niemals wieder vorkommen. Ich weiß nicht, wann genau ich mich so auf die Kinder fokussiert habe, aber das wird sich ändern. Ja, es macht mich traurig, dass dieser Lebensabschnitt bald endet. Aber ich freue mich auch auf den neuen. Ich freue mich auf all die Dinge, die wir unternehmen können, wenn die Kinder aus dem Haus sind. Und das hätte ich dir schon viel früher sagen sollen. Es tut mir leid, Pete.« Wie ein Kind wischte sie sich die Tränen mit dem Ärmel weg.

»Nicht weinen, Schatz«, sagte er sanft. »Ehrlich gesagt tut es mir ganz gut zu wissen, dass auch du nicht perfekt bist.«

Sie gab einen erstickten Lacher von sich. »Was soll das denn bitte heißen? Natürlich bin ich perfekt.« Es war schön, darüber scherzen zu können. Und eine gewaltige Erleichterung, dass die Atmosphäre zwischen ihnen wieder so gut war.

»Ziemlich perfekt, das stimmt. Und nach dieser Woche kann ich etwas besser verstehen, wie es dir geht. Sich um den Haushalt zu kümmern, ist ein Vollzeitjob, auch wenn ich das manchmal vergesse. Das hier ist deine Welt. Und so gesehen verlierst du sogar mehr als nur deinen Job. Denn wenn man seinen Job verliert, hat man normalerweise noch ein Zuhause. Aber in deinem Fall sind der Job und dein Zuhause miteinander identisch. Und es tut mir leid, dass ich so lange gebraucht habe, um zu verstehen, worum es hier eigentlich geht.«

Nun fand sie doch noch ein letztes Taschentuch und putzte sich die Nase. »Und mir tut es leid, dass ich dir das Gefühl gegeben habe, dass du mir nicht reichst. Oder wichtig bist. Oder dass ich mich nicht darauf freuen würde, mit dir gemeinsam diesen neuen Lebensabschnitt anzutreten.« Erneut brach ihre Stimme. »Ich liebe dich so sehr.«

»Ich weiß. Und ich liebe dich.« In sanftem Tonfall fuhr er fort: »Übrigens, was ich wegen eines weiteren Babys gesagt habe … Mir ist klar, es klingt verrückt, aber das war mein Ernst. Wenn es das ist, was du willst, dann bin ich an Bord.«

Diesmal wusste sie sofort, was sie erwidern sollte. »Es ist nicht, was ich will. Aber ich danke dir dafür, dass dir mein Glück so wichtig ist.«

»In dem Fall sollten wir wohl anfangen, uns Gedanken darüber zu machen, wie wir dir den Übergang anderweitig ein wenig leichter machen könnten.«

Sie ließ sich gegen die Kissen sinken und überlegte, ob sie ihm von der Idee mit dem Kinderleseclub erzählen sollte. Aber nein, vorher wollte sie lieber noch ein wenig länger in Ruhe darüber nachdenken. »Was das betrifft, hat mir die Woche hier sehr gutgetan. Sie hat mir eine neue Perspektive verschafft. Ich muss akzeptieren, dass ich mich anpassen muss. Dass ich mich einfach auf die Veränderungen einlassen und mich auf andere, neue Dinge konzentrieren sollte. Vielleicht könnten wir ja noch mal nach Paris fahren. Aber diesmal suchen wir uns ein Hotel in einer schönen Lage und essen in romantischen Bistros, statt Picknick auf dem Teppich zu machen.«

»Eine tolle Idee. Weißt du was? Wir buchen die Reise so, dass wir direkt aufbrechen, nachdem wir die Kinder zum College gebracht haben. So verhindern wir, dass wir zu Hause herumsitzen und Trübsal blasen.«

»Du glaubst, dass du auch Trübsal blasen würdest?«

»Gut möglich, wenn auch auf Männerart. Indem ich am Auto oder am Grill herumschraube und den starken Mann markiere, während ich heimlich alle zwei Stunden Meg schreibe, um mich zu erkundigen, ob auch wirklich alles in Ordnung ist.«

Sie lachte auf. »Paris klingt toll.«

»Außerdem habe ich darüber nachgedacht, wie sehr es dich aus der Fassung gebracht hat, dass wir nicht wie früher alle zusammen den Weihnachtsbaum besorgen. Ich glaube, mein Verhalten war viel zu gleichgültig. Ich weiß doch, wie wichtig dir unsere Familientraditionen sind, insbesondere, was Weihnachten betrifft. Deswegen habe ich mir vorgenommen, mich zu bemühen, sie aktiv am Leben zu halten.«

»Aber du warst doch nicht gleichgültig. Ich konnte nur einfach nicht loslassen. Als wäre es so wichtig, wann wir den Baum besorgen. Insgesamt habe ich viel über Weihnachten nachgedacht und möchte dir gern einen Vorschlag machen.« Die Idee war ihr vorhin während des Gesprächs mit Erica und Claudia gekommen, und je länger sie darüber nachdachte, desto überzeugter war sie, dass sie die perfekte Lösung gefunden hatte.

Jetzt blieb nur noch zu hoffen, dass ihre Familie es genauso sah. Und was die Zukunft betraf: Wenn die Kinder auszogen, würden Pete und sie lernen, wieder Pete und Anna zu sein.

Catherine Swift mochte der Romantik den Rücken zugekehrt haben – aber sie hatte das eindeutig nicht. Manchmal brauchte man keine dramatischen, großen Zeichen zu setzen, um sich an Veränderungen anzupassen. Manchmal reichte es, einfach den Fokus zu verlagern.

25. KAPITEL

ERICA

Erica zog den Reißverschluss ihres Koffers zu und stellte ihn an der Tür ab. Sie konnte kaum glauben, dass bereits eine ganze Woche verstrichen war. Dass es keine sieben Tage her war, dass sie verzweifelt nach einem Ausweg aus dem Maple Sugar Inn gesucht hatte.

Jemand klopfte, und als sie öffnete, stand Anna vor ihr. In ihrem Pulli in der Farbe von Stechpalmenbeeren wirkte sie frisch und gut gelaunt.

»Schon wieder ein neuer Pullover?«

»Könnte sein ... möglicherweise ... vielleicht.« Anna lief rot an. »Er steht mir, oder?«

»Vor allem steht dir dein breites Lächeln.« Erica nahm ihren Mantel und machte die Tür hinter sich zu. »Gestern waren wir einen Moment lang aufrichtig besorgt. Wie schön, zu wissen, dass zwischen Pete und dir wieder die übliche, übelkeiterregend idyllische Harmonie herrscht.«

»Ich freue mich schon so auf ihn. Auch wenn ich Claudia und dich natürlich entsetzlich vermissen werde.«

»Aber wir sehen uns doch bald wieder.« Sie blickte auf, als Hattie im Flur erschien. »Und? Habe ich Glück?«

»Ja!« Sie strahlte Erica an. »Gerade kam eine Stornierung rein. Ein Paar aus San Francisco hatte einen Notfall in der Familie und muss seinen Aufenthalt verschieben. Dadurch ist für drei Nächte ein Zimmer frei geworden. Wäre dir das recht?«

Erica verspürte ein nervöses Kribbeln im Bauch. Jetzt gab es keinen Weg mehr zurück. »Ja, wunderbar.«

Anna musterte sie neugierig. »Du kommst wieder?«

»Jack und ich machen über Weihnachten einen Kurzurlaub im Maple Sugar Inn.«

»Was?«, kreischte Anna so laut, dass es durchs gesamte Treppenhaus hallte. »Das ist ja wohl das Romantischste, was ich je gehört habe!«

»Da wir hier über mich reden und ich das unromantischste Geschöpf auf diesem Planeten bin, wohl kaum, Anna.«

»So eine Schande.« Hattie grinste. »Und da dachte ich, ich dekoriere euer Zimmer mit Herzchenballons und bitte Claudia, eine Torte mit der Aufschrift *Erica liebt Jack* zu backen.«

»Und nicht die Rosenblüten auf dem Bett vergessen!« Auch Anna lächelte. »Das sind aber schöne Neuigkeiten. Mit etwas Glück werdet ihr über Weihnachten sogar eingeschneit.«

»Au weia. Ob es wohl schon zu spät ist, sich noch woanders einzubuchen?« Erica fragte sich ernstlich, wie sie inmitten dieses Haufens hoffnungsloser Romantikerinnen hatte enden können. »Und ich will nicht eingeschneit werden, das ist doch lästig!«

»Du bist einfach zu praktisch veranlagt.«

»Und du bist viel zu verträumt, insbesondere für eine Vierzigjährige.«

»*Fast* vierzig.« Anna hob das Kinn. »Und diese vierzig Jahre haben mich gelehrt, dass Romantik keine Altersbeschränkung kennt.«

Erica dachte an sich, und dann dachte sie an Jack, und dann dachte sie, dass Anna womöglich recht hatte.

Aber sie würde sich hüten, das laut zuzugeben.

Stattdessen sagte sie zu Hattie: »Siehst du, was ich alles aushalten muss?«

»Ihr bekommt die Mountain Suite«, antwortete Hattie ungerührt. »Die Aussicht ist fantastisch. Ich fülle euch die Minibar mit Champagner, dann müsst ihr das Bett nicht verlassen.«

Erica wusste nicht, ob sie lachen oder weinen sollte. »Hast du dich neuerdings mit Anna verbündet?«

»Verbündet nicht direkt, aber wie Anna weiß ich ein anständiges Happy End zu schätzen.«

Erica hatte gesehen, wie Hattie von ihrem Date mit Noah zurückgekehrt war, und war sicher, dass ihr eigenes Happy End in nicht allzu weiter Ferne lag.

»Der Champagner wäre wirklich eine nette Geste. Aber wenn ich auch nur eine Rosenblüte entdecke, checke ich auf der Stelle wieder aus.« Sie wandte sich an Anna. »Wir kommen mit dem Auto aus Manhattan. Jack ist die Strecke nach Vermont offenbar schon oft gefahren, weil er hier manchmal Skiurlaub macht. Wenn du mir versprichst, dass ihr Jack keinem Kreuzverhör unterzieht, könnten wir auf dem Weg bei euch vorbeischauen.«

»Das kann ich dir leider nicht versprechen«, antwortete Anna. »Allerdings werden wir auch gar nicht da sein. Wir verreisen.«

»Über Weihnachten? Aber ihr seid Weihnachten doch immer da.«

»War es nicht dein Vorschlag, dass wir uns ein paar neue Traditionen einfallen lassen sollten? Ich habe beschlossen, dass wir Weihnachten dieses Jahr nicht zu Hause, sondern hier im Maple Sugar Inn feiern. Die Kinder fanden den Vorschlag toll, und ich freue mich jetzt, wo ich weiß, dass ich bei der Gelegenheit sexy Jack kennenlerne, noch mehr darauf.«

Ihr Traum von einer ruhigen, diskreten Auszeit verpuffte sang- und klanglos in den Weiten des Äthers. Ob es eine gute Idee war, Jack ausgerechnet an diesem fragilen Punkt in ihrer Beziehung ihren Freundinnen vorzustellen? Vermutlich nicht. Aber wenn sie wirklich ein richtiges Paar wurden, dann führte ohnehin kein Weg an Claudia und Anna vorbei. »Dann versprich mir wenigstens, mich nicht zu blamieren.«

»Ich werde mir redlich Mühe geben, aber versprechen kann ich dir auch das nicht.« Über Annas Mundwinkel erschien ein Grübchen. »Ich entschuldige mich schon mal im Voraus.«

»Claudia plant ein spezielles Weihnachtsmittagsmenü«, erzählte Hattie. »Wollt ihr einen eigenen Tisch oder lieber alle zusammensitzen?«

Erica warf ihrer Freundin einen Seitenblick zu. »Wenn Anna verspricht, sich zu benehmen, können wir einen gemeinsamen Tisch nehmen. Wenn mich Jack schon richtig kennenlernen will, dann kann er auch gleich von Anfang an die ganze Wahrheit über mich erfahren. Beispielsweise, wie fragwürdig mein Menschengeschmack ist.«

»Die Kinder fänden das jedenfalls toll«, bemerkte Anna. »Meg wird darum kämpfen, neben dir sitzen zu dürfen, aber unauffällig, damit bloß nicht der Verdacht aufkommt, sie könnte uncool sein.«

»Ich würde sogar sehr gern neben Meg sitzen.« Sie sah Hattie an. »Und wo sitzt denn Delphi?«

»Ich achte immer darauf, dass ich für die Gäste verfügbar bin«, sagte Hattie. »Deswegen trottet Delphi beim Weihnachtslunch meistens neben mir her. Sie und ich essen dann gemeinsam abends, wenn wieder Ruhe eingekehrt ist.«

»Und wenn sie dieses Jahr mit bei uns am Tisch sitzt? So könntest du dich ganz auf die Arbeit konzentrieren, ohne dir Gedanken über Delphi machen zu müssen. Sie kann doch auch neben mir sitzen.« Sie hatte sich extra um einen beiläufigen Tonfall bemüht, aber Anna sah sie trotzdem mit großen Augen an. »Was denn? Ich brauche sie als Beraterin, weil ich keine Ahnung habe, wie man sich an Weihnachten zu benehmen hat.«

»Ich staune einfach, wie mühelos du dich in die Rolle der Tante Erica einfindest.« Anna zwinkerte ihr zu. »Ich sitze dann so lange neben sexy Jack, damit ich ihn besser kennenlernen kann.«

»In dem Fall ist wohl davon auszugehen, dass unsere Beziehung noch am selben Abend ein frühes Ende finden wird.« Es fühlte sich merkwürdig an, über Jack zu sprechen, als wären sie ein Paar. Auch wenn sie ehrlicherweise zugeben musste, dass sie das eigentlich schon lange gewesen waren. Sie hatte sich nur geweigert, es sich einzugestehen.

Es gibt nur dich.

»Dann ist es beschlossene Sache.« Hattie nahm Ericas Koffer. »Da du theoretisch noch als Gästin hier bist und nicht als Familienmitglied, trage ich dir das Gepäck nach unten.«

»Sei doch nicht albern.« Sie nahm ihr den Koffer wieder weg. »Wenn du unbedingt jemandem helfen willst, dann frag doch mal Anna, ob du ihr beim Transport ihrer zahlreichen neuen Pullis assistieren darfst.«

Sie liefen den Gang entlang und die Treppe nach unten, wo Delphi mit Rufus spielte.

»Tante Erica!« Sie sprang auf Erica zu und schlang die Arme um sie. »Ich finde es doof, wenn Leute wieder fahren.«

Erica wuschelte ihr durchs Haar. »Und ich finde es doof, wieder fahren zu müssen«, erwiderte sie. Woher kam denn nur plötzlich dieser Kloß in ihrem Hals? Sie ging in die Hocke, um mit Delphi auf Augenhöhe zu sein. »Aber zu Weihnachten komme ich wieder.« Rufus tapste ihr mit der Pfote auf den cremefarbenen Mantel, und sie nahm sich vor, bis zu ihrem nächsten Besuch eine hundefreundlichere Garderobe anzuschaffen.

Delphi klammerte sich an sie. »Und du versprichst mir ganz fest, dass du wiederkommst?«

Erica zögerte keine Sekunde. »Pfadfinderehrenwort.«

»Wusstest du eigentlich, dass Dinos, die nur Pflanzen fressen, die Augen seitlich am Kopf haben?«

Erica lächelte. »Nein, das ist mir neu. Aber ich verspreche dir, dass ich viel mehr über Dinos weiß, wenn ich das nächste Mal herkomme.«

Und sie freute sich jetzt schon darauf.

26. KAPITEL

HATTIE

»Tut mir leid, dass es so lange gedauert hat. Aus *Nur noch eine Geschichte!* wurde *Nur noch zehn Geschichten!* Ich muss wirklich strenger werden. Ich weiß, es ist Weihnachtsabend, und mir war klar, dass es nicht leicht werden würde. Aber zwischendrin dachte ich, sie wird nie einschlafen.« Hattie ließ sich neben Noah fallen, der sich bequem auf dem Sofa ausgestreckt hatte. Ihr Herz machte einen kleinen Satz. Sie sah ihn zwar ständig – aber niemals so. Nicht in ihrem Wohnzimmer. Nicht, als wäre er ein selbstverständlicher Bestandteil ihres Lebens. »Was liest du da?«

»Delphis Dinosaurierbuch.« Er klappte es zu und legte es zurück auf den Tisch. »Wusstest du, dass der Stegosaurus im Verhältnis zu seinem Körper einen sehr kleinen Kopf hat?«

»Ja, ich kenne das gesamte Buch auswendig.« Hattie ließ sich gegen die Sofalehne sinken. »Bitte bombardier du mich nicht auch noch mit Dinosaurierfakten. Inzwischen träume ich schon von den Viechern.«

Er hob eine Braue. »Du träumst von Dinosauriern?«

»Sie spielen eine tragende Rolle in meinem Leben. So wie für andere Mütter Ballett und Puppen.«

»Das ist ja schrecklich.« Er legte den Arm um sie und zog sie an sich. »Vielleicht ist es Zeit, dass wir dir etwas Neues zum Träumen geben.« Sein Mund war nur Zentimeter von ihrem entfernt, und der Ausdruck in seinen Augen ließ jeden Gedanken an Dinosaurier verpuffen. Worüber hatten sie noch mal gerade geredet?

Ach ja, Träume. Es ging um Träume.

»Oh, das wäre schön.« Sie war aufgeregt wie ein Teenager. »Hattest du da etwas Bestimmtes im Sinn?«

Ganz langsam breitete sich ein Grinsen auf seinem Gesicht aus. »Wie wäre es mit Haien?«

Sie lachte auf, aber dann verschloss er ihre Lippen mit seinen, und sie erwiderte seinen Kuss, bis ihr das Herz in der Brust flatterte und es in ihrem Bauch bitzelte. Sie schlang die Arme um ihn, fühlte seine feste Schultermuskulatur unter ihren Händen. Sein Kuss war lustvoll und verspielt, das Versprechen von noch mehr Nähe, noch mehr Lust, auch wenn sie beide wussten, dass er es nicht heute Nacht einlösen würde.

Denn trotz aller Leidenschaft konnte Hattie nicht vergessen, dass ein Zimmer weiter Delphi schlief.

Widerwillig löste sie sich von ihm. »Delphi ...«

»Ich weiß doch«, sagte er heiser und schloss für einen Moment die Augen. »Tut mir leid, ich brauche eine Sekunde. Kannst du mir irgendwas erzählen, das so richtig unsexy ist?«

Unsexy?

»Ähm, wusstest du, dass ein T-Rex um die siebentausend Kilo wog?«

Er öffnete die Augen wieder. »Vielleicht hätten sie es mal mit Intervallfasten probieren sollen.«

Lächelnd kuschelte sie sich an ihn und blickte ins Feuer. »Früher habe ich Weihnachten geliebt.«

Er legte die Hand auf ihre. »Und jetzt?«

»Dieses Jahr kann ich es zum ersten Mal wieder genießen.« Sie drehte sich um, sodass sie ihn ansehen konnte. »Und das liegt nur an dir. Ich kann einfach nicht fassen, dass du hier bist, in meinem Wohnzimmer, am Weihnachtsabend. Es fühlt sich so ... so ...«

»Wie fühlt es sich an?«

»Einfach ... gut. So, wie sich Weihnachten anfühlen sollte.« Sie hob die Hand und legte sie an sein Gesicht, spürte sein seidenweiches Haar und sein stoppeliges Kinn.

Er nahm ihre Hand und drückte einen Kuss hinein. »Mir geht es ganz ähnlich.«

»Delphi war so aufgeregt, als ich ihr erzählt habe, dass du heute Abend kommst. Und du warst so niedlich mit ihr.«

»Niedlich?« Noah warf ihr einen übertrieben vorwurfsvollen Blick zu. »Ich bin doch nicht niedlich. Ich verstehe mich eher als knallharten Naturburschen, der mit zwei Stöcken Feuer macht, während er gleichzeitig mit bloßen Händen einen Bären niederringt.«

Sie sah ihn mit ebenso übertrieben großen Augen an. »Und? Hast du in letzter Zeit viele Bären niedergerungen?«

»Im Durchschnitt so zehn am Tag, würde ich sagen. Manchmal vielleicht auch eher zwanzig.«

»Aber sollten Bären um diese Jahreszeit nicht eigentlich Winterschlaf halten?«

Er zuckte mit den Achseln. »Sie sind ganz aus dem Häuschen wegen Weihnachten, so wie wir alle.«

Hattie lehnte sich gegen seine Schulter. Zum ersten Mal seit einer Ewigkeit empfand sie Zufriedenheit und innere Ruhe. »Weißt du noch, wie Delphi dich früher immer den Weihnachtsbaummann genannt hat?«

Er verschränkte die Finger mit ihren. »Natürlich. Ich war sehr stolz auf den Titel. Wer wäre nicht gern der Weihnachtsbaummann?«

Hattie verstummte. Es kam ihr vor, als stünde sie auf der Schwelle zu etwas Bedeutsamem. »Sie liebt dich, Noah.«

»Und ich liebe sie«, antwortete er, als wäre es das Selbstverständlichste auf der Welt. Dann zog er Hattie sanft an sich. »Und dich liebe ich auch. Nur für den Fall, dass in dieser Hinsicht Unklarheit bestand.«

Einen Augenblick lang schien die Zeit stillzustehen. »Noah …«

»Keine Sorge, das heißt nicht, dass ich irgendwas von dir erwarte.« Er hob sanft ihr Kinn an, damit sie ihm in die Augen sah. »Ich sage dir einfach nur die Wahrheit, mehr nicht. Und jetzt wirst du mir erzählen, wie groß deine Angst ist, dass Delphi verletzt werden könnte, dabei weißt du eigentlich, dass ich ihr niemals wehtun würde. Und dir auch nicht. Aber mir ist bewusst, wie kompliziert deine Lage ist und dass du vermutlich noch nicht bereit bist. Trotzdem sollst du wissen, was ich für dich empfinde. Nur für den Fall, dass du eines Tages bereit für mich sein solltest.«

»Ich liebe dich auch.« Sie brauchte nicht zweimal nachzudenken, die Worte sprudelten einfach aus ihr heraus. Weil es die Wahrheit war. Sie liebte Noah. Sie wusste es einfach, genauso wie sie wusste, dass eine Beziehung zwischen ihnen nicht einfach werden würde. Dass sich ihre Gefühle für Brent nicht einfach auslöschen ließen und ihre Schuldgefühle mal stärker, mal schwächer sein würden. Sie hätte nicht gedacht, dass sie sich jemals wieder verlieben würde. Doch es war geschehen. Und nun konnte sie ihre Gefühle ignorieren oder sie als Geschenk annehmen und dankbar dafür sein, dass sie dieses große Glück noch ein zweites Mal in ihrem Leben erfahren durfte. »Und ich weiß, dass du Delphi niemals wehtun würdest. Du bist uns beiden ein unbeschreiblich guter Freund gewesen.« Genauso, wie sie wusste, dass sie Noah gegenüber niemals einen Hehl aus ihren Gefühlen würde machen müssen. Nie würde sie so tun müssen, als ginge es ihr gut, wenn sie in Wahrheit gerade Trauer, Selbstvorwürfe oder Schmerz plagten. Noah versuchte nie, ihre Gefühle wegzureden oder ihr gute Ratschläge zu geben, wie es so viele andere Menschen taten. *Du brauchst doch nur Zeit, meine Liebe. Das wird schon wieder.* Er schien sich darüber im Klaren zu sein, dass es im Leben steinige Strecken gab, die sich nicht mit einer Abkürzung umgehen ließen und die man selbst überwinden musste. Alle anderen konnten nur zuhören und einem hier und da vielleicht die Hand reichen.

»Dass du das sagst, ist das schönste Weihnachtsgeschenk, das ich mir vorstellen kann. Und ich hoffe, dass es in deiner kleinen Familie eines Tages vielleicht einen Platz für mich gibt.« Er küsste sie erneut, langsam und sinnlich diesmal.

Sie hätte für immer so weitermachen können, mit seinen Lippen auf ihren und seinen Worten im Herzen.

»Du bist doch längst Teil unserer Familie.« Aber die Mutter in ihr blieb vernünftig, und so löste sie sich kurz darauf von Noah und sagte: »Es ist schon spät, und Delphi wird noch vor Sonnenaufgang aufwachen. Du solltest besser gehen, auch wenn ich dich am liebsten hierbehalten würde.« Sie war hin- und hergerissen zwischen ihren eigenen Bedürfnissen und ihrer Verantwortung als Mutter. »Ach, ich will nicht, dass dieser Abend endet.«

»Ich auch nicht.« Er strich ihr übers Haar und drückte sie fest an sich. »Was machst du eigentlich morgen?«

»Dasselbe wie immer, nur mit Weihnachtsmannbesuch und Geschenken und einem aufgedrehten Kind, das noch wuseliger ist als sonst.«

Er hob die Brauen. »Ich gehe mal davon aus, du meinst damit dich selbst?«

»Aber selbstverständlich. Delphi ist ganz klar die erwachsenere von uns beiden.« Wieder einmal staunte sie darüber, wie mühelos ihr die Gespräche mit ihm jedes Mal wieder ein Lächeln ins Gesicht zauberten. »Nachdem ich ekstatisch meine Geschenke aufgerissen habe, werde ich mehrere große Tassen starken Kaffee trinken, damit ich gewappnet bin für die Vorbereitung des Weihnachtsmenüs am Mittag. Wir sind komplett ausgebucht. Übrigens kommen auch meine Schwester und sexy Jack.«

»*Sexy Jack?* Du findest ihn sexy?«

»Warum fragst du? Bist du eifersüchtig?« Sie grinste.

»Sollte ich? Kann er Bären niederringen und Bäume fällen?«

»Weiß ich nicht. Eigentlich nennt ihn auch nur Anna so. Ich muss mir noch selbst ein Bild von ihm machen.« Allerdings war sie sicher, dass sie Jack nicht ansatzweise so sexy finden würde wie Noah.

»Damit wäre es entschieden: Ich komme morgen auch zum Weihnachtsmenü, um zu helfen.« Er beugte sich zu ihr, um sie noch einmal zu küssen, zuckte aber schuldbewusst sofort wieder zurück, weil hinter ihnen ein Geräusch zu hören war.

Verlegen sprang Hattie auf und strich sich das Haar glatt. »Delphi! Was machst du denn hier? Du sollst doch schlafen!«

»Ich weiß, aber ich kann nicht.« Delphi rannte mit ausgestreckten Armen zu ihr, und Hattie hob sie hoch. Sie genoss ihre Wärme und ihr Gewicht und das Gefühl von Erfüllung in ihrem Herzen.

»Delphi. Du musst schlafen.«

»Geht aber nicht. Weil ich gar nicht müde bin! Außerdem ist Noah da, und das heißt, dass Weihnachten schon angefangen hat.«

»Weihnachten hat aber noch nicht angefangen, und Noah wollte gerade gehen«, erklärte Hattie hastig, und Noah spielte mit, indem er aufstand und seine Jacke nahm.

»Genau, ich wollte gerade los.«

Aber Delphi schüttelte den Kopf. »Nein, er geht nicht. Er darf gar nicht gehen.«

»Wieso denn das?«

»Er darf nicht gehen, weil er doch morgen früh hier sein muss, wenn ich aufwache, aber das wird bestimmt ganz doll früh sein«, haspelte Delphi aufgeregt. »Ich wusste, dass ich es ihm nur schreiben muss, und dann passiert es auch.«

»Wem musstest du was schreiben?« Langsam kam Hattie nicht mehr hinterher. »Und Noah kommt zwar morgen bei uns vorbei, aber er ist nicht hier, wenn wir aufstehen. Außer du schläfst viel länger als sonst.« Und dass das keine Option war, wussten sie beide.

»Doch, wohl ist er hier!«, verkündete Delphi entschieden. »Weil ich mir das doch zu Weihnachten gewünscht habe.«

»*Das* stand auf deinem Wunschzettel?« Das also war das mysteriöse Weihnachtsgeschenk, über das sie sich so lange den Kopf zerbrochen hatte? »Und was genau hast du geschrieben?«

»Ich hab dem Weihnachtsmann gesagt, dass Noah bei uns wohnen soll. Und weil die Geschenke immer da sind, wenn ich morgens aufwache, dachte ich, dass Noah bestimmt irgendwann heute Nacht kommt. Und da ist er.« Sie kniff fest die Augen zu. »Aber eigentlich darf ich meine Geschenke doch erst morgens sehen.«

»In dem Fall solltest du besser schnell wieder ins Bett gehen. Sagst du Noah gute Nacht?«

»Gute Nacht, Noah.«

»Gute Nacht, Delphi. Wir sehen uns morgen früh.«

Als sie Delphi zurück in ihr Zimmer trug und zusammen mit ihrem Dino in ihr gemütliches Bett legte, konnte Hattie kaum einen klaren Gedanken fassen. »Und jetzt mach die Augen zu, dann schläfst du schnell ein. Ich hab dich lieb.«

Sie beugte sich vor und gab ihrer Tochter einen Kuss, dann schlich sie aus dem Zimmer und ließ die Tür einen Spaltbreit offen.

Noah hatte sich nicht vom Fleck bewegt. Er stand immer noch mit seiner Jacke in der Hand mitten im Wohnzimmer.

»Wie es aussieht, bist du ihr Weihnachtsgeschenk.« Sie musterte ihn neugierig. »Wusstest du davon?«

»Nein. Dann hätte ich mir doch zumindest eine große Seidenschleife umgewickelt!« Er zog sie an sich. »Bedeutet das, ich darf bleiben? Wenn sie gegen halb sechs aufsteht, müsste ich um fünf schon wieder hier sein. Aber jetzt haben wir schon fast Mitternacht.«

Hattie hatte die Neuigkeiten noch immer nicht ganz verarbeitet. Ihre Tochter wünschte sich, dass Noah bei ihnen wohnte!

»Aber warum hat sie das Thema denn vorher nie angesprochen?«

»Vielleicht dachte sie, ihr Wunsch muss geheim bleiben.« Er schlang die Arme um sie. »Wie wäre es mit einem Kompromiss? Heute Nacht schlafe ich hier auf dem Sofa. So bin ich das Erste, was Delphi morgen früh sieht, wenn sie kommt, um ihre Geschenke auszupacken. Und danach sehen wir weiter.«

»Als ob ich auch nur ein Auge zubekommen würde, wenn ich weiß, dass du nur ein Zimmer weiter bist.«

»Dann sind wir schon zu zweit. Aber ich verspreche, dass ich die Augen zulasse, damit der Weihnachtsmann nicht merkt, dass ich wach bin.«

Sie lachte auf. »Du bist ein wahrer Held, Noah.«

»Danke, ich gebe mir alle Mühe.«

Sie schlang ihm die Arme um den Hals und küsste ihn. Erlaubte sich, nur für den Moment, für die Gegenwart zu leben. Und das würde sie weiterhin tun. Sie würde aus jedem Tag das Beste machen, und das nicht nur, weil sie wusste, dass Brent es so gewollt hätte oder weil sie ihrer Tochter mit gutem Beispiel vorangehen wollte. Sondern auch für sich selbst. Brent war tot, doch sie war noch am Leben. Gebeutelt und zerschrammt, aber am Leben. Sie hatte Delphi und das Hotel und eine Menge Menschen, die bereit waren, sie zu unterstützen.

Und sie hatte Noah.

Sie schloss die Augen und schmiegte das Gesicht in seine Halsbeuge.

Denn das war das schönste Geschenk.

EPILOG

HATTIE

»Das war das erste Mal in meinem Leben, dass ich am ersten Weihnachtsfeiertag etwas gegessen habe, das ich nicht selbst gekocht habe. Und dann auch noch etwas so Hervorragendes!« Lynda faltete sorgsam ihre Serviette zusammen. »Was meinst du, Roy, hast du schon mal so gut gegessen?«

»Ich hoffe, dir ist klar, dass ich darauf unmöglich ehrlich antworten kann. Glaubst du wirklich, ich hätte in all den Jahren unserer Ehe nichts dazugelernt? Wenn ich sage, dass ich noch nie so gut gegessen habe, beleidige ich damit dich. Und wenn ich *nicht* sage, dass ich noch nie so gut gegessen habe, beleidige ich damit Hattie und Claudia. Also sage ich einfach, dass ich das Essen hervorragend fand.« Roy warf Hattie ein Lächeln zu und sah sich im Restaurant um. »Und offenbar bin ich nicht der Einzige hier, der das so sieht. Deine Gäste wirken allesamt glücklich.«

»Sehr gut.« Hattie war den ganzen Tag über zwischen Küche und Gastraum hin- und hergeflitzt, um dafür zu sorgen, dass alle hatten, was sie brauchten. Und sie war ziemlich sicher, dass ihr Gesicht inzwischen so rot leuchtete wie eine Weihnachtskugel. »Tut mir leid, dass ich mich so wenig um euch kümmern konnte.«

»Du hast dich hervorragend um uns gekümmert, Liebes. Du machst nur deine Arbeit, und zwar ganz fantastisch.« Lynda trank einen Schluck Wein. »Ich habe mich mit deiner Schwester unterhalten. Eine beeindruckende Frau.«

Hattie warf einen Blick zu Erica, die auf der gegenüberliegenden Tischseite saß und über etwas lachte, das Jack gesagt hatte. Wie sich herausgestellt hatte, besaß Jack einen schier unerschöpflichen Wissensschatz über Dinosaurier, weshalb Delphi seit seiner Ankunft an ihm klebte wie eine Klette. Noah, Erica und er hatten sie während des Weihnachtsessens gemeinsam bespaßt, sodass Hattie sich in Ruhe um die Gäste kümmern konnte.

Es war noch nicht lange her, dass Anna und Erica nach der Leseclubwoche abgereist waren. Seitdem hatte Erica täglich bei ihr angerufen.

Natürlich war ihr bewusst, dass diese Anrufe nach Weihnachten seltener werden würden und Erica beruflich viel unterwegs war. Umso mehr wusste sie die Gespräche mit ihrer Schwester zu schätzen, durch die sie mehr und mehr übereinander erfuhren. Inzwischen tauschten sie längst nicht mehr förmliche Fakten über ihren jeweiligen Lebensweg aus wie in dem *Was zuvor geschah* am Anfang der neuen Folge einer Fernsehserie, sondern unterhielten sich frei und ungezwungen. Erica hatte ihr anvertraut, dass ihre Beziehung zu Jack so rasch ernst geworden war, dass es ihr Angst machte, und Hattie wiederum hatte ihr gestanden, wie viel sie wirklich für Noah empfand, was sie ebenfalls nervös machte. Aber wenn sie das Leben etwas gelehrt hatte, dann die Erkenntnis, dass der Preis für ein Leben ohne Risiko das eigene Glück war. Und sie war fest entschlossen, ihn niemals wieder zu zahlen. Man verpasste so viel, wenn man stets darauf bedacht war, seine Gefühle zu schützen. Für Hattie war die Liebe ein Risiko, das sie einzugehen bereit war, und offenbar durchlebte Erica gerade einen ganz ähnlichen Prozess.

Durch die großen Fenster des Speiseraums konnte sie beobachten, wie Noah sich bückte, um Delphi hochzuheben, die in den Schnee gefallen war. Er hatte ihr zu Weihnachten einen neuen Schlitten geschenkt, aber Hattie wusste inzwischen ja, dass Delphi sich eigentlich nur eins gewünscht hatte: dass Noah Teil ihres Lebens wurde. Und wie es aussah, hatte sich dieser Wunsch erfüllt.

Auf einmal sehnte sie sich danach, dort draußen bei den beiden zu sein. Mit ihrer Familie im Schnee zu spielen. Denn ja, Noah gehörte zu ihrer Familie, ebenso wie Erica. Wie trostlos und einsam sich ihr Leben noch vor einem Monat angefühlt hatte! Wenn sie ehrlich war, hatte sie nicht mehr gewusst, wie es weitergehen sollte. Doch dann war wie durch ein Wunder praktisch über

Nacht nichts mehr gewesen wie zuvor, und auf einmal hatte sie wieder gelernt, das Leben zu lieben. Natürlich war ihr klar, dass es auch Tage geben würde, an denen sie traurig war und Brent vermisste. Aber es würde auch mindestens genauso viele geben, an denen sie so glücklich war wie heute. Beides gehörte dazu. *So ist das Leben,* wie die Bishop-Schwestern jetzt gesagt hätten.

Die beiden alten Damen saßen an ihrem üblichen Tisch am Fenster und beobachteten entzückt, wie Delphi mit Rufus und Noah im Schnee spielte. Sie hatten kofferweise Geschenke mitgebracht und bereits ihre nächsten beiden Aufenthalte gebucht, jeweils eine Woche im Frühling und im Sommer.

»Dieses Hotel ist unser zweites Zuhause, Liebes«, hatte Ellen gesagt, als Hattie sie zu ihrem Stammzimmer brachte, das Chloe, die ein bemerkenswertes Gespür dafür bewies, was die Gäste besonders brauchten, liebevoll hergerichtet hatte.

Sie spürte eine Hand auf ihrem Arm und drehte sich um.

Lynda schenkte ihr ein Lächeln. »Na los, nun hol schon deine Jacke und geh nach draußen. Amüsier dich ein wenig. Du hast es dir verdient. Falls du gebraucht wirst, holen wir dich.«

Hattie wollte gerade sagen, dass sie das unmöglich annehmen konnte, als Delphi sich das Gesicht an der Scheibe platt drückte und sie zu sich nach draußen winkte. Sie winkte zurück. Sie waren schon früh aufgestanden und hatten die Geschenke unterm Baum geöffnet. Noah hatte Frühstück und kannenweise starken Kaffee gemacht, den sie nach einer Nacht, in der Schlaf nur eine äußerst geringe Rolle gespielt hatte, beide dringend nötig gehabt hatten.

»Nun geh schon.« Lynda stupste sie sanft an. »Verbring etwas Zeit mit ihnen. Du hast den ganzen Vormittag gearbeitet. Jetzt ist es auch für dich so weit, Weihnachten zu genießen.«

»Aber ich sollte wirklich nicht …«

»Doch, solltest du.« Erica war Lynda zur Verstärkung geeilt. »Wir haben hier alles im Griff. Na los, geh im Schnee spielen.«

»Genau«, meldete sich nun auch Anna zu Wort. Sie trug einen neuen Pulli, den offenbar ihre Tochter gestrickt hatte, die gerade in eine lebhafte Diskussion mit ihrem Bruder vertieft war.

An der Art und Weise, wie die Geschwister miteinander redeten, konnte Hattie ablesen, wie eng ihr Verhältnis war. Und die tiefe Liebe zwischen Anna und Pete war nicht zu übersehen. Anna hatte den Kindern Weihnachtsstrümpfe mitgebracht, und Chloe hatte ihr dabei geholfen, sie um Mitternacht mit kleinen Geschenken zu füllen – eine alte Tradition in einem neuen Umfeld.

Veränderungen, dachte Hattie, waren nun einmal unvermeidlich. Da war es doch besser, sie offen anzunehmen, statt sich ihnen zu verschließen. Besser, die Zukunft als Möglichkeit zu sehen und nicht als Bedrohung.

»Übrigens, deine neue Köchin ist nicht nur ein Genie am Topf, sondern liest auch gern«, sagte Lynda. »Ich habe sie schon für unseren Leseclub angeworben. Unser nächstes Treffen findet im Januar statt. Nachdem es letztes Mal so gut geklappt hat, würden wir es gern wieder hier in der Bibliothek abhalten. Ich hoffe, das ist in Ordnung für dich. Natürlich würden wir uns alle wünschen, dass du auch dabei bist.«

»Aber sicher ist das in Ordnung.« Sie stellte sich vor, wie immer mehr aus dem Leseclub wurde und schließlich auch kleine Lesegruppen aus anderen Gegenden im Hotel unterkamen. »Und ich würde sehr gern zu euch stoßen.«

»Claudia hat mir erzählt, dass ihr beide ein besonderes Leseclub-Menü kreiert habt. Vielleicht solltet ihr das Maple Sugar Inn ja umbenennen. Wie wäre es mit dem *Book Club Hotel?*«

Hattie lächelte. »Keine schlechte Idee.«

Die Zukunft hielt so viele Möglichkeiten bereit – und diese Aussicht reizte sie inzwischen, anstatt ihr Angst zu machen. Vielleicht, weil sie nicht mehr allein damit war. Sie hatte Claudia und Chloe, und sie hatte Erica und Lynda. Vor allem aber hatte sie Noah.

Ihre Blicke begegneten sich durchs Fenster, und etwas in seinen Augen ließ ihr den Atem stocken.

Mehr Zuspruch brauchte sie nicht, um ihre Entscheidung zu fällen. Sie verließ den Speiseraum, schloss die Tür hinter dem Gelächter und Stimmengewirr, streifte ihre Jacke über und trat nach draußen in das Winterwunderland von Vermont, das unter einem strahlend blauen Himmel im Sonnenschein funkelte. Da schoss auch schon Delphi auf sie zu, so schnell es ihr in ihrer dicken Winterkleidung möglich war. Hattie hob sie hoch und drückte sie an sich.

Noah kam zu ihnen und legte die Arme um sie beide.

Hattie schloss für einen Moment die Augen, sog seinen Duft ein und spürte das feine Haar ihrer Tochter ihre Wange kitzeln.

Das Kind und der Mann. Ihre Gegenwart und ihre Zukunft.

DANKSAGUNG

Die Veröffentlichung eines Buchs ist eine Teamleistung, und es gibt eine Menge Leute, bei denen ich mich bedanken muss, allen voran bei meinen Verlagsteams bei CSP in den USA und bei HQ in Großbritannien für ihr Engagement und ihre Kreativität. Ich habe großes Glück, dass sie nicht nur mein Buch, sondern auch mich als Autorin unterstützen. Ich könnte mir keine besseren Verlage wünschen.

Des Weiteren gilt mein Dank meiner genialen Lektorin Flo Nicoll, die mit ihrer Großzügigkeit und ihrem Enthusiasmus jedes Buch besser macht.

Ich danke meiner wunderbaren Agentin Susan Ginsburg, Catherine Bradshaw und dem gesamten Team bei Writers House.

Und natürlich all den Buchhändler:innen, Bibliothekar:innen, Blogger:innen und Renzensent:innen, die sich für meine Bücher einsetzen. Und meinen Leser:innen, die meine Arbeit teilweise schon seit dem ersten Band mitverfolgen: Danke, dass Sie meine Bücher lesen, und danke für die vielen liebenswürdigen Nachrichten. Ich freue mich immer wieder, von Ihnen zu hören.

Und zu guter Letzt danke ich meinen Freunden und meiner Familie für ihre treue Unterstützung. Ihr seid einfach die Besten.